2024/年 中篇小说
年选

WEIBUZUDAO

DEYIQIE

微不足道的一切

孟繁华———编选

山东文艺出版社

图书在版编目（CIP）数据

微不足道的一切：2024 年中篇小说年选 / 孟繁华编
选 . -- 济南：山东文艺出版社， 2025. 1. -- ISBN
978-7-5329-7288-3

Ⅰ . I247.5

中国国家版本馆 CIP 数据核字第 2024HX2381 号

微不足道的一切

WEIBUZUDAO DE YIQIE

孟繁华　编选

主管单位　山东出版传媒股份有限公司

出版发行　山东文艺出版社

社　　址　山东省济南市英雄山路 189 号

邮　　编　250002

网　　址　www.sdwypress.com

读者服务　0531-82098776（总编室）
　　　　　　0531-82098775（市场营销部）

电子邮箱　sdwy@sdpress.com.cn

印　　刷　山东临沂新华印刷物流集团有限责任公司

开　　本　710 毫米 ×1000 毫米　1/16

印　　张　28.75

字　　数　440 千

版　　次　2025 年 1 月第 1 版

印　　次　2025 年 1 月第 1 次印刷

书　　号　ISBN 978-7-5329-7288-3

定　　价　79.00 元

序：「现代性」的路还有多长

——2024年中篇小说创作的一个方面

孟繁华

中篇小说创作一直保持着强劲的势头。近期中篇小说有诸多可以讨论的话题，在我看来，在中篇小说中表达的关于中国现代性的问题，可能还是最为集中的问题。一般来说，理论或评论在强调某个方面的时候，创作也以极大的热情做出回应，这原本也没有错，批评家和作家共同回应时代的命题，是题中应有之义，但无形中也极易表现出某种偏狭，这种偏狭会极大地限制我们的文学视野和想象，这显然是有问题的。关于现代、现代性的问题就是诸多值得我们关切的问题之一。比如，百年来、七十多年来、四十多年来，"现代"，一直是我们巨大的关怀和焦虑。国家民族要实现现代化，我们个人要成为现代人，学术话语必须进入现代性的场域等等。"现代"几乎成了我们挥之难去的梦魇。"现代"几乎成了魔咒，它掌控着我们，一如临床症状一样，或梦中惊叫，或幻觉中有重物压身，不能举动，或欲呼不出，恐惧万分，胸闷如窒息等等。奇怪的是，我们追逐现代的脚步不仅没有停止甚至放缓，反而越来越快，大有失控之势。特别是20世纪80年代以来，或者说从高加林的年代开始，从前现代向现代的奔赴，成为所有人特别是乡村青年最大的目标。在文学中的表达就是像高加林一样，离开乡土，奔向现代的表征——城市。于是，青年们从乡村向城市的奔赴，成为四十多年来中国最大规模的"人口大迁徙"；"到城里去"成为一个时代最大的意识形态。因此也出现了诸多思潮性的文学写作，比如"打工文学""底层写作"以及"城乡交互"的写作潮流。但问题是，这个"现代"将以怎样的方式完成？身体的乡村—城市的挪移，是否就意味着"现代"的实现？如果是的话，那些奔赴到城市的青年是否就找到了他们想象的幸福？无论逻辑还是事实，我们看到的并不是这样。如高加林、涂自强、陈金芳、翟小梨等等，他们并没有找到他们的幸福。甚至说，他们既失去了过去曾经的拥有，也没有找到新的未来和可能性。这时有人会说，哈贝马斯的意思是，现代性是一项未完成的方案。他说得没有错。但是，这里也隐含了他一种永不兑现的允诺。或者说，现代性何时才能完成？如果按照现代性正在路过的当下看，"现代的可能未必是好的"。它打碎了过去的一切，而新的可能性并没有令人信心百倍。焦虑、不安、碌碌无为的茫然和精神世界的空虚，一如置身苍茫的云里雾里不知所终。因此，我面对现代性不得不产生了深刻的怀疑。

现代性是西方几个世纪前缔造的。中国为了回应西方的现代性产生了中国的现代性。这里的全部复杂性也从一个方面导致了中国不可能完全重复西方的现代性。起码在文学创作上是如此。而且我们已经看到，一心向西方学习的倾向正在发生变化。或者说，就当前的创作而言，中篇小说一方面非常注意"中国性"也就是本土性的开拓和建构，小说表达和言说的内容以及运用的技法，充分地注意了本土文化和心理结构在当下的变化和表现，从而在更深刻的意义上反映了生活的变化和新的复杂性；另一方面，改革开放四十多年来的时代环境，让我们有可能对西方现代的文学观念和它生成的土壤，有了更深刻的理解，从而不仅在观念和方法上进一步理解了文学的西方，而且以"镜像"的方式，发现了产生本土"先锋文学"的可能性。这是两种有区别的文学。它们以互补的方式使当下中篇小说有了多元并存、竞相开放的新格局。这是一个方面。另一方面，我所说的"中国性"和"先锋性"并不是相互独立各自另起一行，而是相互融合，相互吸纳，相互成就，这是我们深感鼓舞的文学新局面，我们应该推动和支持这种新的文学样貌向着更宽阔、更自由、更健康的方向发展。

一、本土性：历史文化和当下生活

哲贵的中篇小说《微不足道的一切》，表面看是反映当下与"孝"有关的生活，但它的深层意蕴显然联系着古老的华夏文化。"树欲静而风不止，子欲养而亲不待"，出自孔子的《孔子家语·卷二·致思第八》。意思是，树想要静止不动，但是风却没有停止，风吹不止，树也就无法静止；子女长大了，希望能够奉养双亲，报答父母的养育之恩，但父母却早早离去，使子女奉养的心愿不能实现，留下了终生遗憾！这是孔子和皋鱼的一段对话。皋鱼讲他的三大遗憾之一就是"子欲养而亲不待"。孔子曰："弟子诫之，足以识矣。"于是门人辞归而养亲者十有三人。那个时代讲的是"百善孝为先"，赡养父母是下一代天经地义的事情。中国古代社会是"礼法合治"的社会。"伦理"规范在中国古代社会中是非常重要的，而"孝"无疑是"家庭伦理"中最重要的观念。因此，我们在古代诗文中会读到很多与尽孝或思念父母有关的作品。但是，随着现代性脚步的加快，对传统的破坏和遗忘也日甚一日，不仅与"孝"有关的文学作品几近消失，而且"孝"的观念也逐渐远离了现代人的思考和视野。也就是在这样的时代环境下，哲贵创作了中篇小说《微不足道的一切》。读过小说之后，我深感哲贵的不易，从某个方面说，这是一个勉为其难的故事，是一个知其不可为而为之的儒家思想的当代版。儒家的这种精神是其最难能可贵的地方。然而这种精神往往很难获得普遍的共鸣，有时甚至被人认为是迂腐。但真正的儒者都知道，如果没有了这种精神，就等于失去了儒者的灵魂。《论语》中有这样一段记载：子路夜里住在鲁国都城的外门，看门的人问："你从哪里来？"子路回答说："我从孔子那里来。"看门的人便问："是那个明知做不到却还要去做的人吗？"我要说的意思是，哲贵的这部小说充满了知其不可为而为之的艰难，但哲贵执意要铤而走险。故事还是发生在信河街上，不同的是，这一次哲贵将目光投向了信河街上的普通人。他们虽然也是"老板"，但这个"老板"微不足道，和普通人差不多。哲贵要处理的，就是这个时代既普遍又私密的伦理和情感关系。说是普遍，是任何人都要面对这样的问题，每个人都要面对赡养或处理父母终老问题；说是私密，在当下的社会环境中，在传统的价值观包括伦理道德发生裂变的时代，已经没有可以共享的价值观和道德伦理。那已经是一个私密的领域，这个领域属于隐私，而隐私又是受保护的。因此，这个问题一旦进入公共领域，其结果一定是纠缠不休、各执一词。

小说一开始，就应了老托尔斯泰的那句话，幸福的家庭都是相似的，不幸的家庭各有各的不幸："丁小武碰到难题了。其实，不是他的难题，是父亲丁铁山痴呆了。""丁铁山的病来得猛烈，像夏天的雷阵雨，一声霹雷炸响，雨点迫不及待地砸下来。好像是蓄谋已久，更好像是不由分说，不到半年时间，就完全失去记忆。"丁铁山猝不及防，儿子丁小武一家也猝不及防。失去自理能力的丁铁山被送进了养老院，不到一个月被遣送了回来：他在养老院打人上瘾，再不送回来要出人命。丁铁山被送回家里，小说才真正开始。谁来照顾？怎样照顾？这个题目不用"立项"，是必须做的"命题作文"。这个"做销售"的父亲，曾经像个战士，他威武雄壮，但和丁小武不亲，父子两人没有那种可以意会的亲情。父子两人的性格也大相径庭：丁铁山立场坚定，处事果断；丁小武则"拖拖拉拉，犹豫不决"。这并不重要，重要的是，回到家里的丁铁山怎么办？没有想到的是，曾经过去的事情，在这时有了回应：丁小武和柯又红婚前就一起住在柯又红的宿舍，将要结婚时柯又红想和丁小武的父亲——她的公公换一下房子，丁铁山的房子只比柯又红的房子多三平方米，但有洗手间。丁小武答应和父亲讲，但他的"犹豫不决"再次发作，柯又红决定自己和公公讲。柯又红和丁铁山没见过面——

　　柯又红先作了简单的自我介绍，然后说了调换宿舍的事。言简意赅，直奔主题。不是商量，不是要求，不是请求，而是宣布。丁铁山直直地看了她好长一段时间，他觉得这个女人的脑子肯定进水了，肯定塌掉了，丁小武的眼睛肯定也瞎掉了，找了这么个"条直"的女人。这种事轮得到她来讲吗？要来也是丁小武呀，她还没过门呢，算个球？丁铁山斩钉截铁地说："想要我的宿舍，门都没有。"

于是，从转身离开201室的那一刻开始，柯又红"就迅速删除了调换的念头，同时，也删除了丁铁山这个人"。在柯又红和丁小武的家里，甚至不能提丁铁山的名字。有了这样的"前史"，柯又红会怎样对待痴呆的丁铁山就完全在意料之中了。这时真正为难的是儿子丁小武。他曾试探将父亲接到他们家里，柯又红同样以牙还牙——"门都没有"。这时的丁小武自己搬离了家，他的工厂也倒闭了。丁小武便一心一意照顾丁铁山。照顾这样的病人父亲的辛苦可想而知，丁铁山是拖着长声喊"丁——小——武——"的，而且不分时间，也许是凌晨两点，丁小武都要像箭一样准确射向丁铁山。问题是，这样的现状没有任何人能够想到：外人觉得这是丁小武在照顾父亲，但丁小武朦胧地感到他会以这种方式找回父亲，并以这种方式找回自己。在很多时候，丁小武觉得，自己并不是在照顾父亲丁铁山，而是在照顾另一个自己；"这种结果也是柯又红没有料到的。对于她来讲，她不能接受丁铁山来公爵山庄，也不能接受丁小武住到石坦巷宿舍。丁小武是'她的人'，她不会和任何人'分享'，即使丁铁山也不行"。柯又红对丁小武的不满，不仅来自这"原则"的分歧，而且也有夫妻生活中的不满。可以说，这是柯又红深度不等的"疼痛史"。我们知道，"疼痛"是不断被发现的，当丁小武投向父亲，被柯又红认为是一种"反水行为"的"疼痛"被揭示之后，夫妻生活不满足的"疼痛"浮现出来了。这个"疼痛"原本是可以遮蔽的，但当主要"病灶"被发现之后，这个可以忍受的不满顿时被放大了。这有点类似"新仇旧恨"。柯又红的心情坏到了怎样的程度几乎一览无余了。诚如讲述者所说，身体的荒芜可以演变为心理的荒凉。而且就在此时，柯又红发现了一个叫董南妮的女人，这个女人曾是丁小武的"正牌女友"。对于女人来说，这根敏感的神经是最不能触碰的。但是董南妮还是出现了。因此，《微不足道的一切》是一部险象环生的小说，它每一个情节的发展都让人惊心动魄，都让人感到步履维艰。

但是，这也是一部绝处逢生的小说。按说，毫无还手之力的丁小武，逃之夭夭之后又被发现了"劣迹斑斑"，他已经无路可走。但是，小说峰回路转，柳暗花明。首先，在柯又红和董南妮之间，丁小武第一次毫不犹豫地站在了柯又红一边，胜利的柯又红虽然心怀怨气，但她毕竟是争夺战的胜利者。胜利者是容易原谅对方的。这为柯又红和丁铁山关系的转变奠定了前提条件。但一波未平一波又起，当柯又红发现丁小武曾借给董南妮十万元钱而且没有经过她同意，即便丁小武还回来了，但对柯又红而言，这个行为对两人关系来说无疑是雪上加霜。丁小武是否还值得珍惜就成了问题。一般来说，情感问题最终得到缓解或解决的，大多来自当事人自己，别人的插入大多不得要领。果然，柯又红面对当下生活的时候，她十分有把握：丁小武已经赚了一些钱，这些钱足够她生活一辈子，而且她还有工资，退休了有退休金。但是，未来将会怎样呢——

面对未来，柯又红第一次乱了方寸，产生了深深的恐惧。她的恐惧来源于：即使安坐在二百三十平方米的套房，她的眼前依然是一片虚无。此时，她才发现，丁小武对于她是多么重要，对于这个家是多么重要。丁小武在时，他的意义和作用被日常生活屏蔽了。一旦离开，他的重要性凸显出来了，他的作用不只是在现实层面，更具精神意义。也是在这时，柯又红才猛然明白过来，她这辈子，不管愿意不愿意，也不管满意不满意，已经和丁小武捆绑在一起了，离不开了。

这是柯又红面对生活治愈和和解的关键。这个并不十分理想的丈夫，是她不至于"虚无"的全部，丁小武对于她的重要，是在险些失去丁小武时被发现的。小说最难的是转折，如何完成这个转折是小说走向自然结束的关键。另一方面，哲贵发现了"疾病的隐喻"。一方面，疾病是家庭最凶险的杀手，它可以将一个幸福的家庭破坏得支离破碎、惨不忍睹。丁铁山"痴呆"，就几乎毁掉了儿子丁小武一家，疾病对人类构成的巨大隐患，已经影响到人类生活的最深层，成为现代人最严重的心理隐患。家庭基因对丁点点、季增石造成的心理恐惧极具典型性。因为他们看到了父亲丁小武也得了与爷爷丁铁山相似的"帕金森"。但是，哲贵的了不起，就在于他没有沿着这个路线前进，他反其道而行之，"疾病的隐喻"在这里有了新解：面对疾病的巨大压力，所有的人终归于善，过去的一切都"微不足道"，人心因善而与往事干杯。哲贵做到了，这是哲贵的小说能力。

当然，《微不足道的一切》值得关注和评论，不止来自小说的基本框架和设计。比如人物：丁铁山、丁小武、柯又红、丁点点、季增石、李其龙、董南妮等，每个人物的性格都自带光环。就性格而言，他们是完全不一样的。丁铁山生病前后，性格一以贯之，病前像个战士威武雄壮，病后依然专横跋扈地拖着长音喊叫丁小武。柯又红不是女权主义者，她既不懂得也不关心女权，但她有保护个人权益的基本认知。她个人性格与经历和对生活的朴素理解有关。面对日常生活中的"一地鸡毛"，是需要有能力处理的，柯又红有能力也有她的底线。还有李其龙、董南妮、丁点点、季增石等，每个人都在生活的旋涡中，都有不为人知的伤痛。但丁小武是小说的核心，也是诸多人物性格变化的基本参照。

读过《微不足道的一切》，我能够感受到作家哲贵的决绝和隐忍。他的决绝来自他一定要捍卫人的"孝道"，这是做人的底线、应尽的义务，这个底线和义务是不能换取、不能失守的，哪怕是挚爱亲朋。另一方面，时代环境的变化，使这个世界不再属于任何一个人。由于血缘以及其他关系的全部复杂性，任何一个人都没有能力让所有的人服从于一个人。因此，任何坚持都必须以隐忍作为代价。每个人都活在自己的生活里，那些不足为人道的部分、那些在我们的交谈中被删除的部分，可能才是更真实的我们。所有这些，构成了"子欲养"的当代含义。这就是当下生活的复杂性和当代性，从更宏大的意义上说，也就是中国性。另一方面，我们是否也可以这样推论：如果我们没有进入"现代"，现代的所有"解放"的观念还不为我们所认知和接受，作为一个女性的柯又红，至于成为"子欲养"的抗拒势力吗？可以说，柯又红和生活、和丈夫的和解，是小说的逻辑，在现实生活中，这个逻辑是有力量的吗？因此，"现代"不只是一个观念、一个概念，它是实实在在进入我们生活并有支配性作用的。

二、还乡的两种含义

如上述所言，任何一个当代作家，都要回应时代的命题，这不是当代作家的宿命，而是历代作家的抱负和价值观。但是，如何有效地、用文学的方式回应时代的命题，却不是一件简单的事情。如果从这个角度讨论问题，我认为沈念的《龙舟》也可以看作是当下的"主题写作"——一个建设美丽新乡村的故事。但是，沈念的不同，就在于他不急于直奔主题——小说的大部分文字，像幽灵一样游荡在小说的主旨内容之外，当然，这是作者的有意为之；即便这是主题写作，我仍然认为《龙舟》提供了新的审美经验，并且继承了湘籍作家的传统和谱系；如果再深入地阐发，我认为《龙舟》关乎"现代性"和"中国性"的关系。因此，在我看来，《龙舟》起码有这三个问题值得我们讨论。

小说的主要人物是一位从家乡亮灯村走出的大学毕业生，一个建筑工程师。爷爷突然去世，他奔丧赶回家乡。回到老屋或回到家乡，是爷爷的"生命有灵"，是爷爷的死讯召回了"我"。这时的他虽然顶着一个建筑师的头衔，实际是一个失业者。他读完土木工程的研究生，想找对口的工作，没有项目经历，几家公司看不上他这个新手，他又不想去受人管束、待遇差的单位，于是跟本科的室友老金合伙办了一家培训学校。老金家是山西开矿的，他拿资金，"我"做运营管理，没想到很快就顺风顺水地做起来了。他们信心爆棚，打算把分校开到武汉、长沙。过了几年扬眉日子，政策突然改变，学科类的培训被明令裁减，强制关闭，几个合伙人手忙脚乱，拆东墙补西墙，退学费补工资，经营上没有好的应对之计，唯有把学校关停了。老金不甘心，又鼓动不甘心的合伙人，投了一家网剧视频制作公司，当时他们研判短剧短视频到了风口，随便来阵风就能吹上天。但没想到主事人是条贪食蛇，想一口吃成个大胖子，同时投了几部网剧，结果最有可能赚钱的那部剧在审查时没通过，因为网上炒作二号演员的生活污点，审查证不能发了。短剧公司人走楼空，当事人仿佛人与世界都在下沉。这段经历是建筑师——亮灯村丁家孙子的失败史。而亮灯村的"掌门人"陈保水正在琢磨村里的老房子，那些要加固维修的危房和主人多年在外不管理的空心房，像根鸡肋，天天碍眼，拆了可惜，又没财力悉数改造。他发过一长段言辞恳切的信息，有求助建筑师之意，有回乡之请，但"我"并没有应承，猜他不过是四处撒网罢了。这是小说的铺垫。或者说"我"既不是"大学生村官"，也不是上面派下来的"第一书记"，此刻只是一个在村里四处游荡的失业者，一个失去了爷爷的奔丧人。但他毕竟是亮灯村丁家的子孙，正如给爷爷做假肢的盛田生所说："你爷爷走了，老屋还在，没事也多回来。"一个无所事事的人，一周后，临时改变计划，决定暂时不回北京，要到老屋住些日子。这是小说主角后来与亮灯村重新建立关系的开始。或者说，"我"的重返故里，与我们司空见惯的那些建设美丽新乡村的"外来者"，是完全不一样的。他要在亮灯村留下来，只是突发奇想而已。但是，这里作者不经意地做了极为合理的铺垫：首先是亮灯村和他有关，这里是他的家乡，他的爷爷刚刚去世，留下来合情合理；其次，这是一个学建筑的专业人士，村里要对那些老房子进行治理，而这正是建筑师的专业；更重要的是，当事人目光所及，一切都是他熟悉的事物，一切都在他的童年记忆中。他对亮灯村的情感关系就这样被呼唤出来，他留在亮灯村也就水到渠成。这里一个重要的缘由是我们在其他同类题材小说中不曾见过的，就是建筑师留在家乡亮灯村，是情感所致，而不是别的原因。还有什么能够比情感更发自内心、更有说服力吗？

《龙舟》是与主题创作有关的小说，但《龙舟》首先是一部小说。我的意思是，《龙舟》首先是一部有趣、好看的小说。沈念在回应时代命题的时候，他首先考虑的是小说的文学性。《龙舟》的文学性与湘籍作家的文学传统有关。可以说，自沈从文的《边城》起，湘西或湖南的小说，便有了一个不大不小的传统。到了20世纪80年代，这个传统得到进一步的传承和发展，古华、莫应丰、谭谈、韩少功、何立伟一直到王跃文、田耳、马笑泉、谢宗玉、于怀岸和沈念。他们对湖湘山川地貌、风情风物、饮食男女以及人际交往等的描摹和状写，使湖南籍作家的小说充满了人间烟火，无论是河流湖泊还是深山老林，青山绿水间，随处都是鲜活的生活景象。湘人小说对生活细节的兴致盎然，表达的是对生活的态度，是对生活的感情。他们对细节的重视，给人的印象尤其深刻，因此湘人小说的辨识度极高。

沈从文在《边城》中曾写道："这小城里虽那么安静和平，但地方既为川东商业交易接头处，因此城外小小河街，情形却不同了一点。也有商人落脚的客店，坐镇不动的理发馆。此外饭店、杂货铺、油行、盐栈、花衣庄，莫不各有一种地位，装点了这条河街。还有卖船上用的檀木活车、竹缆与罐锅铺子，介绍水手职业吃码头饭的人家。小饭店门前长案上，常有煎得焦黄的鲤鱼豆腐，身上装饰了红辣椒丝，卧在浅口钵头里，钵旁大竹筒中插着大把红筷子，不拘谁个愿意花点钱，这人就可以傍了门前长案坐下来，抽出一双筷子到手上，那边一个眉毛扯得极细脸上擦了白粉的妇人就走过来问：'大哥，副爷，要甜酒？要烧酒？'男子火焰高一点的，谐趣的，对内掌柜有点意思的，必装成生气似的说：'吃甜酒？又不是小孩，还问人吃甜酒！'那么，酽冽的烧酒，从大瓮里用竹筒舀出，倒进土碗里，即刻就来到身边案桌上了。"这里几乎都是具体的细节，浓重的生活气息弥漫在小城的每一个角落，小城的祥和和亲近感便一览无余。

到了更年轻的一代，王跃文的《漫水》也在这个传统的序列里。《漫水》写了一个村庄，它没有时间或历史的印记，它更像是一部村志："漫水是个村子，村子在田野中央，田野四周远远近近围着山。村前有栋精致的木房子，六封五间的平房，两头拖着偏厦，壁板刷过桐油，远看黑黑的，走近黑里透红。桐油隔几年刷一次，结着薄薄的壳，炸开细纹，有些像琥珀。"然后作家写"漫水的规矩"，写"漫水"作为地名肯定有来历等。这些笔致很是散漫，在看似无心中构建了小说的另一种风韵——这是沈从文小说的遗风流韵。《漫水》写了慧娘娘、余公公等人物，这些人物与风土人情一起构成了湖湘大地的风俗画。作家耐心的讲述，让我们看到了前现代乡土中国的另一种状态——在意识形态和现代商品经济没有进入这个领地之前，它世外桃源的诗意，今天看来竟是如此地感人。王跃文在谈《漫水》创作时说："《漫水》中的余公公可谓乡贤表率，他虽不是旧时那种读书明理的乡绅，但这方土地淳厚的民风如雨露滋润五谷，把他养育得坚韧刚毅、心灵手巧、乐善好施、豪放仗义。慧娘娘贤良、聪慧、宽厚、慈爱，亦是那方水土上随处可见的寻常女人。半个多世纪的中国，是非颠倒好几个来回，人情冷暖若干春秋，余公公和慧娘娘们却从来没有改变过自己做人做事的方式。他们判断世道，不听莫名其妙的政治口号，只凭最原始和最实在的是非标准。外来政治暴力或许会暂时把乡村的人们压服，但流淌在他们血液里的正直善良的禀赋不会永久地失去。"

沈念的小说创作有鲜明的湘籍作家传统的印痕。这方面不仅体现在他获鲁奖的散文《大湖消息》以及数量巨大的散文、小说中，同样也体现在他的《龙舟》中。比如沈念对日常生活琐屑事物的兴趣，使小说充满了人间烟火气。"我转进巷子，这条巷子的住户人家，门脸多数改成了售卖鱼制品的小店铺，门口用竹箩盘盛着各种晒干的鱼。毛花鱼、银鱼、细鱼、咸鱼、熏鱼、风干鱼等等，空气中浮着一股黏稠的鱼腥味，细细呼吸时有挂丝的甜味。在北京的时候，父亲一年总要寄两三回咸鱼刀子。咸鱼刀子是个笼统的称呼，有好几种，翘白、青鱼、草鱼，油烧旺，鱼下锅，两面煎成金黄，香气扑鼻，特别下饭。那时爷爷在世，喜欢的一种吃法是把青椒切成小圈口，与毛花鱼或小鱼小虾一起炒，猛火一过，鱼虾身体会微卷，焦黄中发光，夹一筷子到嘴里，回香脆口，下酒拌饭，好吃得很。"小说如果不与烟火气建立关系，非常容易和概念化有染。对烟火气的兴致并非可有可无，它的功能既调适了小说的节奏，让小说在情节推动下得到缓释，让阅读得到调整，同时，也将地域的风土人情、生活样貌具象化，让读者对异乡的"一方水土"怎样养育了一方人，有了形象的理解。同时与中国传统小说特别是明清白话小说建立了关系。我们经常说的"本土性""中国性"等，在小说的细节中就是这样表现的。好的小说家或者对小说创作确有体会的作家，没有不对这样细节高度注意和重视的。

还有一点值得我们注意的，是沈念对多样人物的塑造。这里不仅有陈保水这样的年轻的带头人，而且有建筑师这样的"新乡贤"，他在乡村中作用虽然和余公公那样的乡绅不同，但他在乡村生活秩序中的作用与余公公有相似性；而且，小说也塑造了老金这样的人物，他不是我们过去的"中间人物"，他更类似彼得堡作家们塑造的"多余的人"，他们幽魂一样游荡在各国，但终将一事无成。

"现代性"和"中国性"的关系，某种意义上也就是传统与现代的关系，这是一百多年来不断被提起和讨论的。自从我们遭遇了现代性之后，这个命题就一直是我们挥之难去、不得不面对的问题。按照李泽厚的说法，"西学"东渐，我们经历了洋务运动—戊戌变法、辛亥革命—五四运动三个时期，由学习西方科学到接受西方进步观念，都是"中体西用"的发展，至"五四"提出"全盘西化"口号，进行新文化启蒙。然而，"中体西用"的演化，并不能改变"中学"的核心。从洋务运动到五四运动到20世纪八九十年代的"文化热"，对这个问题的讨论一直没有中断，它不断被提起说明的恰恰是问题没有真正得到解决。《龙舟》是一篇小说，但它是用文学的方式参与了对这个问题的讨论。小说从爷爷去世写起。红白喜事是体现乡风乡情最典型的场景，从来往的各种人物到殡葬仪式，不仅表达了地域的风情风貌，而且各种人物关系也得以集中体现。丁家虽然不是亮灯村的大户，但也有几代传人。"爷爷年轻时喜欢往外闯，曾祖父生前交代，无论在外是发达还是破落，把家安好了，天塌下来根还在，就没什么可怕的了。"这是传统家风的力量，也是传统农民对生活的理解。把"家"理解为根，与西方的个人本位主义是完全不同的。因此"老屋"这个意象在《龙舟》中就是根的意味。建筑师"我"眼中的老屋由衷地充满感情："我站在院子里，打量着眼前变得陌生的房子。青砖黑瓦白石灰墙，挑出走廊几十厘米的屋檐，前堂很宽，左右两侧是主次卧，穿过前堂到餐厅和厨房，结构简单，前后与回廊开门相通，各自进出，互不干扰。前廊的梁架上，有一家燕子筑了个瓦罐状的巢。前坪阔绰的东墙角有几块从湖里打捞上来的石头，高高矮矮，现在东倒西歪，无人打理，倒是草木长得葳蕤，像没人看管的一群野孩子，天性就爱争斗抢打。"他也打心眼里叹服："不得不承认，曾祖父盖老屋时花了心思，它看似普通，但与村里其他建筑有着显明之别。我后来才知道，他是模仿湖滨教会学校的牧师楼，做了中式风格处理。"这不经意的"中西合璧"，显然也意味深长。从某种意义上也可以说，从"曾祖父"那代开始，中与西就不是完全对立的，而是各有所长的。

老房子、老巷子，既是具体的事物，也是都具有象征意味的意象。它是祖祖辈辈生活的根，也是乡村传统的物化。对新事物、新观念的接受和对新生活的向往，并不意味着将过去全部抛弃或推倒重来。这些意象是带着讲述者的观念一起来到我们阅读感受中的。当然，《龙舟》毕竟不是一篇讨论"传统与现代"的论文，我们也不必从小说的表达中论争沈念究竟意属传统还是现代。我们需要关注的，是沈念的《龙舟》在同类题材中，究竟有怎样新的审美经验，这才是重要的。

盛可以的《建筑伦理学》，从一个方面再次证实了"返乡"的悲剧。当年高晓声有一篇名作《李顺大造屋》，是获1979年全国优秀短篇小说奖的作品。小说以幽默风趣的语言讲述翻身农民李顺大立志要用"吃三年薄粥，买一头黄牛"的精神，造三间属于自己的瓦房。"置地造屋"对李顺大个人来说是人生的理想，他对居无定所有切肤之痛，但对前现代的中国广大农民来说，那是他们的价值观，是他们的核心利益。因此，李顺大造屋既是个人的理想，也是所有农民的共同目标。不同的是，高晓声以李顺大为具象人物，通过他造屋的经历——特别是他梦想被三次击碎的经历，反映或表达了中国农村三十多年的历史变化，形象地阐释了"极左"思想和路线给中国农民带来的苦难与精神创伤。高晓声讲述的不仅是李顺大造屋的悲剧，同时也是一个时代的悲剧。幽默的语言里隐含了致命的悲情。许多年过去之后，盛可以的主人公万紫以慈悲心肠"返乡"为亲人造屋，她的出发点和高晓声并不相同。高晓声通过李顺大造屋表达了一个时代的悲剧，李顺大的失败不是个人的悲剧而是时代的悲剧，个人要超越时代几乎是不可能的。盛可以试图以个人的一己之力改变亲人的生存处境，但她能够成功吗？按说这是没有问题的。但是盛可以成功了吗？当然没有。这不仅与时代有关，更与传统的乡村文明或乡村伦理有关。它的悲剧可能要大于李顺大的悲剧。

盛可以说，建房子就像一面"照妖镜"，让原本一派和气的生活"现了原形"。混沌复杂的人性，也要在关键时刻才能试出它的分量。整整一年，她没办法写作。房子竣工之后，她躲进山里闭关。"冬天下着大雪，在我们益阳桃江有一座竹山，山上全是竹子，白雪压在上面，景色特别美，但是也特别荒凉。"积压在心里的许多事情、许多情绪终于爆发出来，她以每天三千字的速度，一气呵成地完成了令人惊讶的中篇小说《建筑伦理学》。后来我看到了一个访谈《经历痛苦之后依然热爱生活》——

> 南都：我发现现在作家在处理城乡关系的时候，不再和路遥当年的《人生》一样去写人们怎样从乡村挣脱出来，奔往城市，而是写曾经出走的人从城里返回乡村，却发现自己已难以被乡村接纳。你怎么看这样一种反向的"归乡"书写？
>
> 盛可以：我觉得首先不被乡村接受是正常的，因为乡村没变，是你变了，事实上也不仅仅是乡村不接受你，你自己也不接受这个乡村。

这个不经意表达的感受，就是我已讨论过的"现代性是一条不归路"的具体化。乡村，无论任何一种方式，都是难以重临的。盛可以的感受就像鬼子的长篇小说《买话》中的刘耳一样，他人回到乡下，但物是人非、时过境迁。刘耳的遭遇只能是进退维谷。现代性改变了人所有的现象。

三、现代性的路有多长

"一切坚固的东西都烟消云散了"，这是我们最常见的对现代状况的表达方式，"现代"改变了一切。但"现代"确实未必是最好的，但没有人有能力改变"现代"的神话。于是我们看到了这样一些作品。须一瓜的《邮差藤小玉》，是一部极具现实感的小说——

从红旗镇邮局往半月谷，是高原往盆地下行的过程，这个井底般的半圆形盆地里，清贫又秀丽。沿着清清的千丈官溪水，盆地里埋伏着鸡鸣村、渔翁渡、官里、牛尾庄四个村。十三四公里的步行邮路（老乡邮员老藤喜欢表述为三四十里路），两代邮差，老藤和小藤，四十多年来，就负责井底这四个村庄、一百多平方公里、六七千人家与外界的沟通。

这是一段写实性的文字。它交代了父子两代邮差的工作内容和环境。无须分析，这段无论走了多少年也不会改变的山路，就是老藤和小藤的命定的道路。这条路寂静无声，非常有画面感，但它也别具隐喻性，就是这十三四公里的路，让邮差可以足足走上一生。不仅老藤走了一生，小藤还要继续走。所谓的山清水秀，天高云淡，"直挂云帆济沧海"，是诗人笔下的抒情。到了邮差这里，他们才更透彻地理解了，这是生活。这生活是崎岖不平，是雨天一身泥、晴天一身汗。当然，须一瓜也以写实的方式处理老藤、小藤的崎岖不平、山路凶险，老藤就曾险些跌下山崖。但小说更多的笔墨是在心理空间展开。老藤的经历是粗线条的，是因为老藤的时代处于相对稳定的前现代，即便有故事，也是另外的惊心动魄。但小藤不一样，他赶上了一个"大时代"。这个大时代是他无力超越的，是他无论如何努力也不能改变的。

藤小玉是一个普通的邮差，一个善良、朴素又多少有点小毛病的乡下人。他的戏份，基本是在妻子葛旦龙和女儿藤婷婷那里展开。葛旦龙当年崇拜藤小玉，是因为他和"外面"有联系，他就是外部世界的表征。社会历史的发展远远超出了葛旦龙的想象，也就几年的光景，"葛旦龙再也不是当年的井底之蛙，她对邮路的向往和迷恋，早已是笑话般的烟云。邮差，包括老邮差，都已经让她十分轻视，用她的话说——我看透了。葛旦龙嫁到红旗镇，就打开了外面花花世界的窗口，窗口虽然小也不高，但足以使她瞭望更远，也足以使她识破：一个假装装满外面世界的帆布邮包，不过是小儿科的信息世界。邮差和他的绿邮包，很快就开始进入褪色、祛魅期"。藤小玉不再光鲜，外部世界已经一览无余，藤小玉的价值一跌千丈。"邮件已经越来越少了"是一个事实也是一个隐喻，生活真的变了。藤小玉的生活就要变成过去了。一个时代终结了。小说金句比比皆是。将文学赋予哲学色彩，小说也就有了思想力量。

时代变了，人心变了，但藤小玉没变。他对女儿藤婷婷的耐心和由衷的父爱，是小说最让人动情的部分。我们在肯定外部世界变化的时候，更应该肯定那些不变的事物，特别是人心的依然如故。葛旦龙关于"外部世界"的神话和崇拜彻底幻灭了，于是，藤小玉的好日子就到头了。小说如果写到这里就写死了。但小说还有藤婷婷，她还在她的童话里，她还会为一些事情黯然神伤，她还生活在父亲为她讲述的《不死草》的世界里，这是藤婷婷的《一千零一夜》。因此小说就有了未来性。但是，这个未来性是否就是现代性允诺的另一种形式呢？

"范特西"是英文"fantasy"的音译，意为"幻想"。孟小书的中篇小说《终极范特西》，是一篇完全虚构的作品。但是，这个虚构不是空穴来风，现实生活为虚构提供了坚实的基础。无论发生在缅北的诈骗案，还是其他资讯不断传播的各种网络诈骗，几乎铺天盖地、弥漫四方。这几乎是当下世界最荒谬、最极端的骗局。那个"噶腰子"的"梗"也几乎成了世上最恐怖的民间话语。《北京文学》发表《终极范特西》时写了简短的介绍："网络世界他们都拥有完美人设，她是二次元美少女网红主播，他是开着房车四处旅游的阳光男 K；现实世界她是患有腿疾的大龄女孩，他是在网上寻找'猪仔'的狩猎者。厌倦了恍惚间错认的爱情，她决心不做主播去寻找真实生活，前方等待她的，究竟是更加充满谎言的人生，还是那金色的范特西？"这个简介虽然有蛊惑阅读的意味，却也从一个方面揭示了小说的内核。

小说从一个自媒体主播的直播开始。纷乱的粉丝和评论区，是一幅典型的具有后现代气质的场景，每个人都是主体，每个人都自以为是、自命不凡，每个人都是主宰又同时是被掌控者。这时的博奇（出镜时叫 Leila）唱起了《范特西》：

范特西　今夜启程

与凛冽的冬日相持

我手中有一座岛屿

金色岛屿　洒满余晖

我朝着岛屿方向

一直游

范特西是金色的

是我对未来的终极幻想

这个《范特西》和周杰伦无关，是作家"征用了"周杰伦自己创作的新词。在直播间，不可控制的网友瞬间起了争执，然后是疯狂的相互辱骂。"Leila 的情绪终于失控了。也许是因为这首《范特西》让她想起了曾经的自己，使得眼下这一头粉色假发的面孔变得既陌生又恐怖。她不计后果地退出了直播间，关上音响，拔掉所有电源。"这个混乱的后现代场景只是一个铺垫，更混乱的生活还没有开始。这时一个叫"K"的人出现了。这个"K"就是张存良。

场景到了湄公河岸边，那是一个壁垒森严如监狱般的场所。他们称这里是"科技园区"，这个命名是一个登峰造极的反讽。张存良、宝哥、阿水等就在这里。这是"职业新人"也就是网络诈骗的据点，他们的"工作"方式是："你要仔细看。"说着，宝哥从工位里拿出了一本已经翻得卷边的手册，"手册就是秘籍，里面会告诉你，怎么样开始聊天的第一句话。对了，咱们每天是有业绩要求的，要聊到一百句话。七天后就要开始'开单'。否则下一个惨叫的人就是你。"手册里有各种不同的对象的"攻略"，比如御女攻略、白领攻略、"白富美"攻略等。"K"和 Leila 建立了联系。后面的故事我们大体可以想象了。虚拟和现实的不断置换，是今天亦真亦幻生活的模板。但一旦进入小说，那种被放大的荒诞感，比现实更加真实和本质化。这就是虚构的魅力和力量。

作家石一枫在评论《终极范特西》时说："假如一部作品只写恶的环境中的善，假的环境中的真，那么它又应该面貌如何？而从这个角度来说，我和孟小书算是想到一块儿去了，她的新作《终极范特西》恰好就是这样一篇小说。小说的背景环境和《孤注一掷》异曲同工甚至更加广泛，除了我们耳熟而不能详的网络诈骗团伙内部，还有我们眼熟而不能详的大大小小的网红的盈利渠道与生存空间。小说中的人物身份涉及了'杀猪盘'的操盘手、诈骗集团的小头目、半红不红的网红，等等。这些都是以前从未存在，近年来突然曝光在社会聚焦下的全新的事物。在这儿还得补充一句，关注并表现类似的新事物，也是孟小书小说的一个重要特征，她总能通过类似的新人群捕捉到新生态，从而呈现一个全新的城市生活切面。只不过这种敏锐性上的优势也会给孟小书带来新的挑战：新的职业生态——姑且把诈骗也算一个职业的话——是否仅仅提供了某种戏剧性的故事因素，从而使小说流于一次奇观式的浏览？或者作者又能从满眼惊奇的'新'的要素中发现某种恒定的、稳固的对世界的认识，去帮助我们消化并勉强适应扑面而来的'新'？这或许也是一个称职的作家所需要做到的。"石一枫目光如炬，他说出了《终极范特西》的全部要义。但是，我觉得小说最令人震惊的，是在"K"的魅惑下，Leila义无反顾地向他怀抱的奔赴，以及最后"K"的"一念至善"。如果没有这个"一念至善"，Leila的命运可想而知。

这里的"一念至善"，是小说的核心要义。或者说，当作家完成了一座堡垒所有的要件，即将封顶的时候，她突然将大门敞开，堡垒里隐藏的巨物飞向远方——她改变了小说原本运行的轨迹，在恶贯满盈的"科技园区"，有一双"一念至善"的眼睛，那是"K"的良知未泯发出的光。这部小说对孟小书来说至关重要：她从书写个人经验进入文坛，然后用传统现实主义讲述时代五花八门的人物和故事。这些当然也很重要。但是，到了《终极范特西》，我发现她观察世界的视角有了极大的变化。这个变化就是她学会了用更复杂的、更具想象力的方式面对今天的世界和生活。她相信无论世界怎样变化，无论有多少恶的存在，至少还有"一念至善"一息尚存。

孟小书在谈到《终极范特西》时说："如今，无论在哪个方面，网络已经逐渐改变了人们的生活方式。人们通过网络建立自己的人物形象，创建一个新的自我，一个被想象出来的自我。同质化生活模式，让人们逐渐想摆脱现实中存在的乏味肉身,取而代之的是丰富、有趣、变幻莫测的角色转换和人物扮演。网络就是人们精神幻想的终极目的地。人们在网络中寻求同伴,所寻找的对象同样也是虚幻的。我们已经不知不觉中,生活在了一个被建构出来的世界。"这当然是孟小书对当下生活、对这个世界的认知。其实,作家未必一定要把世界的真面目看清楚,事实上也看不清楚。我们看到的终究还是世界的"冰山一角"。但是,如果能将这个"冰山一角"用文学的方式呈现出来,那么,也可以将这个世界的本质表达得一览无余、昭然若揭。我想《终极范特西》大概做到了这一点。

于晓威的《裙子的那种蓝》,就题材或内容来看,并非横空出世。20世纪80年代就有很多写讲习班、改稿会上男女作家风流韵事的作品,甚至在近些年仍有这类题材的小说发表。但于晓威的不同,在于他并没有专注于作家的风流韵事,而是在这样的事件背后,写出了不同作家内在品性的高贵和流俗。许廊雨和佳淇的文化教养、生活认知以及对爱情、名利的理解完全不同。小说在许廊雨、佳淇、詹启雄和康樊之间展开。许廊雨、佳淇同为作家,但她们的人生经历、价值观等是非常不同的。许廊雨是一个传统的、偶有浪漫奇想的女作家,与詹启雄的偶然相遇最多也是发乎情的"心理越轨",并没有发生实质性的生理关系。但"舆论"并没有站在她一边,而真正的当事人却销声匿迹并得到了她想要的东西。小说更值得关注的,是对许廊雨心理变化和行为举止的描摹。她检讨了自己和詹启雄的接触,甚至也想到了某些后果。但她处变不惊,底气来自她不是当事人,尽管流言四起。小说没有写詹启雄和佳淇的具体行为,但所有的读者都一目了然。詹启雄和康樊两个理论家的形象都很丑陋,他们或夸夸其谈、自以为是,或貌似风雅、云淡风轻,但在作者笔下几乎都乏善可陈、一无是处,这不是对理论家的成见,而是对知识分子的空谈和虚伪的批判。

这是对近期中篇小说创作观察的一个视角,这种观察难免挂一漏万。但可以肯定的是,作为百年白话文学的"高端文体"、成就最高的文体,中篇小说创作的整体状况是完全值得信赖的。以上的作品从一个方面表达了这个文体近期的面貌。其间我觉得更值得我们关注和讨论的,就是一直延宕的"现代性"。它带来了巨大的希望和可能性,同时也有允诺迟迟不临的虚幻性。其实，这个问题已不止在中篇小说中有表达，在长篇小说和短篇小说中，同样有不同程度的反映。不是说作家们对"现代性"失去了足够的耐心，而是说，西方缔造的这个"现代性"，正在把我们抛进一个越来越说不清楚的困境中，想成为现代人的意志已经存在了几个世纪，事实上我们至今还没有成为真正的现代人。或者说，即便成了现代人，我们希望得到的是什么？现在我们发现，我们如此长久渴望的东西居然幻觉一样虚无缥缈，这还不足以让我们对其质疑和反思吗？

目 录

龙舟

一

　　从街河口下湖，出城行船十余里，对面一片旷野，涨水就淹，落水则成了没边没际的芦苇荡，只在左首有了村落。村落的人都是上岸渔民或流寓乡民，像一些小种子，慢慢生根发芽，田舍连片成邻，后来村落在行政区划上叫作亮灯村，爷爷这一辈的人嘴上说"亮灯"取得好，但还是习惯叫"凉灯"，不知是不是故意的。

　　一周前，我陪父亲到这里来取爷爷的那条假腿。爷爷临死前念叨，他落了气，就去一趟凉灯找盛田生。别的什么都没说。我们去了后，才知道他们忘年交之间的约定——请盛田生做一条假腿，让他带着健全的肢体去见阎王爷。

　　我们走进盛田生家，还没把噩耗说出口，他瞟到我左臂上的黑纱，眼神抖了一下，父亲嗫嚅着说不出话。他叹了口气，说，我早上出门，看见几只黑鸟往你家老屋飞，就有不好的预感。他趑身走进里屋，出来时，手上拿着一捆油纸。他把油纸包搁在堂屋的木方桌一角，把桌上的茶盘杯子都挪到五斗柜上。那都是很旧式的柜子，木头四角磨损厉害。他揭开滚成卷轴的油纸，我当时紧张得打了几个寒噤，父亲也在战栗，仿佛那一段木头有了生命，是爷爷的那条真腿又回来了。

父亲让我磕头拜谢，顾不上细看，就急着往回赶，想看看这条木头腿"长"在爷爷身体上是个什么模样。到了殡仪馆，一群人蜂拥过来。这条假腿把参加爷爷葬礼的人都给镇住了。他们几乎没见过这样一条修长的腿，腿部肌肉鼓凸，柔韧有力，清漆一道道覆盖过，砂纸一遍遍打磨过，仿佛长出了真正的肌肤，闪耀着瓷器般的健康光泽。当父亲在丧葬主事人的帮助下将这条腿绑定到爷爷残缺的肢体上，站在他身边的我，再次感觉到他的身体抖动厉害。周围人群骚动，响起一阵夹杂着泣鸣的喝彩。一个道士撕开嗓子喊道，丁老大人升天喽！父亲紧紧抓着我的手，汗沁沁的，我抽出手来，擦了擦鼻子，闻到一股黏稠的腥味。那种腥味在很长时间里伴随着我。

那天取了木腿从盛田生家出来，他送我们出来，问我这次回来住多久。我说，事办完就走。他的眼神又明显地抖了一下，说，你爷爷走了，老屋还在，没事也多回来。我囫囵着应承。陈保水放响了一盘万字鞭。风一吹，红色的鞭炮炸裂，纸屑落满了大屋坪。当时情景颇为伤感，我原以为再也不会回这里来了。但没想到一周后，我临时改变计划，决定暂时不回北京，要到老屋住些日子。

二

议事堂的门开了一半，像睁开一只眼的半边脸。我把车开到前坪，脚一沾地，心里像被尖爪狠劲地抓了一把，疼痛炸裂，向身体各个末端开射，然后才感受到风的凉意。

风是水风，比山风冷。刚过秋分，天空晴朗，但风里夹带着湿气，比城里的温度要低。议事堂是栋高阔的老仓房，砖混墙加木桁架结构，背面靠山的是一道实墙，山墙正立面则是朝着村委会的，天光从青瓦空隙落下，明暗交错，进深空间弥漫着一种戏剧感。村委会是一栋小平房，四面刷成烟粉色，被山岇上林立的绿树掩映，像个扮怪的小姑娘。

三年前重修议事堂，陈保水上门游说，村里的老祠堂被当仓库闲置好多年，红白喜事、祭祀、集市总要有个集中地，地方有，名字也想好了，村志里有个议事堂，想恢复起来。他反复谈着设想，听者当然知道来意。那时候，爷爷惦记村里的老屋，老屋家什齐全，他心血来潮就要跑回来住上十天半月，又担心祠堂重蹈老戏台覆辙，一个好端端的老戏台，不知何故被拆了卖给广州商人，说没就没了。不等他把话讲完，爷爷就毫不迟疑地从积蓄里掏了一笔钱，不准我们过问，到底出了什么数谁都不知道。

那天喜饱了当村支书的陈保水，临出门时，三个躬身作揖，说话发颤了，太爷，将来您的大事，保管在议事堂给您办得风光体面。爷爷抬手，把他要说下去的话按住，说，你在村里为头，就要真正地当好头，考虑的是全村的事。爷爷死后的丧仪原本是要搬回来办的，姑妈们嫌来往客人多，村里招待不便，最终选在了老城区的殡仪馆办事。陈保水惦记着没有兑现承诺，虽没人责怪他，父亲还再三宽慰，但出殡时还是没忍住，他认认真真地在爷爷的灵前痛哭了一场。

从议事堂的左侧绕道，爬半截坡就到了盛田生家。我对亮灯的深刻印象跟他的大屋坪有关，他家盖的屋占地很大，我少年时代一到亮灯，就上他家借一个肚大喉长的竹笰篓，里面撒上一些碎米头，沿着亮江溪往上走，把它丢进溪边的几块石头缝之间，然后就安心玩耍，待上个把小时，竹笰篓里就虏获了大大小小的鱼虾。这种游戏也是盛田生教我的，我学会后乐此不疲，好像溪水里有永远也虏不尽的大鱼小虾。

走到分路口，我踮脚望去，院子的竹门是合拢的。上次来去匆忙，定睛细看，房子竟是半边新半边旧，一副奇怪的长相。门上不见锁，表明人只是此时不在。我看见陈保水从右边的宽路上小碎步迎过来，他搓着手抱歉地说，迎迟了，电话耽搁了。我说，没事，你忙你的。他说，从北京来的都是贵宾，不敢怠慢啦。我有点哭笑不得，我回自己的老屋来住，你管是从哪里来的。

去老屋的路铺了水泥，隔几米就种了几棵红花檵木，错落在一排脐橙树之间。这种常绿灌木好养，耐阴耐旱，不怕山地瘠薄，花期有四五个月，遇到气候好，国庆节后再开一次盛大的。陈保水上任干的大事，就是通路到户、种果树栽灌木，说有颜色的日子才叫季节。软磨硬缠，脸皮有砖头厚，这样的人想不办成点事都很难。这也是城里人对亮灯人的看法，灵泛，做事敢破敢立。当然是有一方水土的原因，渔民水上漂久了，命看得贱，活在当下，有那种不同于常年守着一亩三分地的心气。陈保水有块心病，一时半会儿没法治愈，村里的老房子，那些要加固维修的危房，和主人多年在外不管理的空心房，像根鸡肋，天天碍眼，拆了可惜，又没财力悉数改造。他发过一长段言辞恳切的信息，有求助之意，有回乡之请，但我没搭理，猜他不过是四处撒网罢了。

初次来的人会觉得老屋有些偏，规划新建的渔民新居和早年的自建房都首选开阔之地，离公路近，和山峁的这段距离倒是撇开了吵闹，我喜欢落得这样的清静。有人说老屋风水好，过去下湖返回的人，说隔远看见山峁这片地形像条大船。从地势上说，建于坡地平台之上的老屋在船头位置，颇有登高望远之地利。当年曾祖父是外来户，不想跟原住民把屋建一块儿，距离产生和谐美，就挑了偏远之处。也有知情人说是曾祖父予人恩惠，帮过的人中间有一位成了懂风水的道士，人家专程来点拨一下，后来就成了异乡漂泊者的上岸之地。爷爷年轻时喜欢往外闯，曾祖父生前交代，无论在外是发达还是破落，把家安好了，天塌下来根还在，就没什么可怕的了。爷爷心里的胆气就在这老屋身上，等到年岁垂暮，格外恋旧，他在城里，但隔一段时间就要回来住些日子。他的口头禅是：踏实！

从老屋往上走，宽路变成了又瘦又窄的泥路，也不再有房屋建筑。我站在院子里，打量着眼前变得陌生的房子。青砖黑瓦白石灰墙，挑出走廊几十厘米的屋檐，前堂很宽，左右两侧是主次卧，穿过前堂到餐厅和厨房，结构简单，前后与回廊开门相通，各自进出，互不干扰。前廊的梁架上，有一家燕子筑了个瓦罐状的巢。前坪阔绰的东墙角有几块从湖里打捞上来的石头，高高矮矮，现在东倒西歪，无人打理，倒是草木长得葳蕤，像没人看管的一群野孩子，天性就爱争斗抢打。

不得不承认，曾祖父盖老屋时花了心思，它看似普通，但与村里其他建筑有着显明之别。我后来才知道，他是模仿湖滨教会学校的牧师楼，做了中式风格处理。当年教会学校建设校舍招募帮工，曾祖父去那里当泥瓦匠盖起的房子保留至今。父亲对我毕业转行一肚子不满意，说曾祖父特别希望后人中出一个建筑师，好不容易盼到我学了土木工程，却把专业荒废了。陈保水听说我会回老屋住，立马让老婆上门清扫，被褥用品都换了新的，也往橱柜、厨房买回了不少东西。但院子里草木青气甚浓，屋内少了明亮与生气，有些晃悠的清寂。

三

爷爷离世带来的身心疲累是最好的安眠药。我把陈保水打发走，倒头睡到第二天上午九点多才醒来，煮了一大碗面，加了两个鸡蛋和一把香菜，燃气灶的火舌吐出刺刺的响动，香味弥漫，沉睡的老屋仿佛也跟着我一起醒来，孤独开始一页一页地融化。肚子饿了，什么都会变得美味。之前在北京吃饭没有规律，胃口差劲，回到这里却因为一碗简单的面食而有了庆幸感。

吃饱后，身体生出些饱胀后的颓惰，我决定去散步消食，正好穿过村子去湖边放放风。村里自东南至西北纵贯全村的青石板老街，历史上是连接下湖码头的官道，多年前没落后就荒废了，被外来的人撬走一些形状有意思的石板，只剩下几十米的一段路面了。村里的房子有些是政府规划盖好的渔民新村，更多的是老房子，有土坯墙体的，也有老青砖老黑瓦盖的。房子比邻交错，有一种鱼骨状的聚落肌理感和错落的小趣味。我喜欢老房子，墙基砌的鹅卵石，如鱼鳞般排列，年月愈久，石头愈加光亮。但这几年有的渔民头脑灵活，转产转业去了外地，有的好几年都不回来，也留下了不少日益凋敝的空心房，也是眼下最令陈保水头疼的治理难题。

老巷子前面闹出很大的声响，是盛全伍的打鱼佬酒家来了不少客人。这是个脑瓜子活络的人，把旁边一块闲置地盘下来，平整一番后做了农家乐，做成了村里一个综合体似的地标，也是新旧村落的分界。他不怕花样少，卖酒、吃饭、打牌、钓鱼，还挖了块沙地和小水池供孩子们玩。

我转进巷子，这条巷子的住户人家的门脸多数改成了售卖鱼制品的小店铺，门口用竹箩盘盛着各种晒干的鱼。毛花鱼、银鱼、细鱼、咸鱼、熏鱼、风干鱼等等，空气中浮着一股黏稠的鱼腥味，细细呼吸时有挂丝的甜味。在北京的时候，父亲一年总要寄两三回咸鱼刀子。咸鱼刀子是个笼统的称呼，有好几种，翘白、青鱼、草鱼，油烧旺，鱼下锅，两面煎成金黄，香气扑鼻，特别下饭。那时爷爷在世，喜欢的一种吃法是把青椒切成小圈口，与毛花鱼或小鱼小虾一起炒，猛火一过，鱼虾身体会微卷，焦黄中发光，夹一筷子到嘴里，回香脆口，下酒拌饭，好吃得很。

上年纪的村民认得我，年龄小的就把我当作市民或游客。我走到一家卖竹器的店子前，看店的是个小女孩，她正趴在矮竹桌上，在一张水粉纸上画画。这张纸已经被她画满了各种形状的卡通人物，每个人物都画得很认真，彩笔涂色后，五彩缤纷，就像节日里的卡通王国。她看到我，放下画笔，把画纸翻转过来盖住，故意不给我看了，问道，你要买东西吗？我看着眉眼有些熟悉，指着竹器问她，这些都是谁做的？她望了我一眼，说，是我外公。我又问，你外公是谁啊？她调皮地反问我，你是谁啊？这个问题一下难住了我，我坦然一笑，心想小丫头鬼灵精怪的。

我不回她的话，独自欣赏那些花样繁多的竹器。桌椅板凳、厨房用具，还有很多新的玩意儿，钥匙吊坠、双层鸟巢篮、四方收纳筐、糖果盒、十二生肖、礼品竹笺，还有各种茶道竹制品，手工活儿相当精致。在收银台桌的角落，立着一个复古色扣竹丝玻璃杯，我拿起杯子，发现经过多年摩挲的竹皮，已经有了一层发亮的包浆。女孩注意到我爱不释手地端着玻璃杯，皱了皱眉。我大概猜到了她的心思，故意说，我想买这个杯子。她的眉头都快连接到一块儿了，着急地跳了两步，嚷嚷道，不行，这是外公的杯子。我被她的着急逗乐了，说，那你赶紧告诉我你外公是谁。她再次为难了，吞吞吐吐，陡然来一句，我外公的杯子，谁买都不卖。她把"买卖"两个字音咬得很重，一下把我逗乐了。

盛全伍正好在溜达，看到我，很热切地和我打招呼，建筑师，回来啦！我敷衍地应了一声。他和盛田生是拐了弯的本家亲戚，说，这是晓霞的女儿。我再看小女孩，眉眼更加确认了那份熟悉感。晓霞是盛田生的独生女，读了个旅游专科学校，起初还想去北京做导游，找过我引荐，我就找老金出面，他地头熟，托了学生家长帮忙。事情快有结果了，她却说谈了个男朋友不来了，后来听说忙着结婚成家，没想一晃眼孩子这么大了。

女孩看到我还在盯着她，吐长舌头扮鬼脸，说，我听得到你肚子里的声音。她没头没脑地来这么一句话，把我逗乐了，我夸张地说，真的啊，我也听得到你的。她把舌头吐得更长了，眼睛和鼻孔挤变了形，然后不管不顾地跑开了。盛全伍邀我到店里喝杯他酿的白酒，我说喝不惯白的，只喝啤的。他又递我一根双喜香烟，我推了回去，说，戒了些日子啦。他说，这次回来住多久？我的目光追着女孩，答道，住多久算多久吧。两人一下都没了话，他只好讪然地说，盛田生上山砍竹子去了，晚边才得回。

亮灯离老城区的车程不到半小时，曾经传出一个说法，市里要把它合并进老城区的吕仙亭街道，但镇上没同意。谁会把自家养大的漂亮孩子送人呢？村里也意见不同，开会投票，最后没讲成，不了了之。

我绕了一圈穿过巷子，独自走到湖边，晓霞女儿没见了踪影。有三五成群的人在大声地喊水，像吆喝自家的羊群。水边上的人，习惯把那种对着天地和湖水吼叫称之喊水，很早与收魂镇骇之类的迷信有关，后来模糊化，变成了一种人与自然的亲近行为。这些人从哪里来的？莫名其妙的人气。

昨夜睡了一个饱觉，今晚躺在那张木头颜色都沁进去的床上，却失眠了，耳朵里乱糟糟的，心里也跟着糟兮兮了。床摆在阁窗下，我一扭头就能看到夜空，湖边的夜晚有时会特别亮，像是白昼还停留在此并未离去。半轮月亮直直地悬挂在空中，我想起了月球上的宁静海。我第一次听到这个词，是老金拽着我去北京郊区延庆的古崖居露营，从天文望远镜里，我隐约看到火山留下的一片低地。他郑重其事地告诉我，这是宁静海。他说得很神神乎乎，你把自己当作人类的幸存者，四面宁静，八面无声，在那高远的星空里充满奇迹，你这么想的时候，心灵是不是变得充盈了？除了他在说话，那天夜里真的无比静谧，我有一种回到儿时睡在老屋的感觉。但此刻，我却想念起老金来，然后在迷糊中似睡似醒地挨着时间。

四

老金是我北京创业的合作伙伴，我读完土木工程的研究生，想找对口的工作，没有项目经历，几家公司看不上我这个新手，我又不想去受人管束、待遇差的单位，临时跟本科的室友老金合伙办了一家培训学校。老金家是山西开矿的，他拿资金，我做运营管理，没想到很快就顺风顺水地做起来了。我们信心爆棚，打算把分校开到武汉、长沙。过了几年扬眉日子，政策突然改变，学科类的培训被明令裁减，强制关闭，几个合伙人手忙脚乱，拆东墙补西墙，退学费补工资，经营上没有好的应对之计，唯有把学校关停了。

老金不甘心，又鼓动不甘心的我，投了一家网剧视频制作公司，当时我们研判短剧短视频到了风口，随便来阵风就能吹上天。但没想到主事人是条贪食蛇，恨不得一口吃成个大胖子，同时投了几部网剧，结果最有可能赚钱的那部剧在审查时没通过，因为网上炒作二号演员的生活污点，审查证不能发了。短剧公司人走楼空，我变得极易暴躁，仿佛整个人与世界都在下沉。健康中心打电话，说体检发现了甲状腺多发结节，并警告我，如果发展快、质地硬，或伴有颈部淋巴结肿大，FNA（细针穿刺活检）诊断为恶性或可能恶性者，应早日手术。

我素来讳疾忌医，像揣着一个炸弹在身边，失眠的焦虑让我如同整夜被吊打。老金帮我找到培训学生家长中一个专家级医生复查。专家云淡风轻，从机体甲状腺激素讲起，垂体 TSH 一旦增多，长期刺激或持续增生就会导致甲状腺不均匀性增大、结节出血、囊变和钙化，他的建议是要控制好情绪，休息一段后复查，看结节的变化再作处理。我一下就找到了病因，正经历的一摊子破事，谁遇上要是没个情绪才怪，关键问题还是回到不能解决的问题上。

陈保水不时跟我发信息，他知道我之前创业能赚钱，并不清楚我的真实处境。他说，现在亮灯的样范不同旧日了，在外千般好，不如家里一盏灯啊。他又说，人人都在奔波忙碌，出门远行，其实啊，在我看来，忘记了出发地，再拼命地跑，也跑不了多远。此前他和我聊过几次巴丘正在实施一个叫"渔火"的文旅项目，诱导性地问我有没有资源引荐，当然最好是自己回来做点事情。地方缺钱，地方干部人人都是招商员，四处搂草打兔子的事没少听说。我一般也不回复，教培行业那时刮着龙卷风，我跟老金撸着袖子，雄心壮志，琢磨着扩招、建分校，哪会考虑回去。是爷爷生命有灵，以他的死讯让我迅速离开了那座被很多人向往也被诅咒过的城市。所以办完丧事，我就跟父亲说，我自个儿去老屋住一段日子。

半夜醒来，我摸到枕头边那本老金在国外带回来的画册。画册收录了几十幅绘画和雕塑作品，作者是生于二十世纪初的瑞士人贾科梅蒂。老金在家里堆满书和杂志的书柜顶翻出画册，说，你看看老贾，就会懂得，一个人只要见过世界的边界一次，就会锥心地感受到自己遭受的禁锢。那晚我灌醉老金后，毫不客气地顺走了画册。

我是一见面就喜欢上那些外观纤细的雕塑，老贾把男女老少弄成立着的瘦个子，站得那么笔直，像极了一群世界上最孤独的人。其中有一尊女雕塑造型很夸张，身体前倾厉害。读大学时讲力学的老师说过，本质而论，任何土木建筑都有一个或隐或显的重心所在。但我不知道他的重心是怎么掌控的，女人好像随时会压倒在你身上，但她就是很牢稳地站立着，永远也不会倒下来。

有时候，翻看这本画册，我发着呆，之前经历中没想明白的，突然有了一种理解。老贾雕塑的是什么，人不像人，想说出的是什么，不就是想告诉我们距离与孤独的关系吗？不就是想告诉我们绝对存在的现实也可以瞬间化为乌有吗？老金劝我想开点，照常吃饭喝酒，逛个公园寻点乐子，给自己找个过渡，把这个艰难期熬过去。我说，这就是我喜欢老贾的原因，他不就是一条渡船吗？老金和我曾经都相信一件事情，只要公司还活着，世界一定还会变好，但现在公司不在了。

五

在亮灯像我家这样外来的杂姓不多，村里主要是陈、盛两家，陈姓管事有方，盛姓生财有道，多少年相安无事，也是少见的民风好。我回到老屋住，不能不说是那天分手时盛田生说的话留在了心里，但我似乎深受贾科梅蒂的蛊惑，也想把自己变成一尊关在家里的雕塑，失去了主动见面的勇气。我心底对盛田生充满感激，他给了一辈子因为残疾而遗憾的爷爷完整的尊严。因为一条木人腿，我又想起这位远近闻名的篾匠之前还是个好木匠，虽然他很长时间没有动过那些让一根木头变成木料的刨子斧子了。

一天午后，我磨磨蹭蹭出了门，前一晚我喝了两罐黑啤，这样会让我睡眠顺一些。盛田生家的五开间房背靠缓坡，南北向，门开着，我在竹篱门口就听到几声清脆的竹片炸裂之声。屋檐下堆了几十根不同的竹子。茶秆竹适合做家具，佛肚竹合适制作工艺品，坚硬的刚竹可做日用品，最多的是高挺粗壮的毛竹。大门口左侧立着一只渍色的竹筐，丢着几把篾刀、篾针、拉刀、刮刀。对手艺人来说，刀是他的第三只手，他有很多把刀，但总是只用其中一把。那把刀，背脊黝黑，刀口发光，一看就很锋利。匠人都喜欢用顺了手的工具，就像它已成为身体的一部分，有了记忆。老金到日本旅行时，在关市的一家刀具店拍了许多刀具照片，我想起可以给盛田生送把刀，就托他找一找有没有称手的篾刀，最后却没把这件事办成。

盛田生丝毫没有察觉到屋外我脚步的动静，而是入迷地打量着手中的一段毛竹，眉目间流动着天生的亲切感。他身材干瘪，人很瘦，骨骼就突出来了，眉骨颧骨下颌都有了贾科梅蒂的雕塑感。他还有一双别人没有的手，我见过他的手从燃烧的火堆里扒拉出一个个烧熟的红薯，在尖碎的细竹刺上划过去却丝毫无损。任何尖锐的东西，他的手都不怕。

他是个左撇子，只见他轻轻拍抚，然后右手扶定，左手执刀，切进竹子里。刀是被他手上的巧劲按进去的，左手晃了晃，稍往外偏，竹子就从中间开了一道裂缝，沿着缺口，刀锋朝下追跑，手快速划过一道弧线，一段毛竹就一分为二。这是最早的备料工序。当篾匠要耐烦细致，编织不同形状、大小的箩啊筐啊，竹片好坏很重要，根据要编的东西，得剖成宽窄、长短和粗细不一的竹片。考验手上功夫的时候还没到，面对堆在脚下的一堆竹片，他坐下来之前，先给自己的大瓷缸泡杯浓茶，然后像豆腐作坊的师傅似的，慢慢地将手指宽的竹片耐心地剥成一根根纤细而柔软的篾条。我端起手机，把镜头拉近，给他拍了几张照片。

我轻咳一声，盛田生缓缓地抬头，看到我，瘦脸两边的颧骨都颤动着笑起来，把篾刀丢在竹片堆里，迎向我走出来。他说，小丁，知道你回来了，没去打扰你，想让你好好休息几天。我用力握住他的手，似乎比之前的更硬更粗糙了。

他问我，这次回来住多久？我说，先住段日子再看。他说，你回来，我特别欣慰，有事你就跟我讲。我让他继续忙活，捡了把竹椅坐下来。他边干活边和我聊天。我早从父亲那里听说了，这几年生意难做，长江禁渔后竹器渔具用得少，每天他做的只是些长长的花篓、椭圆的提篓、扁平的筛子，生意清寡了许多，幸好陈保水帮他牵了条线，跟外地一个销售竹器的公司签了点订单，按订单做各种物件，钱挣得少，但好歹每天有事干。我说，盛叔，感谢您，帮我们了了爷爷的心愿。

他说，你爷爷是个好人，也是个勇敢的人。当年解放军从巴丘过境去武汉，村里年轻力壮的渔民都主动上前线驾船渡长江，他年纪小，悄悄跟在几位长辈身后钻进了队伍。听说是为了救一个落水的解放军，右腿被一颗流弹击中，又拖延了治疗时间，后来部队医生看到那条溃烂的腿，流着眼泪给他截了肢。

他又说，村里人都很敬重他，当年只是在厂棚街租了间小屋，靠着会熬麦芽糖，做点蚕豆酱、黄豆酱的手艺起了家，开了丁糖记，买了守备巷的大宅子。丁糖记以酱香闻名，后来你爷爷解密，是后院原本种了两棵有年头的桂花树，左金右银，五月、十月，一年开两次花，他请人将树上桂花摇落到大竹匾中，风中晾干，磨成粉末，适量加进麦芽糖和酱缸，糖和酱就都有了润喉清肺的别致香味。

他从裤兜掏出手帕，擦了擦眼角，歇了一会儿，接着说，丁糖记的生意做红火了，很长的年月里暗中帮过不少人。我家里房子遭了火，一烧而光，我父亲登门求助，你爷爷半句废话也没讲，借了钱帮我们，要没这笔钱迅速盖起了房子，那年寒冬我们一屋老小就要挨冻了。

这些故事听家里人说过，但我还是听得入迷。我问道，您给我爷爷做假腿的木头，也有香味，当时很多人说是好木料，是从哪里找到的？他说，十来年前无意间在木料坊收的一堆老木头中撞见的，当时有两米来长，号称是几百年的古樟树。人老了，都要去那个地方，何况你爷爷九十多了。我把这段老樟木当作宝贝藏在家里，谁都不说，只告诉了你爷爷。他跟我说，盛田生，你就把这根木头给我吧，然后指了指他的那条残腿。

我一下就明白了。唉，人生好多事说不清咧，从来没有人用这样的一块木头来做条假腿，我也从没做过这样的木匠手艺。

我又问，听村里人说，您是帮我爷爷打了条假腿后就不做木匠了？他说，哪有的事，木匠篾匠都是手艺人，木凳木床木船做过，鱼篓箩盘筲箕也做过，有什么就做什么，想什么就做什么，但是为了打这条木腿，我是下了心思和功夫，精雕细琢的。

晓霞的女儿从外面走进来，兴高采烈地唤着外公，他边应着女孩的喊叫，边说，晓霞两口子去了虎门的酒店打工，就把孩子丢家里了。女孩见到我，愣了一下，又欢喜又疑惑地冲我扮了个鬼脸，就跑里屋去了。盛田生在后面喊她，希希，来了客人，也不喊一声。然后给我解释，孩子啊，隔代带，管教总是有问题的。

我说，晓霞两口子在外面干得如何？没想过回来？他说，挣点工资，幸好女婿盘了个小超市，生意不晓得是好是坏，人漂惯了，在家待不住，喊都喊不回。我脱口而出，在外千日好，不如家里一盏灯。盛田生说，这是陈保水跟你讲的吧？我跟他这个观点一致，年轻人回来了，村里才会有希望，干事还得靠年轻人。

说着话，他的手老练迅疾地给竹片去骨，留下篾青、二黄。我脑子里突然蹦出了给他拍视频的念头。我问他，可以给您拍个视频吗？他说，拍这个么子用？我说，您这手艺现在是稀罕活了，年轻人都不学了，下次我要建议陈保水给您申报一个非遗传承人。他连忙摆手，莫搞这些花式了，不拍，活一天，动一天，就干一天，日子不都是这样过的吗？

六

我离开北京后，老金重启了昏天暗地的喝酒生活。他在他的 loft 装了两个生啤的酒头，宣称要亲自酿一种"永远未知的酒"，这样他就不用去酒吧，来了朋友也一样，随时想喝酒就可以拧开酒头喝。

因为公司的事，我对老金难免心生罅隙，他可以不在乎，继续喝聒噪的酒，但现实很残酷，公司原来一大群人散了，永远也聚不拢了。但他并没忘记我，有一天，他打来视频通话，一看又是喝多了，横躺在他的草绿色沙发上，舌头打着卷，说道，你听我说，你还好吗？他的手在屏幕上左右舞动，兴奋得像个进入佳境的表演艺术家。我说，听你说着呢。

老金迷乱的眼神终于能聚焦了，舌头捋顺后说道，我要去约旦河西岸徒步，你去不去？这个话题他曾经谈到过，我不明白他脑子里哪来的奇怪主意，那个地方山地多，种植了很多油橄榄、无花果、香蕉和葡萄，且不时有冲突和袭击事件发生。我坚定地回答他，不去。我心想，我都回老家了，那些个地方与我半毛钱关系都没有，为什么要去？

没有了声音，老屋里突然陷入了大海般的沉寂。我翻着贾科梅蒂，久久地端详着那件名为《倾覆之人》的作品，那些人体的细节、神情、肢体、肌理，让我像是看到一个活着的人向我奔跑过来。这个孤僻的瑞士人离开家乡后的时间，差不多就守在巴黎的一个小画室里。那间画室成了他的家，他不爱与人交往，社恐与否，尚无人查证，但我喜欢那些瘦弱的人物，原型基本上都是他的妻子、兄弟。奇怪的人儿都长着一张严峻的脸，看不透彻表情，但确实又都表情丰富。老贾说自己从不挪窝，也对自己从来就没满意过，他活得那么卑微和悲观，永远在修改、销毁和重建他的作品。从北京到亮灯，我似乎借助老贾理解了距离这个词，他雕刻了这种距离，不是人向天空伸展的距离，是人与人在现实世界里的距离。

我迷迷糊糊还在睡梦中，看见有人推门进来，我说，老金，你是真要去吗？

另一个声音回答我，你要去哪里？看看什么时间了，太阳晒到屁股上了。我睁开眼，是陈保水来了。他嬉笑着掀开我的被子，催着我起床。与他一起来的盛田生说，今天我喊了保水，带你们去一个老地方。

我们去的是红船厂码头。码头南靠韩家湾，北连宝塔巷，因为地势高，船只吃水深，停泊便利。码头南边有座小石山，壁峭峰孤，虽不高，但岩石缝里从下往上葱葱郁郁长了些蒲草和枯灌木，清朝的府志里记了一笔，说这块岩石叫金鸡石。红船厂围墙外连着的是居民区和鱼市场，人气旺。多少年在当地人心中，红船厂码头最威武的是固定的六个大吊机，庞然大物，高耸陡立。那些由翻斗车、拖头牵引车、电铲车送过来的货物，最后吊机一抬一送就到了停靠码头的轮船上。陈保水早跟我提起过，这两年长江岸线整治，模样大变，过去脏乱差，现已变身大花园。但我想不出那个记忆中乱哄哄的码头会变个什么新模样。

盛田生在红船厂码头干过两年零工，留给我的印象是他的工地在西边仓房，专门修理腐木船板，做船身保养，刮油灰、舱缝，早上干净的一张脸进去，晚上出来工装邋遢，连鼻毛都沾着灰土。二十世纪六十年代码头运输业务骤然增大，运到宜昌、荆州的煤炭、油料和矿石，经铁路货运卸下后，就由搬运工用板车一趟趟拖到码头上来。后来粮库修通铁路，码头添置了皮带运输机。早期的简易码头无论水深水浅，都只能停一条长方形的趸船，外来船舶也就只有一艘货船能靠拢水岸，上下货要搭木跳凳。盛田生也干过搬运工，遇到刮风起浪，他总是第一个冲上去，掌握好木跳凳的稳定性，保证不歇工，不出安全事故，得了个绰号"拼命三郎"，就凭这点稳当、积极，他戴过先进的红花，被派去农具厂学木工，最后为了支持村里的建设，还是回来当起了木匠。

陈保水的车沿着街河口的下坡道，拐到停着一列绿皮火车的铁道旁的停车场。火车上挂着宋体红字的行程木牌，"红船厂—北京"，鲜亮亮的。他很兴奋，带着我从栽植着杜英、白玉兰的石径上往前走，沿湖的犄角有一个大足球场，四面高高矗立着钩花围网。球场对面隔着一片大空地，地势起伏，拱起一座特意设计后堆筑的小山坡，下坡又是一片草地，就见到一个钢构搭建的大舞台了，左侧不远处留下唯一的塔吊横梁上，笔走龙蛇般悬挂着"洞庭渔火"四个大字。把这一圈走下来，对熟悉的人而言，红船厂隐约的痕迹是能在一惊一乍中唤起记忆的，但新的元素和巧妙的改造，又让人几乎认不出来了——像湖畔花园，像露天剧场，也像旧址公园。我明知故问，这是红船厂？陈保水哈哈大笑起来，说道，一回到这里人就格外激动。他这么一说，我心里也有了感觉。唉，人人都没法抹去生活的记忆。他说，凡事都有缘故的，我请你早些回来，就是让你看看渔火项目，一期刚验收，后面的二期还是沿湖发展，一块块区域做规划做设计，是铁了心要做到亮灯去的。

从红船厂出来，我们找了一家老店吃饭，饭桌上话挑明了。我心知盛田生不是简单地让我去怀个旧，陈保水也不是让我看看老码头的新样范。盛田生指了指身边的陈保水，说，我们是一个心意，心心念念希望你留下来帮着干点事。我没接话，陈保水就说起前几天去澧水边一个乡村的经历。他遇见了一个喜欢南方田园生活的北方男人，花了几年工夫在妻子的老家做民宿，想做得有些特色，就四处找旧东西，一个偶然的机会，看到长江边一个古镇因为水库蓄水要淹，就找过去把古镇街上的青石板、旧门窗、老石墩石柱石砖从大山里运出来了；家具摆设是请的老师傅带队，仿明式风格，用了些金丝楠木、拆房老料，都是纯手工打造的。他满脸的神往。我在北京听说这样的人和事太多了，说这些人是在烧钱，也可以说有情怀，但归根这一切是以经济为基础的，没钱想干这些事，都是扯淡。我明确拒绝了他们，我说，我回来只是想换个环境调养身体，我创业失败，也没钱来做投资了。我决绝地把话说到这份儿上，剩下就是尬聊了。

盛田生眼神抖了几下，脸色就沉了下来。陈保水拎杯饮尽，说，做事情的勇气是最重要的，钱是王八蛋，总有办法对付的不是？我说，这个时代早不流行匹夫之勇了。他有点赌气地说道，盛叔您说，亮灯人骨子里的东西他有没有？我说，我们认识这么多年，你早应该看出来我没有的，再说我并不觉得要做一种拆迁式的重建，伤筋动骨，折腾不起。他见我有松口之意，紧追不舍地说，你是建筑师，谈谈你的想法嘛。

我说，一个没有念想的人，有什么好谈的。我把酒倒满杯，举起杯子，黄色的液体漫过杯沿缓缓落下。话不投机，盛田生这回生气了，板着的脸像块毛糙的冰，不搭理我，但这不影响我喝酒的情绪。那天有点不欢而散，最后是陈保水打圆场，说故地重游，别的事改日再叙。说到底，酒是情怀和梦想的催化剂，我得承认他们的提议刺激到了我。

七

到了下午，希希被镇上幼儿园的校车送回来后，会跑到老屋来找我。她听到屋里没动静，就先是一个人悄悄在外面玩，直到我睡醒有了动静，她会发出声响吸引我的注意。有两次我没睡，悄悄走出来，看到她坐在屋檐的一个角落出神，像是在捕捉屋角的声音。她说她能听到鱼在水底下游动的声响，问我信不信。我很羡慕她，我的耳里到了深夜还不时飞过一阵轰鸣，叽叽喳喳的。她问我，为什么一个人在家，夜里却有人说话？我逗她说，那是我在跟自己说话。她拍了拍自己的肚子，说，我也经常跟自己说话。我哈哈笑起来，问她，你听到水里的鱼在说什么呀？她一本正经地说，是鱼宝宝和妈妈在说悄悄话，有时高兴，有时见不到妈妈，就很伤心。我心里咯噔一下，想，这么些日子，我也没见晓霞和孩子视频通话，希希是想妈妈了。

有一天她没来，我就下去找她。盛田生因为幼儿园老师告状而罚她禁坐，不准她去找我。她蹙着眉，嘟着一张嘴，正在生闷气。我想引她开心，就说，叔叔给你讲一个故事吧。她眉头没舒展，眼睛看向我，扑闪了一下。我开始给她讲《七龙珠》中孙悟空大战魔人布欧的故事。那是我小时候看过的动漫，当我说到大山里的少年孙悟空打不过威力强大的布欧时，希希变得着急了，小嘴咬得紧紧的。我说，孙悟空变了超级赛亚人，也还是打不过，最危险的时候，他想了一个办法，去找地球人求助，于是他从纳美星球千里传音。希希问，什么是千里传音？我说，就像鱼宝宝在很远的水里说话，你能听到一样。她追着问，我也能千里传音吗？我想跟妈妈说话。我说可以啊，待会儿就让外公跟妈妈打微信电话。她一听只能打电话，泄了气，圆眼盯着我，问道，孙悟空后来呢？我说，孙悟空告诉地球人，地球快毁灭了，你们每个人要借我一只手。地球人也着急了，赶紧把手借给他，孙悟空手中的元气弹就越来越大，他把元气弹扔向布欧，这个魔人就被打败了。她一听到打败了魔人，这才眉头展开，兴奋得拍着手蹦起来，孙悟空赢啦！

希希听完故事，精神振奋起来，说，我去店里看看。这个小精怪，对做生意像是有天赋。盛田生一人难以分身，生意的大头主要是订单，店里物件都标了价，留了付款二维码，自己不在就托隔壁的邻居照顾。我拉住她的衣袖，说，你可以借一只手给外公吗？她看看正做事的外公，又看看我，眼神充满迷惑。我说，叔叔说的是借画画的手，我们给外公的这些竹篓、竹篮画上卡通人物。她一听可以在竹器上画画，欢喜得不得了。前些日子，我与盛田生商量过，也跟订单方打过电话，他们对竹器上增加一些卡通图案举双手赞同。我从屋角的纸盒里拿出网购的水粉颜料，教希希在调色盘上调好颜色，又搬出一个小竹篮，她就兴致勃勃地开始创作了。

我讲故事的时候，盛田生系着一条褐栗色的腰裙，收捡、清扫、归总。老金一直在怂恿我做个直播，盛田生坚决不同意，最后好说歹说，才同意我拍视频。我说这是个流量时代，平台推介的成本并不高，他才勉强答应让我试一下。

我打开手机录制视频，说，您边干活边说几句，随意说，不用管我。盛田生偏黑红色的脸上有了很多皱纹，像刮光叶子的枝杈，他自嘲地说，有什么好说的哟，我这点手艺干得再好，又有么子用？我知道他的言外之意，也不打断他，重新挑了一个角度，把手机搁在一张高椅背上，保持拍摄的稳定性。

只见他弯腰在地上早已割好的竹段中翻检，寻找看上眼的竹子。他脚旁是一截粗圆的原木桩，上面布满很多剖竹子、削竹片的刀痕戳痕。他说，一个好篾匠，第一刀很关键，一根竹子成为什么样的东西，命运就在第一刀。他边说边动手，一把刀摇摇晃晃，看似不稳，实际上是随着他那双瘦骨嶙峋的手在跑动，那种节奏感，走走停停，一会儿是欢快地跳跃，一会儿是陡然止步的沉吟。有时候，刀卡在竹片的中部，原本青黄相间要分开的地方，刀势方向发生了改变，柔青中多了些硬黄，他犹豫一下，两指捏着竹片往外一甩，算是放弃了。我忍不住说，这么丢了不可惜了，削掉那点黄色就不能用了吗？

他头也不抬，眼睛在一堆竹片中重新挑选新的一根，说，手艺活，讲的原材料硬扎，不能将就着用，削过之后的篾片容易断，如果编织时断了，还是得返工，迟返不如早返。我突然才发现，在屋角的另一侧，刚才丢弃的竹片堆里，已经有很多的试错品了。起刀、摇摆、失败，我想他这日积月累，无数次重复这些动作，重复错误的过程也是成功的过程。我问他，你一天下来，能有多少根中意的竹条篾片呢？一根根试，一根根不合适，没有挫败感吗？他不以为然地说，人都会犯错，犯了就要纠，后面的路才会顺起来。

盛田生看着认真画画的希希，眼里湿润了，说，孩子啊，长大了，批评不得，动不动就威胁我去找她妈妈。我说，您省点生气的心，希希还小，挺懂事的，孩子都有自己长大的路。他说，道理谁都懂，但遇事了火气就上来了。我说，让晓霞两口子回来发展吧？他说，要他们回来不是没想过，回来没事干，日子久了，人也废了，我辛苦帮着看孩子，也是让他们多经历点，知道生活的难。我知道这确是现实的无奈，但嘴里在说，最主要的是对孩子成长好。

他的眼角有些发红，扭头往袖套上擦了擦。我们不再讨论孩子的话题了，他收拾好工具准备做新的东西。我感慨地说，您做了一辈子手艺，有没有想过，一根竹子的命运也充满起伏变化，是做成用具还是艺术品，是被人欣赏还是付之一炬，这世间啊，每一件事物的命运，并不是掌握在自己手里的。他愣怔了一下，说，命运都有个自然，人是人，物是物，没法相提并论的，你还年轻，不要这么简单否定。我说，一辈子能像您这样专注一件事，太不容易了。他笑了笑，捡起一根长竹片，划开一个缺口，右手捏着一头，拿篾刀的左手快速地向下游动，只听得刺刺啦啦的响声过后，青色的竹皮和黄色的竹心恰到好处地分开了。

不能不说盛田生有一双有魔力的手。经过他那双铁手抚摸过的竹片竹条，又细又长，柔软有弹性。这是考验一个篾匠手艺的不二标准了。编织那种小巧、圆润的用具，非用青竹条不可。好篾匠起刀，不能太薄，也不能太厚，薄了，很难从竹子上剥离，厚了，缺了柔韧性，容易开裂，用具的寿命就会缩短。篾青细密坚实，柔长为经，篾黄柔韧性差，宽短为纬，经纬交织，真正的老手艺人是很讲究的。我喜欢看他流畅的开刀动作，他把牙咬紧，眼睛眯缝，手指捏牢竹片一头，用力过猛，指腹也压得苍白扁平，一根银色长鞭般的竹片活泼地弹跳着，像是立刻获得了另一种生命。

当精挑细选的竹片达到一定的量后，他就开始要制作成品了。他的手变得从容，不如之前的紧张刺激了，仿佛一艘船经过暴风雨后，雨过天晴，海面平静下来。他用刀口轻轻刮去竹片表面一层蜡质竹皮粉，又用刀背磨去四角的小毛刺。我握过他那双手，皮肤经过多少次篾条的摩擦，变得粗硬，变得生冷，那双手也成了一件贾科梅蒂雕塑的艺术品。那些毛刺已不再能对手造成伤害，但就是这样一双手，看似笨拙，却又灵巧活络。十来根竹片均匀地横竖摆放，有时你不知道他的手是怎样动起来的，竹片扭动交缠，压一挑一，回穿藏头，不一会儿，组合出一个个镂空的"口"字，水就从那里渗漏出来，继而弯曲出四个尖角，提篓的底座出来了，肥肥的肚皮也显形了。

他把活儿干完，到灶屋转了几分钟，端了一碗糍粑甜酒出来。过去乡下待贵客的方式，就是一杯芝麻豆子茶、一碗糍粑甜酒，闻起来香，吃起来甜。他看我吧嗒吧嗒吃得开心，就说，上面同意让我们申报项目了。我说，这是好事啊。心里想的是，申报离落实远着呢。他说，你说你总要帮我搞那个直播、视频、网店，我年纪大了也不会，你走了这些事又搞不成了。我说，以后可以让晓霞回来帮你啊。他摇摇头，你没明白我的意思，村里不能是只有我一个人、一家人好呢。你想想红船厂，看看相邻的青沙湾，变化多大，不是都说大家好才是真的好吗？我心里咯噔一下，没想到盛叔这个一辈子守在村里的手艺人的境界这么高。

我把吃完的碗搁在桌上，再次坐下来。他说，我啊，有点担心陈保水，有办好事的心，但没办好事的力，我想帮又帮不到腰杆子上，也没那个劲力。所以他想请你，我也思前顾后，你是北京来的建筑师，帮我们掂量一下，出出主意。按照他的说法，亮灯以议事堂为主体，结合村里老民居的改造更新，修旧如旧，加上渔民新村的功能完善，说不定到时又是一个"红船厂码头"呢。

我眼下乐意做的，是把盛田生的短视频剪辑发布后，帮他接到一单单大大小小的生意，但看来这并不是他最开心的。我说，盛叔，您真的很在意亮灯做这样的改造？他看着我，眼睛里流露出坚定的光，这一次，他的眼神没有抖。他说，你好好考虑，留两年，这里也是你们丁家的根哦。我点点头，但还是没有回答。

过了小半月，陈保水亲自陪了一支十来人的队伍到村里转了一大圈，最后到了老屋来看我。过去他也常当向导，带几个人看了、走了，指指点点，又没了下文。这次来的是一个设计团队，为首的中年男子来头很大，但形象很滑稽，胖墩墩的头上蓄了一个"地中海"，脖子上挂着一条 Burberry 的格子围巾，外面套一件同品牌风衣。据说他在北京做了个设计工作室，经常接政府的活儿，日进斗金。他像个主治大夫，身边围着几个稚嫩的实习生，望闻问切一番，然后就在那里发表一通极其正确的浮华陈辞，算是画了一个饼。画完了，就把笔头往求画者陈保水衣服上擦了擦，转身撤了。我实在没听出他有什么高妙的具体举措，尤其是最后落脚到要改造得有城市感，基础设施要城市标准化，让城里人有回家之感，这让我大跌眼镜，也大倒胃口。

我推搡着陈保水往外，意思是赶紧把人给领走，等他们走了，我发了条信息调侃他：哪里请来的大师傅，可以不懂，但不要装懂，你叫不醒一个装睡的人。他没有回复我，估计是生气了。我才不管他高不高兴，看不顺眼的想说就说了。

八

过了几天，希希跑到老屋来喊我，说外公请我去打鱼佬吃饭，还有几位村里主过事的老人。酒桌上没有啤的，我只好端起白酒杯，盛全伍吹他的酒销到了外省，我试着喝了小半杯，感觉口感顺畅。在座者虽然年纪大，但都是好酒量，频频向我举杯，喝着也就喝多了。酒过三巡，陈保水赶过来了，又谈起红船厂的变化。我借着酒劲，就直言不讳了。我说，这件事大家不知道，红船厂是城投公司在后面支持，是市民休闲和历史老街区改造，亮灯能进什么项目笼子，进不了一切都免谈。陈保水急了，说，没有做不到只有想不到，钱的事你少操心，那是我的事。我说，我是提醒你别搞半拉子工程，不要羊肉没吃到，反惹一身臊。

看到我们红脸急眼了，盛田生打断我们的争吵，说，你们知道红船厂的来历不？陈保水气咻咻地找别人碰杯不理我们这茬，我只好顺着话回答，有不一样的来历？他点头说，当然，码头过去叫洪船，三点水一个"共"字，你见过吗？他这一问，我又吃惊了，不得不承认我的孤陋，过去就知道这是个地名，是个靠船的码头，没细究过洪船，也没听说过湖上还有洪船。

他说，过去湖上有洪帮，洪船是洪帮用的一种快船，早期的风网船，洪船就跟它长一个模样，吨位大的有四五十吨，双桅杆，船长而窄，两边中部绑着子船，渔民叫子划子。他见我有兴趣，就用食指沾酒在桌上画出一条船的形状，说，大船帮上各有两孔，如碗口大小，用木棒堵着，遇风浪时船体倾斜，子划子绑上去就是起平衡作用的，大船与小船之间有腰舵，类似大青鱼的胸鳍，有大风大浪也不怕，腰舵就像定海神针，把船牢牢稳住。

我问他，这种船后来为什么没有了？陈保水插话说，被取代了嘛。盛田生笑一笑，继续说，过去湖上风暴来了，渔船商船货轮都弯岸歇避了，但洪船不能躲，反而是要随时待命，或者是去巡湖，发现险情立马营救，也只有技艺高超的渔民才敢去驾洪船。我说，想不到盛叔对洪船这么有研究。他谦虚地说，你不知道，我不会游水，从小就不肯上船，而且一上船就晕，在亮灯是个笑话。我问，怎么对洪船记忆如此深刻呢？他说，母亲怀孕那年，跑去香炉山拜菩萨，出来时去了趟茶场，贪了杯明前银针，返程时天快断黑了，结果半途遇到大浪，真是"远见湖上一线风，妖风到眼前"，碰到这种情况，真是叫苦不迭，渔民称此为"翻船的祖宗"。一条船摇摇晃晃终于还是翻了，求菩萨也不管了，最后要不是遇到救生局的洪船，母亲和那一船十几号人就没命了。

他自嘲地说，我这是在娘肚子里就落下的怕水后遗症。在座者都笑起来。另一个老人接着说，我们见过那驾洪船的舵手，要眼疾手快，临危不乱，船上水手也要眼尖，随时升降风帆，转舵打舷。遇到落水者，水手就下帆减速，抛出绳索或救生圈，将落水者拉过来，再用挽篙拉扯上船，洪船救到的可都是有福之人。

几位老人就沿着话题讲古了，我听得津津有味。当生活从往事中停顿下来，被忽略的东西就逐一跑到你眼下的现实中来，命运的起承转合就有了镜像。他们在水上在村里活了这么些年头，生活常常是这般饶有趣味，你谈不上何为好，何为坏。

酒足饭饱，大家散了，希希缠着我去湖边割芦苇。正是芦苇疯长时节，成片的银色苇穗，像大地飘逸的长发。我教她在硬卡纸上画好一栋房子的外形，帮她把苇秆剖开，削成合适的长度，一根根贴上去。她用水粉颜料，给屋顶涂成了金色，门是辣椒红，墙是橄榄绿，窗是孔雀蓝。有一天一个中年女人经过店里看到，心生欢喜，一定要把这幅苇秆画买回去。希希从没想到自己的作品有人买，一下着迷了这种贴画，一得空就逮着我帮她准备材料，然后自个儿去贴出各种形状的动物、人物和建筑。

我们割了一小捆苇秆回来，盛田生正把一缸茶续上，茶水冒着热气，他要继续做没完成的那个竹提篓了。之前底座多出的竹片，垂直向上，这是提篓的重要部分，他拿起一根削好的竹片，选一个口子卡进竖着的竹片之间，另一头穿针引线般地游动起来，一根竹片的完结点，是下一根的起点，就像一群蝴蝶在青草丛中飞来飞去。提篓的圆肚子完成了，最后是锁口。口锁紧了，就像是一根主心骨，这些竹片就密切连接成了一个整体，多少年也不会散。如果口锁松了，啪嗒，所有的竹片就像脱了缰的野马，坍了梁的房子，拆了线头的毛衣，很快就会散开。所以锁口很考验手艺。

盛田生说，篾匠师傅如果是用绳子锁口，那要被人取笑的。他从来都是用篾片锁口，口锁紧后，提篓的工序也接近尾声，但这时的提篓只是一个大肚子的不倒翁，一般还会再安上四只竹脚。竹脚的取材是带有竹结的竹子，他从废弃的竹结中锯下一段，分锯成四块，上面的削成三角形，尖角部分各寻四个角落插进去。四脚长全，他把竹篓往空中一抛，竹篓落地滚动，然后稳稳地立在了那里。有脚还得有手，竹篓的手其实是人们拎提、胳膊挽的地方。他会挑一根黄色的竹片，比画量好长度，他切断多余的部分，从锁口处插进提篓的身子，然后横跨插进另一头，一根竹片还不够牢固，有了几根竹片的加入才能放心使用，但第二根竹片的起点不能是同一起点，它得落脚在相邻处，竹片这样形成一个夹角，夹角的大小决定了提物时受力点落在了提环的顶端，还是重力被分散在周身。圆开口上像是架了一座桥，重力被分散后，提的人轻松，提篓也会更经久耐用，不会在你哼哧哼哧爬坡时，提环的某根黄竹片毫无防备就被扯出来。这个角度不好找，完全凭的是经验，好像是上天的安排。

外面的天色渐渐沉了下来，目光穿过两棵银杏树的枝杈，正好看得见湖上的落日，保留着饱满的酡红气色，像是一个温暖的拥抱。我的心情在这场景里，像得到一种温暖的抚摸。这些日子，一进入村民有棱有角的生活中，看着盛全伍酿酒、盛田生做竹器、希希活蹦乱跳，那种种的不如意和无聊感，就慢慢得到平静的覆盖。

盛田生心满意足地看看角落，那里一个个外青里黄的提篓、花篓，有秩序地列队，有的已经被希希涂鸦，像一群害羞的孩子穿上花花绿绿的演出服挤满了墙根。我抬头看见头顶的木梁柱，心想这不就是他手中那根穿过的黄色竹片嘛。我打量着三角形和"人"字形交错的梁柱，又看看前坪院落，心想，改造项目真要落地，盛田生家这么宽敞的房子，是可以打板示范的。

九

盛田生的房子有些年头了，两年前翻修过一次。女儿女婿执意要拆掉重建，拆了半边他就后悔了。当年他花大力气打的土坯，并没有太大程度的破损，冬暖夏凉，村里人说，现在的砖瓦材料一万个比不上。他认真了，跟女儿说，老宅子不拆了，过去多少年聚的气跑了，新不如旧。女儿生气，说旧的不去新的不来，这样的土坯房早都过时了，变危房了。他也说了气话，房子最重要的是住着舒心，哪有过时之说。僵持不下，吵过几次，最后女儿也只能依了他，拆屋的人把旧的半边加固，盖了半边新的，像两个拼起来的火柴盒。

我一直对房子的怪相充满疑惑，但又不好打听。有一回坐在檐下聊天，他把房子变成眼下情状的经过说了一遍，摇着头叹气道，年深日久，人和房子磨合好了，就有了感情，身体舒适，精神愉悦，延年益寿。他羡慕我家老屋，说，你爷爷长期回来住，住在这样的老房子里，活到九十八才走，那是上辈子修来的。

他话里省略了"福气"，我想，真的应验了"拥有了就不珍惜"这句话，年轻人心里也懂，但偏偏就是不去想，也做不到。如果不是回来住这段日子，我也根本体会不到，这种对着天、守着地、看着水、连着人的生活，比城市里的灯红酒绿、高楼林立要真实、本色。

陈保水忙得像个陀螺，有一段日子不过来了，过去张嘴闭口就是改造，大有不撞南墙不回头的牺牲气概。我善意地劝过他，需要投入那么多，又是不能短期收回的成本，都是下沉资本，再说村里情况复杂，要取得村民共识，不能不考虑难度。他说，有难度，我才挑战的。我说，那些空心房平时没人管，你真正要动它们的时候，管事的人、屋的主人就出现了。他说，村里的思想工作已经在做，我要保证的，是拿出一个理想的整体设计方案，老房子的历史肌理感不能破除了，反而要恢复和加强，居住的内部空间也要有舒适性。

　　我承认他的话说得在理，看得出他做了不少案头工作，当下到乡村来做实践的建筑设计师多如牛毛，大家一窝蜂拥进来，但多数都是凑个热闹。设计师不只是学点建筑知识，懂点造型，还要有人类学、社会学、生态学、环境美学知识，以及尊重延续乡野传统的设计理念。这些话聊过后，我们又各干各的去了。

　　希希的苇秆画卖了几幅后，她画画的热情空前高涨。有时候我带着她去写生，她背着我从网上买来的小画夹，气昂昂地走在村里，我扛着盛田生制作的小画架跟在后面。我们专挑老房子画，希希给这些房子用苇秆和颜料"穿"上各种外形和图案的衣服，我则在一个笔记本上编上号，简要地记录下房子特征。

　　盛田生不做竹器的时候，也跟我们一起到村里逛。他跟我聊村里这几年做的事，难题、症结在哪里，解决的方向在哪里，只谈事，并不再对我提要求。我大致清楚了，过去十来年，各地都在建设美丽乡村、特色小镇，这些政策掀起的风，把过去零散的、民间自发的乡村建设，变成了政府主导的自上而下的乡村建设运动。这给了一些建筑设计师很大的机会，要知道，历史上，他们可没像今天这样跟大众的生活贴得如此之近，但能否胜任，是拿一根尺子量，还是不同地域有不同的思考变化，还真不好说。

　　前几年我在北京，忙里偷闲，也和老金结伴去过北方不少乡建做得好的村落。转来转去，心里总觉得差了点什么，回来细琢磨，是家乡在内心深处扎下的印记太深了。有些人跑再远，赚大钱得大名了，都还是想回到老家，做点事情，盖栋房子。在村民眼中，这些乡土建筑未必重要，尤其是在曾经是渔民的人心中。水是流动的，人也是流动的，人和土地从分离到融合，过去不看重的，后来随着上岸改变了，大家对居住的环境要求提高了。我纳闷过，"八〇"后的村支书陈保水怎么在村里威望还蛮高的。盛田生与我解惑，村民支持陈保水，原因在于凡事他都是先考虑对村里有没有好处，过去的镇领导提出过一些不切实际的想法，都被他以各种理由回绝了或者死皮赖脸地敷衍抵制了，不然也守不到今日，村子不会还保留着接近原生态的模样。

十

盛田生的竹器手艺视频开始在短视频平台上发酵了。有很多人留言定制购买。我让他动员晓霞回来，又请陈保水想想办法，能不能在村里找个年轻能干的人帮帮忙，可以付一定的报酬。消息发布出去，来合作的人还不少，陈保水特意把镇上快递点的负责人也请来，尺寸、型号、价格谈妥了，盛田生就忙碌着扩大生产销售了。这件事在村里引起了不亚于一场地震式的"洗脑"，一些人见到我就来搭讪，恭敬请教，我也有虚荣心，装成一个贩卖大师，教他们几个步骤，没过几天，卖鱼制品的也有声有色地搞起了直播。盛全伍见到我，表扬说，到底是北京来的，稍微点拨，我们村就活起来了，你就留下来吧。我领了他的好意，把话岔开说，你不能光顾自己赚钱，也得带着大家发财啊。

陈保水像是消失了，听说是跟县里的领导出去学习了。他大概也是听到村里的变化，有天夜里发信息向我致谢，客气地说，最近非常忙碌，怠慢了老兄。我故意激他，病急乱投医嘛，不忙才怪。他也不恼，说，病急就要投医，耽搁不得。我说，非良医不可治也。他像抓住了救命稻草，说，出门看多了，真的知道办事不容易，你能这么反对，说明你也是为了亮灯好，你不要不承认。

我虽然嘴硬，但还是不想再尖锐地伤他的心。必须承认陈保水做事的态度，发完信息，一个小时后，他出现在我面前，拎着一大袋啤酒，一兜外卖打包的牛肉串、板筋、鸡爪和我最爱的锡纸烤茄子，说是出差刚回，还没吃饭。酒喝下去，又扯到那个穿 Burberry 的设计师身上，我说，你知道我们缺的是什么吗？他锁眉摇头。我说，很多建筑师从还没踏入乡村的那一刻，就在心里营造，但这个营造有多复杂，你知道吗？他全身都摇摆着，像条风浪中的小船，连连说，不知道。我说，不管复杂与否，日常生活中该考虑的是不设计的设计，只有这样设计才可以变成一种创造力。

陈保水说，你的意思是要向生活学习？我说，你看村里这些老房子，它有建筑师吗？可以说有，也没有。他略有所思地点头，笑眯眯地说，你一开口，大腕建筑师的牛派头就出来了。我笑他是个马屁精，说，才讲过要向没有建筑师的建筑学习。

他说，你就和我认真地掰一掰，你肯定是懂的嘛。我说，豆腐太热，吃急了烫嘴也烫心，都烫坏了，我负不起这个责。他说，已经放进嘴了，哈口气，烫一烫也还是霸蛮吃得下去。我说，烫死你，我不担责。他说，不要你担责。

我缓了一下，说，你想改造，我不是反对，而是要在本地发展的脉络里找到解决方案，我们不光是考虑地理、气候、历史文脉、传统材料和新技术、成本，也要考虑村民诉求、土地制度、公共文化、农村产业这些更偏向社会性的东西。

他说，你说得太对了，不能生搬硬套，搬石头砸自己的脚。

我把罐中啤酒喝见底，咽了咽说，具体的建筑，一定始于使用者的某个简单需求，但那个需求往往带出具体的空间问题，我们最大的困惑是什么？就是有的建筑师职业训练所认定的那个"唯一"，不过是一个建筑知识掌握者的错觉，以为自己已经发现了使用者的问题，而实则与人的需求没有关联。

他问，那到底什么是好建筑呢？我得承认，这段日子我也被这个问题困扰着，他难住我了。我一本正经地回答，我不知道。他说，那说你知道的吧。我说，一件事如果只能交由一个人决定，是会有问题的，当它交给多数人决定、参与，大家一起创造，就会做成有价值、有意思、在生长的东西。

接连几个月，我的作息渐渐变得有规律，上午起来工作，下午到盛田生的竹器店坐一坐，和村里人扯扯闲篇，有时希希就带着我，也是我陪着她，到村里转悠，继续去画那些老房子，我们不仅给每一栋老房子编了号，也拍照记录下来。

盛田生看在眼里，笑容也多了起来，在家里张罗了几次，把我叫过来吃饭。我问他，陈保水要推进村里的老房子改造，你的房子要拆的话，想不想？他说，如果是拆掉，我还是坚决反对。我笑道，那还是同意搞改造的。他点头说，谁会反对把生活过好呢？我说，如果是做改造，每栋房子都要有不同的方案。盛田生不假思索地说，可以拿我的房子先做试验，我不喜欢喊得咋咋呼呼，关键是事能做圆，你能留下来，一定能帮着干出点名堂。

我注视着他，眼前这位我儿时就认识的长辈，时间在他脸上刻下了道道皱纹，但清澈的眼神似乎从没变过。我心里有一股热流淌过，认真地说，盛叔，我答应您，留在亮灯干两年。

每天上午固定的工作时间，我开始浏览许多乡村建造的网站、公众号，看建筑师各种形式的表达，也研究那些没有建筑师的建筑形态。这种事情是会上瘾的，我变得对乡村改造有了更大的兴趣和动力。我原本以为我的专业知识积满尘垢，一辈子也不需要动用了，面对亮灯的现实，那些装进脑子里的知识又在蠢蠢欲动了。如果换了一个陌生之地，我还会有这样的情绪吗？我日渐清晰地明白一个理，建筑对使用者日常生活的贡献，绝不仅是来自视觉美学，还有建造中的能量交换和情感投入。

老金果真去徒步了。不过他没去成约旦河西岸，而是沿新疆塔城相邻哈萨克斯坦的边境走了将近一个月。他每天在微博里@我，更新徒步笔记和风景图片，我没想到塔城这个遥远的西北之地竟然川流纵横、湖泊星布，特别是多民族的和谐融合达到了令人惊讶的地步，有的大家庭成员里有七八个人属于不同的少数民族。老金沿着巴克图山和额敏河走，每到一个村庄或是居民聚集点，都会拿着文艺腔调写上几段配图的抒情文字。他玩得挺爽的，有时候就"刺"我说，人生天地宽，到塔城来一趟就懂了。他在返程最后一天夜里，和我视频通话，我看到那边还是黛蓝色的天空，明晃晃的，与我身处的寂静黑夜形成极度反差，真是夜不落之地啊。他兴奋地对我说，兄弟啊，我们要转运了，你想不到的事情这么快就发生了。

从北京传来的消息，起初我是质疑的，但很快被佐证了，那部投拍的网剧审批有了新进展，女演员的脸通过技术手段全部换了另一个流量明星后，过审了，制作方在加班加点进行后期制作，宣发团队重组后活跃起来，有广告签订意向的对象也超过了之前的预测。老金说，谁说死马不能医成活马，这就是否极泰来啊。我不敢相信眼前发生的一切，从失败与不甘中刚刚修复的内心，又忍不住狂澜大作。这个翻身仗太有现实需要了。

老金问我何时回，要是换在半年前，我立马打道就回北京了。那时我跟老金说起有过的那种深度无聊感，他拒绝探讨，他是个长久以来总在不断折腾的人，一味地忙碌，有什么结果呢？这是我在孤独时常常涌上心头的自我发问，本雅明说深度无聊是"梦之飞鸟"，是精神放松的终极状态。老金不相信，说他的精神放松就是在喝酒之后，得把自己灌倒，不省人事，睁开眼睛就又是一次活过来。

我把北京的转机跟盛田生说了，他很紧张，以为我是想回北京了。这么长一段日子待在村里，我留下来的意愿变强烈了，与他有关，也似乎无关。过去奔波忙碌，却没发现自己失去了"倾听的能力"。现在我听村民茶余饭后闲谈，他们也说那些外面打拼的人的事，说对城市生活的思考。最重要的是，我在倾听的过程中不失眠、不焦灼了，在老屋的夜里，我的身体变得清灵和轻盈了。我寻思着，要告诉老金，不是只有北京才有舞台，等资金真正回笼后，要拉着他来参与这个项目，一起做一件漂亮的事。

十一

盛田生是村里少数还存了几本旧书的人，早有耳闻他父亲是村里少有的一个"怪人"：一辈子打渔，一双四十四码的大脚，水性极好，床头会摆书，风雨不下湖，就在船上读二十四史。从小怕水、一上船就头晕的盛田生，从父亲那里继承了读旧书的习惯。有天夜里，我出来溜达，看到他还没睡，门虚掩着，希希在床上睡得香甜，他却腰背笔直地端坐台灯下，手指书页一行一行细声读着，读完一页，手指头伸到嘴边蘸点口水又翻开一页。见到我进来，他把书覆过来，我拿起这本没有了封面的书，纸页边角又黄又脆，又薄又轻。我问这是本什么书，他说，一本老村志。我仔细辨认，上面有一段话写道：

> 拓开堂前天井，放日光也；多开墙间窗牖，通空气也；地下填礓石，地面不施地板，取其坚实而免潮湿也。不刻镂，不丹膜，无覆阁，无重檐，诸所设施，概从简朴……

我说，这些话像是在谈建筑。他说，旧式建筑看起来比现在的烦琐，但功用考虑得周全，我真后悔当初一听女儿女婿鼓动，差点把老房子毁了，结果搞成这个难堪的样范。我说，我这两天琢磨好了，正要找您聊这事，帮您把老房子改造之后变回去。他搬过椅子，抓着衣袖，示意我坐下，说，赶紧讲讲，有什么好招？我说，现在房子最大的争议问题是外立面和稳固结构，我想好了，外面的土坯墙原封不动，侧面有高窗，我们就用砌片石的办法把外墙镶嵌一层，正好镇上有一家青片石材加工厂，我们把那些边角余料运回来，稍加打磨，成本就是运输和手工费，照这思路改，原来的夯土墙变成了复合砖墙，稳固和保湿散热的双重功效都有了。他欣喜道，这是个可行的办法，我信你。

有天大清早，我刚起来洗漱完，就接到盛田生电话，语气很急，让我速到议事堂。我猜不到会有什么急事，这一个多月，陈保水晚上组织村民代表开会讨论空心房、老旧房腾改民宿的事宜，美其名曰"亮灯夜话"。我不反对他听民意、搞民主，但他搜罗了大筐的问题，反而把主要症结给淹没了。此前，村民早就议论开了，没有遇到明显的阻力，也并没有特别积极地响应，表面上绝大多数村民表态支持，但少数犹豫观望的还是在担心成本投入能否收回，房子会改成什么样子。

走进议事堂，已经吵成了一锅粥，盛田生扒开人群，把我拉到一边说，人人有诉求，人人有忧虑，你得给大家上堂课。盛全伍走过来说，房子装修是个无底洞，到底是什么标准，村委会要有个明确的说法，听说你是主要参与设计者？有个从外面回来不曾谋过面的村民插嘴道，他是哪一个？盛田生说，山峁老屋丁家的孙子，正儿八经的建筑师。那个村民说，我说话直莫见怪，他站哪一边？不能站着说话不腰疼，要替我们着想。我抱拳作揖，拿一张笑脸回答。人群渐渐围过来，盛田生凑近我耳边说，这场火不灭了，后面的路更走不顺。

这些天走访，我心里有数了，村民并不反对改造，而是要取得相互的信任。我环视一圈，合掌致意，说，我曾经觉得自己是亮灯村泼出去的水，回来这些天，我想起了我曾祖父和爷爷说过的话，老屋在这里，根就在这里，树高千尺不忘根，水流万里总思源，刚才有人问我站哪一边，我只想说，一个根在这里的人，当然是要当自己家里的事情去做的。

大家热烈地鼓掌叫好。我让盛全伍去老屋把笔记本电脑取来后，演示这些天搜集整理好的PPT，把外地的案例和村里老旧房子的现状和改造想法展示出来。一张张图片打在白墙上，有了对比就有了发言权，他们一边辨认着是谁家的房子，一边惊叹着外地那些改造样板。我举盛田生的旧屋为例，说了青片石砌墙和内部房间功能调整的设想。盛全伍说，人要衣装，屋也要衣装，这么一穿衣戴帽，感觉真不一样了。盛田生的女婿小孟也从虎门赶回来了，说，我家屋大，半边自住，半边当民宿，这个办法好。

最后的话题落在了议事堂上，我把一个初步方案抛出来：大前坪顺着地形做一个小坡度的露天舞台，山墙开落地窗，集会、红白喜事分屋内与坪上，就不受天气干扰了，增设图书室和村史村志博物馆，融合在一起，这样功能分区后，过去的建筑痕迹和集体生活一下子就串联起来了。我提出一个大胆的设想，议事堂和村委会，不花大价钱投入，要在视觉上有一致性效果，也就要在外墙上做文章，老山上毛竹多，可以做成几面竹墙。我说，盛叔，您看这个想法可好？盛田生站起来说，竹兰梅菊，竹在首，挺拔常青，寓意劲节坚韧，做建筑材料当然好，处理好防腐防蛀防霉，经久又耐用。

见过世面的几个村民，嫌议事堂屋架不高，空间小，问我有什么办法解决。这些天我也在到处找资料解决屋架抬升的问题。我说，不高就抬高。我一语惊人，村民就在下面交头接耳，像是看我怎么吹这个牛。我接着解释，我看到有一种技术，就是卯榫技术加长局部的柱子，对青瓦屋顶翻新，望板上附设保温层，空间的舒适感就提升了。我直观地展示一张图片，议事堂拿出一面墙，外面做成柴垛立面，树皮也不剥，有老旧感，看起来像鳞衣。大前坪四周的草丛里栽一圈矮竹篱，老化后再更换，村民生活与建筑的物质循环就有了一种互动。村民看图说话，比较几个改造式样，也都发表意见，补充了一些想法。盛全伍喜欢发言，说，这个要是真能做出来，那就太好了，我小时候的印象里，房子就是这个感觉。

盛田生看到这个热腾腾的场面，眼里喜眯眯的，朝我连连竖起大拇指。陈保水来了，等课讲完，领着我绕着议事堂，让我再给他讲那些改造要点。我对他说，不管是外来的设计师还是村里的施工队，要有经验互换，在地建造和建筑学知识不互补就会生硬，通俗些说就是不接地气。他连连点头，说，这件事你当参谋长，我们具体协助，村民都参与进来。我说，不管当什么，现在请我去打鱼佬吃饭，我饿坏了。他说，我私人买单，你再给我解解惑。

几个月后，亮灯的空心房改造民宿项目得到了管文旅的副市长批示，市文旅投考察后也觉得基础好，可以建设成乡村空心房改造示范点，陈保水因此信心倍增。他一见我面，或者晚上发信息，就是问询对其他地块几处老房子的改造想法。我说，改造是个集群设计，每栋房子都要因地赋形，才各有姿态，不要看着别的地方民居修缮得有模有样就跟风，与地气无关的流行风格学不得。

有天陈保水又来老屋谈事，末了，问我，你家老屋很有现代感了，如果要改，从哪个角度呢？这个问题我早考量过，老屋的改造是要做减法，如果将后院加建的部分和室内原有遮蔽木柱的夹板墙、石膏吊顶拆除了，前庭后院、门厅天井、回廊、卧房这些结构布局的逻辑关系就清晰了。

他挽起我的手，亲热地说，你不早些给我开窍，还让我托人请什么著名设计师，白白损失了我藏的两瓶好酒。我说，亏你说得出口，还倒打一耙。

村里和市规划设计院签约后，委托我带着几个年轻设计师重新去一栋栋空心房测量。议事堂的改造率先启动，盛田生负责几处竹建筑的材料统筹，请来的几个匠人每天在那里刨削锯凿，沿墙摆满了一根根竹柱梁、竹檩条、竹椽子。考虑到湖区雨水多，我建议挑檐压顶处多往外挑出几十厘米，保护竹墙免受雨水侵蚀，也扩大了室外台阶上人的活动空间。到那个时候，经过改造的无论是议事堂还是空心房和老房子，虽然还是像过去一样简单，但感觉会不一样，最根本的就是这个环境里生活的人有自信了。

没过多久，陈保水传来好消息，市文旅投的入资通过了，另外村里会成立一家文旅公司，村民皆可入股，同意空心房、老房子改成民宿的由公司出钱装修。文旅公司聘请我为顾问，我表态不要报酬，提出的条件是让他们按我的想法对老屋进行改造，我和父亲商量好了，以后老屋就交由公司打理。这一切的未来，原本都是属于亮灯的。

盛田生的房子外墙改造开工了，青片石沿着原来的半边土坯墙往上砌，像爬满了青藤，他自己脚不落屋，忙着在议事堂管事。我算了一下进度，大概是中秋节前可以完工，院子已经挪栽了两棵桂花树，到时饭桌就摆在树下，桂花将幽香打开，浓浓淡淡的香气缭绕，初上的月光一照，青片石墙发出象牙白的光泽，房子的感觉就完全是另一个意境了。听了我的描述，盛田生笑吟吟的，脸上的皱纹绽开了花。

空心房的改造要考量的因素多，方案一直没出，颇费心思。有天晚饭后，盛田生和陈保水又拖了我去看老官道旁的几间空心房，问我想到好的招没有。我说，那几间房离湖近，完全独立，可以按照家庭入住的思路改造成庭院房。他问，具体怎么弄呢？我说，那些卵石墙基都要露出来，可以将加建垫高的地面恢复到原来的标高位置，门前屋后可以铺一些湖滩上的卵石，就地取材，挖出的土可以"堆山"造一个苔庭，正好都有小院落。他不解地问，什么是苔庭？我说，在日本，把那种布满青苔的庭园叫苔庭，有的像地毯，有的是造景观，别具特质，也别有况味。

陈保水见我们聊得欢，说，苔庭正好能让人感受到侘寂的效果，现在这种风格正流行。我说，最重要的是亮灯靠着湖，潮湿，苔藓本就多，资源浪费了可惜。盛田生很好奇，听到说是流行，就打趣地说，要不你们也在我屋里做这个试验，搞那个"杀鸡"。小孟在旁边纠正道，不是杀鸡嘞，是一种审美概念，我们家有希希这个多动症，侂寂不出来。我们都开心地笑起来。

夜深人静，我坐在老屋的檐下，心想，明天要问问希希，她这些天听到了些什么声音。人在一个地方住久了，感情就深了。我想，这些老宅子也好，新房子也罢，都是一个容器，容纳的是世代生活，人在世代生活中，最理想的当然是渐渐化入自然，成为其中的一部分。

老金从新疆回来后有点感冒发烧，没在意治疗，拖久后加重了病情，现在只能关在家中。他几乎每天都会像监工一样主动问起村里的改造进展，说禁足禁酒，人要生霉发疯了，近期要过来呼吸新鲜空气。我调侃他，说，你来了免费住，只需要赞助两个酒头，保证我们能喝上你酿的"永远未知的酒"。

十二

夜是从湖水中央一步一步爬上岸的。议事堂每天都在变化，前庭水面粼粼波光，水光投射到竹墙之上。湖风远远送来，林丛摇动，水波漾开，八月十五的圆月升起，又投下更大的一片银光，青色的竹墙也有了迷人的姿态。昨天做完复查，甲状腺结节虽在，但这一年多没有长大，医生耐心帮我扫描检查，摇着脖子乐观地说，我这里有好几个，你这点问题完全不要担心。警报解除，欣慰自不待言，更让我喜悦的是，我能在夜里清澈地听到虫鸣了。声音一闪一闪，像从远处射过来的朵朵萤光，我的心被一片宁静占据着。

小孟操纵着一架无人机，嗡嗡的机鸣从大到小，渐渐消失在空中，只剩下机翼的几粒指示灯在夜空中发光。他前段日子回来后，对我提的改造方案超级喜欢，恨不得手脚并用地支持。晓霞很快就应聘了文旅公司的工作，虽然也忙，但就在家门口，陪着希希的时间多了。希希不常来老屋了，我倒还有些失落。

陈保水凑到小孟身边，指着手持操作台上的手机屏幕，突然惊呼般地喊我。我走过去，看见村里每家每户的灯亮着，变成了一条绵延的灯廊。陈保水说，你现在看亮灯像什么？我循着他的指点，细细打量，仿佛看到一条大船缓缓驶向夜空的大海。他的手在半空停下，摸出手机，不知在电话里冲谁说道，把议事堂的灯全都打开。不一会儿，灯齐刷刷地亮了，像是一个人睁开了眼睛、张开了嘴巴。

陈保水说，刚才灯光亮起来，特别像一条龙舟！经他这一说，我身体退了几步，又往前迈出几步，灯海中游动的大船变成了一条游弋的龙舟。我说，村里民宿的名字不就有了吗？就叫"龙舟居"。

陈保水把头一拍，说，平日想破脑袋的难题，一下就解了啊，以后的宣传就从"龙舟"上破题吧。盛田生一直悄悄站在我们身旁，呵呵一笑，说道，真是巧啊，水乡人的图腾就是龙舟。龙舟远可以涉，深可以游，动如马奔，迅如凤翔，亮灯的地势赋形龙舟，也是得大地之英气，聚昊天之灵光啊。

盛田生说得文绉绉的，我就想起他戴着老花镜在灯下看书的那个认真样范。他像个孩子般兴冲冲地说，明天我到幕阜山去买根树龄长的好杉木，最好是人家砍下来放了一年以上的，使出老劲来，打龙骨、钉底板、做船桅、装鱼梁、安坐板，胶缝、油漆、画花，三次抛光，半个月内造一条小龙舟。他说得一板一眼，好像这条龙舟呼之欲出。陈保水说，就放在议事堂大厅的玄关，来来往往的人都看得到。我从没见盛田生这么激动地描述自己的手艺，也跟着开心起来。我说，有水的地方就有龙舟，亮灯的地方就是龙舟居。他们异口同声，这话说得好，亮灯就是龙舟居。我和他们相互对视，夜色下的面孔虽看不清晰，但清朗的笑声让我们彼此都看到了对方。

原载《长江文艺》2024 年第 4 期

裙子的那种蓝

房卡被递到许廊雨手中的一瞬间，她的心里生出了一份感动。这份感动是莫名的。九年。她想。自从生了儿子度度以来，九年，她没有独自出门去过外地，更没有离家住过另外的房间。她一直是度度的亲密养育者，不曾离开半步。如今，这张小小的房卡上面似乎写满了九年的证词，证明她儿子已经长大了，懂事了，她可以暂时离开他，稍稍有一点自由的空间和延伸出去的屐痕。这也让她重新回到结婚之前的某种心境，不需要牵挂更多的人，或者说，尚未有更多的人牵挂她。她似乎重新成了她自己。令许廊雨心生感动的还有另外重要一点，就是，作为一个寂寞和被忽略的从事比较文学的研究者，这张房卡也是第一次证明了她存在的价值。她是应邀来参加这次活动的。是啊，谁说精神的东西可以轻慢物质？她即将入住的这个房间虽然不永远属于她，但是作为一个现代物质强权的符号，她成为它暂时的占有者和诠释者，这本身就是意义。

何况，"暂时"的时间并不是几天，是半个月。此次参加活动的来自内地和香港的共三十多位作家和学者，几乎都不约而同地惊叹于活动主办方的奢华和大气，准五星级环境，每人一间大房，报销往返旅费，自由写作，不提要求。半个月！他们从来没有开过如此漫长的笔会。

简直就是一种轻松的度假和疗养。

当然，这毕竟是笔会，内里还是包含了一份庄重和责任。

许廊雨用房卡打开房间，轻轻环顾一下四周。房间布局通透明亮，装饰线条简约现代，是让她稍感陌生和喜欢的韩式风格。一面很大的落地窗，窗棂确实很狭长窄小，窗外扑面而来的是生动的山峦和旺盛的植物。地板上的大床是白色的，配以水银色床头，让她几乎嗅到一股奶油和现代金属的心旷神怡的味道，感觉出奇地好。

不过是下午四点一刻。许廊雨决定先冲一个澡，用以打发晚餐前的这段时间。

泡在意大利 Novellini 浴缸里面，许廊雨赖着迟迟不愿起身。此时，只有当身体的全部洗濯完毕之后，她才有一个"她者"和清静的心情端详身处的卫生间。洗面台四周那些乳黄色的釉面，映着高矮不一却又精致闪亮的沐浴用品，与地面的洁具一气呵成，干净得像是一间无菌医疗器械室。她记得看过一个关于马桶的电视广告，一个少女跪在光洁如砥的卫生间冲水洁具前，双臂伏在洁具的边沿，目光好奇而专注地探视着洁具的涡形内壁。抛却任何象征和隐喻思维，许廊雨此时不得不承认，单就这幅画面来说，它是很美的。随着目光的移动，许廊雨还发现，这间浴室的四壁乃至墙角的不同角度，镶嵌着许多几何形状的多棱镜面。这使许廊雨立刻成为一个游离体和矛盾体。也就是说，她的身体在不同的镜面上呈现不同的局部，这些局部令她感到极端真实又极端恍惚，同时，在这些镜面上，因为相互反射的作用，许廊雨有些身体的动态是顺向的，有些则是逆向的，时空在此似乎产生了分裂和颠倒。

浴缸的墙壁上有一个旋钮，许廊雨好奇地拨动一下，一阵类似传真机工作的声音从头顶传来。她仰起头，天花板上的一块玻璃钢正缓缓掀起，展示给她一方湛蓝的天空。许廊雨这才想起她身处的房间是位于这栋别墅的顶层。少顷，有一只大鸟从她腿边缓缓飞过，那是身边镜子里的。许廊雨愣了两秒钟才反应过来，原来头顶上电动天窗的玻璃具有反射功能，它折射下来的是目前许廊雨看不到的另一片天空。

许廊雨一下子想起读小学时，她上实验课学到的潜望镜原理。也就是说，她在室内利用镜子的特殊折射可以看到外面，那么外面当然也可以看到她。

如果恰好有人站在某个特殊角度的话。

想到这儿，她赶紧拨回旋钮，封闭了天窗。

诚然，她的身体，除了自己丈夫，还从来没有给任何人看过。

也就是在这时候，挂在浴室墙壁上的电话响了起来。

许廊雨以为是丈夫打来的。进浴室之前，她曾将房间的电话号码通过手机短信发给了千里之外的丈夫。这样做其实没什么意义，但似乎只有这样做了，她才觉得心安。

电话里传来的是一个女声。

"喂，是廊雨吗？"

"对，你是哪位？"

"我是夏小丽。"

"夏小丽？"许廊雨迟疑着。对方的声音活泼、动听，宛如银铃般，熟悉而又陌生。

"夏小丽——佳淇，佳淇，我是佳淇啊！"对方明显急了。

哦，是她呀。许廊雨想，当今学术界，符号和概念丛生，学者的名字更是只与作品相连，而与本体生命相脱，十多年了，谁还记得这个知名女作家——佳淇的本名是夏小丽啊。这个佳淇，许廊雨倒是与之相熟的，不过所谓相熟，也只是互读过作品，通过几次电话，还有，某一年佳淇到许廊雨所居的城市出差，她们有过一次比较愉快的交谈，此后，便是经年不见。

"是佳淇啊。"许廊雨马上问，"你在哪儿？"

"我也来开会，刚到接待部的大堂，哎，知道你房间号就好，我马上过去。"

许廊雨赶紧抓起衣杆上的衣物，尽快穿好。她边穿边觉得不好意思：自己连人家的姓名都忘了，可是人家刚来报到，就想着先来看她。惭愧。

五分钟后，有门铃响。许廊雨拉开房门，看见佳淇仍是那么年轻而活力招展，一脸笑容，只不过旁边多出一位服务生。

　　"廊雨！"佳淇上前抱住许廊雨，点点头，然后打量一眼房间，"就你一个人吧？"

　　"是啊。"廊雨答。

　　佳淇将手里的化妆包扔到床上，然后示意服务生将她的行李箱搬进来："廊雨，我就住你这里了！"

　　"啊……"廊雨有点不知所措。

　　"真倒霉啊，我来晚了一步，"佳淇说，"不知道哪个倒霉的教授，本来已经告知大会不来了，却又临时变卦，前来参会。这里所有的房间已经被其他单位订满了，而他比我早来一步。会议主办方没办法，只好商量让我找一位女士同住。我刚才看过报到簿，女性竟然没几个，而这里我只和你熟悉，你看。"

　　许廊雨感觉自己的脸稍微有点热。从敞开的房门那里吹进来一阵外面的微风。许廊雨想，哦，这阳光，这房间，这蒸汽未褪的浴室，刚才那自动调节天窗的旋钮，还有，身边的写字桌，需要两个人来占有了。

　　许廊雨认为自己掩饰得很好了，因为她的笑容既未特别绽放，也未稍微收敛，但是眼前的佳淇还是不依不饶："廊雨，你还是那么矜持和淑女啊，你就不会表示下热烈欢迎？"

　　许廊雨这回倒是发自内心地真诚地笑了。"你打乱了我的计划，"许廊雨指着桌子上的一本一直想重新阅读的《卡拉马佐夫兄弟》，"我本来是想和他们同床共枕的。"

　　上午只是一个务虚的会议，没有实质内容。但是照例，不能缺席。围坐在那张巨大的椭圆形会议桌前，会议主办方做了繁简得当的说明。关于会议宗旨、意义，关于与会人员名单，主办方一一宣读，其中有三分之二是许廊雨不熟悉的，甚至连名字都感到陌生。关于日程，主办方在此做了耐心的解释，笔会期间会有两次座谈或交流，但是绝不会耽误大家思考和写作时间，他们提供的就是一次宽松而有效的写作环境。座谈会或交流，说白了更多是为活动的新闻发布。大家完全无需担心被挤占更多写作时间。

鼓掌。散会。午餐。

午餐是自助。

吃完饭，许廊雨独自在庭院中散步，这时候，她的手机进来一条短信，是丈夫的。丈夫问她一切如何。这是许廊雨来此差不多二十个小时后的第一条短信。也许是受了上午会议主办方措辞利落的影响，许廊雨回复道："正常。"过了一会儿，丈夫问："正常就是挺好呗？"许廊雨复："那还用问？"也许确实是无事也无话，在许廊雨等待一会儿后准备收起手机的时候，丈夫又不紧不慢地问了一条："你没有给妈妈打电话啊？"

"还没有。等晚上看看吧。"许廊雨复。手机彼此再无消息。

提起许廊雨的妈妈，许廊雨心里充满忧伤。她的妈妈退休前，本来是市立医院的一名护士长，大半辈子护理别人成了习惯，可是退休十年来，生活和起居越来越呈现不能自理的迹象。她得了比较严重的小脑萎缩，导致阿尔茨海默病。许廊雨的妈妈和爸爸共同居住在同城边缘的另一处老房子里，那是一处部队干休所。自从许廊雨生下度度，也就是妈妈记忆力呈现颓败的开始。而度度尚小的这几年，也正是许廊雨拼工作、拼事业、忙孩子，无暇殷勤探望妈妈的几年。许廊雨更多时候只能是打电话给妈妈。她们之间的电话无一新意，因为问多了妈妈无法回答，或者是她因为慌张和意识到人家会笑话自己，往往把电话扔掉。不过有一次，许廊雨隔了三个月给妈妈打过一个电话，那次电话的内容是这样的：

许廊雨："妈妈，你最近身体好吗？"

"好，我身体很好。"

许廊雨："那你知道我是谁吗？"

"唔，我不知道。"

"我是你女儿廊雨啊。"

"噢，是廊雨呀。"

"对，对！"许廊雨高兴地说，"你晚饭吃过了吗？"

"吃过了。"妈妈从电话那端，停了一会儿问，"你打电话做什么？"

"我就是问问你身体怎样。"许廊雨说。

"我的身体吗？很好，不过你是谁啊？我很想我的女儿廊雨。"

那一次，许廊雨忍不住先撂了电话。撂了电话后，她的眼泪簌簌地掉了半天。

许廊雨经常想，妈妈怎么会病成这样呢？十年前，甚至更早，她不止一次地勾画过这样的想象：等妈妈退休了，她带她旅游、爬山，带她重寻她们住过的所有的老房子，还有，夜深人静的时候，和她交谈，逐步探听她年轻时的故事，她的经历和恋爱。也许那对自己的写作有用也未可知。如果她要滑头不肯说呢？那样不要紧，给她看自己写的作品就是了。如果眼睛花到不行，那就给她念，大声地念，她会有多高兴啊！

当然，高兴的不止她一个人，还有爸爸。许廊雨的爸爸是一位部队转业干部，对小时候的许廊雨要求极为严格，甚至严酷。这也造就了许廊雨成人后大家闺秀的气质。许廊雨曾经为一件小事嗔怨了爸爸十多年。那时候她读小学六年级，有一次因为贪睡起床迟了，便央求爸爸用接他的公车捎自己一程，却被爸爸严厉拒绝了。仅仅是拒绝了还不要紧，爸爸命令她必须跑步去学校，不得迟到。那一次是让许廊雨感到人生最羞愧的一次，她的羞愧不在于没有坐上爸爸的吉普车，而是那天下着小雨，她跑到班级的时候，卷起裤管露出的两条小腿上，连同裤子的屁股处，脏兮兮溅满了泥巴，引来了同学们哄堂大笑。

但就是这个爸爸，在女儿上大学时开始发表作品并有了小小的知名度后，在毫不知晓女儿仍在暗怨他的情况下，在一个雨天，无意识地用一件小事，消弭了女儿和他之间的所有隔阂。那是本市日报第一次给许廊雨做采访，连同照片一起登载出来，爸爸一天没露面，直到晚饭过了一个小时才回家。问他去哪里了，他说去卖报纸。妈妈问他卖什么报纸，为什么去卖。爸爸说，下雨，担心今天街头报刊亭的日报没人买，他就收购了十几家报刊亭的一百多份报纸，然后分别到市内的客车站、游乐场、电影院、饭店、宾馆里推销，竟然全部卖光了。

那也是一个雨天。许廊雨低头看到爸爸的裤管上都是泥，此外，他脚上的凉鞋带子也磨断了一根。

那一刻，许廊雨对爸爸的积怨全消。

眼下，许廊雨边散步边想着这些，不知不觉已经走出她所住的别墅很远了。她的视线由满眼楼群，变得越来越郁郁葱葱了。她所住的这片别墅群周边，属于燕山山脉，植被保护良好，又兼六月末的季节，处处空气清爽，处处蔚然森秀。当她正要拐入一条绿草荒蔓的小径时，不远处有一个声音喊住了她。是男生，很有磁性又很沉滞，并且简短，带着一些粤语口音：

"小姐注意，那里边有蛇。"

许廊雨本能地缩住脚步。她最怕蛇。她回头打量不远处的男人，发现他四十多岁的样子，带有一点马来人种的部分特征，额骨显得很低，但是眉毛浓黑，目光亲切而有神采，头发稍微有一些弯曲。

许廊雨不知道他是不是参会人员，她对上午的人都很陌生。她只好问了一句："你怎么知道？"

"我刚刚去过。"那个人已经转身走了。只留下空气中一点淡淡的烟草味道。

回到房间，已经快午后一点半了。佳淇穿一件宽松的睡衣，将发卡拆下，正坐在电脑前，似乎在写作。许廊雨看到床上的被褥整齐，纹丝未乱，知道她不曾午休。再看电脑屏幕上打开的 Word 文档，一片空白，揣测她坐在那里几十分钟一字未写。

"你坐在那里照镜子啊？"许廊雨打趣。

佳淇半天无语，等到许廊雨已经把捧在手里的书读了一页之后，佳淇转过来，站在地上，不自信地来了一句："廊雨，你看我是不是老了？"

"没有。"许廊雨想了想，说。她说的是实话。一方面，佳淇身上有一种不顾忌的东西，这使她看起来活泼；另一方面，她难道忘了，她和许廊雨同龄，都是三十二岁。说她老了，岂不是自己也老了？这个年纪，不论从生理、心理还是从刚有起色的事业来说，都还年轻。

"可是我觉得自己已经老了。"佳淇说。

"为什么这样说？"许廊雨问。

"因为我爱的男人一点点在减少。"

许廊雨愣了一下。继而，她回过神来，以为佳淇不过是表述错误，于是纠正："爱你的男人一点点减少，才说明你老了。"

"不是，确实是我爱的男人在一点点减少。"

"那怎么能说明你老了？"

"因为我感觉我的激情在减退，包括欲望呀。"

佳淇真是一个口无遮拦的人。许廊雨虽然沉默了一会儿，但是对她并不感到反感和意外。

"如果，爱你的人在不断增多怎么办？"许廊雨认为一个女人被许多男人爱，才说明她没有老。

"是啊，这可能也正是我的苦恼。爱我的男人不断增多，也说明这个世界好男人变坏的比例在增加，浑蛋男人越来越多。"

许廊雨吸了一口冷气。她和佳淇真不是一类人。她知道的佳淇，出身工人家庭，是大杂院里的野孩子，没有读过大学。天知道她怎么会爱上写作。甚至，她俩各自的写作风格也不一样。读佳淇的文章，不论小说还是散文，叙述怪异，支离破碎，虽然才华闪现，但经常让人担心那里面会有错别字。而许廊雨的呢？心平气顺，温文尔雅，却又不失灵动。她更钟情于自己的文字世界。

甚至，在文字世界以外，许廊雨也感觉自己是幸运的。想一想佳淇说过的话，许廊雨是这样的：她爱的人没有多，一个；也没有少，一个。她丈夫。

这样说来，她就是无所谓老还是没老。她还年轻。

第二天上午开座谈会。全场照旧，但是气氛不一样了些。所有与会的学者和作家，都知道主办方再三强调不想打扰每个人写作时间，但谁知道这是不是一种客气话呢？而且从常识来说，一个笔会如果不具有一定的学术性，是会降低它的品质的，何况是条件如此优渥的笔会。

问题可能出现在这里，但是也不一定。这时许廊雨想，问题也可能出现在座谈会会场的那幅横额上。主办方或许是无意的，起码是没有料到，正是那幅横额上的文字，引爆了会议的话题。

最开始是一位留着小平头的斯文男子在讲。他当然不代表主办方，也不是主持人，他是新来参加会议的一名代表。据主持人介绍，他是某文学研究所的一名领导、博导。许廊雨打量了他一下，应该不到五十岁。算是年轻有为。

他重新自我介绍了一下，说他叫康樊。接下来，他用了很长的时间解释自己为什么能够如期坐到这间会议室里。那无非是他很忙。不过，他忙的具体原因被许廊雨的耳朵忽略了。只有一句话，让许廊雨觉得在自己胸腔里荡气回肠。

他说，他本来推辞了这次笔会，就因为非常尊重文学和与会的其他学者作家，便又临时动议，拨冗前来了。

许廊雨与坐在旁边的佳淇对望一眼，然后听下去。

康樊接着说，因为时间紧迫，他就只好带着司机，专程驱车前来了。

许廊雨似乎终于明白了，尽管他原定不来，会议主办方还是为他预留了一间房的，没料到这个康樊竟然带了一位司机来，那位司机挤占了许廊雨本该独自住的房间。

许廊雨听见身边的佳淇小声在骂："王八蛋。"

康樊还在讲着，讲到了他的理论建树，讲到了他对目前小说创作的不满，于是近年来他也干脆写了一点小说。康樊最后介绍了一下他们文学研究所的现状、影响、队伍构成以及发展方向。他似乎对自己的表现非常满意。他的发言终于结束了，也可能因为是第一个发言吧，总之，会场上倒也响起了一些礼貌和比较饱满的掌声。

这时候，一个充满磁性而略带沉滞的声音在会场上传出，这个声音发出的时段似乎经过了精准的把握，它既没有对前一位发言者的掌声余音产生冲淡，又较好地衔接了下面可能出现的沉默和空场。许廊雨感觉这个声音有点熟悉，她循声望去，发现是昨天中午散步时偶遇的男人。他原来也是来开会的。

他礼貌地询问会议主持人，关于会议横额上的标题问题。

"如何关注文学的时代性"——这是座谈会的标题。至此，有一些与会者方才反应过来，刚才康樊的发言，竟与主题毫无关系。

但是这个提出问题的男人显然忽略了大家的反应，或者说，暗示上一位发言者的言论与主题无关显然不是他的初衷，他是真正对这个标题发生了兴趣，或者说疑惑。他好奇地问会议主办方，标题中出现的"时代性"，与"当代性"和"现代性"之间，究竟存在怎样的考量？

他的意思是说，既然命题时代性，就要让人家弄清这是要体现当代性还是现代性，这样才有深入研讨的可能。

主办方似乎也没有事前想得太多。不过他们对这个提问发生了明显的兴趣。他们甚至忘记了向大家介绍一下这位与会者，于是马上介绍说，这是来自香港大学的詹启雄。

"文学的时代性，当然就是指文学的当代性嘛。"康樊率先插话道，他看了看四座，显得胸有成竹，"再说，文学的当代性就是现代性，现代性就是当代性，这个没什么难解的。"

詹启雄两手交叉放在下颌处，但并没有拄着下颌，这使他显得既有亲和力又有克制力。许廊雨注意到，他的手掌匀称，指甲润洁。

"我们在此探讨的是文学。我提请大家注意的是，在文学学科和理论上，有的时候，时代性和现代性存在不同甚至是相反的语义，以及哲学指向。"

会场上立刻变得安静。

"时代性往往更贴近文学的功用性、现实性和实效性，而现代性则超越了这些，更贴近文学本质，从更深处对现实和生命发生影响。"

有人轻微地咳嗽一声，但不是有意的。

詹启雄接着就文学的时代性、当代性和现代性三者之间互为影响和关联、语义的交叉和包含、能指和所指等方面，做了较为独特的理解和阐述。他最后列举了马塞尔·普鲁斯特的《追忆似水年华》，认为这部作品远离了时代氛围，避开了第一次世界大战时作者所身处的背景，是一部具有现代性的伟大作品。而过多地迎合时代、无缝地对接时代、目不见睫地反映时代，作品有可能被不断流变的时代所遗忘和埋葬，这样的现象在世界文学史尤其是亚洲文学史上不胜枚举。

会场上响起部分掌声。但是更多的是大家交头接耳的议论声。

"詹先生，我倒是想问，文学如果不反映时代，或者干脆说吧，不反映现实，那么去反映什么？"说话的是康樊。

许廊雨一直期盼着詹启雄继续讲，她不希望他刚才的发言宣告结束。她觉得他沉滞的嗓音很好听。

"我觉得我没有反对文学要反映时代或现实这个问题，事实上人也无法完全脱离时代或现实。只是如何反映，这当中存在认知逻辑和方法论，那就是，是否从诸如人的个体角度、生命、记忆、想象等层面，来观照这个现实，或者说，考察现实对人的精神生成和未来走向发生何种不确定的影响。在任何时代，文学不应当与新闻抢夺地盘或获得战利品，这也从来不是文学的任务，否则，就是文学的堕落。"

"你的意思是文学只能靠想象？"康樊的身体后倾了一些距离，以便在桌子前能够翘起二郎腿。

"只能说我很重视文学创作的想象元素。"詹启雄说。

"想象是有纪律的。"康樊说。

"距离？想象有距离？"詹启雄有些迷惑，他没听清康樊的话。

"纪律。"康樊重复道。

"哦。"詹启雄若有所思地说。

"妈妈，你吃饭了吗？"

"嗯，我吃完了。"

"那你傍晚去散步了吗？"

"我散步了，走了很远。远得我都不知道是哪里。"

"那你路上看到了什么吗？"

"唔，我看到一个女人穿了件裙子，那裙子很好看。"

"妈妈，你当年的缝纫手艺不错，你也可以尝试做一条穿啊。"

"我……老了。"

"那你可以做出来给我穿啊。"

"你是谁啊？"

"我是你女儿廊雨啊。"

"廊雨，你现在在哪里呢？"

"妈妈，我过一阵回家看你，我现在在很远的地方。"

“撒谎。我刚刚散步，就是去很远的地方，我没有看到你。”

佳淇出去了，房间里没有其他人，许廊雨给度度打了电话，给丈夫打了电话，然后又给妈妈打了电话。度度刚刚在班级里考了个第一，乐得不得了，虽然他才读小学三年级。丈夫刚刚做完了饭，正在洗衣服。他是一个对家务非常勤快的人，这倒是的，如果不是因为工作，许廊雨相信丈夫更愿意做一个居家男人，而且相信他会把家里拾掇得井井有条。他去年曾有一个小小的升迁机会，可是由于性格的原因——要么是不愿付出更多，要么是担心得罪人，他放弃了。放弃的他依然很快乐。令许廊雨感动的还有一点，丈夫对妈妈非常好，经常陪她说话和逗她开心，还时不时地做一些好吃的给她和爸爸送去。这也是妈妈患病以来，许廊雨仍能够保持平静和快乐的一个原因。

房门的感应器响了一下，佳淇回来了。她嘴里咬了一支冰激凌，随手递给许廊雨另外一支。许廊雨仔细拿好，目光有点怔。

直到这时候，她才意识到，她的心情其实还沉浸在上午会场的气氛中。她隐约觉得有一点兴奋、充实，但更多的是失落。产生这种心绪的原因，说不清到底是什么，也许是她这么多年很少出门参与这种会议吧。不过许廊雨很快就否认了自己的想法。不是会议的形式和环境有什么特殊，而是詹启雄讲话的方式和内容。这么多年，她虽然很少参加集体活动，但是她没有荒废时间，而是利用大量的时间来阅读。触目可及的那些沉闷的、中庸的、完全正确但又毫无新意的理论文章，往往令她感到窒息和麻木，“世界就是这样的”“世界就应该是这样的”，废话重复一万遍就是真理。但是，有没有人想过，真理重复一万遍也会变成废话。蒙田说，理智无法影响个人，但理智会影响众人。这里的理智也许就是指的真理。正如“时代”，本身是一个中性词，但没有人愿意了解它真正的相貌和它的姊妹——“现代”，这是因为“时代”往往在某一类场合，以“现代”的面目自居，乃至热烈地行事。如今，詹启雄的发言，让许廊雨眼前一亮，蓦然清醒和顿悟了许多。

“佳淇，你觉得上午的会开得怎么样？”

“哦？”佳淇又坐到她的电脑前，准备要写作的姿势，“我觉得挺好的呀。"

"哪里好?"

"那个叫康樊的家伙,很可笑,我恨不得揍他一顿。"

"那个叫詹启雄的呢?"许廊雨吃了一口冰激凌。

"他讲的,我听不懂。"佳淇将脚上的一只凉鞋甩到床边,她准备光脚写作。

许廊雨微微感到意外:"听不懂?为什么?"

"我是真听不懂。那些理论啊,术语啊,方法啊,别说是在讲,就是印成铅字让我慢慢揣摩,我都不感兴趣。我只知道写自己的。"

这倒也是,许廊雨想,这么多年,她读到的佳淇的文字,全是男欢女爱,卿卿我我,并且,她没有读到过佳淇发表过的哪怕半页创作谈文章。

可能是意识到许廊雨的沉默,佳淇打开了 Word 文档,随口又说一句:"不过,我觉得詹启雄说得可能有点对。有点吧。"

佳淇终于开始在电脑前写字了。许廊雨不想打扰她,去浴室里冲了个澡。在上床休息前,许廊雨感觉好像还有一件什么事忘记了,努力想了半天,才想起这次出行忘了带手机充电器了。她需要买一只万能充,以便在漫长的笔会期间,能随时给手机充电。

外面夜色真好。空气也清冽。隐隐渗入呼吸的是某种花香。许廊雨和与会者居住的地方,总共是十几座独体别墅,依山就势,集中分布在一处半山腰间,从山顶上一直到每座别墅当中,倾泻和铺陈下来的全是数不尽的梨树、苹果树、山楂树,此外还有无数种观赏花卉。

去山下的超市路程并不太远,在便道上折了几折,就会看到那里灯火通明,那是附近最大的超市了。在货架中,许廊雨挑了一只卡通造型的粉色万能充,然后向收银台走去。忽然,她看到一个人,堵在超市门口卖香烟的柜台,正和服务员说着什么。

许廊雨大致听到詹启雄的说话声。他要吸的某种牌子的香烟在宾馆大堂已经售罄,他问这里是否有卖。他张开两只胳膊轻轻支在柜台上,认真地问话,像是给学生讲课。不过他西装下面的两条腿,一条直立着,另一条又呈矩形,脚尖斜着点地,看起来又蛮休闲和痞气。

她和詹启雄几乎同时付完了账。向外走的时候，许廊雨小声说了一句："詹先生上午的发言，真是极好。"

　　詹启雄慢慢回头看了她一眼。灯光下，许廊雨看到的是一张略带茫然和忧郁的脸。"哦，是你。谢谢。"他把香烟揣进内衣兜里，转身走掉了。

　　夜半，许廊雨突然醒了。

　　醒得没有任何征兆。房间里没有任何声音。静了几秒钟，她听见外面有一种什么声音在叫。尖细，悠长，独特而清新。像少女在叫。她确信不是这种声音扰醒了她，而是她醒了，才听到这种声音。

　　她翻了一个身，那种声音再一次响起。

　　"是孔雀。"佳淇说。

　　"你还没有睡啊？"许廊雨看了一眼邻近的床，微暗的窗影下，佳淇似乎探起了身子。

　　"我还刚想问你呢。"

　　"孔雀是这样叫的啊？"许廊雨说。

　　"当然啊。"佳淇说。

　　停了一会儿，佳淇打开了夜灯："你还能睡着吗？"

　　"我现在被你给弄清醒了。"

　　"那，我们聊天吧。"

　　"有什么可聊的？"

　　"听我讲故事。"

　　"你？"

　　"嗯。"佳淇说，"跟我有关的故事。"

　　许廊雨看了一眼手机，电池刚好充满电。是半夜一点多。她拔下充电器，仍旧将手机放在床边，说："你是真不想睡了啊？"

　　"难道你能立刻睡着？"佳淇说。

　　许廊雨无奈地叹了口气。如果说睡意，她确实是全无了。

　　"你和几个男人睡过？"佳淇冷不丁问。

　　"什么？"

"做爱啊。"

许廊雨的脸立刻热了。她怎么在半夜三更问这种问题？许廊雨哑口无言。不过许廊雨立刻意识到，她的这种哑口无言，会被佳淇误认为是在斟酌、思考、犹豫、掩饰。许廊雨冲口而出："一个，是我丈夫。"

"哈哈哈哈！"佳淇忍不住大笑。

许廊雨也想笑。她想笑佳淇。

"说老实话。"佳淇说。

"当然是老实话。"许廊雨说。

其实许廊雨说完这句话，便立刻想起自己结婚以来，是有过另一个陌生男人经历的——那是在梦中。在梦中，一个陌生男人抚摸她，继而进入她。那个男人的面貌不是很清楚，但是带给自己的感受，确是真实的。醒来的一瞬间，许廊雨发现自己的身体仍在持续反应，她顾不得体味那种感受，仓促地转头看向丈夫，她的丈夫在身边正鼾声四起。她为此出了一身冷汗，并为此庆幸：原来这不是现实，这是梦。

"除了我老公，我先后有七个。"佳淇说。

"啊？"许廊雨吃了一惊。这个佳淇，她真是太不了解了。

"不过，到目前为止，还保留这种关系的，只有两个了。"

许廊雨知道眼下就是给她递来十只枕头，她也睡不着了。

"你能清楚我的想法吗？你猜猜，这是两个什么人？"佳淇问。

"我不知道。"许廊雨幽幽地说。

"爱我的人和我爱的人。"

"那有什么不同吗？"许廊雨问。

"你的意思是说，爱你的人，你也应该爱他；你爱的人，他也应该爱你？"

许廊雨没有回答。如果佳淇不做这样的发问，她想她是会这样说的。佳淇的反问令她觉得问题不那么简单。并且，她也不想在佳淇面前显得有多幼稚——同行间的写作，有时候彼此判断是否有才华，很大一部分是体现在生活和情感上的。她继续固执下去，会不会让佳淇以为她不是蠢笨，就是故意装傻呢？

"经常的情形恰恰是，因为别人爱你，你才不爱他；因为他不爱你，你才会爱上他。"佳淇似乎已经无视许廊雨的存在，她自言自语，像说绕口令。

"那……难道没有两个人是同时爱着对方吗？"许廊雨说。

"有……可是太少了。廊雨，你要知道，真正的爱情关系，很少有两个人同时主动，那至少也不是爱情的长久关系。就像两个人在坐平衡木或跷跷板，大多时候是一高一矮、一升一降、一主动一被动，这样才有意思，或者按你的话说吧，才有意义。如果完全平起平坐，保持平衡，物理学意义上的概率也极少。再说，那不是变成木头人了吗？有什么意思。"

在静谧的夜里，人的思维往往变得出奇敏锐。许廊雨不得不承认，佳淇说得很有道理。当然，也不是说自己多么愚钝，只不过她在平时，很少去想这方面的问题。

"那么，你说的这两个人，一个是你爱的，一个是爱你的，哪一个会令你感觉更幸福呢？"许廊雨问。

这回是佳淇半天无语了。末了，佳淇躺回了被窝，打了一个长长的哈欠，说："当然是我爱的那个人会让我感到幸福。"

"可是，他并不爱你。"

"他也许是并不爱我。所以我对追求他的每一天、每一个细节都充满了激情和感动，因此我更有幸福感。那个爱我的人，只会让我感到慵懒和麻木。前一个让我生命充满意义，后一个只是让我的生命被赋予意义。"

许廊雨将佳淇的话回味了一遍。谁说她对理论的东西不感兴趣？

"廊雨，我这样的人，是不是很贱？"

许廊雨不说话。

"换了你，我想你也是这样的。"佳淇说。

许廊雨仍不说话。她假装自己睡着了。后来，不知什么时候，她真的睡着了。

一觉醒来，已经是上午八点半了。

上午九点还有一个座谈会。按会议主办方当初的说法，半个月的笔会，只有两次座谈，那么，这无非是最后一个座谈了。

一定要参加。

昨晚的手机不知怎么搞的，本来已经设定闹钟了，可是充完电之后它竟然变成了哑巴。也许是它叫的时候，两个人都没听见？

太乏了。

都是佳淇给闹的。

走进会场，许廊雨感觉自己的气色不是很好。刚才在卫生间有限的时间里，她给自己脸上打了两遍补湿水，然后又轻轻擦了一点润白营养液，仔细地抹了一点唇彩。她希望自己是柔丽和清新的。她换了一双棕牛皮高跟鞋，一条恰好触及腿腘部的短裙裤，浅鸽灰，配以白色收腰 T 恤。这样穿着起码会调整睡眠不足导致的萎倦感。

主持人依旧笑容可掬。会议的横额换了一条，标题是"香港文学与内地文学的个性与互渗"。因为除了内地，香港也来了许多作家和学者，探讨两地的文学话题自然不可避免。主办方至今没有对上一次研讨观点表达看法和参与意见，今天看来仍会如此。包容，呈现，自由，这或许是他们的唯一立场。

一位耄耋之年的内地作家首先做了发言。他大体回顾了内地自一九四九年以来几个阶段的文学流变，认为文学虽然不是围棋中的博弈，但是存在共生和竞争，有这样关系的棋才是一盘活棋。

接下来发言的是一位香港女作家，她阐述的要点是改革开放之初，香港文学对内地文学的积极影响和贡献。

这位女作家的发言尚未完全结束，就被别人的插话给打断了。插话的是康樊。他说："我认为香港没什么文学，更谈不上对内地有什么积极影响。"

会场上立刻出现了一些骚动。骚动的原因不是不可以插话，这本来不是论文宣讲，是自由座谈。引起几位与会者议论的是康樊的观点。先后有两三位学者要求辩论和发言。

"除了一些电影，香港还有什么呢？而且电影也大都以娱乐化为主。"康樊说。

"对不起，康先生，我来讲两句。"詹启雄说，"我从来就不认为对人类来说，娱乐本身是一桩罪过。相反，我倒是担忧下述的事情发生，庄严有时候离远了看，仿佛一出闹剧，轻松的娱乐又往往混添一些假正经。"

会场上特别安静。许廊雨突然想起什么，她掏出手机设置成静音。

詹启雄接着说，上帝的归上帝，凯撒的归凯撒，严肃与轻松本没有高下之分。就像男人和女人，各归其角色就好。快乐或娱乐是人类的自然生命属性，抽离或剥夺它们，强架在社会属性的战车上，久而久之不仅会扭曲人性，还会导致谎话连篇，假面横行。

"若说香港电影嘛，"詹启雄扭开面前的杯子，喝了一口，那是他为自己提前准备的咖啡，"我也愿意顺便多说几句。它们往往从制作的角度，存在一些看似与题旨无关的画面，比如离开情节之外，会出现公路上追逐的车辆，比如炫枪技，也比如就是一段长时间的风光景色，甚至音乐，甚至是女人的体态和步伐的展示，它们即便不是为了调节叙述节奏，也是重要的内容的一部分，因为人们在视觉上喜欢看到这些。"

詹启雄强调了二十世纪八十年代香港电影对亚洲乃至全球电影的贡献，同时也强调了香港的音乐和音乐中的歌词，是它们为内地吹进一股新风，在文学上促进了人性的复归和原生态，并增添了浪漫的气质和想象。

"你说了这么多，跟文学有什么关系啊？"康樊说。

许廊雨觉得这个康樊，似乎是当领导太习惯被高看和自信了，以至于认知与他知天命的年龄不符。不过谁知道呢，男人在这个年龄上，在学术行业里，也许正当年。

"这些都跟文学有关。它们都来自香港的文学母体，并与之共融。"詹启雄停了几秒，还想说什么，但他随即有点歉疚地说："我实在不忍过多打扰大家时间了，这样吧，我手里带来一本新出版的《香港文学史》，谁有兴趣的话，会后我可以提供给大家私下了解。"

"我想知道的是现在，"康樊说，"包括在座的哪一位，读过哪部所谓香港的著名小说？"

"《十诫》就非常好。"许廊雨被自己的声音吓了一跳。她实在忍不住了，气流和血液在体内的快速流动，促使她发出了这个声音。

"《十诫》？"康樊犹豫了一下，问许廊雨，"是一个跟宗教有关的小说吗?"

"不,是跟爱情有关。如果你认为爱情也是一种宗教的话,那你说得也没错。"

康樊情急之下,尴尬地点了点头:"我还真没读过。"

詹启雄放下手里的杯子,认真地看了许廊雨一眼。

下午,主办方安排大家进行一个轻松的户外旅游。

是在一处长城脚下。群峰横亘,溪流密布。在抗日战争时期,这里曾发生过几场著名的战斗,如今,时代的硝烟已经被森林的滤镜完美修饰,不复存在了。

路很不好走。更多的人三三两两,边交头接耳,边驻足拍照,他们寻求符合自己的心情和对风景的审美习惯,渐渐分散了。

许廊雨因为穿着高跟鞋,并没有走出多远。她看到几十米开外有一处阴凉树幔,下面恰有一块干净的石板,于是就走过去,将手包放在上面,准备坐下来休息一会儿。

不远处有几个人在大声喊她。他们好像是来自同一个省份的,互相比较熟,他们请许廊雨过去帮拍一张集体合影。

许廊雨走过去,接过他们递来的单反相机。

"哪儿是快门?"

"这个。"

单反相机是她不太熟悉的,她平时习惯了用"傻瓜"相机。她把相机掂在手里,只觉得沉甸甸的。还有,那几位与会者,年纪都比较大了。

"笑一笑!"他们当中的一位站在队列中说,"小许,你给我们多拍几张。"

许廊雨调整着角度。"要全身还是半身?"许廊雨问。

"全身吧,半身太近的话,会照出脸上的皱纹喽!"

许廊雨不清楚调焦的机关在哪里,她只好一步步后退。镜头里的景深在一点点拉远。突然,她觉得脚下一空,身体瞬间失去了平衡。

所有人都来不及喊。事实是,他们喊什么,许廊雨也听不见了,许廊雨所站的地方是一片陡崖，崖下是一泓深绿的潭水，掉下去的一瞬间，她似乎嗅到了潭水浓浓的湿气。她的耳朵失去了听觉，因为水面淹没了她。她本能地憋住气，挣扎，尽量使四肢变得协调和平衡，不过，她的泳技太差了，她甚至不能称得上会游泳。她渐渐感觉到呼吸的沉重，呼吸太难了，水的领域也变得无边无际……

蓦然，她感到有一块移动的礁石托住了她，那么坚固，又那么柔畅……是詹启雄。

他紧紧地挟住她，一只胳膊在水面划出巨大的浪花。他把许廊雨带到一处低矮的岩石间，用力地推她上了岸。

许廊雨浑身都湿透了，不过她并没有感觉多么寒冷。

"你没事吧？"

"我没事。幸亏有你。"许廊雨由衷地说。

詹启雄再一声未吭。

晚上洗完澡，临要上床休息之前，许廊雨照例要将手机设置好闹钟。

这才发现手机上面有两条未读短信。从上午会议到现在，她忘记了，她的手机一直是静音状态。还好当初帮人家拍照的时候，手机放在石板上的包里，不然一定报废了。

一条是康樊的："小许，方便吗？我想和你聊聊。"

另一条是詹启雄的："很意外你竟然会提到《十诫》，它的作者徐速对香港文学的发展影响很大，谢谢你对香港文学的理解，有机会多交流。"

许廊雨将后一条短信看了两遍。上面的时间显示是发自一小时十分前。也就是说晚饭吃完不久，詹启雄给她发了这条短信。她不确定詹启雄是否休息了，现在是晚上八点二十分。她犹豫着，担心万一他休息了，回复短信反而显得冒昧和打扰。但是此时不回复，留待明天的话，会显得更加慢待和不礼貌。

于是她给他回了短信："抱歉，才看到。你休息了吗？那么我就该道声晚安。"

意外地，很快，一条短信跳进来："哪里会睡得这么早。我在散步。"

许廊雨内心怦然动了一下。她再次看了一眼时间，八点二十三分。这样的时间别说对于来自香港的、习惯都市夜生活的詹启雄来说应该很早，即便对身处内地的许廊雨来说，也确实是不能说晚。

"你在哪儿？"许廊雨问。

"出门左拐，走大约五分钟，有一面广告牌，再左拐，走两分钟，有一排枝形灯，我在灯下。"

"好的，稍等，我马上过去。"

打完这几个字，许廊雨有些不好意思。她懊悔自己，其实写出"好的，稍等"就可以了，再加上"我马上过去"未免显得太急促。她是喜欢上他了吗？她被自己吓了一跳。

佳淇正坐在电脑前打一款游戏，不知是屏幕光线映的还是她太过投入，她的面部显得有些狰狞。许廊雨没有和她打招呼，她换了一条裙子和上衣，轻轻地拉开并掩上房门。

有几个人在楼下的甬道边围坐喝酒，凭感觉，许廊雨知道那不是一起来开会的人。这个地方太大了，来开各种会议的人也太多了。他们吵闹而放肆，说着不着边际的话，她只好快走几步躲过了他们。远处隐隐传来汽车的行驶声，伴着工地的挖掘机作业声，这种声音让她感觉踏实，使她内心的浪漫和愉悦被掩盖在亲切而寻常的世俗之下。

她看到了他。他果然在一排枝形灯照耀的回廊里，伫立着吸烟。他似乎在思考着什么。他的身影被灯光笼罩，显得格外柔和。

"来了？"他问。

"来了。"她说。她冲他笑着。

他也笑着。他掐灭了烟头："我们随便走走吧。"

"嗯。"她几乎是伴着痛苦和难过一般地发出了一声呻吟。她不知道自己怎么了。在这样的夜里，她还是第一次与一个不熟悉的男人相约散步。

一阵微风吹过，送入鼻息一缕栗树的花香。她深深地吸了几口，也许是为了调整自己正常的呼吸。

"你的水性真好。"她说。

"我从小在元朗的山贝水边长大。"他说。

"是湖吗?"

"不是，是河。"

她努力不使自己脚上的无带凉鞋在走路时发出"啪啪"的声响，白天那双高跟鞋被水泡湿了，而这双凉鞋只适合光脚穿。

"你经常来内地吗?"

"不，只是偶尔。平时因为忙，另外机会也不多。"

"你的学问真是好，当然，也包括你的学养。"

"哪里，香港人文学科里的能人很多，我其实是很普通的一个。"

"你太太是做什么的?"问完这句话，她立刻后悔了。

"她是一位美容师，业余喜欢弹钢琴。"他倒是很直率。她以为出于礼貌，他会问她同样的问题，但是他没有。

她沉默着。她觉得轮到他说话了。她侧着面庞看了他一眼，发现他也沉默着，目光有一种莫名的忧郁。

"你这两次座谈的发言，讲得真好，我很受启发。"她说。

"我担心自己的发言有些失当。"

"没有，可以用精准和鞭辟入里来形容。我很佩服你的文学造诣和临场反应，因为你知道，主办方并没有事先规定详细发言命题，所以……"

"我也许可以讲得比当时好。但是……"

"很多东西，有心人自会领会，不需要多说吧。只是，你的第一次发言，显得有点走神，你在想什么吗?"

他不好意思地笑了一下:"没有，我其实是憋得非常难受，我想吸烟，可是会场不允许。呵呵。"

"哦，所以，第二次座谈，你就提前给自己准备了一杯咖啡。"

"你怎么知道?"

"我离你不远，我都闻到咖啡味道了。"

两个人不约而同地笑了。

"读《十诫》的时候，你是在哪一年?"他问。

"记不得了，差不多我十五六岁吧。"

"那么小。"他说，"这部小说其实很少有人知道，包括在香港本土，不过我那本《香港文学史》确实还重点论述了它。我觉得它算得上香港几十年来的文学代表作之一。"

"写得确实好，"她说，"我还记得当初读完之后，连续几天不想上学，只想弄清楚那天晚上男女主人夜登的山，到底是什么样。"

他俩又不说话了，似乎分别沉浸在作品中的情境里。眼前，隐隐约约出现一座大山的轮廓，融在黝黑的天空下。不远处，有一条分岔的小径，那里有一只白色的双人栏杆椅。他说："我们去坐坐吧。"

她听从了他的话。小径幽深，地面杂草丛生，在快要接近椅子的时候，她的一只凉鞋突然被草给绊脱了。"哟。"她叫了一下。

"怎么了？"他警觉地问。

"没事，"她不好意思笑出了声，"我的凉鞋掉了。"她低着头，试图光脚踩进草丛中，去寻找她的那只鞋子，可是刚刚试探一下，就被杂草刺痛得缩了回来，身体也趔趄了一下。

他扶住了她。她感觉到他手臂的温度。她以为他只是扶住了她，可是不知怎么弄的，她刚一转身站起来，两个人就几乎同时拥抱在一起。

自然而然地，他们在热烈地亲吻对方。她感觉到对方的身体是那么年轻，而她的身体也是那么有激情。他们在互相吸引，也许这是很早之前的事。她觉得自己很狼狈，因为她光着一只脚站在地上——但是她幸福。就在他想更进一步动作时，她阻止了他："不要。"

他替她找到了鞋子，给她穿好，他俩在椅子上坐了一会儿。约九点半的光景，许廊雨说："我们回去吧。"

他俩同时站了起来。许廊雨又说："我先回去吧？"詹启雄站在原地，会意地点了点头。毕竟是两个人单独约会，还是不要被别人碰见的好。可就在许廊雨走出两步的时候，詹启雄说："你的裙子真漂亮。"

"是吗？"许廊雨回过头，调皮地问。

"是什么颜色的裙子啊？晚上看不太清。"

"蓝色。"许廊雨说。

"蓝色分很多种啊。湖蓝、靛蓝还是浅蓝？"

"它……就是蓝色啊。"

"哦，好吧，裙子的那种蓝。"

两个人忍不住笑了。

回过身，许廊雨感觉詹启雄向另一个方向走去。他应该是有一点绕道的。其实他们住得都很近。独自返回的路上，许廊雨感觉步伐特别轻松，但也充满了警觉。她很矛盾。一方面觉得周围的事物是那么亲切，另一方面又觉得危机四伏。这些天来，尽管有很多琐事和杂事，但是只有一件事情的脉络是特别清晰的，那就是，她跟詹启雄的关系有了突破性的发展。这意味着什么？她不知道。她不了解詹启雄，应该说很不了解，对方也未必真的了解她。可是这有什么问题吗？她极力说服自己，这只是缘分，不是她刻意去追求的，更不是她主动想得到的。也因此，自己仍旧是一个好女人。甚至，她有点违心和龌龊地想，她起码没像佳淇那样。

快要走近别墅台阶的时候，许廊雨突然看到一个有些熟悉的身影，正巧那个影子也从对面走来，原来是康樊。许廊雨猛然有点慌张，也有点不好意思，她才想起她今晚忽略了他的短信。倒是这个康樊，什么事也没有似的，热情地跟许廊雨打着招呼。他似乎刚刚喝了酒，步态稍微有点晃："啊，小许啊，一个人出去了啊？"

"啊，我本来躺下休息了，不知怎么肚子突然有点痛，我出去看看有没有药店。"许廊雨极力掩饰自己，她觉得自己表现正常，"真是不好意思，我手机静音，起来后才看到您的短信。"

"啊，没什么，没什么事，刚刚一群人，想找你喝酒呢。"

"哦。"许廊雨说，"我倒是不能喝酒的，看来康所长酒量蛮大。"

"马马虎虎，马马虎虎，年龄不饶人了哈。"康樊说。

许廊雨还是很佩服这个人的，难怪能当领导，世俗中的涵养还是有的。他竟然没有介意她未回短信的失礼。也许他是真的喝多了。

康樊转身道了晚安。就在他要离开的时候，他又想起什么似的，对许廊雨说："小许，有一个事，跟你说一下，我们研究所跟美国纽约州的康奈尔大学有一项女权主义人文学科合作，每年推荐一位年轻的女性作家去交流半年，费用由我们和对方负责。今年的名额即将申报，你的作品我之前曾读过一些，我觉得你挺合适，你觉得呢？"

"啊。"许廊雨没想到康樊能跟她说这个。出国？不过说老实话，许廊雨对出国交流什么的并不感兴趣，她的外语完全不行，她打怵跟陌生环境打交道，再说，她记挂着母亲，她的身体说不行就不行，她不能离开她。更何况，她很不喜欢康樊，甚至觉得讨厌。她想了一想，觉得还是谢绝的好。她不是一个习惯无功受禄的人。

"谢谢康所长！我……我觉得我资历还浅，没什么成绩，另外目前个人时间和家庭也走不开。以后，再有机会吧，真心谢谢康所长。"许廊雨说。

"也好，也好。"康樊说，"我其实很欣赏你这样的人，低调，不张扬。那以后还会有机会。你好好写！"

两个人告别后，许廊雨回到房间，佳淇正在接一个电话。许廊雨想看看书，可是拿起书来，发现根本看不进去。她倚在床头，将今晚发生的事情细细地回味了一遍。这种回味因为有了记忆的弹性，弥漫着比现实还要温馨和浪漫的色彩，她从未经历过的，有一些刺激，有一些偷情的快感。当然，也有一些愧疚。她想，她爸爸如果知道了这事，会狠狠地打她一个嘴巴吧？不过他不会知道这事。还有丈夫，丈夫很爱她，他会打她吗？应该不会。丈夫爱她，他也许会默默地痛苦，默默地容忍她。不过，这事也永远不会让丈夫知道的。至于别人，别人会知道吗？

许廊雨仔细地回忆了当时的场景，她确信周围没有人。她和詹启雄散步的地方很隐蔽，离居住地很远，那里杂草丛生，不是一个适合散步的地方，自然也不会有什么人碰巧走到那里。尤其值得庆幸的是，他们只是拥抱了一下，顶多是互相吻了一下，在关键的时刻，她阻止了他。这就足够了。这不能说是有肉体关系。想到这个客观的、物理的和生理性的词，许廊雨颤抖了一下。没有肉体关系，不代表明天没有，会议期间没有，以后没有。那，以后该怎么办？

许廊雨不敢想。再继续想下去，或许就成了某种期盼。

佳淇的电话还没结束。有一刻，她边打边在房间走动，还挤眉弄眼地示意许廊雨，似乎电话里的内容跟许廊雨也有关。许廊雨只听到佳淇娇滴滴地在感谢对方，然后还有等待，说会耐心等待的。她的通话好像跟文学有关，又好像跟调情有关。

足足又过了二十分钟，佳淇终于撂了电话。她马上扑到电脑前，用鼠标点进一个官方新闻页面，大声地对许廊雨说："真的哎，廊雨，我俩都进入终审了！"

许廊雨狐疑着，佳淇干脆拉过她，指着电脑屏幕，说："橙子女性文学奖，初审名单公布了，有咱俩！"

许廊雨这才想起来，几个月前，她报名参加了这个国内比较著名的文学奖。当初完全是出于好奇，她想试试这个奖项的公正性，因为里面的评委她一个都不认识。这是一个女性作家文学奖，不过女性作家文学奖里面还有男评委，这是她没有想到的。这是第六届了，每三年才评一届。这个奖在业内算是有比较好的口碑。重要的是，如果评上了，许廊雨今年职称晋升的问题会迎刃而解。

只是，时间过了这么久，她以为自己早已落败了呢。她差点都忘记了这个事。看来，时间越久，说明评奖活动搞得越认真吧。

许廊雨弯下腰，也跟佳淇一样盯着那个屏幕上的新闻公示，不过她立刻意识到一个尴尬的问题：这个评奖真是太严苛了，进入初审的十个人当中，只有两个人进入终审，而这两个人，就是许廊雨和佳淇。但未来的获奖者，只有一个。

真是太残酷了。

而且竟然又这么巧！她和佳淇同来开会，又同住一个房间！

跟今晚与詹启雄的幽会几乎一样的感受，许廊雨觉得自己被周围的人盯着。只不过这个盯人者不是隐身的，她有明确的面孔，她就是佳淇。也许，佳淇越是表现得平静无奇、自然洒脱，就越是说明着内心的反抗和妒忌。许廊雨很不愿意将自己置身于非此即彼的选择的境地，生活中类似的情况都宁可躲开，但是这次躲不开了，她和佳淇的名字，就双双排在屏幕上，而且按照姓氏笔画排序，她还在佳淇的名字前面。

佳淇能做到波澜不惊，为彼此高兴，她许廊雨凭什么做不到？何况，如果相信这个奖的公正性，她就该有自信，她比佳淇写得好。为什么不呢？为什么不相信这个奖的公正性呢？她当初就已经相信了。她一个评委也不认识，却竟然进到了终审名单。

她很好奇刚刚和佳淇通电话的人是谁，也许是其中的评委？她没有问。

"佳淇，如果你得奖了，你得请客啊。"许廊雨说。

"如果你得奖了，你不请客啊？"佳淇马上回说。

就像是地下党的接头暗号，这种语境之下，比祝贺对方来得更直接，也更微妙，却又彼此能懂。许廊雨再次感到危机四伏。

夜里，不知后半夜几点了，许廊雨又一次听到窗外有女人的声音在叫。这种声音叫得急促，而且缠绵，跟以往不同的是，竟然断断续续、高高低低地持续了好久。许廊雨本能地想，不对，这声音怎么像女人叫床的声音，而且似乎就在隔壁。至于是哪个方位的隔壁，实在不好断定。当一个人平躺在床上的时候，听到的声音往往是立体的。夏夜的空气溽热，几乎每个别墅的窗户都是打开的，静夜里的一点声音都会被格外放大。

许廊雨问佳淇："你听到什么了吗？"

"听到了。"佳淇翻了个身，说，"睡觉吧。"

"旁边住的是谁啊？"许廊雨问。

问完之后许廊雨就后悔了。她记起来，她的东面，住的是詹启雄，西面，住的是康樊。

早晨吃饭的时候，许廊雨隐隐地意识到，气氛有些不对劲。

仍旧是自助餐。吃饭的大厅内非常安静，但是这种安静，伴随着的是人与人之间空间格局的变化。笔会进行了快十天了，每天无论早午晚，都是一个人找一张小桌子吃饭的那个来自湖南的老李，竟然跟几个年轻人坐在一起吃饭，尽管他们彼此之间并无交流。还有一个明显的变化就是，以往大厅里总是有人不断穿梭走动，高声喧哗，现在似乎都变得沉默，顶多是窃窃私语。正是夏季，窗外缤纷的花树以及叶子，似乎变得黏稠了，快快的，打不起一点精神。

许廊雨点了一份可乐鸡翅，麦片粥，几段香肠和一碟梅菜，几乎每一顿早餐，她都是这几样。她很少去尝试什么，很少尝试新鲜的东西。连她每天坐的座位都不变。

但是今天，她给自己加了一杯牛奶。

她加牛奶不是因为自己特别想喝。她看到了坐在不远处的詹启雄，他正在喝一杯牛奶，于是她也起身去接了一杯。

她觉得詹启雄的气色不错。她相信他。喝牛奶的时候，许廊雨觉得自己内心特别安静。

旁边的电视里正在播报早间新闻。恐怖组织头目本·拉登被击毙的新闻后续；利比亚总统卡扎菲再次在集会中露面，警告欧洲停止轰炸，否则利比亚将以牙还牙；广西合山煤矿发生塌方……这个世界到处都不安静。

丈夫给她发来一条短信，许廊雨简单地回复了他。丈夫问她会议何时结束，何时回家。她回完后笑了笑，觉得丈夫有些孩子气，不久后又若有所思。是啊，漫长的笔会，说快也快，竟进入了倒计时。

接下来能做什么呢？不知道。也许只有等待。等待什么？等待会议结束，还是……不知道。还有，直到现在，许廊雨才蓦然觉得，她有了一些强烈的想要写作的欲望，就像是一个黎明时走在路上的人，如果不是怀有某种希望和紧迫的事，是不会在黎明赶路的。前面一定存在某些未知和希望。

也许佳淇是对的。她这么想。为什么想起这句话——也仅仅是一句话而已，并没有其他内涵。不知道。

会议主办方的一位工作人员走过来，跟许廊雨交流一点事情，那无非是提前问了一下，许廊雨回程时选择哪家航班，以及具体时间。许廊雨犹豫着，说老实话，她还没想过这个问题。年轻的工作人员看到她犹豫，连忙说："不要紧，可以按预定时间来订，有了变化，可以随时退订或改签的。"

顺着工作人员离开的身影，许廊雨发现康樊刚刚从外面走进来。他仍是那么神采奕奕，自信满满，哪怕他走进的只是饭厅而不是会议现场。他跟他经过的人打着哈哈，然后，仔细地去餐台那里，低头精心地选择那些即将进入腹腔里的食物。

许廊雨感觉有一点恶心。

许廊雨吃得很慢，但不是最后一个离开座位的人。她出去散步的时候，发现有人已经三三两两，在小路上交头接耳，谈着什么。

"听到了，声音很大。哎哟，那种声音。"

"我都不好意思听了，后来蒙上了被子。你想，天又热得很，天！"

"怎么搞的啊？"

"也许是有人喝多了酒。"

"是啊，昨晚不少人出去分头聚会和喝酒来着，包括好几位女性。"

"……不知道，不知道都有谁。但是这也许跟喝多了酒没有关系啊。"

"不会是孔雀吧？孔雀晚上经常会叫。"

"怎么能是孔雀？再说了，院子里的孔雀，只是头几天晚上在叫，后来被人给投诉了，说是影响睡眠，管理区早就把孔雀转移走了。"

不是孔雀，不是孔雀。许廊雨想。她哪怕在昨晚，也愿意相信那是孔雀，尽管她知道那是想自己欺骗自己。可是，这又跟自己有什么关系呢？

许廊雨想起了詹启雄。她多少感到一些后怕。她相信不是他。但是昨晚，在夜色下的双人栏杆椅那里，如果他要继续呢？如果她不阻止他呢？事情会暴露吗？

她是女人。她置身于女人的属性和境地，此时她未免有些替昨晚的另一个女人感到不安，或打抱不平。尽管她是谁，没有人会了解清楚。起码目前不清楚。许廊雨想起了关于男女之间的性事，《水浒传》里说得好，"痴心做处人人爱，冷眼观时个个嫌"，别人都是苟且，自己才是良爱。这也许就是人性。

她不是原谅他们，从情感的角度来说，她也许是原谅自己。

笔会的最后几天，竟过得无比迅速而潦草，甚至来不及端详。尤其令许廊雨措手不及的是，谣言起了，竟然涉及自己。

说是那天半夜十分，她和詹启雄待在一个房间。

许廊雨觉得很对不起詹启雄。他不常来内地，这对他而言绝不是一个好的讯号和回忆。这是两个人的伤感，也滑稽。这种谣言无论如何，都会给他俩之间的关系蒙上一层阴影。至于会不会发酵，她不知道。

冷静。她想。不去辩诬，不去抗议，不去采取任何行动。会议马上结束了，机票也最终确定，会议最终留给她的，可以用母亲曾经跟她打电话的一段对话做结：

"那你知道我是谁吗？"

"唔，我不知道。"

那么是谁将这种谣言安在她的头上？是"隔壁阿二不曾偷"，还是偷梁换柱，借力打力？许廊雨感到特别愤懑。但是她不能慌张。哪怕慌张一点，事情都会变得无比复杂。

许廊雨出发的那天，没有跟任何人告别。她的行李本来也不多，她为自己精心化了一个淡妆，因为回程和候机的时间会很长。那双被水泡过的高跟鞋，她想了一下，虽然已经变形了，估计不能再穿了，但她还是耐心地把它装在盒子里，准备带回去。会议主办方的一位副主任，专门开车送她到机场，之前任她再三婉谢，对方还是不肯。这真是没说的，会议的一切安排都是那么周致、温暖，不失礼节。

七月的景色在窗外目不暇接，令人赏心悦目。只是这个夏季，缺少了一点蝉鸣。法布尔说，蝉在黑暗的地下蛰伏多年，挣出地面只能存活和歌唱几十天。但是现在没有蝉鸣。哦，许廊雨又想，八月鸣蝉，时间也许还未到。

许廊雨有一些伤感。

在候机楼的门厅，许廊雨跟副主任摆手告别，真诚感谢。副主任是一位和蔼的老者，据说办完这次会议，他就退休了。他说："小许，回去好好歇一歇，这么久的会议其实也很累。我们再见。"

"是您辛苦了。"许廊雨说，主动去握了一下他的手，她难过得差点掉下眼泪。

"你不要想太多。没事的。"副主任说。

"谢谢。"

"多保重。"

"您还有什么话叮嘱我的吗？"许廊雨凭着直觉，她有些不甘心。

"有件事，我不知道该说不该说。"许廊雨看出，副主任的内心也非常复杂。

"您尽管说吧。"

"那晚的事，其实，或许……没什么，你知道，尽管……不过，我们的主管单位领导听到了这个传言，要我们还是搞一点走访和了解。毕竟对会议的影响有点那个。"

"哦。"许廊雨对于这个，还真是一点都不知道。

"大家既然传言到你，本来事情很好办，所有与会人员，只有你住的不是单人房，你是和另一位女性作家住在一起的。"

"是啊。"许廊雨说。她完全没意识到什么。

"我们去问了你的那位同住女性作家，半夜里，你俩是否在一起，你们是否在房间睡觉。"

"怎么了？"

副主任叹了口气，摇了摇头："可是她说，她那天白天累得很，晚上很早就上床睡着了，不知道你半夜是不是出去了。"

许廊雨怔了半天。她张开嘴，不知道该说什么。

"谢谢您。"许廊雨又重复了一遍。

副主任摆摆手，跟她告别，想说什么，又终于忍住了。也许，他想说"我相信你"，但是这又会导致另一种悖论。许廊雨明白，他们都是有涵养的人。她在内心里默默感谢他。也感谢他终究没说出这句话。

副主任转身启动汽车引擎，慢慢驶出了许廊雨的视线。

半个月后，那个"橙子女性文学奖"的评奖终审结果出来了，只有一人获奖，名单：夏小丽（佳淇）。

以后的几乎每个夏天，许廊雨都会穿起她那件裙子。那件在夜晚看不清究竟是什么蓝的裙子。

她觉得自己仍旧年轻。她喜欢它。喜欢裙子的那种蓝。

原载《草原》2024 年第 2 期

建筑伦理学

一　基础

　　归根结底，坏就坏在她有一颗糍粑心，麻烦都是自己揽过来的。过去几十年，万紫远在千里之外，操心着每一个家族成员的生活与命运，解决这样那样的问题，现如今又做着一件不自量力的大事：回乡建房。

　　动念时，她的银行账户余额只有几千块，在北方置业欠下的房贷与借款尚未还清，但母亲在电话中谈论坏天气，说到雨大屋漏，墙体开裂，天花板像尿了一摊。她的心里酸楚，想起小时候漏雨的房子，雨击打接漏器具时发出的贫穷声响仍在耳边回荡，她不假思索地说，要给母亲建新房，好像她钱多得没地方花。

　　现有的房子是二十世纪九十年代建的，算父亲大权在握时期的产物。长兄万福一家与父母亲各住一层。万紫曾出过一份资助，但没有属于她的房间。在外面漂着，就已经没人把她当作家庭成员了。这是女儿与儿子的区别。这是风俗。她不想承认这里头的冷漠。后来回乡已看不到自己的生活痕迹，床被烧了，书桌被劈了，连放着私人物品的抽屉也被撬开，厕所墙缝里塞着她的日记本残页——那时候卫生纸在乡村还没普及，甚至仍有人使用树叶或竹片。这些事，她也早就不计较了。

父亲去世后，万紫努力在母亲身上弥补"子欲养而亲不待"的遗憾，吃的、穿的、用的、娱乐的、保健的，把母亲当作孩子宠。每周和母亲通几次话，联系不上就胡思乱想，担心出了什么意外，有时候还弄得兴师动众。母亲的耳背越来越严重，每次通话，万紫总觉得声嘶力竭，后来有了网络视频，看见母亲皆好，万紫只是微笑着听，随便她絮叨什么。

母亲的话题不外乎天气、家禽，以及花花草草，一向是知足常乐的，不知道什么时候开始有了攀比心理。她在电话里说，村里头尽是赚了钱回乡建别墅的，还仔细描述倒卖钢筋的兄弟在河边修建的联排别墅如何闪闪发光，做槟榔生意的孙老板花园里的环廊八角亭如何威武气派，连承包荒田的那个文盲都盖起了崭新的四合院。在母亲的叙述中，过去那个乏善可陈的乡村，似乎在这几年间已经改头换面，人们生活美好，民宅奢阔，唯独万家的旧楼房还在丢人现眼。

"我们的房子是村里面最差的了。"母亲是这么说的。

万紫是有家族荣辱感的人，这句话极大地刺激了她的虚荣心，加强了建房的想法。房子的功能是居住，是阖家欢乐，是让母亲骄傲，面上有光，家族有脸，一栋漂亮的房子还能告白世人："我们万家，也是出了能人的。"

退路是不必想了的。建筑成本低不了，粗略预算，即便是厚着脸皮延期朋友的债务，强行算上未来新书版税，用点网络小额贷款，仍有一个不小的资金缺口。打开手机银行，没有意外，账面仍然是一个营养不良的数字，最美的梦想也养不肥它，只有醉酒才能让它从四位数变成八位数。恍惚间，数字和小数点摆臀扭腰，疯疯癫癫地跳起了街舞，活像几个不务正业的穷小子。真能人圈养的数字都是会自我繁殖的，细胞裂变似的繁殖，自己不过是一个被虚荣心吹起来的"能人"，失败感击中了万紫。

她是四兄妹中排行最小的，上面有两个哥哥、一个姐姐，都是善良愚直之人。他们经济条件并不宽裕，读书少，教育程度低，在城里当保姆、打短工，努力活着，尽所能养家糊口。只有二哥万寿上了大学，结婚生子，工作稳定，可惜人生无常，几年前病魔掳走了他。父亲过于悲伤，紧跟着走了，母亲一个人固执地独居乡下，万紫主动承担了赡养母亲的义务。

万紫个人短暂的婚姻没留下什么，原生家庭始终是她感情的唯一寄托。亲情是一座富矿，同时也是光秃秃的经济荒山，她从没想过去那里挖点什么，但这次开始考虑这种可能性。因为万福的儿女早几年就毕业参加了工作，家中经济条件有所改善，再加上宅基地与旧屋是他们与母亲两家共有，新的建筑将来也是他们的，这时候出点力，担点责任，恐怕也不算过分。

万紫决定与内当家大嫂子阿桂谈谈。

二　结构

阿桂个子很小，蘑菇头，天生苦面相，但是性格乐观随和，年轻时也蹦蹦跳跳。她是那种获得别人旧物便欢喜满足的人，身上穿着东家不要的衣服，家里堆满二手破烂物，总觉得什么都有用得着的时候。论活着的卖力程度，那是没人可比的。多少年给别人煮饭扫地带孩子，用粗糙结茧的双手将儿女培养成人，好歹让他们读了些书，入了社会自食其力。

阿桂比万紫大八九岁，嫁过来之前，经常带万紫出去玩，有时也给她买件衣服，赢得了万紫的好感，建立了友情。阿桂总是笑嘻嘻的，心境豁达，什么都不往心里去，她吃苦耐劳的品德也是大家认可的。人们总拿她与万寿的妻子阿桃比较，同样是做儿媳妇，阿桃的命可是好了一大截，她只管涂脂抹粉，天真俗艳，两条纤细的鸟腿以及芭蕾舞裙般的超短裙，轻快地蹦来蹦去，回来连碗都没洗过一回。

人们说阿桂是万家的福气。万紫在城里有套大房子，平时空着，回来时就召集全家人在这里吃住团聚，总是阿桂买菜做饭，她从不抱怨。那时的贫穷并不影响大家庭延续融洽欢乐的气氛，没有利益冲突，没有口角，一切都是简单的。虽说后来在晚辈教育问题上与阿桂产生龃龉，但从不伤及和睦。万紫孤身一人，所有的爱只能倾注给原生家庭，通过晚辈的事，她才慢慢意识到家庭结构已经变化，原生家庭早已不存在了，他们专注于各自的小家庭，对她的情感比重，和她对他们的情感比重是完全不相等的，她成了他们的一个远亲。

阿桂已经知道建房的事。母亲迫不及待地放飞了万家要建房的重大消息，在村子里引起了不小的轰动。人们是疑惑的。万家自从相继折损了老将父亲与重将万寿，家族元气大伤，只剩下散兵游勇、残兵弱将，何以能完成建房大业？万家最小的女儿出去几十年了，她靠什么赚了那么多钱？一个在大城市里工作的女人家，为什么要回这乡里造房子？她打算回来养老？乡人疑虑重重地关心着后续进展，暗地里打探更多的真相；也有人不屑一顾，等着看一声空响炮之后的笑话。

"怎么要我们出钱呢？"阿桂原以为坐等新房子崛起就行，接起电话时语气是高兴的，听到要她出钱时身上一冷，脸就垮了下来。这太意外了，这是破天荒的，万紫对所有家人一贯慷慨大方，过去那么多年，连拔他们一根寒毛的情况都没有过。阿桂毫不掩饰心中的不满："你明明知道我们没能力。"

阿桂的态度变化让万紫吃了一惊。过去这些年，在她面前，阿桂从来不会使用这种直截了当的语气，更未说过任何拂逆的话。她的表现一向是温驯的，虽不至于俯首帖耳，但也是言听计从的。这意味着她承认万紫在家族中的地位与影响，承认万紫的眼界见识，也承认她有恩于她。比如阿桂重病，没钱住院，是万紫主动送钱救了她的命；比如为她家争取了一套廉租房，让他们一家四口得以在城里安家；比如多次替她的儿女找工作；比如赞助他们出去旅游等等。更别说柴米油盐，以及日常生活中的种种关照。有一回，阿桂说她发现了节约卫生巾的办法，就是在上面垫一叠卫生卷纸，这自鸣得意的生活智慧让万紫感到难过，她立刻上网买了几大箱卫生巾寄给她，那是阿桂直到绝经也用不完的。万紫就是这么一个人，任何东西从来不需要他们开口，只要她耳朵听到的，眼睛看到的，心里想到的，她的糍粑心绝不会错过任何一次同情。

但是，那都是历史。阿桂现在有了自己的主见，她强调："我们没有你那个能力。"这句话里带有不易察觉的一丝挑衅与嘲讽，接下来又表现出一种卑微与自怜："凭我们的条件，建房子这样的事，是想都不敢想的。"

"坦白说，我也没这个能力，因此才和你商量。"阿桂的语气让万紫感到不适，她听得出阿桂在女儿万莉家，背景有给局长当司机的女婿的声音。他们住在万紫过去的房子里，早些时候因为在北方购房，万紫将它以亲情价卖给了万莉，没想到她闪电式相亲怀孕结婚，司机及他那边的家人也住了进来，自此改朝换代。阿桂最引以为豪的，是司机的铁饭碗，以及局长权力投射过来的影响与便利，她多少有点鸡犬升天的心理，人生终于在女儿这里打了个翻身仗，腰板直了些，说话时不觉显示出魄力与无畏，这也是人之常情。不过，万紫手中握有阿桂的历史，她有自己的想法，只要阿桂仍然属于万氏家族系统的成员，就必须臣服于万紫在家庭中的支柱地位，因为她没有私心，半生都在为家庭奉献，她理当获得尊重。

"乡下的那个房子，连一个我的房间都没有，怎么现在建房，就只该我出钱了呢？你这是什么逻辑？"万紫忍着心中的不快，"你们是最应该出钱的，这也是一种象征。你们是家中长子长媳，爷爷和父亲的丧葬费，我一个人揽了，没让你们出一分钱，母亲是我在赡养，我的生活并不比你们轻松。你们有需要，任何时候可以找我这个妹妹，我有困难，就只能求老天开恩？"

"我知道你为家里付出很多……"阿桂不情愿地承认这一点，"我的苦日子什么时候是个头啊，眼看着万固二十六七了，工作不稳定，还没有买房子，我们也没退休金，他连相亲都不敢去相……"

"如果没有别的债务，我是可以扛下来的。"万紫不觉同情阿桂描述的现状，侄子万固的青春期在打游戏、借高利贷中挥霍完毕，怎么帮也是烂泥扶不上墙，现在作为一个"无理想、无目标、无热情"的"三无"人员，打点零工过日子。

万紫心里一闪念，想着自己咬牙全部承担算了。她安慰阿桂："万固的命运，在他自己手里，你们送到他大学毕业，已经尽了父母的职责。"

"建房子的确是好事，问题是……我们真的没钱，到现在都欠账。"阿桂这辈子最擅长的是哭穷，她打嫁到万家开始说起，结婚分家亏账，丈夫身体不好，养鸡发了瘟，养猪猪病死，债越积越多，早就想进城打工，婆婆却不肯帮忙带孩子，耽误了赚钱机会，后来总算进了城，挣的也只够崽女读书，刚还清陈年旧账，儿子却借了几万高利贷，自己买社保被骗掉几万，村里的红白喜事一件接一件，多少年来真的没存得住一分钱……

"你就这么去算吧，出资十五万，收获一套价值八十万或者一百万的房子，稳赚不亏的投资是不是值得努力？"万紫提供了一个新的思维角度，也算是向阿桂交底。

"万福他倒是很想建新房的。"阿桂似乎有所动摇，她那么精明，当然知道无本生利是最好的，"你知道你大哥那个人，面子浅，从来都不肯去找他那些发迹的同学借钱，我一个女人家，到哪里找这么多钱给你？"

"不是给我，"万紫纠正她，"我不会要你一分钱。是给你们自己建房子。"

"莉莉出嫁，我还找她舅舅借了几万置嫁妆……别的姑娘出嫁，娘家都是几十万几十万地给，我们没能力，觉得真的对不起莉莉……"阿桂竟然哽咽起来，不久便啜泣了，空气穿越稀疏的牙缝发出尖锐的呼啸，"眼下就要做外婆了，不拿出像样的东西来，只怕连莉莉都会被婆家瞧不起了……"

阿桂这番话没有获得预期的效果，反倒证明了她愿意为儿女砸锅卖铁，对婆婆却一毛不拔的事实。

"安顿母亲是大家的责任，你们一家四口都在工作，也请体谅一下我。"万紫不留余地。

"你知道我不爱撒谎，十五万是真的拿不出来，就算我厚起脸皮又去向亲戚开口借，顶多凑个八九万。"阿桂说道。

"要不这样，我就给母亲建个小一点的房子，用她的宅基地面积，不占你们的，我也轻松一点，不用背负那么多债务。"万紫不喜欢阿桂的讨价还价。

"你知道，万福他这个人固执，我再和他商量商量。他一个男人家，在这种时候是应该站出来有所担当了。"丈夫、儿女都是阿桂的牌，她想打哪张就打哪张，如果都出完了还没赢，就会自找台阶下，"我们会尽力去凑，什么都不比安顿好母亲重要。你放心，我说话算数。"

三　施工图

资金"落实"，工程"启动"，惶恐、担忧、债务重压，各种滋味倾巢而出，万紫彻底卷进了焦虑的旋涡，每夜身体在黑暗中翻来覆去，伸手却无可以攀缘的东西。鲁莽。悬崖边。精神崩溃。责任碾压。漏雨的声音。腰身不再挺拔的母亲。苦难。银行还款的短信。一根无形的鞭子，抽打着她。黑夜的浓郁聚集在胸口。空气黏稠。呼吸不畅。理论上的资金。手画的饼。弓已拉开，箭在弦上。她知道邻居们聚集在母亲家里，谈论与建房有关的事项，贡献经验的，提醒避开陷阱的，介绍施工队的，推荐材料厂家的，寻找工作机会的，人们以各种各样的方式参与其中。母亲已经成为核心，她满面喜悦，笑对各路人马。

希望。愁苦。心悸。思绪如群魔乱舞。

一只夜鸟在窗外反复叫响，它是在欢唱，还是哀鸣？

回想那些无眠的黑夜，万紫不知道自己是怎么熬过去的。贸然靠近建筑这头庞然大物，一个人瞎子摸象，从纷乱的绳团中找到线头，由一张规范的施工平面图纸开始，踏上建筑征途的第一步。网络搜寻过程，也近乎一项社会调查，她发现很多建筑设计施工的一站式服务，原来社会上早就有一股强劲的返乡潮，多年前进城谋生的人，今天纷纷带着财富返乡，重整荒芜的家园，应运而生的乡墅建筑产业早已如日中天。

她从眼花缭乱中挑选出理想中的建筑风格，买下施工图纸，根据建筑面积和使用需要，调整了户型设计，自己动手画新平面图，在乐趣中也释放了精神压力。房子的东头给母亲设计了套房，洗手间空间很大，淋浴室不装玻璃，避免母亲磕碰。必须给自己一个专用套间，回来不再有寄居感。在西墙加一个落地条形窗，通过这个窗户，可以看到荷塘、堤边的河流和船只。她很想留一间书房，但考虑到自己毕竟是一个外人，占据空间太多，阿桂会有想法。

村里的包工头，他们也许能建造出房屋的实用功能，但肯定无法达到这栋建筑的美学标准与灵动神韵。她认为得找省城经验丰富的工程队。网上搜索"农村建房"，满屏眼花缭乱的结论，页面不断弹出客服窗口。在这场凌乱的信息战中，她打了无数电话，扫了很多二维码，穿过了宣传、广告、情色诱惑等不实信息的枪林弹雨，总算筛选出五个感觉靠谱的施工队，将建筑图纸发送过去，请他们预算报价。

作为一个建筑文盲，在洽谈过程中，她被迫了解了很多专业知识，什么桩基础、条形基础、筏板基础、箱形基础、独立基础，什么框架结构、混凝土结构，什么地质用什么基础，什么结构有什么性能，因为不同的基础与框架，造价差距很大。还有屋顶结构，现浇混凝土坡屋顶，因具有造型美观及隔热功能，比普通屋顶价格是翻倍的。

几个施工队发过来的报价大致相近。预算表、材料清单像天书一样，型号、规格、数量、价格，密密麻麻的数据像一群蚂蚁在心窝里爬动，她勉强看了一阵，感觉是一个人在无边的大海里徒劳挣扎，有种绝望感。她想闭着眼睛谈个一口价，苦于没有还价依据，又不可能去市场调查，更何况计算材料数量比例，不是一下就可以学会的，要把这些事全部弄透，整个生活必然会被拖下泥沼。

说来也是运气，这时候，有一个报价的工程师，出于某种莫名的好感，愿意在专业方面提供帮助。他坦言自己是做建筑设计的，接了工程，通常会和施工方合作，他不打算在中间赚她一道，推荐她直接和施工方沟通。他教她工程预算砍价通常有20%的空间，告诉她需要避开的坑，付款方式，哪些常用的建材品牌，还有合同注意事项，比如明确工序、竣工期限、罚款制度、在预算清单里一定要注明建材品牌等等。

被推荐的公司叫"新乡墅"，施工许可等证件齐全，网页做得规范，是干正经事的样子。荣总经理在照片中西装革履，面相厚道，看上去诚实可靠。实际交谈中，荣总的确表现了值得信赖的一面，谈吐、修养、专业知识，都不像江湖骗子。万紫和他交谈愉快，沟通顺利，这也预示着良好的合作前景。接下来修订施工设计平面图，确定工程清单，在造价问题上反复进行心理拉锯战，总算度过了这段漫长的泥泞跋涉，像个真正的生意人一样完成了建筑合同。荣总将工程部负责人王龙翔总经理拉进群里，由他对接签约及具体施工的事。

四 剖面

作为兄妹，万紫与大哥万福一直是两个平行世界的人，一辈子没说过几句话，因为建房子需要有人监工，才有了真正的接触与合作。万福长她十二岁，中学时寄宿，十七八岁参加工作，二十岁蒙冤在监狱困了几年，兄妹俩实际生活相处的时间很短，集中在万福出狱之后，万紫远行之前的间隙，没有从小在成长中建立情感，关系一直是生分与客气的。

万福是一个腼腆的老实人，说话少，手脚勤快，害怕和人近距离接触，也从不和人发生口角与冲突。也许是不幸的遭遇导致性情变化，他总是有点惊弓之鸟的样子，胆小、警惕、惶恐，却又身形敏捷，仿佛随时准备逃命。家人也都很同情他的特殊遭遇，对他的态度格外温和，谁也不会对他说重话。

对于万福的命运与性格，万紫一直深怀同情与理解。

万福在建筑工地干过，懂得一些工程的事。他兴致很高，拿到施工图纸之后，日夜研究，弄懂图纸，以便好好监工，确保房子和效果图一样漂亮。他对工程提出了一些看法，比如宅基地，过去是池塘填起来的，最好使用桩基础，防止下沉，且牢固抗震；屋顶呢，现在流行现浇混凝土的，有个闷顶层隔热防冻，而且绝对不会漏雨，杜绝过去那种修修补补的烦恼。

使用桩基础和现浇坡屋顶，要增加十几万的预算。这一层万福是不会考虑的，因为造价多少不是他的事。万紫的心里产生了一点寒意。万福是知道她的经济状况的。旧屋并没有使用桩基，二层楼的房子，几十年也没有出现下沉的现象，在预算紧张的情况下，桩基可以不打，能不花的钱，可以不花。他不能什么都选最好的做。

为了避免留下任何遗憾，万紫心想，反正已经被压弯了腰，再添一块砖头，也不至于要了自己的命。她没有反对花这笔钱，一是延续着过去对兄长的包容与尊重，二是害怕房子出现任何状况，三是她的确想让家里所有人都开心。小的时候，她总是幻想着突然冒出一位有钱的亲戚，帮助解决这样那样的问题，现在的她，就是在扮演这样一位有钱的亲戚，也不管家里人是不是有同样的幻想。事实上，自从有经济能力开始，她便主动充当了家里的救世主，她总觉得过去那个小女孩还在原生家庭受苦，还在盼着奇迹，救他们，就是救她自己。

正式动工之前，需要给母亲找一个过渡居住的地方，村里不少只有春节才会有人填满的空房子，有干净舒适的，主人也很热情，母亲考虑再三，选择住在家边上一所废弃的破房子里。那里面家徒四壁，没有厕所，没有浴室，没有厨房，只有几个孤零零的灯泡悬在屋中，照着灰蒙蒙的红砖墙，塑料糊住的窗户到处是破洞，两扇大门歪歪扭扭不肯闭合。但母亲有她的古怪与固执："以前不就是这么过来的吗？"在她看来这点委屈不算什么，住破房子更自在，不欠谁的，也不需要应酬屋子的主人。一想到春节还得和别人挤在一起，她就浑身不舒服。她还说破房子离家近，坐在屋门口可以看新房进展，方便给工人烧茶送水。大家只好修修补补收拾破房子，这费了一些时日，万紫出钱，万福出力，也给十二岁的黑狗在屋外用砖瓦搭了个窝。做完这一切，就只等着拆旧建新了。

拆屋这天阳光灿烂，万里无云，笨重的挖机缓缓进场，轰轰烈烈地拉开了工程序幕。有几个村民围观。这是万紫从视频中看到的。第一次通过航拍机看到自己生长的地方，像通过上帝的视角看到全新的景象，河流仿佛一根飘带从房子边上拂过。旧楼房的屋顶灰蒙蒙的，屋身瘦瘦地立着，挖机猿臂一掼，偌大的房子像玩具模型，噼里啪啦咣当哗啦，没几下就被捣得粉碎，转眼就成一片废墟，只剩坍塌后的静寂。浓雾腾空。

她禁不住热泪盈眶。

没想自己在拆屋时会哭，并且哭出声来，好像过去多年的记忆，也瞬间成了瓦砾。

在过去的二十多年里，它承载了很多亲人团聚的欢乐，几代同堂的温暖时光。她后悔忘记让他们拆屋前拍几张旧屋的照片，忽然感到心里空了一块。眼睁睁看着消失的，不仅仅是一所旧房子，还让她想到建设的艰难与摧毁的容易。她想念曾经生活在这里但已离世的亲人，她想起了有乡绅风范的爷爷、始终在劳动的父亲、曾是家族主心骨的二哥，她的亲人那么少，死去的、活着的，弯着手指头就能数得过来。她还想起了旧屋的前身，童年记忆中到处漏雨的老屋，雨水击打接漏器具发出的声响，这时想起来却是那么地美妙动听。

虽然这个旧屋连她的一个房间都没有过，但是在它毁灭的那一刻，她发现自己是多么爱它。

也正是在这喜悦与泪水交集的时刻，她心中所有的压力与惶恐都消失了，因为她猛然顿悟到自己在做一件了不起的事，在开启家族的新时代，一个崭新的、明媚的未来，所有的亲人都将在这温暖的光环中变得光彩照人。

这么想着，她才发现侄辈们竟然没在现场。万固和万莉是在这旧屋里出生成长的，他们在这里生活了十几年，对旧屋理当有着更深的感情，有更多的记忆与不舍。她感到遗憾，甚至恼怒。也许他们心灵麻木，也许他们过于年轻，还不到感时伤怀的年纪，也许旧屋记忆正是他们要摆脱的，有什么必要特意回来观赏它的倒塌？

她反复看着拆屋的视频，想到不久后一栋崭新漂亮的建筑将在这片废墟上崛起，由她创造的家族最盛大的时刻就要到来，所有亲人都将沐浴在这片祥和与幸福之中，欣悦涌上心头，她也渐渐自豪起来。但没多久她接到两个电话。一个是坏消息，书稿没有通过选题，总编觉得格调灰暗，不合乎当下形势，希望有更正能量的作品。好消息是小说集没问题，价格不错，出版社同意预付。也许是过了焦虑期，心理上适应了重压，她已经不那么担心钱的事了，她有某种信念，一旦动工，房子就会像雨后春笋一节节长起来的。

母亲精神喜悦，说王总带了一箱坚果给她，他在现场指挥了一阵就离开了，赶去另一个工地竣工。母亲还赞他能干，有年纪，讲话客客气气，懂得礼数，样子跟村里的农民一样，"一副黝黑子脸"。要等到正式开工以后，万紫才会知道王总和荣总其实是合作关系，王总的施工队财务独立，工程基本没荣总什么事。王总本来就是个农民，当过建筑工人，在工地时间久了，熟悉了工程项目，有了人脉后开始揽活，久而久之有了相对固定的工人，积累了一点口碑。事实上，乡村建房队基本都是这样，像王总这样头脑灵活，有点文化基础，好学肯干，就会做点名堂出来。

找到了可靠的施工队，又有懂行的万福监工，万紫泡了杯花茶在电脑前坐下，心想终于可以继续做自己的事情了，刚敲击出几行字，万福的电话就来了。

"你得制止他们哩，"万福拉着一种事不关己的腔调，几乎是幸灾乐祸的，"这些人可不太守规矩，有用的碎砖石、混凝土块，都被他们运走了。"

"你不在现场？"万紫相当诧异。这点小事竟然需要两千公里以外的人来救火。

"我叫他们停下来，不要再运了，我说了碎石我们填地基、填池塘用得着，他们根本不听，连宅基地的老土都刨了一层，还在一车一车地往外运，喊都喊不停。"

"你是东家老板，他们是为你做工的，怎么会不听你指挥呢？还挖掉地基老土往外拖运？你就这样看着他们把宅基地挖成一口塘？"地基原本就要买土填高，这么一来，就要花更多冤枉钱了，万紫觉得心被刀子划似的痛，火也上来了。"运输车从你身上碾过去的吗？你为什么不直接打电话找王总？"

万福也焦躁地嚷了起来："我跟他们说了不要挖了，他们不听我的！"

"你现在就站在车头前阻止他们。我马上给王总打电话。"

阿桂曾经抱怨，家里的大事小事，永远都是由她出面求助摆平，万福几乎不跟任何人正面交流，顶多在擦身而过时扔下一句话，别人回答的时候，他已走出老远。眼下情况紧急，万紫顾不上教万福如何处理现场问题，赶紧挂掉电话联系王总。意外的是，王总并不知情，他只叫了挖机，运输车不是他安排的，但他立刻通知挖机师傅配合，自己也从另一个工地赶到现场。万紫顿时明白，王总把拆屋的工程承包给了挖机师傅，而挖机师傅和卡车司机是熟人和伙伴，卡车运输是按趟收费的，一趟两百多，为了让司机多跑几趟，多赚点钱，挖机就使劲地挖，有用的、没用的，统统装进运输车，在他们看来，建别墅的都是有钱人，钱来得容易，不会在乎这点事。

万紫乐观轻松的心情，就像刚捞起来的鱼没蹦跶一会儿就完了。下午四点多，王总发给她现场图片汇报进展，拆屋平地已经完工，地基前所未有地辽阔，这个一望无际的坑洼氤氲缥缈，比马路矮了一大截，不知道要花多少钱买土才能填回来，她气得眼泪在眼眶里转。本来每一项超出预算之外的开支，都在挑战她的承受极限，割她的肉，让她感到疼痛、恐惧、脆弱，没想到还会产生这种纯粹的、愚蠢的浪费，这是根本不应该发生的。她内心弥漫着深深的失望感，王总原来也不过是提篮子买卖，貌似老实的底层工人是狡猾市侩的，大哥万福竟然无能力应对现场问题……她预感自己即将陷入一个巨大的泥沼，卷入错综复杂的工程内部，被无尽地消耗。

五　空间

对姐姐万红的自甘堕落灰心失望时，万紫的感情重心在屈指可数的亲人中间转圈，渐渐落在已是婚嫁年龄的侄女万莉身上，给她买东买西，教她穿衣打扮，且将自己的房子以亲情价格卖给了她，想着回家时兄弟姐妹照样在这个房子里团聚，延续过往的传统。这之后万红忽然变得言语怪异，带着一股莫名的怨气，添了孙女也不报喜，却一个劲地在网上发女婴的图片与视频，向世界炫耀。这些都是阿桂转过来的，因为她也没有接到消息。万紫的思想活跃起来，心想万红明知道自己喜欢小孩，却偏偏藏起来，明显是对一个无家无后者的嘲笑与轻蔑。在这样的情况下，她没道理去涎着脸，央求着看一眼她漂亮的外甥孙女儿。这件事深深地刺中了她的心，她感觉受到了严重的冒犯，于是也假装不知情，就这样两姐妹长时间断了联络。

万红疏远家人之后，扭头去社会上交朋友，男男女女吃饭喝酒，似乎很快活。她的穿衣打扮也风格突变，尽是些花里胡哨的奇装异服，肥大的裤裆垮到膝盖下，像个年轻的嘻哈族，还频繁在网上发视频搔首弄姿，唱歌跳舞。万紫被她的变化吓了一跳，她看得出那不是真的快乐，更像是受了什么刺激，做出这副人生很狂欢的样子。万红的视频都用了滤镜，那张脸年轻漂亮得不像她的，脸色煞白，眼角飞扬，嘴唇鲜红欲滴，她似乎确信自己就是视频中美若天仙的样子，忘了自己已经五十六岁。直到万红的第三任丈夫向阿桂喊冤叫屈寻求帮助，大家才知道，万红已经把他打出家门一个多月了。据说她自认为发现了第三任外遇的蛛丝马迹，将他的衣物统统打包扔在门外面，要他滚蛋。

第三任是一个长相狰狞、内里怯懦的雄性，动不动就哭、下跪、自扇耳光，但这一次脸上还是被万红抓得稀烂，身上被踢得青红紫绿。他本以为像往常一样，不过三天风波就会平息，回到自己的家里，等着妻子消气，没想到却收到离婚的狠话，赶紧哭哭啼啼地搬救兵。

第三任承认也许在微信聊天过程中有过一点想入非非，但指天发誓绝没做对不起妻子的事。阿桂最痛恨的就是男人管不住自己的精神和肉体，吃着碗里的还看着锅里的，她毫不客气地批评他，作为一个条件一般的二婚男人，找到这等姿色的老婆，本来就应该好好珍惜现在的婚姻，任何非分之想都是不应该有的。第三任辩白自己的忠诚，也为自己在语言上的不检点进行了诚恳的自我检讨，表示会管住自己，请求阿桂去劝万红，夫妻间十年风雨不容易，不要因为误会伤了感情，也求阿桂去请万紫出面，他说万红只听这个妹妹的话。

第三任说得没错，过去的确是这样。万红刚进城时，和阿桂关系不错，两人曾经一起找工作，互帮互助，结伴做过餐馆服务员之类的零工。但万红受万紫的帮助最多，她有事没事总打钱过来，万红现在的廉租房以及室内装修，都是万紫的功劳。早些年万红在城里漂泊的时候，有一年冬天，和男朋友分了手冲到街上，没地方安身，万紫就想到天寒地冻中，亲姐姐流落街头的情景，糍粑心备受煎熬，一刻也不能忍受，当天就从几千公里外的城市赶过来，冒着纷飞大雪给她租房子，购生活用品，一切安排妥当后才放心离开。

说起来，万红是握有一手好牌的，被她自己打烂了，像她这等姿色的乡村姑娘，如果不自暴自弃，远不是这种境况。她有好的身体条件，个子高，皮肤白，算得上一方美人，只是性格刚烈，当作优点时，能得一句无用的赞美，作为缺点的时候，常常尖锐易折，对人生损多益少。一个普通的乡村少女，十八岁结婚生子，在一方狭小的池塘中，不断掀起惊涛骇浪。第一次婚姻持续了二十年，充满战争与暴力，离婚时不到四十，孩子已经成人。她并没有舔着伤口，拍掉灰尘，迈开脚步向新的人生前进，相反跌入新的混乱当中，为人行事令人费解。在城里毫无目的、风雨飘摇的生活中，和一个退休多年的老头胡乱结了婚，老头的儿女反对父亲的婚事，认为外人是来瓜分父亲的财产，经常上门骚扰、辱骂，甚至对房子做出一些破坏性的行为。有一次矛盾升级，惊动了警察，也上了本地电视台的新闻。万红竟然接受了采访，配合着将一件并不光彩的事情广泛宣传，成了别人茶余饭后的谈资。

不多谈万红诸多不可思议的行为，略去那几个过渡的男人，她与第三任丈夫经历了海盗船、过山车般的情感动荡，好歹在尖叫声中安全着陆。第三任知道自己条件差，没有安全感，不让万红出去工作，宁愿把她惯成了一个懒惰没责任心的女人，天天活在牌桌上，而且染上了买码赌博的恶习。就这样一晃过了十年。其间赌债缠身，买码输了好几万，逼得第三任不得不联系亲戚帮忙。夫妻俩一起去袜子厂打工，干了一年多，好歹还清了赌债。这时万红在广州当厨师的儿子报喜添丁，要她过去带孙子，万红火速前往，到人生地不熟的地方，就这样无意间戒掉了赌博。

"万紫恐怕不会管你们的事了，生了孙女儿都不告诉她，她可是生气得很。"过去他们吵闹时，阿桂劝过几回，后来也就习惯了，不再多管闲事。"清官难断家务事，这种问题还得你自己处理。"

这引发了第三任对万红儿子的不满和自己的委屈，话语像被枪声惊得满天乱飞的鸟，说他们夫妻感情本来很好，每次吵架都是因为这个儿子带来的矛盾，譬如钱的问题，带孩子的问题，这个儿子又如何不懂事，只晓得索取，有一分钱就被他哄掉了，还榨干了她的健康，她过生日，他却连电话都不打一个。万红从广州回来时，瘦了四十斤，脸上的肉被刀削掉了一样。

"我的老婆，我心疼啊，我买鸽子炖汤给她补身体，她反过来说我是做了亏心事讨好她。"

说到此处，第三任又是一阵深深的啜泣。

"有个事情，我还没跟你们讲。"他擤了一下鼻涕，仿佛是连同前面的那些是非恩怨一起甩到了空气中，"她是胸口疼回来的，我带她去做了CT，肺部有一个阴影。"

六　防潮

阿桂子宫里长过一个鸡蛋大的肉球，切掉子宫之后，意外地获得了神秘的能量，不再是过去那个总是心悸心慌的女人，变得既笃定又自信，她以一种漫不经心的方式，让所有人知道她的亲家公战友众多，好几个在省城做官。女婿是个能说会道的人，尤其是饭桌上端杯喝酒时口吐莲花，很有功底，阿桂特别满意。她养儿育女的辛苦，今天总算得到了回报，走出了低迷的人生，见谁都有平起平坐的底气。虽说女婿本人抽烟喝酒打牌，牙齿黑黄浑身酒气，新婚都在外面喝得醉醺醺的，身上还残留着不知来由的香水味，万莉每次哭诉，阿桂总说这是婚姻的磨合期，磨合磨合就好了。

阿桂抽空将万红的家庭矛盾与肺部的阴影统统告诉了万紫。经历过二哥万寿的发病与死亡，万紫知道急剧消瘦很可能是癌症的信号，更何况还有胸痛、肺部阴影这类明显的症状，她甚至能想到导致阴影的原因：暴躁的脾性，多少年呼吸棋牌室的二手烟，无法自我开解的极端情绪，对生活消极的态度……

"前几天跟她联系，我问她为什么添了孙女儿不告诉我，她说：'不告诉你犯了什么法。'我真是哭笑不得。原来她以为我把房子送给了莉莉，觉得自己是家里多余的了，我只和你们是一家人，合伙踩她。"万紫只顾顺着自己的情绪，说完才意识到不妥，因为这会点燃阿桂和万红的矛盾。

"她心胸太狭隘了，我们自己都顾不上呢，哪里踩得了她呀……"阿桂说道，"上次莉莉到广州办事，顺便带了些家乡特产，要她儿子来车站接，结果他们说没空，东西邮寄就行，何必人跑过来。"

"真没有人情味，我骂了她儿子一顿。"

"我跟你说，你骂侄儿侄女没事，我知道你是为他们好，可你别再说她儿子的不是了，她很不高兴的。说真的，我们呢，是没什么能力，但是你这个妹妹做了那么多，对她还要怎样才算好啊？"阿桂貌似说的公道话，却有点火上浇油的味道，"唉，憋了这么大的闷气，那还不气出病来？"

阿桂的话让万紫陷入沉思，半晌没有回复阿桂的信息。如果万红真是气病的，那么自己就有责任反省，为什么让她生气，以及为什么丝毫没有意识到她在生气。在万红专注打牌买码的十年中，万紫的确减少了对她的关照，一方面因为对她失望，另一方面是她有第三任照顾，对她不错，吃的穿的都随她喜欢。

"饶是她那么不近人情，我也还想着新房子给她留一间，以免将来她老了没地方住。"万紫的糍粑心涌起一阵阵酸楚，二哥病逝的过程历历在目，如果接着又失去一个姐姐，那老天对万家也太残忍了，她不敢想象假如真有那样的噩耗降临。

阿桂没有接话。

聊天在阿桂古怪的沉默中告一段落，直到第二天由万福在电话中续上。

"房子不建了。"万福当头一盆冷水泼下。

"不建房子？妈妈住哪里？"

"你给她在城里随便买一套。"

"买一套我倒是更省事，但是你明知道妈妈不愿去城里。"

"随便她住哪里……反正，我们不想建了。"

万福话一落音就挂了电话。

万紫知道主谋是阿桂，万福不过是个代言人。

"万福说房子不建了，到底是怎么回事？"电话打通，阿桂过了很久才接。

阿桂用"可能""大概"含糊了几句之后，硬生生地说道："干脆挑明了吧，你大哥他是不想万红住在新房子里，她那边太麻烦了，大大小小的人牵扯不清。再说了，也合不来的。"

万紫闻言惊愕，不敢相信自己的耳朵，老实的大哥和豁达的嫂子，原来是一对这么自私无情的夫妻，仅仅因为怕万红住进来，就要停止建房，根本不在乎母亲住在哪里。万紫只不过是糍粑心，想到了长远之后可能遇到的问题，假定万红老无所依，把她拢进新屋来一起养老照应。她并没有跟万红说过这件事，万红也不一定愿意住进来，更何况离老年还有很长的时间，谁知道中间会发生什么变故？

聊到万红的肺部阴影时，阿桂感叹她的命运多舛，洒下了同情的泪；万福批评了万红不体贴妹妹的辛劳之后，转身就用万紫的信用卡买了一张一千块钱的油卡，因为那样就能得到一条卷纸的赠品。汽车是万紫的，万福只负责开，保险、油费、违章罚款，统统不用他管。

万紫对兄嫂的固有认知瞬间被颠覆了。

"你在外面打拼这么多年，为家里付出那么多，你看她一点都不知道心疼你，还生你的气，连孙女儿都要藏起来不给看。"阿桂开始了她旁敲侧击的话术，"她又爱说假话，没规没矩，住到一起，不晓得会搞得多复杂……"

万红是有很多毛病，但都是能够包容的，何况现在她肺部有个阴影，四兄妹已经只剩下仨，他们竟然在拆了旧屋的情况下，不同意建房，置八十岁的老母亲于不顾，更是令人寒心。

万紫已经听不清阿桂在说什么了，后悔像一条冰凉的蛇在胸腔爬行，冰凉中夹杂着阵阵灼痛。她的心里演绎着这样的逻辑推理：

"你们有两个妹妹，一个富，一个穷，富妹妹在帮你们建房，你们心安理得地接受她的资助，却不同意另一个穷妹妹，在未来可能出现的坏情况下分享这种好处。换位推断，假如建房的是有钱的妹妹万红，对于没钱的妹妹万紫，你们的态度会是一样。因为你们把妹妹分成有用的和没用的。"

阿桂常说，人亲骨头香。原来香的是钱，经济决定了感情深浅。

仿佛看见了穷困潦倒的自己被势利的兄嫂赶出屋外，万紫浑身冰凉，在这个秋日的早晨打起了寒战。

建房子固然是为了母亲，最终受益的却是万福一家。向政府申请建房许可证时，母亲曾建议用她和万紫的名字合报，但万紫笑着否定，用了阿桂的名字。万紫的想法很简单，阿桂他们照看母亲，母亲晚年幸福，房子就是他们应得的回报。

万紫的心被戳了一个窟窿眼，所有的热情、欣喜、骄傲，纷纷从这个洞里飘漏下去，像下雪一样。她后悔没有早些醒悟，跳出原生家庭的心理框架。过去她和他们是一家人，现在她也认为他们是家人，但在他们心里，她早就只是一个亲戚。家人和亲戚不同，亲戚是由家人分裂出来的，家人却不是亲戚能组合成的。

"我同意你们的想法，新房子不会考虑万红。"不能眼看着那一片废墟成为笑柄，不能让母亲在破房子里吃苦受难，万紫决定抛开一切，继续建房。同时开始考虑缩减成本，改变装修预算，由高端货改为普通材料，放弃园林绿化，一切可做可不做的，都不做了，他们不值得她投入那么多。

七 放样

住破房子的母亲，形象一下子颓了不少，搬家时无序混乱，东西一堆堆存放在别人的杂物间，想穿的衣服找不到，鞋子也不知道塞在什么地方，索性懒得收拾，头发乱蓬蓬的，脸上脏兮兮的，活像一个无儿无女、孤寡凄清的老人，好在笑靥如花。看到母亲嘴角贮满了喜悦的小酒窝，万紫心酸又欣慰，真想抱一抱母亲，开一个玩笑，问她为什么没把漂亮的酒窝生给她。

只能尽量让母亲在破房子里住得方便舒适一些，万紫网购了很多东西，泡脚按摩盆、便捷马桶、煤气灶、烧柴烤火的炉灶、户外太阳能灯，不断去镇里取件的万福抱怨起来，叫她停止买买买，屋子里都放不下了。

破房子的墙砖薄薄的，仿佛一拳头就能捶穿，这个寄居的冬天无疑会格外寒冷，万紫担心母亲的风湿病，变形的手、僵硬的膝关节到冬天就疼得睡不着觉，她比任何人都急于竣工，一再跟王总强调母亲的处境，要他马不停蹄，保证按照合同要求在三个月内完工，逾期的话，她会毫不客气地按合同罚款。

动土之时，按照当地习俗，要杀叫鸡公，放鞭炮，敬拜土地公，请求赐福，保佑施工过程平安顺利。万紫把所有的费用转给了阿桂，嘱咐她提前一天买好叫鸡公，确保不误开工良辰。有些事不论你信不信，冥冥中隐含着无法解释的预兆。阿桂提前一天买好叫鸡公送下乡来，这只叫鸡公油光水滑，精神抖擞，象征着吉祥与兴旺，孰料夜里头被黑狗巴顿咬死了。母亲大清早发现鸡的尸体，连忙打电话通知阿桂，让她一定要赶在动土吉时之前，将新的叫鸡公送回来。但是叫鸡公并不好找，阿桂转了几个菜市场，终于看到一只毛色暗淡、与世无争的，没有挑三拣四的余地，过了一个档口，发现一只稍好的，索性也买了下来。

"祝贺万府开工大吉"的横幅拉扯在两棵树之间。母亲和工人们竖起了大拇指，对着镜头笑容灿烂。王总还发来一组航拍图，全方位展示了动土的盛况。漫天的鞭炮烟雾、满地的鞭炮红屑，围观的乡邻，群鸟飞过秋高气爽的天空，一派大兴土木的热闹气象。这一天只放了样，按照万紫的意思，前面地坪八米，后院五米，两侧各留四米，便于车子绕屋行驶。整个建筑盘踞在地基中央，白灰画的施工基础图清晰地展示了建筑的内部格局。

第二天上午万福来电话，说他们放错样了。万紫只觉得脑袋轰的一声炸了，拆屋地基被挖空了，放样又放错，到底是施工马虎，还是监工窝囊？如果她在现场，这都是不可能发生的。她实在搞不懂施工方为什么会出现这么低级的失误，更不懂万福为什么连这么明显的问题都不能及时解决。

"怎么放错的？我不是提供了完整的数据吗？"

"我早上量了一下，整体后移了一米多。"

"昨天放样的时候，你没在现场跟着量尺？"

"我跟他们说了，他们坚持说没放错。"

"你只要提出复尺，不就一清二楚了吗？他们敢看着尺子说没搞错？放样返工是小事，但这不是一个好的兆头，预示着后面的麻烦与不顺。"

"那就按现在的样，不要返工了。"

"不行，后面有坟，退过去太近，屋檐都要搭到坟边了。"

万紫不明白，知道放错了样，为什么不提出复尺，为什么不找包工头，却要等到第二天打电话给几千公里以外的她，就好像他只是她安插在工地的间谍，只要他们完成一个工程项目，他就暗地里检查，搜集情报向她汇报。放样返工容易，万紫担心的是，到了水泥钢筋工程部分，很多项目几乎是不可能返工的，如果不及时解决问题，返工就会造成工期延误和经济损失，母亲要在破房子里多受一些罪。

也许问题就出在那三个叫鸡公上，那个混乱的开局。

王总接到万紫的消息，立刻赶到现场，重新量尺，亲自放样。三天后打桩队进场，在机器的轰鸣声中正式拉开建筑工程的序幕。

"你放心，我会把你的房子当个样板房来建。"王总打消万紫对工程的顾虑，"你的房子建好了，这本身就是一种宣传，活广告，比我们到处吆喝强多了。"

王总早就看到村里的商机，那些旧楼房都是改革开放与市场经济的产物。二十世纪九十年代的乡村有一股建造楼房的潮流，哪怕是弄一个空壳，屋里家徒四壁，也要建二层，不矮别人一头。这些屋子和万家的旧屋一样，都是村人自己在没有施工图纸的情况下建成的，风雨中坚持了二三十年，已经筋疲力尽，不少呈现危楼状态，有几户已经在走报建程序，寻找施工队了。总之，明里暗里的客户蠢蠢欲动，都在等待这栋建筑落成的样子。

打桩工人没穿统一的工作服，王总称不方便施工。万福拿一根长竹竿插进桩孔测量深度，发现有的桩孔没达到八米的深度，甚至只有四五米深，觉得工人不负责任。工人则认为他的检验方式苛刻，因为他们的利润基本上是靠偷工减料实现的，照万福这样的监工方式，他们在工程上做不了半点假，利益受到损害。带着不满的情绪，终于矛盾爆发，万福与他们发生了争吵，有两个工人甩手不干了，剩下的人无法完成桩基运转。

"这些施工的都是三脚猫，是王总在天桥下临时叫的民工，施工毫无规矩，也不专业，现场弄得乱七八糟。工程主管是个小混混，建筑上的事一问三不知。明明混凝土质量不行，稀泥一样，我跟他说了好几次，他才换了大一点的卵石，增加了水泥的比重。做工也是三天打鱼，两天晒网，施工半个月了，连桩孔都没打完。"

万福用一种激烈的对抗保证了桩基的深度与质量，代价是停工。

母亲一看工地空荡荡的没人工作，打电话问万紫怎么回事，万紫觉得母亲应该问在现场监工的儿子，他肯定比一个远在几千公里以外的人更清楚事情的来龙去脉。

这节外生枝让万紫心烦意乱，她郑重要求王总整顿，抓紧时间继续施工。

连着下了一周雨，等太阳将泥地晒干，重新开工已经是半个月以后的事了。新的施工队伍面貌焕然一新，工人们穿着统一的蓝马甲，戴着蓝色安全帽，个个精神抖擞，两天打完剩下的桩基，接着挖沟砌基脚，各工种合作有序。现场材料堆放整齐，杂物清理得干干净净，一切井然有序。王总亲自在现场紧盯了四天，确保某些关键点准确无误，才离开去了另外的工地，由新的主管小马负责盯着。他是王总的外甥，据说在本市城市学院念过土木工程，有大楼盘的工作经验，不过小马很快就会暴露他对工程的一无所知。他身高接近两米，谦卑腼腆地略弓着腰背，动不动脸红扑扑的，青春疙瘩痘也会亮起来。

小马有些志不在此的散漫，性格随和，露怯，对工人不管束、不斥责，还经常搭把手干活，甚至听凭工人使唤。他人缘不错，工人们喜欢他，但对东家来说这不是好事。施工最忌主管懦弱，又没有专业知识，不但无法指导工作，也没有能力发现施工错误，发现了也无力纠错，慢慢地建筑的数据会随着工程的进展被不断修改，最后整个房屋的还原度会非常低，甚至出现不协调不对称的笑话。

母亲不懂这些，看到这支"专业"的施工队在工地上弄得叮当作响，热火朝天，觉得照这个速度下去，过年前就能建好搬家。母亲的乐观感染了万紫，她提醒母亲装修需要两个月，装完还得空置一段，释放甲醛，明年春暖花开的时候搬家正好。好心情没维持几天，母亲又打来电话，说又停工了，万福和工人发生了口角，两个泥工生气不来了。万紫心头一阵焦躁，打电话给万福，他说门窗尺寸留错了，墙砖砌斜了，两头差距偏差了六七厘米，相当于脸上的鼻嘴长歪了。

"我当时就提醒了他们，尺寸不对，要搞准，他们不听，只顾着一窝蜂砌了上去。他们的工钱是按砖头计价，砖头砌得多就赚得多。"

"你不要和工人吵，有事跟小马说。"

"小马是个配相的，顶个屁用。"

"建房子吵架，不吉利，你可以直接找王总，或者告诉我，我来跟王总谈。"

"你不在现场，不知道他们砌得多快，我只上了个厕所他们就搞完了。"

"严格按照图纸数据施工，错了就要返工。"

"我就是要让他们返工，返工返怕了，就不会犯错了。"

万福采用了惩罚式的监工方式，没考虑这样做也严重损害了自己的利益，时间成本对他来说也许没什么意义，但对万紫来说非常重要，只要房子不竣工，母亲没搬进新家安居，她就无法安心创作，不创作就没有经济收入，活在债务的重压下，无法轻松地呼吸。

每一件事都需要万紫亲自沟通处理，每一次刚获得一点内心安宁就被瞬间破坏，她真想放手算了，随便房子建多丑，只要不塌不漏雨就行了，但下一秒想到自己花这么多钱，付出这么多心血，怎能不达成自己的心愿？她从不是凑合的人，她是一个完美主义者。

万紫怀着一股无处发泄的怒火联络王总，她从没用过那种严厉的口吻。

"唉，万总，很抱歉发生这种情况。我非常理解你的心情。主要是你们工期太赶，本来我是要用我们自己的工人的，他们在另一个工地，还需要几天才能过来，你们催得急，我只好在本地找了一个包工头。这些泥工的技术没问题，他们只是平时在农村习惯了这么干活，没想过你们家对房子的要求与标准很高，不知道你们这栋楼是与众不同的，是讲究艺术审美的。你放心，我马上要求他们返工，保证让你满意。"

八　接缝

几次返工之后，施工时间一再拉长，再加上天气、人手不足等原因，工程进度彻底缓了下来，慢到近乎停工，长时间里只有一两个人在工地晃。那是离过年还有两个星期的时候，一楼天花板的混凝土没有浇筑，整个建筑只是一个没盖的模型。工地上起先有三个人，主管小马、年轻泥工以及一个新来的智商偏低的中年男人，后来泥工粉完墙走了，只剩小马和低智男人在工地做些杂活，比如捡垃圾、搬碎砖。小马还要负责买菜做饭。低智中年男人做小工的时候骂骂咧咧，说："他妈的有人偷钢管，胆子那么大，当着我的面拿钢管。"人们这才知道他是有来头的，他是王总的亲哥哥，智商低，但还是懂得维护自己的弟弟。通过他的描述，人们大致能判断是谁在偷钢管，不仅是钢管，工地上那些无端消失的东西，也算在了那人的头上。后来每天收工时小马都会让傻舅舅把有用的东西收起来，放在安全的地方。

这时候万紫已经真正了解万福的性格与为人。他不傻，但发现问题不能解决问题，或者不能及时就地处理问题，往往是小病拖成大病，生米煮成熟饭，这时候再来处理增加了难度，有的甚至无法弥补，留下遗憾。比如两个前庭柱子造型不对称，万福在木工师傅装模的时候，就提出尺寸问题，并且发出了警告，但木工师傅还是胡乱完了工。工人的确不听他的话，一是他说话的方式别人不太接受，二是都知道真正的老板是万紫，他们总想着施工如何方便简易，稍不留神，就按自己的想法，玩"木已成舟"的把戏。

主管不得力，监管也让人头疼，听说又有地方要返工，万紫忍无可忍，终于气得大喊大叫，质问万福为什么同样的错误一犯再犯，万福也大声吵她，似乎也压了一肚子怒火，暴躁程度让她吃惊。两人吵到恶语相向。万紫认为他没有资格朝她发火，她出钱出力，为他们付出，而他只是为他自己的家付出。母亲见兄妹不和，眼泪就流个不停，说要是知道建房子吵架，她情愿住在旧屋里。万紫为了哄母亲开心，主动息事宁人。

万紫每天开着监控视频，她喜欢听工地的噪声。那是房子生长的声音。她也喜欢看母亲在屋门口遛狗，和路人大声聊天。鸟在枝头跳动，啼叫声清晰悦耳，搅动着乡村的宁静与怡然。

一场寒霜之后，薄雪覆盖了工地。

视频中一派肃杀。昏暗的天空，枯枝在寒风中颤动。万紫久久地盯着屏幕，感觉寒意弥漫。母亲穿得鼓鼓囊囊的，弓着腰，背着双手，从建筑桥板走到前厅大露台，在那儿眺望了一下远处，转身进了客厅，紧接着从一个房间走到另一个房间。她每天都这样在未来的新家转来转去。

看到母亲寒冷中的身影，万紫心里就一阵疼痛，责怪自己没有早些建房。如果在父亲健朗的时候为他们打造新家，也许父亲会活得更长一些。现在她祈祷母亲能够长命百岁，享受这专门为她打造的舒适大宅。眼看着年前竣工无望，万紫心急如焚，母亲这时倒接受了现状，反过来安慰她。破房子里没有热水，想到母亲用冷水洗菜做饭，艰苦挨冬，万紫心里非常难受。阿桂一直没有回来过，万莉万固也没回来过。万固大学毕业前的半年时间里，阿桂几乎每周都要下乡看母亲，用食物将她的冰箱塞得满满的。万紫帮万固联系实习单位，毕业后安排他到报社当记者，没几个月他忽然辞工，辞工了又后悔不迭。万紫对万固是尽了全力的。

万紫在寒意包裹中奔赴英国当访问学者。两国时差增加了处理建房事务的难度，她经常熬到下半夜打电话、发信息。万福不会说普通话，她得亲自打电话咨询和预订铝合金门窗和瓦，这些她从没接触过的建筑材料没有一点温度，她对它们既不喜爱也不厌恶，她只是不得不狂热地在网站上搜索，学习规格型号，懂得不同利弊，进行品牌价格对比，计算新房的门窗面积，在自己可以承受的预算范围内挑选产品。

万紫面临的最大问题是无法信任商家，在已有的建筑经历中，她发现人们处处体现缺乏诚信与职业道德的品性。上市公司的品牌产品质量有保证，这意味着她要投入更多资金。漏雨的童年记忆使她毫不犹豫地选择了一线品牌的琉璃瓦。因为小时候门窗都单薄不严实，会被风推搡得发出怪异的声响，她经常做怪物破门而入的噩梦。她不允许再有刺骨的寒风从门窗缝隙中灌进来，门窗要牢固坚实，挡住噩梦中的怪物，连八级台风也不能撼动它。

铝合金门窗和琉璃瓦总价超出预算一倍。别墅大门的预算更是由五千元飞升至一万五。那款非洲进口沙比利木质大门彰显质感与格调，想象母亲每天清晨打开这扇结实厚重的大门，同时开启一天的美好心情，她咬着牙付款预订。这是佛山一个专做木门的厂家，也是从网上找到的，虽有第三方保证资金安全，产品可退换，但万紫仍不放心，和销售经理进行了无数次沟通对话，销售经理非常有耐心，不断给她发送车间生产视频，堆放原材料的仓库，各种客户订单、出货票据，甚至与其他客户的聊天记录、付款信息，尽一切可能打消她心中的疑虑。

"你不要老是这么不相信人。这样你会活得很辛苦的。"

万紫承认销售经理说得对，她的辛苦有一半是因为她对人缺乏信任造成的，或者说是商家普遍不诚信造成的，前半句说的是主观自己，属于自作自受，后半句说的则是客观现实，是人性带来的负面影响。建筑工程包工包料，并不意味着省事省心。整个施工过程，万紫同各行各业的人所洽谈的内容，可以出一本巨著。在买琉璃瓦的事情上，她经历了巨大的诚信挑战与考验。瓦的厂家也在佛山，是她在网上联络的。瓦商发来产品图片，根据建筑面积计算出用瓦数量，给了些有益的建议。与其说是经过了几天的洽谈，不如说是万紫一直在质疑、查阅、求证、观察和判断之中，以确保对方不是虚假诈骗。最后商家给出一个银行账号，要她付清全款才发货。就这样将几万瓦款打到一个陌生人的账户里，这需要绝对清醒的头脑。万紫不敢这么做。她要求预付部分，货到付清尾款。瓦商说他们从不这样做生意，都是一次性付清，运费另付，他们可以推荐货运联系人，她也可以自行安排。

"你相信我就打货款过来，不相信就不要打。"瓦商最后丢下一句话不理她了。

这之后万紫陷入了激烈的反思。她在寻找症结。这反思甚至是痛苦的、尖锐的。她其实被自身的多疑困扰已久。这种多疑的正面效果是，迄今为止她从没上过当受过骗。这显示她的聪明和理性。但也不排除有人容易相信别人，也从没上当受骗。也许她应该选择相信别人，即便是上当受骗，人生当中失去的肯定远没有她得到的有价值。万紫抱着背水一战的心情将钱打给了瓦商。四天后果然一辆超长的大卡车将瓦送到了工地，瓦的品质和宣传的一样，数量准确无误。后来的沙比利木门同样也没让她失望。

九　边缘托梁

监控视频里的天空渐渐发白，听到公鸡打鸣、狗吠、母亲咳嗽和洗脸刷牙的声音。天全亮时，视频由黑白跳到彩色，高清画面可看到很多细节。小马走在桥板上，双手缩在袖子里，手臂直直地垂在身体两侧。他的低智舅舅裤脚一高一低，为了将那两轮斗车调头，在泥地里碾来碾去，他骂斗车不听话，也骂弟弟给钱太少，一百五十块钱一天，什么都要他干，他自己却待在家里舒舒服服地烤火。小马伸出手来帮了一把低智舅舅，一直将斗车推过桥板。他的任务是将几个卫生间的坑洼填满，为做地面硬化和防水打基础。此时离过年还有一个星期，一层混凝土楼板的浇筑工程推迟，王总说工人都回家过年了，只能等到年后。而天气好得让人心痛，阳光明亮，濯洗着残缺的建筑物和空荡寂寥的工地，有种眼睁睁地看着工期推延的恼怒。万紫重申了逾期罚款的警告，王总却拎着两袋子礼物来给母亲拜年，母亲留他吃了一餐饭，说眼下没有什么是比过年更重要的了。

二月底，破房子开始零星漏雨。邻居有装修过的房子空置，全家人在广州做生意，让母亲搬进去，但母亲说房子就要建成了，懒得挪来挪去，直到有天晚上大雨倾盆，屋里漏得无处安身，连睡觉的地方都泡在水里，这才大半夜撤离。万紫是第二天知道这个事的，母亲遭受这样的磨难，她迁怒于王总，因为工程已经逾期两个月了。这时候新房子已经浇筑完斜坡屋顶，一栋漂亮的建筑如出水芙蓉，线条流畅飘逸，显出灵动和生机。万紫的脾气发不出来，反倒感谢王总慢工出细活，对建筑赞不绝口。

相比于造房子，装修工程要简单得多，但是更琐碎。万紫原本就认识几个装修老板，经过洽谈比较，最终把工程包给了钟老板，十年前她在城里的房子就是他装修的。从建房子开始，她就在同步构思室内装修的内容风格，早已酝酿成熟，定调为原木色侘寂风。她在网上挑选了灯具、电器等东西放进购物车，也与橱柜衣柜定制商沟通完毕，谈妥了款式与价格，提前完成了装修内容。

她是四月回乡的。本打算和母亲一起居住，给母亲做饭，兼顾装修。在视频中见过宽敞整洁的房间，河水在窗外荡漾，宁静诗意，似乎是理想的居住空间，住进来才觉得简陋不便，厨房没有热水，冷水唤醒了手上的风湿，手指隐痛。房间里有一股无人居住的陈年霉味，到处是蛛网。床上没有席梦思，厚薄不均的老棉被像石头一样硬，里面还藏着饥饿的跳蚤。

最要命的是没有空调,四月已经热起来了,蚊子早已活跃,白天在厨房做饭,都要遭受它们的攻击。

她只好在城里租了一套三居室。晚上打开浴室镜前灯,镜子里突现一尊观音菩萨,吓得她魂飞魄散。心想将菩萨放在脏污的卫生间,只能是为了避邪,说明这房间里发生过不好的事。她搬到客房睡,还是感觉有股寒毛倒竖的阴凉,勉强挨了两夜,不得不求助万红带小孙女来做伴。

她租的是自己熟悉的小区,在万莉家对面的楼里,就近去她家拿自己原来的床上用品。阿桂和万莉在客厅里逗孩子,万紫说明来意,阿桂屁股不挪窝,不紧不慢地问:"要新的,还是要旧的?"

虽已嫁人生子,侄女万莉还是她母亲的影子,毫无主见。她木然地笑着,仿佛与眼前这个远亲并不相熟。

"无所谓新的旧的。"万紫已经感觉不太舒服。

"去拿旧的吧,反正她都要买的。"阿桂吩咐万莉。

万莉这才应声而动,转身去了房间。

万紫无心落座,站在那儿看着屋子里熟悉的一切,心里忽然一阵刺痛。家里的每一样东西都是她亲手挑选布置的,原木书柜里还有她没有搬走的书,酒柜里放着她的酒具和酒,她精心挑选的立式空调还是崭新的,套着她买的蕾丝边碎花尘罩,她在宜家购买的沙发和地毯也是原样没动……这些东西换了主人,也不认得她了,也都冷冷地一声不吭。她像个乞丐一样,站在这个持续了十年大家庭聚会的屋子里,等着新主人施舍一床被子和枕头,没有一丝家人的热情,更没有她对她们那样的慷慨。她也想到万莉从小就穿着她买的衣服,村子里没有谁比她穿得洋气。毕业后给她找工作,鼓励她自考本科,给她交学费,出钱给她办出国旅行的签证,给她去广州面试的交通住宿费;也曾不远千里赶回来,几宿不睡处理她个人感情上的麻烦事……

万紫不知道自己当时为什么不拂袖而去。

十 范围蔓延

泵车浇筑坡屋顶时,万福在屋顶上,穿着长靴,手里拿根东西戳来戳去，测量混凝土的深浅，与工人发生几句争吵之后，索性拿起工具和他们一起扒整屋面。但是混凝土最终仍是厚薄不均，又重新浇筑了一遍，施工盖瓦时发现仍不达标，高低不平，东边比西边厚了几厘米。盖瓦的包工头手拿卷尺站在屋面上骂屋面浇筑的乱搞，这意味着他们必须先凿掉高出的混凝土，低洼处用水泥补平，尽量降低偏差，即便这样，盖瓦时仍然有许多需要调整的地方。他抽着烟在屋顶走来走去，最后拨通了王总的电话，大声批评了一通屋面浇筑的人不负责，他盖过那么多房子，从没遇到过这样的情况，这样子施工难度太大，并表示这个活他接不了，要王总另请高明。王总很快赶过来，上了屋顶，和盖瓦包工头一起检查测量，情况使他的表情越来越凝重。王总与盖瓦包工头讨论整平屋面的费用，盖瓦包工头仍是推却不干，说这里头的活几乎是看不见的，他不想让王总觉得他在诓他。但王总弹掉烧到指尖的烟，利落地接受了盖瓦包工头的要价，在屋顶再抽了一支烟便走了。盖瓦包工头吩咐工人工作的时候，万福已经在凿凸起的混凝土，电钻机狂躁作响，水泥灰飘散。

　　以上是万紫在监控视频中看到的。因为工程进展与施工的种种问题，她已经与王总有过无数次电话沟通与微信讨论，有几次甚至发生了不愉快的争执。大部分情况下，王总都同意按照她说的去做，但往往要经过很长时间的扯皮、理论，他会使用疲劳战术，用源源不断的词语，滔滔不绝的自说自话（这一点和他低智兄长很像），使用狡辩、偷梁换柱、移花接木甚至死打烂缠等手法，企图把理扳到他那一边，或是用话语将她绕晕。有时候她会在厌恶与精疲力尽之间做出让步，但绝大多数坚持死磕。王总从没遇见过这样的对手，她脑袋里面装着超强的逻辑与清晰的思维，而且有理有据，甚至能将几个月前的聊天内容截屏作为证据，弄得他哑口无言。

　　他们还没正式见过面，王总的样子基本符合万紫的想象，如果用地域来形容他，那就是城乡接合部的样子，戴着金项链的小麻雀，努力像凤凰那样华丽地飞翔。他和他的低智兄长眉目挺像。说不清是倔强还是僵硬的脖子上面顶着一个小脑袋，身板也是直的，皮肤很黑，举手投足间显得经验丰富，利索果断里也有股狠劲，不拖泥带水，做决策毫不犹疑，的确像干大事的——这副样子在乡村的确是能唬住人的——乍一看，与她所接触的那个为了达到某种目的可以无休无止啰唆不断的形象截然不同。

她和他曾经为了各自的目的互相说着违心吹捧的话，她夸他专业、懂行、施工质量好，只不过是为了获得更好的工程质量；他夸她容易沟通、合作愉快，是为了让她手不攥那么紧，指缝间额外漏下些碎银来，或者在工程结束后慷慨地奖励红包。完成屋顶浇筑后，王总常说的话就是这个项目进入了亏损状态，他大可以立刻停工止损，但他要履行承诺，在这里亏的，在别处赚回来，无论如何要在这里建起一个漂亮的样板楼。在万紫看来这都是聪明过头的话，她也懒得戳穿他。只要能尽快竣工，她乐意忍受这些虚伪的言语。

曙光即将刺破云层。不料下午接到母亲的电话，说万福又和别人起争执，盖瓦师傅不做了，正在收拾东西准备离场。万紫第一反应是不能再次延误工期，立刻驱车回来。

瓦工们在屋顶抽烟等她。万紫望了眼屋顶，二话没说，就从钢管架起的楼梯爬了上去。站在屋顶，万紫才意识到自己是个女人，连微风也在破坏她的身体平衡，她腿脚微颤，不敢朝下看。

"你们都知道，这房子从去年到今年，建了很长时间了，真的再也耽误不起了。有什么问题，我们坐下来谈谈。"她轻松愉快地说道，双脚暗自努力稳住重心。开阔视野中，她重新认识了她的村庄。第一次遥望河对岸的村庄田野，甚至更远处的城市。

"万紫，你不记得吧？我是你老同学。"盖瓦包工头腼腆地说道。

万紫使劲回忆，终于从他沧桑的面部搜索出宝贵线索，认出他就是经常拖着两条鼻涕虫的小学同学张太山。三四十年过去了，他脸上的肌肉还保留着抽吸鼻涕的习惯。

"是你啊，老同学，那我就放心了。"万紫和包工头握手致意，"这里有什么困难需要我解决的？"

"你哥说我们不晓得搞，他比我们懂，我们搞他的不好。"老同学指了指万福，他正在破房子门口洗手。

"到底怎么回事，你跟我说，我们来商量决定。"

张太山抽吸了一下鼻子，把事情的来龙去脉说了一遍。

因为彼此沟通不到位，万福不信任他的技术，用贬低的话刺伤了他的自尊。万紫下屋找万福做思想工作，说她以前也不信任别人，总是在疑虑、担忧，结果把自己搞得很辛苦。她在建房过程中，慢慢学会了相信别人。建筑不像裁剪衣服，容不得有一分一毫的偏差，建筑体积庞大，有时几厘米出入并不明显，也不会影响美观。整个施工过程中，事实上每个地方都没有精确到图纸的数据，有的地方甚至出入十厘米，现在房子不是照样好看，大家都很满意嘛。

万福到屋顶与张太山握手言和。盖瓦继续。

十一　找平

王总与万紫在工地见了面。在长达八个月的频繁沟通博弈中，他们似乎成了老熟人，都没有第一次见面的寒暄客套，直奔主题。王总带了色卡，请她选定外墙漆颜色型号，然后要她再付一点工程款。万紫认为外墙漆还没刷完，按合同是工程竣工才付清尾款，扣除一万五作为维修保证金，工程没问题则一年后全部退还。

"你要我提前支付工程款，这是合同以外的要求。"万紫说。

"万总，你这个项目，我真的亏损很大，屋顶我都给你浇筑了两遍混凝土，防水保暖也都做的最好的，绝对不会漏雨。"

"这个我要说清楚，你浇筑两遍，是因为第一遍不达标，盖不了瓦，而且浇两遍也没有解决屋面不平的问题。说实话，你额外浇那么多混凝土，我还挺担心承重问题的。房子不漏雨，难道不是施工最基本的标准吗？至于工程亏或赚，那都是你的生意。我们是签了合同的。"

"我真的亏得不行了。盖瓦这里的工钱都是一两万，他们完工了，我也得给他们钱吧。"王总说道，"我本来是想亏一点就亏一点，只要把项目做好，让客户满意……但是现在亏得太多了，现在连盖瓦的工钱都没有了。这个项目返工次数太多……为了让你们满意……我真的是不计成本在做……"

"你的盖瓦工钱，跟我有什么关系呢？我并不曾欠你一分钱工程款。"

万紫有点恼火，他开始了那种絮絮叨叨的话语进攻术，他的目的就是想让别人失去耐心，图个清静赶紧满足他的要求，但她偏又喜欢以理服人。"项目多次返工，是施工方的原因导致的，合同里注明了施工方承担全部返工的损失，你不要把纠正施工错误说成无私奉献。"

"买外墙漆也需要钱，我可真是拿不出来了，"王总启动拖延新战术，掐住她急于竣工搬家的弱点，"只能等下个月，另一个项目付我工程款，我才有钱买漆。"

她嗅到王总开始耍赖的气味，知道合同对他已经失去约束力，撕破脸只会使竣工在即的工程陷入僵局。尾款还有四五万，只要王总无理停工三天，她就有权终止合同，自找外墙工程，能节约一两万块。付出时间和精力，她会赢，但这样扯皮，不是十天半个月可以终结的。权衡再三，她最终妥协，提前支付了一万油漆款。

"对了，散水什么时候做？"当初讨论工程项目时，她还不知道散水是什么东西。

"合同不包括散水项目。我不做合同以外的事。"王总说道。

万紫拿出合同，指出散水工程在清单里，王总指出散水后面的价格栏是零元，零元代表不施工。

"我们的工程是打包一口价，清单中项目的标价高标价低没有任何意义，但出现在清单中的项目，就是工程必做项目。"

"没有，没这个项目，我不做合同以外的事。"

"你口口声声不做合同以外的事，怎么就要我做合同以外的事，提前付工程款呢？散水一直在项目清单上，价格修改过好几次，最后你由两千多修改为零元的，因为后来是工程总款一口价，我就没在意任何单项价格了。你现在这样狡辩，只能说这个零元价是你挖的坑。"

"我们都是这么处理的，不施工的项目，价格栏里就是零元。"

"这个附件明摆着写的是'施工项目清单'，更何况那么多不施工的项目，为什么没在这个清单里备注零元，偏偏只有散水？"

"我做了这么多年工程，从来没出现你这样的情况。"王总偏离主题，"散水是合同以外的工程，我可以做，但是你要支付散水工程款，我一分钱都不赚你的。"

"好，王总，我们现在就来按合同办事，这样公平。我现在请你做散水，要多少钱你说了算。另外，工程已经逾期四个月，按合同罚款三万，还有延误的每天罚款累积，你也仔细算算。"

王总闭上嘴巴，半晌说道："这么着你是不想付尾款了？"

"你放心，我是要脸的人。该我付的钱，一分不会少。"万紫态度坚决。

王总拿手机计算器算了点什么，面孔突然软化松弛，笑得像老友重逢。

"算了，散水我来做，我亏就亏了。挖埋排污管道是我做，还是你自己请人做？"

"什么？你建一个房子，不做管道排污？那房子怎么使用？"她察觉到他又在耍花招。

"这些不在施工范围内，合同里没有写。"

"我理解你做一个工程也不容易，从没想过按合同罚你的款。合同里有好多东西没有写，需按常规施工的都没有写。你是内行，哪一个建房子不考虑排水排污？这是最基本的工程。我真的不理解，你这么大一个老板，怎么到最后为了几千块钱要如此绞尽脑汁？"

"要不是亏得太多……"

"行了，你就说要多少钱吧。"她决定吃亏让步，一秒钟都不想待下去了。

"管子加人工，三千八。"

"没问题。我出。"

爬出令人不快的泥沼，甩掉王总那副无赖的嘴脸，万紫还是像吞了苍蝇似的难受。她没料到会要如此直接、正面地和包工头接触纠缠。在他们挖就的池塘里扑腾，不可避免要呛几口脏水。王总知道建新房的人求平安顺利，不愿惹上官司的晦气，工地瘫痪不吉利，都会选择退让息事。

万紫带着狗到了田间，大口地呼吸。

装修老板来电话，他认为主体没有完全竣工，装修不宜进场，同时施工会造成某种混乱。母亲似乎度过了最焦虑难熬的阶段，变得从容了。她可以笑着谈论施工过程中的曲折风波，说装修也是大事，不争这几天，一切要从容有序。万紫知道自己还远不到轻松解放的地步，室内装修是另一个高峰和折磨期，她得重整行囊，继续攀登。

十二　防水层

屋面盖瓦通常一个星期可以完工，但这个屋面整整花了二十天才告一段落。万紫多次爬上屋顶检查施工情况。这个屋面让小学毕业的张太山伤透了脑筋，但他什么都敢接，他的经验就是这么摸索积累的，铺错瓦修改了几次，浪费了不少材料，万紫碍于同学情面，主动承担了损失，追购补货。

万紫最后一次上屋顶验收盖瓦工程，她承认老同学张太山算得上天才，最终能把瓦铺得如此整齐美观。她指出了一些需要修整的小问题，比如缺了角或掉了色块的瓦，需要涂上瓦色漆，烟囱的油漆没做到位，屋脊瓦下裸露的水泥远观一道白，破坏了瓦景，瓦檐下的水泥天沟壁刷上瓦色漆，最后清干净瓦面的水泥浆和脏东西。老同学张太山高兴地抽吸着无形的鼻涕，开始滔滔不绝地描绘以往铺瓦的速度和这次施工的难度，声称没有他不会铺的瓦。

来自文化前沿上海的建筑设计图纸，在一个不发达省份的小村落能有这样的完成度，这是值得称赞的。这是万紫完全按照自己的喜好来做的，建筑预算最终膨胀到了一百万。房子与效果图一样，明媚大方，由于抬高了一米的地基，即便是大平层，仍显出几分巍峨，显得高高在上，衬得周围民居渺小寒酸。母亲整日笑眯眯的，背着双手走来走去。路人都要停下来打量一阵，纷纷赞叹。

过去十年间，万紫曾经梦想有一栋这样的房子，种菜养狗，写书画画，远离尘世喧嚣，但她梦想的地点不是这里，而是在大都市旁边，或者欧洲某处。万紫心怀骄傲，一种微妙的情绪在胸腔弥漫，她感到自己和房子有着直接的血缘关系，这是她付出全部生活换来的，是她生产出来的孩子。

端午节那天，阿桂终于带万固回来了。这是建房以来万固第一次露面，但他就像昨天就来过似的，没有任何新鲜事物能使他表情波动。

"这下好了，再有人给万固介绍对象，就回来这里相亲。"阿桂笑嘻嘻地说。

万紫知道阿桂又在使用旁敲侧击的话术，也听出了话外音，眼前浮现阿桂与儿孙辈在这个房子里唱主角的情景。

"万固相亲，应该去你们现在居住生活的地方，向对方展示真实的家庭状况。"万紫认为年轻人要自己打拼自己的世界，"这个房子，是母亲和兄弟姐妹养老的地方。"

阿桂沉了脸，没有反驳。

过几天万紫带菜回来，给母亲做了午饭，母女俩沉闷无声地吃完，到洗碗的时候，母亲终于说话了："听说你不许侄子把新屋当作婚房，不同意他在这里拜堂？"母亲冰冷尖刻："这是万红的主意吧？我就知道是她会在中间挑事。"

万紫明白阿桂不敢直接顶撞她，暗地里添油加醋，借母亲的力量，煽动母亲为孙子争取利益，柿子找软的捏，拿万红开刀。

"你们不能冤枉万红，这不关她的事。我是为你建的房子，也是我们养老的地方，大哥大嫂是沾你的光。难道你想要四世同堂？"万紫一字一顿说得很大声，一半是因为母亲耳背，一半是恼怒阿桂拿母亲当枪使。

"祖宗牌位在这里，他不在这里拜堂，到哪里去拜堂？"母亲继续质问。

"我哪有资格不让他们来拜祖宗牌位？"万紫说道，"阿桂的话你不要全信，你不是不知道她牙齿稀。还有，你听力很差，有些话你可能只听了一半，传来传去，只会造成更多的误会。"

母亲沉着脸，噘着嘴，抹起了无声的眼泪。

母亲总是用哭做武器。在与父亲漫长的婚姻中，万紫没少目睹母亲在地上撒泼打滚、呼天抢地。他们的战争给孩子蒙上了巨大的心理阴影。万紫讨厌母亲的哭相，她年轻时有阳光明媚的笑容，牙齿洁白整齐，嘴边两个小酒窝，但她偏不轻易展示这些。

母亲使劲挤动脸部肌肉和眼睛，让眼泪滚出眼眶，以便手抹过去时不会扑空。

"你为什么要哭呢？"万紫说道，"你想要四世同堂？你们三世同堂时，不是吵得天翻地覆吗？你孙子性格那么懦弱，未来的孙媳妇要是厉害，不通文墨，不孝顺老人，你怎么办？我建个房子是让你享福的，不是受气的。"

母亲似乎在回忆过去婆媳间那些撕破脸的争吵，儿子和儿媳共同对付她。后来他们到城里打工，住得远了，少了眼前的利益纷争，回乡像客，婆媳关系才慢慢好了起来。

"你说得也对，万固读了大学，是在城里工作的，应该在城里买房置业，他住到这乡旮旯里来做什么？"母亲想明白了，抹干眼泪，"他也是太不争气，想想你二哥的儿子万明，只比他大一个月，自己在广州闯得多好，去年就挣了二十万，回来买了房。"

"万明的性格胆识是放养出来的。父母越是死管、包办，孩子就会越无能。"

"他和你有联系吗？"谈到另一个孙子，母亲就想到死去的儿子，眼泪又流下来，"万明伢子长得好呢，讲话、声音都像他爸爸，笑起来两个酒窝。"

"一直有联系。"万紫对母亲撒谎。实际上，在万寿的葬礼过后，阿桂通风报信，说万明对万福态度恶劣，万紫心想万寿都没这么做过，怎么轮到你一个晚辈这么无礼冲撞了？她没有问阿桂一句为什么，直接批评了万明。本来联系就少，这么一来，就完全断了联络。

万紫在现代化的大都市里读书工作，有着一套完全不同的思维与价值观，也一直游离于家族纷争之外，偶尔充当他们的调解员，秉持公正。没想到回乡建房这个简单的想法，却踏进了乡村伦理俗世，掉进他们的伦理价值规则的泥沼，这里面开着是非的花朵，长着清除不净的利益杂草，只有金钱衡量并暗自推动着他们的情感与行为。村里的事情万紫知道一些，比如有个患癌的母亲在家里等死，七个儿女没有一个人送她去医院；一个孤独的老人瘫痪了，儿女们因为轮流照顾的日程争吵不休，毫不掩饰期待老人死亡。万紫隐隐感觉，这一类的世俗纷争，已不可避免地缠上了她，她的心在渐渐发疼。

想到阿桂对万红的态度；想到久久地站在万莉家中，等着她拿出一床曾经的旧被单；想到万固的冷漠麻木；想到万福的大吼大叫；想到假如年老时回到自己辛苦建设的房子，不过是投靠在阿桂家族的屋檐下，进不进得了门都尚未可知……万紫越发意识到有必要未雨绸缪，认真考虑房产归属的问题。

她编写了一条浅显易懂的信息发给阿桂，内容如下：

阿桂，有几件事情，我觉得有必要跟你沟通商量。

1. 关于房产证署名问题，我经过综合考虑，希望加上我和母亲的名字，三方各占的份额比重为：你们占20%，母亲占20%，我占60%。

2. 我的新书出版不了，装修款无法落实，部分装修区域可能顾及不到。

3. 我旧债未还，建房又添新贷，压力很大，无力独自承担母亲的生活。希望你们理解我的难处，尽力在经济上赡养老人，每个月给她两三百元生活费。

"我什么都不要，我只想死，太累了。"阿桂是第二天回复的。

"什么意思？"万紫不知道阿桂受了什么刺激。

"我想知道你的真实想法。"

"我说了，要在房产证上加我和母亲的名字。"

"加你们的名字可以……为什么要写这么多东西？"

"怕你不明白。说清楚些好。"

"如果硬要这么讲，还是不明白。"

"什么不明白，尽管问个明白，什么死啊活的？你为谁累？我为谁累？你的命运不是我造就的。"

"给母亲出份子钱，要出就都出。"

"你还要谁出？要死了丈夫的阿桃出？"

"那倒不是。"

"还有谁必须出？万明吗？那万固是不是也得出？"

阿桂像往常一样怀着一肚子不同意见沉默下去了。

十三　挑檐

事情就是这么拧巴起来的。阿桂若还是从前的阿桂，摆出一副什么都不往心里去的豁达，表现人亲骨头香的信任，万紫是根本不会想到要在产权证上加名字的，正如当初申报建筑时，她主动要阿桂当户主一样，意思很清楚，房子属于阿桂。这么多年，阿桂理当了解万紫的糍粑心，她每次坐飞机前，都会把几十万房款打到阿桂的账户上，免得飞机掉下来，影响房子的竣工。阿桂是被房子的美丽蒙蔽心智，一心为自己的家族盘算，计算到家，不料越算计获得越少。

阿桂的阴阳怪气促使万紫尽快做房屋财产切分。明确产权是第一步。阿桂自然不同意份额的分配法，嫌她占的比重太少，尽管这比她实际投放的比重要多。她也担心母亲那一份将来留给孙子万明，到时她阿桂家族恐怕连祖屋地基都保不住。万紫是家族的女性，嫁出门的女，泼出门的水，一个外人却占着房子的大头，意味着她还是家族的话事人，未来还得臣服她家族主心骨的地位，这对自认为出人头地了的阿桂来说，是绝对不能接受的。万寿去世后，连家人团聚做饭这件事，阿桂都想甩手不干了，何况她自己的家族已经枝繁叶茂，撑起了一片天空，她弯了半辈子的腰，能够直起来了。

阿桂撕下脸面，挑明了对抗万紫。

房子还没竣工，财产战就拉开了序幕。

万紫从住建部门的朋友那儿了解相关情况，乡村房屋产权署名有法律规定，署名人的户籍须在本村，但朋友也留了一个活口，说会研究研究。

这一天，万紫带菜下乡给母亲做饭，刚到家门口，就看见一个穿宽横条纹 T 恤的中年男人正与母亲聊天，一边在本子上记录什么，抬头见到万紫，热情地迎上来握手："我是镇国土资源管理所的李主任，很荣幸亲眼看见家乡的名人呀。"他说遵照领导吩咐，就万紫的房屋产权署名问题，先来熟悉了解一下情况，再看看怎么操作。陪同李主任的村委会主任也握手打招呼，他们都像对待一个大人物似的，分寸掌握在热情和小心翼翼之间，万紫说话时，李主任在本子上记了点什么，表现他尽职尽责的工作态度。末了李主任合上笔记本，请万紫去镇里吃饭，还有村支书和村委会主任作陪，具体在饭桌上再聊。

镇上的餐馆没有任何格调，就是一间吃东西的屋子。圆桌上面铺着一次性塑料薄膜，显得非常低廉，菜谱上却尽是野味珍奇，也没有标价格，显然来的都是知晓内情的熟客。李主任根本不看菜单，随口报出几道菜名征求万紫的意见。村委会主任似乎也是这里的常客。万紫对野味珍奇没有兴趣，要求普通家常菜就行，最后李主任硬要加上一道红烧脚鱼，不然这餐饭吃得太简陋，他过意不去。

饭间李主任再次聊到万紫的户籍问题，在法律上有难处，不过他也向上级汇报了，看怎么能协调好这种情况。他也提出了建议，比如产权证可以署母亲的名字，由母亲写遗嘱，指定她为继承人，这是最便捷的办法。万紫觉得这不吉利，建个新房子，却让母亲写遗嘱，她内心也有忌讳。李主任说还有一个办法，就是在村里再拿块地，以大嫂子的名义申请。万紫觉得这个可以考虑，即便他们不愿意在那块地上建房子，多一块地总归是好的。有没有合适的地，还是个未知数，万紫想着等到事情有了眉目，再和阿桂商议。李主任当即让村委会主任通知熟悉情况的队长，约好队长一起在村里选地，但队长在医院，只好另作安排。

万紫回来告诉母亲喜讯："也许能拿到一块好地皮。"

"哪里有地皮拿？"母亲问道。

"村里的地皮，暂时还不知道在哪一块。"

"拿地皮干什么？"

"看阿桂他们喜不喜欢再说。"

满肚子意见但沉默不语，这是万氏家族的风格特征。母亲偏过头假装打瞌睡。她对这个女儿有几分畏惧，她多年来对家人的无私奉献以及见识智慧在家里树立起来的权威，是连有霸权地位的父亲都会服从的。母亲不露声色，和阿桂进入史上最亲密、互动最频繁的时刻，称得上婆媳关系的蜜月期。这两个曾经吵得撕破脸，恶语相向，在同一个屋檐下仇敌般互不理睬的女人，一个为了儿子，一个为了孙子，在面对一个共同的强大敌人——女儿、小姑子时，秘密结成了同盟。政府工作人员下来，母亲已经留了心眼，提防万紫利用关系，瞒着儿子和儿媳妇，在房子和地基方面做手脚。

装修已经开始了，万紫隔天就要回来一次。她喜欢在沿河的无名公路上开车。穿过城市拐上江边长堤，江水辽阔，淹没了俗世的嘈杂与喧嚣。在船笛声中行驶片刻，驶入河流边的芳草长堤。这是万紫最喜欢的河流，秀美可亲，听得见鱼尾弄出的声响，看得见细小的涟漪一圈圈荡开。河边有垂钓者。河里横着渔舟。河堤已经铺了混凝土，路面有不少新老补丁，会车时需要慢下来才能通过。通常道上没什么车。万紫听着欧美流行音乐，音响开得很大，低音炮中座椅震颤。有时也听英语新闻。她熟悉这条路上的每一个坑洼，知道哪家养了条马犬，哪家有个拐拐的人，哪里会有一片芦苇，哪里会有一棵古樟。经过声名远播的百米双桡龙舟栖息的地方，她会想一想不久前的龙舟盛况。水中泊着数十尾龙舟。天上盘旋着无人机。比建筑物还高的巨大的屏幕里进行着现场直播。看龙舟的人挤在河边，像河边种了一排薄薄的绿化带，不是小时候十里长堤水泄不通的壮观。

万紫一般不走正式公路，有意绕开镇子里的混乱与堵塞。自打古桥被人为破坏之后，镇里就没有她喜欢的事物了。村子里似乎也没有她眷恋的，除了母亲。但午饭时关于地皮的事让万紫有小小的兴奋，即便不建房子，在那块地皮上种点什么也是很不错的。

车拐弯下了江堤，进入市区主干道，万紫立刻绷紧了神经。这里的人开车经常不打转向灯突然拐弯，有时是忽然快速挤到前面，还要提防斜刺里冲出来的摩托车。这个城市的人总是在争分夺秒。

"万福说什么你做初一，他做十五，要你在中国都不得安生，什么事情这么严重？"手机显示万红的信息。

万紫脑袋一热，踩了一脚刹车，电话拨过去：“发生什么事了？”

“电话里说不清，等你回来当面讲吧。”万红说道。

天气高温闷热，一整天在装修工地，汗水遍身流淌，还要做饭洗碗，给母亲搭配营养，疲惫不堪地开车回城，一句“在中国都不得安生”的话，将本已奄奄一息的万紫击得粉碎，就像一枪打爆一个瓜。万紫知道这句话的分量，万福不是随便说的，是阿桂给他递了刀子，过去万紫跟阿桂分享的个人秘密，都成为阿桂手中的黑材料，她认为把这些当作武器，可能断万紫的财路，毁她的事业，甚至能让她失去人身自由。

“他们是为了什么？要干什么？”万紫握着方向盘，呆呆地望着前方。

暮色渐渐凝重。

后方的汽车鸣着喇叭，从她的车边绕行过去。

十四　尺度

万红的第三任也来了。他们的夫妻关系有点任性，基本上是第三任配合万红的脾气，要他滚就滚，要他回就回。这一轮战争持续时间最长，以第三任向万红上交两万现金获得“保释”为结果，太阳照常升起。这一次苦头吃得最大，除了长久的精神折磨，对自己一毛不拔的第三任，吸取了两万块血的教训，发誓不再和女人聊天，删掉了一批潜在的“危险分子”，生活中也不再随便和女人搭讪了。

万福和第三任的关系一直不错，他的信息是往第三任的手机里发的。

万紫查看所有信息，聆听语音播放。她的心脏被一只手死死地揪住了。

“从上面压下来做手脚，要把我们赶出去，我们还蒙在鼓里……她做初一，我做十五，我要让她在中国不得安生。”

“我们没想要建房子。拆了我们的旧屋，要给我们赔偿。我在工地做了七八个月，工钱一分都少不得……”万福以一种吊儿郎当的腔调说着这些，似乎还有一种幸灾乐祸的愉悦。背景是“打官司，一定要打”的叫嚣，很难想象那因歇斯底里而破嗓的声音，是从身高一米五、满脸苦相、柔弱无争的阿桂嘴里迸发出来的。

看完所有信息，听完所有语音，万紫明白是母亲制造了这场矛盾。当她从镇里吃完饭回来，告诉母亲可以多拿一块地皮的喜讯之后，母亲别转头假装瞌睡，但是背地里迅速"通知"阿桂，自己的女儿要霸占宅基地了。

万紫一阵晕眩。建筑之事耗尽了她的心血与能量，连续奔波工地装修，原本酷爱开车的她一想到要开车上路就恶心，身心俱疲到了崩溃的临界点，如果不是为了母亲这一信念支撑，她早垮掉了。

"我怎么生在一个这样的家庭中？"万紫浑身发冷，从心底蹦出了这句话。被母亲歪曲其意后的出卖，阿桂他们歇斯底里的表现，一件子虚乌有的乌龙事件，成了人性的试金石。

万紫彻底散了架，瘫倒在沙发上。

万红的火暴性子上来了，打通阿桂的电话，一通劈头盖脸地斥骂：

"你们有没有一点良心？说什么她要赶你们出去，让我搬进来住。她是这样的人吗？我会住进去吗？她为了这个房子有多辛苦你们不知道？没想到啊，你们终于有出息了，真的有种了，要和帮了你们一世的妹妹打官司了，还要让她在中国不得安生？你们知道自己在干什么吗？为什么把她想得那么卑鄙无情？她干了什么对不起你们的事？旧房子拆了要她赔，非要这么说的话，你忘了拆旧房是你们自己在现场指挥的，妹妹在几千公里以外。再说了，你忘了建旧房时你们求她帮忙解决资金？忘了生病时找她要钱？忘了救命也找她拿钱？忘了你们现在住的房子是谁帮你的？谁把你的儿子扶到写作的道路上来？谁给他介绍了工作？烂泥扶不上墙是他自己的责任吧？别人不可能一次次地给他找工作吧？爷爷和父亲去世，医药费、葬礼，你们作为长子长媳，没让你们掏一分钱。母亲一直是她赡养的吧？她做了什么对不起你们的事情，就值得你们要这样置她于死地？"万红一口气数落下来，手都在颤抖，"谁害妹妹，我杀他全家。我反正也不是长命的了。"

阿桂沉默着。

"不是妹妹有一千万，拿一百万出来建房子，而是在负债的情况下做

· 107 ·

这件事。你们想想，为什么她现在要在产权证上署名字？就是因为你们没良心，对你们失望，你们太让她寒心。你忘了每次坐飞机前，她都要把几十万房款打到你的账户？她怕飞机掉下来，怕房子烂尾，怕母亲没地方住。你们竟然一点都不明白她的心思。你们现在在争什么？你们要什么？打官司打什么？你们现在过来说清楚！"

"我不知道万福说了那种话。"阿桂轻轻说道。

"你不知道？那电话里叫嚣着要打官司的堂客们是谁？"

"那是有上下文的。"

"帮你们建房子，犯了法。"

"我什么都不要。"

万紫吐出一口长气，拿过电话："阿桂，有些东西不是你张嘴就能要到的，得看别人是不是心甘情愿地给你。"

"我没想要房子。"阿桂低声说，"但宅基地是我们唯一的家。"

"知道农夫与蛇的故事吧？"万紫说道，"你们现在过来，我们把一切都说清楚，我不想和你们有任何财产纠葛。"

阿桂在万莉家，她很快就过来了，进门就抹眼泪：

"你们都知道，万福一向是口无遮拦的，他又不会真的那么去做。当然他说出那样的话肯定不对，一个妹妹这么辛苦地帮家里，只有感激的，我已经骂过他了，回去我还会跟他谈。老这么信口开河伤人心，要不得。"

"让我在中国不得安生，对你们肯定是有好处的吧？"万紫已经不相信阿桂的眼泪了，"我马上降级装修水准，你们房间的木地板和卫生间装修，资金也到不了位。"

"他是嘴上厉害，心里软。"阿桂假装没听到，"你都不晓得他是怎么骂孩子的，骂得比这恶毒得多，好在儿女都不记恨他……这是你们兄弟姐妹之间的事，你们是血亲，我也不好说太多。"

"这不是我们兄弟姐妹之间的事，这是我和你们家的事。"万紫纠正道。

阿桂开始数落丈夫的毛病和缺点："又没本事，又不会沟通，脾气又暴躁，开口就骂人，尽挑伤人的话说，说完又后悔，我太了解他这个人了。要不是看在儿女分上，要不是知道他心底是好的，我早就和他离婚了。你们不知道，我被他气得出走、住院的事都有。但有什么办法，看着他那么刮瘦的，身体又不好，在外面做一天苦力，又没吃什么好的，也没享过什么福……"

阿桂打出苦情牌，所有人都沉默了。

万紫心里涌起一股怜悯。如果他们老老实实的，不那么精明地计算着房屋财产，对万红宽容友善，房屋产权自然全部是他们的。她明白阿桂在力争获得新房子更多的权利，她眼里只有自己的生活，只想着自己的儿孙满堂。她过于用力，暴露了她对亲人的无情冷漠。阿桂是一个可怜的女人，为了自己的家庭埋头苦干，在城里当了几十年保姆、钟点工，依旧家徒四壁，屋子里的烂家具、旧电器全是别人的施舍，一年到头她都在工作，切掉子宫没完全恢复就开始出去做事。万福瘦得下巴像锤子，环卫工人、筑路工人、保安、抢险员，哪里要他他就去哪里，还要经常与体内的血吸虫抗争。

万紫惊觉自己堕落到和可怜人争吵的境地，羞惭万分。她从来没有这么真实地卷入过乡村家庭的内部生活，她没有拿过任何人的东西，也没想过拿，她只是停止一味付出的模式，决定在经济上和他们划清界限。他们不习惯她的改变。和他们相比，她是强者，他们也认为她是强者，她比他们富有，比他们有文化，比他们见过世面……她理所当然地为他们付出。他们不懂她，她应该懂他们，甚至理解他们，因为她是研究人、分析人的，她有更高的思想层次。

但是当万紫在自我反省中，对阿桂他们的情感趋向友善缓和之时，却发现他们已经编织了强者欺负弱者的故事在亲戚当中传播。弱者天生站在道德制高点，强者自然会遭受不公平的谴责，连平时联络稀少的亲戚都说："阿桂委屈。"

十五　截体

母亲亵渎了万紫对她的爱。那一天她离母亲那么近，母亲半靠在床头吹风扇，万紫坐在床沿，怀着一种向母亲撒娇的小女孩心理，分享她带回来的好消息。地皮可不是随便什么人都能拿的。她想让母亲知道，过去老是要看别人的脸色，现在村干部都要请她吃饭了，以后没有人敢欺负万家人了，女儿可以保护母亲了。她以为母亲会开心。可是母亲把这些看作女儿与权势勾结、欺负儿子的情报，偷偷地通风报信了。

李主任又来调研。万紫看见母亲与他在屋后说话抹泪。她还没来得及告诉母亲，她的乌龙情报导致了一场巨大的冲突，阿桂肯定也没提。她可以猜到母亲在和李主任说什么，她正以伟大的母爱阻止一场儿子宅基地被夺走的阴谋，毫无顾忌地损害女儿的尊严与名誉。

万紫感到屈辱与羞耻。

"你还不过来，你喊的上面的人，又来做调查了。"母亲黑着脸。强调"你喊的"，敌我分明。

万紫心里咆哮着，对母亲那张哭过的阴郁的脸涌起一股厌恶。

她笑着和李主任握了握手，问母亲哭什么。她多希望有一个慈爱的、知书识礼的妈妈，有能力化解家庭矛盾，至少不会制造矛盾。

"没有，她是眼里吹进了沙子。"李主任很聪明，逗留了一会儿就走了。

"你应该把事情搞清楚了，再去通风报信。"万紫对母亲说道。

"我不该告诉他们？"母亲流着泪护犊子，"上面都来这么多人了，只有他们都还蒙在鼓里。"

"什么事情蒙在鼓里呢？你为什么要把我想得那么坏？说什么我要把他们赶出去，让万红住进来，心得有多狭隘才会这么揣测别人啊。"母亲的脸脏兮兮的，眼睛只剩一条缝，满脸皱纹，万紫真不忍心吼她，可是不吼她又听不见，"不要什么都怪罪于你那个可怜的穷女儿，她太无辜了，你知道她要养病，老天保佑她不是癌症吧。"

万紫想起万寿，一股悲伤袭来。

母亲一扭头走开了。这是她的习惯动作。不知道是不懂表达，还是不屑一说。她总是无法把一个事情说透，无法水落石出，每次沟通，总是随着她脖子一扭宣告终结。只有和阿桂聊天，对于东家长西家短的事情，她才有滔滔不绝的见解和评析。

万紫不知道此刻母亲心里在想什么，她有没有反省，有没有对大女儿心生怜悯，产生一点愧疚，有没有为自己并不准确的情报，给子女间造成了误会和矛盾感到不安。她有没有想过，原本是书斋中的小女儿，放下自己舒适的生活，放下赖以为生的电脑，像个男人一样顶着烈日在工地上指挥、劳动，晒得黑黑的，忍受因阳光过敏带来的皮肤刺痒，只是为了给她建房，为了家族团聚。她为什么不留着钱过自己的日子，去世界各地游山玩水？

万紫面向菜畦呆立。母亲的菜种得很好。那原是个洼地，是母亲找她要钱填起来的。万紫觉得自己在此地的忙碌就像一个笑话，一个并不逗人发笑的笑话。她感到窘迫，可又无法一走了之。她还要负责外墙的漆面验收，和王总结账。无论如何，她要保证房子按原计划完工。她已经没有心思计较室内装修。装修师傅和她商量什么，她都由师傅自行处理。全屋铺木地板的计划改为铺瓷砖，取消了吊顶，取消玻璃淋浴间，洗手台由三千元一个降到一千五百元，即将动工的园林围墙也暂时不做了，屋子周围的土也不填了，绿化园林自然不会考虑。

外墙漆已经做完了。一个黑壮的河南人从王总手中包下了这个项目，然后将工作交给了两个本地的年轻人。万紫这才想到应该检查外墙效果，随便转了一圈，发现施工毛躁，喷得厚薄不匀，边界线不直，有几个地方还弄错了颜色。她打电话告知王总整改。隔天过来，只见咖啡墙面打着几个白补丁，王总说油漆工已经撤走了，补丁是小马打的，没有咖啡色油漆了，所以用白色的填补。

"你家的黑衣服会打白色补丁？这么大工程都做完了，几个小地方就不能好好收尾？"如此敷衍了事，万紫觉得不可思议。

"你买油漆来，我免费给你刷。"王总说道。

"你又蛮不讲理了，对吧？做好外墙漆，是你的责任，咖啡色上打白补丁，我相信你心里明白这是个笑话。我不可能验收。"

王总以亏损为由不断狡辩，双方在电话里纠缠了很久，最后万紫说，这几个地方的颜色不处理好，工程验收通不过，无法竣工，延期将要追加罚款。

"万总，我已经通知你验收了，三天之后你验不验收，工程都会竣工。砌墙和盖瓦的工钱我还没付，你欠我的尾款数目差不多，就由你支付给他们吧。"

"你欠农民工的工资，和我没有关系。你得按合同办事。"万紫觉得这世界到处在和她作对。

"我跟你说了，这个项目我亏损，你不要太欺负人了。有好几个地方你要求返工，我都没收你的钱，是不是？你要是不承认，我就去把返工的地方砸了。"

"你敢损毁我的私人财产？有没有一点法律知识？只要是甲方的责任需要返工的，我都承认，那几个小地方返工，不过是一两个工的事，我就给你三个工，九百块钱。你还有什么要算的？我给你算合同违约金了吗？遇到我这样的甲方，算你走运。"

王总说工程逾期是客观的，天气不好，陆续下了很多天雨，工人又轮流感冒，有一段时间因为管控，工人还不能离开本地……他不顾一切地狡辩，渐渐露出下三烂和混混的蛮不讲理，言词中还带着某种隐隐的威胁。

万紫掐掉了电话。

第二天，瓦面包工头张太山和泥工师傅来找万紫，说王总交代了，工钱在她的手里。万紫如实相告，尾款不多，扣除质保金款，并不能够付清他们的工资，而且王总无权转移债务。万紫请他们放心，如果王总不付工钱，她会帮忙联手告他。

当天晚上，万紫发了一条信息到建筑群里，通告王总工程烂尾，以及拒付农民工工资的情况。一直沉默的荣总也在群里劝王总好好收尾，不要引发更大的麻烦。

王总没有回复。

两天后，万紫发出一份关于乙方拒不履行合约，甲方保留法律解决途径的书面通知。

　　尊敬的乙方（王总）：

甲方别墅工程逾期四个月尚未完工，两次通知乙方，修补外墙漆，完成洗手间防水，尽快竣工验收，但乙方拒不执行合同，反复商谈无果。现甲方最后书面通知乙方，务必在周一八点之前，解决处理工程烂尾事宜，如仍拒绝履行合约，甲方将即日通过法律途径维护权益。

1. 报案。恶意拖欠农民工工资，不付房东水电租金跑路。

2. 起诉。工程逾期四个月，严重违约，造成巨大损失，须按合同赔偿。

时限三天。

甲方：万紫
二〇二三年八月四日

十六　散水

万紫的生活从来没有这么混乱，这么充满无力感。家人的态度，工程烂尾，包工头耍赖，装修电工埋错了线，瓷砖老板为了销货故意发错颜色，产品型号也不对，仍然狡辩那就是她要的。大大小小的事情在这一瞬间全部涌来，万紫无力应对，退一步将错就错。不去计较瓷砖颜色、装修样式，来的什么，就安装什么。她也厌倦了这些小商小贩，厌倦了他们防不胜防的欺骗，厌倦了他们巧舌如簧的坑，厌倦了在毒辣的太阳天出门，为这样那样的事继续奔波，却没有人在乎。建房子是她一个人的事。他们认为她无所不能。是的，她是无所不能。离开这么多年，她从来没有要求过家人的任何帮助，没倾吐过苦水，没诉说过悲伤，没表现过脆弱，她比钢铁还坚固。没有人主动打电话给她，关心她、问候她，屈指可数的电话，都是要钱、生病，或者发生了别的事情，以至于她看到他们的来电，心跳就急剧加速。

她又想起了二哥万寿。如果万寿活着，很多事都可以推给他来做。他办事她放心。她后悔没有回来参加万寿的葬礼，没有关心过他的儿子万明。从阿桂那里听了太多关于阿桃的负面信息，比如阿桃外遇，不关心万寿，万寿在家里喝了很久的粥，病得连粥都咽不下去，才肯花钱到医院看病，听起来简直是个蛇蝎心肠的女人。

万寿的死，万紫是怪罪阿桃的。阿桂说什么，万紫都信了，不容分说便拉黑了阿桃。万明聪明开朗有魄力，比阴郁鲁钝毫无主见的万固更受欢迎，阿桂乐见万紫抛下这对孤儿寡母，将焦点放在她的家庭。

无眠长夜，万紫心头涌起对阿桃母子的愧疚，尤其是当阿桂一家如此无情，扳着手指头能数过来的亲戚，眼看着就扳不了几下子，她忽然想重新拾起阿桃这头亲。所有关于阿桃的动态都是阿桂说的。什么矢志不改嫁，自称永是万家媳妇的阿桃找到了男朋友，然后是阿桃同居了，阿桃结婚了，阿桃要带新人回去见母亲，母亲拒绝了。已经过去七年，时间改变了一些固有的东西，万紫发现自己早已谅解了阿桃，同情阿桃千疮百孔的生活。在万寿诊断出癌症晚期前两年，她自己经历了一年多的化疗，与死神近在咫尺。

万紫想好好地祝福阿桃，她是苦过的女人，她理当追求幸福，获得幸福。她记得万寿第一次带阿桃来家里，阿桃双脚踩在门槛上玩。现在想起来，阿桃应该也是一个率真的人。她又想起某年回家，万寿将两岁的万明放在她的床上，要姑姑带着睡，说是"再不抱他就长大了"。第一次见面，万明一点都不认生，好像知道这是很亲的亲人。

想到这些，万紫忍不住泪流满面。

她决定去见阿桃。

天气持续高温。万紫的脖子和手臂冒出密密麻麻的红色颗粒。她一直没空去买抗过敏药。挤入自私与粗鲁的车流，嗅着焦躁而自大的气息，她想回到自己北方的家。她在这里像一个可笑的蠢货，掉进了漆黑的陷阱，在他们的伦理价值观念包围中，感受到自己的失败，承受他们对一个老单身女人诡谲的眼光与揣测。母亲也是其中之一。母亲从来不和她谈任何个人问题，她喜欢和阿桂在背后议论她，就像谈论某个邻居家不正常的女儿。

一辆比亚迪车不打转向灯忽然往左横去。万紫猛踩刹车，爆了一句粗口，自己也吃了一惊，短短几个月，她由一个说话缓慢的文明人，变得如此急躁暴戾。

她脑海里又出现"在中国不得安生"的声音，还有阿桂变声的吼叫，"打官司，一定要打"。她曾经感动于每次回乡阿桂买菜做饭，万福杀鸡剖鱼，他们是她的亲人。她也想好了请阿桂在家照顾母亲，她付她薪水，她会照顾他们没有退休金的晚年，当然也包括万红。

她心里始终装着他们。

可是……

一股凄楚拥堵在她的喉咙口。

"在中国不得安生……"

"亲情是什么……亲情就是金钱和物质的总和……"

眼泪涌出来，满脸爬行，她渐渐泣不成声。

"我没有自己的家庭，在我心里你们就是我的家人……既然是出口伤人，为什么不来道歉，为什么不向我道歉？"

万紫突然感觉左侧传来刺耳的鸣笛声，她本能地将方向盘往右猛打，一个巨大的阴影覆来，一辆庞大的油罐大卡车擦着车尖飞过，轮胎因为紧急刹车摩擦出浓烈的青烟。

命悬一线。

从油罐车呼啸而过的阴影中回过神来，她意识到自己活着，脚还听使唤，双手在方向盘上，没有血迹，浑身上下没伤一根毫毛。

也许是二哥的庇佑。

她花了些时间平复这幕惊险带来的冲击，缓慢地开到镇餐馆。

阿桃已经在这里了，一见面就抓着万紫的双手，眼睛瞬间红得像兔子，眼泪汩汩外涌，冲刷着涂着白粉的脸，露出皮肤老化的底色，显得不太洁净。万紫没想到自己也会哭，就像小时候盼着家人替自己出气时，终于见到了二哥，滚下委屈的眼泪。

做了几十年姑嫂，还是头一回这样亲近。两人在能容纳十几个人的大包厢里时哭时笑，好半天平静下来，菜也快凉了，两人一边吃，一边从容地说些体己话。

万紫谈起来自阿桂他们的误会与伤害，越来越感觉阿桂是"老骥伏栎"，扮猪食老虎。阿桃倒是有些为嫂的气度，劝万紫别往心里去，家里只剩这些人了，要和和气气地住新房，让母亲开心。但她也会说起过去的不快，比如万寿刚落气时，阿桂就发号施令，要按镇里的习俗办丧事，她不同意将万寿葬回村里，万明就是因为这件事顶撞了他们。

阿桃云淡风轻地说了很多她似乎早已看开的往事，有些事情与阿桂的说法截然相反，倘若阿桃没有撒谎，那么阿桂就算得上一个城府很深的有术之人，她掌握了万紫爱憎分明的性格，灌输了许多阿桃的负面信息，成功培育了万紫对阿桃的厌恶之苗，万紫相信阿桂的每一句话，这么多年被牵着鼻子走，断了阿桃这头亲，疏远万红，最后只守着阿桂一家转。

万寿在世时，阿桂曾经对万紫说，万寿他们想回来分宅基地和祖屋。但阿桃说他们从没有过那样的想法。万紫相信阿桃说的，这就是阿桂典型的旁敲侧击的话术，一为试探万寿他们是否真有此念，二是看万紫对此的反应与态度。如今面对新房子，她张牙舞爪，同样是害怕宅基地被万紫瓜分。

万紫为自己的头脑简单感到羞愧。

"过去的事情都过去了，"阿桃含泪而笑，"一家人永远是亲人。"

十七　雨篷

与阿桃见面，冰释前嫌，这肯定是善意的，于情于理都应该弥合这道裂缝。事实上万紫夸大了内心的歉疚，她并不欠阿桃的。她曾经在救治万寿的事情上全力以赴，得到消息便立刻找人安排他入住省会医院，并且提前结束了在欧洲的旅行赶回来。她强有力的支持给了万寿活下去的信心与希望。万紫和兄弟姐妹住在医院旁边的酒店，陪伴他治疗了两个多月，她负担了所有的开销，付出了近十万的医疗费用。阿桃与万紫姑嫂多年，从来没有建立单独的联系和私人感情，经常一两年不通音讯。

不过，万紫迈出这一步的动机应是更复杂一点。有那么一刹那，因为阿桂一家的言语和行为态度，万紫忽然间产生了势单力薄和众叛亲离般的惶恐，因此特别怀念二哥万寿，而阿桃是万寿的象征。也许这是推动万紫去见阿桃的深层因素。也许万紫在这次见面中有建立同盟的企图，但因双方相互缺乏基本的信任基础，又有关于阿桃厉害的传闻，万紫不会在悲喜交集的眼泪中掉以轻心。

阿桃只是另一个版本的阿桂。万紫依旧不喜欢阿桃，甚至觉得见面是多此一举，家长里短的无聊琐事，弄得沉渣泛起。无非是提供了一次彼此宣泄的机会。她们原本是不同世界的人。这一次并不完全信赖，甚至暗藏戒备的交谈，将是两人此生唯一的一次，她们的交情也终将只是在做红白喜事时往来的亲戚，不会溢出。

不过，她们毕竟见面同哭，万寿泉下有知，多少会有些欣慰吧。

下乡的路上，万紫的心情明朗了许多。

太阳一早就释放出辛辣。天气预报显示最高温四十摄氏度。黑狗看见万紫欢欣吠叫。万紫牵着它在田间遛弯。黑狗嚼着叶子细长的青草。狗不舒服会自己找草吃，万紫也想嚼一种青草治疗不适。她内心忐忑，给王总下了强硬的书面通知之后，不知道形势会朝哪一面发展。她真的无力再应付任何节外生枝的事情。假设王总来了，她就通知张太山过来，他们打算扣押王总的车，逼他现场付清工资。如果王总不来，她就得带领张太山他们采取法律手段。打官司是最坏的结果。

"现在谁都不敢欠农民工工资了，这是犯法的。只要去劳动部门一告，很快仲裁，资金就直接从包工头的账户划拨出来了。"张太山对打官司并不悲观。他抽吸着无形的鼻涕，说起去年承包的工程，施工时有一个工人摔死了，被判赔十二万。他对这条路很熟悉，律师都是现成的，和他们打交道不是一次两次了。

农民工懂得使用法律维权，这出乎万紫的意料，自己免于拽拖进官司的泥沼，心里略微轻松。建筑工程剩下的几个小施工项目，装修师傅答应完成，卫生间做防水，涂掉外墙漆的白补丁。如果王总不来，等于放弃尾款和质保金。但他人不在本地，张太山讨薪也没他说得那么容易，拿不到钱，终归会牵扯到东家，横竖是件麻烦事。

万紫心里正七上八下，只见一辆黑亮的豪车停在了堤边上，王总和小马下了车。万紫发信息通知张太山，拴好狗，在工地等着。

"今天咱们把所有问题都解决好。"王总往建筑里头走，小马拿着账本跟着，"你来说清楚，有哪些地方需要修整？"

"天花板已经开裂，看到了吗？"万紫指着屋顶几条细长的裂痕，"但我不想追究责任，我请装修师傅处理这个事情。工程太马虎，有个房间的天花板一头比另一头高五六厘米，只好通过吊顶来整平。至于卫生间做防水，以及外墙漆修补这两项，你现在就可以计算一下费用，我们今天做一个彻底清算。你用工程尾款减去这八个月的施工水电费三千六，由我母亲垫付的，减去卫生间防水及外墙修补费用，再减去质保金一万五，我要付你多少？"

"行。防水工程加外墙漆修补两项就算八百块钱吧。"王总埋头计算，很快得出结果，"你总共还要付我三万九千六，再加上上次提到的九百块钱返工费，一共是四万零五百元。"

"按照合同约定，扣除质保金一万五，一年以后退还。"万紫说道，"你不能要我做合同以外的事。"

"万总，不能这样，这都不够我付泥瓦匠的工钱，"王总恳求，"要不剩下的工钱，我让他们一年后找你拿。"

"你欠谁工钱，和我无关。我现在马上付清工程尾款。"万紫打开手机转账，"我已经全部履行了合约责任。"

"这不行啊，我欠着别人的钱还不清，你怎么能欠着我的钱不给呢？我的血汗钱啊。你不给，我今天就跟着你走，你走哪儿，我就跟到哪儿。"王总边说边无耻地贴近万紫。

"按照合同规定，质保金一万五一年后退还。你不要耍赖。"王总靠得那么近，涎着一副下作的嘴脸，做出侵犯的姿态。他身上散发出不洁的气味和劣质的气息，万紫迅速地避开这团脏污的东西，往长堤上走。王总紧跟在后，嘴里念念有词。

万紫疾步前行。

王总如影随形。

万紫猛地停步转身，甩了他一耳光。

"打人了，打人了呀！"王总几乎是欣喜地叫了起来，扭头寻找自己方面的人，见小马垂着手木然旁观，厉声问道："你拍呀，拍了没有？"

小马不情愿地拿出手机，开始拍摄。

万紫恍然大悟，原来找打正是王总的目的，挨了打，他就获得了进一步闹腾的筹码。

小马的手机对准了现场，王总的表演开始了，他继续逼近，几乎要贴到万紫的身体，挤眉弄眼，肢体挑衅，企图再次激起她的愤怒。

万紫克制着，只能用冷冷的眼光射杀这头野兽。

但野兽的皮早已厚到刀枪不入。

已经有不少村民围观。屋角边、树荫下，三三两两的。男人抽着烟，女人摇着蒲扇，神情闲淡。

毒太阳像舞台灯光，照着一对男女主角。

小马的摄像头准确地捕捉着演员的肢体动作与表情。

"你敢再碰我一下？"男女主角的脸相距不过一巴掌宽。男主皮肤油汗泥泞，身体不动，运用面部表情和眼神肆无忌惮地挑衅、羞辱、刺激，忽而鄙夷，忽而邪恶，忽而轻佻："你再打我一下试试？"

被冒犯的女主眼里是愤怒、厌恶、绝望、孤立无援，如果导演安排她手里有一把西瓜刀，男主就会捂着肚子倒在血泊中。

一个外地人敢在村里这样撒野，这是过去历史上从来不曾发生过的，更莫说这样明目张胆地欺负女人，左邻右里早过来揍趴他了。但是，这个年代的这一刻，一个外地人对本村女性肆无忌惮地冒犯与羞辱，没有一个人站出来把这个泼皮拉开，没有人出面秉公理论，更没有义愤填膺的拳头砸过去。

好戏开场，人们在外围静静地观赏，小声议论，探讨故事的来龙去脉。背景是一栋新鲜明媚的别墅，蜘蛛还未来得及织网，尘埃还没有积满窗台，烟囱口还不被油烟污染，瓦缝里还没藏下一片落叶。它一尘不染，在阳光下散发出厚厚一沓新钞的清香。

长达八九个月的建筑工程，王总掌握了万福胆小怕事的特点，熟悉了村里的人际关系，但凡万家有一个硬汉，他也不敢如此放肆。

万紫的眼里渐渐贮满了泪，失望与心酸替代了心中的厌恶与愤怒。她没想过向万福求助，她心里还回响着"在中国不得安生"的刺耳声音。围观者中没几个她认识的，他们对她更加陌生。

她慢慢恢复了理性与冷静，清醒地意识到眼下的村庄，已经不是她那时的村庄，她不过是一个外地人，村民们围观的，是两个外地人的纷争。

无计可施中，万紫打电话给万红，叫她和第三任"带些人来"。这话是说给王总听的，她想暂时挫一下他的嚣张，摆脱眼前的困局。

王总像一只斗鸡，紧盯着对手。

"你别欺负一个女人。"这时候张太山来了，连扳带推逼退王总，"有话好好说。"

"我没欺负她，是她打人！"王总向周围人求证，"你们刚刚都看到了吧？是她打人。"

没有人回应。

王总望向小马，小马低下了头，这个年轻人脖子都羞红了。

"你们的事我不管，今天你必须结清工钱。"张太山说道。

王总的车被围住了。有人喊把轮胎卸了，有人喊打残欠薪的人。

见形势不妙，王总友好地搭着张太山的背："哥们儿，你放心，你的钱我一分都不会少……只要万总的尾款一付，我立刻转给你……由她直接给你也行。"

"一码还一码，我不管你那些啰里吧唆，今天你就得把工钱给我付了，我的工人在等着呢。"张太山不吃这一套。

"保证一分钱都不会少你的。这个项目我亏大了，真的没钱……"

"没钱你还换了新车？"

"我的车坏了，这是临时借的……"

"不给钱，那就扣车。"张太山毫不客气。

王总掉转矛头，手指万紫："大家看吧，她欠着我的血汗钱不给，我们辛苦做了这么久，亏本做的这个项目……"王总又死皮赖脸地逼近万紫，"你还我血汗钱，还我血汗钱……"

这时一辆摩托车咔嚓停下，是万红和第三任，他们真的带人来了，"人"就是万红怀里那个一岁半的孙女。

三个人来势汹汹。

"你干什么，欺负女人算什么东西？老子一耳巴扫死你个杂碎。"万红腾出一只手来直指王总。

本已蔫巴的王总顿时来了精神，将右脸朝万红跟前一伸："你打，你打呀！"

话音未落，他便挨了"啪啪"两巴掌。

"你敢动我老婆一根毫毛，老子两根手指捻死你。"王总还没反应过来，第三任已经挡在面前。

"拍到了吗？"王总转头问小马。

小马点点头："都拍到了。"

"我要报警，这里暴力打人。"王总心满意足地打通了110。

母亲忙完事情从屋子里出来，看到堤上聚了些人，不知道发生了什么，见到王总也在，连忙客气地迎上去，问他要不要在家里吃午饭。

十几分钟后，来了两台警车，四个警察，胸前都别着微型摄像机，落地犹如四大金刚。

"谁报的警？"高个儿警察问。

"我。"王总回答。

"谁打的人？"高个儿警察又问。

"我打的。"万紫说道。万红回屋给小孩换尿不湿去了。

"不是她，是那个抱小孩的女人。"王总说道。

"走吧，都随我们去派出所做记录。"高个儿警察说道。

人们堵在王总的车前，说不能让他走，他还没付清农民工工钱。

高个儿警察说他们只处理打人的事。

"他的车留下，人可以跟你们走。"张太山灵活。

"我也是当事人，我跟你去。"万紫说道。

"要打人的当事人去。"高个儿警察很严肃。

"我姐姐在带婴儿，而且她晕车，去不了。"

"那我就只能强制执行。"高个儿警察威容难抗。

"你敢！你得先搞清楚事实。"万紫厌恶这冷血的执法，"是那个包工头逼过来，我姐姐出于本能要保护孩子。"

黑壮警察叉开腿堵在万紫面前，警告她这是在妨碍执法。

"收起你这副嘴脸吧，别对着基层老百姓作威作福，你是来为人民服务的。"被王总堵住，万紫心中的厌恶感到了极点，这会儿被黑壮警察堵住，瞬间觉得自己强大起来。

头脑灵泛的围观者被万紫那句一语双关的骂人话逗得笑了起来。

"你们听着，一个女人抱着孩子，如果和他有肢体上的冲撞，那也是为了保护孩子。他是个壮年男人，他那么情绪失控地逼近她们，很容易伤到一个柔嫩的婴儿。"万紫开始了她擅长的雄辩，"而且，今天最主要的事情是，他不给农民工工资。警察是抓坏人的，这里明摆着有个坏人，真正违法的坏人，你们不去管，却要对一个抱着孩子的女人强制执行什么，你们这是在变相帮助坏人。我可以告诉你，你无权强制我做什么！"

万紫真的拨通了电话，她用的是免提。

人们静下来。警察也竖起了耳朵。

"伍哥，我乡下建房这里出了一点麻烦。包工头拒付农民工工资，在这里撒野。我姐姐抱着小孩和他发生了冲突，他报警说我姐打人。现在镇里的警察过来要强制带走我姐姐，却不管违法欠薪的包工头。"

"好，你别着急，我马上打电话。"

此时已是上午十一点。围观者堵在长堤上，影响了车辆通行，一个警察不得不临时当起了交警。

看上去空荡荡的村庄，一出事竟然能凑齐这么多闲人。世界一片混浊。万紫感到荒诞，感到羞耻，没想到离开几十年，竟以这种方式给人们提供了一顿免费的盛宴，供他们津津有味地咀嚼着，沉浸在闲适迷人的田园风光之中。

她立在沼泽中。四周雾气氤氲升腾。阳光刺激下，皮肤上有更多的颗粒冒出来，痛痒的面积在渐渐扩大。

两三分钟后，高个儿警察的手机响了，他边接边走到僻静处，所有目光齐刷刷地望向他。十分钟后，又来了两台警车，后面一车全是着黑色便衣的警察。

一个帽子有点紧的警察跟万紫握手，自我介绍了之后，转身朝人群大声说道：

"乡亲们，请安静一下。这里发生的情况，我都已经了解了。我们也不欺负外地人，全过程请大家随便监督、录像，我们保证实事求是地处理。请问，谁是万女士建筑工程的包工头？"

"我。"王总摸着脸，表示他受了伤。

"哪些人被欠薪了？"

"我们。"张太山和泥匠包工头站出来。

"有没有凭据？"

"有。"张太山和泥匠包工头递上票据。

"欠条是不是你打的？"帽子有点紧的警察问王总。

"是的。但是……"

"别废话，立刻把农民工的钱付清。"

王总面如死灰，默默地掏出手机，开始微信转账。张太山和泥匠收到钱，朝帽子有点紧的警察竖了竖大拇指。群众鼓掌，称赞帽子有点紧的警察是个办实事的。

"那她打人的事怎么办？"王总问。

"那是一个抱着孩子的女人，你是一个年轻力壮的男人，一个弱者，一个强者，弱者为了保护孩子，发生了肢体碰撞，也是情理之中的。我问你，你有没有孩子？"

"有。"

"那我相信你更能理解我刚才这番话了。"帽子有点紧的警察拍拍王总的肩，语重心长地说道，"伙计，在外面做工程不容易，和气生财，了结了这个工程，回家去抱抱孩子吧。"

王总脖子僵直，像是噎住了。

这时又来了一辆警车，是镇长和镇里的派出所所长。

村里头第一次集中出现这么多警车。

十八　分水线

　　"阿桂，我得告诉你事情的来龙去脉。母亲实在是不愿在别人家住下去了，我想着提前把她的东西搬进新屋算了，即便还没铺地板，住起来也还是要舒服很多。天气那么热，顶着中午十二点的太阳，我一趟一趟地搬。有些东西我搬不动，我只能喊你丈夫帮忙搬。只要是我能做的，我绝不会麻烦他。施工队已经竣工撤离，屋边的横排水管被运泥车压坏了，你丈夫在挖开检查，准备换新管子。我喊了他几回，他才扔掉铲子，不是很耐烦。

　　"搬完东西，我正在搞卫生，供电所打电话告诉我，他们在别的工地匀出人来了，马上来给我们挖洞埋电线杆，工人已经在路上了。我赶紧放下手上的事，问你丈夫电杆埋在哪里，都定好位置了没有，确定不要影响砌围墙。他就放下锄头，走到化粪池边上，脚踩中电线杆位置。我说你的定位正好在分界线上，而且太靠沟边，一挖洞沟边的水泥块也会垮掉，电线杆正好在围墙线上，而且影响终端做圆柱造型。你丈夫焦躁不安，狡辩着说没在围墙线上，他定在那个位置的原因，一会儿说是避开排水沟，一会儿说线在空中要拉成直线。

　　"我让他解释一下，排水沟在哪里，从哪里排的。他要是说得对，我肯定要听。我不知道他是不是单纯地要反对我，不愿承认我总是对的，他闷声不吭地走了，继续去挖他那边的水管。我是一个讲道理的人，以理服人对不对？他采取这种态度是表示抗议吗？我朝他喊：'位置都没定好，怎么就跑了？既然你提到了水沟，你连这个事情都解释不清楚吗？'他就在那边发火，不知道他心里积着什么怨。我累得像条狗，也失去了耐心，我极度厌恶跟他合作，太难沟通，太拧巴。我们就隔着一个地坪大声吵了起来。他说我一直欺负你们，最后甩掉手中的锹，大声骂我：'你是小人。'

　　"阿桂，我过去真的一点都不了解你的丈夫。他说要让我在中国不得安生，我可以原谅他的有口无心，但这划下了伤痕。这一次又骂我是小人，这是要把我的人品踩进泥地里，让我沾一身污。三只叫鸡公早就预示了这些不顺。避免反目成仇，我们不应有任何利益关系，我考虑如何切割房产。"

万紫一口气说完，表示要请律师走法律程序。

"哎呀，你莫听他的，他讲话跟放屁一样。"阿桂说道，"知道你们吵了架，我也很生气，狠狠地骂了他，给他做了很久的思想工作。我说，妹妹和阿桃这么多年没联系，现在见面是很正常的事情，哪里会有别的什么目的，家里还剩几头亲呢？死去的死去了，活着的要珍惜啊。"

阿桂又以旁敲侧击的方式提到万紫与阿桃的见面，透露这件事触动了他们敏感的神经，他们怀疑这里头有某种阴谋，因此给她扣上"小人"的帽子。

"幸亏我给了阿桃一个说话的机会，我现在知道了，什么是偏听则暗，兼听则明。"一股绝望的、厌恶的、污浊的怒火堵在万紫的胸口，夹杂着累积已久的悲伤、痛苦、寒心，这两股力量推动她与他们拉开距离，划清界限。

万紫受够了这些令人唾弃的鸡零狗碎。离家闯荡三十年，走遍东西南北，正是自己的努力与人格赢得了尊重，回到自己的家中却遭受亲人的侮辱、藐视、怀疑与敌对，听信他们的一面之词。无所谓阿桂是怎么知道她和阿桃见面的，也不去想阿桃到底是个什么样的女人，这对曾经的妯娌，究竟是对手还是盟友，万紫已经意识到该如何与这些亲戚保持距离，她决定和阿桂切割房产（关系），永远摆脱这纠缠不清的局面。

切割谈判定在星期一。万紫请了彼此信任的林主任做公证人，便于双方发生争执时调解，他曾经为村里的筑路项目出过力，阿桂住的廉租房，也是他帮的忙。

切割房产唯一可行的办法，只能是万紫出一笔钱，阿桂放弃房子的权利。

太阳炽热，阳光透过驾驶室车窗烘烤着裸露的手臂，万紫根本没有时间处理皮肤过敏的问题。看到自己的形象和周围的一切，都在这个夏天变得面目全非，她悲哀地感到自己活成了一个笑话。

林主任带了一位律师朋友。万紫请他们在条桌边坐下，上茶。厨房是开放式的，阿桂在洗碗。她说这事她不管，随她丈夫怎么办。一贯当家作主的阿桂，在这等重要的事情上忽然放手交权，傻子都知道她玩的是垂帘听政。万福在外面劳动，听到阿桂喊，就从后门进来，侧身坐在椅子上，仿佛椅子瘸了脚，需要他用身体平衡。他的身体语言显示了内心的怯懦和心虚。他不自在地笑着，含着腼腆，衣服上还有刚刚劳动留下的泥浆，手上也有些泥土。

万福的样子让万紫感到一阵辛酸。

有什么不太对劲。

但谈判已经开始。

万紫双肘搁在桌子上，以前所未有的严峻说道："今天林主任在场，我先说几句心里话。没建房子之前，我们兄弟姐妹的关系是最和睦的。在建房过程中，随着更多的接触与更深的了解，我们家里不断发生矛盾与冲突。毫无疑问，房子是一切矛盾的源头。我认为，只有彻底解决房子的问题，才能避免亲戚关系恶化，反目成仇。"

"我很感谢你们的信任。"林主任劝和，"我今天就像你们的一个兄长来参加你们的家庭会议。你们的父亲在世的时候，常到我办公室喝茶。他是很为儿女们骄傲的。万紫为家里做的贡献大家都有目共睹，她是最小的，是理当被呵护的。你们的家庭其实相对简单，像我们家族，还有同父异母的兄弟姐妹，成员更多，亲戚关系也更复杂，作为长兄，我也处理过家里大大小小的矛盾。值得欣慰的是，我们所有的家庭成员都认同一点，那就是，要有爱，爱是凝聚家庭和社会的力量。"

一阵沉默。

爱是黄金，穷人家早当掉用来吃饭穿衣了，哪里存得住。

"我是这么考虑的，"万紫硬着头皮往下说，"你们也知道我的经济状况，我仍然会尽我的承受极限，想办法拿出四十万给你们。各自为安。我拿这笔钱，不代表我有钱，更不代表这个村旮旯的地皮值钱。你们也知道，邻居家的那栋楼房卖给亲戚，只收了三万块。"

在厨房缓慢擦碗的阿桂一直竖着耳朵，听到万紫开出的数目，人瞬间凝固，微张着嘴，呆呆地望向窗外。她在掂量这个数目的分量，心里飞快地计算它的用途，能在城里买一套什么样的房子。万紫将房款暂存她账户的时候，她每天翻查利息，作为一个月薪两千多的保姆，她从没见过这么多钱。

"要得。都依你。"万福站起身说，"没别的事吧？我继续去干活了。"

事情迅速地了结，仿佛一个急刹车。

万紫回城时，看到万福还在即将不属于自己的土地上忙碌，心里一阵凄楚。她想到父亲当年砌红砖固定分界线，担心万福老实被别人侵吞宅基地。父亲保护未来属于儿子的土地，她却在用金钱将父亲的儿子"逐出"家园。虽然阿桂做梦都想有这么一大笔钱，万紫仍然觉得自己在做一件残忍的事。她并不想成为那栋房子的主人。那不是她想生根的地方。她就是不甘心。

万紫一夜难眠。对阿桂他们怨恨一阵，怜悯一阵，时而又自怜一番。想到自己无人体会的艰辛，想到相继离世的父兄、树倒猢狲散的家族，又想到枯瘦的万福穿着泥靴，一辈子没直过腰的劳苦姿态。也许上天指定自己成为这个家庭中最有出息的小女儿，同时也指定了她照顾家人的责任。她想起万寿在世时对万福的关照与尊重，万寿不满阿桂将儿女拢在自己的阵线，一起蔑视与孤立自己的丈夫——因为他赚的钱没她多，还常常生病——这是非常伤人自尊的。也许这就是万福性格暴躁暴力的症结所在。万寿去世后，万紫对万福加倍关心，她的车留给他开，信用卡给他每个月刷用一定的额度，经常给他买衣服。回来后还在想给他买一台新能源车。但是不断发生的冲突打消了她的积极性，他们对待万红的态度也让她灰心。

纷乱的尘埃在破晓时分沉落下来，万紫睡了过去，但很快从梦中惊醒，睁开眼就给阿桂打电话，说万福爱土地，那些土地属于他，她无意霸占。阿桂说她丈夫也后悔了，回来一直唉声叹气，失了魂一样，晚上一夜没睡，说土地没了，乡下回不去了，这可怎么办。

"唉，看他累得那个样子，我想骂他也骂不出来。"阿桂哭了起来。不管她是不是通过编造情景的方式表达自己的想法，她的态度总归变了，她在退步、示弱。

万紫心里又是一阵悲悯，于是暂时搁置方案。没多久她发现这是阿桂的话术，她是嫌四十万太少。

十九　天沟

万紫买了很多除甲醛的东西。搬家的良辰吉日已经选好。母亲似乎并不开心。建房过程中她也过于操心焦虑，在破房子里历经寒冬酷暑，已经变得又黑又瘦，再加上整日嘴巴紧抿，嘴角下垂，像一颗干枣，再也没有显露出嘴角的小酒窝。

好友寄来几十饼普洱茶祝贺乔迁之喜，每一饼包装都印着烫金的贺词。万紫想到母亲一个人在家，买米、换气、交电费等诸如此类的琐事，都是邻居帮忙，对于经常关照母亲的人，她都送上一饼茶叶，没帮过的，甚至略有龃龉的，也送了点小礼物。与母亲实际往来的邻居不多，也就三四家，万紫想着入伙那天，也请上这些关照过母亲的邻居一起吃饭，表示感谢。万紫还不知道自己对村里人的善意引来了家人的暗中猜忌，他们认为她喧宾夺主、出手大方，显然是有所图谋的，因为乡里人不会平白无故送人好东西。

母亲心里有事。通过她这么阴郁的表情，不难猜出阿桂在母亲面前说了什么。

万紫一心为母亲，如果母亲反过来对她不满，她也不快乐。建房、矛盾、心碎，她疲惫不堪的心绷得紧紧的，变得坚硬，失去了弹性。母亲的黑脸让她更加灰心与绝望。母亲绝不会在万红面前压抑她的情绪，肯定早就直接开撕了。父亲病危住院期间，她们当着父亲的面吵起来。万红翻了一通旧账，指责母亲重男轻女，心里只有儿子和孙子，见到外孙连笑脸都不肯给一个。万红的理由是自己没被娘家人重视，因此遭到婆家欺负。母女间的恶语相向让万紫感到震惊，没想到有一天自己也会与母亲大动干戈。

母亲当家做主强势惯了，在新居里得听万紫的安排，心里别扭。比如出浴室要在地毯上蹭蹭鞋底，不要将水带到木地板上；万紫扔掉的烂东西，母亲又会捡回来；万紫要求东西用完放回原位，便于下次使用；拖把分区域使用；切肉刀和水果刀分开。母亲在她自己的现代化卫生间放置塑料桶储有机肥料，万紫没管这些，她并不试图改变母亲的私人习惯。

但所有这些都不至于令母亲脸色这么难看。

万紫买回家具、电器，将淘汰的旧东西寄存在破房子里。母亲事不关己地看着她进进出出。阿桂他们的房间里始终空空荡荡，万紫连窗帘都没给他们装。她最后运回十几幅专门为新居画的油画，将父亲、母亲以及小万紫的巨大合影放在客厅壁炉上。

"看得出这都是谁吗?"万紫笑着对母亲说，她以为母亲至少会夸她一句。

"是谁?"母亲瞟了一眼画，冷淡地说，"不认识。"

万紫由头凉到脚，心里打起了寒战。

想到自己用满腔的爱，仔细描绘母亲脸上的每一道皱纹，涂抹她因劳动而变形的手指关节，想到母亲并没有享过什么福，她边画边流泪，心里愧疚，发誓要宠着母亲，照顾她，保证她那个秘不示人的盒子里永远装满现金，让她不再为生活有一丝担忧。

母亲又一次轻蔑地亵渎了万紫的爱，她感到胃里一阵发烧。

将大油画肖像放在客厅，意味着父母是房子的主人。对于母亲来说，父亲早已变成牌位住进了祖宗神龛，儿子万福才是这房子的主人。

"不认识吗……那是我没画好。"万紫勉强稳住精神。打算把画藏到母亲看不到的地方。

"我好像听谁说到，万红想要那张旧餐桌?"母亲忽然问道。

"她家那么小，应该放不下。我问问看。"

万紫打电话问万红，她的确需要旧餐桌。

"她要就给她吧。"万紫对母亲说道。旧餐桌是万紫一年前买的，她忘了可以折边收缩。

"给她干什么? 那么好的桌子，还新得很呢。"母亲脱口而出。

"不给她给谁呢? 反正这里用不着。"万紫震惊于母亲对万红赤裸裸的嫌弃。

"他们要放到杂屋子里去，以后有用。"

"他们要什么东西，他们自己去买！"万紫音调高了起来。

"只晓得买，他们哪里来的钱买？"母亲也露出厉害脸色。

"妈，你怎么能够这样，情愿这张桌子给儿子存到杂屋子里落灰，也不给你的女儿？你不知道她家里的样子，我知道！她现在的饭桌矮小得跟过家家一样，你这里有她用得着的东西，为什么不高高兴兴地给她？这也算是帮她啊！"

"哎呀，拿去拿去拿去，要什么都拿去。"母亲不耐烦地挥手。

"妈，我是在给你说道理。你一定要认识到这个问题，桌子给她，一定是要你真心实意地，你高高兴兴地给，她才会高高兴兴地收。万红很可怜不是吗？她又没上班，哪里来的钱？"

"赌博几万几万地输，谁有她那么多钱？"

"那是她过去犯的错误。我们都要宽容她。她现在不是在辛苦地带孙子吗？省吃俭用贴补小孩子生活费。我们要力所能及地帮她，而不是笑话她。"

"行行行，给她吧。你大哥抹得干干净净的，全都整整齐齐地摆到那个破屋子里了。"

听到"干干净净"与"整整齐齐"的词句，万紫眼前便浮现万福擦拭桌子时的认真与爱惜。他也是家徒四壁的人，结婚时添置的几样家具早就东倒西歪，搬出去便散了架。万紫不觉对他也心生怜悯，一时间不知道桌子到底应该留给谁。

"家里还有九条长高凳，十把椅子，两张小方桌……"母亲自顾自计算起家里的老财产，那都是些瘸腿裂面的烂东西，只有劈了做烧柴用。母亲执着于旧物，似乎对新东西不屑一顾。

二十　空心墙

万紫回北方开会期间接到母亲的电话，她说黄昏时队里来了五六个人，他们怀疑花园围墙越过了界线，占用了公共马路，在家门口拿铁棍戳，用尺子量，最后说西边角侵占了三十厘米的马路，要求整改。万紫知道这个情况，为了拉直前围墙，她腾后了一米宽的宅基地，西端的角仍然伸进了马路，但她计划将整个马路向外侧用混凝土拓宽九十厘米，实际马路会比原来宽敞得多。母亲已经告诉了他们这个施工计划，他们不同意，有一个人还说，就算你将马路拓宽一百米也没用，这边就是不能越界。

万紫嗅到一股蛮横无理的戾气。拿着铁棍到家门口到处戳，这本身就是羞辱与挑衅，也算是欺负万福软弱。过去父亲为了分界线，曾经和邻居打得头破血流，几十年相安无事，如今又有一种死灰复燃的意味。

万紫只能采用文明手段，给镇长电话，请他安排协调处理。第二天村支书和村委会主任到了现场，测量记录，承认拓宽马路便利了村里交通，从此再也没有人来指手画脚。

万紫在乔迁之日前一天坐早班高铁回来，行李都来不及放下，直接开车去超市准备水果、坚果、一次性纸杯、彩纸礼炮，更重要的是检查礼仪公司的现场布置，气球、灯笼、彩幅、音响设备——为诗歌朗诵会准备的，还要挂匾、盖红绸、粘绣球，每一件事她都得亲自到位，没人关心这些。

驱车到乡下已是下午四点。房子周围一圈巨大的红灯笼，散发着张灯结彩的喜庆。新房美得像新娘。阿桂在搞卫生，明显与她有了隔阂与拘谨。万紫有意化解，叫阿桂一起粘绣球，一起忙到很晚才大致安排妥当。万紫这一天马不停蹄，累得不能开车回城，晚上和母亲挤一床睡了，翌日一大早就爬起来，清扫地坪，摆桌椅，分果盘，为乔迁仪式和朗诵会做准备。

这一天小雨淅淅沥沥，交织着爵士乐的缠绵与轻愁。友人陆续到齐，喝茶吃瓜果。朋友们轮番发言祝贺。这一天母亲相当高兴，头发梳得整齐顺溜，穿着万紫特意从北方购买的玫红色外套、布鞋，步履也显得轻盈愉快。她揭匾时，在梯子上挥手，笑容灿烂。鞭炮撕扯着地面，花炮直捣着天空。建筑的劳累在欢乐的气氛中似乎也随风飘散。一切似乎圆满顺利。没有吵架，没有争执，人们看到的是一个和睦欢乐的大家庭。

这种假象很快被一次更尖锐的爆发打破。

距离母亲生日半个月，万紫张罗在酒店订两桌，给母亲过一个特别的生日。一桌是自己家里的，一桌请村里经常帮助母亲的。母亲是情愿的，一起仔细商量了请哪些人，核实了名单，万紫最后加上了五保户邻居，还有一个瘸腿残疾人。母亲虽不喜欢无缘无故地请人白吃白喝，但也勉强同意了。万紫对镇里不熟悉，请教阿桃哪家饭店最好，约了阿桃一起去现场看。包间算得上宽敞，没什么格调，但有一窗河流与渔船，这会使气氛美好一点。

万紫回到家，一进客厅就听到母亲在房间里和阿桂讲视频电话。母亲说话的私密语气让万紫感到震惊，心里也涌起一阵嫉妒：母亲和阿桂像一对老闺蜜。她们显然早就结成了联盟来共同对付她。

"……那张餐桌万红要，给她算了，莫眼浅她们的。"母亲已经把万紫和万红捆绑在一起，视为敌对势力。

"她要拿就拿去吧，那床也是她妹妹原来买的，问她要不要，都搬走吧。"阿桂说道。

"她家里那么小，都不晓得她要了给谁去。"

"可能是给她儿子用吧。"

"不是我们万家的人，我看见都不爱……"母亲不喜欢外孙是明显的，在阿桂面前赤裸裸地说出这番话，有些谄媚的意味，"你知道吧，我的生日，她说不在家里搞，要到饭店里搞两桌呢。"

"那估计是要请她那些城里的朋友了……"阿桂吸气时湿漉漉的牙缝里发出滋滋的响声。

"不是的，村里的人她都要请一桌。我懒得管，反正我是不会去请的。她要请，她自己去请。你不要去吃，算了吧，你们都莫去。"

"嗯，我们提前一天回来给你过生日。"阿桂响应，"你随她怎么搞去吧，反正她做事不商量是搞惯了的……"

"以为请村里人吃饭，送东西，村里人就会喜欢她。"

"……前一阵她跑阿桃那里说了很多事，把自己洗得干干净净……"

"阿桃当时就跟我讲了！"

"她讨好左邻右舍，只怕是打算老了落叶归根。"

万紫听得浑身战栗，悲愤交加，忍不住快步冲进母亲房间，大声喊道："我听见了，我全都听见了！刘桂枝你个混账东西，我警告过你，不要总是在母亲面前说我！你少他妈的自作聪明，躲在背后起哄，我不会让你得逞的！我对你们一直心怀良善，是你逼我再次和你们切割。"

母亲像见到鬼一样吓蒙了，但迅速反应过来，将平板电脑往床上一扔，耍起母威："你搞得好啊，听起壁脚来了。我们说你什么坏话了？"

"你开着免提，我在客厅听得一清二楚。妈，你怎么能这么狠心？我这么辛苦，这么无私地为你，照顾你，每一粒米，每一滴油，你从里到外的衣服，住的吃的用的，所有的一切，都是我给你准备的。我是在报答你的养育之恩，但是你为什么这么冷血？你为什么从来都不心疼我？为什么我从来得不到你的夸奖？

"你过生日，请谁不请谁，我都是和你商量定下来的。请乡里人，是感激他们对你的照顾！邻里关系搞好，不也是为了你们吗？你要阿桂他们不参加你的生日聚会，你是要丢我的脸是不是？要让我难堪是不是？你知不知道，你这是砸你自己的场子，丢你自己的脸？你这是团结子女吗？你这纯粹是挑拨离间，火上浇油！

"我为什么要讨好村里人？我有什么必要讨好谁？我又不是这里的人，我又不需要他们抬丧，我烧成灰也不会撒在这个角落里。我做这些都是为了你们，我这一辈子都在想着让你们过好。你怎么能这么诋毁你自己的女儿？刘桂枝给你灌了什么迷魂汤！我有跟你说过她的不好吗？当我请她尽力给你一点生活费的时候，她说她想死。这就是你的闺蜜。还有阿桃，阿桃做了你几十年儿媳妇，她给你买过一双袜子吗？她们给你传宗接代有功，女儿就不是你十月怀胎生下来的吗？"

连母亲都在往自己身上甩污泥，万紫彻底崩溃了，她声嘶力竭，所有压抑的愤懑、痛苦，如排山倒海。她豁出去了。

"我不要谁给生活费，我自己有抚恤金，活得不会比别人差。"母亲强词夺理。

"你那几百块钱能干什么？要不是我每个月给你钱，你会活得像个乞丐！你会是全村活得最差的！我为你盖这么大的房子，你觉得很容易是吗?"

"我没要你建房子!我的旧屋还住得,漏雨只要修补屋顶。"母亲的话和万福的话如出一辙,"我宁愿住在旧房子里……子女不和,我住得不开心。"

"怪不得你每天对我黑着脸……"万紫的愤怒没有了,深深的悲凉占据了整个胸腔,"你们都没想要建房子,是我在作践自己……太难了……如果能掀掉新房,还原旧屋……"

"掀了就掀了。"母亲的耳朵好像只能捕捉某些关键词。

"好,那就掀了。你们的旧屋值多少钱,我赔。"万紫动真格的。

母亲傲慢地挤扭五官,将眼泪赶下来。

"以前我们家是最和睦的大家庭,现在四分五裂。为什么?因为利益。房子让人现了原形。是我在争夺你们的财产吗?可惜你们一无所有。现在,是你们逼我拿走属于我自己的那一份产权。我从十四岁起就没用过你一分钱对吧,实际上你都没有把我抚养成人。打我当童工起,你们谁也没有关心过我的死活。我有点成就了以后,你们打电话就是要钱。"

"我们哪里找你要钱了?"母亲不肯低头。

"妈,你说话要凭良心。"万紫震惊于母亲睁眼说瞎话。

"你把大哥赶出去,你有良心?"母亲指着父亲的牌位,"你父亲在这里看着,你跟你父亲说你有没有良心?"

"我真希望父亲在这里。"万紫心里更委屈了,"至少父亲尊重我,尊重知识,只有你们,把我当农村妇女看待,你丝毫不了解我。父亲曾经流着泪,后悔没送我读更多的书。父亲都向我道歉了,妈妈,你为什么还要这么说伤人的话……你不觉得你也应该说声对不起吗?"

母亲哑口无言,突然拉长音调,捶胸顿足地哭喊起来:"啊呀……我的老倌啊,你为什么不带我一起走啊?"她几步跑到神龛前扑通跪下:"老倌呀,你怎么丢下我一个人呀,我这样活着有什么意思啊……"

万紫冷冷地看着地上的妇人,心里想这个人怎么会是自己的母亲。除了外貌,她们之间没有任何相似之处。她们是房子里两堵平行的墙。

母亲不认输,不讲理,撒泼打滚,还有一招以死相逼的撒手锏。她开始玩命。膝盖因风湿僵硬跪下去痛得直叫唤，在祖宗牌位前呼天抢地，失控的情绪刺激血压，脸色立刻变得通红，马上就要昏厥过去。

万紫想到母亲的高血压，如果她就这样发生意外，那是最大的悲剧与讽刺，她的余生将会活在懊悔与内疚当中。

她妥协了，像哄小孩一样安慰她，承认自己脾气不好，好不容易把母亲从地上抱起来，挪到沙发上坐下，又给她倒了一杯水，小心伺候她喝下。

"我要立遗嘱，房子将来属于万福。"母亲眼泪一抹，得寸进尺。

母亲竟然知道立遗嘱指定继承人，万紫知道是阿桂在背后教唆。

"妈，我会比你先写遗嘱，一碗水端平，房子由万福、万红、万明平分。"

"这是我的房子，不可能给万红，"母亲拍了一把茶几，"凭什么要给她一份？"

"我花钱建的房子，你们谁也做不了主。"万紫望着母亲那张皱纹密布的脸，话不再高声，这使她的话听起来更严肃，也更有分量，"万红是你的女儿，我的姐姐，她是我们家的一员。今后谁欺负她，就是欺负我。"

母亲瘫软在沙发里一动不动。

已是午饭时分，锅冷灶凉，万紫肚子饿得慌，胸口被堵得密不透风，没有任何胃口。但做饭是一种态度，这表明争吵终结。她转身去了厨房。母亲的权威受到了挑战，这一仗她打输了，输在离家三十年的小女儿手里。

万紫希望母亲能意识到自己做得太过分，"我是你的娘，错了也是对的"，理论上成立，但任何一个明事理的母亲，不会将这句话当作母女关系的真理，更不能无所顾忌地伤害自己的女儿。

承认自己不受欢迎，在这里还有点丢人现眼的意思，万紫心如刀刺。

她取消了母亲的生日酒席。

第二天清早，万紫听到菜园里传来母亲和邻居聊天的声音。昨天的争吵很多人听到了，房子外围有好几个人欣赏这对母女的战争，但没有人弄清事情的来龙去脉。邻居老太太一早到了母亲的菜地，假装弄几棵白菜，不经意间打探到了某些虚实，不免提高了一点音量，说道："没想到她也真是个没用的家伙呢，实在是出去了几十年了，怎么还这么不晓得世事？"

村妇们本来就擅长并沉迷于拨弄是非，只要有新的内容加入，就能像秃鹫一样扑向这块美味腐肉，啄啃，咀嚼，扑打着翅膀叫嚣。母亲竟然还在外人面前败坏自己，万紫立刻起床，随便披件外套，趿着拖鞋，快步到书房拎起父母合影的油画，到了路边的垃圾焚烧地。她的手颤抖着。引火费了些时间，但火苗终于升起。火焰迅速吞噬着画中人物。她怀着深深的爱意画下的"全家福"，在晨风中渐渐化为青烟。

父亲亲手种下的槐树，已经遮天蔽日。人们嫌弃它落下的果子使路面变脏，建议砍掉，万紫却修起了围栏保护它。槐树是父亲的身影。画这幅画时，她甜蜜地幻想着自己是父母的掌上明珠，他们宠爱她，呵护她，她在他们的怀里撒娇。她在这幅画中倾注了她这一生对他们最完整、最深刻的情感。过去她像孤儿般四处漂泊，她很坚强，她不需要他们。但现在没有人理解她的脆弱，她从来没有像现在这样需要他们，需要他们接受她的照顾，需要他们分享她的生活，需要他们的温暖与阳光，需要他们为她能照顾一家人而感到骄傲。她要告诉父亲，不必对她内疚，她感谢生活中的每一个沟坎成就了她。

这里是泥沼、旋涡、搅拌机……万紫回房间迅速收拾行李，将大箱子扔进车尾，一脚油门驶离了这个令她心力交瘁的地方。

二十一　封顶

万紫没有哭。眼泪在心里奔涌。车内音乐咆哮。没有词语能够描述她此刻的感受。车轮在坑坑洼洼的路面起落。这是她从广阔走向狭窄的必经之途，从光明进入幽暗的唯一道路，是一条远方连结家园的情感钢丝，她在这条钢丝上来来回回半辈子，最终丝断坠落。她想起房间里的飞蚊的尸体，它们在黑夜里为了屋子里的那一点暖光拼命钻进纱窗，清早成批地死在地上。

她把车停在小区里，打的士去机场。她感到世界一片空洞。人们拖着行李离开、返回，煞有介事。什么在终点。她不去想了。不去想那苦心孤诣造的房子，里面有多么冰冷；也不去想母亲如何抹杀一切，将她当作一件万能的工具。

逃离了泥沼，就是得救。她知道必须尽快把自己的精神也从那泥沼中拯救出来。

万紫告诉万红，她与母亲头一回发生了激烈的冲突。万红怒火冲天，当即就要打电话给母亲，质问她为什么一碗水不端平，制造矛盾。万紫知道万红说话不分轻重，那一次在医院当着父亲的面骂母亲"心黑心毒"，万紫便觉得过分。万紫本能地保护母亲，说母亲已经溃败，不能再打击她了。

托运行李。过了安检。回望身后，万紫感到自己用真实的肉身演绎了一部小说，获得了仿如虚构的躁动与悲伤。她反思事情为什么到了这个地步，她是依恋母亲，一心要让母亲快乐的。她想起与母亲拍桌子对峙的情景，自己那一刻的执念，就是要把母亲的威风打下去，让躲在她背后的阿桂现出原形。

母亲不知道万紫已经离开，她登机前接到母亲的电话，说政府来了几个人，好像是关于产权的事。"他们打你电话没人接。我打给万红，她以为是你大哥找人来落实产权的，那个凶哦，把我一通刮，我哪里晓得他们是谁叫来的。"母亲的声音突然变了，有着前所未有的衰弱，以及颤颤巍巍的怯懦。

万紫的心立刻悬了起来。

在这场冲突中，万紫知道，自己的态度肯定也伤害了母亲。她想起母亲长久地瘫坐在沙发里，眼睛肿成一条缝。背影是萎缩的，稀疏的白发凌乱。她做好了饭，母亲才勉强起身。坐到桌子前，她们都没吃什么。但坐到一起吃饭，也代表着某种和解。

只是两人都没再说话。

万紫在飞机上。底下是万里晴空。与母亲的物理距离越来越远，心却又倒退着靠向母亲。

回到自己的家，万紫依然无法平静。心不在焉地搞卫生，东擦西抹，仿佛某个喜欢的物品被打碎了，心里空落不安。晚餐勉强吃了点蔬菜粗粮。脑海里晃动母亲几近蹒跚的身影，稀疏的白发，沟壑交错的脸，摇摇欲坠的门牙。她晚上吃的什么？她还在伤心吗？她会不会病倒？她是那种死倔死不开窍的人，会不会气得神经错乱？她一个人在家里，会不会有什么危险？

万一母亲有个三长两短，槐树下再也没有母亲等候的身影，园里不再有四季常青的蔬菜，空荡荡的房子里再也没有母亲应声而出……万紫胡思乱想起来。越想越急，越想越不放心，越想越内疚，她拿出手机想打母亲的视频电话，但是内心的委屈、寒心、不甘、郁闷、悲伤……这些东西被瞬间召集起来，一股无形的力量阻止她这么做。

她又变回那头受伤的小动物，蜷缩在自己的黑洞里，舔舐着滴血的伤口。

夜里，她做了一个梦，梦见大雨中，母亲在低矮昏暗的厨房里做饭，往泥灶里塞稻草，年轻的面孔在青烟中隐约。她身材丰腴，双脚灵巧地避开接漏的盆碗，熟练地沥干米汤，将米倒入锅中……忽然间风雨大作，青烟乱舞，母亲无助的脸皱纹密布，眼睛肿成一条缝，地动山摇中，她向万紫伸出了双手……贫穷烙下的心理阴影转化为梦，万紫无数次在梦里保护家人，拯救他们，她尤其不会让母亲受一丁点伤害。

就凭儿时的夏夜里躺在母亲的怀里乘凉，母亲一只手臂像上了发条一样不断地摇着蒲扇为她驱蚊降暑；就凭着她害怕走月光下的独木桥，母亲将她背起来走到对面；就凭母亲自己假装不饿为了让孩子们安心吃饱；就凭母亲把她生得这么健康并抚养长大……就凭这些，她就不应该生母亲的气，不应该把母亲逼到角落。

万紫被巨大的愧疚和担忧袭倒。挨到天亮时分，估摸着母亲已经醒来，急切地拨通电话，是万福接的。他说母亲在医院，半夜接上来的。万紫脑袋里嗡的一声炸了。

母亲从来不去医院，有点病痛都是熬过去的。

万紫想母亲真的是被自己气倒了。可怜她失去了一个儿子，紧接着又失去了丈夫，孤单一人度过了多么艰难的时刻，在悲伤中迅速老去，却没有人陪在身边。万紫的心被什么揪住了，她指责自己活到这个岁数，仍像年轻时一样冲动，不计后果，这跑来跑去的狼狈也是自讨的，她本应当陪母亲过完生日再离开。

万紫没有犹豫，即刻启程飞回小城。

赶到医院，母亲半躺在病床上，眼里湿漉漉的，见到万紫笑容满面，露出了嘴角的漂亮酒窝。

"孩子呀，你不生妈妈的气了吧？"母亲使用了从未有过的温柔和称谓，"妈妈老了，明年就八十了，老糊涂了呢，你莫怪妈妈。"母亲的脸眨眼间就瘦了一圈，剩下一巴掌大了。

"妈，是我不对，我遗传了爸爸的坏脾气。"万紫很想拥抱母亲，很想握住她关节粗大变形的手，但这种情感外露的表达，对万家的人来说都太不容易。"你哪里不舒服？现在感觉怎么样？"

"昨天晚上肠子绞痛，胃也绞痛，就好像被人抓住，拧干衣服一样，紧一把，松一把，痛得我哦，衣服都汗湿了几套。"母亲有点虚弱。她对肠胃痉挛的描述与比喻具有文学色彩，"……还有恶心、头晕，一晚上拉了十几回稀……医生说是食物中毒……现在好了，只是胃里面还有点发烧……你大哥半夜里非要用摩托车拉我来医院……我这辈子没住过院呢……这一下打破我的历史纪录了。"

"昨晚上吃了什么？"万紫对大哥心存感激。母亲这把年纪来一次食物中毒，太危险了，要是儿女都生活在千里之外，她必然会煎熬一夜，谁知道熬不熬得过去。

"开了一包新米，炒了一把白菜秧苗，还有你买回来的猪肉，就这些。"母亲觉得是白菜秧苗的问题。

"米给鸡吃，猪肉不要了，白菜秧苗全部扔掉。"万紫清理一切嫌疑食品。

母亲问她昨天去哪里了，说："夜里等你回来，门都没关。"

万紫没有说自己回了北方。

"中午你姐姐送的南瓜小米粥。"母亲头一回显示她的幽默感，"要不是住院，我哪里吃得到这么好吃的东西。"

这时阿桂进了病房，讪讪地笑着，将亲自做的饭菜摆在床头柜上。

万紫闻到菌汤的味道。她明白自己忽略了一件事，在她远离故乡的岁月里，是阿桂他们在身边照看着父母。

天空飞过执念与虚妄的鸟。

斜晖映射窗前，将粉色三角梅濯洗得清新悦目。

原载《湖南文学》2024 年第 4 期

终极范特西

一

晚上七点五十分，博奇架好两部手机。一部在脸的正前方，另一部架在电脑桌子上以方便和粉丝们互动。两部手机的美颜模式都已开到最大化，美颜灯也在面部前四十五度角的位置调试妥当，一切都已准备就绪，离开播还有三分钟，她双手从后面向前捋了一下粉色假发。八点，直播准时开始，粉丝们已经开始在评论区内疯狂刷屏。屏幕上一下出现了张可爱的二次元系的粉色头发大眼美少女。面对这张脸，她既熟悉又陌生。此刻的美少女，她的名字叫Leila。

"Hello，宝宝们，晚上好。"

评论区留言：好喜欢Leila的新发色。Leila的新造型太可爱了。

"真的吗，你们喜欢就太好了。这是我新染的头发，还有点不太适应。"Leila在视频里左右调试自己的脸部位置，自如地与粉丝们互动着。她一边摆弄着头发，一边又摆弄一下旁边的音响。在评论区内刷屏的粉丝，有一半Leila都记得，他们是她的铁杆粉丝。LeiLa又说："你们知道我今天是谁吗？"

中野三玖、喜多……网友们纷纷打着名字，猜测着这粉色头发的二次元日漫人物究竟是谁。

Leila 很开心，这是她最近一直在追的一部日漫。Leila 说："没错，是喜多！我要给第一位猜出来的宝宝送上今天的第一首歌。你想听什么歌呢？"之后那位网友却再也没有说过话，看来是换了频道。粉丝们继续纷纷刷屏，说着自己想要听的歌。这时，突然有人留言说："Leila 今天可以给我们跳一支舞吗？不要总是唱歌了。"于是网友们纷纷开始起哄："是呀，从来没有见过 Leila 站起来过。""该不会是个瘸子吧？"看到"瘸子"两个字，Leila 的脸顿时感到一阵刺痛，鼻尖微微冒起了混着粉底液的汗珠。这位率先起哄的网友，Leila 从没见过，看来今天是有人专门来砸场子的。这时，后台经纪人第一时间发来了一条带有命令口吻的信息：赶紧唱一首歌缓和气氛！

正当 Leila 情绪即将失控时，有一个叫 K 的网友突然跳了出来，说："可以唱一首《范特西》吗？" K 是谁？《范特西》是 Leila 最喜欢的歌，也是最擅长的歌。有一次，她记得在直播间说过，她喜欢里面的歌词：

范特西　今夜启程
与凛冽的冬日相持
我手中有一座岛屿
金色岛屿　洒满余晖
我朝着岛屿方向
一直游
范特西是金色的
是我对未来的终极幻想

这首歌的发行时间是 2000 年，世纪交接，那时的她对新世纪还有许多期许。二十多年过去，那些期许都被时间一点点碾轧得稀碎，碎到已经连她自己都不记得了。只有这首歌，偶尔还牵连着一些她过去那些残破的梦，比如再学两种乐器，比如当一个唱作人，比如周游世界。

Leila 立即顺势回应道："《范特西》，好，今天就唱这一首。"

"谁要听这歌！而且是这么老的歌。"留言的人还是那带头起哄的。

网友们起初的相互争吵，瞬间演变成了疯狂的辱骂。眼前的局面，让 Leila 的情绪终于失控了。也许是因为这首《范特西》让她想起了曾经的自己，使得眼下这一头粉色假发的面孔变得既陌生又恐怖。她不计后果地退出了直播间，关上音响，拔掉所有电源。狭小的房间里一片寂静，只剩下白炽灯和耳鸣交织在一起的白噪声。没错，只要断电，一切皆为虚妄。她一把拽下了粉色假发，扔在旁边已经堆得满满的脏衣筐里。

她闭上眼睛，向后仰倒在椅子上，双手用力按压着耳朵。耳鸣是她一贯的毛病，长时间佩戴耳机，再加上神经衰弱而导致的失眠，使她无法摆脱这种低频的噪声。她又搓了搓脸，回头望了一下窗外的风景。窗外没什么风景，无非是高耸的楼群和点点路灯。狭小的房间被她布置得琳琅满目，墙上挂着一幅两千块的红发喜多拼图和一些画着喜多的小幅油画。她的床是用两张床垫拼凑起来的，被子上印的是喜多的巨型卡通形象。床尾上方的墙上，挂了一幅颇有欧洲文艺复兴时期味道的古典风景油画，那是一条静静流淌的河，河面倒映着两岸郁郁葱葱的植物，一幅静谧而祥和的景象。床旁边就是她的电脑桌，以及高低不一的架子，这些架子是用来架手机、话筒和灯光设备的。直播设备占据了大半个房间，从床走到门口需要侧身绕过它们。整个房间，只有一个巴掌大小的镜子，甚至无法照全一整张脸。她讨厌镜子，讨厌镜子里的自己。只有视频里的她，才是真实的她。

手机在桌子上振动了一下，又是经纪人发来的信息。大概意思是这次直播需要扣一万块钱，因为违反了公司规定，引发了评论区内的争吵。

"一万？公司疯了吧。"Leila 把手机扣在桌子上，没有回复，心烦意乱地把自己挪到了床上。按习惯，每次直播结束她都会看看后台的私信情况，翻翻网友们对她的评价。她很在意粉丝们的评价。但今天她什么也不想看，像是掉进了《范特西》的时光旋涡里，越陷越深。中关村步行街上的盗版磁带店，那家美国加州牛肉拉面的快餐店，没有一件产品是韩国制造的韩国城，文具店里循环播放着的《流星花园》主题曲，当然还有《范特西》。放学后，中关村步行街就是他们的据点，骑着车疯狂地往牛肉面快餐店里飞奔，要占四张桌子，他们十来个人要坐一起。Leila 那时候不叫 Leila，叫博奇。她喜欢画画，还和当时要好的一个男同学约定，以后一起去法国留学学艺术。那时候，巴黎就是他们的最终幻想，最终范特西。这一年他们初三，她还是有着一双美腿的阳光女孩。后来，博奇考上了美院附中，但那位男同学直接去了巴黎，慢慢地他们就断了联系。博奇上了美院附中后，发现自己其实没那么喜欢画画，老师说她天赋也有限。她在陷入了好一阵的郁闷后，觉得学个吉他，以后能当民谣歌手应该也不错。

总之，一首《范特西》让她回忆起了很多曾经的事。她转念又一想，那个网名叫 K 的人，或许应该和自己年龄相仿，或许他就是那位男同学也说不定。不知不觉，她昏昏沉沉地睡着了，她梦见了那个初中男同学，在梦里他叫 K，他一直背对着自己，冲着一面墙在画画。

Leila 醒来时已经是第二天早上了，脑子里还在延续梦中的情节，有点分不清时间和地点。她摸着手机，后台成千的私信充斥着语言的暴力。有人说她是瘸子，有人说她其实是个中年妇女，说什么的都有，但在众多私信中，她突然发现了 K。

K："你还好吗？"

此刻的 Leila 不太好。她随手点开了 K 的主页，是一个喜欢旅行和健身的男人，长年处于在外漂泊的状态。第一张照片是他和一辆房车、远山的合影，房车旁边是一条清澈的河流，还有一套户外桌椅。照片备注是：终于有时间把这些年的照片整理一下了。但令 Leila 有些不解的是，这些照片为什么都是在同一天发布的？当然，这只是她的一个闪念。他没有一张脸部特写照片，只有几张轮廓模糊的侧脸照，但能隐约看出来，他是一个瘦脸、鼻子高高的男人。Leila 对他没什么幻想，只是有点好奇 K 的真实身份。

Leila 想了想还是给他回了信："没事，都是正常现象。"

今天雾霾，外面看不出是阴天还是晴天。她萎靡地躺在床上不想起来，闭上眼，天旋地转。感觉身体轻飘飘的，不是自己的。

二

闷热的夜晚，张存良躺在宝哥上铺来回翻身睡不着。宝哥踹了一下铁梯子说："烦死了，睡不着就滚出去。"张存良一下消停了，又在没完没了地吸鼻子。宝哥用脚又敲了敲他的床板："喂，没事吧你？"张存良没吭声，把脸藏进了被子里，鼻涕和眼泪全部蹭在了上面。三天前，后脑勺挨的那一棒子还隐隐作痛，恶心和眩晕感偶有发作，他一度怀疑自己得了脑震荡。他甚至有点记不起来自己是怎么来到这儿的，只是一睁眼睛，就躺在了一个办公室的沙发上。在几次的威逼利诱、拳打脚踢之后，他不再挣扎了，准确地说，他是被强制关押在了这里。

宿舍其他"狗友"都已睡着，阿水的呼噜声最响，他来这里已经六年了，并且业绩不错，老板很欣赏他，听说马上就要升级为合伙人，也就是说马上就能获得自由了。张存良在这三天里，仍在反复合计着逃跑计划。但重要的是，他始终没能看全这里地形的全貌，更不知道自己身处何处。以他现有所知的猜测是，这是一间废弃的厂房，防备森严堪比监狱。按照宝哥的说法，想要离开这里有两个方法，一个是再抓个人来做"交替"，另一个就是升级为合伙人。宝哥说等待警方救援的可能性很小，几乎为零，但也不是完全没可能。最有希望、可操作性最强的就是再骗一个人过来做"交替"。张存良不知道去哪里还能再骗一个人过来，也不知道怎么才能提高业务水平，这个比等待警方救援的希望还要渺茫。唯一的希望就是逃，但逃是要付出生命代价的，很大概率都会被站岗的守卫当场击毙。宝哥也曾警告过他，想逃出去，那就是在自寻死路，没有人能成功地逃出去，被抓回来的人，不是被打死，就是被折磨得自杀了。但张存良不信，无论如何，他都决定要拼死一搏，他首要的任务就是要确定自己的位置。从阿水的呼噜声能听出来，他睡得很踏实，不像别的"狗友"那样，有的失眠辗转反侧，有的安静平躺在床上瞪着天花板，也有像宝哥那种，即便能很快入睡也要夜里醒几回上厕所。寝室里只有阿水一个人睡得很沉。

张存良静静地平躺着，见宝哥的喘气声逐渐平稳，小心起了身。他慢慢爬下梯子，和寝室的守卫说了一声："去厕所。"守卫又低声说："不要打歪心思。"两人像是对了一句暗号后，张存良穿过长长的走廊去了洗手间。这条通往洗手间的走廊能让他得到短暂的自由，这条走廊狭窄，没有守卫。走廊外就是郁郁葱葱的棕榈树、椰子树、霸王棕。夜里，它们变成了一片黑漆漆的剪影。

宝哥说他也不知道这是哪里，只是曾在走廊上随手给张存良指了一下，那边过去就是湄公河。张存良站在走廊上，手扶着栏杆眺望着远方，想象着那不知方向的湄公河，想象着它汹涌澎湃地汇入大海的那一瞬间。他双手紧握了一下栏杆，栏杆的粗细程度正好与手掌的最大握力吻合。他一边搓握着栏杆，一边将目光收回，向下望了望。如果跳下去之后，能幸运地摔在灌木丛里没有摔伤，那就可以使劲地跑，跑过这一片空旷的院子，跑到那堵围墙前，如果没有被岗楼的守卫发现，就可以爬出去了。那么，那墙边上还得准备一个梯子……张存良越想越绝望，除非能有一个不惜生命代价的人愿意帮他，一个人不够，可能要两个。他叹了口气，不敢在此停留过久，速速回到了寝室。守卫一下拉住了他。

"你去哪里了？"

"洗手间。"

"洗手间？需要这么久吗？"守卫瞪着他，一下用力将他手抓起来，闻了一下，发现有栏杆的铁锈味，"再让我发现，我就送你去'狗头'那里。"

黑暗中，守卫的眼睛闪闪发亮，从这双眼睛里，张存良看到了无尽的深渊和死亡。

他回到床上，又闻了闻自己的手，他什么也闻不到。守卫是什么意思？他怎么知道我没有上厕所？他怎么知道我那一丝的想法？他怎么什么都知道？

宝哥睡觉轻，有点动静就会醒。张存良回到床上时，宝哥已经醒了，刚才守卫对张存良讲的话，他听得一清二楚，觉得上铺这孩子太傻了。

正当张存良颇感睡意时，一声惨叫从门外传来，那声音听上去很遥远，却很清晰，像是穿越了很多墙壁才传达过来。那是一个男人的声音，不知他是犯了什么错。男人又叫了一声，这叫声一定是从地狱里发出的。

男人停止了哀号，余音还在空气中、墙壁间来回游荡。接下来，夜晚再次恢复了寂静。张存良紧紧闭上眼睛，裹着被子，身体突然一阵痉挛。这是他小时候坐下的毛病，每当紧张身体就会痉挛，像浑身绑满了绷带，使他一动也不能动。

张存良一夜没怎么睡着，昨天夜里守卫对他的警告以及那男人的吼叫，像是给他宣判了死刑。他的眼眶周围一圈黑，拖着疲惫的身躯走到了洗漱间，从洗漱间又走到了食堂，之后坐到了工位上。宝哥的工位在他旁边，是"狗头"安排的，让他当他的师傅，教他所有关于业务上的事。张存良抻着脖子，对着亮得刺眼的屏幕发着呆。

"喂!"宝哥递给他一部手机，说，"这个手机是用来聊天的，所有内容都会被监控。"说完后，又递给他一袋槟榔。张存良是东北人，以前没见过这玩意儿："这啥呀?"

"这都不知道? 提神用的。"宝哥左边腮帮子鼓起了一个大包，牙齿上红了一片，看着挺吓人。宝哥勾搭的对象上线了，手指在键盘上飞舞着，脸上却一点表情也没有。

"这是你的'猪仔'?"张存良歪着脖子看着宝哥的屏幕问他。

"对，养得已经差不多了。"

"长得还挺好看的，御姐型。"

"好看有什么用，有钱才是真的。"

"那她有钱吗?"

"目前看应该还行。"

"你咋知道的?"

"之前给我转过几万块钱。"

"这么多!"

"这算什么。"

宝哥手指头突然停住了，用一张血淋淋的大嘴对张存良说："像咱们这种不懂电脑，又没有什么特殊技能的人，每天和姑娘们聊聊就好，聊进去你就会发现，聊天有的时候很有意思，比那些金融组的程序员要幸福得多。"张存良半信半疑，宝哥说得没准是真的，但他现在真的没什么心情和姑娘"认真"聊天，昨夜那在走廊中回旋游荡的声音，仍在他的心里不断盘旋，他终于忍不住问："宝哥，昨晚你听到有人惨叫吗？"

宝哥嚼着槟榔，装出一副满不在乎的表情说："好好干，不要总想跟你没关系的事。"宝哥又说："第一天给你的手册有没有仔细看？"

张存良摇摇头。

"你要仔细看。"说着，宝哥从工位里拿出了一本已经翻得卷边的手册，"手册就是秘籍，里面会告诉你，怎么样开始聊天的第一句话。对了，咱们每天是有业绩要求的，要聊到一百句话。七天后就要开始'开单'。否则下一个惨叫的人就是你。"

张存良似懂非懂，接过这本快被翻烂了的"秘籍"。里面有着详细的分析讲解，例如御女攻略、白领攻略、"白富美"攻略，等等。当张存良看到"傻白甜"攻略时，觉得这简直既荒唐又可笑。宝哥却一脸严肃、语重心长地告诉他："好好学，你也行。你打开和'猪仔'的聊天记录，我看看。"

张存良有点不好意思，对于勾搭女孩这件事，他一点经验也没有，别说主动勾搭，平时连多看一眼的勇气都没有。张存良慢吞吞地打开了对话框，准备给宝哥看时，又用双手遮挡："你还是别看了。"宝哥用力一推，之后笑得前仰后合。

"你说你是不是傻，上来就管人家叫'小姐姐'。这种搭讪早就过时了，鬼才愿意搭理你。"

"我看人家也和我聊了几句。"张存良越说越没底气。

"你再看看你的账号里，什么都没有，一看就是骗子，而且还是手段很低劣的那一种骗子。"

宝哥在手机上点开了一个自己的社交媒体账号，里面的男人阳光健美，热爱运动，是一个有爱心的大男孩。宝哥沾沾自喜道："瞧见没，这个男人就是我。"张存良又看了眼宝哥，一双夹脚拖鞋，趾甲都很长，再配上黑色挎篮背心和彩色短裤，是一个地道的油腻中年男人，关键是还满嘴通红，一张血盆大口。张存良心里不禁一惊。

"这些照片的主人知道吗？"

宝哥拍了一下张存良的脑瓜子："别问这么缺心眼的问题。人设很重要，你要先在媒体账号上建立你的人设，而且几个大平台，都要这么做，要统一。所以第一件事，你要找到一个目标，把他的照片挪过来。对了，一定不能找网红，太容易被识破了。你把自己想象成他，如果你是一个那样性格和有那样身份的人，你会怎么说话，你怎么和女孩子聊天。他就是你，你就是他。你睡觉、吃饭都要把自己想象成那个人的样子。所以，不要照镜子。对了，你还要起一个网名。"

　　张存良在手机上翻了翻，终于发现了一个目标，看不出这个男人的具体职业，或许他也没什么正经职业，他发布的照片有的是在家里抱着把吉他，有的是开着房车四处旅游，也有的是在健身房健身。他是什么职业并不重要，重要的是他长得还不错，甚至和张存良还有几分相似。开着房车旅行，这是他大学毕业那一年最想干的事。他给宝哥看了眼男人的照片后，宝哥也认为不错，觉得和张存良有点神似。

　　宝哥说："以后你就是他了，像他这么酷的男人，应该配一个酷点的网名，就叫K怎么样？我以前看过一部侦探小说，里面的凶手就叫K，感觉特别酷。"

　　张存良觉得挺好，说："行，以后我就叫K了。"

　　宝哥对张存良的态度很满意。张存良拿起了桌子上那包槟榔，取出一颗放到了嘴里，学着宝哥的样，使劲嚼着。张存良觉得槟榔味道也挺好，有股清香味，但吞咽几下后，他的心脏就开始咚咚地猛烈跳动。这是他第一次吃槟榔，他双手捂着心脏，感觉快要死了。宝哥说："慢慢习惯就好了，它就是提神的，没什么别的东西，放心。"张存良发现，想要迅速上手，看来首先要学会的就是吃槟榔。大约二十分钟后，心脏终于慢慢恢复了正常，脑子里像是有盏上千瓦的灯泡在发光。他打开网页，以K的身份重新"营业"。

　　宝哥突然转过身来又说："只要你认真干活，那钱是赚不完的。不要总想着逃跑，你根本就逃不出去。昨天夜里的惨叫，我猜那人八成就是潜逃未遂。就算你幸运，逃出去了，那之后呢，你能干吗？一年挣的钱都不如这里的一天。"说完，又拍了拍他桌子上的手册："我看你是聪明人，才告诉你这些的。好好学，我看好你。"

　　说完，宝哥又开始飞快地打字，目不转睛地盯着电脑。他又扫视了一圈工友们，脑子里不断出现昨晚的那声惨叫，宝哥说得或许是对的。一百句的聊天记录，他必须完成它。他又思考了一下，决定将目标对象锁定在网红群体，在他有限的认知里，网红赚钱快，她们的钱，说白了也是从网友那里骗来的钱，大家互相骗一骗，也不会有什么心理负担。他打开了最近流量最高的一个直播软件，开始搜索目标"猪仔"。张存良翻看着女孩们直播，寻找目标。与其说是在寻找"猪仔"，他更觉得自己是在狩猎。他在暗中观察，要仔细嗅出她们的味道，嗅出她们之间哪一个才是他真正的猎物，不知不觉中，他突然感到了一丝成为猎人的快感。

　　他觉得直播带货的女生说话思路清晰、反应快，估计不好下手；直播旅游的大多也是穷游，骗也骗不到多少钱；还有直播弹钢琴和吃饭的，他都觉得意思不大。后来，直到晚上，他终于翻到一个粉色头发的女孩，女孩的样貌让人猜不出年龄，是一张永远都让你记不住的脸。十分钟过去了，女孩除了说些无关紧要的话之外，一首歌也没唱。但不知为什么，K就是喜欢看她。

三

　　Leila 的朋友们，准确说是她曾经的那些朋友们当得知她被经纪公司签约后，都纷纷表示祝贺，说当网红挺好，轻松自由。可 Leila 自己知道，在那神经高度紧绷的三个小时里，是会把人掏空的。随着 Leila 的网红事业越来越红火，身价越来越高，身边的朋友也都莫名地自动消失了。可 Leila 并不在意，谁跟钱过不去？最关键的是，她喜欢网上的虚拟人设和虚拟世界，尤其是朋友。虚拟朋友最好，省事，不用见面。喜欢谁就聊着，聊烦了直接拉黑。现实世界是另一回事，就复杂多了，曾经一起长大的那些朋友不也都各散天涯了，况且谁愿意和一个像自己一样有残缺的人交朋友呢？

　　Leila 今年 35 岁，至于男朋友，那种活生生的男朋友，有肉身的男朋友，她曾经想过，在她还是一个能活蹦乱跳、四处游走的阳光美少女时。但现在，她彻底放弃了，没人能看得上她，想想此刻的肉身，连她自己都觉得恶心，就更别提男人了。但虚拟世界不一样，这里的世界是属于她的，她是女神，她是粉丝们的终极幻想。有太多为了能和 Leila 说上一句话给她疯狂刷礼物的人。

Leila 躺在床上，翻看 K 的照片，那些云雾缭绕的雪山冰川、广袤平原上奔跑的动物和郁郁葱葱神秘的雨林，那些地方都是 Leila 曾经幻想过的地方。她想去很多地方，甚至环游世界。可现在，她寸步难行。最艰难和最绝望的日子她是怎么熬过来的，连她自己都觉得十分恍惚，母亲日夜的陪伴和心理咨询师的耐心疏导，都无济于事。只有接通电源，打开电脑，进入那个迷离玄幻的虚拟世界，才能找到一点点慰藉，在那里有着像灯塔一般的指引，指引着她往更明亮的地方去。

事故是发生在一年前的冬天，她去参加哈尔滨的网红大会，在大会上她认识了一个同在北京的女孩——豹豹。这是她们第一次来哈尔滨，并且两人一见如故。她们相约大会结束后，一起去看冰灯，顺便还能做一场直播秀。第二天晚上，两人一进到冰灯博览会中，就眼花缭乱了，纷纷拿出手机，准备工作。Leila 买了一根一米长的糖葫芦，小心翼翼地在手里举着，对着手机跟粉丝们说，她终于买到了传说中的一米糖葫芦，但它实在是太长了，胳膊怎么举着都吃不到第一颗山楂。看到她那搞笑的样子，网友们纷纷给她点赞。她和豹豹一边走，一边振振有词地对着手机挤眉弄眼。而放眼望去，整个博览会里，到处都是这样的人。一个小时后，由于气温太低，手机很快就没电了，而她们也已经无心再直播，关了手机准备尽情地玩。她们去了一座巨型冰屋，冰屋外面连接着一个冰滑梯，排队的人很多，都冻得瑟瑟发抖。她们决定不惜排多久的队，都要玩一圈。轮到她们的时候，Leila 想和豹豹一起滑下来，管理人员也同意了，但在滑梯上，豹豹一个趔趄扑倒在了 Leila 的身上，Leila 顺着滑梯翻滚而下，豹豹压在 Leila 的腿上，她们一直滑到了地面上，Leila 惊叫着自己不能动了，豹豹倒是没什么事。管理人员赶紧叫来医护人员，直接将她们拉到了急救室。急救室里还躺着几个人，有头上包着纱布的，也有摔伤的，看来发生意外的大有人在。Leila 的膝盖疼痛难忍，医护人员看了一下，初步判断是骨折了。

结果不出意外，左小腿胫骨骨折加上膝盖骨折，而医生在检查 Leila 身体状况时发现她因严重缺钙和营养不良，导致骨质疏松。当 Leila 的母亲询问医生她是否能恢复正常时，医生犹豫了，说："幸运的话不耽误走路。"母亲当场晕在了父亲的身边。豹豹也是眼前一黑。父亲一下抱住母亲，大声叫了她几次，父亲把母亲搀扶到另一张病床上，小跑着去呼叫护士。父亲和母亲已经很久没有这么亲近过了。Leila 躺在病床上，下半身已经失去了知觉，脑袋也还有些发木，那是麻醉剂还没有完全消散的缘故。她异常平静，医生刚刚宣布的结果，她像是什么都没听见一样，看着晕头转向的父亲，另一张床上平躺着的母亲和马上要开始哭泣的豹豹，她觉得像是在看一场滑稽的默剧。

当 Leila 反应过来时，是当天的夜里。今后的日子像是浮萍，晃晃荡荡的、轻飘飘的。她想象着很多画面，坐在轮椅上的、一瘸一拐的，孤老终身，慢慢凋零，但唯独没有想象过她将会戴着一顶粉色假发，以一张自己认不出的面孔给粉丝、网友们唱歌，这副面孔可以是任何一个她，但绝不是此刻的这个她。

在之后的两个星期中，是豹豹一直在医院陪护着 Leila。她心存愧疚，觉得这辈子都无法补偿 Leila。父亲和母亲早就被 Leila 劝回家了，只是偶尔他们才一起过来给她送一些营养品和衣物。Leila 隐约感觉到，父母的关系好像因为这次的事故变得亲密了一些。

如果不是豹豹的陪伴，具体点说，如果不是豹豹怂恿她继续搞直播，Leila 恐怕已经从这个世界上消失了……不管当时在冰滑梯上是谁的过错，她已经释怀了。

浏览完 K 的所有照片后，Leila 又点开了网友们的站内留言，她逐一浏览，期待着有 K 的信息，果然 K 的名字真的出现了。

"《范特西》是我最喜欢的歌，真希望可以听你唱一遍。"

四

他们把这里叫作"科技园区"，园区内有餐厅、服装店和便利店，如果每天完成应有的业绩，"员工"是可以在规定的时间内下来自由活动的。园区很大，大得像一座城，有数不尽的写字楼。这里的人不知道园区的大门在哪儿，也无从知道自己身处何方。高墙上布满高压铁丝网，防止"员工"逃离。"员工"们也会三三两两到外面吃饭喝酒逛街，流行乐和霓虹灯把这里勾勒出了一幅其乐融融的假象。当然，以 K 目前的业绩还没有体会到这样的场景。

晚上八点，宝哥问他今天业绩怎么样。K 摇摇头说，还没达标，但他有信心今晚会完成。宝哥拍了拍他的肩，回了宿舍。楼层内，还能隐约听见键盘飞速击打的声音，看来有些人还在为了业绩工作。

K 打开直播软件，准时等候着 Leila 的出现。今晚的 Leila 显得朴素一些，穿了一件黑色 T 恤，头发也是黑色的。她在镜头前调试了一下位置后，打开了麦。K 的思绪荡漾着，他真的很想听她唱那首歌，他也不知道自己在期待着什么。

"宝宝们，昨天真的很抱歉，我不应该情绪失控突然离开直播间。对不起，让你们失望了。"

K 看到评论区的留言开始刷屏，粉丝们都很支持她，纷纷责备昨天故意捣乱的那些人。

"今天的第一首歌是《心愿》。"Leila 说罢，便拿起吉他，唱了起来。K 有点失落，为什么不是唱《范特西》？她明明回复了我的信息。她的嗓音真好听，清澈，像山间的小溪，很甘甜，像晨间的露水。K 闭上眼睛，这天籁般的声音把他带回了遥远的故乡。那是一个有青山和碧水的地方，有蓝天、有白鹭，也有自由。歌曲结束，K 擦了擦眼睛，屏幕有点模糊了，他已经迫不及待地要听下一首了。评论区内很多人在点歌，Leila 和粉丝们互动着，自说自话。她说今天自己哪里也没去，中午把昨天剩下的麻辣香锅和米饭炒了一下，居然比昨天还好吃。说着，自己笑了一下。K 细细地看着她，观察她，她绝对不是 K 会喜欢的类型，她的五官每个都很漂亮，只是组合在这张脸上，就觉得哪里不太对劲。总之，就是不难看，也找不到她脸的特点，一闭眼睛就会立刻忘记她的样子，她的脸仿佛就是一个符号、一个象征，而不是一个人。任何人都可以是她，她也可以是任何人。唯独嗓音，是那么特别。

"我看到很多宝宝想听《梦》，但这首歌我从没唱过。"她抱着吉他，试弹了几个和弦，又说："哪位宝宝可以帮我找一下歌词呢？"之后歌词出现在了屏幕左下角。她的眼睛很大，向下看时睫毛会遮住半只眼睛，显得很可爱，又有点傻。K 盯着她，想，能行吗这姑娘？

Leila 说话的声音很普通，可以说是和她的脸一样，寡淡得像清水煮白菜。但闭上眼睛听她唱歌，她的样貌似乎就能清晰地浮现在眼前。每次唱歌结束，她都会说一些和唱歌无关，也基本和留言无关的话题，她说自己很会做饭，喜欢吃茄子配米饭，不喜欢面条。她最讨厌鱼，做完整个房间都是腥乎乎的味道。

我也是呀！最讨厌鱼。K 想着，母亲每次做完鱼，不管怎么清洗厨房都是腥的，手上、衣服上、头发上，哪哪儿都是。

"好了，今天最后一首歌是《范特西》，送给一位……朋友。"

晚上接近十点，神经高度紧绷的一天让 K 有点恍惚了。当他听见《范特西》的时候，眼睛一下亮了起来，嘴角不由得向上扬起。

> 今夜启程　与凛冽的冬日相持
>
> 我的后腰口袋有一座岛屿
>
> 金色岛屿　洒满余晖
>
> 这到底是真是假
>
> 那是我对你的范特西
>
> 对你的终极幻想

K 戴着耳机，双手交叉抱在头上，上半身靠在椅子上。他随着旋律哼着调，他总觉得这首歌的歌名应该是另外一个。这首歌很熟悉，熟悉到他可以一起跟着唱。

"晚安了宝宝们。"Leila 的脸从屏幕上消失了。K 还在沉醉于这首歌的余音时，突然想到了今天的业绩。他立刻给 Leila 发去了私信："今天的歌真好听，是我上中学时最喜欢的歌。"

他终于对 Leila 撒了第一个谎，又说："我可以加你的微信吗?"

没想到 Leila 真的回复了信息，信息上是一串数字和字母的号码。

K 像是刚刚击毙一头猛兽般，肾上腺素迅速飙升，让他脸颊微微泛起了潮红，心脏的跳动让他手指发抖，在等待 Leila 通过他的好友验证时，他的眼睛目不转睛地盯着屏幕，像是要钻进手机一般。

"加了!"K 几乎叫了出来。第一句话该和她说什么呢? 他慌张地翻出了"秘籍"手册，找到打招呼那一篇章，他后悔自己为什么没有提前做好准备。他迅速浏览了一遍后，发现不是土味情话，就是假装加错好友，要么就是连他都不想回应的开场白。他扔回了宝哥的桌上，想着，就靠这些"秘籍"，能被钓上来的"猪仔"也真够没脑子的。正在他犹豫的时候，Leila 突然给他发了信息："你也是上初中的时候听到这首歌的吗?"

K 想都没想，回答："是呀，每次听都能把我带回从前。"

L："你是在哪里上的初中?"

K："我在北京上的，你呢?"

L："你在哪个区?"

K："我在海淀，你呢?"

L："这么巧，我也是!"

K 心中一惊，没想到这开场来得如此顺利，也不得不佩服宝哥的业务水平。幸亏他在这之前把 Leila 所有的背景都调查得一清二楚。

K 抱着手机，回到了宿舍，他忽然领略到了宝哥的话——和女孩子们聊天真挺有趣的。他不知道和 Leila 聊了多少，但早已超过了今天业绩。

五

Leila 在这种虚幻的甜蜜中赤裸地旋转着、眩晕着，她喜欢这种甜蜜的虚无，像某种变形，像癌细胞般滋生蔓延，让她毫无防备地深陷其中。她要把这一切分享给她最好的朋友，豹豹。此时的豹豹已经不再做博主，她一口气将全部的账号注销了，彻底从网络上消失了。她的消失没有引起任何人的注意，就像被风吹走的一粒尘。豹豹收到 Leila 的信息时，她正带客户在天通苑看房子，一个小时后才给 Leila 回了电话。豹豹从黑漆漆的单元楼走了出来，深深呼出一口气。这个客户马上就要签单了，她催 Leila 长话短说。自从豹豹做了房地产经纪人，就很少再和 Leila 通电话了，她们听到彼此的声音都有些陌生。Leila 劝豹豹，现在网络仍是大趋势，干得辛苦，就再回来直播。豹豹确实考虑过换一个行业，销售新能源汽车，或是自学配音、建模，但从没想过要回去。她已经受够了那些看不见也摸不到的世界，她觉得那不是真正的自己。电话即将要挂断的时候，Leila 终于说到了主题——她恋爱了。当 Leila 说出"恋爱"两个字的时候，自己都难以置信，她原来恋爱了。豹豹一惊："你们怎么认识的？"

Leila 吞吞吐吐地说："是在我的直播间里。"

"该不会是骗子吧？你要小心哦。"

Leila："怎么会，他也在海淀上学，学校跟我们一街之隔。他们学校的足球队很有名。"

豹豹："他是做什么的？有正经工作吗？"

Leila："当然有，他在一个科技公司里，就是大厂。他还跟我说，他有五险一金，这人真有意思。他是东北人，但小学就到北京读书去了。"

豹豹："科技公司？那就是码农呗，码农每天都忙死了，怎么还会有时间刷你的抖音？反正你要多个心眼。"

Leila 自顾自说着很多有关 K 的事情，短短两天，她已经基本掌握了 K 的所有信息。豹豹说她真的应该到外面走一走，等签完这一单，她就会有一笔可观的收入，到时她要带 Leila 去旅行，去看看外面的世界，看看真正的人。Leila 浑然不屑，外面的世界她一点都不感兴趣，甚至她一步都不想离开自己的房间。豹豹临挂电话前说，等自己签完这一单就来找她。

Leila 的心被 K 充塞得满满的，无论是做饭、洗澡、化妆还是整理房间、弹吉他，她的心里总是装着这个阳光健硕的男人。K 告诉 Leila，此刻他在呼伦贝尔草原上自驾，他喜欢独自上路，更自由，更随心所欲。他给她发了很多草原的照片，说这里的牧民很纯朴，空气很清新，草原与天交汇在一起，望不到边际。K还说以后想带她一起去旅行，想和她一起躺在草甸上看云彩。Leila躺在床上闭着眼睛，她似乎可以嗅到那股淡淡的青草味，但她讨厌大自然，更不会躺在草甸上，以及绝对不会与K相见。

　　傍晚，K又给她传来一个视频，这是他眼前的风景，视频摇摇晃晃，显然他是一边开车一边录下的。Leila让他小心开车，等停下来的时候再拍。第二个视频又传了过来，Leila依然欣喜地迅速打开，眼前是连绵的山丘，他颠簸地在草原上疾驰着，有风和音乐的声音。显然，他已经驶入了一片没有公路的地界。突然间，画面猛烈地摇晃了一下，伴随着"啊"的一声，视频结束了。Leila立即发信息："你没事吧？"K没回她的信息。Leila有点着急了，又说："人呢？你不要吓我呀。"K依旧没有动静。Leila拿着电话不知所措，反复看着刚刚的视频，推测他应该是出了什么事，难不成是翻车了吧？她看着K的头像，几次想给他打个语音电话，但还是没有勇气拨出去，他们还只是打字聊天的关系。半个小时过去了，K终于回了信息，果然，K翻车了。他用语音发来了消息，说自己眼睛有点花了，居然没有看清前面的地貌，翻在了一个沟里面。这是Leila第一次听见K的声音，虽然在北京上了那么多年的学，但还是隐不去淡淡的东北口音，他的声音很好听，她忍不住又听了一遍。Leila想了下，还是选择了打字回复："你受伤了吗？"K继续用语音说："只是胳膊擦破了点皮，腰也扭了一下，其他都还好。我已经呼叫了救援，但不知道他们多久才能到，这个地方放眼望去，一个人也没有。不过，你别担心，办法总是会有的。"Leila说："你倒是挺乐观，万一等到晚上都没有人来怎么办？"K说："我车里面有露营的帐篷和睡袋，旅途就是这样，会发生各种意想不到的事，往往这些事才能被记住，它们都是最珍贵的记忆。这里很美，你要是在我身边该多好。"K拍了一张草原上的晚霞，那热烈的橘粉色是Leila最喜爱的颜色。她把自己从椅子上挪到窗边，拉开纱帘，灰蒙蒙的天空半悬着一个橘色太阳。她想象着此刻的K，想象着那一片晚霞。

　　K又发来了信息，说附近的牧民可以援救，但需要三万块钱的费用。

救援大队人手不足，要后天才能赶过来。他手上没有这么多的现金，银行转账也要明天才能到账，他问 Leila 可否微信支付，先借他三万，明天再还给她。Leila 突然犹豫了，她突然想起了豹豹的话：该不会是个骗子吧？Leila 仔细翻看着聊天记录，翻车前一刻的视频和他说的所有话，综合分析应该不是个骗子。正当 Leila 犹豫之际，K 又发来了信息，Leila 突然有点紧张，他说："对不起，是我太唐突了，可一时真的也想不到可以信赖的人。你不用管我了，我再想想别的办法。"Leila 想都没想，给 K 一下转了五万块钱，在确定付钱之前，突然有一个防诈信息提醒，Leila 看都没看，输入密码，转了过去。K 答应她，明天一定会原数奉还，他又发来牧民拖车的视频。转账成功后，K 在 Leila 心里的分量又加重了些。金钱上的关系似乎给他们之间镀了一层膜，一种说不清的情绪萦绕在 Leila 心里，她希望 K 今晚可以平安度过，希望牧民可以帮他把车修好，她希望这一切都是真的。然而，豹豹的话总会时不时冒出来，这像是一种冥冥的警告。

晚上八点，Leila 准时坐在手机前，准备直播。她有点心烦意乱，她知道今晚 K 是不会听她唱歌的。

六

"我好！我很好！努力会更好！"宝哥、K 以及和他们一组的其他十个"狗友"对着"狗头"喊完口号后，原地解散，坐回自己的工位上。每天，他们都会分成小组喊口号，口号声震耳欲聋，空旷的办公室很难看得见尽头，回音击打在墙壁上，来来回回地冲进 K 的耳朵里。努力真的会更好吗？

K："宝哥，我做好这一单，就能放我走吗？"

宝哥四下里看看说："别做梦了，赚不够二百万，就别想出去。"

K 瞪大了眼睛，一副难以置信的表情，他想，Leila 这个傻姑娘，怎么可能会有这么多钱。

K 又说："那你说我该怎么办，二百万，打死我，我也完成不了。宝哥，我想走，想出去，我想爸妈，还有我妹妹。"说到家里人的时候，K

突然鼻尖一酸。

宝哥："赚不到二百万，也没关系，抓一个'交替'过来，你也能走。"K又糊涂了，问："'交替'？你的意思是让我再骗一个人过来？"

宝哥点点头："脑袋也没有那么笨嘛。"

K欲言又止，宝哥本来正和他的"猪仔"聊得起劲，可见K这副死样子，暂停了聊天。他拍了拍K的腿："难道就你有家人吗？在这里的人谁不想走？但你越想走，你就越走不成，这话你信不信？我不是要吓唬你，我把你当兄弟才说的。在这里，死个人太正常了，完不成业绩的，想要逃跑的，偷着给外面的人发信息被抓的，但你看，警察有来过吗？不要总想着跑，唯一离开这里的方法就是要把业务做好。"宝哥缩着脖子，K竖起耳朵，揪心地听着。宝哥像是在说一件不可告人的惊天机密一样："实话告诉你，你来的这个地方就是个监狱。有人曾经从十楼跳下去过，摔死的、摔残的、摔成植物人的都有。也有跳下去没什么事的，但都是跑到围栏边就被击毙了。摔死的或是直接击毙的倒是好说，直接死了。摔残的下场可就没那么好运气了，活活被关了三个月，其间有被打死的，也有饿死的。'狗头'就是要警告我们不要逃跑，都是徒劳。"

宝哥把身体重新直立在电脑前，他盯着电脑页面上"猪仔"给他的留言，无动于衷，他呆坐着，也不再继续嚼槟榔，腮帮子一边鼓出来的大包看上去很滑稽。K看着宝哥，不知道他在想什么，人好像飘到了另一个地方去。自从宝哥说完这番话，整个人的精神状态都不对了，他没再和K说过一句话，中午饭也没吃，除了面无表情地对着"猪仔"聊天，完成业绩，就没再做任何事情了。宝哥的心中有着无尽的苦闷，那种苦闷对曾经的K来说是那么地遥远，他无法想象宝哥都经历了什么。但此刻，他看着颓废、一言不发的宝哥，似乎又有些明白了。他真的不知道吗？他一定是知道的。

K没有告诉宝哥他已经成功开单了五万块钱，"狗头"对此也没有任何表示，三天只开单了五万，对公司来讲效率太慢了。五万块钱是直接转到公司账上，他想钱一到账，就立即把Leila删掉。可Leila的信息不停发来，她对K的担心是发自内心的。K看着删除键，看了很久，最终还是没忍心把她删掉。他想，或许她还有值得利用的地方，或许能帮自己逃离此地，她是他的唯一希望，只是需要一个时机。想要继续和她保持联系，就必须还给她这五万块钱，或是要编造更多的谎话和故事。K 集中精力，像是被催眠一样，思索着如何凑到这五万，没准她真的就是自己唯一的希望，与此同时，K 的心里还在盘算着更大的事情。

傍晚时刻，阳光正好透过窗户，打在 K 的脸上。每天，只有这个时候，他才能感受到阳光。他突然从工位上站起来，走到办公室的守卫面前说，自己有很重要的事情要和"狗头"说。守卫上下打量他："有什么事晚上再说，现在不行。"K 又说："真的是很重要的事，现在不说，会影响公司利润。"守卫笑了一下："好，我就看看你在耍什么把戏。"守卫走在他的身后，寸步不离地跟着他。"狗头"办公室在 B 座，"狗友"们的办公区在 A 座，他们需要穿过一条长长的走廊，走廊架在两栋楼之间，走过去，以每步迈八十厘米的距离，匀速前进，需要大概三分钟的样子。这是 K 来到这儿以后，第一次走在这条走廊上。在这三分钟里，K 迅速将周围的环境横扫一圈。从这条走廊上，他可以看见在这座园区内，有数不清的高楼，那些高楼都是做什么的？难道也是和这里一样？在左手边，是园区内的商业街，霓虹灯和小餐馆的招牌尚未点亮，看上去还没有营业。路上有守卫拿着长杆枪在巡视，他们三三两两，有说有笑。从这个位置，他看不见园区的大门，也看不见高耸的围墙，只有从宿舍外的走廊，才能隐约看到围墙。围墙，那是离外面最近的地方。他在心里再一次打消了从这里跑出去的念头。在走进 B 座的前一秒，他看见了远方有一片郁郁葱葱的椰子树或是棕榈树。他喜欢椰子树，也喜欢体形巨大的旅人蕉，这些热带植物总能让他心潮澎湃。

这是 K 第一次见"狗头"，他正对着电脑上的一串数字仔细地看，守卫把 K 带到他的办公室后，就守在了门外。K 不知所措，"狗头"也没理会他，他就一直站在那里，用眼睛扫着周围。但这里实在朴素得有点简陋，墙上的风扇不停转动着，来回吹着热风。K 不知道此刻是否要咳嗽一下，提醒他。但屋子里很安静，他一定知道这里还站着一个人。K 反复斟酌了几次，还是决定站着继续等待。过了很久，K有点站不住了，他擦了擦额头上的汗。这时"狗头"突然把身体转了过来说："什么事？"

"狗头"嘬腮、高颧骨、吊眼、塌鼻，皮肤很黑，从样貌上辨别应该是南方人。他穿着一件棕黄色的花衬衫，一条肥大的短裤和夹脚拖鞋。K突然不知道从何开口，一时哑住了。

"我……想跟您说一件事。"K的双手背在身后，两只手相互攥成了一个拳头。"狗头"仔细盯着他。

"我昨天开了一个单，五万块。"K的声音越来越小。

"我看到了。然后呢？""狗头"有点不耐烦了。

"我想，这五万块钱能不能立即还给那个女孩？"

"什么？""狗头"以为自己听错了。

"您听我把话说完。我的意思是，我和那个女孩说的是'借'，我答应明天就要还给她钱，我想要赢得她的信任，这样我才能把她骗来做'交替'。"

"五万块钱，她就能信你？是你蠢，还是我蠢？"

"我保证，她一定会来的。"

"如果来不了，我就把你卖掉。"

"如果，我把她骗来做'交替'，你会放了我吗？"

"那要看她能给我带来什么。"

"她是网红，唱歌的网红。她的无脑粉丝很多，我想，让她去骗几个人都不是问题。"

狗头拉起他的一只胳膊，说："怎么说是'骗'呢？我们不是'骗'，他们才是。我们只是把他们'骗'走的拿过来而已。拿过来孝敬我们的家人，这样不好吗？"

K用力点了一下头，"狗头"拍了拍他的后背说："我答应你，'交替'骗回来，我就让你回家。"

"那这五万块钱……"

"阿水！""狗头"叫了一声后，门立刻被推开，原来那守卫叫阿水。

"你去给他工作账号转五万，现在就去。""狗头"说话间，一直盯着

K，而 K 一直盯着脚面。

"狗头"又说："这钱会转入一个公共账号里冻结，你跟她说，一个星期银行才会解冻，到时钱就会入账。"

"这是什么意思？"

"意思就是说，给你一个星期的时间，你要把她弄过来，钱就会划入你的账户，要是她不能来，我就会把你卖掉。"

K 不敢抬头看他，也不敢再说一句话。

阿水将 K 带了出去，K 轻轻关上门，又随着阿水从 B 座穿梭回 A 座。在过廊桥时，K 不再把目光投向热带植被，他眼睛直勾勾地盯着那堵高高的围墙。

回到工位，K 瘫坐在椅子上，脸颊火辣辣的，看着屏幕上 Leila 给他的留言，一时不知怎么回复。刚刚那像是一场死里逃生的挣扎，向"狗头"给出的所有承诺，全是他的想象。他盯着 Leila 的头像和名字，脑袋发木。"狗头"说的"把你卖掉"，是要卖去哪里？无限的恐惧在眼前逐渐蔓延开来，他侧头看了看正在工作的宝哥，宝哥的脸似乎比以往看起来都要温暖，宝哥或许就是他最后的希望。

Leila 的信息再次传来："你到底跑去哪里了？为什么这么长时间也不回信息，借我的五万块钱今天可以还吗？"

K 又翻了翻前面的七条信息，态度从关心到担忧，又变成焦急，现在又来催还钱，果然 K 还没有得到 Leila 的全部信任，或许还了这五万，她就会彻底地听从于他，或许她就会来这里找他，或许他就能逃出这里。K 将手指用力甩了甩，放回键盘上："亲爱的，实在抱歉，车子早上修好了就一直在路上，直到这会儿才有信号，我这就把钱转给你。"

Leila："你安全了就好，钱不用这么着急给我。你安全到家再还我也不迟。"

K 不知道该怎么做才能得到一个人的全部信任，只有时间才能将一个人的本性全部展示出来，就像是狩猎，静静地等候，让猎物体会到十足的安全感后，再以致命一击，彻底击毙。或者，他们彼此要共同经历几次大的事件或磨难，但他没有时间，更没有机会与她一起经历什么。到底该怎么做呢？

　　K 被夜幕紧紧包裹着，逃出去的希望飘忽不定。他敲了敲宝哥的床板，宝哥也还没睡着。

　　"什么事？"宝哥翻了个身，床吱吱扭扭地响动着。

　　"宝哥，今天我去见了'狗头'，他说抓不来'交替'，我就要被卖掉。被卖掉是什么意思，会被卖到哪里去？"

　　"你对'狗头'说了什么，他为什么会这样说？"

　　"就是我现在在聊的那个女孩，我也是被逼急了，不然也不会跟'狗头'说要把她骗来做'交替'的。你先告诉我，会被卖到哪里去？"

　　"芭林园区。只要到了那里，就一点机会也没有了。"

　　夜很静、很黑，从宝哥和 K 的床铺上看不到窗户，也见不到一点亮光。他们像是被扔进了无尽黑暗中。

　　"在芭林园区的人，都是死人。"宝哥突然又说，"抓'交替'，把身边的人骗来……如果你想当一个坏人，你可以是很坏很坏的。在这儿，你可以看到人性最坏的一面。"

　　K："家里人知道你在做什么吗？"

　　宝哥："父母肯定是不知道，但现在妹妹可能已经猜到了。"

　　K："你是怎么来这里的？也是被人打晕了送到这里的吗？"

　　宝哥："不，我是自愿的。"

　　K："自愿的？那你现在一点也不后悔？你真不再试试了吗？到了外面，你就是自由的。你也有家人，他们也会想你的。"

　　宝哥站了起来准备去厕所，显然已经不想再跟 K 继续这种无谓的聊天了："自由能给你饭吃吗？"

　　K 心里沉沉的，他有想念的家人，未来还在远处对他挥手。

　　宝哥悄声又说："告诉过你了，你这个年轻人的想法很危险。干得越好离自由就越近。"

七

　　当宝哥还叫郑宝林的时候，还在文昌的椰林地里收椰子，地里不忙的时候就会开着他那辆新买的电动车跑"滴滴"，有时也去给开椰子摊的妹妹帮帮忙。家中两位老人没什么大毛病，他们唯一的希望就是想在闭眼前，看见郑宝林结婚。这年他三十八岁了，自从离婚后就没再找过什么人，他讨厌那种一地鸡毛的日子，怪没意思的。日子过得不咸不淡，郑宝林总觉得人生不该就这样，浑身的气力不知该挥向哪里，当然他的心也在远方，可是远方又在哪里呢？

对宝哥来说，文昌很小，小到几乎所有街坊他都认得。谁家有什么事，也都会迅速飞到宝哥和他妹妹的耳朵里。最近，宝哥和妹妹总是会听到有人去了更远的南方做生意或打工，一个月挣的钱，比他们一年甚至两年的都要多。宝哥和妹妹起初不信，但后来，发现邻居家的生活状况确实有所好转。他们先是衣着变了，紧接着连车也换了，后来他们就离开了文昌。妹妹猜测，应该是赚了钱，搬家了。妹妹说，她不想再摆椰子摊了，趁着还年轻，也想去外面看看。宝哥知道妹妹的意思，说："如果有门道了，还是我去那边打工。你在这边的椰子摊虽说挣得不多，但起码也是个营生。家里不用你养，踏踏实实找个人结婚，不要像我一样，结了又离的。折腾到了快四十，最终还是一事无成。妹，还是我去打工。"

那个地方在哪里呢？宝哥问到了街坊，街坊说他儿子好像提过那个地方在越金，越金的一个科技园区，说是坐船就能到，具体的他也不知道了。宝哥说："那要怎么联系上对方呢？"街坊摇摇头，只是说是朋友介绍过去的。宝哥还是一头雾水，妹妹给宝哥提议："不然先去越金，之后再找工作就会简单些，去到那边的人好像都发家致富了。"宝哥觉得有道理，立即订了一张去越金的机票。

越金，这个对中国免签的地方实在是太美了，连椰子树也显得熠熠生辉。宝哥刚刚抵达的前两天心情愉悦，想着要是能在这里扎下根来就好了，可以把妹妹接来，之后再把父母接来。这里的女孩子也漂亮，分不出是哪里的人，很多像是混血儿。后来，他就真的爱上了一个混血儿。

晚风从海边红树林间拂过，湿湿的咸咸的，有树木的甘甜，也有爱丽丝头发的香气。爱丽丝的身份始终让宝哥觉得是个谜。爱丽丝本人就是个谜，是越金和美国的混血，还是越金和法国的混血，他也搞不清楚，总之，她有一半的血确实是来自越金。爱丽丝真美，宝哥时常会一直盯着她看，他从没见过如此动人的姑娘，连她的呼吸都是香甜的。这是他第一次陷入了爱情的困顿中。

爱丽丝的长发被晚风吹到了郑宝林的脸上脖子上，痒痒的、软软的。爱丽丝说："每个人来这里都有一个发财梦，你来这里也是为了来寻它的，是不是？"

郑宝林笑了笑："是呀，这样的人，你见过很多吧？他们都发财了吗？"

"很大一部分都发财了。少一部分人，运气不好，就灰溜溜地又回去了。"

"我想，我是运气好的人，运气好，才会遇到你。"

爱丽丝靠在了郑宝林的肩头："我帮你实现愿望好不好？"

郑宝林的眼睛亮了起来："你要怎么帮我？"

"我认识一个朋友，他在这里的一家科技公司上班，也像你一样来寻梦的。"

"那他成功了吗？"

"当然，半年就发家了。"

"那是什么公司？我这样没有技术的人也可以去吗？"

"他们门槛很低的，我这个朋友也是刚开始什么都不会，但后来很快就会上手。具体的事情，你可以和他聊一聊。"

郑宝林看着远处若隐若现的亮光，那应该是对岸的灯塔在发光，他一手紧紧搂住了爱丽丝。郑宝林想，对，就是科技公司，他们都是在这里的科技公司发家的。无论怎样，都要试一下，我郑宝林总算要有出头之日了。爸、妈、妹，你们等着我。

郑宝林进入公司的第一件事，就是上交护照和手机，说是为了他的人身安全考虑。当然，没有手机，他就没办法和爱丽丝以及家人取得联系了。当"面试"一轮过后，像郑宝林这种没有任何技术的人，被分配到了杀猪盘的恋爱组。这时他才知道自己是被骗了。经过一个月暗无天日的"工作"，身体和心理上的双重捆绑后，他居然得到了第一笔丰厚的工资。

"狗头"说，这钱他可以自己存下，也可以交给他们寄回家。郑宝林想都没想，自己留了日常开销后，全部寄回了家中。他低头盯着手里仅存的钞票，想着爸妈和妹妹应该很高兴吧……他又抬头看了看周围的"狗友"，不知道爱丽丝现在在哪里，应该感谢还是应该恨她。电脑屏幕前跳出来一条条的信息，是那些他正在聊天的姐姐妹妹，她们像一根根的细针扎在头皮上，让他浑身发麻。

月底，按照这里的规定，在守卫的监督下，是可以给家里打去电话报平安的。是妹妹接听的电话，她高兴得哭了出来，喊着问他这些天都跑去哪里了，怎么一直不跟家里联系。一连串的问题，让郑宝林不知道从哪儿开始回答，他也没有回答的权利。他只是说："我挺好的，这边工作已经稳定下来，每个月都会给家里寄钱。"电话那头，又换成了母亲的声音，母亲耳朵不好，拿到了郑宝林寄回去的钱后，妹妹立即给她配了助听器，她现在可以听电话了，但说话还是会扯着嗓子喊，时不时父亲的声音也会隐约出现，他们现在都过得很好。母亲又喊着问："你现在在哪里工作呀？邻居家又在问，如果合适你把他也介绍过去。"郑宝林看了一眼"狗头"，"狗头"在手机上给他打了几个字：科技公司。郑宝林看着手机跟母亲说，是在一家科技公司。母亲又问了些什么，郑宝林没听清，守卫指了指时间，示意他马上要结束通话了，郑宝林说他下次再打来电话，之后便挂断了。

郑宝林舒了口气，他知道家里人过得很好就足够了，守卫拍了拍他的肩说："看你家里人现在过得多开心，干得好年底还会有分成，你干得越好，他们就越开心。"守卫突然蹲在他面前说："你妈妈刚刚是不是问你，邻居家的也想到你这里来工作？"郑宝林点点头。守卫又说："你和那家人熟吗？"郑宝林点点头说："从小一起长大。"守卫又说："你要是能把他介绍过来，你知道年底的分红有多少吗？"郑宝林摇摇头。守卫比了一个"五"，郑宝林不明白什么意思。守卫说："起码有五十万。"

郑宝林和那邻居家的孩子从小都在这条街上长大，他管那家孩子的父亲叫北叔，他们两个小孩无数次躺在椰子林里，望着忽明忽暗的天空畅想着不着边际的未来，相互安慰着彼此不那么精彩的人生，咒骂那些已经发达的街坊。五十万，这是他种一辈子椰子也赚不来的钱。

这天晚上，夜空中突然放起了烟花，所有人都赶紧跑到窗户边上，抬头望着远处璀璨的烟花，外面传来了阵阵欢呼，一位"狗友"说："瞧，他们组的业绩又破亿了。"另一位"狗友"说："那他们组年底能有多少分红？""平均下来每人一百万是有的。"郑宝林的脑袋一阵发木，一百万，一百万……我要挣够一百万。烟火把他的脸照映得一会儿是红色，一会儿是黄色。

郑宝林彻夜未眠，这些残酷的现实让他陷入了一片混沌中，然而就在这片混沌中他突然看清了一件事——人性的恶是永无止境的，正如此刻的他。他又想，爱丽丝，当初的我值多少钱？当他认清这件事后，他终于作出了决定，然后在凌晨时分沉沉地睡去了。

过了几天，郑宝林向"狗头"承诺，一定会把朋友骗来当"交替"。"狗头"也向他承诺，事成后五十万会立即转给他的家人。但同时，郑宝林也提出了一个条件，就是不要把他们分到一组，如果有可能尽量让他们永远都不要见面。"狗头"问："你朋友是否有技术？"郑宝林摇摇头。"那么就给他放到别的公司去。"郑宝林很惊讶，说："这里还有别的公司？""狗头"笑笑说："这里是一个科技王国，有成百上千的公司，是你永远也想不到的。是不是很有趣？"郑宝林的鼻尖瞬间起了一层汗珠。郑宝林弱弱地问："这个王国里，都是干这种事情的？""狗头"说："就是普通科技公司，创意产业园区，不要想太多。"

令郑宝林没想到的是，他的朋友小北来得如此之快，听"狗头"说，小北三天就到了岗位，但家里却迟迟没有收到那五十万，原因是小北在第四天的时候就死了。郑宝林知道消息的时候，眼前一片漆黑，双耳顿时嗡的一下，什么也听不见了。这次的突发性失聪几乎持续了两个星期，而在这两个星期之内，小北的死也被传得沸沸扬扬。在这无声的世界中，除了耳朵持续发出的轰鸣以外，他几乎听不到什么声音。无尽的痛苦和悲伤使他第一次想到了死。死了就能彻底摆脱一切了吗？他怕他会死不瞑目。

郑宝林也不知道这两个星期是怎么熬过来的，也不知听力是从哪一刻起开始慢慢恢复的，也许是从爱丽丝突然闪现在他眼前的那一刻。他们的再次相遇或许多少还残存着一些温情。那是在郑宝林所属的公司创收破亿的夜晚，按照惯例，公司要大放烟花，以示庆祝。公司老板将大摆流水席，请公司全体员工共进晚餐。当宝哥双目凝视受奖员工手上的那一百万奖金钞票塑料牌时，眼前突然出现了一个既陌生又熟悉的面庞，那是爱丽丝，她在人群中依然那么瞩目动人。郑宝林一下冲到了她身边，拉着她的双手："爱丽丝？"爱丽丝嘴巴动了动，似乎在说"好久不见"，或是"你还好吗"。

郑宝林嘴巴张了张，又闭上了，爱丽丝好像又说了一句什么，他什么都听不见，周围的嘈杂，耳朵的轰鸣，让他不知所措。郑宝林一下流出了眼泪，将爱丽丝抱住了，说："我知道你也是被骗来的，也是迫不得已！"话音刚落，又是一阵鞭炮声，人们欢呼着，为这漫天的金灿灿的钞票而欢呼。他不知道爱丽丝是否听见了他的话，也不知道爱丽丝是否如实回答了他的问题，他们这一次相遇像梦一样，如此虚幻而抽象，爱丽丝在说什么，他怎么也猜不到，但一切都已经不重要了。小北的死他要负责，他要为北叔一家负责，也要为父母和妹妹负责。他重整旗鼓，为这一切还债。

后来，郑宝林曾在园区内又见过一次爱丽丝，那时的他耳朵已经完全恢复了，人们又纷纷站在园区内的街道、小广场、餐厅前仰头看着漫天的烟花，宝哥就在人群中看见了爱丽丝。她依旧那么美丽、那么瞩目。他立刻走过去，有很多话想要问她，或是质问她，思念、愤怒、疑惑，种种的思绪迎面而来。当他走到她身后时，又迟疑了。

"爱丽丝？"宝哥叫了她。

爱丽丝回过头来，好像知道他就在她后面一样，并没有显出多么惊讶的表情。两人望着彼此，郑宝林一时不知该说什么。爱丽丝突然上前拥抱住了郑宝林，在他耳边说："穿一件白衬衫，手里拿一片椰树叶，想办法去越金火车站，你就能回家。有人在监视我，不能多说。"说罢，她给了郑宝林一个飞吻，便匆匆离去了。这也是郑宝林最后一次见到她。

八

"到家了吗？一切都好吗？"晚上直播结束后，Leila 给 K 发去了信息。自从 Leila 催过 K 还那笔五万块钱，并且收到银行的转账信息后，心中对他就一直怀有愧疚，甚至让她感到自己亏欠了 K 什么。虽然信息显示是一个星期后才能到账，但足以得到她的全部信任。由此，Leila 对 K 的牵挂更胜于从前，后悔当初真是不该用那样的态度催他还钱。没过多一会儿，K 回复了："刚刚到家。太累了，看来真是上年纪了，以前就算开十个小时车，也不会感到一丝压力。"

"我也这么觉得，现在每场直播结束后，感觉人都要被掏空了，躺在床上一点都不想动。以前从没想过说话、唱歌竟会这么消耗体力。"

"你要是觉得累，就不要再继续做直播了。"

"那我靠什么赚钱养活自己。"

"你来找我吧，我们一起生活。"

Leila 盯着"我们一起生活"几个字很久，鼻尖有点发酸，又说："就是随便说说，我怎么可能会累呢？我是活在视频里的人，可是有人设的。"Leila 又发去了一个搞怪的表情。

"我不是很明白你的意思。"

"说白了，没了这个人设，我整个人也就不复存在了。说得更明确一点吧，我只有在网上，在这个虚拟世界里，才叫 Leila，才是你正在聊天的这个人。"

"我不管那么多，不管是虚拟还是现实，我都喜欢。我有正经工作，还有五险一金。"

"五险一金？"Leila 笑得在床上翻来覆去，这冒着傻气的朴实让她觉得这个人实在太可爱了。这与那个驾着房车在沙漠、平原上拉烟疾驰的阳光男人，判若两人。她无法将这两种分裂的形象黏合在一起。到底哪个才是真正的他？

"那你是做什么工作的？可以让你有这么多悠闲的时间在外面流浪？"

"我有一家自己的公司，是做金融方面的，所以时间比较自由。你有喜欢去的地方吗？"

Leila 曾经向往过非洲，那片陌生的土地像是富有魔法般，深深地吸引着她。Leila 说："非洲是一个神奇的地方，那里有看不到边际的平原和在平原上奔跑的动物，还有古老的原始民族身上斑斓的涂鸦和从来没有听过的乐器，我曾经真的很向往那里。"K 说："那我们可以一起去，听说非洲有特别奇特的棱皮龟；去看泡在珊瑚礁里的河马，听说海浪可以冲去它们身上的寄生虫；还有在非洲的西海岸有一个叫作卢安果的国家公园。"Leila 说："你听说的可真不少……"之后，K 又给 Leila 发了很多条信息，可 Leila 已经沉沉地睡去了。K 伸了个懒腰，关上电脑，脑子里全是非洲平原的画面。他确实也向往那里，也确实和朋友们商量过要去那里的事情。那些"听说"过的事，都是他以前从纪录片中和网上看到的。非洲，对于他们来说，是那么遥远、那么陌生。

Leila 已经习惯每天早上一睁眼就能看见来自 K 的信息，那就像是清晨来自身边情人第一个吻一样的抚慰。K 最后一条留言是"我想要过一种自由的生活，与别人无关的生活，在我们都自由的时候"。Leila 本想按照每天惯例，先是阅读 K 的信息，之后再叫一份连同早餐和午餐的外卖，但她被这段文字迷惑住了。"自由"，一个多么简单而又肆意的词语，她环顾四周，自从意外发生以来，她就更加笃定只有那个虚拟世界才是她真正得以自由的地方。她无法再感受这个世界的美好及善意，她甚至感到自己受其所压，而如此孤独。事发突然，都是命运，如果她还是曾经那个她，还有一双让别人羡慕的修长双腿，她当然要继续探索这个未知的世界，然而，注定无法如愿。一夜之间的残疾，让她至今也无法接受，更不能让 K 知道，她只愿意成为 Leila。

这时，豹豹给她发去了信息："最近怎么样？和网上的那个男人断了联系吗？一直都很挂念你，最近手头的事情刚刚忙完。我想告诉你一件事，我要结婚了，下个星期就准备离开北京去湘西。"Leila 看着信息，这太不可思议了！

"你要结婚了？"Leila 立即拨去了电话。

"嗯……"

"什么时候谈的男朋友？怎么都不和我说一声？"

"也是挺突然的，在一起刚一个月。我们也是刚刚作的决定。"

"那为什么要离开北京，去湘西？"

"嗯……待够了，想换个地方，去小城市，过节奏慢一点的生活。"

"你想清楚了吗？"

"当然。"豹豹的回答简短而肯定。Leila 心中万般的不解，此刻也有了答案。她一时不知再说些什么，两人在电话里沉默了片刻。豹豹又说："你怎么样？还在和那个男人联系吗？"

"嗯……他也想带我走。但我走不出去。"

"限制你的，只有你自己。换个工作，不要再做主播了，没有意思的。"

"我这个样子，不知道能做什么。"

"就算在田里种地，也好过现在。"

Leila 又一次沉默了，真像豹豹说的那样吗？K 真的能带我走吗？挂断电话后，豹豹又发来了信息："关上电脑，拉开窗帘，看看窗外，看看那活生生的人吧。当整个生活都建立在谎言上，就很难再看清现实了。"

她摩挲着自己双腿，突然一股暖流贯穿全身。她从床上坐起来，用力将重心放到了左腿上。她左手扶着床边的桌子，慢慢站立起来。这次，她决定不用拐杖，看看是否能将自己挪动到洗手间。她一步步，从床边挪到了桌前。右腿的肌肉萎缩，令她几乎感觉不到它的存在。她一度认为，这是一条近乎消失的腿。但这次不同，这股暖流让她感到了微妙的变化，那是一种无力般的瘙痒，只要右手指甲用力嵌进皮肤里，还是会感到一丝的疼痛。她继续向前移动着，洗手间的门就在那里，她想着，是不是只要够到那门，就可以和 K 去远方？她擦了擦鼻尖上的汗，又觉得那一闪念的想法有些可笑。她靠在房门的门框前，觉得自己一步也动弹不得了，回头看看床，又是那么地遥远，往前看看洗手间的门，似乎和床又是相同的距离。她靠在门上想着 K，左手捶了捶腿，又一步步地向前挪。这一次的重新出发，让她速度提高了一些，也放松了许多。终于，当她面对着洗手间的镜子时，她仔细地端详着自己，眉毛、眼睛、鼻子的高度和脸颊的轮廓，也还算好，化化妆，可能和视频中的自己相差不大。她好久没这样端详过自己了，看着镜中的自己感觉有点陌生、有点诡异。她又想，K面对这样一张脸，会有什么反应？

Leila的手机响了，准是K发来的信息。她迫不及待，比过来时，又提高了点速度，身体也更放松自如了些。她突然想，不用拐杖，也是可以行动的。如果每天坚持练习，萎缩的肌肉是不是就能逐渐恢复，之后就能彻底摆脱拐杖了？她要立即上网查查专业的信息。Leila又想，难道我的生活真的是建立在谎言之上吗？也不完全是吧，豹豹太果断了，难道我的收入，那进账的现金都是谎言吗？这是一份工作，而且是一份收入可观的工作！只是，我需要面对的是现实中的我，一个活生生的我，而不是这份工作。没有这份工作，还能靠什么养活自己？

她终于回到了桌子前，一下坐到了椅子上，她用尽了全身的力气，喘着粗气，双手揉搓大腿。手机又一次响了，是K。他给她分享了一条视频，视频中是一对情侣或夫妻在满是热带植物的山间，做饭、看书、散步。环境惬意，看样子应该是南方的某个地方。

"这是哪里？"Leila给K回了信息。

"越金。"

"好远的地方。"

"那里很美，生活多惬意。"

Leila将视频反复看了几次，幻想着种种的可能性。假如和K能这样生活在一起，也未尝不可，在一个僻静的村庄里，开展全新的生活。

"你愿意过来找我吗？"K又给Leila发来了信息。

"你已经在越金了？"

"刚刚过来，一看到这么美的景色，就立刻想到了你。你能在这里，一切就完美了。看，这里的热带植物多么灿烂壮美，这里的植物似乎都被放大了很多倍。"K又发了几张植物的照片，和他的一张"自拍照"。

Leila心动了，但右腿怎么办呢？K一定不会接受这样的自己。

九

"宝哥，睡了吗？"K在黑夜中，把眼睛睁得大大的，盯着天花板。

"快了。"

"宝哥，你来这里多久了？你真的就这么认命，不想出去了？"

"我都忘记我来这里多久了。"宝哥叹了口气，K这个问题，把刚要睡着的宝哥一下弄醒了。他翻了个身，搓了搓脸，更精神了一点。"不是认命，是没地方可去。你说我出去能干吗？还不是给人打工。在这里只要听话，就是安全的。有吃有喝，年底还有奖金，每年给家里寄回去的钱也不少。父母现在过得比以前好很多。说实话，我不觉得出去会比现在好过。更重要的是，我要在这里把债还清。"宝哥用脚顶了顶K的床板，又说，"你说人活着到底什么是最重要的？"

K想都没想，脱口而出："自由，以前不知道自由有多可贵，但现在哪怕在路边饿死，我都想要出去。"

宝哥笑了："那是你从来没体会到穷是什么滋味。"

K突然感到一阵茫然和惶恐，是呀，他所活过的半生中，到底什么对他是重要的？什么都是那么平淡无奇，什么都是那么顺理成章，没有大风大浪的生活，让他变得日渐麻木，像个傻子一样过着每日重复的生活。

"你想要自由，出去你能做什么？给人家继续打工，你就是自由的吗？告诉你一个真理，这是我来这里后才悟出来的，一般人我不告诉。"K竖起了耳朵仔细听。

宝哥说："这个世界就是一个狩猎场，我们出生在这个狩猎场的那一刻，就不是自由的，没有人是自由的。"K不知道宝哥为什么这样说，但仔细想想，好似又有些道理。

K不说话，沉默了。之后不久，床下就响起了宝哥轻微的鼾声。

第二天，K收到了Leila的信息，她说她想通了，越金的确是一个很美的地方。她厌倦了城市每天重复的生活，也厌倦了视频中的自己，她想踏踏实实，过一种双脚落地、真实的生活。之后，Leila又传来一首她唱的

《范特西》。

K鼻酸了，双手放在键盘上，一时敲不出字来。他能感受到Leila的真心，有那么一刻，他真的想变成自己所塑造出来的这个男人，他那么阳光、自由，真情实意地爱着这个女孩。K甚至有那么一瞬间，也真的已经爱上了Leila。他深深吸了一口气，又将目光慢慢放置在每个工友的身上。现实的残酷，让他瞬间收回了眼泪。

"我会一直在这里等你。"K回复道。

"不用太久，我们就会相见。"

K突然转过头，看着宝哥说："宝哥，你说，如果这个女孩真的来了，我应该怎么办呢？"

"会有人和你一起去，到时你指认出哪个是她就行了。"

"那她会不会有危险？"

宝哥把脸转了过来，盯着K的眼睛，他们四目相对，宝哥的眼睛里突然出现了很多血丝，褐色的瞳孔逐渐在扩散："说了后续的事情你就不要再管了。而且，她会不会有危险，和你也没有关系了。还有，你要记住你们的关系和你的任务，你不是那个男人。"宝哥显然已经不耐烦了。

K又发去了信息："已经迫不及待想见你。"

Leila说："无论真实的我是什么样子，你都会像现在一样对我吗？"

K说："当然。"

Leila："假如我和视频上的判若两人，或是一个残疾人呢？"

K恍然一惊，他的确没有意识到，除了他自己是虚构出来的以外，Leila的背后或许也另有其人。她难道是个残疾人吗？她当然有可能是一个残疾人，或是一个男人也说不定。眼前的Leila一下子变得陌生了。但他转念又一想，那又怎样呢？我要时刻记住我们之间的关系。在他意识到这一点后，突然感到有所释怀。猎物已临近，只要屏住呼吸，举枪瞄准，现在只差扣动扳机的那一刻。

K翻开自己的"秘籍"手册，手册上写道，在"猪仔"马上上钩的时候，就要开始讲土味情话，因为此刻的"猪仔"们已经完全陷入了陶醉模式，土味情话会让人显得对感情更加朴实。K继续参考了些例句，觉得都不太符合自己的人设。绞尽脑汁，自行发挥编了句："无论你真实的样子是什么，我永远都不会改变。"他久久地盯着这行字，又觉得平淡无奇，这是因为当 Leila 的幻象完全破灭时，他的词汇就变得像干枯的河流，再也想不出更好的语句来应付她了。

"明天，明天就过来好吗？" K 说。

"明天？需要准备的东西太多了，况且，我也很久没有出过门了，需要慢慢适应太阳。" Leila 说。

"你不需要准备任何东西，这里什么都很充足。只要你肯迈出家门一步，那么就没什么事能成为你的阻碍。"

"好，就明天。"

K 双手捋了一下头发，盯着屏幕说："成了，宝哥。"

"什么成了？"

"她答应要来了，她答应了！" K 有点激动，又说，"下一步应该怎么办？"

"跟'狗头'说一下，他们会派人跟你过去。她什么时候来？确认好了吗？"

"她说明天就来，应该不会有问题的。"

窗外，突然又响起一阵烟花声，紧接着是欢呼与喝彩。看来，又有人业绩破了亿。工友们瞬间凑到了窗子前，向外望去。只有宝哥和 K 坐在工位上。K 突然说："宝哥，你和那么多女孩都聊过天，就从来没有动过真情吗？"

宝哥摇摇头："没有。"

"你可真是铁石心肠。"

"就是'真情'才把我骗过来的。对兄弟也好，对女人也好，翻翻这本手册，上面写得很清楚，'真情'就是最大的凶手。"

K 有点迟疑了，仔细回想自己是否对 Leila 动过真感情。那些虚构出来的美好景象，他确实陶醉其中过。

宝哥突然又问："你出去后，最想做的事是什么？"

"当然是回家。"

"回家后呢？"

"回家后，让我做什么都行。"

这时，K收到了一条信息，是Leila发来的，她说已经订好机票，随身只带了几件换洗衣物，其他一切她都不需要。之后她又向K确认了到达后的事情。

K向宝哥展示了信息内容，宝哥拍了拍K的肩膀，突然对他有点恋恋不舍："祝你好运吧，兄弟，希望你一切都好。"

宝哥满脸惆怅地望着窗外时不时变幻的颜色，说到"心动"，他突然想起了一个人。

烟火结束，守卫催促大家迅速回到工位，夜间考核即将开始。每人需递交自己当日的聊天记录，合格者即可洗漱睡觉。守卫在核查K时，他突然说那女孩明天会来。守卫看了他一眼，示意跟他去找"狗头"。与此同时，K见到今晚又来了两位新工友，他们面色惨白，脸上还有瘀青和新鲜的血口子。那副可怜的样子像极了当初的自己。

夜晚，风里充满了植被的气息。他再次走过连接两栋楼之间的过道。他迅速向远方扫了一眼，心潮澎湃，明天他就能获得自由了，脚步也显得轻盈了许多，也不再惧怕"狗头"那张消瘦的长脸。当"狗头"问他："'交替'来了之后，有什么打算？继续留在这里还是要走？"

K毫不犹豫地说："我要走。"

"没问题，想走我们不拦着，付了三十万，你想去哪里都可以。"

"什么？不是说好骗来'交替'你们就放我走吗？"

"你以为在这里是白吃白住的吗？"

"这是什么意思？"

"餐费、住宿费、水电费、卫生管理费、技术培训费、生活管理费等等，加起来三十万。""狗头"戳了戳K的脑袋，"明天守卫跟你一起去见那个女孩，把她带过来，不要有什么差池，否则你们一起去芭林园区。听懂了吗？"说罢，守卫将K从"狗头"的办公室又带了出来。K像丢了魂一样，瘫软地回了宿舍。天旋地转，要去哪里弄到三十万？

"怎么样？明天就要走了，开心吧？"宝哥躺在床位上说。

K一下从上铺跳了下来，趴在宝哥身边，把头埋在他的被子里："完了，全完了。我这辈子是要死在这里了。宝哥，你救救我。"

　　宝哥被他吓了一跳，坐起身来："你安静点，不要吵到守卫，否则到时候咱俩都得受罚。"K这才慢慢抬起了头："'狗头'说我要给他三十万，才能放我出去。宝哥，打死我也拿不出这么多钱呀。你帮帮我好不好？"

　　"你要我怎么帮你，我也拿不出这么多钱来。看来这里又有了新规矩。"宝哥低着声音在他耳边说，他拍了拍K的后背，"兄弟，别着急，办法总会有的。说不定那女孩能给你三十万呢？"

　　"那我还是人吗？我宁愿去死。"

　　"就只差最后一步，想想你家人。"

　　K突然间抑制住了自己激动的情绪："我已经没有回头路了，已经没有家人了……"说完了，他爬回了自己床上。宝哥不明白他是什么意思，但有种预感，明天会出事。

十

　　第二天，宝哥清晨四点就醒来了，他仔细听着上铺K的动静，呼吸平稳，应该还未醒来。如果事情顺利，这应该是K和他最后一次在同一个床位了。自打宝哥来了这里后，来去的人数不胜数。有的人被调去另一个科技园，有的人被卖掉，大多数人是不知去向。这里的规矩是不准打听他人的去向，否则会受到处罚。那些曾经睡在K的床位上的人，宝哥从来都没留意过，他心里只有努力赚钱，等债还清了，就按照爱丽丝给他的指引，回家去。但K与他们不太一样，K比他们都要傻一些、单纯些，更重要的是，他让宝哥想当一回好人。

　　K这一夜，彻夜未眠。一方面是想着能见到真实的Leila，而另一方面，这或许也是他这一生的最后一天了。他决定，远远地见过Leila后大喊"快跑"，之后他就要扑到守卫和"狗头"的身上，让他们当场将自己击毙。如果在闹市区，这将成为一起事件，他希望可以用自己的死引起警方的注意。这是他的计划。

五点了，K在上铺翻了个身，宝哥猜想他可能快要醒来了。这时，守卫还在昏睡中，鼾声四起。这时，宝哥起了身，拍了拍K的脸。

　　"醒醒。"

　　K睁开眼睛，原来，他一直都是清醒的。

　　"我现在说的话，你要记牢。"宝哥一边观察着周围，一边轻声对K说："今天，你给那女孩留言，把见面地址改成越金火车站旁边的'越金米粉店'，你穿一件白色衬衫，手里拿一片椰子树的树叶。守卫和'狗头'通常都会在接到人后，去这里吃碗粉。到时候你就点一碗牛筋米粉，不加牛筋，之后会有人帮你逃离的。"

　　"那个女孩怎么办？"

　　"你先逃出去再说。"宝哥说完，又躺了回去，内心感到一阵前所未有的平静。

　　K反复猜想着，不知是真是假，但他决定无论如何也要试试，这是他唯一的机会了。

　　早上八点，当K穿着一件白色衬衫坐回到工位时，突然听见楼的外面发出了几声惨叫。有的工友四处张望，之后窸窸窣窣地开始议论，说看来又有人想要逃出去了。宝哥依旧淡定地敲键盘，他突然对K说，今天他要开单了。随后又往嘴里塞了一颗槟榔，起劲地嚼着。他得意扬扬的脸上，幸福感溢于言表。K看着宝哥的脸，很想问问凌晨的那席话到底是什么意思，他好似做梦般。然而K什么都没问。Leila给他发去了信息，说自己已经搭上了前往机场的出租车，她有点激动，有点忐忑。K让她到了越金机场后，打车到火车站等他，因为今天突然有事情，不能接机，希望Leila能体谅一下。Leila说，她今天穿了一件红色的POLO衫和一条宽松牛仔裤。随后，又是一声惨叫。守卫大喝了一声："赶紧干活！"K望着屏幕，两眼发直，脑子里上演了一幕幕不久后在"越金米粉店"里会发生的事。有太多种未知的可能性，但不论如何，是生是死，这里——这个地狱般的科技园区都会是他停留的最后一天。

　　Leila又发来了信息，说她马上就要起飞了。K看着墙上的时钟，还有四个小时……这时，守卫把K叫了出去，说是要准备一下，立即出发。出发前，K 和宝哥久久拥抱在一起，K 在宝哥耳边说："我想救你出去，假如成功，我就要报警。"宝哥轻轻拍了下 K 的后脑勺："别傻了，我不需要。"

K 已经很久没有见过这么多真实的人群了，他被刺眼的阳光晃得睁不开眼。由于一路是被蒙着黑色头套过来的，他辨别不出任何方向，只是感觉经过了一段很漫长的颠簸路面，又疾驰过了一段平稳的道路后，城市嘈杂的声音开始渐渐袭来。当他下车，抬头看见了"越金火车站"几个字后，才知道自己已经到了目的地。在守卫的监视下，K 给 Leila 发了一条信息，问她是否到达。Leila 过了很久才回复，说飞机晚点了，可能要傍晚才能到。守卫看了下时间，此刻是下午两点。另一个守卫建议不如去"越金米粉店"先去吃碗粉，在那里等。K 突然说，他是北方人，从来没见过椰子树，能不能让他去街边捡一片椰子树树叶。两个守卫说，北方人就是没见识。随后，守卫带着他捡起了一片树叶后，走进了"越金米粉店"。

守卫分别点了一碗牛杂米粉和牛肉米粉后，K 按照宝哥的吩咐，先是在胸前将树叶晃了晃，又说："我要一碗牛筋米粉，不加牛筋。"K 的声音越来越小，小到没有人能听到他在说什么，而显然，米粉店的老板已经有所察觉。老板看着 K，又观察着他身边的两个男人，立即从前台走来。老板一口南方口音，问道："您刚刚点了什么?"K 指了指菜单上的牛筋米粉，又道："不加牛筋。"两个守卫笑他是傻子，还不如点一碗清汤米粉来得便宜。老板回到后厨不久，端出了给守卫的两碗米粉。守卫饿得狼吞虎咽，突然间又从后厨走出两人，一人一棒将守卫打昏了过去。老板抓着 K 从后厨跑了出去，K 刚要跑的时候突然又冲回守卫身边，迅速翻出手机，装进兜里，和老板上了一辆面包车。K 惊魂未定，心脏快要从嘴巴里跳脱而出。老板说："你是郑宝林?"

K 惊慌地看着老板摇摇头："我是郑宝林的朋友。"

老板脸色突然暗淡下来，又说："那郑宝林还在里面?"

K 点了点头。

"是郑宝林让你来这里的?"

"是，是他让我来的。说你可以送我回家。"K 抓着老板的衣服又说，

"我现在安全了吗？"

"安全了，不管你是谁，我的任务已经完成了。"

K兜里的手机振动了下，是Leila，她说，已经到达了火车站，问他在哪里。

K突然紧紧攥住老板的胳膊说："老板，你是好人。在我走之前我想去火车站见一个人。"

"你疯了吗？"

"无论如何，我都要看她一眼，在车里远远地看看就好。"老板的胳膊被K抓得生疼，他不耐烦地甩开了他的手，吩咐司机在火车站周围迅速转了一圈。

张存良在这一天的傍晚，在人群中远远地就看见了一个穿着红色PO-LO衫的女孩，左手挂着拐。他望着她，那女孩其实也挺好看的，只是和视频中的脸不太一样。她时不时地把挡在脸上的头发，用那没有挂拐的手别到耳后。这天，阳光很好，正如张存良之前所设想的那样。摇摇欲坠的夕阳在她的正面，洒满了余晖。

原载《北京文学》2024年第4期

廖崩嗒佩合唱团

一

雾很浓，像驼背老七破旧的摇摇车摇出来的棉花糖，驼背老七的棉花糖一年才能吃着一回，月亮山的雾却是天天都有，远处的山和近处的木屋都被它罩着，看不分明。

太阳也锁在雾里，没有阳光，整个月亮山冷飕飕，连公鸡的打鸣声都像感冒了，刚"哦"一个高音，后半段就一直簌簌往下掉。奶起得早，嘴里呵出一团团白汽，哆嗦着拿起锄头去白菜地。寨里上学的孩子已经三三两两出了门，白茫茫的雾里偶尔出现一两个背书包的身影，跟跟跄跄像喝了酒，其实是没睡醒。

红糯怕冷，裹在被子里不肯起床。她不担心迟到的问题，月亮山恁高、学校恁远，美达寨到学校要走两个钟头的山路，太累。吴校长对她们向来是睁一只眼闭一只眼，反正美达寨的学生到了学校上课也老是打瞌睡，遇上冬天雨雪天气，鞋袜湿透，打盹都哆嗦，哪忍心吼？

六岁的细糯抱着小白猫卡卡跟在奶后面。奶叹息嘟囔，颠倒咯，大的该起不起、小的该睡不睡。细糯不吭声，两年前奶的眼睛长白蒙了，这会儿眼前又是一层雾，她怕吵了奶，给摔着。

摔不着，酸汤点豆腐———一物降一物，月亮山的雾再赖皮也不是风的下饭菜，风要它散它就得散，一眨眼的事。奶像是听到细糯心里的话，高声说着，从高高的禾晾旁边猫下腰，顺着土坎滑到菜地里。

话音刚落，果然一阵大风扑来，浓雾顿时打着滚跌落到岩底，一瞬间霞光洒满岭岗，水田里育的秧苗、土膜里育的辣椒苗，还有细糯种在屋角的黄瓜藤都变得金灿灿一片。

丙两主任家的水牯牛哞哞叫，美达寨醒了，地里全是劳作的人们，细糯无事可做，抱着卡卡趴在木窗前，呆呆看着远远近近一层又一层的山岭。

山外有山，山外还是山，看得见的地方全是山。

看不见的地方呢？

二

滚红糯你快点。

有人在三岔路口的木荷树下大喊，边喊边着急地跺脚。

是寨子里的懂花立，过了农历十月，她和滚红糯就都满十四岁了，她俩都在谷品小学念六年级，十四岁才六年级，并不是成绩不好，是因为美达寨的孩子都是七八岁才开始念书，学校太远，年纪小了走不动。

滚红糯和懂花立在美达寨很出名，用寨里的话说，两个姑娘都板眼多，这话的意思是机灵。

细糯听到姐姐滚红糯在楼上用她那没睡醒的声音回答，来了来了。

红糯的声音很特别，犯困和不高兴时会带着很浓的鼻音，瓮声瓮气，像藏在溶洞里说话。

懂花立是个万事通，她说这种声音叫作有磁性，天生是歌唱家的嗓子。细糯不明白瓮声瓮气跟吃有什么关系，莫非歌唱家是吃出来的？懂花立不休不止的叫声让红糯不得不起床，她有起床气，动静挺大，先是很不开心地打了个响亮的喷嚏，然后大声叫，我的数学作业本呢？卡卡，是不是卡卡啃走了？

每次不做作业都赖卡卡，细糯撇嘴，你的作业本又不是耗子。

红糯蓬头垢面从木楼上跑下来，去翻地火塘边大木柱上挂着的粉色小书包，那是妈妈过年回家给细糯带回来的。细糯偷笑，红糯便停止了演戏，不自在地扮了个鬼脸甩甩手自言自语说，没办法，找不到咯，明明昨天作业都做完的。

细糯转身跑出门想要告状，奶，姐又没有……后面的话没说完，嘴给红糯捂住了。

再告，我让你十岁才上学。

春上开学时奶让红糯去问学校收不收细糯，细糯脚劲好，走得动。吴校长说脚劲够了但身子骨不够劲，一进教室就会打瞌睡，再等一年吧。

校长明明说的是一年，结果红糯回来就替细糯作主了，等两年。

红糯的性格就是这样，作妖作怪，还要作主。

细糯气得直哭，奶却由着她哭。奶每天有做不完的事情，除了挖土除草种菜，还要织布染布绣衣裳，两个孙女出嫁时，层层叠叠的苗家盛装，都得一针一线绣出来，光靠她俩自己绣来不及。再说了，人要长大就得经风雨，红糯有主意是好事，细糯性子软、胆子又小，不能哄，等她多哭几回没人管，才晓得哭解决不了问题。世上的路千万条，条条都有刺巴笼、道道都有挡路虎，得靠自个儿解决，不然靠山山倒、靠人人跑，那时候找谁哭。

菜地里长满了鹅烟草，昨天村委会丙两主任特意上山来打招呼，叫大家今天早点割草，镇里有卫生大检查。其实美达寨没啥子好准备的，这里离天空近，人们一向很爱干净，家家的木楼板都擦得像镜子，巴不得能映出蓝天，菜地和石板路旁的篱笆也扎得整整齐齐，可上回检查组看到菜地里有好多鹅烟草，批评丙两主任没有抓好生产，导致杂草丛生。

寨里人暗中为鹅烟草打抱不平，人家不是杂草，人家为猪儿做了大贡献，鹅烟草是最好的猪草。

奶边割草边叮嘱细糯，让红糯莫搞忘了灶台上热着的糯米粑粑。

两个钟头的山路，走到学校会很饿，人是铁饭是钢，糯米粑粑饱又香。一说到糯米粑粑，红糯不晓得又想起了啥，转头噼里啪啦跑上楼，震得整个木楼梯都在晃，然后又跑下来钻进厨房里头，接着就是翻锅倒勺掉盆叮叮当当的响声，搞得惊天动地。

奶奶听得心肝发颤，紧喊红糯，房子都要被你拆了，你就不能早点起床？哪怕是插一行秧子的时间，何至于恁个慌！

红糯打着哈欠跑出门，甩下一句，奶，一寸光阴一寸金，睡觉的光阴也是珍贵的。说完翻上坡就没了人影，风中传来她和懂花立嘻嘻哈哈的笑声。寨子里的狗儿都是人来疯，跟在她俩后头汪汪汪汪黏糊糊叫着，像是要跟着去上学，一个个讨好卖乖。

狗叫声越来越远，像喧闹的溪流归入无声又阔远的大河，寨子终于又安静下来。

奶站在一片生机盎然的绿海里，年迈的身体在风中摇晃，她摇头叹气，红糯越大嘴越刁，等过了这个夏天，红糯小学毕业，就不兴再读书了，不然学得越多主意越多。

艄公多了打烂船，主意多了日子难。

细糯不知道奶在想什么，她正钻到鸡窝里去捡鸡蛋，老母鸡不肯挪开，细糯拍拍它屁股，老母鸡委屈地咕咕两声，那声音像感冒了的鸽子，细糯想，母鸡和鸽子是不是一个妈生的？胖的成了母鸡，瘦的就成了鸽子。

卡卡在门口的木荷树下欢快地扒拉着一只死雀子，寨里如今没有多少大人在家，只有年迈的老人和小娃娃们，比细糯大的娃娃都上学了，卡卡每天除了和细糯要，只有和蚂蚁蚱蜢、猫儿狗儿要。细糯握着鸡蛋走过去看，正好一阵微风吹过，小雀子头顶一簇细小的绒毛颤了颤，看着小雀子微张的粉红小嘴，细糯莫名觉得有些惆怅，她把它的头扒拉成抬头看天的样子，想通过这样的方式让它重新活回来，飞到天上去，可她手一放，那小脑袋便耷拉下来。

一串黑色的大蚂蚁排着浩大的队伍朝小雀子爬来，无声而庄严，在山里，蚂蚁是最后的收魂匠，它们像墨烟，烟一散，就什么都没有了。细糯心疼小雀子，赶紧扯了根小茅草拦在带头蚂蚁前面，带头蚂蚁停下来，左右张望，头顶两根触角天线一样不停抖动，像歌师在祈祷探究，最后它绕了个方向，又朝死雀子这边爬来，没多久，浩浩荡荡的蚂蚁队伍抬着小雀子，缓慢离开了。

细糯耸耸鼻子，有点酸。

卡卡没了扒拉的东西，蹿到屋顶上去了。细糯无聊地爬上高高的禾晾，用小脚板勾住横梁，然后小蝙蝠似的把身体倒垂下来。这样的姿势看出去，天上的云海会变成地上白色的大河，两只山岔鸟从她面前缓缓飞过去，拖着长长的尾巴，像河上无人可渡的孤木船。

大人们都下山到城里去了，当保安、当背篼、推板车、合灰浆、背砖，听说巴拉河撑渡船的张家老三老四也都出打工了，只有老大还在。

城里有没有晒稻谷的禾晾？有的话爸妈就可以爬上高高的禾晾，天气好时也许看得到高高的月亮山。

也许。

奶开始宰猪草，细糯倒悬的时间太长，脑子发涨，看着看着感觉奶刀下的草屑满天飞，恍惚得很，赶紧从禾晾上滑下来，歪东倒西地帮着奶把鹅烟草倒进猪草锅，惹得奶直笑。

煮猪食的空当是奶绣腰片的时间，奶眼神不好，依然飞针走线，细糯也学着拿起针线绣绑带，结果老扎着手指。

太阳慢慢爬上山顶，远处有狗叫声和谁家的锄头磕在石头上发出的锵锵声，田地里的水汽蒸腾起来，泛起一股泥土的味道和菜叶子们生长的味道，这味道有些让人犯困，细糯的心莫名其妙地跟着翻涌。

她把针线扔进竹筐。

她不想绣衣裳，她想上学。红糯说学校操场用水泥筑过了，上面还有滑梯，被她们梭得比玻璃还要亮，蝴蝶在上面都站不住脚。

点灯猫呢？也站不住脚？细糯好奇地问。

不兴说点灯猫，要说蜻蜓。红糯纠正她，说书面语。

好嘛，蜻蜓在上面站得住脚吗？细糯听话地改正。

也站不住。红糯思考了半晌，笃定地摇头。

真有恁滑？细糯也想去梭，想去看一眼比玻璃还要亮到底是多亮。

猪崽饿了，在圈里打扑，嗷嗷叫着拿头拱圈门。

奶提着沉重的猪食桶去喂猪，这是个力气活，一桶猪食有二三十斤重，山下的人家嫌麻烦，早就不给猪喂熟食了。他们都用生饲料，黄色的饲料袋一袋十斤，拌点谷糠进去，一袋可以顶好几桶熟猪食，用完了黄袋子还可以装东西，村组干部们喜欢用它来装表，因为他们的工作除了入户，还要填很多表记很多东西。

细糯晓得，她、姐、爸、妈和奶，还有家里的猪和牛都在那些表里头。细糯不喜欢那个窸窸作响的黄袋子，也不喜欢他们把自己填在表里，好像那里面的细糯比活生生的细糯更重要。

有人在家吗？门口响起清脆又陌生的声音。

细糯诧异地转过身。

一个白色的人影站在屋门口，屋里有些暗，木屋外面的光线又太强烈，那人影便笼在明晃晃的光里，模糊不清。

细糯起身就往猪圈跑。

奶！她扑到奶怀里，声音像羽毛一样轻颤，有个……她想说白花花，又觉得不对。她顿了顿，最后用比较准确的表达说出来，有个人！

三

不消说我家滚红糯，还有懂花立、滚易花、滚飞园，她们统统不会念初中。奶板着脸，用火钳掏出热柴灰里的大蒜，故意用力拍打，烤熟的大蒜皮雪花一样剥落，又像黑色的飞蛾，四处纷飞。

阿奶，现在国家政策好，念初中不交学费，还包住宿，天大的好事，孩子们一星期只需要回月亮山一回就行了，花不了多少钱。白裙子姐姐被飞舞的蒜皮呛得打喷嚏，却不生气，声音像刚起锅的米汤，又糯又甜。

小吉老师你说得轻巧，一个星期只回来一趟，你晓得一趟要花多少钱？月亮山没得路，只有坐摩托车，来回就是六十块。我在这山上一年满打满算都用不到六十块钱。奶坚决地说，美达寨的姑娘都不读初中，你莫替她们费这个心。

细糯听红糯提起过小吉老师，她是从大城市来谷品小学支教的。红糯是惹事精，跑去给老歌师说支教老师小吉歌唱得比老歌师强，这个说法简直要了老歌师的命。春上开学的时候他老人家下山去会了一趟小吉老师，回来后一个人坐在地火塘边呼噜噜吸了一满筒水烟杆。

老歌师没说谁赢了，但那一屋子的烟说了。大家劝他莫往心里去，老歌师才是苗家的人，那个小吉老师跟月亮山和美达寨都没关系。

这个跟美达寨没关系的姐姐现在却坐在她家小板凳上。

细糯感觉在做梦。

窗外是遥远的山岭，层层叠叠的木屋错落有致地从山头向下排列，远处是春天新绿或新黄的田地，沟沟坎坎都沐浴在阳光里，一片生机勃勃。这是属于美达寨的风景，而小吉老师和她的白裙子和这风景格格不入。

沉默的对峙，屋子沉静如水。一只岩老鹰在天上无声盘旋，卡卡警惕地弓起身子，随时准备战斗，它可能以为自己是只老虎。

奶的背也弓着，戒备森严。

小吉尴尬地笑，看向躲在柱子后的细糯，柔声问，几岁了？

细糯不说话。

想不想去念书？

细糯点点头，紧张地看向奶。

奶板着脸舀水去洗染布缸。

嗜，在这里呢，害我到处找。门口又响起一个爽朗的声音。细糯一愣，今天怎么了？恁热闹。探头一看是那个驻村书记——细糯不晓得驻村书记到底是什么东西，也不晓得他叫什么，只看见丙两主任去迎接他时，他和他们在枫香树下握手。

握手在苗寨是个很古怪的动作，所以奶叫他周握手。

快来快来，小吉眼睛一亮，援兵来了。

滚细糯是吗？周握手走进来，一屁股坐到火塘旁的小板凳上，也不嫌上面有卡卡的梅花瓣泥脚印，他歪头望着柱子后面的细糯笑，你奶呢？红糯上学去了？

细糯不搭理他，他一定是看过表格。

小吉笑，说，真厉害，她们家的情况都装在你本子里吧？

周握手拍拍胸口，不是装在本子里，是装在这里，我还晓得细糯开春就想去上学。

细糯一怔，不知不觉从柱子后面走了出来，她喜欢把她和奶还有红糯姐姐装在心里的人。

我也晓得。小吉毫不示弱地从包里拿出书和笔，朝细糯招手，我就是给细糯送书来的。

细糯欢喜，怯生生向前走了两步。

小吉晃了晃书，用白色的笔点在上面，屋子里顿时响起一个女声：苹果、苹果，阿泼、阿泼。细糯给吓了一跳，眼看着小吉又翻一页，那支笔便开始唱歌：请把你的歌，带回我的家，请把你的微笑留下……

细糯细脖子伸老长，小吉趁机上前一把搂住她，我可抓到你了。

细糯想逃，小吉却呵她痒痒，细糯扭不过，最后忍不住咯咯咯笑出声。

整个下午细糯都很开心，她学会了《歌声与少年》，也唱了首苗歌给小吉老师听——谷雨天，起炊烟，鲤鱼戏稻田……

她的声音很小，却很脆，像春天的小雨滴轻落在蓖麻叶上，像一串串银饰在月光下小心翼翼地碰响。

院子里，一直和自己尾巴过不去的卡卡停止了疯转，清洗染缸的奶也停下了手里的糯谷帚。

小吉和周握手惊喜不已，都说苗家的女孩会走路就会跳舞，会说话就会唱歌，亲耳听到才知道什么是天籁。小吉激动得一把抱起细糯，满寨子找老歌师。

老歌师正在屋檐下挥舞着青光色的篾刀，他一直想要破出比纱还薄的篾片，编出一个能透过太阳光的最薄的细竹筛，他怕他老了，日光也老，晒不透竹筛，晒不干他炮制的何首乌。

看到小吉冲进院子，老歌师心头有些"傲娇"，也有些懊恼。他是寨子里最受尊敬的人，结果却输给了这个年轻的小姑娘。一不留神，篾刀伤了手，他哀怨地看看伤口，起身在院子边的杂草里勒了两把苦蒿和血见愁，放在嘴里嚼了嚼，再把汁水和叶末按压在伤口上，墨绿色的汁水像魔法师调制出来的药水，血顿时止住了。

周握手看得两眼放光，和觅食的大公鸡一起钻进草丛，撅着屁股拿起手机一阵猛拍。月亮山处处是宝，他恨不能把自己变成网红，天天替月亮山卖货。

"谷雨天，春渐远，白云入山浅。谷雨天，起炊烟，鲤鱼戏稻田。樱桃红，香椿鲜，谷生祈丰年。走一场谷雨，摘几串榆钱，风筝和少年，行过千重山。"老歌师把细糯唱的苗歌翻译给小吉听，他念汉语时的表情执拗认真，像古老的木荷树努力冒出新叶。

风筝和少年，行过千重山。小吉呢喃，真美，这首歌完全可以上电视。

老歌师把头摇得像风里的芭茅草，那怎么可能？这老师说话吞天盖地的。

怎么不可能？细糯嗓音这么好，以后她念了初高中，说不定还能考个音乐学院什么的。

老歌师听到这里大笑，说，我听明白了，夸半天，你还是在说姑娘们念书的事。

小吉尴尬地搓手，说，夸是真心的，想劝她们多念书也是真心的。

老歌师举起竹筛，从筛子眼里看出去，山更多了。他叹息，没有路啊，怎么读？你看这月亮山漫山遍野的猕猴桃、枇杷和药材，还有前些年搞新农村建设栽的几千亩蓝莓，眼看快有收成了，路还是没通。千重山万重山，人和果子都出不去，只有风筝，可惜孩子们不是风筝。

读书就能让他们变成风筝，还能飞得更高更远。小吉死盯着读书不放。

细糯偷笑，她吵着要吃腌鱼时也这样，奶要是不答应，她就早上央求、中午央求，晚上睡觉前还央求。

读书也得有路。老歌师也固执地说，出山没有路，好比山雀没有翅膀。

吴伯，只要修好路大家就肯让女孩子们继续读书对吗？周握手很认真地问，手紧握成拳，仿佛路就在他手心里，只需要老歌师一个回答，他就能像变鸽子一样把路放飞出来。

老歌师皱起眉头，心疼地捏捏细糯肉嘟嘟的小脸，说，天下的磨盘都是一对对，问题也是一对对，修路只是解决了大人的经济负担，读不读还要看娃娃愿不愿。

哪有孩子不愿读书的。小吉支棱着脖子，像头小牛崽，倔强地顶着她并不存在的两只角。

老歌师不知该夸小吉聪明还是笨。山高水远，美达寨的女娃拿什么跟城里娃比成绩？次次考试拿倒数，谁愿意读呢？老歌师站起身来结束谈话，天气怎好，他要去割牛草，这两个年轻人却弄得他一脑子的茅草，乱糟糟的。

周握手赶紧捞了个背篼，跟在老歌师后面继续游说，吴伯，咱们兵分两路，我这头想办法争取项目修路，你劝女娃们继续念书。

老歌师转身看一眼周握手，满是皱纹的脸上扬起了一丝不太明显的苦笑。

稚鹰不知山高。

月亮山修路哪有那么容易，前两年工作组上来过，测量下来要花好几百万，还要在巴拉河上架两座桥，孩子们要靠读书走出大山更是千难万难。再说了，出山做什么？不出山他们就是山里的主人，出了山他们算什么呢？什么也不是。

四

几年前老歌师去过一回省城，参加省里举办的音乐座谈会，他兴奋地翻出十三年一次的鼓藏节才穿的盛装。可进了会场他才发现自己高兴得太早——专家们说的东西他完全听不懂，他不知道莫什么特，也不知道交响乐，他只知道苗家的古歌、唢呐、钹、芦笙和铜鼓，从头到尾他都像根木头一样杵在那里，头顶布巾上的锦鸡羽毛也尴尬地高高支棱在半空，人们不时朝他望来，白色大机器吹出来的热风把厚实的盛装变成了捂汗的棉被，热得他坐立不安。

主持人点到他名字时，他脑袋嗡嗡响，一脸惶然地在众目睽睽中站起身又坐下。他不会谈，他只会唱啊。那天他不记得自己是怎么离开会场的，只记得最后会务组好心给他买了高铁票，送他到了高铁站，刚建成的高铁站很漂亮，地砖照出他头顶的锦鸡羽毛，也照出他呆滞的目光。他可怜兮兮地站在大厅正中，不知该往哪里走，直到工作人员过来指点他才顺利进了站台。他站在三号车厢的位置，看着高铁那圆尖圆尖的铁脑袋肥沉沉朝他扑来，却不肯停，车厢上那个"3"也一个劲往前奔，吓得他赶紧追，好不容易才上了车。春寒料峭，他硬是慌得汗水直淌，坐定后人家才告诉他，站台地上的车厢号是分颜色的，他这趟车要看紫色数字，他看到的那个"3"是绿色的……他默默听着，像听懂了，又像没听懂，只有茫然地紧抱着布包，听着耳边低沉的行驶声，像河水在黑夜里奔流，像风声穿过松林。他困得要命，却不敢打瞌睡，怕坐过站，一有穿制服的人过来他就紧张地拉着人家问，到了吗？

真是高山猪儿吃不了洋猪草，坐个高铁差点没折出去他半条命。直到屁股安坐在灰不拉唧的中巴车上，看着一路熟悉的山山水水，他才重新找回丢掉的半条魂。初春的雨水细如牛毛，透过雨雾望出去，路上到处是工地，山崖下、大河边插满了红红黄黄的小彩旗。这些年县里镇里的建设真不少，什么时候这些小彩旗才能插到月亮山呢？他看到巴拉河中间竖起了一根根巨大的水泥柱子，比寨里那棵枫香树王还要粗。司机阿栋兴致勃勃地介绍说，等这桥墩修好，上面架好桥，高铁和高速公路就会像一条条银色的长河流到月亮山来。

一提到高铁，老歌师的心又咯噔一下，刚吃的糯米粑粑梗在胸口。

回到家老歌师大病了一场，精气神说没就没了，连州里的苗族飞歌大赛邀请他当评委他也不肯去。直到去年家里添了小孙孙，像是给快要熄灭的火塘添了把柴火，他的心这才嗖地又蹿起一簇火苗，说话的声音也跟着高亢起来。吴校长看他好了，欢喜得很，巴巴请他到学校去给孩子们上课，题目是《苗歌里的历史》。讲这个他在行，苗族的历史都藏在苗歌里，他唱的就是历史。

上课那天他再次慎重地穿上久违的盛装。那是自家织的布，用蓝靛反复染色，再用牛皮熬的胶和枫树皮熬的汁一起煮，煮完再抹上珍贵的鸡蛋清，用木槌一槌一槌地捶，这样染晒煮锤后的棉布穿在身上，就像传说中神圣的王，一早一晚布料的颜色在阴凉处看是比夜色还要幽静的青蓝，正午走到阳光下它又会隐隐泛出金铜色的光泽，行走摩擦发出的沙沙声，像苗家几千年前从中原迁徙到贵州吹过的山风在低语。他站在山顶，眉眼精锐威严如鹰。

春天的月亮山，粉白粉红的刺梨花开满山坡，像彩色的瀑布，成片盛开的毛果杜鹃和溪畔杜鹃有着全世界杜鹃花中最长的花蕊，引得蜜蜂飞舞盘旋。孩子们簇拥着他下山，一路欢呼跳跃。懂花立非要给他抹口红，说是化化妆更好看，被他庄重地制止了。

除了身着盛装，他还带了芦笙、月琴和木叶。他要把装了几千年苗族历史的歌声和琴声都送给娃娃们。

可那天他再次受到了打击，山下的孩子对遥远的东方、古老的故乡和艰辛的迁徙全然不感兴趣，不是打瞌睡就是窃窃私语，看着一张张无精打采的小脸，他难过得木叶都吹颤了音。

离开谷品小学时，残阳如血，老歌师很忧伤，一代代歌师传下来的古歌会不会也像这夕阳，渐渐消失在群山之中？

他的背比来时更驼了。

吴校长安慰他说，我想是我们还没有学会用现代人喜欢的方式去讲它。

现代人？就是天天捧着手机，看什么视频的孩子和大人们吗？他们唱的是些啥子歌啊，不是什么"药药切开了"，就是"巴得蹦蹦蹦"……

他不想学，更不想用他们的方式去亲近什么"药"和"蹦蹦蹦"，他不喜欢现代，现代让他噎得慌，他吃不消。

五

农历四月的阳光很暖和，红糯坐在教室里，背被晒得暖洋洋的，她有些犯困。

老师在黑板上笃笃笃写着算式，像啄木鸟在啄树。

十吨花生可榨三点五吨花生油，花生的出油率是多少？

为啥子是花生呢？明明月亮山人吃的都是菜油，春天漫山遍野金灿灿的油菜花看不见吗？还有，为啥子动不动就是十吨？十吨到底是多大个也没人知道啊，就说一亩地油菜出多少菜油行不行？美达寨以前的老种子产油不高，这两年专家们上山研究出了改良品种，叫"油研2020"，去年寨里种下来，好家伙，一亩产油足足有一百五十斤，这才叫作正事。

十人植树，男生每人种了五棵，女生每人种了三棵，一共种了四十二棵，请问男生有多少人？

为啥子女生只能种三棵？在月亮山，女生能种六棵。语文课上老师不也说了嘛，妇女能顶半边天。说到语文，也怪怪的，那天老师让背诵《程门立雪》，红糯笑喷了——姓杨那个学生简直就是个呆子，程老师睡觉他就在门外雪地里站着傻等。有那时间红糯可以采一筐辣椒，连苗家的铜鼓敲起来的节奏都是"一寸金、一寸金，一寸光阴一寸金"，杨时一个搞学问的人不知道光阴的重要性吗？他就不能找个地方找张桌子把要问的问题自己再思考一下，再做做学问……

唉，唉唉。红糯打了个哈欠，眼泪都挤出来了，真无聊。

老师又敲打黑板。第六题，小明家有十三只小鸡和小狗，共有脚三十六只，求小鸡和小狗各有多少只？

小鸡和小狗哪个能放在一起呢？小狗没轻没重，一巴掌就把小鸡给拍死了……

喂，懂花立在她后面用笔捅了捅她的背，悄声说，听说今天小吉老师去我们寨子家访。

啊？红糯的瞌睡顿时吓醒了，头一下子抬起来，坐得笔直。

是去告状吗？她瞪大眼。

同桌滚飞园嘀咕道，不是，听说是去给家长做工作，让我们念初中。

红糯嗤笑，念初中干吗？又考不过镇上的，让人笑话。

飞园垂下头，手指绞着长发说，我倒是想，但家里不让，太花钱。

我不想。红糯嘴犟，谁稀罕跟镇上的一起念书，一个个骄傲得尾巴翘老高。

滚红糯！老师一个眼刀飞过来，你来答一下。

红糯慌张站起身，答啥子？

你算算小狗和小鸡各有多少？

和鸡鸭鹅狗有关的题红糯不怕，她眼珠子转转，脱口而出，小狗五只，小鸡八只。

上来写一下算式。老师拿起粉笔。

红糯摇头，不消用算式，总共三十六只脚，十三只小鸡、小狗，我让所有小鸡都窝在鸡窝里，小狗都坐下，哐当一下就没了二十六只脚，剩下十只脚全是小狗的俩前腿，那就是五只小狗，总数十三只减去五只狗，小鸡就是八只。

老师拿着粉笔的手停留在半空，恨铁不成钢地瞪着红糯。

全班的同学简直笑疯了。

上午课一结束，红糯便成了全校闻名的"哐当一下"。

下午小吉老师广播通知全校听讲座。

话音刚落，整个教学楼顿时响起惊天动地的尖叫，都搬着自己的小板凳往操场上跑，教室里教室外乱作一团。

天底下的学生好像都这样，明明到学校是来上课的，但只要课程是不上课那种，他们就特别兴奋，不管是听讲座还是种树扫街，什么都行。

校长吴当久急了，几大步跑到广播室，扯着嗓门大声指挥，一个年级一个年级的下来！一个年级一个年级的下来！班主任在哪里？班主任！

小吉站在他身后，有些懵懂。

吴当久回头大骂，你有没有脑子？一千多学生，班主任都还没进教室你就急着广播，这么多孩子全部挤在楼梯里，万一发生踩踏事件怎么办？要出人命的！以后遇到集体活动要上操场，必须先通知班主任，等班主任进教室守着以后，再分班级分年级到操场集合，明白了？

小吉这才后知后觉，忙不迭点头，校长我错了。

吴当久白了她一眼，狠狠将话筒搁在桌子上，余怒未消地离开广播室，顿时整个操场响起刺耳的广播吱吱声，吴当久赶忙又跑回广播室把话筒放好，小吉讨好地说，我来我来，这个我行……

你行的可多哪。吴当久扭头，简直不想多看她一眼。

这个支教的小吉老师精力旺盛得像是吃了菠菜的大力水手，整天搞什么课外兴趣小组，也不想想乡下孩子放学回家还要干农活，哪有那么多课余时间，而且学校也没有那么多钱。

吴当久在谷品小学当了十一年校长，每年都有支教老师来，他既欢迎又犯愁，支教老师们一来就跟打了鸡血似的，巴不得三两天就让学校和孩子有翻天覆地的变化。

笑话，他们是带着阿拉丁神灯来的吗？还是带着阿里巴巴的宝洞？都没有啊，他们只带了个虚无的理想，他当年也带了理想来，很久以后他才明白理想不是天上的云彩，而是脚下的路，得实打实一步步走。

前些日子小吉听说美达寨的女孩念完六年级就不上学了，天天揪着他不放，要去镇里找书记汇报。吴当久当了恁多年校长，见到最大的领导是镇教工站的站长，他哪敢去找书记，他是吃了雷吗？再说美达寨历来如此，又不是没动员过，可寨老说了，等哪一天镇里人上山的脚印踩出条大路来，姑娘们自然会去念书。傻子都明白寨老的意思，就是盼修路。

没路他找书记有啥子用。

他不去，小吉就天天板着个小脸，说他没有担当。吴当久懒得搭理她，小吉从小过的都是甜日子，哪里晓得美达寨孩子的苦。

世上的事万万千，不求同样一般，就像你没法跟黄连说甜，也没法跟蜜蜂说酸。

进行讲座的是一位戴眼镜的医生阿姨，苹果脸、短头发，像大头儿子的妈妈，笑起来眼睛弯成豌豆角。

这个孃孃"萌萌哒"。懂花立又开始洋腔洋调。

红糯羡慕地偷看懂花立，有手机真好，有钱买流量真好。她一直不晓得流量是个什么东西，也不明白为什么一个看不见摸不着的东西却需要用实打实的钱去买。

懂花立的妈妈是村委会王副主任家的大姑娘，从小跟着家里进进出出的干部学了不少，其他人出去打工都只能到工地上找活儿干，她却找到了一份打印店的工作，不用风吹日晒，挣钱更多。

也许姓懂就会懂得更多吧，可惜她姓滚，她要是姓有多好，可以起个名字叫有钱、有车、有手机……

红糯对讲座一向没兴致，大人们讲的不是科学就是道理，太深奥听不懂，还不如上课，上课打瞌睡还有张桌子可以趴着。

不过这回红糯想错了，医生阿姨的讲座居然很有意思，她的声音很温柔，像一团糯糯的热糍粑，跟刚才吴当久校长在广播里声嘶力竭、气急败坏扯着嗓子吼叫的声音相比，简直就是一个天上一个地下。

清风吹过操场、拂过话筒，发出细微的声音，像阵阵松涛。

懂科学常识，过美好生活——咱们苗家人喜欢喝酒，尤其是米酒，酒是快乐的源泉，也是我们少数民族诚心待客的表现，但是吃了药不要喝酒，因为有些药物会和酒产生不良反应，引起生命危险，现在你们读了书识了字有文化，一定要管住大人，吃药不喝酒，喝酒不什么？

喝酒不吃药——

操场里响起整齐的声音。

想啥子呢？是喝酒不安全。医生阿姨满脸宠溺和嗔怪，把大家弄得挺不好意思。

我们在乡村巡回医疗时发现很多老人吃药喜欢加量，医生说一颗，他们回家就吃两颗，觉得这样会好得快一些，咱们同学要监督好老人，不可以乱吃多吃……

不知不觉一个半小时的讲座时间很快过去，最后医生阿姨站在主席台上，教大家找到自己身体内脏的位置，她把腹部分成九宫格——

胰腺，身体左上腹，九宫格左边最上一格；右上腹第一格肋巴骨下面那个位置藏着我们的胆囊；阑尾，身体右下腹，九宫格右边最下一格……农村常见病中，很多人把胰腺炎、胆囊炎、阑尾炎当成胃痛治，容易耽搁病情，严重的会导致死亡。

红糯心里一咯噔，尖着耳朵听。奶经常说她肚子痛，她可得弄清楚。

懂花立怕痒，边找自己的九宫格边轻声笑。

还有，很多农村老人眼睛会患一种病，叫白内障，但大家不懂，都说是长白蒙，这病其实可以治，只要符合手术指征，大多数通过手术能恢复视力。

红糯激动得差点站起来。

奶的眼睛也长白蒙，每年春天红糯都会带着细糯去采花，山里有一种花，叫洗眼睛花。起初奶奶喝了洗眼睛花煮成的水，眼前的白雾还会淡一段时间，慢慢地，洗眼睛花水就不管用了。

奶说人老了没办法。

谁说没办法？奶的眼睛明明能治好。

红糯兴奋得打起嗝来。嗝，她也想当医生，不要手机，只要，嗝，当医生。

想精想怪，抓到一根茅草当被子盖。懂花立听了双手一摊，很不客气地打碎她的梦想，过了夏天书都不念了，你当啥子医生？

可这想法已经像槐刺一样扎进了红糯心里，每天早上醒来时牵扯一下，放牛回来时牵扯一下，在山岗上远远看着校园时又牵扯一下。

她说不清楚那是种什么样的感觉，反正有些酸、有些痛、有些惆怅，让人觉得沉甸甸的。

红糯上课不再打瞌睡了，早上也不再赖床。

日头一天比一天长，上学的日子一天比一天少，她知道，很快她就要和校园永远分别了。

她舍不得。

想到这个，红糯就想哭。

六

小吉从月亮山家访回来什么也没有说，只是把六年级的所有女孩子都留了下来，说要组建一个合唱团，六一儿童节那天带大家到镇里去演出。

山下的同学都不愿意参加，要考试了，哪有时间折腾。

只有美达寨的十一个女孩全举了手。

见鱼儿都上了钩，小吉乐不可支，傍晚煮了锅面条，边吱溜吱溜吮吸着边打电话给周握手报喜。那天她和周握手在山上建了个助学联盟，他俩分兵两路，小吉负责想办法激发孩子们的自信心和勇气，"引诱"大家继续念书。周握手负责跑项目，争取把公路修到美达寨，减轻孩子们的上学负担。他俩本来还想把老歌师拉入伙，老歌师坚决不干，形象很重要，他才不和俩乳臭未干的孩子瞎起哄，但他还是提供了重要军情，美达寨的孩子和山下的孩子相比，最出彩的就是歌舞，不如从唱歌着手——

谷子越夸越饱满，孩子越夸越能干。咱们不能蛮干，要找准着力点。

"着力点"这个词是那年老歌师在省里开会折了半条老命换来的，如今能用上也值了。

你那边怎么样？小吉问。

我？我当了一回拔萝卜的小老鼠。周握手也很开心，乡村振兴五年规划，月亮山的规划早就报到省里了，除了修路，还要把民族风貌保存得最完好的美达寨打造成景区，昨天县里开了调度会，马上动工，我这会儿刚从镇上回来。

可以啊，当个老鼠还是吉利鼠。小吉又高兴又不高兴，悻悻地放下碗。搞项目修路的风头和功劳可比建合唱团大得多。

校园里，吴当久校长睁一只眼闭一只眼由着小吉折腾，学校一楼有个杂物间，堆满了陈年旧物，眼看着小吉搬进搬出把自己弄得像个野猴儿，非要在螺蛳壳里做道场，吴当久蛮解气，也蛮服气。

没几天，焕然一新的杂物间墙壁上挂起了红色大横标，上面写着"廖崩嗒佩合唱团"。

"廖崩嗒佩"是苗语，翻译成汉语是勇敢女孩的意思。

训练第一天，唱哆来咪发嗦啦西哆，越唱音越高，像是在爬坡，大家刚开始还行，唱到最后乱七八糟，懂花立直接扯成了鸭子嗓。小吉听后，摆积木一样把大家的站位重新调了一遍。红糯看着左左右右高高矮矮的伙伴，纳闷了，学校以前排队唱歌都是中间高两边低，怎么现在排得乱糟糟的？

小吉抿嘴笑，因为你们是一个个美妙的音符，要把音符调整到最和谐，就得这么排，跟高矮没关系。

吴当久在窗外偷瞧了半天，若有所思地离开了。

周五自习课，学校安排看了一部电影，叫《放牛班的春天》。讲一个叫马修的老师，带着一群顽皮又孤僻的孩子组建了个合唱团，在马修的坚持下，最后合唱团唱出了最动听的歌，孩子们的命运也一一改变。

美达寨的十一个女孩看得眼泪汪汪。

电影里那群孩子动听的歌声在她们的脑海里萦绕不停，她们一个个都像被使了魔法。红糯的眼睛里闪着火苗一样灼热的光芒，爱捣蛋的懂花立、不吭声的滚易花、和谁说话都呛的滚飞园都变了模样，表情乖巧、目光透亮。

吴当久眼神慈祥如老母，他开始有点喜欢小吉，希望小吉是马修。

合唱团中场休息，小吉特设了一堂小课，叫"歌声里的山河"，每天学一首歌，然后讲歌里的城市和风景——

《谷雨天》，鲤鱼戏稻田，贵州水稻的文化密码，为什么苗家要把鱼养在稻田里？

《走西口》，走西口是走的哪个西哪个口？

《沙漠》，"大漠孤烟直，长河落日圆"是哪里的风景？

女孩们听得入迷，人坐在教室里，心已经像雄鹰和大雁，飞过了草原、大海、沙漠和雪山……

她们突然喜欢上了李白和王维，喜欢上了地理和历史。

她们还跑到校长的办公室去看中国地图，叽叽喳喳寻找杀虎口和山海关。

红糯喜欢上小课，因为小吉老师第一课就说贵州的水稻里有文化密码，就好像她和妹妹细糯的名字里也藏着文化和密码似的。

放学了，撑船护送学生过巴拉河的老师都回来了，吴当久还在校园里磨蹭，弄得值班室老周直犯愁，校长不走他不敢抽烟咯。终于等到合唱团训练结束，红糯几个一边唱着"咪——麻啊啊"一边嬉闹着走出校门，吴校长这才慢悠悠离开，老周心想，嗐，原来是小鸡崽们没走完，老母鸡不放心咯。

春末的大山，野樱桃和李子花已经谢了，空气里增加了各种各样的青草味，女孩们像小野羊一样跳来跑去，在山山坳坳间跳跃不停，丝毫不觉得累。

可怜老校长远远跟在后头，走得气喘吁吁。

翻过五道坳，吴当久远远看到老歌师在山上割构树皮，两人心照不宣地挥挥手，他这才放心下山。春天天黑得早，他怕孩子们出意外，他和老歌师说好了，他负责护送一段，老歌师负责在半山接，他俩都是年过半百的人，和孩子们的距离越隔越远，小吉她们有新的教育理念和理想，想用新的方式改变月亮山和美达寨，这一点他和老歌师做不到也做不了，只能用这样默默的方式送一程、护一程。

就像芦笙祈祷丰年和平安。

像大树护佑生命和成长。

七

红糯坐在屋门口做数学作业，细糯知道她一做数学就像炸了毛的猫，惹不得，便抱着卡卡到山顶的枫香树下看云海，云海下是隐约的山路，奶经常站在这里等爸妈回来。

卡卡安静地窝在她怀里，暖烘烘的，不知不觉她和卡卡都睡着了。

细糯做了个梦，梦见下雪，一片雪花掉在她手心，变成了一面小镜子，她把脸凑过去，却在水汪汪的小镜子里看到一张苍老的脸。

她变成了一个很老很老的老人，比奶还要老。

细糯吓得尖叫，卡卡惊醒过来，喵喵喵围着细糯转，细糯这才醒来，慌里慌张跑回家，一把抱住红糯。

怎么了？红糯正在写数字"5"，被细糯一扑，作业本上就多了一个大秤钩。

我做了个梦，梦见我天天在枫香树下等，等成了比奶还老的老太婆。细糯哇哇哭。

红糯咯咯笑起来，将细糯搂在怀里，喊了一声，大声否定说，我们为啥子要天天守在枫香树下等？还等到老！我们出去，下山去。

看着红糯坚定的表情，细糯给迷住了。

最近的红糯姐姐和以往不大一样，她的眼睛里有星星，一闪一闪的。每当那些星星开始闪光发亮的时候，红糯就显得特别有主意。

懂花立也一样。

细糯晓得那星星闪烁的是读书，可奶不准，咋个办才好？

八

立春过后下完第三场雷雨，家家户户的梯田都蓄满了水。

美达寨要开秧门了。

红糯几个跑去向老师请假，班主任二话不说就批了，反正年年都这样。

小吉却不同意，和班主任吵了一架，插秧是大人们的事，上学是孩子们的事。我发现你们真的是太喜欢过节了，大节三六九，小节天天有，米酒喝不醒，芦笙吹不完。这样子孩子还学什么啊？难怪都说你们这里穷，都是玩穷的。

吴当久路过教室正好听到这一段，气得脸都垮了，脑子里像地火塘上烧开的砂锅水，直冒烟。这些年县里不断派支教老师和驻村书记下来，实事的确办了不少，但就是有一点特别不招大家伙儿喜欢，那就是他们老是否定这个、批评那个，好像大家干了一辈子，什么都做得不对，搞得村委会主任丙两和他都"衣眉欧"了——谁还不会几句英语呢，抑郁，emo。

去年过苗年，热热闹闹的节日，月亮山的人们过得多开心，结果一开年，三十几个寨老就被刚到镇里挂职的白衬衣领导请去"探讨"了一下午，所谓"探讨"就是算账——大家一年喝掉了多少米酒，用了多少斤糯米，白白浪费了多少钱。

大碗换成小杯，少喝些米酒，或者不喝，苗节也一样过嘛。白衬衣领导斯文地说。

寨老们面面相觑。

喝米酒怎么叫浪费呢？那你每天拿着手机和家里娃娃视频聊天不是更浪费？酒喝到肚子里还算是给五脏庙上了供，聊个天钱就哗哗流没了，不是更划不来？再说，苗家人喝米酒是庆丰年敬祖先土地，大碗喝酒才恭敬通透啊。

反正，白衬衣领导宣布，还是要以生产发展为重，破除陋习，少过节、少喝酒。

寨老们拖着沉重的脚步，各自踏着白花花的月光回了山寨。

前些日子香椿树冒红芽时，周握手来家里做统计，也说到苗节和喝酒。

地火塘的火光映着奶的满头白发，奶盯着屋角的酒坛沉默不语，像一尊古老的神像。红糯却不怕事，毫不客气地反驳说，我们在学校学过了，伟大的祖国幅员辽阔，我们有五十六个民族，每个民族都有多姿多彩的民俗文化。你们有你们的文化，我们也有我们的文化，酒是我们感谢土地的，过节是为了庆祝丰收，不是你想的纯粹是喝着玩，你们不懂就不要乱说。

周握手给呛得好半天说不出话，他突然有些愧疚，他一直觉得自己多优秀，到乡下驻村是需要勇气的，更何况他一直在谦虚地学习，要不是红糯这一通话，他丝毫没察觉自己的谦虚背后藏着傲慢，这傲慢是浸在骨头里的，以至于他和村里人说话的语气，礼貌中总带着一丝高高在上的"不一样"。

日子是我们的，凭什么你们说行就行，说不行就不行？红糯气鼓鼓地甩掉火钳。

望着凶巴巴的红糯，周握手哑然失笑，没想到在这高高的月亮山，一个十四岁的小姑娘教了他一生另一堂课，这堂课叫尊重。

你说得有道理，我们不能脱离民族文化简单地讲乡村振兴，回头我要把你的话说给大家听。周握手伸出手，向你学习，滚老师。

红糯白了他一眼说，我们不兴握手，我们喝米酒。

那就喝米酒。周握手豪气地说，我一碗，你一口。红糯啊，你可真是一颗朝天椒。

可不是朝天椒嘛，闹哄哄的教室里，红糯听说小吉老师不准假，第一个嚷嚷开来。

你们别闹行不行？小吉生气了，我特意邀请了省里的大音乐家柴主席明天来听你们唱歌，要是唱得好，他可以推荐咱们合唱团参加很多演出，你们走了听谁唱啊？

可是明天开秧门，我们美达寨家家户户要插秧。红糯愤愤地坚持。

插秧是大人们的事。

我们也有我们的事。红糯反驳，爸爸妈妈们都出去打工了，我们要去采板蓝根叶、采黄染饭花，要帮大人做五色糯米饭，还要帮大人捉鸡、抓鸭、做饭，明天是过节。

对。后面几排传来一群弱弱的声音，有些胆怯又带着几分委屈，我们还要负责唱歌。

小吉一看，是懂花立、滚易花、滚飞园她们几个，一个个小脸红扑扑的，春天的风时冷时暖，她们的脸都给吹皴了。

她顿时没了脾气，可是错过柴主席来调研的机会，好可惜。

错过就错过呗。红糯有些伤心，声音湿漉漉的，反正我们也唱不了几天。

懂花立几个也垂下头，像受伤的小猫。

让她们去吧。吴当久校长突然出现在门口，他刚出完黑板报，下巴还有一道粉红的粉笔灰印，看上去有些好笑，可他的表情却是从未有过的肃然，念书和插秧节并不冲突，苗家的很多习俗其实和自然万物、和成长都有联系，是我们司空见惯，忘记了总结和融入课堂上。这个矛盾我们下来探讨一下，是可以解决的，而且我觉得教育并不止于教室，大自然也是教室。

校长这番话红糯听不太懂，只觉得心头有点莫名开醒，像春风吹在脸上。

那……好吧。小吉不敢再犟嘴。中午她说这里的人是玩穷的，这话不对，支教前教育局局长反复叮嘱过她们要尊重当地风俗，她一急给忘了。自己错在先，这一局得退。

傍晚小吉在水池边洗碗，眼角瞥见吴校长慢腾腾走来，心有不甘的她故意把洗碗水朝校长那边泼过去。

吴当久站住，看着湿答答的裤腿，也不恼，问小吉，你晓得我们为啥子要把种庄稼称为做活路？

不知道。小吉硬邦邦地回答，也不想知道。

因为没有庄稼和谷物人就没有活路，所以种庄稼也称为做活路，我们的每个村寨有活路头，他负责带领大家四季农作，比如开秧门。插秧是丰收的开始，在美达寨，就连大家最爱的芦笙，从育秧开始都要收起来，怕惊扰了稻谷生长，直到吃新节才重新拿出来欢庆丰收。苗家对自然和万物的信仰如此庄重，难道不值得我们尊重？月亮山穷，是因为山高路远交通不便，并不是因为懒和贪玩，至于精神方面，我觉得你们未必有苗家人的精神世界富足，最起码苗家人心中有山川万物、阳光四季。

小吉有些怔怔。

其实你可以请那个主席到美达寨去听歌。吴当久望着晚霞，温和地说，明天早上等活路头开了秧门，红糯她们会穿上五颜六色的盛装站在一条条田埂上放声唱歌，场面十足壮观，绝对震撼，你该去看看。

那明天我也请个假呗。小吉轻声哼哼。

去吧。吴当久手一挥，转身回家吃饭。这些日子他一直在想一个问题，想得没胃口，他觉得自己和小吉、寨老们和白衬衣领导之间的问题并不是过不过节的问题，也不是喝不喝米酒的问题。

今天和昨天、现代和传统之间，得有什么东西融一下、揉一揉，把好的留下，把坏的除掉。

九

鸡打鸣后，天空泛出鱼肚白，远山轮廓模糊不清，近处，月亮山的枫树、香樟树和菜叶上全打着薄霜，霜盖在田坎上，田坎白花花一片，只有一串浅泥色的脚印。

那是活路头去开秧门时留下的脚印，他得比所有人都早起才行，和大地交换契约，所有的仪式都必须隐秘庄重而安静。

天亮了，活路头家的大黑狗在山坳上叫，听到这个信号大家这才说笑着出门，拿筐的拿筐、挑秧的挑秧。

红糯挽起袖子，将黄染饭花放进烧开的滚水里，不一会儿水就变成了金黄色，再倒进糯米，白色的糯米便成了黄色。

早先奶已经用乌菜叶、板蓝根叶和天仙米叶煮水，泡出紫色、蓝色、粉色的糯米，再和黄色、白色糯米一起装在竹甑中上锅蒸，五色糯米饭就算做上了。

青杠柴在灶膛里噼里啪啦地炸响，灶火将红糯的小脸映得红通通的，也映出红糯眼里的两簇火苗。奶在木楼上帮细糯换盛装，细糯太小，要独自穿好盛装还需要等上两三年，那些五颜六色的腰带和绑带、叮当作响的银饰、秀气可爱的围腰，还有脖子后面挂在围腰系带上的银锁……一个环节扣一个环节，乱不得。

阳光斜照进灶房，甑子盖上开始冒热气，无色的水蒸气从浅到深，最后变成了浓稠的白色飘到楼上。奶闻了闻，说，红糯，抽柴火，熟了。

红糯按捺着内心的激动，快手快脚褪去柴火便咚咚咚跑上木楼，照例是把楼板踏得震天响，然后翻出她的盛装，裙子、绑带、围腰、帽子、银项圈……

不一会儿，镜子里展现出一对活泼可爱又漂亮的苗家小姑娘，她们一转圈，百褶裙就像蝴蝶翅膀一样飞舞开来，全身的银饰都在哗啦作响。装扮停当，红糯牵着细糯走出木楼，白花花的阳光洒在她们脸上，也洒在一整岭蓄满雨水的梯田上，远远望去像成百上千个镜子，每一面镜子都闪着光。

大山美如仙境。

周握手带着小吉和柴主席远远站在枫香树下，眼前是阔远如画的大山和漂亮壮观的梯田，弯曲的田埂像五线谱，在大地和山岗上流淌，奏响悠扬的旋律。活路头家的那块田里已经插上了用巴茅草扎成的草标，草标边上插着九篼青幽幽的秧苗。

开秧门了。

红糯和寨子里的姐妹姨孃们从四面八方走上田埂，节日的盛装把灰绿的田坎装点得五彩缤纷。围坐在木荷树下的老歌师和十几位老人手持月琴，手指齐齐一拔，叮咚……

清脆的月琴声像是指挥家的指挥棒——

春来花儿开，木荷树绿了。下雨了，下大颗。出太阳，太阳晒山坡。春来耕田，田土好宽广。天晴了，晃晃亮。来比赛，插秧成一行……

清澈的歌声在蓝天白云间荡漾。

柴主席难以置信地看着眼前这盛大的场景，他没想到在远离省城的偏僻的月亮山，竟然藏着如此美妙又动人的音乐，天地作背景，梯田作舞台。

小吉也惊呆了，这一刻她终于理解了吴校长说的话。

月亮山的四季，没有什么比一年之初的劳作和耕种更重要。这是一群值得小吉和许许多多城里人尊敬的苗家人，因为他们还保留着对自然和万物的敬畏，他们最懂得感恩土地。

小吉惭愧地低下头，她想起学校一个个女孩的名字，红糯、细糯、扁糯、黑糯、圆糯……月亮山的每个寨子都珍藏着各自不同的谷种，像珍藏宝贝一样，它们也成了孩子们的名字。

月琴声停了，六岁的细糯从人群里走出来，走到三道田埂交错的地方，回头看一眼红糯，有些胆怯，廖崩嗒佩合唱团站在她两旁，朝她竖起大拇指，细糯点点头，终于奶声奶气地唱起来——

家家耕稻田，棉满筐，粮满仓，生活如蜜糖……

春风扑面，木荷树下的老歌师远远看着小吉几人，一脸老谋深算的笑容。这一回他的盛装没白费，他赢了。

今年让细糯领唱是老歌师的主意。细糯声音脆，在山顶的梯田和空旷的地方会显得更通透。他还让大家唱汉语，活路头一开始并不同意，苗家祈祷丰收，用汉语，苗家的牛、梯田、秧苗和雷电风雨听不懂怎么办？

老歌师却说，有些东西既要守也要放，更要人懂。

活路头听不太明白，但老歌师眼底的笑意他看懂了，那是带着古老气息的新生，是老枫香树下细嫩的萌芽。

十

小吉。柴主席转过头，压制着内心的激越，台盘村的"村 BA"知道吗？

谁不知道"村 BA"啊。小吉说，都火到国外去了，听说国际大球星去台盘村，车子都从县城一直堵到村口。

柴主席微笑着指指梯田，意味深长地抬抬下巴。

你的意思是？小吉张大嘴，不敢相信自己的猜想。

她们可以唱到"村 BA"赛场上去。柴主席说。

阳光太强烈，晃得小吉有些站不稳。

月亮山东面山脚下的台盘村，每年六月六稻谷成熟，村里都要过吃新节，吃新节期间除了斗牛、苗族飞歌，还要打篮球比赛，据说台盘村第一个苗族女高中生就是因为球打得好，所以上了初中又念了高中。这些年山寨村庄通了路，台盘村的球赛也越打越火，四邻八乡的村寨都来凑热闹，观众多得球场坐不下，有的爬到树上、有的站在板凳上、有的站在梯子上看比赛，连球场边用来飞歌的坝子也给挤没了。前不久，摄影师们把台盘村比赛视频发到了网上，视频中，苗家嬢嬢们抱着篮球满场跑，裁判笑得连哨子都吹不动。完了奖品一出场更是离奇，没有奖杯，只有这个村子牵来的牛、那个村子送来的羊，还有油光光的火腿和嘎嘎叫的鸭子……

天南地北的网民一下子就迷上了台盘村篮球赛，还给它起了个名字叫"村BA"，全国成百上千的篮球队都跑来打比赛。"村BA"一火，中场演出也火了，央视的主持人和香港的明星们都来参加。

十几亿人观看的"村BA"演出，怎么可能轮得到美达寨的娃娃们？

柴主席耸耸肩说，为什么不能？"村BA"火就火在接地气，六月六是苗家自己的节日、自己的比赛、自己的舞台。我们苗家的孩子当然能上。

小吉半梦半醒地点点头，脚发软，老是站不稳。

下山路上，小吉一遍遍反复问柴主席，真的可以推荐合唱团去"村BA"？

柴主席被她问得抓狂，小吉苦着脸说，我也抓狂啊，我怕明天一醒来你告诉我说昨天是跟我开玩笑。

校门口值班室，吴当久假装找报纸已经找了一上午，又把老周愁得，不是烟的问题，是他实在搞不明白校长到底要找哪一张。

看到小吉垂头丧气地回来，吴当久丢开报纸就跑过去，还没开问，小吉一屁股坐在水泥凳上，两眼发直着啃手指甲。

吴当久苦笑，报纸也不拿了，驼着背往办公室走。

唉，小吉在他后头有气无力地说，校长，柴主席说，他把合唱团推荐到"村BA"去。

啥子？吴当久差点给操场跑道的水泥牙子绊倒。他回头瞪大眼问，你说啥子？

"村BA"。小吉苦着脸说。

吴当久强压着一颗可怜的老心脏——那老伙伴正狂跳不止呢，几大步倒回去问，恁好的消息你苦着张脸做啥子？骗我玩？

没骗你。小吉呻吟，校长，来得太陡了，一下子就是"村BA"啊。

吴当久耳朵里像是飞过一万只大黄蜂，嗡嗡嗡响个不停，是啊，难怪小吉哭兮兮的，这的确来得太陡了。

十几亿人瞩目的"村BA"，这事万一黄了，一来一去他心脏受不了。

就算这事黄不了，让合唱团到"村BA"上去演唱，万一娃娃们撑不住、腿发抖，搞砸了怎么办？他心脏同样受不了哇。

真是要命。吴当久跟着呻吟起来。

小吉坐了老半天，深吸一口气说，校长，咱们没有退路，只能胜利，从明天开始我们练歌，让"村BA"和全世界都听到勇敢女孩合唱团的歌。

吴当久心有余悸地点点头，说，OK，全交给你，你说了算，你是团长，你训练、你搞定。

说完捂着胸口一脸痛苦地走了。

<h2 style="text-align:center">十一</h2>

山下，小吉和校长在为"村BA"的事犯愁。

山上，美达寨的秧苗插完了。

丙两主任插完细糯家最后一棵秧，叫周握手把"都听"插到田里。周握手看着手里这三根绑在一起的长木棍，有点蒙。

叫啥来着？

它叫"都听"，丙两主任解释，有它在田里，有人对秧苗说不吉利的话，就让"都听"收走，秧苗们听不见，只管快快乐乐地生长，长出饱满的稻谷，这样才能丰收。

周握手听了简直稀罕得不行，美达寨的诗意是天生的，苗家人的浪漫也是刻在骨子里的。

丙两主任，我觉得咱们寨子今后一定能成为最火爆的旅游景区。周握手兴冲冲地说。

先不说景区，猪的事怎么样？丙两主任扯了把杂草擦手上的泥。

我把咱们割鹅烟草、宰红苕、煮猪食喂猪的视频全部都发到了网上，不到一天寨里三百多头生态猪就全认购完了，还不够呢，明年怕是得再买点猪崽。周握手一边答，一边仔细把"都听"插好，又转头问丙两，那明年咱们猪圈里要不要插个"都听"？气得丙两主任朝他甩了两团稀泥，莫乱说，"都听"爱干净。

周握手赶紧捂嘴，呵呵呵地偷笑。

这个驻村书记有点疯癫。丙两主任烦愁，说前两天蓝莓开始挂果了，路再不通的话后年就得全烂地里，周握手听了猛拍胸膛打包票，还说明年要是大卡车不能开到寨子来，就把丙两主任的职务给下了。丙两在旁边一口茶差点没喷出来，你打包票拿我下注？周握手嘻嘻笑说，拿谁下注不是一样，反正路都会通。

丙两伯伯，吃晚饭了。细糯在白菜地里喊。

周握手几大步跨上去，大声说，细糯啊，明年春天路修到美达寨，山上的蓝莓就可以运到城里变成钱，到那时候，有了路、有了产业，月亮山就会变成金山银山。你的爸妈不用到城里打工，在家里就可以当老板，你开不开心？

细糯听不懂，什么金山银山？月亮山就是月亮山，只有月亮和山。

周握手是不是今天帮她家插秧累糊涂了？这个驻村书记一天疯扯扯的，说些话简直是地包天，什么建农产公司、成立合作社、做蓝莓酒。唉，可得看好寨里的牛，谨防被他吹死。

月亮山到处是宝，你们以后都是宝老板。周握手还在说疯话。

真是可惜了。细糯老气横秋地摇摇头，转身回屋。这个大哥哥长得恁好看，人又恁年轻，说话却像脑子颠东的老人，牛头不是牛头，马尾不是马尾。

晚上，送走帮忙插秧的丙两主任他们，奶早早撵两姐妹去睡觉，自己一个人在火塘边搓花椒子壳。细糯睡不着，坐在奶身边，好奇地看着奶在昏黄的灯光下分拣花椒子壳和黑籽。

地火塘里的青杠柴已经烧成炭，闪着猩红的光，光线不好，奶的双眼明明看不清东西，但动作却像小猫捉鱼一样敏捷。

细糯夸奖，奶真厉害，奶的脚上有眼睛，走出门，脚会告诉奶左边几步是田，右边几步是杉树林；奶的手上有眼睛，要找灶台就是灶台，要找盐巴就是盐巴；奶的鼻子上也有眼睛，天亮时打开门，鼻子闻一闻就知道是晴天还是阴天。

奶奶笑，说，小牛哞哞叫是找草吃，细糯说这么好听的话，是想要搞哪样？

我想上学，细糯想起红糯的合唱团就艳羡得很，心里像有一只小铜鼓在敲，姐说她想当医生，我也想，奶，你让姐念初中不？

奶奶的笑容凝固了，她晓得念书的好处，但是牛儿怎么能跟马儿比跑？鱼儿怎么能跟鸟儿比飞？

星空又蓝又高，带着一丝遥远又空旷的失望和忧伤，奶也不由伤感起来，伤感得肚子都开始隐隐作痛。

红糯在奶低沉的呻吟声中醒过来。

奶。红糯光着脚摸黑走到奶床边，你哪里痛？

肚子痛，怕是累着了。奶强忍着痛，捂着肚子说，没事。

红糯想起了医生说的九宫格，紧张起来。肚子分好多地方，奶是哪个位置痛？

奶颤抖着手，指着右下腹。

红糯心头一紧，开始拼命回忆医生阿姨的讲座——

手指慢慢按下去，如果收手时有明显的反跳痛，就很有可能是阑尾炎，当然这只是一些简单的辅助检查，到底是什么病，必须以到医院诊断为准。

红糯二话不说，撸起袖子坐到奶床边，掀开被子，回忆着医生阿姨手指按的地方，有样学样地缓缓压下。

奶的眉头皱得更紧了。

忍一下。红糯低声说，在心里数了三秒，迅速收回手指。

哎哟。奶顿时痛得叫出声来。

阑尾炎！红糯慌了，脑袋嗡嗡直响。

细糯也猫过来，焦心地提醒，姐，奶额头好烫。

红糯脑子一片混乱，医生阿姨说过，阑尾炎一旦发炎穿孔，很有可能要人命。红糯不知道穿孔到底是怎么回事，但发炎她明白，村里刚培训回来的全科医生讲过，化脓、发烧、红肿都是发炎的症状。

来不及想别的，红糯抓起手电筒冲出门，跑过田埂竹林，跑过牛圈和谷仓，终于跑到老歌师家，她扑在门上，小拳头把老歌师的木门捶得山响。

救命！她大声哭喊，全身颤抖，声音也跟着抖成一团，手里的手电筒光线在黑夜里混乱地挥舞，像四处炸开的闪电。

细糯跌跌撞撞跟在红糯后面，她太小，跟得气喘吁吁，看到红糯紧张又慌乱的样子，细糯吓得直哭，奶要死了吗？

她害怕奶死，害怕蚂蚁带走奶。要是奶死了，她和姐姐怎么办？

火塘里的火是奶点燃的。

清晨的阳光是奶叫醒的。

黑夜里的不害怕是奶给的。

红糯的叫声把整个美达寨的人都惊醒了，老歌师和寨老对红糯的"诊断"将信未信，但看到奶一张脸灰白如纸，大家都觉得不太妙。

快，下山。老歌师拆下门板，招呼了十来个精壮的小伙子轮流抬着奶下山。

黑黢黢的山路，十几束手电筒光杂乱无章地划破无边的黑暗，大山一片寂静，只有奶的呻吟声和窸窸窣窣惊慌不安的脚步声。大家都不说话，心悬在嗓子眼，生怕多说一句就会引来不吉利。几十里山路，往常要走四个小时，但一群人轮换抬着奶飞奔，竟然很快就到了大河湾，河对面就是木嘎镇，这时候，奶的呻吟声已经一声比一声微弱了，河水扑起细小的声浪，船老欧拼命撑着船，撑竿都快压弯成了弓，哗啦一下，船像一支离弦的箭，转眼就到了对岸。

大家松了口气，回头看，天边浮起细微的玫红色，云朵像彩绸一样铺满天空。

天亮了。

卫生院里，县医疗小分队还没走，红糯扑到医生面前，长发被汗水湿透，整个人像是从水里捞出来一样。

医生……红糯上气不接下气地说，阑尾炎……我奶……可能是阑尾炎。红糯说完眼前一黑，累得晕了过去。

奶的手术很成功，医生说幸亏送得及时，再晚一些，奶就有生命危险了，说不定……

说不定什么，医生没讲，但大家都心有余悸地互相对望，然后开始回忆寨里的一些事。以前也有人在家里肚子痛着痛着就吐，然后发烧，最后就死了。但没人听说过阑尾炎，对于寨里人来说，肚子痛是一个统称，懂点文化的，顶多分成胃痛和肠炎。

大家都好奇地看着苏醒过来的红糯。

你这个小姑娘可以啊，居然能判断出是阑尾炎。院长饶有兴致地走进病房，他给红糯细糯带来了奥利奥饼干和山花牛奶。细糯接过来说了声谢谢，可她只喝了牛奶，不肯吃那个黑乎乎的饼干，她总觉得这饼干的颜色像牛屎。

红糯躺在病床上，不好意思地笑，说，是学校讲座医生阿姨教的，反跳痛，还有麦氏点。

院长哈哈大笑，医疗科普进校园好，小姑娘你救了你奶奶一命，你有当医生的潜质。

红糯眼睛亮了亮，很快又黯淡下来。

小学念完她就回山上了。

细糯却鼓足勇气在一旁接话，她的声音很小，像刚生下来的小猫咪。让细糯在陌生人面前开口说话可不是一件容易的事，只不过经过了昨天的歌唱，细糯好像不太那么害怕说话了。

我也要当医生。细糯声音很轻，但很坚定，山上的雀和谷子有时候也会生病，还有树也会生病，我要给它们治病。

有志气，院长夸奖，一个要治病救人，一个要治鸟儿和庄稼，哎呀，这么大一个月亮山就让你姐俩给包完了，这么一想我有点紧张啊，你们让我没活儿干了，我怎么办呢？我得赶紧抢病人去。院长说完假装着急，大步流星地走了。

护士阿姨憋着笑给奶量完血压，然后满意地点点头，说，奶奶，你可以活到一百岁。奶笑了，明媚的阳光照耀着她满头的白发，像神仙一样好看，她看向红糯，轻声说，咱们红糯啊，这回出名了。奶声音沙哑，目光里流淌着比巴拉河水还深的爱和疼惜。

十二

奶出院前，实习生们都过来看"神医"红糯，红糯羞得说不出话。

细糯挤出人群，拿起血压测量仪溜到隔壁床，给刚入院的老奶奶量血压，这些天她跟着护士阿姨学了不少东西，还学会了量血压。

细糯又粉又嫩的模样一向很惹人爱，老奶奶笑着伸出手配合"小医生"。

戴上听诊器，细糯听到耳朵里发出神秘的声音，它轻轻来了，噗噗噗，又轻轻走了，再噗噗噗……她一边听，一边记下两个特殊声音响起时仪器上的数字。

然后，像是什么东西变成了水滴，在她头脑里滴答了一下，又滴答了一下。

不对！她转过身大声喊护士阿姨，这个奶奶的血压好高。

护士笑，小糯米听出来是多少？

低压100，高压160。细糯笃定地答。

怎么可能？刚才刘医生问了，这老奶奶一直吃着降压药。

老奶奶有些不好意思，嗫嚅道，是一直吃，只是……断了几天，我觉得老吃药不好。

啥？护士赶紧过来重量了一次，然后回头不可思议地看着细糯，眼睛里闪着惊讶赞许的光，厉害啊小糯米！

实习生们的注意力顿时全都转到细糯身上，奶担忧地坐起来，细糯胆小，可别吓着她。

没想到细糯一点都不害怕，笑得像朵骄傲的小葵花。

在医院这些天，她跑进跑出照顾奶，又帮着护士阿姨们打杂，再也不怕和生人交流了。

就像门口大枫香树上的雏鸟，待在窝里时老是战战兢兢不敢飞，一旦被鸟妈妈撵出窝，它立即就会张开翅膀飞起来，飞过云朵、飞过山峰、飞过雨雾，翱翔万里。

月亮山就像一个窝，保护了红糯细糯她们，可是，好像也困住了她们。

奶看着光影中模糊的细糯，陷入了深思，她识的字不多，说不出高深的话，但世间万物的道理她是懂的，鸟和人一样，飞翔和长大也是同一个道理。

出院前，从县城医院下来的张医生提醒两个小糯米，下半年省医疗乡村振兴队要到县城医院搞"复明工程"，一定记得带奶奶来做手术，免费的，不要钱。

奶有些紧张，那个刀子要是不小心割坏眼睛了怎么办？

张医生笑起来，说，阿婆您放心，医生的手和你年轻时绣花的手一样巧。

回到月亮山，打开木门，一股寒气扑过来，地火塘的灰已经冷了好几天。奶麻利地刨开冷灰，点了把干松枝引燃柴火，细小的火苗顿时映亮木屋。透过跳跃的火光，奶慈祥地看向红糯，说，糯啊，奶的命是你救的，你说你想当医生，那就当吧，好好读书。

红糯惊讶地看着奶，兴奋又忐忑。

兴奋的是奶让她接着念书了，忐忑的是自己成绩不好。

十三

回到学校，红糯上数学课再不打瞌睡了，也不再计较油菜和小鸡。

下午合唱团训练时小吉接到了柴主席的电话，说工作组已经看了他在美达寨拍的视频，初步决定让廖崩嗒佩合唱团参加"村BA"演出。

大家顿时尖叫欢呼起来，跑出教室在操场上狂奔，学校后山青杠林里的麻雀给惊得扑啦啦炸出林子，逃得老远。

吴校长也给炸出来了，一双眼急切地盯着小吉，正好柴主席的电话又打过来。

好好准备一首属于你们自己的歌。

大家面面相觑。

她们没有属于自己的歌。

现写！咱们请超哥帮忙。小吉眼睛瞪得老圆，一脸被逼上梁山的表情。

懂花立一惊一乍地跳起来，你认识超哥？大家茫然地看向懂花立。

超哥是神曲之王啊。懂花立说，你们真笨，有没有听过那首歌？乌蒙山连着山外山，月光洒下了响水滩……

这回轮到红糯她们尖叫了。亚运会会场上，年轻的 DJ 带着几亿人一起唱的不就是这首歌吗？

等等！吴校长指着懂花立，眼睛眯起来，你有手机？你上课带手机？

懂花立脸色一变，转身就跑。

十四

日子一天天过去，田里秧苗已经稳稳当当站住了脚，李子桃子蓝莓果子也挂了满树，空气中弥漫着充实的香气，像多汁的树叶散发出来的甜，也像是谁家调皮的娃娃咬破了青硬的李子。

小吉站在大槐树下，焦急地等待一个人的回信。

终于，当蔷薇开满枝头时，她的手机叮当一响，一个短信伴随着一缕花香传来：

小吉老师你好，我是超哥，你的来信收悉，视频也看过了，非常惊讶大山里还有这么一群爱唱歌的小女孩，更感动你们的合唱团叫“廖崩嗒佩合唱团”，我的苗族朋友告诉我，廖崩嗒佩，就是勇敢女孩的意思。为了这群勇敢女孩，我愿意带着我的朋友们一起来给她们写歌，让她们的天籁传到“村 BA”赛场、传到全网、传到全世界。我想，能做到这一点，并不是因为我们的歌写得有多好，而是她们的歌声唱得更好。

小吉看了一遍又一遍，直到把每个字都嚼碎咽到了肚子里，这才昂首阔步走向校长办公室。天知道她其实根本不认识超哥，她只是通过网络给他写了封信，希望他给勇敢女孩合唱团写一首歌，希望"村BA"演出后女孩们有更大的勇气延续她们的学业，成为梦想中想要成为的那个人。

她在私信上留下了手机号码，然后天天等回信。

天菩萨，她学着当地人的语气对自己说，终于等到了。

超哥说他和他的伙伴们周五来谷品小学。

周五中午，小吉带着合唱团成员身着盛装站在学校门口遥望。

银饰沙沙响，风儿轻扬。

心脏怦怦跳，河水荡漾。

是激动呢还是天太热？大家头顶都冒着热汗，手里端着的米酒碗轻轻颤抖。

吴校长割来新鲜的巴茅草在迎客绳上打了个标，用最隆重的仪式欢迎老师们的到来。

十一点半了，坡上放牛的老何牵着牛路过学校门口，疑惑地看着她们，他的牛都已经吃饱了，这老的少还端着米酒在这里等啥子？

吴当久不安地朝老何硬挤出一丝笑容。

大家的心都悬得老高，超哥真的会搭理她们吗？

正东想西想，小路尽头走来一群人，正午的阳光照得他们一身金灿灿。

哎耶……红糯赶紧清嗓子，带头唱起了苗家的迎客歌——

苗家的牛角杯举起来，苗家的酒歌唱起来，最好的美酒敬贵客。

歌声刚落，对面的老师队伍里居然响起高亢清亮的歌声，同样是苗语，同样像银铃一样清脆——

感谢你的热情，感谢你的美酒。山高挡不住真情，水深拦不住真谊。

是飞歌！竟然是苗族飞歌。省城来的客人里居然有苗家人，而且唱着正宗的苗族飞歌。

吴校长也惊呆了，这样的歌声，巴茅草打的草标和米酒哪里"拦"得住哇。

和超哥一起来的客人里有苗族、水族和仡佬族的艺术家，她们的童年和合唱团的女孩们一样，住在深山里，没有路和车，每天要走很远的山路才能到学校，走得满脚都是水泡。到了初中，考试也总是比城里的同学差一大截。

那怎么办呢？红糯急切地问。

咬牙使劲学呀。歌唱家阿雨说，就像跑步一样，人家休息时我不休息，慢慢就赶上了，后来我就考上音乐学院。

就这样吗？可能吗？红糯问。

只要勇气在，只要肯努力，一切皆有可能。作词家镯儿伸手搂过红糯，温柔地答。

这一天，召唤来大咖的小吉相当得意，骄傲地昂着头忙进忙出，吴校长则像个打杂的，呆头呆脑跟在她后头，局促不安。不是他没见过世面，是超哥的阵容太强大，作词作曲编曲全齐不说，还有专门的摄制团队。

不是说好了只来写歌的吗？这是天上掉金元宝了吗？还是砸下来一座金山？

十五

作曲我来，但歌词得你们自己写。超哥和作词家镯儿鼓励大家，一人写一个梦想，然后我们给这首歌起一个名字，就叫……

吴当久一直在旁边找不到插嘴的机会，听到这儿赶紧插话，歌名叫《大山的小孩》。

超哥很赞同，这名字好，我们都是大山的小孩。

吴当久在学生后面很骄傲地挺了挺背和腰，好家伙，憋了恁久，终于整对了。

有蝉鸣声从学校后面的山林传来，阳光照得操场一片明晃晃，想着不久会到"村BA"去演出，红糯感觉像沉浸在一场梦里，这梦太美，美得红糯不敢大声呼吸，怕一个不小心眼前的一切就会消失不见。她屏住呼吸，像一缕努力控制流动的微风，小心翼翼地将写下的句子交给超哥，懂花立也蹑手蹑脚地走过来。

超哥和他的伙伴们慎重地接过一页页纸，然后纷纷拿起吉他和笔，弹几下，商量几句，又弹又商量。教室里真安静，女孩们像十一只胆怯又好奇的小鸟，伸长了脖子，呆呆看着他们拨动吉他弦，发出溪水流淌般动听的旋律，又看着他们低头写下音符，眉眼间全是专注的神情……

看着看着，红糯突然有些脸红和羞愧，她做数学时会满脑子想着去摘枇杷，写作文时又会想着抓泥鳅。她从没想过像超哥这样有名的人，做事还这么认真努力。

时间像阳光的脚，慢慢爬上开满蔷薇的院墙，艳丽的花朵在微风里轻摇，一只蜻蜓扇动着细弱又透明的金绿色翅膀，徐徐停在最大的一朵蔷薇花上。

这时，一曲流畅又悠扬的吉他声在教室里徐徐响起。

属于勇敢女孩合唱团的歌诞生了。

"我是一个大山的小孩，我有很多梦想要实现……有一天我会离开，去看外面的世界多精彩；有一天我会回来，因为我是大山的小孩。"

红糯紧捂着怦怦直响的胸膛，心中充满了激情和力量，她第一次体会到了什么叫自豪和骄傲，这是属于她们自己的歌，老师们把她们的梦想串成了一首歌，一首属于所有大山小孩的歌。红糯流下了眼泪，她知道自己有一颗和其他孩子不一样的心，它像樱桃一样柔嫩，只是外面裹着一层核桃壳，那些尖锐细密的毛刺是红糯的伪装，让她显得毛躁、不耐烦、爱翻白眼，好像什么都无所谓、什么都瞧不上。

连去镇上念初中也瞧不上。

天知道她多么渴望念书，她想当医生、想当歌唱家，让她的歌声飘扬在云天之上，飞出连绵的大山，去往无边的草原，那里有云朵一样洁白的羊群，还有悠扬的琴声，黄河水淌过九曲十八弯，夕阳像金色的牛乳一样在草原上缓缓流淌……

老跟她抬杠的滚飞园居然没有嘲笑她，而是用手轻轻找到红糯的手，然后两只小手紧紧握在一起，两张小脸也亲密地贴在一起，像两朵贴梗盛开的蜀葵。

同行而来的大胡子导演让摄影师记录下了这一切，他说，孩子们眼睛里有光，他要给大家拍 MV，主角就是她们自己。

红糯不懂 MV 是什么。

我晓得，懂花立凑过来说，就是我们站在山上唱，站在寨子的大树下唱，走过稻田唱，玩着河水唱，你们就在后面拍啊拍、录啊录。

对。大胡子导演夸奖，不错，把分镜头都给我安排好了。

十六

第一次面对镜头，红糯很紧张，总是出错，不是错了调就是破了音。

大胡子导演一行已经在寨上住了三天，还是没办法拍到红糯领唱的最好音色，红糯越试越紧张，搞得合唱团的其他人也紧张起来，红糯焦急地转着圈，银铃叮当响，突然她想起了什么，转身将躲在树背后的细糯揪出来。

我妹妹可以。红糯找到了救星，笑得月亮弯弯上了脸。

大胡子导演看了眼细糯，有点不相信，他早就发现了这个小尾巴，但三天里他没有听到细糯说过一个字。

他还以为细糯是哑巴。

改当剧务的周握手看着大胡子探究的表情哈哈笑，说，龙导演，细糯她可是我们月亮山的小仰阿莎，上次插秧节，她一开口，所有的小草都醒了、小花都开了。

是的是的。滚飞园最近脾气越来越好，不光是不顶嘴，还很顺意。她说不出周握手那么好听的词，但他说得很贴切，她很赞同。

老歌师不知什么时候抱着月琴来了，缓缓坐到树下，拨动了一下琴弦，细糯听到琴声，缓缓松开了紧张的小手。老歌师轻声叮嘱细糯，你不要管这个黑乎乎的机器，你只管对着大山唱，像那天插秧节一样。

不一样。细糯偷看一眼摄像机，眼神惊慌如小鸟。

周握手在一旁又开始拍胸膛，不怕不怕，有我在呢。再说了，就算不一样你也可以的，因为你也不一样了，上次去镇里陪奶，你不是还学会了当小医生吗，还能查出人家的高血压。

提到这件事，细糯扑哧一下笑了，羞涩又骄傲地扭了扭，漂亮的裙摆也跟着扬成一朵细小的喇叭花。

咱们试试？大胡子导演鼓励细糯。

老歌师拂响月琴，细糯穿着绣花小布鞋，轻踩过长满折耳根的田埂。

眼前是苍茫逶迤的大山和无边的云海，细糯眨眨眼，鼻子发酸，她突然很想念爸妈，想生出一双翅膀飞到山外去，哪怕天空会下雨、会刮大风，还会遇到闪电和打雷，她也不怕。

廖崩嗒佩。

勇敢女孩。

这首歌不仅是写给姐姐她们合唱团的，也是写给她的，她也要做勇敢的女孩，这样才能飞过崇山峻岭。

大胡子导演挥了一下手，人群安静下来，山风吹起细糯的裙摆和头发。

我是一个大山的小孩……

细糯天真、无瑕的声音像晨曦铺满山岗，山谷里有什么声响在隐约应和，神秘而柔软。

奶知道，那是月亮山母亲温情的吟唱。

有了细糯起头，后面的拍摄顺利多了，红糯和懂花立放学一回来就围着摄像机转，还给摄像师准备了一份清单，早晨几点起床拍日出、中午在哪片树林里拍叶子漏下的光、下午哪一片秧田最漂亮。

拍摄组决定让她俩"升任"副导演，滚导和懂导得意扬扬地上了岗，带着摄像师和录音师在寨里跑来跑去，急得周握手在后头打商量——把咱们种的蓝莓拍进去，还有梯田，对，咱们的原生态大米和猪儿要有特写。

丙两主任也在地里大声喊，拍这里。

大伙儿一看乐了。丙两穿着盛装，一手拿着竹竿，一手牵着长长的皮尺，和县里来测量修路的工作人员一起站在胡豆地里。他姿势古怪，脸朝着拍摄组，身子却不得不朝着测量队。

你莫把脖子扭废了。周握手大笑。

正开心，丙两主任的媳妇挥舞着扫帚从屋檐沟跑过来，声音震天，不过年不过节的，你穿恁精贵的衣裳跑到土里去量地……

整整半个月，美达寨里都洋溢着欢愉的笑声和悠扬的歌声，还有大胡子导演的惨叫声。来看拍摄的人实在太多，连隔壁寨子的也来蹭镜头，刚清场开始录制，突然不是这里冒出来一个假装目不斜视的"路人"眼神咕噜咕噜直往镜头瞥，就是那边又冒出来一个挑水的嬢嬢一走一回头……

卡，卡卡卡，大胡子导演叫得喉咙生烟。

卡卡还以为是叫它来着，喵喵喵回应，半点不嫌乱。它一起哄，美达寨的大鹅也跟着疯，孩子们唱一句，它们便跟着嘎嘎嘎叫个没完。

大胡子导演凶残地抢过丙两主任的话筒，说拍摄结束他要吃光寨子里所有的大鹅。

大家这才嘻嘻哈哈笑着把自家的鹅撵回去关进篱笆，并且一致决定，这批大鹅见过世面了，不能拉去卖，都养着，养到老。

为了安慰天天都在惨叫的大胡子导演，寨里排着队轮流请拍摄组到家里吃糯米饭、腊猪脚汤、腌鱼和油茶。

MV 录制结束那天，大胡子导演又开始惨叫，这回不是因为有人蹭镜头，也不是因为大鹅，是他发现自己腰围又粗了。

一进苗寨胖三斤，可不是假话。热情的苗家人怎么可能让客人饿着，何况是贵客，让寨里的鹅都见了世面。

MV 寄出去后，美达寨仿佛安静了好长一段时间，其实这个"好长一段时间"并不长，只是短短的十来天而已，但大家总觉得好漫长，每个人都心照不宣地保持沉默，生怕打探得太多，反而弄碎了希望。

秧苗一天天长啊，太阳升起又落下。

细糯每天都守在路边等姐姐回来，瞪着水灵灵的大眼睛看着红糯。

红糯每次都垂下眼眸摇头。

直到有一天，红糯和懂花立她们一路狂奔尖叫着跑进寨子，像一群炸了窝的兔子，她们边跑边齐声高呼，"村 BA"！"村 BA"！

田里闷头锄地的伯叔和屋前沉默绣花的婶嬢们这才齐齐松口气，开始大声开玩笑和说话。美达寨就像童话故事里那座被施了魔法沉睡着的城堡，一下子全部苏醒过来。

狗儿汪汪、画眉鸣唱。"村 BA"呀"村 BA"，咿呀咿呀哟……

十一个小歌唱家手牵手在寨子里疯唱，汗水浸湿了头发也不在乎。

十七

演出的日子是万众瞩目的"村 BA"决赛那一夜。

出发当天的早上，整个美达寨简直是兵荒马乱，天不亮家家户户就开灯起床，寨子里不是这家响起箱子打开的声音，就是那家响起柜门关上的声音，还有人探出头问花腰带或者花绑腿放在哪里……

叮嘱声把细糯她们的耳朵都给灌起了茧子，奶和婶嬢们拿出最美的衣裳，一层又一层，把她们裹得像陀螺一样转来转去，银项圈银头花银腰带叮叮当当挂满了一身。好一番披挂上阵，等到大人们端详再三，确认再也没有可折腾的空间和地方才罢手。

下山的路还是以往那一条，花花草草也和平时没有什么不同，但又仿佛不太一样了。红糯每踏出一步，都有一种踩在云端的喜悦和幸福。漫长的山路因此变得很短，很快她们到了镇上，天色大亮，超哥已经在巴拉河的渡船边等着，他身后是一辆洁白的中巴。

坐车到台盘已是下午三点多，天有些热，全身是汗的红糯很想吃冰棍。超哥不准，说歌唱家要懂得爱护自己的嗓子，演出前不吃生冷和麻辣的东西。大家都撒娇，说，我们只是苗家姑娘。超哥摇头，慎重地说，这是你们生命中最珍贵的一场演出，大家要珍惜生命中每一个机会，尤其是第一个机会。

看着超哥严肃的表情，红糯觉得今天的超哥和前些日子很不同，录MV 时，他带着她们唱啊跳啊像个孩子王，但今天的超哥站在"村 BA"的赛场上，一下子就有了大明星的风范和气场，他的话分明是在教她们怎样通往梦想。

夜幕降临，观众席上密密麻麻坐满了人，晚风消去白天的炎热，但场内的气氛却随着观众的增加越来越热烈，决赛队员们有些紧张，一个个摩拳擦掌。后台等待演出的红糯也越来越紧张，额头冒出细密的汗珠，脸红得像是喝醉了酒，再看其他几个人，也跟她一样。

决赛哨声吹响，观众席上响起震耳欲聋的欢呼声，啦啦队一声紧似一声的鼓点像是敲在她们心上，怦怦、怦怦……

导演匆匆走过来，拿着演出单和超哥再次核对了一遍，两人都不说话，只是互相比了个"OK"的手势，然后导演用对讲机严肃地说，再讲一遍，再讲一遍，上半场结束演出第一个节目，廖崩嗒佩合唱团。

收到收到！上半场结束演出第一个节目，廖崩嗒佩合唱团。对讲机那边响起对方的回复声。

这样的阵仗红糯她们从没见过，身边是穿梭不停的工作人员，一个个表情严肃脚步匆忙，消防员、警察、志愿者们也来回穿梭不停，原来大家在网上看到的轻松愉快的"村BA"，背后藏着这么多人辛勤的劳动和汗水。红糯的心中涌出一股陌生的感动，如果用一个更贴切的词来形容的话，应该是敬畏。这些人的脸上写着共同的表情，那就是笃定。

一瞬间，恐惧和害怕像山风吹雾一样散去。是的，她要做像超哥、像他们这样的人，认真且笃定地对待一切，她要让这场演出成为自己一生最绚丽的回忆。

怕吗？红糯捏捏细糯的小手。

细糯闭着眼，长长的睫毛轻颤，不怕。

吹牛。懂花立双腿直发抖，我都害怕，你这么小会不怕？

细糯轻声说，我在数我的心跳，一下、两下，我让它乖、不急，它就不急。

谁教你的？滚飞园说。

医生。细糯说，我要唱歌，要上学，我要当会唱歌的医生，天天戴着听诊器，听心脏的声音，怦怦、怦怦，好的心脏的声音发出来的声音就像歌声，好听！

那我们也让心脏跳出好听的歌声，懂花立调皮地说，动次打次。

一声清脆的哨响再次将大家的思绪拉回热腾腾的赛场，暖场音乐响了，导演飞奔过来，蹲在孩子们面前，眼睛灼灼发光，马上就看你们的了！两分钟后入场，廖崩嗒佩、勇敢女孩！雄起！

雄起！大家一起高喊。

我再传授给大家一个经验。超哥拿出撒手锏，上场后灯光啪地一打，哐当一下……

队伍里突然冒出噗的一声笑。

超哥愣了。

超哥您接着讲。懂花立老练地摆手。

好，灯光哐当一打，超哥说，这时候全世界除了明晃晃的光，你们会眼前一黑，那些密密麻麻的观众你们根本看不见，就像站在山顶上对着明晃晃的太阳。所以根本不要怕，只管正视前方，想象你们站在枫香树下，对着太阳歌唱，你们眼前是无边的云海、青绿的梯田，夜风吹过来时，有秧苗的香，还有蟋蟀的歌唱。

大家静静听着，鼻尖浸出小汗珠，她们拼命地想着家乡，想着马上就要扬花的稻田，想着秋日的丰收。

今天也是丰收的日子。

一、二、三，挺胸、收腹，走！超哥咬着暖场音乐结尾的尾巴，像战神一样毅然挥着手，轻声下令，然后斗志昂扬地带着合唱团上了场。

欢腾的赛场顿时安静下来，观众们伸长脖子好奇地看着一群可爱的苗族小姑娘，整个赛场上全是叮叮当当的银饰声和盛装摩擦沙沙作响的声音。

这声音早已揉进红糯她们的灵魂，她们的心逐渐平静下来。是啊，有什么好怕的，苗家的女孩生来就会唱歌，不过是换了个地方唱。

啪。

聚光灯一亮，一切果然如超哥所说，红糯感到眼前一黑，像走在正午最强烈的阳光下，除了挨着自己的小伙伴，再远一点什么也看不见。熟悉的音乐响起来，那是她们在心里哼唱了千百遍的旋律，属于她们自己的歌。红糯随着旋律轻轻摇晃，像秧苗在晚风中摇曳，含苞的稻穗迫不及待要出去玩耍，她要用歌声把饱满的稻穗留下来……

超哥牵着细糯的手，走到舞台正中，悠扬的琴声过后，细糯的声音如清泉滴答——

"我是一个大山的小孩，我有两个好朋友，太阳和月亮……"

随之而来的是十一个女孩的合声，如深山溪流淌过青石，清亮的水花四溅。云雀般美丽的歌声在"村 BA"赛场上空久久不散，大屏幕上，美达寨的狗和鹅、稻田和木楼一一展现在大家面前，菜地里，动作古怪的丙两主任正和测量队比画即将修到月亮山的路。蓝天云海间，一群天真烂漫的女孩正手牵手走过山巅云雾，背着书包下山。

镜头随着她们走啊走，漫长的山路、汗湿的头发、疲惫的表情、苍茫的远山……

观众开始流泪。

导演目不转睛地盯着场内场外的变化，心一直悬着，他真害怕这群连县城都没有去过的孩子出状况，这可是全网直播啊。

歌声结束，一秒、两秒、三秒，观众席上宁静如海，没有任何声响。合唱团静静站在舞台中央，一动不敢动，红糯听到自己心脏的声音，那么猛烈，像是要跳出喉咙。完了，她们失败了吗？为什么她们唱完了观众席上却一点掌声都没有。

她紧绷着嘴角不让自己哭出声。

突然，有人站起来鼓掌，紧接着观众席上爆发出雷鸣般的掌声，人们举起了手里的荧光棒和小手拍，齐声高呼，廖崩嗒佩、廖崩嗒佩！

红糯的眼泪哗地淌出来。

吓死我了！懂花立边笑边大哭，我的心脏都要爆炸了。

像一场梦，十一个泪流满面的苗娃娃半梦半醒地被牵引着退到后台，半天缓不过神来，像着了魔，只知道流着泪傻笑，问她们话也笑，摸她们脑袋也笑，刮她们小鼻尖也笑。

醒来了醒来了，超哥打了个响指，不知从哪里拿出一袋冰激凌，果然大家顿时元神归位，尖叫着扑向超哥，泪花花糊了超哥一身。

细糯站在边上，不抢也不叫。

她在思考一个问题，红糯姐姐必须念书，所有的姐姐都要念书，她也要念书。

勇敢女孩。她轻轻拉了拉超哥的衣袖，没头没脑地说。

超哥眼睛一闪一闪，赞同地点点头，廖崩嗒佩。

回乡路上，折腾了一天的女孩们很累，却丝毫没有睡意，坐在中巴车里轮流抢着超哥和小吉老师的手机查看网络留言，才两小时，她们已经上了热搜。

北京、上海、广州、香港、新疆、云南、辽宁、西藏……她们没走出贵州，歌声已传遍全国。

嗯，一定还传到了河西，还有"长河落日圆"的沙漠。滚易花说。

也传到了内蒙古大草原，还有呼和浩特。红糯说。

小吉看着叽叽喳喳的女孩们，心里暖洋洋的。

今晚过后，她们会变得不同，她们会像合唱团的名字一样成为苗乡最勇敢的女孩，勇敢地面对成长道路上的曲折和坎坷，努力成为自己想要成为的那个人。

超哥，您给孩子们讲两句好吗？小吉看向超哥，她知道超哥自始至终都清楚这其中的意义和期盼。

好。超哥又变成了那个温和的大哥哥，他笑着说，第一，没有比你们更棒的合唱团，我相信未来不久，你们会到更大的舞台演出，甚至有可能去北京。第二，所以，合唱团不能散。

提到"散"字，大家沉默地低下了小脑袋。

我们……滚飞园瓮声瓮气地说，过完这个夏天就毕业了，散了。

你们可以继续念书，我也要念书。细糯站起来大声说，大家惊奇地看着她，除了唱歌，从没有人听到细糯的声音如此响亮过。

可是……红糯叹口气。

小吉猜出红糯的心思，笑着说，关于成绩，我相信你们会一点点追上去的，因为别的孩子是用脚，你们却是用翅膀。

翅膀，哪来的翅膀？

有。超哥笑容灿烂，两手比着飞翔的动作诙谐地说，你们乘着歌声的翅膀。

哐当一下，我们有了翅膀。大家抱着红糯欢呼。

十八

夏天是个急性子，说到就到。

一晃就是六年级毕业典礼的日子。吴当久伤感地站在办公楼上，看着操场上的孩子们跑来跑去，有的在准备毕业演出，有的在照合影。

每年都有一次离别，但这次离别他尤其不舍。

他的宝贝廖崩嗒佩合唱团要被人抢走了，镇中学的孙校长前两天心急火燎地跑来宣布，他们中学正准备给合唱团全体成员增加装备，比如耳麦什么的。

呸，稀罕。吴当久白了他一眼，你就是个吃白食的。

吴当久年轻的时候经常在学校带孩子们玩老鹰捉小鸡的游戏，他本来从未真正讨厌过老鹰，但现在他有点讨厌老鹰了，因为孙校长就像一头老鹰，要来抢他好不容易养出的可爱小鸡崽们。

你要想得开，总不能让孩子们一直念六年级吧。孙校长教育他，树要长，人也要长。

那就看你怎么劝了，吴当久悻悻说道，你晓得的，美达寨的姑娘都不念初中。

NONONO，孙校长本来就小的眼睛眯成一条缝，存心让吴当久更难受些，这回她们全部都要上初中，因为她们有一双歌声的翅膀。

啥子？吴当久又惊又喜，天菩萨，恁好的消息，他居然不是第一时间晓得的人。

这回他是真生气了，他转过身愤然大喊，冯小吉你给我滚出来！

小吉忙不迭地"滚"出办公室，诚惶诚恐地望着吴校长。

没有第一时间告诉吴校长是她的错，但她也没想到昨天她和周握手刚做完动员工作，下山就遇到了孙校长，这个消息自然让孙校长给截走了，回到学校她忙今天的毕业活动，又给忘了。

叛徒。吴当久看着小吉的表情，气得牙痒，好半天才憋出两个字。

孙校长乐得脸都歪了。

吴当久后悔食堂只喂了流浪猫没有喂流浪狗，不然现在他就可以放狗咬老孙，谁让他捡大便宜呢。

不过，捡就捡吧……孩子们能继续念书就是最好的事。

还有个事，小吉赶紧甩出最新消息安慰吴当久，合唱团已经接到很多暑假演出邀请，省内省外电视台的都有，下周省里有个乡村振兴活动想请孩子们去参加，助力黔货出山，您看您带队去？

孙校长抢过话头说，今天以后孩子们就和谷品小学没关系了，升初中了，算我的人，我带队。

吴当久哪干啊，只要一天还没入初中，都是谷品小学的。

一个声音悠悠插进来说，争啥子，小学的初中的都是镇里的嘛。

二人回头一看，是爱穿白衬衣的领导。螳螂捕蝉，黄雀在后，原来白雀也不是省油的灯。人家说得没错，小学也好初中也好，都是镇里的。

吴当久无可奈何地苦笑，正要伸出手去握领导的手，突然一想不对，今天学校没有邀请镇领导啊，按惯例只邀请了寨老。

他警惕地上下扫描白衬衣领导，他要干什么？又来说米酒的事？还是说三天一小节五天一大节？

远处，坐在操场第一排的寨老们也紧张地看着这边，一个个撅起屁股，做出随时准备跑掉的架势。

白衬衣领导不好意思地搓了搓鼻尖，拍拍吴当久的肩膀说，放心吧，我不是来捣乱的，我是来学习的，以前我的工作片面了、狭隘了，简单粗暴地把咱们的民族特色文化归结成陈风陋习。最近"村BA"大火，给我上了一课，这回合唱团精彩出圈又给我上了一课——不是咱们的民族特色文化有问题，是我的思想和方法有问题，没有思考好传承、创新和融合的关系，今天听说学校请了寨老们来参加毕业典礼，我是特意找这个机会来给大家道歉的，你看，我还带了米酒来。

吴当久这才松一口气，也不理会白衬衣领导和他的米酒了，回过头急切地向孙校长再一次宣示主权——小学的，我去。

校园广播里，全校师生早已熟悉的音乐声缓缓响起，后山青杠林里的麻雀已经喜欢上了这首歌，它们不惊不慌，徐徐扑打着翅膀，欢快地飞向远方。

吴当久回过头，抬头望远方，蔚蓝色的天空下，红红黄黄的小彩旗从月亮山脚一直插到山顶，那是丙两主任和测量队插下的旗子，在风中如彩蝶飞舞。

夏天到了，这个夏天和以往不同，它蓬勃勇敢，它有廖崩嗒佩。

原载《人民文学》2024 年第 5 期

微不足道的一切

一

　　丁小武碰到难题了。其实，不是他的难题，是父亲丁铁山痴呆了。不过，反过来讲，这也是他的难题。

　　丁铁山的病，是半年前出现征兆的。走着走着，迷路了。他是个四海为家的人，是个探路和开路的人。迷路，对他来讲就是耻辱。他出现的另一个症状是遗忘，迎面碰到一个人，记忆中似曾相识，却想不起"来者何人"。

　　刚开始，丁铁山并没有认真对待，他对身体很自信。他年轻时练南拳的刚柔法，一身硬功夫，两三个人近不了他的身。他了解自己的身体，也充分信赖，只要休息两天，就能调整过来。

　　丁铁山的病来得猛烈，像夏天的雷阵雨，一声霹雷炸响，雨点迫不及待地砸下来。好像是蓄谋已久，更好像是不由分说，不到半年时间，就完全失去记忆。有人叫他"丁铁山"，他认真地问："丁铁山是谁？"

痴呆后，丁铁山还是喜欢到处走，这个职业习惯他依然保持着。可他找不到回家的路了，更找不到家门，只能站在路边发呆，直到有人问他："你是谁？"

他说："丁小武。"

"在这里等谁？"

"丁小武。"

"你家住哪里？"

"丁小武。"

"你家里还有什么人？"

"丁小武。"

警察每一次都将电话打到丁小武手机上。丁小武放下手头的活，开着富康车，急匆匆赶往派出所。隔两天，丁小武又得去一趟派出所。

丁小武带他去信河街人民医院做检查，身体各个器官都没问题，也都有点问题。没有查出病因，医生没办法对症下药。换一家医院，也一样。

丁小武思来想去，最后将他送入养老院。

丁铁山在养老院住了不到一个月，就被遣送回来了，因为他在里面演绎"武打片"。他功夫还在，出手动脚更是没轻没重。话说回来，打养老院里的老头老太也不太需要功夫，丁铁山一伸手，撂倒一个，一抬腿，又一个躺下。相当地轻松，相当地好玩。他上了瘾了，乐此不疲。

养老院只好将他送回来。再不送他回来，肯定出人命。

丁小武将他送回石坦巷的单身宿舍，请了一个保姆照顾他。丁铁山这一次倒没有对保姆"动手动脚"，他知道这是在自己家，要斯文。

但是，一个月后，保姆跑了，因为丁铁山在床上拉屎拉尿，不管不顾了。丁小武一连请了三个保姆，每一个都做不到一个月，最后一个只做了一天，不辞而别了。

丁小武每一次去石坦巷，丁铁山都会面无表情地高喊一声"丁——小——武——"。每一个字都有一个后音，"武"字拉得更长，像唱歌。丁铁山每喊一声，丁小武心里就刺一下，莫名其妙地想大哭一场。

在丁小武看来，父亲是决绝性格，从不拖泥带水，从不儿女情长，说话从来是斩钉截铁的。当然，这只是丁小武的看法，他和父亲没有作过沟通。他对父亲的认识，从来是站在外围观看。而父亲呢，在丁小武的记忆中，也从来没有主动跟自己谈过心。在丁小武心里，父亲像个战士，他在销售科工作，东征西战，周游全国。而丁小武只是一个工人，一个模具工人，他的世界只是一个车间。他们是两个世界的人。相貌也不同。父亲是瘦高个，手长脚长，像只鹭鸶。丁小武的个子不算矮，接近一米七，但他骨骼粗壮，像只猩猩。还有，他有两颗明显的虎牙，父亲没有。最主要的是，两个人不亲。父子之间，亲不亲，不是指两个人之间有没有话，能不能聊得起来，而是指，两个人见面，什么话也不用说，甚至都不用看对方一眼，那股血脉关系的亲情就会流淌起来，就会荡漾起来。丁小武和丁铁山没有这种感觉，不亲。

丁小武自认不是一个冷漠的人，用妻子柯又红的话说，他是"拖拉机"。丁小武承认，在很多时候，他是犹豫不决的，是能拖就拖的。他是个软性格。相比之下，丁铁山立场坚定，处事果断。

有一件事，丁小武印象深刻。他和柯又红属于"无证驾驶"，结婚前就住在一起——柯又红的宿舍很小，只有二十三个平方米。丁铁山住在石坦巷，他的宿舍有二十六个平方米，多出来的三平方米，是一个卫生间。结婚前，柯又红让丁小武去跟丁铁山商量："我们结婚，你爸一分钱没拿，对换一下宿舍总可以吧？"

柯又红这么说是有道理的。信河街的风俗，子女结婚，男方父母是要准备一间婚房的。而他父亲"屁也没放一个"。其实，丁小武并没有对丁铁山说过结婚的事，丁铁山并不知道有柯又红这个人。柯又红想跟丁铁山对调房子，让丁小武为难了。他开不了口。柯又红干脆将话挑明了："如果你开不了口，这个坏人让我做。我去讲。"

"还是我去吧。"说出这句话，是丁小武的本能反应。他知道柯又红说到做到，而她和丁铁山根本没有见过面，一见面就说调换房子的事，想想都难为情。但是，话一出口，丁小武就后悔了，后悔死了。柯又红想去，让她去好了，是她想调房子的。

丁小武一直拖着没去见丁铁山，拖一天是一天。直到结婚前一个月，柯又红再一次问丁小武："调换房子的事，你爸怎么说？"

丁小武这次老实了："我还没说。"

柯又红早就猜到丁小武会这么说了，不抱希望了："你是不是不想问了？"

丁小武觉得还是要实事求是："我实在开不了口。"

柯又红生气了，应该说是很生气。跟自己父亲有什么开不了口的？又不是抢他的房子，是调换，只差三个平方米而已。但柯又红没有发作，她很清楚，对丁小武发作有什么用？解决不了问题的。她说："我知道你脸皮薄，我脸皮厚，我去总行吧？"

这一次，丁小武没有说行，也没有说不行。他本来想说"要不要我跟你一起去"，话到嘴边，又吞下去了。

柯又红去石坦巷 12 号 201 室找丁铁山。

进门之后，柯又红先环顾了一下房子。其实，也不需要"环顾"，单身宿舍的结构都差不多。柯又红关注的重点是卫生间。她只关注卫生间。就在靠近阳台的角落里，卫生间的门开着，一览无余。很小，小得刚刚容得下一个人，如果是个胖子，转身都困难。可是，够了，足够了。这不是大与小的问题，而是有与无的问题。其实，也不是有与无的问题，这是先进与落后的问题。更进一步讲，这是生活质量的问题。有卫生间的生活是完满的，没卫生间的生活是不完满的。差别就在那三平方米。就这么简单。对于柯又红来讲，她马上要跟丁小武结婚了，跟丁小武父亲调换一下有卫生间的宿舍，过分吗？当然不过分。名正言顺，理所当然。

柯又红先作了简单的自我介绍，然后说了调换宿舍的事。言简意赅，直奔主题。不是商量，不是要求，不是请求，而是宣布。丁铁山直直地看了她好长一段时间，他觉得这个女人的脑子肯定进水了，肯定塌掉了，丁小武的眼睛肯定也瞎掉了，找了这么个"条直"的女人。这种事轮得到她来讲吗？要来也是丁小武呀，她还没过门呢，算个球？丁铁山斩钉截铁地说："想要我的宿舍，门都没有。"

柯又红纠正说："不是要，是调换。"

丁铁山更坚定地说："调换也不行。"

一开始就僵住了。也不是僵住，而是一开口就谈崩了。不可调和，不留余地。双方各踞一边，互不相让。也不存在让的问题，没有沟通，没有商量，事情从一开始就变成水火不容。两个人都是气势汹汹。两个人都是杀气腾腾。

柯又红生气了。她的生气是理直气壮的，是义正词严的，她质问丁铁山："丁小武是不是你的儿子？"

这个问题火上浇油了。这不是质问，而是侮辱，丁铁山的态度已经很不好了："是又怎样？不是又怎样？"

柯又红听出了挑衅，听出了无可无不可，听出了逃避。哪有这样做父亲的？一个父亲怎么能说出这种混账话？柯又红不是生气了，而是可怜；不是可怜自己，而是可怜丁小武，他有父亲，又没父亲。她为丁小武感到不值，也感到羞辱，她对丁铁山说："如果是，你就承担责任；如果不是，以后丁小武就没你这个父亲。"

这就是威胁了。丁铁山原本是冷静的，这时更加冷静了，跟一个脑子不灵清的人，有什么好讲的？他准备速战速决："那是我和丁小武的事，轮不到你来指手画脚。"

柯又红很伤心，但她没有表现出来。那就铁了心吧，不就是三平方米的卫生间吗？不要了。她突然对丁铁山笑了一下，说："是的，确实轮不到。再见。"

柯又红说的"再见"，其实就是不见。从转身离开201室的那一刻开始，她就迅速删除了调换的念头，同时，也删除了丁铁山这个人。他不是丁小武的父亲，丁小武没有这个父亲。退一步说，即使他是丁小武的父亲，跟她也没有关系，没有任何关系。她割断了。本来就没有连在一起，一割就断。此生不再相见。

所以，他们结婚时，丁铁山没有出现。是柯又红不让丁小武通知他的。柯又红对丁小武说"有他没我"。但丁小武还是偷偷告诉丁铁山了，结婚这么大的事，于情于理都应该说一声，但他没有说结婚日期。丁铁山问他有什么需要，他说没有。丁铁山又问："确实没有？"他说："确实没有。"丁铁山就不再问了。摆结婚酒席时，只有女方家长出席，有人问起来，丁小武说他父亲出差了。酒席地点是柯又红定的，在华侨饭店，四星级，当时信河街只有这一家四星级饭店。柯又红不是一个铺张浪费的人，但是，她说了："丁小武，结婚就一次，铺张浪费怎么啦？"

丁小武连连点头。

柯又红说到做到，从那之后，再也没有提过丁铁山的名字。在她的生活里，丁铁山是一个不存在的人。包括他们的女儿丁点点出世，包括他们搬迁到公爵山庄新居，丁铁山都是"缺席"的。但她知道，丁小武跟丁铁山有来往，包括派出所给丁小武打电话，让他去领丁铁山，她每一回都听得明明白白的，但从不过问。她只有一个要求，是在他们结婚之前提出来的：丁小武不能在家里提丁铁山的名字。当然，丁小武也不会提。在家里提丁铁山的名字，不是没事找事吗？

丁小武没觉得这种关系有什么不对，不来往就不来往，双方都清净。眼不见，心不烦，挺好。可是，现在的问题是，丁铁山成了一个生活不能自理的人，柯又红可以不管，他能不管吗？丁小武觉得不能。也不是内疚，不是。只是每一次看着已经不认识自己的丁铁山，他会心酸，也不是心酸，而是无端地悲从中来。

他当然没有哭。一次也没有。又过了半年，就在除夕的那一天，丁小武突然跳出一个念头——将丁铁山接到公爵山庄。

这个念头太疯狂了，无法经过柯又红那一关。过不了的。柯又红不可能接受丁铁山住进公爵山庄，她会毫不犹豫地捍卫自己的主权和领土的完整。公爵山庄是她的家，是她的城堡，是她的王国，她绝不会让别人踏入一步。丁铁山更别想。是的，即使他痴呆了也不行。

但是，作为丁小武来讲，明知柯又红不会答应，却还是要将这话讲出来。果然，柯又红听了之后，没有任何犹豫地说了两个字："不行。"

停了一下，她又补充一句："你如果一定要他住进来，我搬出去。"

这就是断了退路了。她没有理由搬出去的，也不会搬出去。这是"没有商量"的意思了。丁小武当然明白她的意思，也早就料到她会这么说。可他还是想从柯又红嘴里得到证实。他满意了？当然不满意。他站在满意和不满意之间，一头是父亲，另一头是妻子。他想平衡两头，可是，做不到。不过，当他听到柯又红的答复时，居然有一种如释重负的感觉，居然有一种身轻如燕的感觉，他用犹豫却又坚决的口吻说："你不用搬出去嘛，我搬出去。"

出乎意料了。柯又红不能理解丁小武的话，更不能理解丁小武的行为，她跟这个男人"睡"了几十年，却一点也不了解他。她的心突然冷下来了，是绝望的冷，她面无表情地说："随便。"

二

这一年，丁点点大学毕业了。

四年大学，她做了五件事：家教、支教、旅游、当学生会副主席和谈恋爱。当学生会副主席是在大二，当上之后，发现还要到社会上拉赞助，立即谈恋爱去了。

丁点点在大学谈了两次恋爱。第一次是和学生会里的师兄，是师兄主动追她，说"你是我梦寐以求的人"。毕业时，他的"梦"醒了，双方很客气地说"拜拜"。第二个是学生会里的师弟，名字叫季增石，比她低一届，是她主动的，属于"老牛吃嫩草"。她追季增石只有一个原因，他笑起来时，会露出两颗小兔牙，相当地讨她欢心。丁点点毕竟谈过一次恋爱，是"过来人"，不再矜持。几乎没有征求季增石的意见，直接将他收归"麾下"。

季增石读的专业是营销。这个专业相当"开阔"，什么都学，却又什么都没学，很神奇的。季增石是个沉默的人，一天说话不超过三句。他觉得这样很酷，很有个性，更主要的是，他觉得自在，有什么话可以在脑子里和自己说，自得其乐。丁点点和他谈恋爱后，他对丁点点也是"惜话如金"，丁点点威胁他："你是不是不喜欢我？为什么半天没跟我说一句话？"

他立即用眼睛无辜地看着丁点点，露出两颗小兔牙。丁点点继续威胁他："你再不说话，我真的生气了。"

这话一出口，丁点点都觉得自己有点"为老不尊"了，忍不住笑了起来。季增石见她笑个不停，摸着脑袋，一脸惶恐地看着她，喃喃地说：

"我说我说。"

他还是什么也没有说。

季增石在学生会负责电脑维护，没有他解决不了的电脑问题。丁点点发现，他看电脑的眼神比看她的眼神明亮得多，完全是要一口将电脑吃掉的架势。这让她嫉妒，丁点点希望他能用这种眼神看自己。好多次丁点点故意弄坏学生会的电脑，以泄心头之愤。后来她发现，这一招正中他下怀，让他有更多时间和电脑待在一起。丁点点立即改变策略，学生会的电脑谁也不能动，她让季增石加了锁，只有她才能打开。

毕业了，也和季增石"拜拜"了。没有举行任何"仪式"，甚至连招呼也没有正经打一个。根本不需要嘛，潮涨潮落，缘聚缘散，随便了。本来就算不上有很深厚的感情，也就不存在离散的痛苦。毕业之前，丁点点已经考入一所中学当语文老师。实习啊，毕业论文啊，答辩啊，各种聚会啊，忙得晕头转向。到了上班的学校，新手上路，手忙脚乱，根本顾不上痛苦。

丁点点算是走向社会了，有了一份正式工作。学校离家只有十五分钟路程，丁点点也没想在外面租房子独住。她知道，如果提出来，柯又红肯定会同意的。丁小武心里估计舍不得，但他肯定不会说出来。丁点点觉得住家里挺好，空间够大，最主要的是，他们不管，晚上多迟回去他们也不管，夜不归宿也不会问。柯又红是不愿意问。丁小武是想问又不好意思问。丁点点知道他们是"故意"的，都这么多年了，成自然了。这很好。这地方免费吃住，又不干涉个人自由，当然得住。再说了，这是丁小武和柯又红的家，同时也是她的家。

丁点点指的家，已经不是校场巷的宿舍了，而是公爵山庄的套房。

丁点点成长的二十年，是信河街翻天覆地的二十年，丁小武的经历没有大风大浪，却也算随波逐流。丁小武原来是信河街模具厂工人，喜欢写点小文章，后来被招聘进文化局下属的杂志社。再后来，杂志封面登了一张大屁股女人照，他这个编辑就当到头啦，只好下海和朋友李其龙办打火机厂。

李其龙和丁小武是朋友，和柯又红是工友。柯又红是信河街火柴厂仓库保管员，李其龙是车间主任。丁小武和柯又红的认识，就是他牵线的。

李其龙做的是整机，分两大类：一类是一次性打火机，另一类是充气式打火机。李其龙胸怀大志，目标是做出世界上最好的打火机，比"都彭""登喜路"还要高级的打火机。为此，他专门去上海恒隆广场，花两万四千四百四十元，买来五只"都彭"打火机，将机身拆解，研究各个零部件和构成。他要做到知己知彼。

丁小武先跟李其龙合伙做了一年整机。他们是好朋友，却有本质区别。区别最先体现在"世界观"上。李其龙要的是"大"，工厂名字也体现他的追求：大世界打火机厂。工人和老板加起来不到二十人，厂房也是租来的，哪来的"大世界"？李其龙不管，这是他的气势，是他的格局，更是他的人生追求。"大"是李其龙的特点。丁小武有自知之明，他把握不了"大"，他的选择都是从"我"出发的，他对世界的认识是"小"，他只能想象看到的东西，只对看到的东西有把握。

工厂的生意还可以。什么概念呢？一年生意做下来，纳完税，还清货款，付清房租，发完工人工资，一结算，两个老板寒碜了，除了每月预支的两千元工资，年终分红也是两千元。

这种状况可以理解，两个老板的心思不在一块儿，力量也使不到一起。

那年春节过后，丁小武主动和李其龙谈了"分家"的事。丁小武对李其龙说："你做整机，我做配件。我还是归你管。"

丁小武又对李其龙说："我不是不想做世界上最好的打火机，而是不敢想。我要赚钱，要尽快买一套带卫生间的房子。"

紧接着，丁小武又补充一句："这也是柯又红的想法。"

话说到这个份儿上，李其龙还能说什么？放行。

丁小武独立出来后，办了一家小工厂，做的配件是镍片，信河街人叫银片、限流片。限流片是打火机里的一个出火装置，出火口只有六微米，比头发丝还细，是真正的小本生意，赚的是辛苦钱。丁小武是做模具出身的，只要有一台冲床，火箭都能做出来，限流片不在话下。对于丁小武来讲，只要能赚到钱，累和苦，他不怕。

限流片做了十年后，丁小武终于实现愿望，购买了公爵山庄的房子。房子是柯又红看中的，顶楼，跃层，九跃十，最主要的是大，二百三十个平方米，楼上楼下加起来，有三个卫生间。也就是说，他们一家三口，每个人都有一个卫生间，怎么用都行。为了奖励丁小武，柯又红给他买了一辆富康轿车。

又过了十年，信河街的限流片泛滥成灾了，从最开始只有丁小武一家，变成了几百家。价格从一片一元，压到一片一毛——这生意没法做了。

刚好，丁小武将工厂关闭了，一门心思去石坦巷照顾丁铁山。

自从丁小武搬进宿舍后，丁铁山再也没有在床上拉屎拉尿过。他会突然高喊一声"丁——小——武——"，丁小武像屁股被人捅了一刀，一跃而起，一把将他抱起来，冲入三平方米的卫生间。丁铁山的喊声一天最少要响十次，没有任何规律，没有任何征兆，完全是突发性的，有时是午夜，有时是凌晨，中气十足，声音凌厉。

没有人理解丁小武为什么要这么做。从外人的眼光看，他是丁铁山的儿子，他在尽一个儿子的责任。但丁小武知道，这不是主要原因。主要原因是，他没想到，自己会以这种方式找回父亲，并以这种方式找回自己。在很多时候，丁小武觉得，自己并不是在照顾父亲丁铁山，而是在照顾另一个自己。

还有一个更隐秘的原因。这个原因，连丁小武自己也否认，但肯定存在：父亲丁铁山曾经是那么强壮和强大的人，现在却变成一个需要他照顾的"傻子"。孱弱，无知，浑浑噩噩，生不如死。他心里似有所得，却又怅然若失，实在是五味杂陈。

这种结果也是柯又红没有料到的。对于她来讲，她不能接受丁铁山来公爵山庄，也不能接受丁小武住到石坦巷宿舍。丁小武是"她的人"，她不会和任何人"分享"，即使丁铁山也不行。所以，丁小武搬到石坦巷，柯又红是有意见的，相当地大。可是，如果必须在"搬进来"和"搬出去"之间做选择，她选择后者。这是她的态度。但是，更大的问题来了，她没想到，丁小武居然连家也不回了，不闻不问了，他的眼里只有父亲，父亲成了他的命，成了"他的唯一"。

对于丁小武，柯又红是不满意的，几乎心灰意冷了。什么叫家庭？什么叫夫妻？只有同心同德才叫家庭，才叫夫妻。丁小武的行为极大地伤害了她，他居然为了那个无情无义的父亲抛弃了这个家，抛弃了她。她不能原谅丁小武这个行为，这辈子都不会原谅。柯又红做好一切准备了，她不会低头的，绝对不会。她要有力地证明给丁小武看：没有他，这个家照样是个家；没有了他，她也依然是她，而且，活得更逍遥更自在。

柯又红对丁小武的不满另有隐情，丁小武一身肌肉，看起来"凶猛"，可是，他在"那个事"上表现欠佳，最大问题是毫无章法。每一次都是横冲直撞，好像牛入羊群。可是，每当他找到出口，马上就全力以赴了，救火似的。每一次，柯又红的兴致刚刚上来，丁小武就兀自鸣金收兵了。柯又红不满意，不满意极了。她每一次都让丁小武"慢一点"，柯又红说："你是做模具出身的，就当我是你手中一个模具，你要有耐心，要循序渐进，要精益求精，要把我当成一件艺术品来打磨。什么叫打磨？就是要有'打'有'磨'，要双管齐下，比翼双飞，而不是急吼吼地独自赶路。"可是，丁小武屡教不改，不开窍，很不开窍。柯又红兴致索然了。而丁小武也知道自己没有做好，他每一次都想努力表现，可是，他越是努力，表现却是越差，几乎"无功而返"了，都心理自卑了。愧疚成了阴影，压力相当地大。日子一长，"那个事"成了两个人的禁忌，成了刻意避开的禁地。身体的荒芜慢慢演变成内心的荒凉，疏远了，很疏远了。似乎变得可有可无了，可内心的渴望却愈发激烈。急死人了。从柯又红的角度来讲，这样的丁小武在不在身边有什么区别？根本无所谓嘛。有点赌气吗？有点。赌气的点在于，丁小武是个"有能力"的男人，他却"故意"把事办砸。这就不可原谅了。这些话不能摆到桌面上来讲，羞于启齿啊。那么好吧，眼不见为净。这样的人有什么好留恋的？

柯又红对丁小武的不满，还跟一个叫董南妮的女人有关。

董南妮曾经是丁小武的"正牌女友"，或者说是"绯闻女友"——丁小武去兰州给董南妮送过毛衣。从信河街到兰州，何止千里，就为了送一件毛衣。这是什么情况嘛？明摆着的，这不是送一件毛衣那么简单。丁小武的解释是，他们是同事，同事间应该互相帮忙。那时，丁小武在文化局当编辑，董南妮也是。有半年时间，她在兰州大学培训。她到了兰州后，给丁小武打电话，说没想到兰州这么冷，冷得骨头都麻了。最要命的是，她忘带最喜欢的红色高领毛衣了。丁小武接到电话后，立即联想到西北的冰天雪地，仿佛看见瘦弱的董南妮被冻得瑟瑟发抖，甚至奄奄一息了。他立即决定千里送毛衣。他说这完全是自告奋勇，是本能反应，跟一个人掉进江里他伸手去救是一个道理。而且，毛衣送到之后，他赶当天的火车回来了。是一趟纯粹的送毛衣之旅，纯粹的好人好事。但是，在柯又红看来，这个解释根本站不住脚，漏洞百出啊。第一，董南妮去兰州不可能忘记带毛衣，而且是她最喜欢的毛衣。女人出门，可以忘记回家的路，甚至可以忘记自己的姓名，绝对不会忘记带最喜欢的衣服。这是女人的特性。也就是讲，董南妮"忘记带毛衣"是故意的。第二，董南妮忘记带毛衣，为什么选择给你丁小武打电话？她怎么可能让一个非亲非故的男人千里送一件毛衣？于情于理都说不通。事情是明摆着的，她有想法，很明确了。第三，你去哪里拿董南妮的毛衣？当然是董南妮家。也就是讲，这件事，董南妮爸妈是知道的，也是首肯的。他们如果不认可，不会让你进他们家门，更不会让你拿走毛衣，没有毛衣，你去兰州送什么？第四，也是最重要的，董南妮一个电话，就将你招到了兰州。你奋不顾身地去了，是心甘情愿的。好了，你情我愿了，还有什么好讲的？嗯？

柯又红无法接受自己和丁小武之间藏匿着另一段故事，无论丁小武如何辩解都不行。柯又红拥有一个女人最敏锐最准确的直觉，丁小武不可能对董南妮没有意思，否则，他不可能去兰州送毛衣。除了爱情的力量，男人不可能有这么大的动力。

柯又红去过一趟文化局，也是唯一一次。以柯又红的性格，是不愿去丁小武单位的。她是有自尊的。她是工人编制，进了机关，有无形压力，有巨大自卑。但柯又红决定去一趟。这一趟不一样了，她是以胜利者的姿态进入文化局的，她是以视察封地的姿态进入丁小武单位的。她必须走一趟。在丁小武还没有介绍之前，她越过所有障碍，一眼就看到了娇小玲珑的董南妮。就是这么精准，就是这么神奇。她以为董南妮会慌张，会落荒而逃，甚至当场落泪。出妖怪了，董南妮居然同时盯上了她，四目相对，剑拔弩张。谁也没有开口，谁也不愿退缩。"战争"一开始就进入胶着状态，气氛相当激烈，相当惨烈。柯又红这次来文化局，属于"突袭"，她完全打了丁小武一个措手不及，丁小武完全乱了阵脚。一看见柯又红和董南妮对峙的架势，他腿都软了。他预感到，此时自己无论说什么，都会变成一条导火线，一场"战争"难以避免，而他肯定是引火烧身的。可是，这种情况之下，如果他不开口，这种无声的"战争"更加可怕，更有杀伤力，后果不堪设想。所以，丁小武只能"牺牲"自己，只能将笑容堆到脸上，拉着柯又红对大家说："这是我的女朋友柯又红，大家也可以叫她阿红。"

是这句话挽救了一场一触即发的"战争"。或者，换一句话说，是这句话让这场"战争"见出胜负——柯又红完胜。她和董南妮在"僵持"，在"角力"。两人都没有挑明，两人都心知肚明，完全是一场精神上的"争夺战"，谁也不让。谁也不会让，谁让谁输。可是，丁小武一开口，胜负立判了。柯又红要的就是这句话，她很满意。丁小武通过了她的考验。她更满意的是，这次彻底击垮了董南妮，从精神上击垮了她。但她没有轻易放过丁小武，她不会的，这辈子都不会。在出了文化局大门后，她向丁小武颁发了一道"圣旨"："从今往后，你不能和那个女人讲一句话，一个字都不能。"

董南妮后来嫁给一个文化局科员，嫁得相当潦草。没想到的是，她父亲作为文化局领导，放出话来——"在我退休之前不能提拔我的女婿"。这是什么混账逻辑？不提拔也就罢了，为什么要说出来？不说出来会死人吗？科员生气了，绝望了，更主要的是赌气，辞职下海去了。丁小武听文化局老同事讲，董南妮和科员婚后的生活并不顺，应该说是相当不顺，据说科员办了一家外贸公司，生意做得一般，私生活却相当出彩。董南妮提出离婚，他不肯，他说："你爸为了标榜自己清廉和正派，要将我耗死，他妈的，老子现在跟你死耗。"

就这么耗着。一直到科员查出结肠癌，他终于同意和她去民政局办离婚手续。出人意料的是，董南妮反而不离了。科员骂她："他妈的，你跟你爸一个德性，又臭又硬。"董南妮不还嘴。科员动手打她，她也不还手。她带科员去各地找医生，带他去上海做手术。去上海之前，她找到丁小武，向他借了十万元。工厂的钱由柯又红掌控，丁小武不敢动，也动不了。他是从客户那里直接提走货款，借给董南妮的。

柯又红知道这件事后，不肯了，她没有跟丁小武哭和闹，她只有一个要求，必须将十万元追回来。丁小武可以将钱借给任何人，但"那个女人"不行。丁小武后来将十万元交还给她，至于是不是从"那个女人"处追回来的，柯又红没问，她伤心透了。

有了这两个"污点"，丁小武还值得珍惜吗？还值得挽留吗？随他去好了。她不需要这样的男人，不需要。

半年之后，考验柯又红的时候到了，她必须面对一个问题，这问题是她之前没有想过的：她的生活将如何"维持"？从表面上看，这个问题不堪一击，因为柯又红未来的生活根本不需要"维持"。这些年，丁小武赚了一些钱，不出意外的话，这些钱足够柯又红用一辈子。再说，她有工资，退休之后会有退休金，她无需为未来的生活担忧。但是，面对未来，柯又红第一次乱了方寸，产生了深深的恐惧。她的恐惧来源于：即使安坐在二百三十平方米的套房，她的眼前依然是一片虚无。此时，她才发现，丁小武对于她是多么重要，对于这个家是多么重要。丁小武在时，他的意义和作用被日常生活屏蔽了。一旦离开，他的重要性凸显出来了，他的作用不只是在现实层面，更具精神意义。也是在这时，柯又红才猛然明白过来，她这辈子，不管愿意不愿意，也不管满意不满意，已经和丁小武捆绑在一起了，离不开了。

三

柯又红对丁点点说："你去叫你爸搬回来。"

柯又红跟丁点点讲这句话时是一个周末，虽然住在一起，两人平时很少交流。丁点点一日三餐基本在学校食堂吃，不是食堂的菜好，而是她不愿面对柯又红。丁小武搬出去后，柯又红的脸色再也没有舒展过，好像丁点点欠她五千元，有种压迫感。丁小武在家时，他的虎牙能部分消解柯又红的"凝重"，丁小武一走，丁点点觉得家里的空气凝固了，好像空气也欠她五千元。喘气都吃力，何况吃饭。丁点点看了看她，故意说："他要服侍爷爷的。"

柯又红脸上没有表情："叫你爸带他回来。"

丁点点坚决地摇了摇头说："我不去。"

紧接着说："要去你自己去。"

柯又红撇了撇嘴，骂了一句："你这个死丫头，什么事都不干，养你有什么用？"

丁点点不会去的。这是母亲和父亲的事，是母亲和爷爷的事，是父亲和爷爷的事。他们的事他们处理，她不干涉。也不是不干涉，而是无法干涉，不能干涉。母亲既然要让父亲搬回来，她必须自己去面对。更重要的是，母亲还要面对爷爷。这是最重要的。这不是小事情，更不是一天两天的事情。母亲肯定知道，如果将爷爷接进家门，他将会在此生活到死，而谁也不知道爷爷什么时候会死。毫无疑问，这将是一个漫长的对峙过程。没错，对于母亲来讲，就是对峙。母亲每天得面对爷爷，这将是她此后每一天的重要课题。

柯又红亲自出马了。这是她这些年来第一次来石坦巷。自从上次离开这里，她再也没有来过，路过这里也是绕开走的。这一次，她豁出去了。

她对丁小武说明来意后，提了两个条件：第一，她不负责照看病人，不会给病人煮饭烧菜，不会洗一件衣服，不会烧一杯开水。摔倒不扶，死活不管。她只是提供一个栖身之处，不承担赡养义务。第二，丁小武必须重新办一家工厂，什么工厂不管，工厂大小也不管，但必须能赚钱。

丁小武接受了柯又红的条件，因为他看到了柯又红的变化：柯又红接纳了他父亲，虽然她提出什么都不管。这不重要，重要的是，柯又红松口了，同意让父亲搬进公爵山庄，而且，她亲自来石坦巷了。她的行动说明了一切。对于丁小武来讲，只要柯又红同意让父亲搬进公爵山庄，他什么条件都答应，做牛做马都行。

丁小武要感谢柯又红。是柯又红成全了他，成全了他作为一个丈夫的名义，也成全了他作为一个父亲的名义，更成全了他作为一个儿子的名义。他是在意这个名义的。他不认为名义是虚无的，于他而言，正好相反，这个世界是虚无的。世界是个巨大的实体，看得见摸得着，可是，丁小武却悲观地认为，这一切终将化为乌有，跟他没有任何关系。或者换一句话讲，这个巨大的世界终将抛弃他，将他湮灭，让他成为灰烬，什么痕迹也不会留下。而名义呢？虽然看不见摸不着，可它却有无比坚韧的生命力，可以穿透历史，更可以穿透人心，流传在人们的记忆和传说之中。丁小武有时也反问自己，这是不是软弱的表现？在面对坚硬的现实世界时，只能自欺欺人，抱着一个无用的名义用来安慰。

看起来，丁小武接受重新办工厂的条件，直接因素是柯又红，是迫于她的压力，他是被迫的。对于丁小武来讲，重新办工厂更是他内心的需求。他在石坦巷照顾父亲的这段时间，是一个寻找和弥补的过程。他找到了，也得到了。他很满足。同时，他也发现了一个巨大的问题，在和父亲相处的过程中，他丧失了直接面对父亲的勇气。说到底，谁也不能接受自己老了变成一个傻子。不能。所以，也可以讲，是柯又红提供走出困境的一个机会，他不能一直和父亲待在一起，他必须有自己的生活，必须找到不同于父亲的人生形态。他必须给自己一个信心，他的未来，不是父亲的翻版。

搬回公爵山庄后，丁小武将父亲安置在跃层的顶楼。这当然也是柯又红的意思。父亲在顶楼，他下不来，她不上去，生死不来往，死活不相见。这样也好。但是，丁小武的问题来了，他要办工厂，虽然还没决定办什么工厂，但无论办什么工厂，他不可能将父亲带在身边，他得出去见熟人，得花时间找人办事，得去了解市场动态。这跟他以前去菜场买菜不同了，菜场是被动的，菜也是被动的，他是主动的，时间是可控的。而现在不同了，谈业务，办工厂，对象是人，有的是他找对方，有的是对方找他，时间变得不可控了。

丁小武跟父亲作了一次"谈话"，很正式很认真地"谈"。

父亲躺在床上，丁小武坐在收起的折叠床上。两个人的构图是一竖一点，像个"卜"字。丁小武拉着父亲的手，看着他的眼睛，父亲的眼睛也看着他，但父亲的眼神穿过他，看向更辽阔的过去和未来。丁小武说："我得出去办工厂。"

父亲一动不动。

"我不能带着你出去办工厂，对不对吗？"

父亲还是一动不动。

"可是，将你留在家里我又不放心。"

父亲依然一动不动。

"你有什么好的建议吗？如果有的话，你跟我讲讲。"丁小武停了一会儿，看着父亲，似乎在等待。又过了一会儿，丁小武说："你不开口也没关系，点点头，眨眨眼睛，都行。"

父亲没有点头，也没有眨眼睛。丁小武等了一会儿，继续说："那好，既然你没有建议，我倒有一个建议，你看行不行？"

父亲依然没有点头。

"我每天早上出去，中午回来；下午出去，晚上回来。在我出去的这段时间里，你能不能憋住？"

父亲的眼睛还是没有眨。

"我相信你能憋住。我对你很有信心。"

父亲这时突然张开嘴巴，喊道："丁——小——武——"

丁小武马上伸手将他从床里捞上来，抱着他往卫生间跑，一边跑一边说："这就对了嘛，这就对了嘛。你这算是同意了，说话要算数的。"

跟父亲"谈"过之后，丁小武去找李其龙。当然，丁小武和李其龙的见面从没断过，只不过，他"专职"照看父亲后，去不了李其龙的"大世界"，都是李其龙来石坦巷。李其龙过一段时间会找他谈一次话，都已经是一种心理需求了，不谈不行的。

"都彭"打火机为李其龙打开了一个新天地，他对丁小武说："老子现在才知道什么叫作井底之蛙了。"

丁小武只是笑笑，不点头也不摇头。他知道，以李其龙的性格，一般是不会讲这样的话，他从来都是蔑视一切的。李其龙马上接着说："不过，认真研究之后，也没什么了不起，老子一定能做出更好的打火机。一定能。"

形势明朗了，丁小武拼命地点头。他相信李其龙，李其龙说能做出来就能做出来。李其龙如果说，他能做出一只比上海东方明珠电视塔还高的打火机，他也相信。

李其龙将新产品命名为"麒麟"。传说中，麒麟是能吐火的神兽，他喜欢这个名字，神气，张牙舞爪，有力量感。自从准备做"麒麟"，李其龙就换掉了所有设备，原来设备做出的配件精确度不行，打个比方吧，原来的配件像猪八戒的嘴巴，多一点少一点，感觉不到差别。而"麒麟"对配件的要求就不一样了，它是孙悟空的火眼金睛，那就不是眼睛里容不得一颗沙子的问题了，差一丝一毫就是"妖怪"，就要显出原形。李其龙从德国引进一套全新的设备，他发现，德国的设备最多只能做出跟"都彭"差不多的打火机，做不出他要的"麒麟"。这当然不行，他的"麒麟"必须超过"都彭"，必须。他拿着新的参数，又高价向德国厂家定制设备。

整整用了三年时间，李其龙才做出他想要的"麒麟"。为此，他付出的代价是卖掉了房子，第二任老婆跟他离了婚，并开走了跑车。不过，对于李其龙来讲，这根本不算什么代价。"麒麟"就是他的房子，就是他的老婆，就是他的全部。

"麒麟"的零售价是五千元。这是李其龙的底线，也是他的底气。他的产品必须比"都彭"卖得贵，"麒麟"的品质一定要胜过"都彭"，这一点不能商量。

"麒麟"走上了市场，走得相当好。他到北京、上海、广州招合作伙伴，在电视上打广告，来加盟的人络绎不绝。他去各大商场谈合作，商场也非常乐意给"麒麟"开设专柜。很了不起了。在知名商场里开专柜是一种荣耀，是市场认可的标志，是身份的象征。要知道，在这之前，只有国际大品牌才有资格开专柜，国内的打火机想都不敢想。

李其龙特意去了上海恒隆广场，他曾经对这里的"都彭"专柜服务员说过"再见"。他是个言而有信的人。专柜就设在"都彭"边上，"都彭"专柜的美女服务员还在。李其龙对她说"你好"，她也笑着对李其龙说"你好"，笑容很甜，很迷人，甚至比三年前更甜更迷人。但是，李其龙发现，她对他的笑容是职业化的，是千篇一律的，是空洞的。也就是讲，她已经将李其龙忘记了，彻底忘记了。这让李其龙有点伤心。他心心念念了三年，每天想着"打回来"，而在美女眼里，他只是一个顾客，根本没往心里去。不过，李其龙也明白，这无关紧要，要紧的是他"回来了"，跟她"再见"了。他兑现了诺言。

最多的时候，李其龙在全国知名商场里开了近三百家专柜，最好的专柜，一天能卖出十只"麒麟"。这是一个了不起的数字。当然不只是钱的问题，钱是重要的，没有钱，他不可能做出"麒麟"来。但是，做出"麒麟"之后，钱就退到次要位置了。李其龙知道，时候到了。李其龙所谓的"时候"，指的是将"都彭""登喜路""芝宝"统统压下去。李其龙不"赶"它们，"赶"是多么野蛮的手段，多么地武力，多么地血腥。他现在要做的是蔑视它们。他眼里只有"麒麟"，能做好的也只有"麒麟"。他要将"麒麟"做大。不对，"做大"显得低档，很不上台面。他要做的是"扩大"。"扩大"温和多了，有内涵多了，有文化多了，同时也有力量得多。相较于"做大"而言，"扩大"是看不见的，是循序渐进的，是潜移默化的，是滴水穿石的。但是，"扩大"的力量也正在于此，它是不知不觉的，是暗潮汹涌的。

李其龙就是想用"扩大"的方式，一点点拓展"麒麟"的版图。在他的脑子里，这个版图里有江河湖海，还有草原和戈壁，甚至还有"都彭"和"登喜路"们的老家。他不急，一点也不急。他急什么呢？"麒麟"是他研制和生产的，是他"生"的，谁也抢不去。

但是，意想不到的事情发生了，李其龙没有想到，市场上很快出现了"麒麟"的仿制品。一看就是假冒伪劣产品，做工粗糙，连抛光都不均匀呢。这样的产品，李其龙看不上。更让李其龙不能接受的是，假冒的"麒麟"卖得那么便宜，一只售价五十元。

他对这种情况很不满意，感受到莫大侮辱。那么多企业明目张胆地仿冒"麒麟"，完全无视他的存在。假冒产品在蔓延，病毒一样扩散开来，无边无际，无法无天。而他却不能站出来讲一句话。那么多人都在仿冒"麒麟"，有什么办法制止他们？没有。成千上万，无从下手。

李其龙深受打击。这种打击是精神上的，是灵魂深处的，是致命的。这种打击使他对这个世界产生了失望，很深很深，他觉得全世界都在欺负他，合起伙来欺负他。明摆着欺负人嘛。既然如此，他也不想反抗了。他妈的，既然你们要，都拿去好了，老子不玩了。

丁小武就是这个时候找到李其龙的，丁小武说："你不能这样消沉嘛，你这么做正中了别人下怀。"

李其龙摇摇头说："老子知道，可老子累了，真的累了。"

丁小武说："这不是我认识的李其龙嘛，我的朋友李其龙是个打不败击不垮的大英雄，他雄心万丈，意志坚强，是个从来不认输的人。"

没等李其龙接话，丁小武接着说："李其龙你要知道，如果一定要找一个能打败你的人，那就是你自己。"

李其龙见丁小武这么说，突然哇地放声哭了起来。相当意外，相当放肆。他一把抱住丁小武说："小武，老子心里苦哇。"

这是丁小武第一次见李其龙哭，而且是抱着他的头，号啕大哭，泪雨滂沱，山崩地裂，势不可挡，泣不成声了。丁小武不知道他心里到底有多苦，但他猜想，李其龙的哭，也不完全是因为仿冒"麒麟"的事。这些年来，他的付出，他的坚持，他的勇往直前，他的坚硬如铁。对外，他是一个超人形象，战无不胜，无所不能。可是，丁小武知道，李其龙不是超人，他是一个人，所有人的弱点他都有，他只不过是将这些弱点和软肋包裹起来，埋藏起来，将坚强的一面呈现出来。他比普通人过得更累，更辛苦。其实，丁小武何尝不是如此？他比李其龙做得好的只有一点，他会示弱，他会认输，这对他来讲就是放松，就是缓解。他可以脱下盔甲，暴露所有缺点，这是身体的放松，也是精神的放松，这就是调和，就是平衡。李其龙没有，他的人生一直是铜墙铁壁，一直战车滚滚。作为朋友，丁小武能够感受到，那哭声从李其龙心底奔涌而出，那是抑制不住的哭声，是委屈和无辜的哭声，甚至是无助的哭声。丁小武深受感染，他抱着李其龙，也大声痛哭了起来。这是一次不同凡响的碰头，在丁小武和李其龙交往史上是载入史册的，也是最释放的一次"碰撞"。两个人足足抱头哭了半个钟头，泪水几乎把对方的肩膀变成沼泽，甚至是一条河流。哭完之后，两个人互相看看对方，都朝对方羞涩地笑了笑。李其龙很快恢复了常态，将头高高抬起，用俯视的眼神打量周围的一切，好像什么事情都没有发生过，更没有哭过。没有，李其龙怎么可能哭？不可能的。

丁小武告诉李其龙，他想重新办工厂。李其龙这次没有拉他入伙，问他要办什么工厂，丁小武说想办一家眼镜厂，他想征求李其龙的意见。李其龙看着丁小武，没有讲话，但他的眼神似乎在讲话。

四

人的一生，冥冥之中，似乎有某种定数。当然，"定数"这种东西，信则有，不信则无。丁小武介于信与不信之间。他自己或许不信，可是，他的所作所为，包括思维方式，显示并注定了他的某种归宿。

做打火机时，丁小武选择了最不起眼的限流片。没有再小的了，微乎其微了。办眼镜厂，他还是做了最简单的选择。他做的配件叫中梁。就是两个镜框中的横梁。眼镜主要由四部分构成：镜脚、镜框、镜片和中梁。中梁的位置处于两个镜片中间，相对而言，作用最弱，价值最低。有意思的地方就在这里。在中国人的观念中，正中位置肯定是最重要的，最尊贵、最有价值。在眼镜的构造中恰恰相反，中梁只是起到过渡和衔接作用，它可以无限简化，直至用一根铝钛合金来替代。但是，中梁又是无可替代的，没有中梁，眼镜无法架到鼻子上，无法起到眼镜应有的作用。可以这么讲，没有中梁，眼镜是不成立的。

这大概是丁小武选择做中梁的最主要理由，也是他人生的必然选择。往形而上方面讲，这是他的人生观在起作用，也是他给自己的定位：他的人生无足轻重，却又必不可少。当然，这肯定不是他的初衷。他的初衷想必有更大的理想，否则，不会从模具厂考到文化局。那么，他是从什么时候改变了初衷？是什么原因让他篡改了人生定位？这个原因，丁小武没有说。他不会讲。更大的可能是，他也不知道。

眼镜配件厂的名字叫：小日子眼镜配件厂。

这中间有一段插曲。丁小武去工商登记注册时，被告知"小日子限流片厂"还没有注销。丁小武说："那个工厂早就停办啦。"工商的人说："这是两个概念，停办是个人行为，注销是法律程序。如果没有注销，法律上认定工厂一直在生产，各项税收还得照样缴纳。"丁小武大吃一惊，问道："那我岂不成了偷税漏税的人了？"工商的人看了看他，一副见怪不怪的样子，说："可不是嘛。"丁小武说："我补缴行不行？"工商的人说："这不是行不行的问题，你必须补税，注销税务登记，再注销工商登记，才能再登记注册。这是程序。"丁小武问："补缴之后，我还算偷税漏税吗？"工商的人突然呵呵笑起来，说："你这个同志很有趣，问的问题也很天真烂漫。"

丁小武补缴了税款，也缴了滞纳金，然后回到工商局注销了"小日子限流片厂"，再重新登记注册"小日子眼镜配件厂"。但是，丁小武知道，从此以后，他的人生不完美了，他有污点了。这个污点将像胎记一样，伴随他的人生，甚至铭刻上他的墓碑。这让他脸红，让他羞愧，让他沮丧。他一生的清白毁于一旦了。

丁小武的"小日子眼镜配件厂"做得不算好，但也不算差。他有他的原则。他的原则是所有中梁的模具都是他亲手设计的，他让厂家自己选。当然，他也可以根据厂家的要求设计模具。他有这个信心，也有这个能力。他不急，更不贪，心态好得不成样子。他有一个准则，绝不允许质量不过关的产品离开工厂，一个也不行。这为他的工厂赢得了口碑，当然，这也是他的口碑。这是声誉，是他办工厂以来一直努力的方向。他很看重这一点。反过来讲，他的追求，从某种程度上也制约了他。坚守往往能成就一个人，但从更大的方面来讲，也限制了一个人。

柯又红关心的是，丁小武的眼镜配件厂能不能赚钱。当然，赚得越多越好。她的底线是不能赔钱。这一点，丁小武做到了。柯又红是"言出必行"的，她果然对丁铁山不闻不问，完全无视他的存在。

出人意料的是丁铁山。他居然"听"进了丁小武的话，成功地憋住了。自从住进公爵山庄，他没有在床上拉屎拉尿，每天中午都能憋到丁小武回来。他对丁小武是有感应的，丁小武的小车刚进小区，他的身体就开始蠕动，嘴唇开始颤抖，脸色发红，小声地念着"丁小武"。随着身体蠕动得越来越激烈，叫喊声也越来越响亮，脸色越发地红亮了。当丁小武开门进来时，他的叫声已经变成嘶吼了，脸色乌青，整个身体猛烈抖动，他拉开喉咙喊"丁——小——武——"。丁小武鞋子也顾不得脱，袋鼠一样蹿上顶层，嘴里喊着"来了来了"，抱起丁铁山往卫生间冲刺。

从卫生间出来，丁小武将父亲放在床上，两个人似乎都经历了一次凶险的长途跋涉，惊涛骇浪，同舟共济。船到静水区，他们耗尽了力气，像两条垂死的鱼，张着嘴巴，大口地吸气和吐气。

至于丁铁山是否每一次都能"憋住"，这事只有丁小武知道。对一个失智的人来讲，是很难做到这一点的。他根本无法控制自己嘛。有这个意识的人不可能失智。不可否认，丁铁山在公爵山庄的表现，是个不大不小的奇迹。

当然，丁小武也参与了创造奇迹。他在顶层另起炉灶，包揽了丁铁山所有生活上的事务，烧饭、煮菜、洗衣、洗碗、洗澡，都是他一手包办。他毫无怨言。他不但对丁铁山没有怨言，对柯又红也没有。她接纳了父亲。以丁小武对柯又红的了解，她很难接受这个现实。可是，她接受了，没有任何不良情绪表露。所以，丁小武没有任何怨言。他觉得这种生活是踏实和满足的。能够和家人住在一起，又能将工厂办起来，他觉得生活又有了希望，他还能做事，还没有被生活打败。这让他觉得充实，这让他觉得幸福。

丁小武的生活基本上算是走上了正轨，丁点点的生活却还在不停地颠簸。她在学校当了一年老师，考到《信河街晚报》当记者。

丁点点离开学校，并非不喜欢当老师。如果她有什么朦朦胧胧的想法的话，或许，当一名老师曾经是她唯一动过的念头。当然算不上理想。说理想太沉重了，甚至过于美化了，最多只能算是一个美好的憧憬。丁点点进入学校才知道，自己还是过于"理想"了。她没有后悔当初的选择，也不怀疑当老师的意义。但是，她发现，自己不适合当一名老师。老师虽然也是个体劳动，但在整个教育体制里，却有一种深深的"无力感"。简单地说，就是她想在课堂上告诉学生的，却不能讲；而她平时所讲的，却不是最想讲的。更主要的是，她不知道自己想讲什么。

　　至于到报社当记者，这也不是丁点点的人生选择，她对人生并没有清晰的规划。从来没有人要求她怎么做，她不会硬性要求自己做成什么样。丁点点不想做成父亲那样的人，更不想变得像母亲。她想过跟他们不一样的生活。问题的关键在于，她找不到自己生活的轨迹，甚至连方向也没有。但是，丁点点没有觉得这有什么不好，因为她知道一个简单的道理，这个道理是从她父母身上反照到的，她不希望自己的生活轨迹太明显，更不要有一个明确的方向。

　　每个记者有一条主跑线，丁点点跑的是旅游线。这是她喜欢的。只要愿意，可以到处跑。只要跟大自然接触，只要跟山水接触，她都愿意。相对来讲，她更喜欢跟山相伴，山有一个优点，能给人自信心，特别地提气。和水相遇，则要忧伤得多，有一种无端的忧愁。而丁点点却不知道，这种忧伤和忧愁从哪里来，因何而来，更不知道如何排解，或者，干脆就没想去排解。

　　丁点点是在海南采访时接到季增石的电话的。面对着大海，海风将椰子树吹得如泣如诉，吹乱了她的头发，乱得一团糟。她很伤感，无端地想找一个人倾诉。手机一响，她看见是季增石打来的。刚开始，她有点恍惚，有那么一刹那，心里在想，季增石是谁？毕业之后，她换过一次手机，但没有将季增石的号码删掉。没有特别的意思，只是觉得删掉也没有意思。这期间，她和季增石之间，没有通过电话，连念头都没有动过，她似乎真的将他忘记了。但是，当她站在海南的海边，忧伤弥漫之时，接到了季增石的电话，突然有点茫然失措了。

　　从海南回来后，她和季增石见了一面。季增石毕业后，和朋友办了一家网络公司。他办网络公司，丁点点能理解，他没有理由荒废了电脑技术，那是他的强项。

　　从那之后，他们又恢复了来往。这一次，是季增石主动的。他约丁点点去看电影，还请她吃四川火锅。但他还是话少。与以前不同的是，他更喜欢笑，一笑就露出两颗小兔牙。一看见那两颗小兔牙，丁点点心里就充满了温暖。她有时会想，她可以不要季增石这个人，把他嘴里那两颗小兔牙拔给她就行。当然，她清楚地知道，如果那两颗小兔牙离开了季增石的口腔，也就失去了意义，她也不会要它们了。这真是个两难的选择。

丁点点去了季增石家。他父亲很早就死了。季增石一开始没有告诉她是生病死的，他只说父亲在他很小时候就没了。丁点点后来才知道，他父亲是得肝癌死的。季增石的家在信河街西角，他母亲原来是信河街玩具厂的技术员，工厂改制后，去私人办的儿童玩具厂当工程师，工资比以前高了十倍。但他们住的依然是老房子。房价此时已经升到每平方米两万元，可以看到瓯江的房子卖到每平方米八万以上，依靠工资，很难买得起好楼房了。丁点点看得出，季增石母亲的眼神里有一种"讨好"的成分。她的眼神是谨慎的，带有技术员的"较真"。

丁点点也带季增石到公爵山庄，一起吃了一顿饭。丁点点还带季增石到顶层见了爷爷，季增石主动叫了"爷爷"，爷爷睁着眼睛，一眨不眨，眼神辽阔而空洞，嘴巴张成O形，似乎想说什么，又像什么也不想说。

丁点点能够感觉出来，母亲不满意季增石。她的不满意是写在脸上的，也表现在态度上。她虽然接待了季增石，去菜场买了对虾和江蟹，可她的姿态是明显的，是高高在上的，甚至是盛气凌人的。她曾经向丁点点打听季增石的家庭情况，丁点点告诉她三个字——"你别管"。可丁点点知道，柯又红不可能不管。她三句两句就套出了季增石的家庭情况。来公爵山庄之前，丁点点交代过季增石，无论柯又红问他什么，他都不要回答。可是，进了家，季增石立即将丁点点的交代忘得一干二净，柯又红问什么，他回答什么，比受派出所审问还老实。丁点点感觉到，柯又红每问一句，姿态就上升一层，最后像雄鹰一样盘踞在半空中。丁点点一开始挺替季增石着急：太实在了，太不把我的话当话了。后来一想：我急个毛？柯又红想打探一件事，连玉皇大帝都阻止不了，我阻止有什么用？退一步说，自己和季增石的事，作为母亲的柯又红问问也没有什么不对。最主要的是，她打探得水落石出有什么用？我的事，我可以决定怎么做的。

打发走季增石后，柯又红给丁点点下了一道"懿旨"："你不能和季增石在一起。"

丁点点早就等着她这句话了，立即回答说："我偏要。"

柯又红见她这么说，口气突然柔和了下来："我是为你好。"

丁点点说："我马上和他结婚。"

"我不是嫌弃他家贫，也不是嫌弃他公司看不到前途。"柯又红停了一下，叹了口气，说，"我担心的是他的身体，他父亲得的是肝癌，他爷爷也是，这就是基因。不出意外，他的肝以后也会出问题，而且是大问题。"

柯又红这么说，大大出乎丁点点的意料。她确实没有考虑到这一层。这是个很现实的问题。但是，她不准备听从柯又红的意见，恰好相反，柯又红如果不跟她说明这个问题，自己跟季增石在不在一起真的无所谓，现在，柯又红把问题摆上桌面，她就必须跟季增石在一起了。

是不是有点怄气？丁点点承认有一点。但她不认为全是怄气，她这么做只是想向柯又红表明：世界不是都像你看到的那样，也不是都如你所想的那样，有例外的。你要允许有例外。而我，就是一个例外，是个活生生的例外。所以，丁点点的态度相当坚决："我决定了，他就是现在得肝癌，我也要和他在一起。"

丁小武什么话也没有说。当然，柯又红也没有征求他的意见。丁点点也没有。丁点点甚至看不出他脸部表情的变化。当然啦，她也没有细看。在这种时候，丁点点更多关注自己的内心情绪，以及做出决定后的坦然，至于别人的看法，实在不是很重要。相反，如果这时阻力越大，转化成的动力也越大。

第二天，丁点点就和季增石去了民政局，领了结婚证。然后，去了一趟银饰店，季增石花了一百二十八元，给她买了一枚银戒指，套在她左手的无名指上。结婚了。

柯又红很生气。她没有跟丁点点争吵，甚至也没有骂她一句，只是不理她了，看也不看一眼。柯又红的态度，促使丁点点更快地逃离这个家。丁点点太了解母亲了，她的没有态度就是明确的态度。可她又拿丁点点没有办法，她对付丁小武那一套手段对丁点点无效。在丁小武眼里，她是中心，她的一喜一怒都会掀起风暴。在丁点点这里，她只是一个家的概念，而丁点点随时随地准备离开这个家。这就是丁点点和父亲的区别。这种区别，也是这么多年来，丁点点从他们相处的关系中学到的。她不会让别人成为她的中心，她不会让别人影响她的决定。她的中心和决定必须来源于自己，虽然她也不知道自己到底需要的是什么。

丁点点有一点点积蓄，季增石是一点也没有。买房是不可能的。西角的老房子，她也不想住。只能租房。他们在报社旁边租下了房子。那天晚上，丁点点回了一趟公爵山庄，在房间整理自己的衣物。柯又红知道她回来干什么，不闻不问。这挺好。这才是丁点点认识的母亲，这才是柯又红。如果这时问东问西，那不是她的风格。丁小武进了她的房间。印象中，读高中后，这是父亲第一次进她的房间。他站了一会儿，见丁点点忙着收拾衣物，也没有开口。丁点点见他站了很久，就问："有事吗?"

他一副受惊吓的样子，连忙摇头说："没事没事。"

见丁点点没有再说什么，他停了一下，小心翼翼地问："需要钱吗?"

丁点点摇头说："不需要。"

他更加小心地说："如果买房子，我给你付首付。"

丁点点看了他一眼。她当然知道他的意思，但依然摇头说："不需要。"

他叹了一口气，像失望，又像松了口气，说："有需要就跟我说嘛。"

"嗯。"丁点点点点头。这次没敢抬头看他。丁点点担心，一看见他的眼神，会忍不住流泪。在这种时候，特别是在父亲面前，丁点点不想落泪。她不想在他面前流露真实情感，更不想给他负担。

"你保护好自己。"他走出房间前，轻轻地说。

丁点点觉得，这句话由她讲出来才对。老实讲，丁点点对他不放心，很不放心。这种不放心毫无来由，却又挥之不去。丁点点总有一个不好的预感，总觉得他会出事，却又不知道他会出什么事，更不知道会在什么时候出事。最主要的是，她帮不上忙，相当地无能为力。

五

丁小武的眼镜配件厂办到第八个年头，丁铁山的病情出现了变化。其实，也不是病情有变化，只是他晚上不睡觉了，不停地喊"丁——小——武——"。

丁铁山喊一声"丁——小——武——"，丁小武必须回一声"我在"，否则他会一直喊下去。到了这个地步，丁铁山的喊叫已经不是要上卫生间了，他需要丁小武在身边。只有丁小武答应"我在"，他才会稍微安静片刻。丁小武的夜晚被撕得粉碎。丁小武晚上不能睡觉，白天却要去工厂上班，睡眠严重不足了。睡眠不足带来一个后果，他总是在等红灯时睡过去，引得后面的汽车狂按喇叭，甚至跑下车来，指着他的鼻子，骂他是"猪头"。丁小武被骂醒后，不停地说"对不起"，赶紧开车走人。更为严重的是，经常被交警抓住。交警怀疑他酒驾，不由分辩，先是吹气，再带到医院抽血检查。验血结果出来后，交警很严肃地对他说，疲劳驾驶是最大的安全隐患，危害比酒驾还大。丁小武笑着对交警说"是是是"，以后一定"整改"。有一个交警和他"特别有缘"，抓了他十多次，都抓出交情了，一看见他就说："老丁啊，做企业不要这么拼命，命没了，赚再多的钱有什么用？"丁小武很赞同他的看法，笑着说："是是是，你说得很对。我以后不拼命了。"

无论在外面，还是在家里，丁小武从来没有叫过一声苦。无论丁铁山怎么喊，他都是带着笑意说"我在"。回应及时，态度诚恳。但是，丁小武的变化是明显的，他的体重从七十五公斤降到了六十公斤。嚣张的胸肌消失了，像瘪了气的皮球。手臂上飞扬跋扈的肌肉不见了，变成有气无力的皮。特别显而易见的是他的脸，原来是国字脸，瘦成倒三角。用"形销骨立"来形容，一点不过分。眼睛又大又空洞，猛地一看，相当吓人。

这样的日子，丁小武又坚持了一年多。突然有一天，丁铁山不吃东西了。他不是不吃，而是吃不进了。他胃口一直很好，每顿一大碗米饭。丁小武调羹还没将米饭打好，他的嘴巴早就张得像隧道，嗷嗷待哺。饭一送进去，几乎没有经过口腔嚼动，直接被送进了肚子。丁铁山有牛一样的反刍功能，闲着没事，他的口腔一直在嚅动，两个嘴角经常挂着几滴白色唾沫。

丁铁山的变化是突如其来的，他不会反刍了，直接将吃进去的东西吐出来，吃多少吐多少。丁小武将米饭换成稀饭，他照样吐。吐了两天，丁小武将他送到信河街人民医院。医生给他做了包括肾功能项目的全面检查，最后得出一个结论：机器老化，回天无力。也就是讲，丁铁山不能反正，不是身体里某个零件出问题了，而是所有零件的责任。

第二天，丁小武将他运回公爵山庄。

此后十天，丁铁山粒米未进。他依然会喊丁小武的名字，声音已经很微弱了，如蚊蝇叫鸣。如果丁小武不在，他会一直叫下去。那已经不是叫了，是哀号，是饮泣。那是肝肠寸断的寻觅，是绝望的呼唤。

第五天，丁铁山进入昏迷状态，偶尔醒来，嘴里挤出的唯一声音是"丁——小——武——"。他已经没有力气了，声音像呻吟。丁小武立即应道："我在我在。"

第九天中午，丁铁山像一副皮囊在漏气。丁小武知道，他大限将至。

零点刚过，丁铁山突然高叫了三声"丁——小——武——"，喉咙里发出一阵咕噜声，然后便归于寂静了。

这中间大约有十来分钟的停顿，仿佛时间静止了。

丁铁山去世的前一天夜里，丁点点的羊水破了。季增石紧急将她送到医院待产。比预产期提前了十天。

躺在医院的病床上，一轮阵痛过后，丁点点给柯又红发了一条微信，柯又红立即回了两个字：就来。

丁点点和柯又红的关系，是在她怀孕后"修复"的。本来就没有深仇大恨嘛，只是因为人生观的不同，产生了"裂痕"而已。于柯又红而言，大约是出于对丁点点的失望，辛苦抚养，不但不知报恩，反而一意孤行，让她伤心了。更主要的是担忧，担忧丁点点的未来。可是，这孩子太固执了，太让人寒心了。无论如何，丁点点是她肚子里掉出来的肉，她可以失望，可以生气，可以愤怒，甚至可以怨恨，但是，她没有办法不牵挂。不过，她终究是骄傲的性格，不会主动联系。而丁点点呢，虽也有过主动向母亲示好的念头，可实在不知如何表达。最主要的是，她觉得来日方长，有的是时间和机会，何必急于一时？所以，当她得知自己有了身孕后，并没有告诉柯又红，而是将信息告诉父亲。丁小武当然是高兴的，他们虽然只是通了微信，但丁点点可以想象，父亲一定露出他的两颗虎牙。很快，父亲又给她发了一条微信，希望她将这个好消息告诉母亲，他的微信是这么写的：你妈肯定会很高兴的。丁点点想想也是，就主动加了母亲微信。半个小时后，柯又红通过了她的微信，丁点点将这个消息告诉她，她回了一句：你这个死丫头，为什么不早告诉我？

完全是冰释前嫌的口气了。

从那之后，柯又红每周来一趟出租房，每次都带来烧好的菜。刚开始是对虾、子梅鱼等海鲜，后来是炖鸡汤和炖鸭汤，再后来是燕窝、鱼胶等补品。丁点点怀孕六个月，已经胖得不像样子，体重从五十公斤飙升到六十五公斤，身体横向发展，原来的瓜子脸，变成了国字脸。体现尤为突出的是肚子，她觉得肚子里装着的不是一个孩子，而是一个班级的孩子。不能好好走路了，只能依靠身体的晃动前行，左摇右摆，相当艰难，也相当霸气。

丁点点已经从报社请假在家。请假的原因是她心绪不稳定。由于身形的巨大变化，让她心情灰暗、懊恼、自卑，怀疑一切，怀恨一切，不想见人了。可是，另一方面，她又无比骄傲，因为肚子里怀着孩子。在她看来，那不仅仅是一个孩子，而是一个完整的世界，一个独一无二的世界。她是这个世界的创造者和孕育者，完全有理由为自己骄傲。怀孕期间，丁点点一直在这两种情绪之间来回跳跃：上一刻灰心丧气，下一刻斗志昂扬；上一刻泪流满面，下一刻转悲为喜。这种近似精神病的行为，弄得她身心俱疲。离预产期还有三个月，她决定请假在家。也是从那时起，柯又红每天下午都来陪她，她还是每次带菜过来，没有空过一次手。

丁点点能感受到，柯又红不喜欢他们租住的房子。也对，八十平方米的老房子，陈旧、简陋，怎么能和公爵山庄的跃层房相比？最主要的是，这是租住房，没有安全感，没有归属感。但柯又红没有说出来。丁小武顺路来过几次，提出让他们搬回去住，丁点点没同意。

丁点点是在第二天中午十二点产下女儿季笑笑的。这个名字是她和季增石商量好的，不论是男孩还是女孩，都叫季笑笑。没有特别含义，只是希望孩子将来快乐、多笑。

季笑笑跟她的太爷爷丁铁山擦肩而过了。

没有人告诉丁点点这个消息。她还处在产后恍惚中。让她略感意外的是，丁小武没有来医院，但一想到他要照顾丁铁山，还要去工厂，也就没往深处想了。有点反常的是柯又红，经常走神，惘然若失的样子。那天下午，她回了一趟公爵山庄，不到两个小时，依然回到医院。丁点点问她："有事吗?"柯又红只当没听见，也没回话。

丁点点在医院住了三天，第四天，丁小武开着车，将他们一家三口接回公爵山庄。柯又红还是什么话也没讲，丁点点也没问。但丁点点知道，这事肯定是母亲和父亲商量好的。她住在原来的房间，但房间已经"面目全非"，到处摆满婴儿用品、婴儿床、婴儿服、儿童玩具以及尿不湿等等，墙上贴满了各种儿童照片，喜怒哀乐，各种表情都有。丁点点发现，居然有一张她的儿童照，上半身裸露着，下半身包着布包，张着嘴巴，挂着哈喇子。照片上的人肯定是她，可她从未见过。

一开始，丁点点只想在公爵山庄住完满月。她要搬回租住房，那里才是她的家。季增石的母亲去过医院，也来过公爵山庄，热情里夹带着客气。这种客气是距离，是生疏，是楚河汉界。她每一次来看孙女，都是坐坐就走。其实，丁点点看得出来，她想多待一会儿，甚至想一直待下来。可她是理智的，也可以说是矜持的，时间基本控制在半个小时。短了太急促，显得迫不及待；长了不得体，似乎赖着不走。她做得很有分寸。这种分寸其实就是排斥，就是对立，丁点点甚至想到了仇恨。丁点点有时会想，季增石母亲会不会仇恨自己呢? 多少会有一些吧? 她的客气说明了一个问题，她对自己不亲，亲不起来。丁点点想，或许搬回租住房后，季增石母亲可以不那么拘谨了，季增石是她的儿子，季笑笑是她的孙女，她想什么时候来都可以，想待多久都可以。她有这个权利。这样的话，她可能会和自己亲一些。丁点点觉得自己对季增石母亲算不上好，但她的节制和自尊让她有好感，让丁点点会站在她的角度想问题。或许，这也算慢慢成长的一个标志吧。特别是她怀上季笑笑后，似乎对这个世界和人事多了一份理解和包容。

柯又红自作主张退了租住房，叫了搬家公司，将家具和衣物运回公爵山庄。她没讲任何理由，对丁点点说："如果你过意不去，每个月可以给我伙食费和保姆工资。"

她说的当然不是真话。自从有了季笑笑，丁点点发现母亲跟从前判若两人。她从前是不会主动对人示好的，脸上是见不到笑容的。现在不一样了，她这是主动要求他们住在公爵山庄呢。要知道，这套房子是她的私人领地，她不会与任何人分享的。她现在主动要求他们留下来，主要是因为季笑笑。当然了，在接纳季笑笑的同时，也接纳了她，也接纳了季增石，更接纳了季增石的母亲——她不能不让季增石母亲来看望孙女是不是？丁点点觉得，柯又红能够接纳季增石的母亲，等于接纳了整个世界，相当开阔了。丁点点觉得柯又红最大的变化还是笑容，她现在每天笑声不断，抱起季笑笑，讨好地说："笑一个，宝贝给外婆笑一个。"

然后是做鬼脸，身体做出各种扭动的姿势。柯又红的身体一扭动，季笑笑就咧开了嘴。她大惊小怪地说："笑了笑了，宝贝对外婆笑了。"

从语气和表情看得出来，柯又红得到了巨大的奖赏，无比满足。她是真的快乐。而且，她的快乐是"主动追求"得来的，这种快乐是"敞开的"。

父亲丁小武当然也希望他们住下来，只是他没有说出来。不会讲的。他用商量的口吻问丁点点："住得习惯吗?"

这话问得太客气了、太见外了。这是她的家啊，即使出嫁，依然是她的家。丁点点知道父亲还有一句潜台词：习惯就一直住下来。这是他的心愿。他已经习惯了隐藏自己的心愿。

季增石的网络公司两年前就不开了，没有业务，赚不了钱。他开始在网上开商店，卖他母亲工厂生产的玩具，当然也卖其他工厂生产的玩具。

丁点点一开始没有将季增石的"转行"当一回事，更没有将他的网店当一回事。只知道他比过去忙，手机就有好几部，还叫了几个工人帮忙。丁点点还替他担心，每个月能否按时给工人发工资。担心归担心，她没有问季增石。她从来没有问过季增石网络公司的事，他也从来不说，只在公司关闭时跟她打了一个招呼，她哦了一声，等于没有任何反应。那个时候，她还没有怀上季笑笑，还是喜欢到处跑。她和季增石是两条各自奔跑的线，不同的是，他是画圈圈，她是画各种直线。他们唯一的结合点是租住房。那是他们的家。

他们在公爵山庄住了半年多，到了腊八那一天晚上，季笑笑已经睡下了，季增石对她说："咱们买一套房子吧。"

丁点点故意问道："发财了？"

他说："我手头有两百万，首付应该没问题。"

丁点点说："你没做什么违法的事吧？"

他说："没有，都是我这两年开网店赚来的。"

季增石的回答让她吃惊，太出乎意料了。丁点点没有想到，他不声不响赚了这么多钱。果然是个沉得住气的人。她更没想到的是，开网店这么能赚钱。她说："那就买。"

季增石问："买哪里好？"

丁点点说："无所谓，钱是你的，你想买哪里都行。"

次日，丁点点将季增石想买房的消息告诉母亲。她觉得这事越早说越好，不需要偷偷摸摸的。母亲一听，立即说："我昨天刚好看到小区贴了一张启事，楼下有一套房子要出售。"

这事母亲比她和季增石积极性高，联系好后，让她和季增石去看房子。房子就在同一幢楼，在七层，是单层，面积一百一十二平方米。所有费用加起来，刚好三百万。丁点点咨询了单位，公积金可以贷款八十万，加上季增石的两百万，还差二十万。母亲自告奋勇地说："我借你们二十万。"

就这么定下来了。办完过户手续后，父亲找了一个装修队，将房子重新粉刷一遍，只花了两万元。

买房子这件事，最高兴的人是父亲。当他听到这个消息后，两颗虎牙闪闪发光，说："好嘛，好嘛，楼上楼下，你们不用开伙，就在这里吃。"

母亲白了他一眼，说："你奴役我还不够吗？"

父亲讨好地笑了起来，说："我负责买菜和烧菜，洗碗也包了。"

母亲说："做好你的事，把工厂办好。"

父亲不停地点头说："那当然，那当然。"

母亲表面上没有表现出来，可她的高兴是难以掩饰的。她主动借二十万就是证明。她的高兴还表现在和季笑笑的对话中，她扭着身体对季笑笑说："宝贝买房子咯。"

季笑笑咯咯咯地对她笑。

母亲又说："以后外婆每天都可以抱宝贝咯。"

季笑笑当然还不知道"买房子"的概念。她不到一周岁，话还不会讲呢。"买房子"概念是外婆讲的。外婆终于暴露了内心秘密，她想"每天和宝贝在一起"。

丁点点能感觉出来母亲对笑笑的爱，几乎到了依赖的地步了，去菜场买菜都是小跑着回来的，进门第一件事就是叫"宝贝"。她的眼睛似乎有了特殊功能，总能第一眼抓到季笑笑所处的位置。季笑笑也没有辜负外婆，她跟外婆特别亲，无论哭得有多凶，只要外婆一抱，哭声戛然而止。外婆一扭身体，她立即破涕为笑。她自己可能不知道，她将最多的笑声给了外婆，也将最美的笑容给了外婆。外婆身心得到极大的满足。

产假结束后，丁点点回单位上班。短短半年，世界发生了巨变。首先是外部的，自媒体对传统媒体造成了巨大冲击。这种冲击是现实的，看得见的，也是摸得着的，对报纸的发行和经营都产生了很大的影响。丁点点觉得，最主要的影响还是人心。从事传统媒体的人心里慌了、乱了。一个乱了阵脚的人，还能打仗吗？还能打胜仗吗？不可能嘛。人人自危，自己把自己吓死了。其次是丁点点的变化。她以前没有中心，如果有中心的话，她就是中心。她是太阳，也是流水。可是，有了季笑笑后，丁点点发现自己完蛋了，她不是太阳了，也不是流水了。太阳还在，换成了季笑笑。季笑笑成了中心，成了她的中心。做任何事情，她的出发点都是从季笑笑那里开始的。丁点点不无悲伤地发现，自己无时无刻不在想念她、牵挂她，甚至担心她。在媒体上看到关于儿童的新闻特别敏感，特别容易伤心落泪，已经完全堕落成一个多愁善感的人了。

半年之后，丁点点从单位离职了。她想成立一家自己的旅行社，开辟几条专门针对年轻人的旅游线路。

在此之前，季增石找她商量，他扩大了网店规模，成立了公司，想让她辞职去他公司管财务。她没同意。她的理由只有一个，如果去了他公司，她将失去独立性。季增石说："你管钱，我给你打工，行不行？"

"不是这个意思。"她对季增石说，"我要的独立性是指两条各自运行的线，如果我去了你的公司，我们就成了一条线。"

季增石没有强求。他从来没有强求过她。

开旅行社的事，丁点点跟父亲说过。是"说"，不是商量。父亲想也没想就说："好嘛。"

丁点点知道，他的支持，是态度的支持，可态度有时很重要。

六

丁铁山死后，丁小武并没有显得多么悲伤。丁点点和柯又红都为他松了一口气，为了丁铁山，丁小武累得只剩一副骨架。以前那个铁塔一样的壮汉消失了，丁铁山如果再拖延半年，丁小武的身体状况让人不敢想象。从这个角度来讲，丁点点和柯又红是盼望丁铁山早点"走"的。他的"走"，从某种意义上讲"挽救"了丁小武。

李其龙专门送了两大袋海参过来，他对柯又红下命令："让他当饭吃。"

李其龙不喜欢自己是个肌肉男，但他希望丁小武恢复成肌肉男，他说，那样的丁小武，看起来很有力量，给人很有希望的感觉，有一种蓬勃茂盛的生命力。他喜欢那种状态的丁小武。

李其龙没有将"都彭"和"登喜路"赶跑。他现在知道了，世界是圆的，事物是流通的，堵是堵不住的。他不能阻止任何事情。一个人怎么可能阻止地球运转呢？这是个简单的道理。那段时间，他怨恨过、怀疑过、消沉过，甚至想到过放弃。他最终发现，能要求的只有自己，能做好的只有自己，只能如此。他不能要求别人不仿冒"麒麟"。他能做的，只有将"麒麟"做得更好。

李其龙告诉丁小武，他最近接待了好几拨天使投资人，他们都想投资"麒麟"，一起将"麒麟"打造成高级工艺品级别的打火机，甚至是艺术品级别的打火机。李其龙说："活了这么多年头，老子总算有点明白了。想做成一件大事，单靠一个人的力量不行，要学会借力。别人有大把的钱，想跟老子做大事。傻瓜才会拒绝呢。"

丁小武为李其龙"活明白了"高兴，他一直担心李其龙钻牛角尖，李其龙确实一直在钻牛角尖，现在他终于不钻了，他看到了一头牛，甚至是比一头牛更宽广得多的世界。这多么好。

李其龙发出邀请，说："来吧，小武，咱们一起干。"

丁小武很感激李其龙的邀请，但他不会接受，他说："我争取将中梁做好。"

丁小武不担心李其龙的"麒麟"，作为朋友，他担心李其龙的生活。一个人的生活总是动荡不安的，总是兵荒马乱的。丁小武劝李其龙再找一个，他说："要一个小孩吧，有一个小孩就有了未来。"

李其龙想了一会儿，问丁小武："你知道咱们的区别在哪里吗？"

丁小武说："你比我勇敢。"

李其龙摇摇头说："不对，是你比我勇敢。"

停了一下，李其龙补充说："我有时想，我会不会变成你爸那样。"

丁小武摇摇头说："你不会的。"

李其龙说："谁说得清楚呢？"

刚说完，他对丁小武挥挥手说："不说了，小武，老子很高兴，交了你这样的朋友。很荣幸。"

丁小武对李其龙说："我也很高兴，交了你这样的朋友。很荣幸。"

丁小武决定好好干活。父亲丁铁山走完了他的一生，画上了句号。外孙女季笑笑刚开始她的人生之旅，未来不可知。他的旅程还得继续。他自觉责任重大。他得根据柯又红的指示，好好赚钱，将眼镜配件厂办好。这是他的责任，他承诺过的。

那年春天，季笑笑两周岁了。丁点点的"丁点点旅行社"运作顺畅。季增石还清柯又红的二十万。一切似乎都很顺利。一切似乎都向着美好的方向发展。

那年清明节，一家人去给丁铁山扫墓。晚上，丁点点发现了父亲的问题。是季笑笑先发现的，吃晚餐时，丁小武用筷子去夹一只对虾，对虾没夹住，结果把筷子夹掉了。季笑笑拍着手说："哦喔，外公害怕大虾咯。"

这是丁点点第一次注意到父亲的手在颤抖，平时她很少注意这些细节。他拿筷子的右手像钟摆一样抖动，不停地抖动，好像很冷，抑制不住地冷。见她看着他的手，父亲摇摇头说："没事嘛，最近突然手抖，抖一阵就好了。"

父亲说完，想努力做个笑容。可丁点点发现，他的脸上像戴着一个面具，他的脸部肌肉是僵硬的，是缺少变化的。丁点点问他："多长时间了？"

父亲说："一个来月。"

丁点点说："找个时间，我陪你去医院看一下。"

父亲连忙说："不用的，我的身体我知道，没事的。"

丁点点看看母亲，她正在给季笑笑喂饭。丁点点没有再说什么。这时再看父亲的手，已经不抖了，很轻松地夹起一只对虾。但丁点点发现，父亲的手已经瘦得只剩皮包骨头了，颜色是黄褐色的，好像被烟熏过。在丁点点的记忆中，父亲的手曾经是多么粗壮有力啊，他的手就是一个饱满而生动的世界，不仅能写文章，还能做各种模具，还能烧出各种美味佳肴。她印象最深的是，小时候只要他抱着她，她就觉得那是世界上最安全的地方。他的手就是温暖的家，可以为她阻挡一切。看着父亲的手，她感慨的不只是父亲的老去，她有一种隐隐的担忧，有那么一天，父亲也会像爷爷那样。这担忧令丁点点不寒而栗。

父亲出事是在三个月后，丁点点接到母亲在信河街人民医院急诊室打来的电话。母亲说父亲从工厂回家的路上，将车开出了马路。马路外是斜坡，斜坡下面是瓯江。江水正在退潮，水流湍急，如果掉进瓯江，不消片刻，人和车便会被冲进东海。幸好斜坡有一块巨石，父亲的轿车一头撞了上去，整个车头都被撞烂了。父亲被撞昏迷了。交通警察将他送到信河街人民医院后才醒来，他请求警察不要通知家人，但他全身是血，样子相当吓人。警察决定通知家人，父亲没办法，才给母亲打了电话。母亲接了电话，抱着季笑笑，急忙赶到医院。见到父亲后，父亲让她不要告诉丁点点，免得女儿担心。

母亲是偷偷给丁点点打的电话，她说："你爸的脾气你是知道的，平时让他来医院，比割肉都难。这次既然进了医院，干脆做个全身检查。"

丁点点完全同意母亲的想法，在电话里说："我马上来。"

丁点点到了医院，季笑笑指着推床说："哦喔，外公打败仗了，成了伤兵。"

她还伸出两根食指在自己的小脸蛋上刮几下。她觉得外公给她丢脸了。

父亲的额头被车玻璃扎了一个口子，医生给他做了处理，绑上了纱布，很像电视剧里的伤兵。他见季笑笑这么说，有点不好意思地笑了。他的笑容很不好看，很不自然，僵硬的面部肌肉挤不出生动的笑容，反倒增添了悲哀，一种日薄西山的悲凉。他肯定是不愿意将内心的情绪流露出来的，躺在推床上对丁点点说："我没事嘛，你跟医生说，我们马上出院。"

丁点点说："好的，我去跟医生商量。"

丁点点转身去找医生，不是办出院手续，而是缴了押金，办理了住院手续。她跟医生商量好了，给父亲做全身检查。

一周之后，检查结果出来了。一个好消息，一个不好的消息。好消息是，父亲身体状况不错，对于一个年近六十的人，没有"三高"，很难得的。这大概得益于他年轻时的健身，底子好，也得益于他多年来的良好习惯，吃什么都讲究适度。不好的消息是，医生诊断他得了帕金森病。他这次出车祸，就是帕金森惹的祸，让他身体反应迟钝，甚至失去反应能力，眼看着轿车驶出马路，心里明白，身体却无能为力。

丁点点上网查了一下，结果让她一喜一忧。喜的是，这种病对父亲的生命没有直接威胁，它只是大大降低了父亲的生活质量。也就是说，从此之后，父亲要与这种疾病共存亡，两者既是朋友，也是敌人，既要和平共处，又要相互竞争。忧的是，到目前为止，只知道这是一种神经系统病变的疾病，无法对症下药，无法"集中火力打击"。没有特效药，也没有针对性的手术。可以这么讲，以目前的医疗水平而言，这种病是"无解"的。

父亲知道自己得了帕金森病后，显得相当平静，平静得看不出这事是发生在他身上的。要知道，帕金森病虽然不是绝症，却是一种顽疾，极其难缠的。丁点点猜想，父亲的平静是表面的平静，是做给大家看的。丁点点想，当父亲知道自己得了帕金森病、了解了帕金森病之后，他的内心肯定是灰暗的，甚至是绝望的。这意味着，他的余生将背上一个巨大包袱，这个包袱是他的，也是这个家的。丁点点觉得，他最大的负担正在于此，他是最不愿给别人增添负担的人，对朋友如此，对家里至亲也是如此。可是，现在得了这种"无期徒刑"的疾病，肯定要给家人带来无尽的负担。一想到这一点，他必定充满愧疚。正因如此，他更要表现得平静，他笑着说："我出院后马上去健身馆。"

季笑笑马上接话说："哦喔，外公说话要算数。"

父亲说："外公说话当然算数。"

父亲在医院住了两周，强烈要求出院。丁点点和医生商量，医生同意出院，给父亲开了药，要求他每两个月来检查一次。医生给父亲开了三种药，让他每天按量吃药，一天三次。这三种药是目前国内能买到的最好的药，分别是森福罗、柯丹和美多芭。后来，因为美多芭对父亲的身体有副作用，换成了息宁。丁点点算了一下，按照医生的治疗计划，父亲每年吃药的花费约一万五千元。这笔费用不会是很大的负担。

父亲出院后，将小日子眼镜配件厂转让给别人了。这事是母亲决定的，手续也是母亲办的。她绝不恋战。消息放出去后，第二天就有人来谈判，开了三百五十万的转让价，母亲一口就答应了。母亲有点虚张声势地告诉对方，工厂最少值五百万，但跟父亲的身体相比，一百五十万不在话下，卖了，连厂名一起卖了。

父亲恳求说："让我继续办嘛。"

这一次，母亲态度坚决，她说："不办了。"

父亲说："轿车报废了，我以后不开车了嘛，不会再出交通事故了。"

母亲说："我不管什么交通事故，我要的是一个放心。你这种状况，我怎么能放心？"

这是母亲第一次对父亲说这种话，表面生硬，内心温柔，坚决里有体贴，已经很接近矫情了。

父亲说："你不是有驾照嘛，我们再买一辆轿车，你每天接送我上下班。"

母亲撇了下嘴说："呸，你想得美。"

母亲的坚决是有原因的。父亲的病情发展得特别快，快得让人心慌。不到一年时间，他到了完全依赖药品的程度。吃了那三种药，半个小时后，药气上来了，他的身体才能"活"过来。脸上的笑容也有了，手也不抖了，腿也能迈开了。这种状态最多维持两个小时，先是从后脑勺开始发紧发硬，慢慢扩展到全身。这种扩展和蔓延是清晰可感的，水一样流淌，"流"到哪里，身体僵硬到哪里。好像流水被冻住了，整个身体也被冻住了。只有手不可抑制地抖起来，抖动的幅度越来越大，像狂风中的一片叶子。医生告诉过丁点点，帕金森的病情是不可抑制的，得了这种病，就像一块巨石从山顶朝下滚，医生能做的，是尽量让这块巨石滚动得缓慢一些。也就是讲，医生能做的，是尽量减缓病情的发展，延长患者的有效生命，因为帕金森病到了后期，患者会失去自理能力，甚至失智。

这正是丁点点最担心的。她想起了爷爷丁铁山生命最后的那些年，如果不是父亲的服侍，他完全没有"生命"可言，更谈不上体面和尊严。丁点点的隐忧正在此，父亲是否遗传了爷爷的疾病基因？他的人生晚年，是否将是爷爷的"翻版"？丁点点问过医生，爷爷和父亲得了这样的病，她得病的概率是多少？医生的答复比较含糊，只说"有可能"。她上网查，网上泥沙俱下，有一种说法最可怕，她得病的概率有百分之八十。丁点点当时没有太大的触动，也说不上担忧，当她将这事联想到季增石时，不一样了。季增石父亲是得肝癌去世的，他爷爷也是，季增石身体里是否隐藏着疾病基因？那么，季笑笑呢？一想到季笑笑，丁点点双眼一黑、双腿一软，几乎瘫坐下去。她觉得前方一片黑暗。

到了此时，丁点点才体会到母亲当年的心情，才感觉到母亲对她的提醒是多么用心良苦。而她的一意孤行，是多么让母亲伤心和失望。

七

丁小武的病情让医生惊讶。医生说下坠速度这么快的病例，还是第一次碰到。两年不到，巨石已从山顶滚到半山腰。按照这个趋势，不到三年，巨石就可能到底。

丁小武的坚强这时显现出来了。他没有食言，从医院出来后，就去家对面的东方健身馆办了年卡，每天一大早去"撸铁"。锻炼当然是好事，丁点点和柯又红劝他吃药后再去，药气上来后，身体灵活。他偏不。他不吃药的状况很不好，身体不能弯曲，不能正常走路，只能小步跳，是挪着脚步跳。他跳得吃力，看的人更吃力。但丁小武坚决不吃药，很固执的。是的，医生对丁点点说过，帕金森病会改变人的性格，变得无比固执。当然，也可能是药物的副作用。

柯又红觉得不能让丁小武这么"任性"下去，在健身房一练就是四个钟头，铁打的人也受不了，更不用说一个帕金森病人。她强势出手了，规定丁小武只能健身两个小时，两个小时到了，她立即去健身馆，把他从器械上拉下来，绝不手软。其次，柯又红规定丁小武每顿吃两个煮鸡蛋，必须吃。吃完煮鸡蛋后，再喝一碗高压锅打出来的老番鸭汤。这是补品，是运动的有力后盾。必须这么吃。

除了控制运动时间和增加营养，柯又红做了另一件事，到处搜寻治疗帕金森病的偏方。在柯又红眼里，没有中医西医之分。她只有一个目的，将丁小武的帕金森病治好。柯又红的想法非常简单，她不相信世界上有治不好的病，所谓"治不好"，只不过是没有遇到对的医生和对的治疗方法，当然，包括对症的药。

柯又红打听到，南京有一家医院，专门治疗帕金森病，是可以动手术的。柯又红得到这个消息是秋天，她对丁点点说："想带你爸去江苏散散心。"

丁点点说，我可以替你们安排好江苏之行的路线，包括预订好住宿的酒店。母亲不让丁点点预订，她说他们要自由行，预订好线路和酒店，就失去自由了。

也不是没有道理。不就是去一趟江苏嘛，又不是徒步穿越罗布泊，没什么好担心的。丁点点给他们买了去南京的动车票。买了一等座，空间大一些，也安静一些。他们出发那天早上，丁点点开车送他们去动车站。母亲带了一个巨大的行李箱，还带了一个不大不小的行李箱。丁点点当时也有疑问，问她："又不是搬家，带这么多行李干什么？"

她回答说："你爸这种情况，出门多带点东西总没错。"

丁点点想想也是，就没有深问。

他们一到南京，当晚就住进了医院。三天以后，丁小武的头顶被开了一刀。

这些情况，丁点点都是后来才知道的。父亲住院期间，母亲每天和她微信聊天，她只说父亲想在南京住几天，过几天再去苏州逛逛。这是丁点点的疏忽，她多次去过南京，如果多问几句他们去过什么地方游玩，母亲肯定会露出破绽。他们根本没有离开医院。

丁点点是在第七天上午十一点接到母亲的电话，她在电话里严肃地说："跟你说实话吧，我和你爸来南京不是为了旅游，是做手术。"

丁点点的脑袋立即膨胀了。出事了。她听医生介绍过，也上网看了很多资料，知道天津有一家医院，几乎是目前国内最权威的专门做帕金森手术的正规医院。她没有带父亲去，不是因为费用问题，更不是时间排不出来，而是手术成功率并不高。说它"不高"，是指手术之后，对患者的症状并没有"革命性"的改变。也就是说，手术效果不明显，意义不大嘛。丁点点一听母亲的话，第一个念头就是他们遇到江湖骗子了，赶紧问："还没做吧？"

母亲说："做了。"

"怎么样？"话是这么问，心里却想，完蛋了，花点钱没关系，父亲要白白挨一刀了。白挨一刀也就罢了，丁点点担心的是，这一刀加速了病情恶化。

"本来还不错的，没想到，伤口出现感染。"母亲犹豫了一下，接着说，"医生说，如果只是伤口外面感染还好处理，担心伤口里面也被感染了。"

"医生检查了？"丁点点问。

母亲说："医生正在检查，我想来想去，还是给你打个电话。"

丁点点说："给我地址，我马上赶过去。"

挂完电话后，丁点点跟季增石说了父母的情况。他说："你赶快去南京吧，我让奶奶过来带笑笑。"丁点点立即上网，买了最近一趟去南京的动车票。

丁点点也知道，自己去南京，起不了什么作用。她不是神仙，甚至连个医生都不是，于父亲的病情无补。但她知道自己的作用很大，非常大。父亲现在处于危险的境地，而母亲目前的处境是孤立无援。他们需要一个后援，需要一个精神上的支持和鼓励。此时得有一个人跟他们站在一起，他们两个人是站不稳的，是摇摇欲坠的。有了她以后，情况不一样了，三足鼎立了。这是一个牢不可破的结构。这点太重要了。

上动车之后，丁点点接到母亲的电话，她说医生已经处理好父亲的伤口了，只是外部感染，但医生要求，父亲这几天最好住到无菌病房里，对伤口的恢复有好处。丁点点说，立即转到无菌病房，不要考虑费用。母亲说："我也是这么想的。"

丁点点赶到父亲病房时，已是晚上七点多了。隔着玻璃，看见呆坐在病床上的父亲，他这次真的像"伤兵"了。上次出车祸时，他头上也受伤，纱布是从前到后绑一圈，有点像运动员头上的发带。这次纱布是由上而下包扎，跟影视剧里伤兵的包扎方式是一样的，看起来特别悲惨，也特别悲伤。

丁点点不能进病房，只能隔着玻璃叫了一声"爸"，父亲没有反应，母亲在边上，提高了声音说："点点来了，你的宝贝女儿来了。"

病房的走廊很安静，只有母亲的声音在回荡。

父亲的脑袋朝她们这边慢慢转过来了，他直直地看着丁点点。丁点点看见他喉结上下滚动几次，张开嘴。她似乎能听见他的声音，却不真切。那声音断断续续的，从他的嘴型判断，似乎是："你——怎——么——来——了——吗?"

丁点点感觉得到，那声音是空心的，是干枯的，甚至是腐朽的，好像是从地底下挤出来的。他来南京之前不是这样的，虽然讲话语速缓慢，但每个字是清晰的，是真实有力的。丁点点赶紧说："我来接你回家。"

他的姿势没有动，眼睛还是直直地看着她，又似乎是看着她身后无尽的远方，张了张嘴，似乎在问："笑——笑——呢?"

丁点点知道他关心外孙女，大声说："你放心，有她奶奶和季增石陪着呢。"

丁点点本想说"笑笑等着你回去呢",又觉得这话过于哀伤了,好像父亲已经不行了,回不了信河街了。再说,看他在病房里的样子,未必能听见外面的话,就将话咽了回去。

母亲这时欣喜地指给她看:"你看,你爸的手是不是不抖了?"

丁点点仔细盯着父亲的右手看了一会儿了,是的,千真万确,他的右手不抖了。母亲有点得意了。这是他们这趟出行的"成果",是母亲的"战利品",她有理由得意。丁点点当然为父亲高兴,手抖是帕金森的"特色",这个"特色"已严重影响了父亲的生活。让父亲的手恢复"平静",是母亲和父亲的梦想。现在,这个梦想实现了,她没有理由不高兴。

看完父亲,丁点点和母亲从医院出来吃饭。她们走了一段不短的路,才找到一家稍微像样一点的酒家,名字叫淮扬人家。所谓"像样一点",就是干净一点,不要看起来油腻腻、脏兮兮。丁点点点了清炖蟹粉狮子头、烫干丝、松鼠鳜鱼和马兰头。母亲每样只夹了一两筷子,说菜有一股"泥味"。丁点点的肚子是饿的,但没胃口。好像这顿饭只是为了完成一个仪式,一个吃饭的仪式。母亲和她好像已经将该讲的话都讲完了,她问季笑笑的情况,丁点点拨通了季增石的电话,让她和季笑笑在电话里聊天。她一听到季笑笑的声音,脸上立刻焕发出了灿烂笑容,声音盖过酒家里的一切杂音。问宝贝在幼儿园听话不听话,问宝贝吃了没有,问宝贝乖不乖,问宝贝想没想外婆。她和宝贝有讲不完的话。

半个小时不到,她们结账离开淮扬人家。她和母亲住在医院旁的一家全季酒店,是家连锁酒店。酒店不大,好在干净。这是丁点点成年以后,第一次和母亲共睡一室。感受相当奇特。有点陌生,却又如此亲近;有点疏远,却又如此亲密;有点忐忑,却又如此安然;有点排斥,却又充满好奇。两个人离得如此之近,却好像远隔万水千山。似乎有千言万语,却不知从何说起。

两人都没有讲话,丁点点先去卫生间冲了澡,然后是母亲去冲澡。两人躺在床上,也没有开电视。丁点点用微信交代了两件旅行社的事,时间已是晚上十点半。母亲看了她一眼说:"睡吧。"

丁点点也看她一眼，点点头说："好。"

关了灯，各自钻进被窝。丁点点想了一会儿呆坐在无菌病房里的父亲，觉得他太孤独了。但她没有伤心，迷迷糊糊中，很快睡着了。至少她是这样的。

第二天起来，天已大亮。全季酒店的装修很有特色，全部以竹子为原材料，房间以黄色为主调，显得特别亮，视线特别开阔。丁点点睁开眼睛，第一件事是去看邻床的母亲，发现母亲也正看着她。这一看，再加上昨天晚上一夜同宿，让丁点点觉得，她和母亲的关系似乎发生了某种质的变化，仔细一想，却又没有变化。

早上，丁点点和母亲去医院找主治医生。她怀疑母亲私下给过医生"好处"，至少送过信河街的虾干、虾皮什么的，医生出乎意料地客气，首先说父亲的伤口没有问题，只是外部轻微感染，已经处理好了，让她们不用担心；其次是极力描述父亲手术的成功，从他的描述来看，这种成功是"历史性的"，是里程碑。父亲是多么幸运。医生说得越好，丁点点越是怀疑，总觉得他是在表扬自己，非常夸张地表扬自己。丁点点对他讲话的真实性产生了极大怀疑。

后来的事实证明，至少有一点，医生讲的是事实，父亲的伤口确实被他们处理好了。三天之后，医生检查过父亲的伤口和身体指标后，表示可以出院。丁点点问："伤口上的线还没有拆，能出院吗？"

医生说："现在不用拆线了，可以被身体吸收；吸收不了，线头会自行脱落。"

但伤口还是明显的，刚好在脑门上，如一条一指长的大蜈蚣，有点触目惊心。丁点点去专卖店给他买了一顶阿迪达斯运动帽：一是为了遮盖伤口；二是帕金森病人是"不喜欢阳光的生物"，阳光直射，会加重病情的。

好了，丁点点去财务室结账，一共花了四万一千元。母亲觉得太贵了，不就是在头上挖一个洞吗，用得了这么多钱吗？这个数额丁点点能接受，她疑虑的是父亲以后的身体状况。丁点点认为，手抖只是细枝末节，父亲的整个身体机能和精神状态才是主干。如果这次手术是本末倒置，那就得不偿失了。

不过，值得高兴的是，终于可以回信河街了，而且是将他们两人完整地带回去。还有比这更令人欣慰的事吗？

八

在南京时，丁点点就发现了一个问题，父亲说话含糊不清了，好像他的舌头被拉直了。丁点点以为是手术之后的暂时反应，总需要一段时间恢复嘛。回到信河街后，她发现，父亲的舌头卷不起来了。

丁小武是个很自尊的人，当他发现别人听不懂他的话时，立即选择了闭口不言。他原来就是一个沉默寡言的人，决定闭口不言后，他就成了一尊"雕塑"。除了吃饭和健身，他就木坐在卧室里。他不喜欢开灯，窗帘布拉得紧紧的。卧室里一片漆黑。他是黑的，沙发也是黑色的，他坐在沙发里，就像掉进黑暗里，和黑暗融为一体了。没有任何动静，好像凭空消失了。

丁小武当然在的。他成了非常顽固的存在。丁点点以前每两个月带他去一趟医院，让医生做一次检查，或者调整一下药量。他现在不去了。无论怎么劝说，他不动。

他的顽固还体现在吃药上，他只听自己的，只按照自己的节奏吃药。一天两次：上午十二点一次，下午五点一次。丁点点和母亲劝他多吃一次，他坚决不吃。

丁小武不去健身馆了，开始跑步，选择去家边上的秀山公园跑步。他每天六点半起床，不吃药，"跳"着上卫生间，"跳"着去刷牙、洗脸，"跳"着去喝一杯牛奶，然后，换上跑步衣服，戴上丁点点在南京给他买的运动帽，"跳"着去秀山公园跑步。他不是一般性的跑，而是长跑，从早上八点，一直跑到十一点。绕着秀山公园，一圈又一圈。一圈是一点六公里，他每天跑五圈，少一点都不肯。他跑得跌跌撞撞，跑得气喘吁吁，跑得身体严重倾斜，跑得面目狰狞。可他一直咬着牙在跑，谁也阻止不了他的脚步。

丁小武的跑步风雨无阻。他不管，他的目的是跑，至于天气，他不在乎，跟他没关系的。

有关系的是柯又红。她不想让丁小武跑。也不是不想让他跑，而是不想让他这么跑。这哪里是跑步？是玩命嘛。但是，柯又红阻止不了。她劝过丁小武，跑步是好事，医生也说了，适当跑步有好处，但丁小武已经完全超越了"适当"。柯又红对他说："咱们慢慢跑，跑一个小时就够了。"

丁小武没有回答，他已经迈开脚步了，这一迈开就是三个小时。时间不到，他是不会"踩刹车的"。柯又红能把他锁在家里不让出门吗？不能。能在他跑完一个小时后拉住不让跑吗？她当然拉过，她一拉，丁小武就停下来。但丁小武一直处于"待机状态"，她一松手，他又跑起来了。拉回家里也没用，他照样跑出去。

柯又红做了一个意想不到的决定，她上网买了亚瑟士的运动行头，还帮丁小武买了亚瑟士的运动帽。她陪他一起跑，一起风雨无阻。

柯又红这么做有两个原因：第一，她确实不放心丁小武一个人跑，她得跟着，反正他跑得也不快，她跟得上；第二，她发现，跑步之后，丁小武虽然还是没有开口讲话，但他脸上似乎有了若隐若现的笑容。对柯又红来讲，这笑容就是阳光，就是甘露，是世间的瑰宝。只要丁小武愿意，只要他高兴，她做什么事都愿意。

这就是柯又红最大的改变了。她的改变是从丁小武生病开始的。这个家，原来是以她为中心的。她心情的风雨阴晴，决定了这个家的喜怒哀乐。丁小武每天看她的脸色行事，小心翼翼，战战兢兢。现在反过来了，丁小武谁的脸色也不看，也不给任何人脸色。他完全活成了自己。这个时候，柯又红变成了以前的丁小武，她每天小心谨慎地观察丁小武的脸色，她知道丁小武不会生气，可总是担心丁小武不高兴。她变得絮絮叨叨了，不停地对丁小武说话，什么话都说，连去菜场买菜的见闻都说，连昨天晚上做的梦都说，甚至连小区里两只宠物狗打架也说。事无巨细，不厌其烦。她知道丁小武不会给她反应，可依然在说。她的絮絮叨叨变成了自言自语，成了一道风景。用季笑笑的话说："哦喔，外婆是一台讲话机器。"

母亲的变化让丁点点吃惊。这不是她想象中的母亲，她应该居高临下，应该盛气凌人，应该神经质，应该让人难以捉摸。可是，现在的母亲，变得如此婆婆妈妈，如此琐碎繁杂，如此家长里短，如此普通平凡。原来那个母亲呢？

丁点点一时不能适应，难以接受。

李其龙经常来坐坐。他一来，柯又红异常热情，连忙对着卧室喊："你的朋友李其龙来了。"

丁小武从卧室"跳"出来，坐在客厅的沙发里，面无表情地看着李其龙，连眼睛也没有眨一下。都是李其龙在讲。李其龙告诉他最新进展，他和一家投资公司签了合作协议，对方投资一点五亿，共同打造"麒麟"品牌。李其龙告诉他，第一期五千万已经打入账户了。李其龙告诉他，自己又买房了，又买跑车了。他想明白了，生意要做，而且要做好，生活上也不能亏待自己。李其龙告诉他，自己还是想和他一起做事，一起将"麒麟"打造成世界品牌，他非常有信心。现在资金有了，如果有了他的加盟，他会更加有信心。李其龙每一次都是以这样一句话结束会面："好了，这次就聊到这里。你再想想，下次来时，你将决定告诉我。"

柯又红留李其龙吃饭，李其龙总是说："下次，下次一定留下来吃。"

李其龙开门离去，丁小武的眼睛依然看着他离去的方向，然后，他不声不响地站起来，"跳"回卧室。

季笑笑读小学一年级了。丁小武得病已经六年。他除了每天早上三个小时的跑步，其他时间都在卧室枯坐。他已经很久没有讲一句话了，甚至连眼睛都很少眨。他成了一个"活死人"。这话是季笑笑说的，她偷偷对丁点点说："哦喔，我觉得外公已经死了。"

丁点点问她："你知道什么是死吗？"

她说："就像外公那样一动不动呀。"

丁点点很认真地告诉她："外公不是不动，是不想动。他太累了，需要休息。"

"哦喔。"小家伙似懂非懂地点点头。

那年中秋节后的一个周末，下午三点，家里门铃响了，是柯又红去开的门。两个人的眼神对了一下。虽然这么多年过去了，柯又红还是一眼就认出了她。没错，是董南妮。柯又红第一句话是脱口而出的："你来干什么？"

柯又红的口气是生硬的，态度是鲜明的。

董南妮变化不大。她的娇小是没法变的。三十多年过去了，她还是那么瘦，还可以用清秀来形容。她的眼睛还是那么大、那么黑，皮肤还是那么白。她化了淡妆，看得出来，皮肤不如以前细腻、紧致了。这是岁月的痕迹，谁也不能幸免。发型变了，她以前扎着一个马尾辫，现在剪成了露耳短发。董南妮肯定也认出柯又红了，她朝柯又红身后看了一眼："我来看看丁小武，听说他病了？"

董南妮声音很轻，但她咬字清晰，每一个字都说得明明白白。她的声音是有力量的，不是从嘴里飘出来，好像是从胸腔里钻出来。她的表情有点腼腆，但声音似乎更能代表她的内心。她是坦然的。

"小病，问题不大。"柯又红依然站在门口，一手抓着门的把手。她的姿态很明确，她不想让董南妮进门。这不是待客之道。但是，对于柯又红来讲，她从来没有将董南妮当作客人。她可以接受世界上的任何人，但董南妮除外。她没有下逐客令，是看在丁小武的面子上。

"我想见一见他。"董南妮讲这句话时，态度是坚决的，她的口气里没有祈求，更不是商量。

"他在休息。"柯又红的回答坚定而决绝，是没有商量的。

"我要见他一面。"董南妮毫不气馁，更是毫不退缩，"我欠他一笔钱，我来还债。"

柯又红想起来了。她其实早就应该想起来，那笔十万元的钱，她怎么可能忘记？虽然丁小武后来将账目补齐了，但她知道，他是从李其龙那里借来的，她只是不说破而已。说破有什么意义？她不能逼着丁小武去向董南妮要债。她不想丁小武再见到董南妮，即使能要回十万元也不想。

"这些年，我办作文培训班。"董南妮抬了抬手中的黑色皮包，接着说，"这些钱都是我办培训班赚来的。"

柯又红犹豫了。谁愿意和钱过不去呢？当然，也不完全是钱的问题。她显然是被董南妮的行为打动了，她一直没有忘记还债，一直记挂在心上。这样的人值得尊重。应该让她见丁小武一面。柯又红犹豫的是她和丁小武曾经的关系，这是柯又红这辈子最大的禁区，是个死角，谁也不能碰，谁碰炸谁。

"我只想见一面，这是最后一面。"董南妮看着她说。

花言巧语。柯又红不会相信这样的言辞，她不相信甜言蜜语，更不相信信誓旦旦。她不会被这样的说辞打动的，她说："你把钱交给我就行。我会转告他的。"

"我必须见他一面，否则我于心不安。"董南妮看着柯又红，过了一会儿说，"我听说他得了帕金森病，已经失智了。如果需要的话，我随时可以来帮你照顾他。"

"不需要。"柯又红毫不犹豫地说，她突然提高了声调。她被董南妮那句话惹怒了，她不需要别人来照顾丁小武，更不需要董南妮。但是，说出这三个字后，她居然松开了门把上的手。

柯又红让董南妮到客厅，她去卧室扶丁小武。丁小武是自己"跳"出来的，他看见了董南妮，身体似乎颤抖了一下。董南妮看着丁小武，往前走了一步，马上又停了下来。丁小武"跳"到沙发边，坐了下来，依然看着董南妮，似乎又没有看着她。

董南妮这时转向柯又红，问道："真的失智了？"

柯又红说："他认得你。"

"真的？"

"他对你笑了。"柯又红冷笑了一声，接着说，"他对别人不笑的。"

董南妮原本想在沙发上坐下来的，一听柯又红这么说，弯下去的身体立即拉直了。她向前一步，打开黑色皮包的拉链，从里面拿出一捆一百元的钞票，轻轻放在丁小武面前的茶几上。然后，她退后一步，对丁小武鞠了一躬。当她抬起头来时，已经是满脸泪水了。她捂着嘴巴，对柯又红也鞠了个躬，转身冲出门去。

这个出乎意料的变化，是柯又红没有料到的。直到董南妮跑下楼去，她才回过神来。当她转头去看丁小武时，发现他的眼睛里似乎也噙着一汪晶莹的泪水。

柯又红看着丁小武，她发现，自己突然之间就不恨董南妮了，甚至产生了喊她回来的冲动。当然，她没有开口。怎么可能呢？

丁小武依然木然地看着董南妮离去的方向。柯又红慢慢走过去，在丁小武身边坐下来。坐了一会儿，突然呜呜呜地哭起来。

原载《收获》2024 年第 3 期

邮差藤小玉

一

说是从空中看，通往半月谷的下坡邮路，像一幅心电图，弯折密集的那种。藤小玉没有坐过飞机，自己和父亲老藤也没去医院拿过心电图，所以，藤小玉不太领会人家说从天上往下看是个什么样的"图景"，他只是凭十一年的步行经验，感觉出那条不断下坡的邮路，就像学前班的藤婷婷写不好的"乡"字。那时，她的铅笔折来折去，折来折去，因为不知道最终在哪里收撤，气得把那个折越画越大。那个忽长忽短的、意气用事的"乡"字，就是邮差藤小玉每天走过的邮路。七点出班，下坡"乡"字，再上坡"乡"字，走完，下午一点半左右收工到家。

从红旗镇邮局往半月谷，是高原往盆地下行的过程，这个井底般的半圆形盆地里，清贫又秀丽。沿着清清的千丈官溪水，盆地里埋伏着鸡鸣村、渔翁渡、官里、牛尾庄四个村。十三四公里的步行邮路（老乡邮员老藤喜欢表述为三四十里路），两代邮差，老藤和小藤，四十多年来，就负责井底这四个村庄、一百多平方公里、六七千人家与外界的沟通。

藤小玉是个一般般的邮差，不太好也不怎么坏的那种。有时全力以赴，做点好事，感动收信人的时候，也会把自己弄得满眼人间四月天，暖阳微醺；有时，责任感涣散，意志薄弱，在鸟鸣山幽流水潺潺的歇息地，会偷看一两封信，又原样封好。他和父亲老藤不一样。老藤有传邮万里的鸿雁使命感。老藤寒暑无惧、翻山越岭救活很多封死信的邮路传奇，上过三次报纸，还不算他给自己大儿子送高考录取通知书的那次。藤小玉没有使命感，但是，他还是蛮喜欢送信报这一行的。哥哥在名校毕业，后来在新西兰搞研究工作，没有妻子，每隔三五年回国一趟，每次都比上一次老了七八岁，看家乡人总是眼神恍惚，一脸曲折的离愁别绪。藤小玉觉得哥哥可怜。藤小玉小时候对邮差无感，对老藤那只经常黄泥松针沾身的绿帆布邮包更无感。后来，考不上大学的小玉，靠着父亲红旗手的荣光护佑，享受最后一批顶替政策，从父亲手里接过了半月谷步行邮路的班。春秋冬夏，一来二去，没有使命感的藤小玉，觉得天下最有意思的事，就是送信了。人到中年，他没有发现有什么工作，比把一个信息送达急盼的或喜出望外的收件人手里更有趣、更开心的了。

人家问他，你做什么的啊？藤小玉说，信息传播。

什么信息传播呀？

终端信息。每个人都需要的那种。

二十年前，藤小玉说到这儿的时候，一般自己会笑起来。他知道自己有点扯淡，他干的活，没那么恢宏。但他心里又有抵抗"扯淡"的认知，所以，笑一笑，就给了自己和别人一个好的交代。至于为什么抵抗和不甘心呢？为什么非要挂靠终端信息使者呢？藤小玉自己，其实一辈子也没想清楚。有很多可能，很多吧。反正，无论怎么说，这世界都离不开信息传递的。连烽火狼烟都会告诉你，没有信息的传递，人是不能活的，硬活也活不好吧。的确，他承认乡下邮差小学文化就可以胜任，他也承认邮差是太苦了，尤其是步行邮路，就是人腿传递的信息啊。其实，藤小玉之后，邮差，尤其是乡下邮差，也就是乡邮员，都是雇临时工干了。信息传播，或者终端信息落实，越来越令邮差们羞于启齿。藤小玉的妻子，破除邮差迷信的葛旦龙，用一个字就归纳了藤小玉的职业价值所在：屁。

葛旦龙是很没意思的人。有一次吵架，笨嘴笨舌的藤小玉骂她叛徒，结果被葛旦龙家暴。藤小玉心里还是叫她叛徒。她真不应该。那些一辈子没有人给他写信的人，一辈子不知道有外面的人，或者知道外面的世界精彩，但心如枯井的原始居民，可以不懂邮差、邮路的意义，但她怎么可以不懂呢？忘记就是背叛。一个不知道感恩的人，不算叛徒算什么？来自半月谷最偏僻的官里乡巴佬她葛旦龙，要是没有邮路、邮差，现在不就只能背一个孩子，汗流浃背地在田头种菜？种的也是一千年来她祖辈种的那种菜。大不了在田头树下，再多爬一两个孩子捉蝴蝶、蚯蚓玩。

葛旦龙就是多亏了这条心电图一样的邮路，嫁进城里跳出了井底，吹到了外面的风。她后来还比藤小玉多懂了两种做爱方式，失去导师地位的藤小玉困惑而别扭，还隐约生气。葛旦龙说，别以为你背个破邮包，就晓得了全世界！

总是一脸疲惫的、六边形脸的藤小玉，瘦瘦歪歪，一副得了慢性胃溃疡的样子，除了一个挎邮包的宽肩，显出可信赖的力量，浑身上下的其他，基本乏善可陈。半月谷里，每个村的大人孩子，看见绿色的邮包，都欢声招呼，看得出，他们对邮包，远远大于对藤小玉本人的兴奋。如果没有绿色邮包，也许沿路他都不能让看到他的人们喜悦起来。有大邮包的他，让四个村庄的人——至少那一瞬间——眼睛都在闪闪发亮。半月谷的男女老少，对邮差会露出很美的笑脸，就像水面反射太阳的金光，一簇一簇非常好看。包括渔翁渡村的那个脑瘫少年。从小到大，那个歪曲行走的少年，看到藤小玉，一定地动山摇地奔向他，然后，久别重逢般触摸着他的邮包，或牵着邮包，陪干瘦的宽肩邮差走过整个村庄。脑瘫少年歪歪扭扭地走着，一路不出声地笑。藤小玉冲着某个方向大喊，某某，有信啦！他也会冲着那个方向，嗷嗷大叫，声嘶力竭并用力拍打藤小玉的绿色邮包。

年轻的邮差，和邮包一起，迷住了葛旦龙。十六七岁的少女，已经到了嫁人的年纪。她看到邮差藤小玉时总是脸红。后来吵架的时候，葛旦龙就理清了自己婚前的迷失所在。一个破邮差，什么了不起的？我是年少花痴，被你身上外面的味道吸引到了，是邮包里装的那些外面的东西——信啦，报纸啦，杂志啦，还有那些来自天南地北的包裹，是邮包里每一天都不一样的东西，吸引了我。不是你！是外面！

藤婷婷才一岁时，藤小玉就透彻明白，凡是葛旦龙帮他"理一理"后的事情，都会变成没有意思的事。

官里出美女。那些日照时间短、盆地深处生长的女孩，一个个出落得都像白蘑菇，白皙而圆润。藤小玉第一次偷看信，就是偷看官里一个最美丽的姑娘的。那是一封来自某部队的情书，藤小玉在野蜂飞舞的休息地，忍不住偷看了，还忍不住为那个发信人，改了一个错别字。作为随身有小糨糊瓶的邮差，他能把信封复原得天衣无缝。藤小玉不是经常偷看邮件的邮差，真的不是。主要还是半月谷的井底人家，没有多少值得让他逾越规矩的事——何况，这毕竟很浪费时间。而一旦消除偷看痕迹后，他总会安慰性地总结说，嗯，做了一桩不足挂齿的小事。

葛旦龙家从来没有信，报纸、杂志更没有。世世代代都没有人给葛家写信。在帮助一个拿了汇款单的老人家盖章后，她就开始偷偷给邮差藤小玉送礼物。藤小玉记得第一次是一个剥皮白地瓜，然后是两个野柿子，还有一包芋子叶包的带刺板栗。对于来自井底小白蘑菇的心意，藤小玉不兴奋也不讨厌，他礼貌地接，淡淡地道别。后来，投桃报李，他肯让葛旦龙翻看所有邮件（信函不能打开），就像浏览世界名胜。他也在赠送礼物，不过是给脑瘫少年的。他相信，只有脑瘫少年，像喜欢邮包一样喜欢邮差本身。不知哪一天起，他下半月谷，隔三岔五地给必定到村口迎接他的脑瘫少年递个小东西：一块有点像鸟头的鹅卵石，一个启辉器，一本《半月谈》，一个有松子的松果，三片婚礼上发的劣质巧克力，一个捡来的半新指甲刀……少年都是嘿嘿收下、收藏。后来，少年就拿一个生锈的马口铁奶粉罐头，远远地等在村口前面的狐仙桥，邮差一出现，他就跳跃过去，藤小玉就顺便把石头啊、树种啊、绳头啊、树叶啊放进他的罐子里。一大一小，每日在半月谷第一道阳光里授接礼物，无言而默契，庄重得好像某种仪式。脑瘫少年庄重得就像一个对天下邮差表达最高敬意的使者。

后来，藤小玉就娶了老送他小礼物的葛旦龙。那个老收他小礼物的脑瘫少年，后来就看不见了。听说，在他姐姐出嫁的时候，他把那个马口铁旧罐头转送给姐姐后，就失踪了。所以，很长的时间里，藤小玉一到狐仙石桥，看不到那个少年身影，就会怅然好一阵子。

二

老邮差老藤，已经退休十多年了。一辈子把"传邮万里"视为生命的老藤，是去年开始确诊阿尔茨海默病的。他依然爱读报纸杂志，依然爱去红旗镇邮局分拣组、投递班转转。他依然喜欢闻报纸杂志新鲜的油墨气味。那个小小的镇邮件枢纽中心，每天都要收发很多信报邮件，那里有成叠的报纸，一捆捆杂志，满地的包裹、信件、商函……只是，现在，老藤只需要一张报纸就够了，因为，任何一张报纸，对于老邮差来说，都是新的。他每天高高兴兴地泡茶，打开一份报纸。对他来说，那些以前、更以前的任何一张旧报纸，传递的都是新闻，他短暂的记忆，使他坚信手里的就是外面最纷繁、最真实的第一手世界。疾病并没有让他淡忘传邮万里的使命，他始终非常清楚，他后继有人，父业子承了。藤小玉正在邮路上，踏踏实实地把每一天的外面的信息，送到最深的山乡。老邮差内心的骄傲，也始终没有被阿尔茨海默病摧毁。

他经常忘记时间，忘记自己的年龄、身份。有时候，他和孙女藤婷婷一起写毛笔字的时候，藤婷婷训斥他的笔画错误，他会谦虚地问八岁的孙女，我们俩是同一个老师，周老师对不对？他也经常问下班进门的葛旦龙，你找谁？有事吗？

他活在了时间之外。他已经不能归纳，儿子媳妇这两个月，吵架频率越来越高；他也记不得，昨晚，媳妇葛旦龙和儿子藤小玉摊牌了，严正提出离婚要求。不论好消息坏消息，他马上就忘记了。他当然也不记得，昨晚，是八岁的孙女藤婷婷率先拍案而起，唉，吵得这么累，我都听烦了。为什么，为什么——为！什！么！你们还不离婚？葛旦龙就高喊一声，这次离定了！

婚姻危险了，离婚是迟早的事，并不要八岁的藤婷婷决策，因为，小邮差知道，葛旦龙再也不是当年的井底之蛙，她对邮路的向往和迷恋，早已是笑话般的烟云。邮差，包括老邮差，都已经让她十分轻视，用她的话说——我看透了。葛旦龙嫁到红旗镇，就打开了外面花花世界的窗口，窗口虽然小也不高，但足以使她瞭望得更远，也足以使她识破：一个假装装满外面世界的帆布邮包，不过是小儿科的信息世界。邮差和他的绿邮包，很快就开始进入褪色、祛魅期。至于邮路连接的姻缘，刚开始，有了眼界的葛旦龙，也不敢轻易宣布放弃，因为，虽然眼界有了，也破除了邮路迷信，但新世界的支撑点还没有找到，作为一家世界名牌的直销洗涤用品的下线成员，她一直推销未遂，还贴了不少小钱，这使她意识到人生不可草率。葛旦龙的毅力比她的巧嘴更强大，五六年的坚持不懈，她终于有点气候了，就像挖了五六年的井，终于，有一口井开始出水了，而且，看起来，水量还越来越大。这水，当然可以通往外面的大世界，这么想的葛旦龙，傲慢心就大起来了。

藤小玉虽然没有坐过飞机，但是，他知道飞机比星星小。葛旦龙当着藤小玉两个同事的面，一直和他缠辩，最后她使用了辩证智慧：我也知道飞机比星星小，我的意思是，并不是所有的星星都比飞机大！藤小玉又窘又气，低头喝酒。一个同事就用事不关己的宽广笑容劝说，你不要和美女一样见识咯。厨房里，葛旦龙听到并记仇了。她又炒出一个菜，放下菜盘，她说，有些人以为，挎个邮包就是天神。我可不再是乡下土包子了！也挎邮包的同事，就一起尴尬窘迫地笑。三个邮差，都说不过开始见世面的葛旦龙。

三

从红旗镇西行两公里不到，就能看见西阳林场那个斜下的岔路口。

路口开始蛮大，越下坡路就越窄，一条粗砂简薄水泥路，大蟒蛇一样扑向林场大门。等把农场订的那些机关邮件送完，背着半空的邮包的邮差，就开始更往下走，一路下坡，那是连薄水泥路都没有的土路了。这条邮路，论距离，本来可以骑自行车的，但是，一路下坡急弯急拐多，而且，林场有很多拉木头的东风货车，开得摇摆呼啸，常把骑自行车的人逼得险象环生。有一次，老藤连邮包一起摔下榉木林深处，要不是一个老树

· 287 ·

桩子挡住，他就殉职了，因为再下面就是深不可测的瀑布黑虎潭了。更关键的是，半月谷这条说起来不算长的步行邮路，你真要来回骑车，一路下坡算你车技好，但回程归途就只能推车上行。尽管"乡"字路已经尽可能拉宽缓和，但一般人还是没有体力在那样连续不断的上坡路上踩自行车的。那样你会天黑都收不了班。

老藤步行了三十年，小藤也在这条心电图一样的邮路上，背着邮包，步步下、步步上地走了十多年。

老藤是使命感促进他，穿竹林、越茶山，绿制服，绿邮包，他走得十分骄傲。可小藤不是，他就是单纯地喜欢身负外面的信息走向闭塞深山的感觉，那些报刊邮件，尤其是私人信件，让他感到自己"浑身是宝"。他就喜欢斜挎邮包，独行在静谧的邮路上。说实话，人家的死讯也让他兴奋。他享受每一个邮件带来的后果。人间因邮差而打破了寻常。不是吗？这些变化，不都是他一步步跋山涉水带去的？不论喜悦和悲伤，也不论收件人变得多有见识、多狡黠、多痴慢、多神气，他统统不管。反正他就喜欢看到收件人和外面联通时一瞬间的样子，就像突然通上电那样。有的收信人不识字，捏着信封，焦灼又惭愧地请他帮着念信。他还不时地代人写信，帮人"通电"的那个感觉，简直好极了。

有个暑天的下午，藤小玉在渔夫渡村转悠了很久很久，该死的渔夫渡村人，彼此只知道小名，谁也不明白那个叫"何赐伟"的人是谁，但听说是高考录取通知书，全村的闲人就跟着藤小玉，挨家挨户地走，队伍越走越大。等到终于找对那个考生家时，那个考生正在帮父母炒茶叶。他把手里的大匾一抛，匾里的茶叶在夕阳的逆光里蜂飞蝶舞。当时，藤小玉觉得自己简直引爆了一颗原子弹。考生和父母夺过录取通知书，不论识不识字，全家大小抢着看，做母亲的把那通知书紧紧贴在脸上摩挲，幸福的眼泪和清鼻涕，都沾在了挂号信封上。那一时刻，每一个人的眼睛，就像星芒彼此照耀，整个屋子都亮了。那些队伍壮大的邮差跟班发出啸叫声、鼓掌声、踩脚欢呼声，差点把藤小玉看哭了。藤小玉为自己和邮路感动：如果没有我，他们一辈子也不知道自己可以这么高兴，他们一辈子都不知道外面的消息。

卸掉一半邮件，藤小玉会抄林场公厕白墙后面的小路下来，走上山道。山道边，那条当地人叫千丈水的溪流，就变得跳荡吵闹，好像一个隐形的顽童在滑滑梯、在冲浪。这个一路与隐形顽童互动的喧腾水声，陪伴藤小玉一直步行到山底。中途喝水的时候，听到没有自己脚步声干扰的纯粹水声，让藤小玉感到一点点无措，好像占用了别人的地盘，而主人不在家。邮路越走越幽深，即使无风，也不时有落叶飘下，鸟们永远在方位不清的远方，轻一声重一声地鸣叫。头顶上的红旗镇，可能早就阳光炽烈，但山谷深处，空气依然水一般的清冽湿凉。藤小玉早就习惯并很享受这种冰清空气。他像快憋死的人那样，故意救命似的深深呼吸，把自己的胸膛变成风箱。每次坐下休息，抬头环看四处，都觉得他和天之间，有一层清凉的绿叶层，就像别人说的大气层。我的大气层是薄绿色的。他把这一句编到了给藤婷婷的《不死草》童话里。源自红旗镇西三老峰的千丈水，好像从西阳林场路段开始，就是"乡"字形下泻，这水也喜欢走"乡"字，也就是有见识的人说的心电图形邮路吧。难怪在远古的时候，邮路往往就是水路。

因为要不断给藤婷婷编睡前故事，藤小玉渐渐也迷上了那种叶片上画了暗金色格子的阔叶小草。它有点像画了网格的万年青。每次行走时，只要看到它，就不由得向它走去。一般他会蹲下，放下大邮包，抚摸一下叶片再走。他曾经为藤婷婷采过一株，但他不好意思说这就是"不死草"。他只说，不死草啊，差不多就这样的。它长在密林草叶更深处，人眼很难很难发现。只有正午一刻的太阳，刚刚好的湿度温度，风也刚刚好的时候，它们才可能一起出来和太阳见一见，然后，释放出一点稍纵即逝的清香，之后立刻隐身。每一天的太阳，都在等待这种接见。因为这是天草，是误落人间的天草。它非常隐秘，非常稀少。它的一片叶子，哪怕刚刚长出的最小的叶子，也布满整个世界的永生秘密。

如果没有这个一直在延续的自编童话，藤婷婷就彻底蔑视藤小玉了。她从小就看不起邮差爸爸。这个完全是受叛徒葛旦龙的影响。她崇拜她妈妈，觉得她又漂亮又厉害。父亲的温和忍让，在这个年龄又好强的孩子眼里，窝囊透顶。而爸爸之所以这么窝囊，因为他做着越来越没用的工作。

小女孩模仿母亲的语气、走姿，模仿她的飒爽表情，模仿她卷起衬衫袖子，指点江山的利索样子。哪怕天气还挺凉，她也喜欢把长袖卷到胳膊肘，露出细细的小胳膊，双手一叉腰，藤小玉！看看时间！你不一点就下班吗？现在都几点了？我下午都放学啦！藤小玉就笑呵呵地汇报，一封挂号信怎么送达；今天哪个村哪个人盖房子，帮忙的人从梁上摔下来了……小丫头假装不爱听，其实她竖着小耳朵。她重手重脚地为父亲盛饭，高声大气地叫爷爷吃饭。完全就是个家长做派。

葛旦龙不知又在哪废寝忘食地卖洗涤用品。小女孩也确实能干、麻利，老邮差有一次摔在卫生间，一只手腕还卡在蹲式便槽孔里。五六岁的女孩一发现，冷静沉着地先打120，口齿清晰地报出地点和情况，然后再给父母打电话。葛旦龙卖产品，忙得经常晚上八九点以后才进门，进门也在复盘，检讨哪里的服务用语或推介演示有缺失。小邮差又厌恶做饭，在爷爷渐渐记不住做饭后，小丫头便一夜长大，无师自通地学会了用高压锅、电饭煲，居然还会预约做饭。这一点，两代邮差都没有学会。

吃饭的时候，她也会像葛旦龙一样，对藤小玉突然断喝，慢点！慢点！赶去死啊！也有好听一点的，烫！烫！食管癌！藤小玉就笑，吞咽的节奏明显慢了下来。亲生的孩子，还是爱。父亲的宠溺和妈妈的纵容，让小丫头在邮差爸爸的朋友、同事中，已成为令人惊叹的存在。她不止一次当着众人的面，一把夺过藤小玉嘴里的香烟，一脚踩灭蹂烂，然后小手掐腰，一字一句，藤！小！玉！你还要不要命！大家就笑，藤小玉也笑，他不知道众人笑他窝囊，藤小玉则满脸慈爱。

他很喜欢藤婷婷听童话时的小模样。童话故事在女孩床前慢慢展开的时候，藤婷婷的眼神，装满了小天使对人间忧愁的关切。藤小玉享受着那小眼光里的严肃、讶异、纯净与无助，享受里面的狂喜、悲伤与天真，还有好奇和愤怒。各种情绪在故事里如星光般流转，就像满屋的水晶挂片，让稀松平常的邮差之家闪耀着仙境般的光芒。

原创的《不死草》成为睡前连续剧，它一直讲，夜夜长，枝繁叶茂，生机勃勃。它能这么生机盎然，很大的原因，是讲故事的人比听故事的人，更不希望它结束。童话一旦终结，女儿就长大了，长复杂了，长老了。藤婷婷渴望童话世界，藤小玉渴望爱听童话的孩子。一大一小的需求是契合的。他需要童话世界里的女儿，而不是现实世界的小一号葛旦龙。是的，藤小玉的《不死草》，让他和听故事的藤婷婷，创造了一个只属于他们的秘密的光辉时刻。

四

这个童话开始于藤婷婷三四岁时的一个晚上。那天，藤小玉想起上午在松林下发现的一颗带斑点的灰色鸟蛋。可能是从树上掉下来的，连着一个孩子巴掌大的乱草窝窝。藤小玉后来把它连草窝窝一起送给了在狐仙桥头等候他的脑瘫少年。就是捡到鸟蛋的那个晚上，他开讲《不死草》，不过，那个时候他说的是不死蛋。没有多久，他忽然有发现，邮路上有种学名可能叫金线莲的草，更合适担任这个故事的主线索，他在一个故事里安排不死蛋下线了。不死草，就全面入场了。

说茫茫丘陵深处，有一个巨大的山坳，叫花生壳山坳。它就像花生壳打开，两粒花生房间，被一道雄伟的山梁挡住。西边的花生凹，树比人多，草比人高，到处都是鲜艳漂亮的菌类，非常美丽，不小心吃到，人就会分不清自己是谁，有的人还会变成几个、十几个人的合体人。还有的人，会变成透明人，只有在月光下才显出人形的简笔画轮廓，太阳一出来，就变成了风，脾气不好的，就变成急风。至少在西边凹，那些风，很多是人变的，不一定是真正的风，无故吹动窗帘和树枝、蚊帐的，往往是人。他们会说话、演讲、吵架，也会厮打，比如人形飓风或双眼台风。东边的花生凹呢，住了很多人，他们向着太阳生长，物产丰美，聪明灵活，人口越来越多。东边凹的人不喜欢笨蛋，尤其是又笨又丑又恶的人。慢慢地，东边凹的人，就把不聪明的小孩、又笨又丑又恶的大人和创意退化的老人，偷偷送到西边凹，让他们在那里生活。反正西边凹人少树多风多，没有人发现人口多了，而且，西边凹每到秋季，菌类大量出现，就会有很多人吃中毒，有的人变成菌类，有的人变成风，大家经常人、菌、风不分，就没有办法统计人口变化。慢慢地，东边凹的人，越来越多地使用这个去粗存精的人口安置办法，虽然刚开始这样做时，有的人心里会有一点点惶惑不安，怕天打雷劈什么的，但后来，家家户户都心照不宣了，人们一直往西边凹偷运没用的人过去。东边凹还有一些五六十岁的、自觉一生无望的敏感老人，就自我放逐；还有一些难舍孙辈的老人，也会自愿陪伴笨花笨草的孙辈，相约到西边凹度余生。这样，年复一年，世世代代，花生壳两个山坳里，就慢慢变成了两个很不一样的人口景观：一个花生壳凹房里，大都是泄气失意的老人和遍地的菌类；另一个花生壳凹房里，都是聪明灵巧的人，还有遍地的奶和蜜。本来呢，两个花生壳山坳之间，永远不会有战争，因为智力落差太大，没有共同语言。后来，发生了战争，是为什么呢？是东边凹的聪明人突然发现，西边凹的很多人形的人不会死。西边凹的人，偏偏又不肯告诉东边凹的人，他们为什么不会死。为破译这个天大的秘密，聪明的东边凹人想了各种办法，花费了很大的代价，但是，西边凹的人就是不告诉东边凹的人。而且发现有谁企图泄密，他就会被强制服用一种孢子，直接变成菌，变成风，或者只有月光下才显出轮廓细线的透明人，总之，统统变成没有能力改变自己和改变世界的人了，这些被处罚的人，也像风一样长寿而无聊。

故事的枝蔓乱七八糟，藤小玉脚踩西瓜皮，踩到哪儿算哪儿。每天晚上的故事发展，取决于当日邮路上的灵感。比如，那天在一块断岩边，他看到了一大片匍匐的薜荔，枝叶间挂满了像无花果一样的薜荔果。他摘了好多个，他不会也懒得像牛尾庄人那样，做一盆好吃的凉粉，但他讲了一个悲壮的友情故事。有的生命，是天生困在笼子里的，比如一出生就在薜荔果内心的榕小蜂们。男榕小蜂，他们救出女榕小蜂，自己便因为断翅，永远困在了薜荔果里度过黑暗的一生，他们也可以勇敢钻出薜荔果，但是，已经没有翅膀的男榕小蜂，一出口即坠落死亡。藤婷婷听得呜地哭出声来，再也不肯听薜荔果故事。藤婷婷最喜欢听人和蘑菇变来变去的故事，还有千年红豆杉仙女整理人间的故事。她尤其喜欢捕捉风的那一段。夏天是捕捉不到风的，冬天的风就有点傻，好活捉。邮差小玉说，你只要拿一个布口袋，拿一块毛巾也行，你把它稍微弄湿一点，然后选一个风口，你叫，呜欤——如果没风来，你再大点声，呜——欤——风还没来，你就要一直喊、大声喊，它们耳朵不是很灵，但呜——诶——是风听得懂的话，如果不叫而来的，都是自然风，你不要管它。你能叫来的风，才是人风。有时候你叫，很多正在哪个山头疯的风，一听到呼唤就会一起赶过来玩，呼呼呼地扑冲而来。兴奋的风，会不知轻重，把人长得不牢的头发都拔光。很快，那个布口袋就装满了叫来的风，硬硬的，比灯笼还硬还膨大，你可以闻到它们刚刚在那个山头搞来的香或者不香的各种味道。毛巾也可以，它会像捕蝇板沾满苍蝇那样，沾满了密密的风，变成硬硬的一块板。你要是不想跟它们玩了，往地上一摔，它们就会像玻璃摔碎那样，四散而去。但它们和西边凹的人一样，永远也不会死。它们随便摔一下就气呼呼地走了。风走光的时候，布口袋和毛巾都会奄奄一息，像被人踢过很多脚。

藤婷婷最爱听的是东西凹双方交战。她爱憎分明，一开始同情西边凹人，也就是同情被遗弃的老弱傻穷，反对富庶贪婪的东边凹人。后来，她立场转变了，开始反对老人霸占不死草——那么笨，那么穷，为什么还不跟东边凹人交换不死的秘密？她的看法是：如果我是西边凹国王，我就宣布，东边凹！我给你们不死草，你给我们聪明蛋！藤小玉就说，西边凹不肯嘛，他们说，再聪明的人也会死掉，而人不死，总有一天会找到聪明蛋。所以，一万个一亿个聪明蛋，也换不来一株不死草。因为，不死草比聪明蛋更厉害。他们决不跟东边凹人交换。

五

邮差在这个童话里，显得非常重要。如果这个故事是屠夫编的，屠夫自然就非常重要；如果是医生编的，医生当然也会很重要。藤小玉是这么编的：西边凹和东边凹，中间的那个隔断，其实是一道花岗岩山脉，就像天界的大城墙，非常坚固。只有最聪明的、最勇敢的邮差，才能在这道鸟都不能飞的山脉中，找到三个贯通东西的秘密山洞。其他山洞，就是能贯通，里面也没有萤火鸟给你照明。但是，萤火鸟光线微弱啊，洞里面有很多东西还经常不高兴，会惊吓和阻挠信使和穿越者。所以，每一次出发，东西两边凹的邮差，都冒着生命的危险。慢慢地，西边凹的邮差因为越来越傻，一代不如一代，三个贯通东西的邮洞，只能勉强辨认出最后一个——那还是因为东边凹邮差爱走这个，而东边凹的人很精，三个洞口个个都记得清清楚楚，但是，他们也越来越不爱走了。你让东边凹的女孩嫁到西边凹去，她马上就寻死去了，后来呢，东边凹的东头，也就是不和西边凹接壤的另一边山口，被东边凹的聪明人扩大了，直接连通了水路，外面的信息物品往来交换，就越来越频繁了。而西边凹那边，除了腌笋豆、薛荔果凉粉，几乎没什么可值交换的东西。慢慢地，邮路荒芜，剩了一个靠东边凹人维持的山洞，以便把他们不需要的人，偷偷送到西边凹去。直到西边凹的不死草的秘密，被东边凹人知道了。

千丈水是从比红旗镇还高的三老峰下来的，先环绕红旗镇大半圈，在红旗湖停一停，再往半月谷奔泻。有人说，从高到低，千丈水一路起码有一百个大小瀑布。快到半月谷第一个村庄鸡鸣村之前，有两个瀑布很近。上面那个瀑布，水势又急又猛，像一条恶魔咆哮的长舌头；下面那一个呢，水幕温柔，宽敞如天上戏院的巨大帷幕。它看起来仅有一人多高，却有百人宽。水幕下面，有块半个晒谷场大的平整巨石。巨石吧，也不是那么平整，石面所有的凹陷，都有清亮的瀑布积水，还有天真的小鱼。恶魔咆哮舌头的那个激流瀑布，底边藏有口腔一样的浅洞，浅洞外有白色的水雾缭绕。邮差老藤亲带小邮差走过那里，说，这是近道。只要你包裹好邮包，从水帘洞里穿过，那起码要省掉半个小时的路程。

藤小玉就都是那么走的。走到"心电图"的末端，他就用油布包好邮包，自己也穿好雨披，就大步走进瀑布后面，穿越恶魔的舌根深处的"扁桃腺"。冲出白茫茫的水雾，邮件干爽无恙。这个恶魔舌头瀑布，永远是邮路的精彩一瞬。这加上帷幕宽的瀑布、巨石平台，它们都是藤小玉《不死草》故事的重要场景，是东西凹双方大战的主战场。在倒数第二个和倒数第一个的瀑布之间，比较容易见到叶子上有暗金格子网纹的草。但藤小玉在他的童话里，就把这种草变成了千辛万苦九死一生才能觅得的神草。

不死神草是西边凹的有权势人家的尖鼻子女孩发现的。她从小到大都渴望走出西边凹，于是，她就爱上了知道外面信息的、外星人一样的邮差。邮差藤小玉到底忍不住，把邮差放到人间重要的位置，还难免带上他对葛旦龙的评判。

邮差就是王子吗？藤婷婷着急地问。

嗯……差不多。

非常帅？骑大白马？

必须是哦。

肯定！他家里都是金银财宝珊瑚玛瑙什么的，对不对？

那是自然。

藤小玉让那个又帅又富、了解和传递外面世界的邮差王子，爱上了西边凹的尖鼻子女孩。

她漂亮吗？藤婷婷说，为什么叫尖鼻子？

因为她能闻到全世界所有东西的味道。所以，她才能找到不死草。

她是不是穿这么长的裙子？

当然，当然。

有很多钱？

有……嗯，至少她家有很多腌笋豆和凉粉……

那肯定也算公主，对吧？藤婷婷皱着眉头思考了一下，坚定地说，她是小公主！最可爱最美的小公主！

藤小玉点头同意。

尖鼻子小公主每天都到路口等邮差。她喜欢闻邮差王子浑身散发出的外面的各种新鲜味道。一年又一年，尖鼻子女孩长大了。她不想嫁给身上只有腌笋豆味道的本地人，他们越有钱，腌笋豆的味道就越重。她就是喜欢邮差身上外面的味道：太阳光、蜂蜜、青木瓜、麦子、墨汁、迷迭香……她爸爸妈妈就生气了（国王和王后很气！藤婷婷马上纠正）。王子邮差安慰她，让她闻邮包里的各种气味，还有他自己身上好闻的味道。后来呢，他们就天天在恶魔舌瀑布的茫茫水雾中约会，谁也看不到他们。尖鼻子就越来越想到外面的世界去。她害怕自己身上也会有腌笋豆的味道。但是呢，邮差王子有点发愁，他说，我是这条线上最后一个邮差了，谁都不爱往西边凹送信。所以，我走了，这里就再也没有人来送信了，你爸爸妈妈想你怎么办？就算你在外面很幸福，生了很多小孩，要告诉他们，可都没人来传递消息了。藤婷婷一直点头，很愁苦。

六

从婚礼上就能看出，刚见世面的葛旦龙融入城里比盐溶于水还顺溜。红旗镇虽然小得可笑，但是，对于偏僻的半月谷里最偏僻的官里而言，那就是繁华大都市。有霓虹灯、有摩托车、有网吧，有鄙夷乡下人的城里人表情。婚礼上，不擅发言的老邮差，在主持人鼓舞下，戴着老花镜，读诵了《深山姻缘邮路一线牵》的短讯。这是镇邮局的通讯员在邮政系统报上报道的关于乡邮员藤小玉与葛旦龙的爱情消息，肯定了邮缘的美好。微醺的葛旦龙，恰当地展示了她在有限的影视里学习到的人生姿态。她美若天神，眼神迷离。小镇主持人发问，你爱藤小玉先生什么？葛旦龙搂推着藤小玉的腰说，我最喜欢他挎大邮包的样子！小镇主持人问，为什么啊？葛旦龙说。我们那里，只有大邮包才是外面的。我喜欢外面的世界嘛！那你只是爱上大邮包了吧？小镇主持人幽默了一句，二十几桌来宾哄堂大笑。主持人的话，让藤小玉有点惶惑，用一副等待死刑宣判的表情瞅着他的新娘。新娘爽朗高声，没错！我就是嫁给大邮包啦！说着，她张开怀抱，索抱式地转向藤小玉，藤小玉正确地顺势拥抱她，来宾们被新娘的洋派与甜蜜刺激得欢声雷动，亲一个！亲一个！

藤小玉当然知道，葛旦龙并不是来宾们以为的机智，那些话也不是调侃。不是的，她说的是心里话。这种惶惑与失落，在他哥哥藤小金回来探亲时，再度重温了。

对于红旗镇，新西兰更是陌生中的陌生，外面的外面。藤小金带回了一个当时最新的 MP3 送给弟弟家。藤小金像强力胶一样，吸引了葛旦龙。她变得更加活泼、勤快，甚至用口齿幼稚的语音和藤小金说话。藤小金才是真正的大邮包，真正传邮万里的大邮包。他随便说点什么，随便掏出点什么，甚至他的旅行箱一打开的味道，都是一个崭新的窗口。如果不是未老先衰的藤小金那一脸莫名其妙的忧虑，藤小玉就会卑鄙地推测，葛旦龙会跟他上床，求他带走她。

　　破除了邮差迷信的葛旦龙，心里未必好受。这也不能怪藤小玉。葛旦龙视野开阔、心智渐长时，正是邮包式微的开始，每一路的邮件都越来越少了。平信、挂号信、汇款单、书刊、报纸都在变少，虽然商函和对账单有点变多的意思，可是邮差藤小玉又不太承认它们也是信息——至少它们不是关于人与人之间的重要信息。在一个训练有素、有点情怀的邮差看来，这些东西，都是不走心的说明书、工具文字，挑动不了什么情感波澜，更激发不出灵魂的哆嗦与尖叫。藤小玉当然也知道，没有新消息的邮差就是拔了毛的凤凰，这一点的认知，使他一直有点心虚自怯，他不再浑身是宝。说到底，人们对邮包的崇拜感集体幻灭了。现在，在任何方面，他都有点像骗子，包括婚姻。幻想或误会是支持不了长久婚姻的。他注定不是梦醒人的对手。他永远美不过、好不过、说不过、打不过他的媳妇葛旦龙。

　　藤小玉借出五百元给牛尾庄一户人家，帮扶他家孩子上大学急用。葛旦龙生气了，她是习惯性吝啬，但是，她说的道理很好，我不是心疼钱，我是接受不了夫妻不同心。你怎么能不商量就借出去？这和把我随便借出去有什么区别？藤小玉每次和她吵架，最后都会觉得自己理屈词穷。这也说明，葛旦龙不做洗涤用品直销员，是暴殄天物了。过了两天，藤小玉才想起来，葛旦龙上次借给她哥哥一千块钱，也没有告诉他，如果不是藤婷婷无意说出来，藤小玉到现在也可能还不知道。但葛旦龙说，我就知道你早晚要问这个，我正好给你理一理：一、你老婆，本来就是家里的管家婆，她临时调度钱应个急，随后补上是合情合理的；二、你是加班费不交，偷偷借给陌生人，我是借给自家人，有字有据，你说，谁的风险大？藤小玉分辩说，我不是借给陌生人，是邮户！他家给过我们一只乌骨鸡。你还说乌鸡很补。但他最终什么也没说出来，因为他知道，他一说出新的事实，葛旦龙又要给他"理一理"，理了半天，他又会被理出更多理亏的烦躁结果。老邮差得阿尔茨海默病之前说过，你老婆那张嘴啊！

　　在童话《不死草》里，邮差就不一样。藤小玉不喜欢现实，因为现实的系统里面，邮差地位最低，又辛苦又卑微。他设计的邮差就是独行侠，童话里的邮差越来越神勇，他们前仆后继，心系天下，单刀独剑，传递世间最重要的信息和牵挂。接到信息的人，反馈信息的人，都因此内心充满生机。

七

和妻子吵架并再次理屈词穷的邮差，悻悻地走在台风前夕的"心电图"上。

邮件已经越来越少了，连一些穷邮差都有了比较好的手机。西阳林场砍掉了一半的报刊征订费用，还反咬一口说没什么内容可看，还说回收废品旧报纸的人都越来越不爱进山了。半月谷那几个村庄，怎么说呢，有文化的都出去了，也就是自己去外面感受信息了；没有文化的或文化层次低的，又对外面没有什么好奇心，他们身体或心态都老了。日子过得岁月静好，才不需要外面的信息。鸡鸣村有一个烈士，生前救了一辆公交车上的人，他的父母一度和外面的社会有联系，喜欢等邮差送报纸看，虽然识字不多，但是，报纸是公交部门赠送的礼物，老人家就坚持在太阳底下看报，还招呼路过的村民一起看。村民为此多认识了好多字。可是去年，烈士家爱读报的老人死了，报纸也就停止赠阅了。藤小玉发展订户、征订报刊、收订阅费的"流转额"业绩逐年走差——别说步行邮路，那些跑自行车、摩托车的邮路，也一样在减少，只是，没有"心电图"邮路这么明显就是了。真是，越偏僻落后的地方越不看报，越不看报就越落后偏僻。

现在回头看，和葛旦龙认识的那个时期，竟是藤小玉邮路最鼎盛的好时光了。想当年，面对单纯又热烈的小村姑，藤小玉想不膨胀都很难。他告诉葛旦龙，历史上，邮差就是公务员，现在，很多国家依然是。邮差是一国重器。葛旦龙知道了亭长、驿站是怎么回事，还知道李自成、刘邦都当过亭长。村里有经验的老人，可能知道"马上飞递"是古时候很急很急的邮件，但只有葛旦龙知道，四百里加急、八百里加急，不是有一匹马能跑四百里、八百里。古代到现在，都没有那么厉害的马，而是一匹又一匹的好马和一个又一个好邮差，在沿途驿站接力棒一样地飞驰。天宝十四年安禄山在范阳起兵叛乱，唐玄宗在临潼华清池，两地相隔三千里，第六天皇帝就得到这一消息，这是每天五百多里的邮递速度送达的，不得了地快啊。葛旦龙还知道，邮驿分陆驿、水驿、水陆兼驿三种。唐代最盛时全国有一千六百多个驿站，邮差有两万多人。

现在？葛旦龙哂笑了。邮差和红豆杉一样，都成了活化石了。

本来，藤小玉今天可以偷偷不出班。因为没有信件。西阳林场传达室的老刘头已经说了好几次，你不要天天那么辛苦来送报，那些办公室的人，现在都不爱来取报纸了。我要是不送科室去，你看看就堆在我这里，我们传达室又这么小！以后，你就等有挂号信、汇款单等重要邮件的时候，再跑一趟吧。积几天再来，我们不怪你。昨天老刘头还说，喂，我们最爱看报的场领导胃出血啦，进城住院了。台风就要到啦，我看你这两天就不要来送啦！太危险啦。

藤小玉早上起来，发现他的邮路竟然没有分到一封平信，也没有挂号信。但他想了想，还是出班了。他不想见葛旦龙。邮包倒不空，林场订的一沓省报和几份杂志，还有几份广告信函、对账单，也都是林场的。半月谷只有渔夫渡村有个退伍军属人家订了一份军事杂志。还有就是村民托付他代购的一袋洗衣粉、两瓶广东豆腐乳，还有一个助步器。鸡鸣村有个嫁出去的女孩，给腿脚不便又不愿进城的父亲送了一个助步器，说没有快递公司愿意送，问邮差藤小玉行不行。藤小玉也不爱送什么货物，"两国交战，不斩来使"，送货的算什么东西？怎么能和信使混为一谈？可是，他认识那个老人，当时，他把他家女儿的高考录取通知书送到他家的时候，那家人高兴地送了邮差一捆笋干。那时候，那个父亲还是身板硬朗、能吃苦的壮年人。没想到，摔了一跤，几年工夫，就老得像榕树桩了。他的一条腿，好像死了一样，不受他支配。

藤小玉不在意台风，十多年间，有台风的邮路走得多了。风来风去地走一趟挺好，台风也比葛旦龙强。离婚，说真的无所谓，但是，真要离，藤小玉觉得很恼火，有失败感。邮差的面子往哪儿搁？这个叛徒！她真的很不留情。藤小玉也想不出葛旦龙的好。漂亮？再好看的脸，看惯了也不觉得了。何况这个脸，也没有恋爱时的好表情，他才不留恋，只是他不习惯被人抛弃的感觉。一个靠邮路改变命运的女人，凭什么背叛邮差？葛旦龙的语气还特别伤人自尊。藤小玉觉得，离婚，她是把他一辈子都否定了。没有人订报，没有人寄信，没有消息传递，这又不是邮差的错，邮件的多少，邮包的大小，和信使本身无关。为什么脑瘫少年都明白的道理，你葛旦龙就不懂呢？你是稀罕我这个人，还是稀罕邮包呢？这个喜新厌旧的轻浮女人！没想到，昨晚吵架的时候，葛旦龙反唇相讥，呸，你做邮差的，送的不就是新东西吗？旧信息旧报纸，谁要你送！你不喜新厌旧吗？你天天喜新厌旧！你不喜新厌旧就不配送信！你不配当邮差！

藤小玉又被葛旦龙"理"糊涂了。

再瘪的邮包，也是邮包。林场老刘头拿过报纸，用爱莫能助的语气说，嗯！还有那么多邮件！小心啊，风越来越大了。藤小玉出于莫名其妙的自尊心，没有承认里面还有洗衣粉和豆腐乳。他就不说。他背着看起来很满的邮包，提着助步器的扁宽瓦楞纸盒，继续抄小路往山下走。他依然像一个行色匆匆的伟大信使。至少，在老刘头目送的眼光里，它还会颇有敬意地以为，嗯，还有那么多井底的人家，在着急地等待着邮差哦。

有一段横穿溪流的石墩子桥，十一个小石墩子稳当地在水流中，藤小玉喜欢走。这些横跨溪流、让人在水面飞的石墩子，肯定是以前——也许是十几年前，也许是几百年前的某个人建造的。邮差藤小玉走过很多这样的简易跨溪、跨涧的石墩，只有这里，每一个石墩的间隔，都非常非常吻合藤小玉的步幅。那个黄昏，他独自在薄暮里走过那些特别合脚的石墩子时，天地温存的舒适感，每一步都哺育着他、拥抱着他，让他觉得几百年、上千年前，有一个人和他一模一样，也许就是他自己，就在身边。你好吗，邮差？你们都还好吗，邮差？问候着，藤小玉就泪水盈眶了。

八

邮差藤小玉把助步器送到那个老人家的时候，顺便帮他拆包安装起来。他不放心，又陪着老人使用助步器，来回试走了好一会儿。因为村里的土路不平，老人家走得谨慎小心。但是，老人家很满意，说，我再不怕出门了，有了这个，我可以走远一点了，我要到处看看。老人就留邮差吃了一碗酒酿金桂蛋花汤。他老伴还摸索出一个小纸包，里面是她收集的桂花干。藤小玉收进邮包，还不走，又在那里聊了聊收成，还鼓动两句，建议他们订那份让很多人种菇、养蝎致富的农民杂志。他也知道他们基本是文盲，说也白说。他心里还是想躲避葛旦龙，尽量拖延回家的时间。如果，葛旦龙真的拖他去离婚，也确实是很棘手的事。他才不想轻易随葛旦龙发疯。婚姻本身并没有多大的甜蜜，但离婚，对于葛旦龙而言，那绝对是铁板钉钉的大背叛。背叛丈夫，背叛这个家，背叛邮差。对于他藤小玉来说，这是个雪上加霜的大耻辱。人生彻底失败。她现在在冲动中，撕邮差的面子她会痛快淋漓，就不让她得逞。藤小玉回望自己一生的邮路，悲伤又失望，胸口阵阵肿胀迷惘。所以，吃了酒酿蛋花汤，他又陪老人聊了一下天。邻居煮了新摘下的玉米，又请他吃了两根。不甜，但很新鲜多汁。

邻居说，我送你几根生的，回家煮。

藤小玉说，好啊，我女儿最喜欢吃玉米了。

玉米也装进邮包了，藤小玉还坐着。最后，老人家的老伴看着天说，你再不回，大台风要到了！

半月谷底没有多大的风，但快爬上西阳林场的时候，台风的前驱阵风，就时不时像子弹列车一样呼啸了。蛇形的山路上，树梢枝叶流转，满山枯叶横飞。轻车熟路的邮差偶尔也步态趔趄。邮差的电话响了，刚买的手机，他还不习惯它的铃声，所以，响了很久他才掏出来。这时，一粒什么东西飞进了他的一只眼睛，邮差闭着眼睛接电话。藤！小！玉！你死哪儿去了？你老婆搬走了她全部的东西！

藤婷婷的声音带着哭腔。这个猖狂的小丫头，到底是害怕了。她的慌张、她的哭腔，让藤小玉莫名地有点得意和安慰：原来她并不喜欢父母离婚，她也没有跟她妈走。她还守着他的家。她就是和她妈一样嘴坏。

藤小玉闭着眼睛，希望眼泪能冲出灰尘。他在狂风里吃力而镇定地说，哦，爸爸快到了，妈妈会回来的。她就是嘴坏一点。他还想说，今天晚上的《不死草》非常非常好听。就这一瞬间，有个掉下来的粗大烂树枝砸到了他挎邮包的肩头，藤小玉身子一晃，就栽进山路边蕨草茂密的坡地。他一路往下滚。这个位置，就是当年老邮差摔下山的榉木林，最下面是千丈水的最深水潭，黑虎潭。不知道邮差藤小玉有没有当年老邮差逢凶化吉的好运气，能被一根老树桩救下，躲过一劫。那样，他即使不能获得老邮差红旗手的荣誉，至少他也可以继续用童话《不死草》的新篇章，赢取童心，陪伴藤婷婷长大。

原载《特区文学》2024 年第 8 期

芭
提
雅
——一部电影的诞生

一

三月了，天气回暖了，得出去走走了。

我展开地图，把一枚硬币抛起，对自己默默念道："它落在哪儿我就去哪儿。"

我狠狠地睁开闭痛了的眼睛，看到硬币恰恰落在东南亚的一座小岛上。岛名芭提雅。

这结果令我沮丧。诚然，芭提雅是泰国的旅游胜地，但我至少去过两次，其中一次还待了三个月之久。

几年前，我在一个叫作 Baan Suan Lalana 的地方租了一个廉价的 condo。是我朋友通过中介租的房子，中介是个嫁了以色列人的中国女孩，叫郑沅西。

郑沅西瘦得一把骨头，脸颊也很骨感，腮大，嘴大，略略有一点儿地包天。如果抹上浓艳的唇膏，颇具异域风情。如果不化妆，则乏善可陈。

奇怪的是她的表情永远让人捉摸不定。该笑的时候从来不笑，生气时也不大能看出来。眼神里总有一种莫名的蔑视。可那种轻蔑能在转瞬间化作一种自卑与自怜。她讲话不多，似乎自我保护意识很强。每次她来都像一个事务主义者，对我简单说着一、二、三、四，连眼皮也不抬，只有当我夸奖她的肤色时才有幸看到她的牙齿，两排牙齿整齐地闪着白光，应当叫作粲然一笑了。但她很快又自谦道："我一点儿不喜欢我现在的肤色，太黑了！这儿的紫外线实在太强，抹多少防晒霜也没用！"

那一次，很无聊。没什么事情做。也没什么朋友。

我没有固定职业，美其名曰自由撰稿人。我不高不矮不胖不瘦，不好看也不难看，总之外貌无特点，混在人堆儿里找不出来。不过据朋友回忆，曾经好看过。我的好看跟年纪没啥关系，只跟恋爱有关系。是的，我在爱的时候是美的，很美。有照片为证。不爱了，马上变成庸人一枚。所以朋友认为我是个怪人，连外貌都有弹性。

但是庆幸的是，现在我终于过了感情关。女人过了感情关才算过了奈何桥。真佩服那些一轮轮谈恋爱的，我只动了两次感情，就差点儿把自己弄死。还好，没有成为彼岸花，活过来了，后来虽然无聊，但好歹捡了条命，换了个心境。

你们见过那种会油子吧？到处蹭会，逢会必进，进则必提问。会后必黏上主讲人加微信，偶尔还凑上去献个花啥的，虽然之后屡屡惨遭删除，但多少会捡个漏，有点儿收获。我后来就成了这种人。

我会一点儿占星术，一点儿塔罗牌，甚至一点儿周易。总之会一点儿占卜，常发朋友圈，再经朋友一夸大，俨然有点小名气。那些没把我删除的大咖渐渐注意到我，他们有时会私下里找我，我也颇争气，算了几轮都应验，他们就会继续找我。钱当然是有的，得到的信息也更多些，渐渐从国内转战到了海外。

但是我最快乐的事情并非占卜，而是蹭会。在各种会上你会认识各种各样的人，了解到很多稀奇古怪的信息，你会在众目睽睽之下站起来提问，按一些人的说法是刷存在感，另一些人的说法是蹭热度，总之说这些的基本都是女人，同性，嫉妒。女人永远不可能像男人那样结成生死同盟的兄弟。同性之间的背叛我已经非常熟悉。

但是第一次去芭提雅，一次会也没蹭着。本来是铁定有个泰华协会组织的会，不知为什么突然取消，后来我发现这边的人和事儿都不大靠谱。

所以非常无聊。一日三餐，我会以填饱肚子为主，泰式美食，我并没有享受多少。加上我路盲，不怎么敢独自出门，竟然连那个世界著名的海滩都没去过，被朋友笑死。无非是早晚两次在院子里散散步，看看院子中间那个大游泳池里挤满了各国的游客，众声喧哗，那些从水里钻出来的湿淋淋的西方男人们，遍体长毛，露出一口白牙向我笑，招手似乎邀请我下水。我总是客气地微笑着点一下头，对，只点一下绝不点第二下，然后扬长而去。

总之除郑沉西之外我没有别的访客。直到临走前的晚上，突然有人敲门。

我打开门，习惯地把视线放低。因为习惯来者是沉西。但是低下去的视线看到的是一对豪乳，当然，是装在低胸装里。

我急忙抬头，正看到一双深黑的带浓重邪气味道的眼睛，那双眼睛的周围布满了黑斑，肉嘟嘟的鼻子和丰满的嘴唇有着浓厚的泰式味道。她的身体同样也是肉嘟嘟的，此地很少见到这样丰满的女士。她巨无霸一般大摇大摆地走进来，东看西摸，终于让我不耐："喂，女士，你要找什么？"

她听而不闻，继续检查那些小橱柜、水龙头、煤气阀、床上的卧具，一边口中念念有词。被我问得急了，她才抬起厚重的眼皮，爱搭不理地说："我是房东，你不是要走吗？我已经把房子租给别人了！"她的中文竟然讲得可以，起码我听得懂。

我呆了。接着她鄙视地扫了我一眼："一会儿你去把水电煤气费交掉。把条子送到 A 座餐厅的楼上。"

"我……我的行李还没打包。"

"什么？"

"我说……我的行李还没打包，东西都没收拾呢，懂吧？请你给我一点时间收拾东西……"

她像没听见似的扭身走了。

二

A 座餐厅距我住的地方有相当的距离，加上外面乌漆麻黑，打电话给郑沆西也不接，我只好交了水电费，要了单子，拿个手电，跟跄着走过那一段没铺柏油的路，然后走上摇摇晃晃的木楼梯，那楼梯咯吱咯吱的，好像每走一步都有可能塌下来。

敲开了门，满头大汗地睁大眼睛，沙发上坐着的，竟然还是那个老妖婆！

一股怒气让我几乎爆粗口！

她倒是很得意地笑了："没想到，你还真是个老实人！"

原来她是在用这种方法测试我，我心里火更大了，但我知道必须及时扑灭。以后不打交道就是了，反正要走了，犯不上跟她较劲，这种人惹不起。

她像是结在蛛网中的老妖婆，或者蒂姆·波顿电影中的那些怪咖。

她房间的色彩是我想象中的：妖艳、浓丽、大块的红绿蓝紫。幸好是暗光线，才不至于很刺眼。但是这些颜色跟她搭配倒很协调。

"你叫楚文？我叫拉比亚……喝点儿什么？"她拿起水电费单子略看了一眼，陷落在沙发中的肥胖身体蠕动了一下。

我冷冷地摇了摇头，打算马上离开。

"尝尝我们自制的冷饮吧？很好喝的……吉耶！上粉奶沙冰。把小娘少也叫出来一起说说话！"

所谓的粉奶沙冰有一股特殊的香味。我没敢多喝，对这种妖婆必须提防。那个叫作吉耶的女佣手脚非常麻利，几下子就把茶几上的柚子皮、地毯上的点心渣子一股脑儿收拾干净，如同施了魔法一般。

这时一道白光闪进来了：一个十二三岁的女孩走了出来，皮肤不但在泰国人中算是相当白的，即便跟白种人比也不逊色。一双活泼明媚的眼睛深深潜在长睫毛下面，除了鼻子上星星点点的雀斑之外，她绝对是个美人儿。

"我的女儿法玛。"她骄傲地介绍，"她现在是我们国家小公主的伴读。你看怎么样？能做电影演员吗？听说你认识的大腕很多……"

法玛瞪了她一眼，然后羞涩地看向我，一低头，用泰语说了一句"我要去帮厨了！"就一溜烟儿跑了。

拉比亚转了一下已经很不灵活的脖子，撇撇嘴说："这小娘少从小就不肯跟我多说一句话、多待一分钟！但是她想的什么我都知道。她做梦都想当演员，贵国有很多明星都是她的偶像，特别是那个叫什么……山山玉的！"

"你说的是三山玉？"

她肥胖的颈子吃力地弯了几弯。

三山玉当然是她的艺名。她原名叫胡玉，是当代最有名的一线电影明星。毕业于北电，在班里不算最戳眼，但是出道最早，大二的时候就被星探看中了，也是运气太好，第一把就跟香港的一位名导合作拍了一部长篇电视连续剧。那时她正是生机勃勃、枝繁叶茂之时，脸嫩得一掐冒水儿，一双大眼睛清澈见底，很快便形成万人空巷之势，她也顺理成章地成了国民闺女。因为五岳三山都爱她，网友给起了个名字叫"三山玉"。

这三山玉真不是等闲之辈，演技好运气好也就罢了，还有异于常人的聪明。早早就往国际上打，《时尚芭莎》拍了几个封面之后，国际电影节走了红毯，认识了一个HBO的亿万富豪，受邀演一个国际合拍的大片，虽然只是饰演一个华人保姆，到底是HBO出品，从此三山玉便自认为高出同辈一头。加上那时刚刚开始国际接轨，能在HBO露头儿那是无比荣耀的事，观众们便也把她当作国际巨星了。

"想追星三山玉？这丫头胃口倒是不小。可惜门儿都没有。"我在心里冷冷地想，也不愿跟她啰唆就把话说死了："换个人吧。三山玉恐怕这辈子见都见不到呢。"

说罢，我一扭身走了，她还在后面含糊不清地说着："这么着急走？不再说会儿话了？"

"我还要打包收拾行李，你不是已经把房租给别人了吗？"

我远远地回答，也不知道她听见没有。

<h1 style="text-align:center">三</h1>

我第二次来芭提雅，是为了陪伴朋友，当然，也是为了蹭会混圈子。这回不是泰华协会的事，是影视圈的事。

前面我讲朋友朋友的，你们可能以为我有好多朋友，其实，我真正的朋友只有一个，就是这位需要我陪伴的肖小冷。

肖小冷原名肖胜眉，是她爷爷起的，本意是要"胜过须眉"之意。她也确实胜过须眉。但她不喜欢"胜眉"二字，自行改名小冷，觉得小冷二字够酷。她也是北电毕业，和三山玉同届，只不过她是文学系，三山玉是表演系。所以在大众眼里神圣不可侵犯的三山玉，在她眼里就是一个矫情做作的丫头片子而已。

她内心骄傲到谁也不在她眼里。譬如有一天我们聊起来当代这些明星，我说了一句郑林还可以，她眯起眼睛说："谁?"我说："就是那个上届华表奖最佳男主!"她回味了一下淡淡吐出一口烟圈儿："哦，就那傻×。"熟悉她的我都吓了一跳，要知道郑林是有无数粉丝的顶流小生，至少排国产前三。

在她眼里，男的也好，女的也好，都不是好东西。总之没好人。当然除了我。我深知她离不开我——公主还得有侍女呢，对吧?我不但是她的侍女，还是经纪人、军师、首席智囊，还是……垃圾桶。

是的，我是她的垃圾桶。有时候她会半夜三更给我电话，抒发她的怒火，她总是莫名有许多怒气，如同九斤老太一般什么都看不惯。她算专业编剧里相当好看的，不但肤白貌美，而且身材极佳，但不知为什么，她谈恋爱永远失败，而且和我正好相反，她是恋爱的时候状态奇差无比，憔悴、黑眼圈，眼角里时不时冒出怒火，而在正常状态下则相当出色。她的工作单位是国内顶尖的影视公司，而她又是公司里说一不二的人物。她也确实厉害，三山玉出道的那部电视剧《永生花》，本来剧本出了大问题，剧组停拍，她是被投资方请去救场的。结果她一出手，情势急转直下，一向挑剔的导演都服了，她到现场改本子，导演都得跟着她的思路走，投资方恨不得给她跪下。当然酬金也是相当可观的。对于那部剧，她算是挽狂澜于既倒，最后投资方赚得盆满钵满，整个影视圈都知道是她救了那部剧。从此她成了行业明灯，永远处于被各个出品方争抢的位置，直到遇见了大导演洪沪志。

后来我总算懂了她恋爱总是失败的根本原因：她其实在内心深处看不起所有男人，但是为了结婚，她只好耐着性子和他们周旋，但她说到底还是不善于伪装的人，装几下就会露出马脚，哪怕是一个轻蔑的眼神，也足以击碎"普信男"们那颗脆弱的心。

但是她若是真的遇见心仪的对象，也不成。譬如前几年，她真的爱上了一个男生，那人确实非常优秀，长得也清癯俊美，关键是，人家也爱上了她。中间也没人捣乱，可她这个人，一旦爱了就立即变成了一个小女孩，一门心思全扑在他身上，他晚回一会儿微信也能让她寝食难安。后来我看她简直疯了，她明确告诉我，她需要专宠，她绝对不想跟任何人分享，最后分手的导火索也就在这儿。那天看完歌剧，那男生见到一个过去的老同学聊了会儿天，她在外面的寒风中等了一会儿，她说她快冻僵的时候那男生才出来，他赶紧把大衣脱下来披在她身上，她一转脸看到那女生也跟了过来，立即把大衣甩到地上，说了一句话："我不穿长满虱子的大衣！"扭身就走了。

那男生本是个洁身自好、心高气傲、自尊心极强的人，她的声音可是又高又亮，散场出来的人都听见了，特别是那位老同学。我后来知道此事后都觉得她这样做实在太过分了，让人家小伙子情何以堪！

当然事后她万分后悔，大病了一场，即便如此，她嘴上从来没说过"后悔"二字，更别提找人家沟通认错。人家那男生大度，也是相当爱她，过了一段时间还主动找她谈，但她本来的那种狂热已经降温了，加上她总喜欢用相反的话来表达感情，最后的结果自然是分了。"肉烂嘴不烂"，北京人的这句俚语说的就是她。

她这样的性格，在如今这种情势下，真的是太吃亏了。

我也曾苦口婆心地说过她。她表面承认，但是江山易改本性难移。

如今肖小冷状态跟我差不多，不再被荷尔蒙左右了，一心只想多挣钱，过更好的生活。所以金牌导演洪沪志找到她想做一部中泰合拍的电视剧时，她立即让我卜了一卦，卦象比较复杂，最终结果混沌不清，利弊几乎相等，这反倒对了她的路数——她一向喜欢接有难度的活儿，于是她一口答应。

四

当然不会再住那个寒酸的 condo，这次我们住在泰国排名前列的富豪森信家里。森信也是这次的投资方之一。

这不过是森信无数个豪宅之一。外面的花园里摆着很多石雕四面佛，进得门去像迷宫，很容易走错。幸好我和肖小冷的房间挨着。她的房间比我略大一点，都是套房，里面有迷人的香气。不同的是灯盏，我的灯是那种很细的黑色佛珠，挖空了心，里面有小小的灯泡，打开来，有一种异域的迷幻感觉，而她的灯则是淡粉色的，帐幔也是同样的色彩。她嫌太嫩，少女范儿，她莫名不喜欢"少女"这个词，非要和我换。其实我也不喜欢粉色调，换了之后就把灯罩换成灰的，这样一来整个房间的调子就成了非常高级的灰粉色，她又闹着要换回来，这回我可没答应她。

我们过着富豪的生活，有厨子、司机、女仆、男仆、管家、钢琴教师……总之复制着《唐顿庄园》里的一切。我俩的共同爱好很快清晰，都对"美食"最有兴趣，好在厨子是中国人，交流得非常顺畅，每一顿饭我们都会精心设想，然后让厨师变为现实。厨师当然不错，但也不是那种不可企及的好，譬如我们最近设计的一道焗银鳕鱼，食材是没的说，但焗的时间稍稍过头了一点点，鱼肉便不如我们想象中的鲜嫩。又如海鲈鱼荞麦面做得不错，但油多了一点，虽说是比橄榄油更加健康的亚麻籽油，但油多了到底油腻，而且还有一丝丝辣。厨师为了向我们致歉，又做了一个他十分拿手的炒饭。头几口好香啊，但是吃到后面又有些辣味。要知道我俩点餐都是要免辣的，尤其是她，一点点辣味也不能沾，我还好，可以接受微辣。她便说："现在为什么总要加辣啊？是为了掩盖厨艺不好吗？"这话难听，厨师赵先生便受不了了："肖小姐！话不能这么讲啊！你这是在泰国！泰味本身就辣，给你们做的已经是完全免辣了！这个地方不是只有你们两个人吃饭，锅刷得再干净，总有一点点辣味……""这么说你还有理了？这可是富豪的家，难道连锅也不能单买一口吗？"

小冷就是这样，骂人永远不留余地，非把人逼到墙角动弹不了才作罢。偏这赵先生是个顺毛捋，吃顺不吃戗的主儿，虽然当时没吭声留了面子，到底心里有气，从此做菜便不那么尽心。厨师治人可是太有一套了，你根本说不出来，但就是觉得味道的细节层次上不如之前了，但是怎么个不如之前，你没办法描述。一般人也就忍了，毕竟不过是几个月的访客，可小冷这个人，就是不能忍。

这天早餐，她边吃着煎蛋边说："说了要吃溏心蛋，为什么非做成双面煎？两次了！"

她说话的时候并没抬眼，声音也不大，但非常刺耳。

赵先生这回可是没忍，锅铲一放："肖小姐要是实在接受不了我做的菜，可以不吃！这周围馆子可太多了！隔壁就有一家！"

这下坏了！还没等我和稀泥她就发作了。

她把盘子一推，啪地一拍桌子，声音之大之响，所有人都吓了一大跳，连习惯她的我都哆嗦了一下。

"走！咱们到隔壁去吃！死了张屠夫就吃混毛猪？我还就不信了！"

说罢蓦然起身，我只好放下好喝的冬阴功汤，随她一起出门。在场人自然是劝，哪里劝得住！

重新叫了早餐，要了地道的溏心蛋、煎小蘑菇、泰氏点心、两杯手冲咖啡。吃得舒坦了，她把刀叉一放："明白我今儿为什么发飙？"

"你是想把森信给闹出来？"

"聪明！不愧是我的助理。"

"不一定能奏效。"

"丫以为丫是谁呀？到这儿小一个礼拜了，影儿还没见着呢！他是把咱们当小动物圈起来投喂是怎么着？摆什么谱啊！"

没等她说出更难听的，一个女孩子腾地跳到我眼前："哎！我见过你！"

是很纯正的国语！眼前这个少女亭亭玉立，穿一件薄款灰蓝色棉麻袍子，上面有泰式绣花图案，眉眼记不清了，只有那戳眼的白皮肤让我一下子想起来，这不是那个老妖婆的女儿法玛吗？一晃都长这么大了？

五

"萨瓦迪卡！萨瓦迪卡……"

接下来"萨瓦迪卡"的声音响彻空间。

一个装束时尚、仪表堂堂的泰国男人随着法玛身后快步走近，双手合十走到小冷面前："贵客来了！有失远迎，实在抱歉！"虽有口音，但他的国语我们能够听懂。

我看见刚刚还在痛斥森信的小冷俨然已是笑容可掬，也压低声音用她最温柔的音区回说："萨瓦迪卡！"甚至双膝还略略弯了一下，应当说她的身姿还是相当优雅的，她的态度也是挺能蒙人的。我心里暗笑，不知这回她能装多久。

"肖小姐，我最近确实是太忙了！今天我已经吩咐了家宴给肖小姐赔罪！然后让他们放一下我们前年做的一个片子，请两位小姐指点！"他这时才把目光转向我，满面堆笑，"我全天都陪肖小姐和楚小姐！听说二位都是美食家，一会让他们把菜单拿过来，让两位小姐过目！"

"森信先生太客气了。"肖小冷也是笑容粲然，"我们到这儿也有几天了，没见到先生，就知道您忙，所以也没敢主动联系您。可是毕竟我们要合作，还是希望能早一点了解先生的意思，才好下笔呀。"

"对对对，是是是……"森信此时只有鞠躬的份儿，然后伸出一个手指头对用人，"把菜单拿来！"

为了证明我们真的受到过这种顶级的待遇，我把这份菜单拍下来了，也算是立此存照。

1. tom yum kung 冬阴功汤

2. tom ka kai 椰奶鸡汤

3. gang keaw wan 绿咖喱炖鸡肉

4. kao mun kai 鸡油饭

5. kao yum muu yang / kao yum kai zab 凉拌炸猪肉/鸡肉盖饭

6. kao muu deang 红猪肉盖饭

7. plamuk pud kaikem 咸鸭蛋炒鱿鱼

8. si krong muu pud peawwhan 泰式酸甜排骨

9. puu pud pong karee 泰式咖喱螃蟹

……

法玛也凑过来看了看菜单，向我吐个舌头做个鬼脸。我拉她坐我旁边："上几年级了？念的什么书？"——回答以后，她把手伸过来，意思是和我推手玩。我和她一推手，好家伙，她的劲好大，使尽全力也没把她压倒。她笑着说："我还没有使劲呢！"真是个可爱的丫头！森信喷笑着看她一眼："楚小姐不要笑话，法玛还像个小孩子呢！""我喜欢！"我急忙说，"成年人的路太漫长了，还是多给她一点儿童年的快乐吧！"

森信向我伸出大拇指："我也正是这样想。老赵，上菜吧。二位小姐喝点儿我们自制的冰沙？天气太炎热了……"

法玛原来是他的女儿。我怎么也想不明白眼前这个挑剔又时髦的男人会是那个老妖婆的丈夫。

上了五种饮料：椰香石榴冰、椰汁五彩冰、椰汁彩丝冰、粉奶沙冰和泰北西番莲汁。

喝了一口石榴冰，简直沁到毛孔里，浑身舒爽。法玛坐我旁边，睁着一双大眼睛盯着我吃，把我看得有点不好意思，随口问一句："你妈妈还在 Baan Suan Lalana 吗？"我的声音很小，但是所有人都听到了。空气一下子凝结。不过只有一分钟的时间，却觉得过了很久。还好法玛说了一句："不然呢？"森信毫无表情。

我立刻把话题扯了开来："泰国的马沙文咖喱是一道名菜吧？味道好像很复杂，自己在家也可以做吗？"

森信立刻又把赵先生喊来。赵最喜欢在众人面前显摆他的烹饪理论：

"马沙文咖喱是泰国的经典名菜,有丰富的香料风味。一般就是鸡肉、牛羊肉、椰奶、咖喱酱加配料啦!做起来很容易嘛!平底锅里加油把洋葱、大蒜、姜和辣椒炒香,加入咖喱酱,再炒个两分钟……"

"好了啦,不要在这里讲了!赶快再去加一道马沙文咖喱嘛……"

"不用不用,菜已经太多了……"我和小冷急忙阻拦,哪里拦得住?

菜一道道上,但我们还是坚决把底线守住了:坚决不喝酒。滴酒不沾。森信看来有量的,但是我们不喝,他也不好意思一人独酌。

法玛吃了半截就走了,森信显然也没想拦她。看得出小冷非常喜欢这女孩,竟然亲自把她送了出去,还跟她耳语了几句,我走在后面,听见法玛咯咯地笑出声来。

那顿饭简直吃得终生难忘,总算明白"肚子快要胀破了"这句话是啥意思。森信确实充分表达了他的诚意。

六

但是诚意在肖小冷这儿确实没什么用。

放片子的时候我就看出了她的不耐烦。

这个地下的放映室真的不小,赶上中国电影资料馆那个小放映厅了。还有小包厢式的设备,咖啡茶点应有尽有。小点心做得非常精致,味道也好,有一种天然食材的香。

我有一个很保护自己的胃,吃到一定程度会自我休眠。但小冷不行,烦躁的时候就会不断地吃。

这片子确实不行,但是动用了泰国最好的资源。据说男女主角都是拿过国际奖的,确实是俊男靓女。但是情节非常"玛丽苏",不,更确切地说是"杰克苏",把男主写得光芒四射,全须全尾儿好到极致,而且时长两小时十七分钟。最后为了衬托男主,连女主都给写垮了。凡明眼人,不,凡脑回路没毛病的人一看就知道怎么回事。

终于出现了泰语的"完"。

我和小冷互相看了一眼,都舒了一口气。

森信热情万丈，一改先前谦和的调子，高声笑着："怎么样，二位小姐、大专家？还好吗？你们可以收购吗？以前有个泰国片子，远远不如这个，贵国公司也买了，翻译成中文在贵国放映了，所以……"

小冷没有接话，喝了一口水。我当然知道接这话有点儿难。因为这位森信投钱的先决条件其实就是这个。肖小冷一句话可能会毁了我们要做的项目，所以我赶紧把话接了过来："森信先生，这片子时长两个多小时，信息量蛮大的，您容我们消化一下？"

森信怔了一下，立即恢复微笑："好的好的，当然当然！"

小冷这才及时开腔："对了森信先生，我已经在写新剧的梗概了，洪导要得急。您有什么建议和要求吗？"

"您是贵国的第一编剧，我怎么敢有什么要求？"森信打着哈哈，"唯一希望的，是你们能看得上刚才那部片子，我非常希望和贵国合作呀！你们先休息，我也有点事情，我们晚上见！"

我们立即去了花园，走到花园深处。周围是那些怪异的石雕，花园虽然每天有人打理，但是依然显得凋敝，或许是雕像上沾满了各种奇怪的斑点，还是那些缠绕的叶子的边缘已经呈现了枯澹的景象？不知道。当然这里谈话很安全，不用担心被监听。

"怎么办呢？猜到了他自恋，但是没想到他自恋到这个份儿上，完全笼罩在自恋的阴影里……可是他投的那部分挺大的，显然……"

"现在只能是拖延战术，没别的。过几天洪沪志他们团队过来，让他们表态好了。"我说。

"嗯。可问题是他之所以先要咱们的态度，显然是经过深思熟虑的。"

"那咱们就说情节呗，情节还是环环相扣的。两个演员也还好。就说按咱们的经验，翻译应当没有问题，至于拿到中国播放，还得申请……"

"唉，也只能如此了。"

"起码缓一步呗，"我慢悠悠地扇着扇子，"反正洪沪志他们快到了，他们是干什么的？不就是为咱们背锅的吗？"

七

洪沪志团队比想象的还要宏大。

洪沪志是二十世纪九十年代文艺创作热潮中涌出的最热门导演，当时他导的《高山青》导致万人空巷、手绢脱销，足以与胡玉主演的《永生花》媲美。其中的女主萨木兰也成为那个女演员单芳永远的名字。因为单芳之后完全无戏可演，只好在中年之后慢慢介入综艺，和年轻人们混在一起，一生要强的单芳在年轻人中间显得十分突兀，自以为是名副其实的前辈，殊不知年轻人根本不买账，表面上敷衍，其实什么也不听她的。彼时她已离异，孩子又指不上，为了挣点儿综艺的钱也只好妥协。虽然她与三山玉出道的时间差不多，命运却是天差地别。

洪沪志却不然。他在哪个风口浪尖上都是引领者，不断获奖，拿到手软，每一部都能登上热搜。圈内人都明白，这些都是因为他有个宝贝老婆，不是宝贝，简直就是宝藏！他老婆夏月就是他的宝藏！

夏月是最早投身影视的女作家之一，是有名的获奖专业户。夏月年轻时候还算说得过去，个子高，长相周正，最重要的是夏父是影视界的泰斗级人物，虽然都不知道他到底做了什么片子，名字却是响亮得很，而且活得长，把同辈差不多都熬死了，所以那一段历史他想怎么说就怎么说，后辈们都深信不疑。

夏月却不同，真是实打实地写，先写小说，后当编剧，从稚嫩到成熟用了二十年的工夫，奉行的就是四个字：现实主义。真是舍得下苦功啊！一部长篇电视剧《承欢》，为了考证晚清用的是什么样的丝线，三去故宫找专家请教，不惜花大钱买各种古老丝线绣品实地比较，写完了，头发也由黑变灰。当然影视界也给了她相当的回馈。后来又经夏父亲自做媒嫁给了洪沪志，一路顺风顺水。可就在这时，她一直压抑的荷尔蒙爆发了。

她爱上了一个演员，一个想与他们公司合作的演员，那个演员龙木似乎一直以文化底蕴深厚著称，她和他聊了几次，似乎遇见了知音，两人在小说如何改编电影的思路上惊人地一致，何况那龙木长得仪表堂堂，起码颜值上比洪沪志强得太多。

她每天人坐在龙木对面，魂却飘飞万里，一向端庄不苟言笑的她突然感到下半身的饥渴，那样一种空洞的、需要填充的肿胀，她看着他眼睛的时候，脑子里竟然想着和他做爱的画面，会莫名其妙地脸红。"老司机"龙木立即知道了是怎么回事，心中暗喜，能得到著名女编剧的青睐当然是件好事，何况他之前还没和这类女人交往过，也想尝个鲜。

正当洪沪志到外地宣传新片的时候，他们睡到了一起，但是好像很快就结束了。之后，那部电影没有做成，倒是夏月住进了安定医院半年之久，详情无法探究，只是在后来的一个饭局上，有人说笑话似的说了这一段，而且大声诵读了夏月写给龙木的情书。龙木发给此人以炫耀自己的魅力，当时大家都吃瓜，唯肖小冷跳出来搅局："这人怎么这么渣啊！怎么能把人家的隐私拿出来炫耀啊！"

瞧，肖小冷就是这么个人，说到底，这也是我一直和她保持友谊的原因之一。

八

出人意料地，洪沪志选了一个曼谷的小茶馆喝茶。

更惊奇的是，夏月现在成了洪导的制片人。

女人大概都要经历一次要死要活的恋爱，能活过来的，就此会练成一副铁石心肠。夏月应是典型。她本来长得就有点男性化，经过这么一场浩劫，一张脸像是戴了一张橡皮面具，所有的抬头纹、鱼尾纹、法令纹、木偶纹都深成了沟壑。看了这张脸我就想，不知道洪沪志怎么能忍受，即使这张脸让他赚很多很多的钱！当然，洪沪志那张脸也够十五个人看半个月的：满脸疙瘩包，还都是带色儿的。

当然也可能是我多虑了，人家著名的大导能闲着吗？能亏待自己吗？但问题是夏月可不是一般人啊，心细如发，没事还能琢磨出点儿事呢，能把平衡玩得这么好的，现如今恐怕也只有洪导了。

茶室氛围很好，茶香扑鼻且有各色精致点心，其效果一点儿也不亚于富豪的奢华大餐。洪导和夏月都用最友善的态度来对待我们。夏月甚至放下身段和我们拥抱了一下，小声说："你们偷着乐吧！我们家老洪从来还没给梗概一稿过的呢！"

"什么？梗概已经通过了？"我比小冷还激动。

夏月点一下头，努力不失去矜持："对，今天讨论写剧本的事。"

我和小冷一对视，立即明白对方在想什么。小冷的笑容背后藏着一股傲气，那意思明显是：当然！也不看是谁写的！

我捅她一下，她立即换回谦虚谨慎的表情。带着这表情我们回到会上。洪导也不肯浪费时间，直接问："森信给你们看了他们那片子吗？你们感觉怎么样？"

我怕小冷犯傻，立即抢着回答："看是看了，我和小冷喝了点儿酒，都醉了，没怎么看进去，洪导你们看了吧？"

"看了！很认真地看了！"他倒是直言不讳，也根本不顾夏月投过来的眼色，"什么乱七八糟的！简直就是一堆垃圾！"

"那您准备怎么回复他们？"

"怎么回复？实话实说啊！"

"那他们会不会撤资？"我嘴上说的是这个，其实是害怕撤了我们泰国富豪家的奢华待遇。

"撤就撤吧！我们还可以继续融资。就他们那几个钢镚儿也左右不了咱们这部大戏。"洪导的底气非常之足，转脸看向小冷，"小冷老师这梗概不错啊！故事底子很结实，可以考虑写剧本了。"

"洪导有什么要求？"小冷探着身，装出一副谦虚的样子。我看着她那样就想笑。

"你就放手写吧，提要求会限制了你的想象力。"洪导满脸堆笑。

是啊。导演能提出什么意见？他们无非是想方设法让编剧一稿稿地写，从中找出他们需要的东西而已。

小冷却是每次都能树立信心，好像她终于遇见了一个好的导演、一个知音，嘴上说着狠话，行动上却全力以赴，把自己累个半死。她这种恶性循环不知何时了，最后的下场肯定是耗尽心血还得不着好。已经跟她说了多少次，没有用。

看着她又扑向电脑，我就到花园去散步了。

在花园的深处有一道白光，我知道，那是法玛。

九

法玛在用小喷壶给花浇水。看见我，笑笑，又接着浇。

法玛的动作像慢镜头那么优美，我有点儿不敢碰她，怕一碰她就会像一股青烟一样消失，真的，我从一开始就觉得她不像真人。现在她长大了，更美了，似乎也更难以揣摸了，但是既然单独遇见，少不了出于好奇心问问她。

"你说你妈妈还住老地方？"

"嗯。你好像对我妈妈很感兴趣？"

"当然。你妈妈的样子有点儿……特别。你长得一点不像她。当然，也不怎么像你爸爸。对不起，你爸爸和你妈妈……他们是怎么走到一起的？对不起我太好奇了！你可以不回答。"

"那有什么？我有好几个妈妈呢。"她依然天真地笑着，"现在的妈是我的四妈。我爸爸这么优秀的人，这很正常。"

我目瞪口呆。

"当然，拉比亚是我的亲妈。你不要小看她，我爸爸是个穷小子的时候，是我妈妈一直帮他到了今天这个位置。我外婆是泰国皇室的宫女，我妈妈从小在宫里长大，她年轻时非常好看，当时我外婆要把她许配给荷兰的一个王储，可她就是看中了森信这个穷小子！我外婆是通魔法的人，最后没有办法，诅咒她变成了丑女人，可他们还是在一起了……而且，现在我虽然有了四妈，森信家族的财权，还是在我妈妈手里！"

"什么……"我半张了嘴合不拢，"怎么可能？这不是童话故事里才有的事情……绝对不可能……"

"当然可能！你没有看见我们泰国的四面佛吗？这里的石雕就是小四面佛啊！"

"你的意思是……"

她立即转移了话题："听爸爸说，这次的女主演定的是三山玉！这次我终于有机会见到她了！"

她笑得灿烂，然后转身跑了。

我在花园中久久伫立，忽然感觉到她这次的变化，她的语速变得特别快，没有重复，她的姿态虽然优美，但好像都是设计过的，设计得天衣无缝。

她好像太完美了，完美得不像真人。

我完全沉浸在惊诧的水泊里。

难怪洪沪志的底气那么足！他竟然请到了三山玉！

十

我睡得很熟。直到小冷叫我才惊醒。

小冷是叫我一起吃下午茶。很简单的几块司康，两杯热柠。

她这两天为了赶写剧本，又到了蓬头垢面、废寝忘食的阶段，有什么办法呢？每个人都有自己的选择，谁也不能改变谁。

我在她身边画电脑画。最近我迷上了电脑画，别人画电脑画，都是借助电脑上各种笔刷，我却是结结实实地倚仗了自己的绘画功底。与其说我是在画电脑画，不如说我是用一支电容笔在原创绘画。我把自己的画发在朋友圈，引来诸多赞美，只有小冷在不断地挑我毛病。有朋友把新笔刷发给我，她也冷笑说："差生多文具！"她很多时候就是这么扫兴。

其实，我认识小冷也是因为蹭会。多年前的女性文学热，世界大会在中国召开，文学馆也请了两位著名女编剧举办讲座：肖小冷和夏月。那时她们风头正劲，有"南夏北肖"之称。此前的讲座都是男作家，这回女性主讲，听众格外多，那时听讲座还没啥门槛，正闲得无聊的我立即杀了过去。人已坐满，我顺着过道一直走到前面，两位到底讲了些什么，我根本没怎么听进去。只是在问答部分，故意问了一些刁钻古怪的问题，譬如我问："两位过去都曾经是小说家，你们为什么彻底放弃了小说做了编剧，是为了钱吗？"

"夏月老师，您写的电视剧《承欢》是庚子年之后的事，那时候慈禧的政策已经从排外变成了媚外，可是您写的慈禧还是很排外，这不符合历史。您能解释一下吗？"

"肖小冷老师，您最新的单本剧写的女主会弹柴可夫斯基的《悲怆》，可实际《悲怆》是贝多芬写的，这是个 bug 啊！"

等等。

夏月根本就没理我，作大腕儿沉思状。也可能她根本就没办法回答。

肖小冷却像个小女孩似的，一条条仔细回答了我的问题。她说："谢谢你的问题，可是你知道吗？贝多芬确实有部《悲怆》，但是柴可夫斯基也有部《悲怆》，你可以查一下。"

当然我查了，当场就澄清了。会后，我给她买了一大束鲜花，对，只给她买了，还加了她的微信，在那一大堆名人大咖中，只有她接受了我。

十一

十多年过去，夏月的知名度暴涨，即使那次被甩、住精神病院事件也丝毫不影响她的文坛影坛地位。她一直写"现实主义"作品，说实话她也写不出现实之外的东西，她没什么想象力。我很早就注意到她，看到她曾经写过的小说，我就想起小学同班的一个女生，为了一个词的正确表达，不惜把作业纸擦成一个洞——也怪那时的作业纸质量过于低劣。那女生后来也想当作家，考上了一所大学分校的中文系，但殊不知作家并非人人都能当的，只好当编辑了，倒是认真抠字眼儿，但并不明白有时作家是故意打乱约定俗成的排列组合要一个新句式，她就又不厌其烦地改回来，让作家们头疼不已。

夏月酷似这位女生，因为没有那块橡皮，最初也只好如西西弗斯一般不断地重复劳动。当退稿可以装满一麻袋的时候，一个地方刊物终于登出了她的第一篇小说，之后她的每一篇小说都经历了西西弗斯式的劳作，所以人也沧桑早衰。

而肖小冷恰恰相反。她的第一篇小说就获了一个大刊物的大奖，还是自然来稿。主编在颁奖会上专门介绍了她："这是我们这次获奖者中最年轻的小作家，现在还在北电文学系学习呢，大一。当时编辑部讨论的时候也有争议：这么大的奖对一个年轻作者来讲，是好还是不好？对她的发展有利还是不利？当然，最后大家还是一致决定：严格按照读者票选。"那时的评奖，简单又干净。评委和读者用不着见面，作家都藏在文字背后，谁跳出来宣传自己谁就遭到鄙视，似乎已然堕落成为戏子，自己都瞧不起自己。

小冷当年意气风发水光潋滟，乘兴完成了三级跳：发了一个中篇《隐秘之旅》，第一次脱离了当时的文坛语境，剑指人的意识潜意识，收到读者来信七百多封；紧接着，她又写了一部长篇《花开花落》，并且改编成了电影，获了国际大奖，简直把当时的一批作家远远地甩到了身后。这在小冷是自然而然的创造，而对于其他人，纯粹是拉仇恨。

于是她莫名成为千夫所指，但是整她的办法有所不同，不是那种明目张胆的整治，因为也实在没什么名目，就是阴着来。恰巧夏父那时还没退，还有相当的权力。整她的办法就是屏蔽她，好像根本没有这个人的存在，无论她发表多么打动人心的小说都置若罔闻，所有的奖都不给她，所有的活动都不叫她，所有的荣誉，包括连二混子都能得到的荣誉都不给她，甚至给出的理由竟是：她是北电的，是影视圈的人。

小冷是何等骄傲之人，特别是那会儿正年轻，岂能受这等羞辱？就乘着《花开花落》的改编，干脆彻底告别文坛回到影视界。

肖小冷的确是个天才，可是世间最容不下的就是天才。特别是那些即使写死了也追不上她的人，把她当作障碍和靶子的人。

我决定帮她，姑奶奶我还不信了，大家都是人在江湖，谁怕谁呀！

十二

多年以前，我和小冷有过一次深谈。

那时我非常迷恋荣格，甚至觉得他比他的老师弗洛伊德更伟大，我读了一本《荣格传》，读到荣格小时候的神秘故事及成长经历，我心领神会。荣格是极聪明的，他的聪明就在于他很好地转化并掩饰了自己。聪明人一般都没什么好下场。我总结了两句话：要么当骗子坑别人，要么当疯子坑自己。如果不想做骗子或疯子，就得像荣格那样掩饰和转化，使自己变成一个凡人（起码在表面上）。变成凡人的最重要因素便是家庭：荣格聪明地娶了一个贤良的妻子，聪明地生了一群孩子。连他自己也说：我的家庭时时在提醒我是个实实在在的普通人，无论我的思想飞得多高，他们都能保证我能够随时随地返回到现实的土壤。

荣大师在释梦方面超越了前辈弗洛伊德而自成一体。据说在希特勒崛起之前荣格便从梦中感应到"金发野兽"将要冲出樊笼。在荣格所做的无数个神秘梦中有一个特别引起我的兴趣：他梦见本堂神父的牧场上有一个深深的通道，他走下去，见到一个半圆门，上有厚厚的帷幕掩盖，地上铺着石板，有一块红地毯一直铺到一个宝座前，那是一个精美绝伦的黄金宝座，是真正的王位。王位上屹立着一个巨人般的东西，那东西的质地十分奇怪，是用活的皮肉做的，无脸无发，一只独眼凝视着天花板。就在这时他忽然听见母亲的声音从高处传来："就是它，这就是那吃人的妖魔！"于是荣格大汗淋漓地醒来。彼时他不过还是个三岁顽童。几十年之后他才悟到那帝王宝座上的东西原来竟是一个巨大的男性生殖器。

小冷听我的讲述十分入迷，她说她也对荣格非常有兴趣，曾经读过他的《永恒少年》，印象很深。

"啊原来你也读过这本书！"当时我很亢奋，"知道我为什么突然跟你讲荣格吗？就是我一直觉得，你特像荣格说的那种'永恒少年'！你是不是也这么觉得？荣格说不是所有人都长大变老，总是有那么极少数的人拒绝长大，而且说'永恒少年'创意十足，才华横溢，在社会大染缸里保持纯真，是拥有美好灵魂的人，不过，荣格还说了一句：'你拒绝成长，成长就会杀死你！'"

她似乎吃了一惊。"他说的绝对是真的，我就被杀死了一半儿，我命大，有一半儿还活着。"她显然想起了往事，眼睛里有泪光在闪，"……所以，我绝对不想再做什么'永恒少年'了，我想做路西法。"

我目瞪口呆。路西法不是撒旦的别名吗？

她接着说："看过《走出非洲》吧？关于女作家布里克森有个流传很广的传说，说她曾经与魔鬼立约，她向魔鬼索求的是一件特别昂贵的东西，魔鬼拿走了她父亲、姐姐、闺蜜、婚姻、情人、孩子、农场、健康……她失去了这一切，写出了《走出非洲》。她得了梅毒，最后只剩下三十公斤，瘦得像鬼。你看过她晚年的那张照片吧？太可怕了。最后她说：'我是路西法的女儿。'"

路西法原来是上帝最宠爱的天使，可是后来变成了恶魔，恶魔和天使，只有一步之遥……

我立即上网搜索布里克森，果然，布里克森晚年的照片真的很吓人。

"不是海明威当年还夸赞布里克森是个大美人儿吗？她怎么会变成这样啊……"

"路西法的女儿嘛。"她边说边给我杯子里加了点儿水，"她嫁给了一个男爵，新婚时期就被传染上了梅毒，但是她给她弟弟写信说：'虽然出了这样的问题，但是得到了爵位，也值了。'"

"啊？"

"对！用不着这么惊讶，那时候的女性这样的很多。"

"可是她向路西法求的到底是什么呀，要这么昂贵的代价？"

"可能就是那种叫作'天才'的禀赋吧？这种传说也用不着那么认真，帕格尼尼、莫扎特、比亚兹利……那些才华横溢的艺术家身边都围绕过这种传说。"

"那么她得到了吗？"

"当然，她是个天才。她很有写作才华。而且在失去情人、农场后，她返回家中，写。病痛也拦不住……那时候还没有青霉素，她服用的那些药，除了不断伤害她身体之外，没有鸟用。"

"她获了诺奖？"

"提名。那一届是加缪获奖。"

"那这个契约太不公平了！"

"所有追求公平的都是傻瓜。"她的语速很快。

"那做这个'路西法的女儿'还不如做'永恒少年'呢。"

"听清楚，我是要做路西法，而不是做他的女儿，明白？有本书叫《路西法效应》，你看过没？那里面举了很多生动的例子。譬如，有一位心理学家把一些单纯的大学生集中在一起做了个实验，分两组，一组演犯人，一组演狱卒，本来实验时间是两周，但是奇怪的是两组人进入状态比预想的还快。很快，狱卒就变成了恶魔，而犯人，就成了逆来顺受的可怜虫，后来因为发生一些可怕的事情，不得不紧急叫停，第六天，被迫中止实验。又比如，这位教授做的另一个实验，让一个医生立即给病人用药，用量每次二十克，受测的是二十名护士，但是护士们都看到药品说明书上明明写着，每次用药不得超过十毫克，尽管如此，还是有十九名护士都遵了医嘱。这说明什么？这说明几乎所有人都会屈从于外部的情境力量，人的意志力实际上非常渺小。"

"可是还是有一个护士坚持用了说明书上的药量啊！"

"是啊，所以我说'几乎'嘛。当然啦，因为是实验，大夫用的都是安慰剂，但是足以说明问题了。真的，邪恶力量会在瞬间夺走人的善良，如果你非反其道而行之，你就要遭受大麻烦了。我可不想把我的生命浪费在这些麻烦里。"

她说得斩钉截铁，我也找不到任何反驳的理由。

她当时的表情坚定，让我印象深刻，但是我心里却在想："明明是个'永恒少年'，非得想当什么路西法，你能做到吗肖小冷？"

十三

原来芭提雅的海滩是如此漂亮！

芭提雅素有"东方夏威夷"之称，海滩明媚，椰树长廊，蓝天绿水，沙滩洁白，月牙般地拥抱着蔚蓝透彻的海水，沙滩上是一片色彩艳丽的太阳伞，太平洋观景台可以俯瞰暹罗海湾，海湾如蓝宝石一样美丽，特别适合拍照打卡！还有很多好玩的：香蕉船、摩托艇、冲浪、海底漫步，甚至深海浮潜、高空跳伞……

谁能想到，法玛竟然主动约我去玩。也可能她看着小冷一天到晚对着电脑，我实在无聊吧？也可能，是她无聊，想找个伴儿？

什么叫玩得痛快？首先就要有钱，其次就得有好伴儿！

法玛的泰式绣花包里装满了泰铢。当然是森信给的。法玛说这些泰铢足够让我们玩过瘾。

明码标价在那儿摆着：

香蕉船 10—15 分钟，350 泰铢/人。

海底漫步 30 分钟，1600 泰铢/人。

太阳伞租赁，100 泰铢/天。

这都是太便宜的基础项目，如果玩芭堤雅高空跳伞，也就是 Thai Sky Adventure，那就贵了。但是最贵的不是这些项目，法玛神秘一笑，说玩完了这些最后再带我去一个最贵的地方。我暗喜，肖小冷虽然比我聪明漂亮，可她的命就是不如我，她吭哧吭哧费尽心血也未见得能享受到我这种待遇，我一天到晚闲逛躺平，无脑社交，不费一丝力气，不花一文钱，就能享受泰国顶级豪华游，还有身份很高、可爱可人的女孩陪伴。我都能想象我告诉小冷这件事时她的反应：肯定是努力装得无所谓，然后会追问细节，最后再说几句人生哲理。譬如她会说：每个人的人生追求都不同，所以得到的与失去的也大不相同，她就喜欢过她那种能挖掘人生潜能的人生，等等。显得她比常人高一截似的，其实她不过是命不好，想追求的没追求到而已。我才不信她生来就那么高尚呢——要是有个大帅哥把她捧到手心上狂爱她，无偿为她花钱，让她过上顶级的奢华生活，她能拒绝？没那么回事。当然，那帅哥还得有超好的脾气，还得懂她那种小女孩忽冷忽热反复无常的心理，这上哪儿找去呀？还是单着吧。所以我虽然喜欢和佩服她，但是对她的过于自尊的短板也看得很清楚。

最安全的游戏当然是香蕉船，但一看那么多岁数大的也在玩，我们很快就去玩海底漫步了。

我们戴上像宇航员的帽子，在两名教练的指导下潜入海底，还好这几天没下雨，海水清澈透明，我们俩遇到在礁石下面成群结队游过的各种怪异的鱼，感受真是太奇妙了。当然，刚下去的时候就觉得耳朵不舒服，教练说让我们闭紧嘴巴使劲吞咽，果然好了很多，教练若不这么说，我俩真想在水下唱歌呢。

然后我们去玩高空跳伞。我俩嘻嘻哈哈地准备跳伞的时候，看着下面一片片云朵，还有那突然缩得像棋子一样的高山，我突然害怕了，说什么也不跳。教练说机会难得，玩一次自由落体，从高空中可以欣赏整条壮观的海岸和美丽的沙美岛。别说是什么沙美岛了，就是能看到天堂我这会儿也不能干！法玛已经全副武装等我了，我在慌乱中叫了一声："法玛，这项目咱们算了吧！"

法玛这才回过头，轻蔑地瞪了我一眼，一跃而下！我半捂了脸，目光从指缝里看到她像一只洁白的纸鸢在碧空里游荡，我的腿发软，一屁股坐下，一直没站起来。

还好法玛只生了一小会儿气，我买了两瓶巴黎水和椰子蛋糕就把她哄好了。

到底是小女孩，她拍了拍依旧鼓鼓的绣花泰包："喏，泰铢有的是，现在天色还早，我们马上去水上市场，晚上还能赶回来！"

我哪敢再不听她的，她是钱袋子呀！她要是一生气把我甩了，我回都回不去！

水上市场位于芭堤雅郊区，因为融汇了泰国东部、西部、东北部及南部四个区域水上市场的特色及文化，所以又被称为"四方水上市场"。水上市场里水路纵横，水面上的木楼别具风格，商铺都是仿照传统建筑打造，有浓厚的泰国风味。这里是完全彻底的水上生活，商家特别多，美食也特别多，看见什么我们都想买，特别是法玛，有的没的买了一大堆吃的，最后选了一个门口有镀金佛像的小店坐下来。在浓郁的花香里，我们吃了又吃，有一道油炸香蕉我特别爱吃，酥脆香甜，法玛则最爱那些炸昆虫，她眯着眼睛享受着，说是父亲一直不让她吃的东西她终于吃到了，拜我所赐，相约一定要再来玩。

在我们吃完椰子冰激凌后，她突然抬起大眼睛，声音格外激动："你知道吧，贵国的电影《杜拉拉升职记》选的外景拍摄地就是这里！那一次我看到了男女主演！这回我可以见到三山玉了！爹爹参与投资的这部电影，主演就是三山玉！你还没有跟我讲！你是答应过我的！"

我真想说，我啥时候答应过你啊？只不过是你那个外貌可怕的母亲委托我了而已，可彼时彼地我怎么能说这样的话，只好顺嘴说道："你父亲是投资方之一，当然有话语权。我跟小冷说了，给你写个小角色，你带薪进组就可以了。到时候你说不定还能跟她搭戏呢，天天见到她，非把你烦死不可。"

"你说什么？你怎么能以这样的口气提到三山玉！三山玉是贵国国宝你晓得吗？而且，我也不是像你说得那么不堪，这些年，我一直都没闲着，我一直在学习贵国的语言和表演！就是梦想和三山玉同台演出！爹爹就是为了我才投这部剧的！我可以试镜！我可以不断地 NG，可是让我带薪进组是对我的侮辱！"

哎呀，我东躲西藏的，最后还是把大小姐惹火了。"唉，你没明白我的意思，"我为了延缓编谎时间，赶紧给她夹了一大个炸昆虫，"带薪进组是小冷的设想，她也是为你好，这样比较保险，你可不知道那帮演员，坏着呢，净欺负新人！他们可不管你爸爸是谁！阴着呢，让你受欺负都不知道找谁申诉！"

"贵国的演员都是这样的吗？"法玛睁大了她那双美丽的灰眼睛，"那你让小冷姐姐给我写个大角色！他们就不会欺负我了吧？"

我的天！我可真是作茧自缚。喝了一大口加了蜂蜜的薄荷茶，故作深沉地说："小冷那个人是有原则的，说服她我要花很大的力气啊。咱们从长计议，从长计议……"我忽然想起一根救命稻草，"再说，你爹爹投不投这剧还两说着呢，他的前提好像是要看我们买不买他那部片子……"

"什么？就他那部烂片子？他敢卖我还丢不起这人呢！"她的脸一下子生动起来，"我们走！马上去找他！"

我知道我必须跟她去，在她眼里我的威信今天已经丧失了一半儿，另一半儿我得留着。

见到森信的时候已经是晚上，他正在开会，说的就是投资新片的事。法玛把他叫出来，两人讲了一通泰语，我什么也没听懂。最后我知道，法玛胜了。

四个妈只有这一个姑娘，她的地位当然是不可动摇的。

"喂！你还没有兑现你的诺言！"

"什么？"

"你说今天要带我去一个最贵的地方……难道就是那个水上市场？"

"当然不是。留着下次吧！好地方别一次都去完了。"她诡异地一笑，"反正你们还得来，下次，和小冷姐姐一起去。"

十四

肖小冷交出剧本时已经是两个多月之后了。

我们早已回到北京，她依然是废寝忘食地苦干，面色不是一般的憔悴，眼圈儿是青的，脸上长出不少斑，整个脸都垮下来了，头发大量变白，整个人都沧桑了。我知道这次她是真伤了元气，为什么这么拼命呢？可能原因只有一个：让洪导见识见识她的功力，起码，不能输给夏月。

人太要强了真不行。最近抖音上不是有人总结吗？焦虑症的最根本原因是太要强，抑郁症最根本原因是钻牛角尖。而且小冷越写越孤独，她在同性的嫉妒和异性的欲望的夹缝中挣扎着，几大势力努力把她边缘化，让她的名字消失，而把她出的那些原创性极强的好主意留下来，变成别人的。资本看中她的才华，却不喜欢她死活不跪的姿态——这些，她能不知道吗？连我这个智商比她低几个层级的人都看出来了，她能看不出来？

除了我接长不短地去看看她，给她送点儿好吃的之外，根本就没啥人搭理她。她前些年得的那些含金量极高的奖，早已被人忘却。人们只记得女明星和导演，哪会记得一个编剧？

我也不可能老陪着她。她呢，因为自尊心太强，也不可能老联络我，她总是装出什么都能搞定的样子，但实际上什么都搞不定。实在忍不住了，她会深更半夜给我打个电话，一吐她的愤懑之情。

一天晚上我刚睡着，她的电话过来："喂！你知不知道，郑林那个傻×要出新书了！"

"出呗。"

"问题是他睁眼说瞎话！金庸那个小说改编首先是我提的对吧？他说是他提的！最过分的是他把我的稿签都用了，拆开了分别放在他每章的第一小节，真是没见过这么不要脸的！诉他吧，又觉得抬了他，不诉他吧，真他妈窝气！要不要找人教训教训他？"

"郑林现在是顶流好不好？你诉他到底是谁蹭谁呀？我发现你永远停留在当年，你是大编剧人家求着你上戏。对！是有这么回事！可人家现在发达了，你还在原地转悠，不不，当然不是原地，可你成长速度没人家快呀，你承认吗？那怎么办呀？大众认他不认你呀！你要真诉他，他还没怎么的，你就被无聊网民整死了！我还想要你这个朋友呢！"

我说得慷慨激昂，她不吭气了。

"你先忍忍，要是实在想出这口气，再等等，洪导宣传新片很快就回来了，总归要讨论剧本吧。那时候再说这事。洪导现在用得着你，怎么着也不能不管你吧？再说洪导的热度和那小子打个平手，要论资本捧谁，他还跟洪导差着行市呢！"

"文文真不愧是我的智多星！就这么着！听你的！"

那天傍晚，我去参加郑林的新书发布会，很早去的，可那些粉丝显然更早，把书店所有的过道塞得水泄不通。我侧身进入，自以为自己还算年轻，可是跟那些小女孩一比显然已是老女人。郑林被前呼后拥着走进来的时候，女孩们疯了似的高呼着什么，听了半天才听清楚是"老公"。给这么多人当老公，郑林不得累死啊！我决定用我的智慧来教训教训这帮傻孩子。

终于到了读者提问的阶段了。我先给夏月发了一条微信，让她派人来保护我，然后我抢过话筒从容提问："郑林先生，恭喜新书出版！听说，是您首先提出改编金庸这部作品的？"

郑林转向我明显犹疑了一下："……不不，是一个编剧首先提的。"

"郑先生还记得那位编剧的名字吗？"

"……嗯……这个，不记得了。"

"她叫肖小冷。"我转向众人，"大家还记得《永生花》吧？就是三山玉出道的那个电视剧，虽然总编剧挂的是夏月，可是拍半截儿没法儿拍了！是肖小冷救的场！可以说，没有肖小冷就没有《永生花》！"

众人一阵交头接耳，一个女孩冷冷地说："你暴露年龄了，《永生花》那都十年前的事了！我们不 care！我们来是为了哥哥，谁管你什么小冷小热的，别这儿蹭了！赶紧走！"一片大哗，众粉丝一片愤怒之声似乎要吞了我，但我一眼看到夏月团队的几个精壮小伙挤了进来，顿时底气十足，趁着那女孩还没把麦克抢走，大声说："而且郑先生，你每一章的第一小节怎么和你后面的文字那么不协调啊？据我所知，那是肖小冷写的稿签被你拆开了！"

我的声音几乎被众声淹没，但是郑林居然还是回答了："希望你再仔细看一下，我那个是引述！"

什么也听不清了，我被夏月团队的人保护着离开现场，真是露多大脸现多大眼，我这才明白，什么叫饭圈，什么叫唯粉，就靠我这点儿脑回路想跟她们杠，只有死路一条。一百年不出手，好不容易出一次手还打错人了！

我有点儿害怕，害怕我这个"智多星"害了小冷。

十五

洪沪志住在北京一条著名的胡同里。老北京都知道这条胡同的八号原来是一位亲王的府邸，洪导因为出道早，在大家都在争当万元户的时候他已经是百万元户了，当时他用了不到三百万盘下了这套房子，现在估值至少三个多亿！

亲王府的格局就是不一样，这些年我随着小冷也颇去了几个有头有脸的人家，论豪华，那真是没有达不到只有想象不到的，可是，还就是不如人家亲王府。经过改造的王府有两层，走进去便有一种祥瑞之气，绝非故弄玄虚，那种气韵绝对是存在的，巍巍然把那些豪华宅邸变成了暴发户，而这里，没办法，就是贵族！

进门时我们小心翼翼地扣了几下朱红大门的门环，夏月亲自出来给我们开门，我心里就有数了。夏月手下有个相当规模的评估团队，都是年轻精英，眼光刁得很，毫无疑问，评估通过了。洪导刚刚从台湾宣传新片回来就急着开会，肯定是让小冷接着写下半部了。

果然，工作室的年轻人特别热情，大盘子小碗摆了一桌。一个女孩走过来悄声问小冷喝金骏眉还是正山小种，看来他们知道小冷不喝咖啡，我倒是不怕失眠点了瑞幸，刚喝了几口洪导就出来了，笑呵呵的，显然很满意。夏月微笑："你们聊，我出去有点儿事。"转身走了。

"小冷写得好啊！我们这儿的评估团队都是年轻人，挑剔得很。都说好，我也来不及全看，昨晚回来看了几场，总体相当不错。提点建议：还是要写得细一点儿，譬如查亚娜作为一个泰国贵族小姐，她送的礼物仅仅是檀那卡香粉就寒酸一点儿了，像泰国木琴、巴宝风筝啦等等都是可以拿得出手的嘛！"

我暗暗吃惊，他看得好细啊！

"后面我要写到的。"小冷不以为然，"比如她会送给娘颂西镶珠母的槟榔盘，她会送给纳塔邦极大的朱拉……这里面都有一个目的性，因为她爱上了谢召郎，谢一开始是他们的房客啊！"

我总算听明白了，这大概就是个晚清时期闯南洋的故事，查亚娜小娘少爱上了谢先生，而娘颂西、纳塔邦是谢先生的房东和密友。

"作为导演，我对演员是有预期的，希望你写的时候也要注意，查亚娜那张脸应当是典型的东南亚式的脸，典型的马来人种。但是她的眼睛和身材应当是属于西亚的，我想象中的波斯女郎就是那样，西亚北非，那是我最欣赏的人种，譬如那些妖冶的肚皮舞女郎，都源自那块神秘的土地。那都是女人中的尤物，是真正的女人，比较起来，中国女人都像一堆清水挂面似的，毫无味道。"洪大导光顾了抒情，忘记了周围都是一群中国女人，编剧也是。

顿时鸦雀无声。

小冷比过去成熟多了，早年听到这话她会跳起来的，而现在只是一笑："看来中国男人和女人是互相看不起啊。您这么说对我们这些凡人倒没什么，就不怕委屈了三山玉？"

洪大导演也是最近过于志得意满被众星捧月习惯了，话一出口他就知道是说错话了，他何等聪明，立即把话题往家事上引，突然做茫然四顾状，做出一副怕老婆的样子："幸好这会儿夏月不在，不然今天是过不去了！"又指着评估团队的诸位小年轻："不许说啊！说出去一个字，小心揭你们的皮！"

我和小冷飞快地交换一下眼色，嘴角都划过一丝冷笑。

"三山玉可是第一女主，您有什么考虑可以直接告诉我，我可是最怕剧本改来改去的。"小冷一副公事公办的样子。

洪导皱皱眉："胡玉的戏已经足够了。我唯一担心的是她会要求加戏。她现场要求加戏的先例太多了，比如……"

"我可事先声明，您得安排一个现场编剧，我可不负责加戏。"

"别急啊肖老师。还有合同呢不是？这回和胡玉的合同里得加这么一条。"

"您胆儿够肥啊洪导，"我忍不住插嘴，"还敢跟她加这么一条？"

洪沪志使个眼色，让那些评估团队的年轻人都走开了，然后低声说："你们没发现吗？胡玉最近的行情有点儿走低……"

他调了调座位，靠近我们一点。"她谈了个英国的男朋友琼斯，那人号称亿万富豪，可是非常吝啬，胡玉在什刹海那边的豪宅，其实是她自己买的，琼斯一分钱都没出，胡玉说在旧金山他们有个大宅子是琼斯买的，可是啊，哈哈……"他喝了口咖啡，"这次我们出去宣传，无意中了解那宅子也不是琼斯花的钱，是胡玉前男友买的！前些时，她和琼斯在马尔代夫海滩拍裸照，视频都传遍了，影响非常不好，差点儿被封了。所以，这次她在咱们这戏里当女一，还不定是谁更着急呢！"

"她片酬和杨子玫比怎么样？"

"比杨可高。她两年前刚得了国际奖，杨不过是个打星。"

"这片子打戏可不少啊，她扛得下来吗？"

"这个我倒是相信她。毛病是不少，可是确实刻苦要强，听说刚定下来就天天苦练呢。对了，咱们这个特别要注意和《永生花》区别开啊！你看胡玉在《永生花》里也和柯里过过招，那是真打。可这次柯里扮的谢先生不是这个范儿啊。"

"洪大导演，我简直怀疑您到底看没看过剧本，"我笑嘻嘻地，"谢先生动都没动，小冷的人物小传里不是写了吗，谢先生是以静制动，以柔克刚，以不变应万变……"

"看了看了，我是真看了，"洪沪志肃然，"不过是强调一下……来来来，说半天了，咱们吃点儿点心……"

就像是事先排练好了，夏月端着点心盘子应声出现。评估团队的几个小女孩也鱼贯而入。都是富华斋的点心，真的老北京有钱人，绝不吃稻香春而吃富华斋——这是只有北京人才知道的秘密。

我特别喜欢富华斋的孙尼额芬白糕和七星典子，小冷好像更喜欢玫瑰酥皮。洪导则拿了一块肉松蛋黄饽饽，问夏月："刚才买点心去了？还是你想得周到……"又转头向我们："哎，我正想给你们提个建议，夏月很适合参加你们的编剧团队，她刚刚整理了一个泰国的民间史诗，对泰国民俗特别了解。你们虽然在森信家住了一段时间，但是恐怕对泰国的很多东西了解得还远远不够，夏月进来，可以省你很多时间。"说罢，点心也不吃了，直直地看着肖小冷。

肖小冷脸色沉下来，看得出她在极力克制自己。

"夏月老师那么忙，还得做您的制片，我们怎么敢奢望夏月老师进来呢？上半部剧本不是大家都基本认可吗？无非是需要写得细一点儿，那按照合同，梗概和上半部结清，小冷可以开始写下半部了，写的过程中，少不了要向夏月老师请教啊。老师别嫌烦就好了。"我堆起一脸笑容。

"楚文可真会说话，"夏月皮笑肉不笑地，"难怪说你是圈内第一助理呢。第一编剧加第一助理，有意思。"

"哎呀我的夏月老师呀，这是谁封的呀，您是谁，我们是谁呀？"我边说边瞥向小冷，她咬着嘴唇一直没吭气，估计这怒火还在心里燃着呢，不敢开口，一开口就得爆炸，"反正有一点是大家的共识，就是想把这剧做好。小冷这样你们也看到了，真正的废寝忘食，说实在已经透支了。我们俩这么长时间了，负责任地说，她这次是最认真的，为什么？她就是珍惜和洪导的合作啊！说句不好听的，洪导是圈内第一大导，可小冷也算一号人物啊，如果合同里没签署名权是'第一编剧'，就算她乐意，我还不让她签呢。"

洪沪志微笑着看我，良久，说："好了，这事就这么决定了。非常感谢小冷老师和楚文的努力，小冷老师的才华、认真、用尽全力，我们都看在眼里了，正因如此，你们更需要夏月来帮忙。放心，小冷署名的第一编剧不会变，一切按合同来。好，今天就这样？你们也早点儿休息？"又叫人去拿了一个小罐子："这是正宗的铁皮石斛，霍山的，你们每天泡着喝点儿，这东西挺不错的，也补一补，楚文，你在生活上多照顾小冷，有任何需要随时电话我。"

肖小冷面无表情地站起来，礼节性地道了别。我捧着这罐子铁皮石斛跟在她后面，出了大门，她越走越快，我竟一直追不上她。

十六

三山玉终于出现了，排面比我想象得还要大。

她其实并不是一个标准美人。眼睛不大，眼尾长而微翘，像是丹凤眼，鼻梁细而挺，非常精致，如果不是嘴唇丰满，那么她总体倒像是个古典美人，削肩膀水蛇腰，双腿修长，她的脸肯定是动了的，医美的微调，但是总的来说她不是靠美，而是靠媚。我想起《聊斋》里有一个很著名的故事《恒娘》，朱氏很美，却失宠于其夫，丈夫独宠容貌一般的侍女宝带，朱氏百思不解，求教于邻居恒娘，恒娘一针见血："卿，美而不媚……"后面教了她一大串如何讨男人喜欢的媚功，于是重新获得丈夫宠爱，最后才知原来恒娘是一个狐仙。

三山玉却是无师自通的媚，一举手一投足都像是水一般柔软灵动，此时走在红地毯上，穿银灰色纱裙，纱裙的上身只是两条绑带，仅仅遮住乳房，在中间打一个同样颜色的玫瑰花结，束住细腰，银灰色的纱上绣着银色嵌珠的星星，头发是日式巨大发髻，头饰是鲜明夺目的碧玺、红玛瑙、金丝菩提、凤眼菩提、星月菩提、紫金玉竹，在乌发的映衬下华丽夺目，恰到好处地平衡了银灰的淡素，在红地毯上无数的superstar中，十分戳眼。造型师和化妆师的品位真是高级啊。

当然是洪导邀请我们参加这个顶级的电影节，但是小冷病了没有来。我原是没有资格来，洪导客气地请我代表小冷过来，机不可失，我当然不想错过这个机会，光看明星走红毯我都觉得值了。

也有的并没有片子参赛，跟我似的蹭着来的，属于"毯星"。在地毯上流连最是长久，那长得可怕的裙裾似乎有可能随时把她绊倒，让人看得惊心动魄。看"毯星"时间太长，我有点儿倦了，想回宾馆睡一觉，就在这时，真正的高光时刻到来了！

一个完全与众不同的女明星出现在红毯上。她是安静的、佛系的，有一种奇特的植物般的美丽。她的阴湿的紫色丝绸袍子上，用手工绣了藤蔓、火焰、稻穗和竹芽，那些凸起的花纹都跃动着，仿佛一株植物上结着的奇奇怪怪的果实。她的肤色是那样一种恬静的蜜合色，手臂上挂着四五串手镯，上面镶着一种叫不出名字的饰物，后来我才知道那叫珠母，是用花纹艳丽的珠蚌切割成的，实在是好看。毫无疑问这是饰演查亚娜的丽达本人了。

洪导毫不掩饰他对丽达的欣赏，喊一声好（当然被周围的声音淹没了），又唠叨着："比下去了！比下去了！"

不知是说仅仅把三山玉比下去了，还是说把所有女明星都比下去了。洪导如同一口气吃了三十只生蚝似的亢奋起来。我看见夏月一脸鄙夷地盯了他一眼，转身就走。我也紧跟着她离了场。

夏月好像越来越难看了。脸上的线条越来越硬，法令纹越来越深，以至于把嘴巴搞得很突出，她的牙齿，是她那个年代常有的四环素牙，很奇怪她为什么不去贴烤瓷，当然她很多年前就热衷于宣传素面朝天，言外之意是她天生丽质不需要化妆，但是每次上电视访谈节目她都是浓妆艳抹。但正所谓"美人在骨不在皮"，她的骨相摆在那里，也许年轻时看不太出来，老了便把缺陷格外地显露出来，她在影视界叱咤风云的同时偶尔也会在《读者》之类的刊物上发点儿软文，传授一下经验，点拨一下年轻人，给人的感觉永远是知音姐姐，又聪明又善良，所以她的粉丝一直呈几何级数增长，但圈内基本上把那类软文归为"高级鸡汤"。对此她一直强压怒气，深恨为什么那么多一线批评家都追着肖小冷而没有一位评论家肯为她写一篇像样的评论，哪怕豆瓣的短评也行啊！

而据我所知，肖小冷也为了相反的原因暗恨着夏月，因为小冷无论如何天马行空、屡出奇招、才华横溢、飞扬跋扈，都不能引来大众的关注，电影和文学评论家们确实一直在欣赏她，但那是小众中的小众，甚至偶尔和夏月的剧组撞到一起，所有的粉丝都会拥向夏月而漠视她，她认为是奇耻大辱。

有一次不巧她和夏月同乘头等舱，头等舱的空姐们一听到夏月的名字，都蜂拥过去请她签名，坐在一旁的她如坐针毡，只好假装起身上厕所。从此再不与夏月同行。

建个微博，也是粉丝寥寥，她也不@任何人，自说自话。她唯一火的地方是知乎，可惜谁也不知道那个上帝视角般无所不知的"西嫚"就是肖小冷。小冷实在需要喝彩而我又不在身边的时候，她就只好打开知乎，那里有无数的粉丝等待她答疑解惑。每当她打出"谢邀"两个字的时候，她就会觉得自己还是被人需要的，活着还是有点儿意义的。

她对我一般是不太在意的，这个我知道。但是我真需要帮忙或者身体不适的时候，她是真帮我，偶尔，她也会在意我的看法，譬如那次我俩深谈有关"永恒少年"的理论，我提醒她有一句话特别扎心："你要是拒绝成长，成长就会杀死你！"她听了明显一惊，我觉得她那么痛快接受洪沪志抛来的橄榄枝，和那次深谈很有关系，因为那时候她本来已经决定躺平了，钱也够花了。她讨厌人际关系，一签合同就意味着要有新的一轮人际大战。

她决定成长，走出舒适圈，迎接战斗。

十七

几天之后，剧组突然爆出大消息：饰演查亚娜的丽达竟然是人妖！组委会立即取消了他的演员资格，消息传来，洪导长吁短叹——那是他最最欣赏的明星啊！看他的脸色，所有人都能猜到，之前他对丽达肯定是有想法的。这次一个大窝脖儿，对他打击太大了。

当然，消息爆得这么快肯定与夏月有关系，大家都不傻。

他闷闷不乐数天之后，突然决定查亚娜不用泰国演员了，由三山玉来饰演，三山玉原本那个角色换了一个二线演员，减了好多戏，这样一来，剧本也得动，真是烦透了。

夏月亲自来通知此事。说实话，她对我一直还是蛮好的。

他们这些人，在没有利益冲突的时候都蛮好的。

夏月把我带到她的休息室，亲自给我调好座椅，盖好小毯子，还给我倒了杯牛奶。"休息会儿，他们走红毯、讲话还得好一阵儿呢。"然后她不经意似的问，"小冷什么病啊？好点儿没？"

"她就是累的，前一段时间赶剧本，太玩命了。"

"所以剧本写得这么好。"

我瞥她一眼，她似乎满脸的真诚。

"洪导下决心要把这部剧打造成《高山青》或者《永生花》那样万人空巷的效果。所以，要我加入。也就是做肖小冷的助手而已。因为他听说内地也有导演想和森信合作，所以想加快步伐。但现在毕竟不是《高山青》那样的时代，要想拔尖儿，都得有点儿绝活。单薄的顺时空叙事已经不能完全吸引受众了，得有一条暗线，就像电影里的平行蒙太奇似的。"她也在我旁边的躺椅上躺下来，样子非常轻松，"就在洪导宣传片子期间，有人想到把泰国爱情史诗糅进去，洪导和我都认为不错，接下来就是和小冷商量一下怎么个糅法，毕竟她的完整大纲已经成型了，糅的话可能有一定难度。但是只要她同意，这一块就交给我，我和我司的年轻人一起努力，应当是可以的。这样的片子就和一般的早年中国人闯南洋的片子不一样了！楚文，我们特别希望你能说服小冷……"

"那您受累说说那泰国史诗大概的意思，我也好转达给她。"

"好。你看这样带入好不好？查亚娜爱上了谢召郎，情到深处，查亚娜撒娇说：'召郎，你将来会不会像帕罗森对娘刚丽那样对我……'谢当然不懂得这什么意思，这儿可以留个悬念，慢慢把这条线带进去。怎么样？"

帕罗森与娘刚丽是泰国著名的神话。娘刚丽是个极其聪明美丽、善解人意的姑娘，是固丹那空公主。她手上有一味家传的灵丹妙药，娘嘱咐她这味药不能给爹娘之外的任何人。有很多很多人追求她，可她爱上了一个叫帕罗森的小伙子，她和他一见钟情地结了婚，可就在婚后第二天，帕罗森就带着宝药逃了。娘刚丽追啊追啊，跨过了多少大山大海，娘刚丽边追边哭，她的眼泪都流成了河，最后她泪尽而死。然而她到死也不知道她的爱情背后有一个可怕的家族秘密，那是一桩由阴谋构成的血仇——她挚爱的帕罗森根本不爱她，他为复仇而来，她不过是他手中一个复仇的砝码而已。

原来那娘刚丽的母亲讪塔曼虽为王后，却是个女妖。女妖化为绝代佳人，被固丹那空国王立为王后，但她却无法容忍那十二个美丽的王妃，她谎称有病，硬是要取那十二个王妃的眼珠做药引，那个昏君竟然听信谗言，挖了十二妃的眼睛，又把她们打入山洞，只有最小的王妃保留了一只眼睛。王妃们在山洞里各生一子，只有小王妃的儿子帕罗森长大成人。讪塔曼依然不放过他，以治病为由，让他去娘刚丽那里取药，并且暗中指使手下在路上杀死他。没想到，聪明勇敢的帕罗林绕开暗礁将计就计，娶了娘刚丽，拿到了宝药——那便是十二妃的眼睛。最后的结局是皆大欢喜的：十二妃复明，讪塔曼听说娘刚丽的死讯，气绝身亡，帕罗森则继承王位，成了固丹那空的新国王。

"有点儿意思。"我被这故事吸引，慢慢点着头，"可是不对啊，那娘刚丽是无辜的呀！她根本不知道那背后的一切，她只知道爱帕罗森。就像查亚娜只爱谢先生那样，她有什么坏心眼啊？"

"唉，你不知道，我看过他们泰国的舞台剧，那个娘刚丽，穿着一身艳蓝的纱衣，上面缀满了银的星星，头上戴着一顶月牙的银冠，简直美得让人发疯。洪导看了之后当天一夜没睡。后来她死了，那蓝纱就在黄昏的地平线上飘啊飘啊，就像是要在夜幕里消融了似的……舞台的天幕上出现了蓝色的星星，又大又美，美得让人心都碎了。这时是一段忧伤的萨克斯独奏，娘刚丽是倒在旷野上的，旷野上的风把她的头发高高扬起，像草那样飘啊飘啊……按照戏剧规律，娘刚丽必须死，这样查亚娜才能活，对吧？不然就顺拐了。"

这个故事倒是挺美的，我听了也不是一点儿不感动，可我并不想加入夏月的咏叹调。我说："谢天谢地，你说的那个帕什么和娘什么没成，要是成了就麻烦了。"夏月瞪着我，我说："很简单，他俩是同父异母的兄妹，要是结了婚岂不要生葡萄胎了？"

夏月扑哧笑了："楚文，想不到你还挺幽默，难怪那么挑剔的小冷相中了你……"

我当然明白，这条暗线是个充满仇恨与阴谋的故事，爱情占很次要的位置，正好可以衬托出主线查亚娜和谢召郎美好明亮的爱情。

"说吧。你的条件。"

"很简单。娘刚丽的扮演者由我来定。"

"反了你了！一个编剧助理对总制片说，她要定演员。"

"不行是吧？不行就算。"

"你想定谁？"

"法玛。"

十八

万没想到的是，小冷坚决要退出编剧。理由就是身体很差，需要休息。

这原因当然是真的，但是以我对她的了解，假如她特别热爱的，即便处于濒死状态她也会坚持做。

"你究竟是为什么？"

"这你不都看到了吗？我累成这样，不想做了，结了前面的钱，退出了。我还想多活两年呢。"

"你肯定是因为夏月要介入。"

"怎么会？我大条得很。楚文，你今天就把这事办了。结钱，退出，让他们另请高明。我那大纲还不详细？照着那大纲狗都能写！"

"可问题是，现在他们要求把泰国史诗糅进去，前边都得动。"

"那我更得退出了！侍候不了！"

"可……可是……可是我答应夏月了……而且，泰国神话里的那个女主角我提议了法玛，我都告诉她了，她是三山玉的铁粉，做梦都想和三山玉搭戏。小冷，那孩子你见过的，你不也觉得很可爱吗？咱们就成全她吧，咱们都是年轻时候过来的……"

小冷怪笑两声："楚大小姐什么时候变成白莲花了？要是这么着，你也给我滚蛋！滚蛋前把钱结了！"

她居然一把把我推出，狠狠摔上门。我伏在门边以为会听见压抑的哭声或者摔东西的声音，并没有。我就那么坐在门边，大脑一片空白。小冷是经常发脾气的，但这次发得很邪门。

里面安静得有点儿让人害怕，我不敢怠慢，打电话给夏月把事说了。晚饭时分，夏带着一大袋子新鲜水果、点心匆匆赶来，连助理都没带，请服务员把门开了。小冷竟然在里面试装呢，床上摆着一大堆漂亮的衣裳，她一件件地试。我俩呆若木鸡，看着她最后换上一件水绿色丝质套裙，上面点缀着黑色花朵织网。贴身剪裁的短款女式紧身胸衣，低领口周围纵向分布着带褶水绿色丝绸和紫色细丝带，左胸口点缀着深红色、紫色、绿色丝质和天鹅绒花饰。衣服的前中部系着一排小小的玻璃扣。裙子后面非常宽大，在轻盈长裙摆的边缘处系着褶皱丝绸带子。黑丝网罩裙上系着丝质和天鹅绒质地的花朵。但是这些花朵、刺珠和钻饰在她凄厉的神色中都变得暗淡无光。

"太漂亮了，这套裙子很减龄。"夏月变得小心翼翼。

"都是原厂出来的，剪标，所以便宜太多。你们也可以试试。"她竟然像没事人似的。

还是头一回看见夏月这样，她细细地问了小冷的口味，然后点了个附近的米其林一星淮扬菜，摆了一大桌子。

"不舒服，是前一段太累了，你好好休息，我们可以等。洪导也说了，我们不换编剧，肖老师什么时候好了咱们什么时候开始，写这种东西，别人没法介入。"

"别人没法介入，你可以啊。"小冷似笑非笑地盯着夏月，"夏老师，真的不开玩笑，我这回病得挺厉害的，心脏供血不足，STT 改变，早搏，心脏的 CT 结果还没出来呢，大夫说可能会有问题，心脏这东西你是了解的，说完就完，你们不想看我为了写个剧本翘辫子吧?"

"肖老师，话说到这儿，我都不知道怎么往下接了。你也了解我，这辈子没怎么求过人，这次，就算我求你了，行吗?"

肖小冷坚决摇了摇头。

我什么都不敢说，怕她迁怒于我。良久，夏月缓缓地说:"实在不行，请你推荐个编剧，总可以吧。"

"可以啊。北电的王小靖可以吗? 她是我师妹，写过清末民初的戏，挺不错的。"

那顿晚饭吃得堵心，夏月和我没怎么动筷子，只有小冷吃得舒坦，跟没事人似的，吃完把筷子一撂，毫不客气地说:"那我就不留你们了，我得去看歌剧，一会儿有人来接我。"

难怪她打扮得这么妖娆。

我并没有搭夏月的车离开，而是潜伏在对面的小桃林里。时间并不长久，一辆摩托风驰电掣般停到她的楼下。一个女子跳下车来，借着路灯暗淡的灯光我看清了她的脸: 瘦得一把骨头，脸颊也很骨感，腮大，嘴大，略略有一点儿地包天……她是谁啊? 好熟悉的样子……怎么想不起来……

直到她们飞驰而去的时候我才突然想起: 郑沅西!

没错，就是郑沅西!

十九

车没停稳我就冲到歌剧院门口，不断地有人问:"有富裕票吗?" 又有人拿着票在我眼前晃悠:"喂! 这可不是黄牛票，原价卖了啊! 多明戈本尊啊!"

他们的声音都幻化成一道遥远的梦幻。我只能感觉到自己的后脑和颈子在发麻，有一股热浪冲上我的头顶。是的，前面我对你们讲过我曾经遭受过同性的背叛，是的，这种背叛已经让我本来单纯热情的心变得有点儿麻木不仁，可是，人总有自己最喜爱最在意的朋友啊! 我这时清晰地意识到肖小冷在我心里的位置。她们……她们是怎么搞到一起的？她们竟然背着我到这儿来看歌剧，对我一字不提。郑沅西又是何时到京的？她们究竟背着我交往了多久？

那是我一生中最漫长的时间。在寒风中我屹立在国家大剧院的门口，如雕像一动不动。不，我不要进去，我不要看这歌剧，我要在这儿等她们，这是唯一的出口。

是的，那部歌剧叫作《泰伊思》，是非常有名的歌剧，多明戈扮演男一号阿塔纳埃尔，他说，阿塔纳埃尔是他扮演的一百三十九个角色中最热爱的角色。

修士阿塔纳埃尔梦见倾国倾城的一代名妓泰伊思，决定"拯救她于水火之中，为自己的灵魂向上帝赎罪"，于是只身前往锦绣繁华地、温柔富贵乡，于妓馆的灯红酒绿之中力排众议、义正词严地对泰伊思进行了一番道德启蒙教育。泰伊思回到卧房面对镜子，慨叹美貌易逝，年华即将老去，加上修士整夜守在门口不断地唱着规劝她"改邪归正"的咏叹调，于是终于幡然醒悟，弃旧图新，随修士踏上了苦修之路。三月之后，每日苦修、以泪洗面赎罪的泰伊思便香消玉殒。

苦修？以泪洗面？

我连续失眠，但咬紧牙关不接肖小冷的电话，最后索性把她拉黑了。我不想听她的解释。

这才深感我自以为的成长、超脱、麻木、心硬如铁……全是扯淡。我，依然是那个我。

失眠真的比死还难受。我吃了各种超量治失眠的药，无效。大夫说："你心里有事，挂个心理科吧。"

数周以后，我参加了线下的一个"观心正念认知疗法"的课程。入门先交三千九百块钱，说是打了折以后的钱，也不管那么多了，能治好失眠就行。第一节课，就请来了国家一级心理咨询大师、英国牛津大学正念中心 MBCT 正念认知疗法合格师资、加州健康研究院"智慧之心"国内首批正念导师李伦。

李伦讲的是"情绪与压力管理之正念"。正巧对症啊，我去得特别早，患者共十位，全是女性，且都很年轻，"九〇"后的居多，当然还有一位"六〇"后的。大家坐成了一个坛场。

首先李大夫让大家讲自己的病情。我身旁的一个女孩，看上去也就三十多岁，很瘦，戴口罩看不出脸色，但眼睛无神，她说她经常被恐惧所压倒，害怕黑暗，但是又对光线敏感，二十多年，每天害怕睡觉，而且坚持不吃药，每天只能睡三个小时。第二个女孩也戴着口罩，但是一双大眼睛很美，她讲的是经常跟老公吵架，一吵架生气就睡不着。第三个年纪大些，似乎是做过几个疗程的老病号，说离婚之后为财产分割和孩子的事无法入眠……总之各家都有各家烦恼的事。我是最后讲的，我说我遭遇了有生以来最让我难受的背叛，接着我把故事简单讲了一遍，大家竟然都笑了，连李医生也笑。这是我万万没有想到的。那位老病号忍不住点拨我："您好，这位学员，您是不是过得太顺了，或者说，底层老百姓过的日子你根本就不知道？您居然还为这么点儿事失眠？又不是你老公出轨。闺蜜？闺蜜不就是用来坑你的吗？"她说完大家哈哈大笑。

李医生微笑着说："我理解你。你内心深处依然是个理想主义者。你是那种把情感、友情看得很重的人，这些年可能由于受挫，你为自己增加了很多保护色，或者说，你自己以为自己已经改变了、看破了，不在乎那些你曾经特别在乎的东西了，可实际上不是。在心理学上有个名称，叫作'假性应激'。你可能正处在这种状态。好吧，现在咱们开始跟着老师冥想……大家闭上眼睛……想象一个湛蓝湛蓝的天空，非常辽阔……周围是一片森林，你慢慢地走过去，慢慢地抱起一棵大树……你紧紧地抱着它……"

我悄悄睁眼，发现所有的人都很投入，只有我，根本无法进入这种情境。这不是最低级的冥想吗？怎么这么高级的心理师玩的也是如此小儿科？

没有做完我就毅然走了出去，当然这很没有礼貌，但是我真的不想陪她们玩了。

"喂！这位学员，课程还没结束！"
一个人迎面把我拦住。

肖小冷!

我左挣右脱把她甩开，直到她摔倒前说出的一句话："喂！郑沅西还是我介绍给你的，你忘了？"

对呀，郑沅西是她介绍给我的，当然了。

我怎么就给忘了呢？

二十

原来，郑沅西此行，是携带了老妖婆拉比亚的秘密使命。

"你知道吗？"小冷在一张便条上写下了一个惊人的数字，"老太太要出这个价，让法玛出演，并且，让我们不要告诉法玛。"

"你接受了？"

"犹豫中。正要跟你商量，瞧你这德行，还以为比我成熟点儿呢，闹半天也是半斤八两。"

"这个数字也太让人动心了！估计是老太太自己的主意，森信可能都不知道，他家财权在老太太手里嘛！"

"谁说不是呢！但我不能撒谎，我已经把我辞掉编剧的事告诉她了……可是，我又不想拒绝，这个数字太惊人了，她已经拿来了一笔预付……"

"有个办法。"

"什么？"

"你虽然口头辞了，但是并没有签正式的合同中止协议，我就跟他们说，你身体最近好点儿了，可以考虑继续，他们巴不得呢！"

"不行。你又不是不了解我……"

"我当然了解你啦，好面儿，说过的话从不反悔……可这回不一样啊！"

"他们那边定人了吗？"

"没有啊，洪导、夏月千算万算也没能算出这样的结果，你一撂挑子，竟然找不到一个可以替代的编剧！你推荐的那个王小靖谈了一次就 pass 了，然后各路人马推荐了很多人，没一个能入眼的。前期经费已经投了几百万了，夏月急得要上吊。"

"没那么夸张。这么着，我推荐你当编剧，实际上我口述，你敲字就是了，编剧挂你。咱俩五五分账。法玛那边，咱俩一起推荐。那女孩我看行。"

"五五不行，至少得二八，你八我二。"

"别废话了！八字还没一撇呢，画饼阶段就别说这些了。咱们分头找夏月和郑沅西，就这么定了。"

"小冷，你真是我的神！"我拥抱她，被她甩脱了。

"这么会儿又好了是吗？告诉你，你得有个思想准备，就是夏月非要进来，肯定是要挂总编剧。"

"你就是为了这个退出编剧的吧！"

她瞪了我一眼："还有，给你的稿费肯定低得很。"

我笑嘻嘻地拿起那张纸条一挥："有了这个，还在乎她那点儿稿费？"

她懒洋洋地往沙发上一躺："得了。你跪安吧。"

"小人这就走，老佛爷要不要吃点儿哈根达斯新推出的脆皮条？"

"去买两根儿吧，我要朗姆酒味儿的啊。"

我欢天喜地地往外跑，听见她在身后说："告诉你，以后你要是再有一次怀疑我，咱俩就彻底掰了啊！听见没有！"

二十一

一切非常顺利。

剧本很快通过，连挑剔的年轻评估团队也齐声赞美。一切如小冷所料，夏月挂了总编剧，给我的稿费只有小冷的六分之一。不过这都没关系啦，有了拉比亚那笔巨款垫底，我们心里很踏实，怎么折腾都没关系。

电影顺利立项，国内的部分拍得也顺利，本子的人物关系改了，三山玉饰查亚娜，男一号谢先生仍由柯里饰演，糅进去的泰国神话那一对由法玛和国内顶流小生郑林饰演，法玛终于实现了她与三山玉同台的理想，小丫头还不定乐成什么样呢。

森信虽然对结果并不是很满意，但好歹法玛进组了，还演了女二号，加上洪沪志很会用人，他让三山玉先去泰国搞定森信——她真是再合适不过的人选。

胡玉出身寒微，但是家庭关系很好，她是家里最小的，父母兄姐都宠她，她也经得起宠，天赋有限，但是非常努力，加上最重要的是容颜姣好，又特别会撒娇邀宠，能说会道，非常招人喜欢，大学二年级就被星探挖走出演了万人空巷的电视剧，又在国际上积累了人脉，一路顺风顺水，只是谈恋爱有点不太顺，不知为什么总也谈不成，现在的这位老外又要离她而去。当然了，她还年轻，还有很多可以选择的可能性，譬如这位森信，泰国富豪，又高大英俊，很会献殷勤，也不是不可以考虑。

可是很快她知道他已经有了四房太太，那当然不行。但是胡玉最擅长的就是给男人一种若有若无的希望，把男人吊得如饥似渴，不知今夕何夕的时候，实现目的，然而转身离去。这次也不例外。在酒吧暗银色的光线中，她告诉森信已经找到了翻译可以把森信那部"杰克苏"译成中文，下一步，她可以在电影拍完之后亲自去找公司领导谈线上公映的事。

三山玉的名气在海外也是响当当的，有她的名声作保，森信还有什么不信的，再说法玛还在里面饰演女二呢，很痛快就拨了款。电影一路顺畅，谁也没想到拍到一半的时候，饰演男一的柯里得了一场病，躺在 ICU 里输液了！

天哪天哪！

夏月犯了病，躺下了，口口声声埋怨洪沪志不该请柯里，上次合作的时候他就有点拉胯，放着那么多顶流不请，非得请个过气的干吗！洪沪志说当时请他就是因为他的戏好，夏月回怼："也没见他的戏好到哪儿去，耐心好随你折腾是真的，NG 多少次也不嫌烦！"

洪沪志哪敢再说什么，一边让剪辑赶紧把柯里的戏都抠下来，一边亲自打电话让我去救场。

戏要改，演员也得马上定。

我和小冷当然都明白，说是让我救场，实际上是请小冷出山。很简单，所有人都知道，这种事除了小冷，谁也没戏。

当然洪沪志也只能给我电话，因为他们和小冷已经签了中止合同，就是上帝本人到场也没法强迫小冷接这活儿。

可是他们深知小冷和我的交情——她绝不会坐视不管。

肖小冷长叹一声："看来我跟这戏有缘啊。好吧，那咱们也得提个条件。"

"什么？"

"关于新的男一号的人选问题。"

她的微笑有点儿诡异。

二十二

3 月 15 日是泰国的风筝节，我和小冷就是在一天前返回泰国的。

这是第三次去泰国了。

和我掷硬币的时间完全吻合。

先去曼谷。曼谷大王宫的王家田广场上空，飘飞着五颜六色的风筝。泰国的风筝可真是一景。鱼和鸟、大鹏和蟒蛇、少男和少女，甚至坦克和飞机，都做得特别特别逼真，那个别出心裁的大蝴蝶风筝还能发出悦耳的音乐，叮叮咚咚，可真是赏心悦目。不过这一切比起后来的大型风筝表演来可就算不得什么了。那是朱拉风筝斗巴宝风筝，朱拉高大威武，像个无敌武士，而巴宝婀娜多姿，像个留长辫子的少女。放这种风筝要有高超的技艺，比赛的时候，朱拉和巴宝各分一队，每队三人，旁边有泰国民族乐队伴奏，大鼓和圆锣一敲起来，朱拉和巴宝就开始激烈搏斗。看来全世界都逃不掉一个主题：男人和女人的斗争。斗得势均力敌，就精彩，就好看。围观的人一阵阵鼓掌，舞风筝的人就更来劲。

直到比赛结束，舞风筝的人们摘掉面具露出真容的时候，才发现原来最好的巴宝风筝的舞者，竟然是拉比亚！那个老妖婆！

掌声和欢呼声随着笛子、双面鼓、圆锣和木琴响起来了。拉比亚笑容可掬地走到我们面前，用熟练的汉语说："欢迎，我的两位美女朋友。"

我说："您的风筝舞得太棒了！"

小冷在一旁冷冷地说："法玛呢？她怎么没来？"

拉比亚笑着："肖老师，法玛在为你们的到来做准备呢！她说她答应过楚文，要请你们到最贵的地方去玩，这回一定要兑现了！"

两个月前，我和小冷夜以继日，总算把本子改好了，不但洪导满意，整个评估团队也叫好。因为时间太过紧张，洪导决定来个先斩后奏，上报送审的同时就准备拉队伍到泰国补拍。夏月的病情加重没跟过来，谁心里都明白是为什么——新男一号是龙木！就是那位当年和夏月玩过婚外情的那位大帅哥。当然，这正是小冷出的主意，这招儿可真够狠的！真得对她应当刮目相看了。难道她真的是要做路西法了？这明明是路西法效应啊！想到路西法，我真的有点害怕，小冷她……真的想变成恶魔？

"当路西法多酷啊，可以控场。"小冷俏皮地笑着，"布里克森做'路西法的女儿'，失去的也太多了，只入围了诺奖，大家记得的都是诺奖得主，谁记得入围的人啊？"

前线的消息不断传来，洪导拍得一路顺风，我们在视频号里也常常能看到他和几个主演在互相调侃和吹捧，总之这个名为《芭提雅》的电影引起了全民浓厚的兴趣，三山玉也一改常态，没提出什么幺蛾子的要求，与龙木配合很好，郑林也表现得中规中矩，以他的流量，如此表现也足以吸引千万级粉丝了。

最令人吃惊的是法玛，和几个大腕配戏毫不怯场，整个表现惊为天人，说她没受过系统训练谁都不信。弹幕上不断飘着"这小姑娘是谁？""这女孩演技太牛了！"

法玛在芭提雅迎接我们。我们三个简直玩疯了，下午先坐 tuk‐tuk 车到 464 Moo 9 Pattaya 2nd road，去看蒂芬妮红艺人秀。说起 tuk‐tuk，是泰国特有的一种交通工具，有点像咱们的"蹦蹦"，坐着咣当咣当很喜感。

蒂芬妮红艺人秀是芭提雅最有名的红艺人表演场所，节目富有东方特色，包括华语歌曲演唱及清朝服饰的宫廷舞等表演。另外，也会有迎合日韩甚至欧美观众的特色表演。如今，蒂芬妮红艺人秀的知名度极高，已经成为芭提雅最值得去的景点之一，每年都会有成千上万的游客前去观看美轮美奂的表演。

法玛冲上去热舞了一段，真的没想到这小丫头还有这两下子。在泰国，优秀的舞者也就是神灵的化身，我问了一个观众，才知道她跳的是"诺拉舞"。这是泰国南部传统舞蹈，二〇二一年十二月正式被联合国教科文组织列为人类非物质文化遗产名录。

法玛穿上了色彩鲜艳欲滴、金光闪烁的服饰和头饰，佩戴着鸟一般的翅膀，还戴上了修长而弯曲的指甲套。她的肢体柔软到可怕的程度，美丽的胴体和四肢惟妙惟肖地模仿着鸟的各种动作特征，真像是一只神奇的鸟儿在林中飞翔，难怪这舞蹈又被称为"人鸟舞"。

法玛舞完，人群沸腾，我和小冷更是高声叫好。

然后我们去泡温泉，她第一次向我们展示了她的身体。她的汗毛很重，也许是金黄色窗帘的映照，我觉得她的汗毛一根根地变成了金色。她沉重的鼻息里透出的是一种陌生的香气，那是一种迷迭香与番红花混在一起的气味，这种异族情调颇有点儿刺激。她的身体比我想象的要丰满，但乳房很小，形状像两枚金黄色的杧果。从腰到臀的那一段曲线很美，是一种极美丽的弓形，还有弹性。

我看了看小冷，完了，我们俩好像都被她迷住了。

午饭我们吃到了真正的"帕劳"，是拉比亚亲手做的：蒸大米饭时加入从肥羊尾巴的脂肪中提炼出来的黄油，在饭中央埋入一些煮熟的肉。吃的时候用右手把饭捏成小团放进嘴里，配菜是菠菜、土豆、豌豆、南瓜，还有酸乳酪，谈不上好吃，但因为有法玛在，我们还是吃得津津有味。

吃过饭我们又去位于皇家花园广场三楼的信不信由你博物馆，又称不可思议博物馆，这里陈列着从世界各地搜集到的各式各样稀奇古怪的收藏品。比如，来自厄瓜多尔的缩小人头和双头猫，来自非洲的王莲。还有那些和拳头差不多大的青铜器，是在法国、瑞士以及德国发现的，这可难倒科学家们了，说不清它们的准确用途，上面还雕刻着许多难以辨认的符号和标志。还有恐怖的都灵裹尸布，有传言说这块麻布曾经包裹过耶稣的尸体，因此被基督教徒看作是圣洁之物。

小冷对这些稀奇古怪的东西特别感兴趣，转着圈地看，拍了又拍，细部都不放过。她的脸上露出好久没出现的健康的红。法玛笑眯眯地看着，躲在角落里偷拍我们俩——她是真的兑现诺言了。

快到闭馆的时候，法玛突然跑出去接了一通电话，回来的时候脸色变了。

——电影没有拿到"龙标"！

二十三

当天晚上，小冷一改平日习惯，到我房间聊天来了。我知道她在内心特别紧张的时候会这么做。

"看见你发的朋友圈了，你可给芭提雅做了个大广告。"我一边打来泡脚的水一边说，"来，一起吧。"

我们两人的脚同时泡进木桶里，她长长地舒了口气。

"……你记得'永恒少年'吗？"她突然抬头，她的目光依然像年轻时一样清澈。

"当然。那是咱们第一次深谈。"我突然觉得眼眶发烫，如果不是怕她笑话，我的眼泪已经冒出来了。

"我现在忽然觉得，你说得对，'永恒少年'变路西法，几乎是不可能的。"

"不是几乎，是肯定。"

"所以，你明白吧，这次我说什么也不改了。娘刚丽，作为十三四岁的女孩情窦初开，当然不会有什么明确表示，几个 OS 也算是'早恋'？何况，那是神话啊！这戏没法写了！"

"那怎么办？我可是签了合同的！这回'龙标'没拿下来，洪导伤心死了。"

"伤心的何止他一个。那些腕儿不伤心？这回他们演得太投入了，洪导琢磨着拿国际奖呢。戛纳、柏林都要看片子……"

"还有那个四面佛的部分也要重写，在泰国不涉及点佛教可能吗？"

水凉了，我们把脚拿出来，看到她的大脚趾盖儿有点儿紫，我问："怎么了？长灰指甲了？"

"没。鞋挤的。"

我弯腰仔细看了下，她收起脚，说："你没发现吗？脚会越来越肥，鞋码都大了一码，所有的细节都提醒咱们，年纪大了。"看得出她拼命掩饰着自己的悲伤。

"这不是自然规律吗？以后还要慢慢变老呢。"

"说实在的，我真的不愿意面对衰老。与其让我面对老，还不如让我面对死呢。老……真是可怕，太可怕了……你知道，我小的时候，甚至觉得活过二十岁都是耻辱！"

"人都有那么一段。我没你那么邪乎，我的目标是三十岁。"我想逗她笑，但没用，她依然很悲伤，"……我忘了，你是'永恒少年'嘛，当然拒绝长大。比一般人强烈得多……"

"唉，所以我说，只有路西法才活得痛快。怎么办呢楚文？"

我默默地看着她："这回，真是一点儿辙都没了……"

电话响了很久我才有勇气接，是夏月有气无力的声音："你们俩怎么样？"

"什么怎么样？"

"洪导和我都感染了，高烧。他烧到三十九度多……刀片嗓，我还凑合，退烧了。他说，实在不行的话，只能先撤了……你们俩没感染吧？"

"没。我们还好。"我瞥了一眼小冷，她还在那揉发紫了的大拇脚趾盖儿，"那怎么办呀？我们这儿泰诺、布洛芬都有，给您送点儿过去？"

"不用不用，我们都有，洪导说，等退烧就回去，一边继续找评审磨，一边休养生息，现在也只有先这样了……"

真是乘兴而去败兴而归。

芭提雅，再见了……

二十四

又一个冬去春来。

阳春三月的一天，神话般的上午十点，我的银行卡里突然增加了一笔巨款！

蓬头垢面的我看了又看，又打电话问我的理财经理，正在迷茫时，小冷的电话来了。

"收到了吗？"

"什么？"

"法玛打来的。"

"不是黄了吗？"

"起死回生了！"

"……我过去还是你过来？"

"我过去吧。你等着，沐浴焚香伺候！"

全面放开之后，我还是有点儿不习惯，出门总爱戴口罩，在家没事也戴着。

小冷进来后一把薅掉我的口罩："姑奶奶，你怎么在家还戴口罩……有什么吃的吗？"

"刚送来的外卖，华天的肉包子、小米粥，还有豆浆。"

小冷大大地喝了一口小米粥："洪导一早的电话，该补拍的全拍完了，'龙标'拿到了。顺利的话，定档'五一'。"

我有点儿反应不过来。

小冷坐下了。半躺半卧。

"是夏月出手了？"

她摇摇头。

"那除你之外谁能救场？"

她不语。半晌，自言自语似的说："我就奇了怪了，法玛这孩子是什么时候学会编剧的？"

我简直惊掉了下巴："法玛？是法玛？"

"对。大家都认为没救的时候，是法玛把剧本整个按意见修改了一遍。一稿就通过了。除了神迹，没法解释。"

我半晌说不出话来："……法玛说过，她外祖母精通神迹，能把她的美女妈妈变丑……可她外祖母已经去世很久了呀……"

"……算了，咱们也别想那么多了，先想想中午去哪儿吃，咱们这回可得大吃一顿。米其林三星吧……"

我们开始化妆换衣裳，边画边把我们认为 low 的化妆品随手扔掉——我们突然变成有钱人了！有钱人的日子应当怎么过？还真得细琢磨琢磨呢！起码，化妆品现在只有两种咱们可以考虑，Lamer 和莱珀妮。衣裳呢，当然得考虑奢侈品牌了，普拉达、香奈儿、爱马仕、巴宝莉……那些过去只可远观、连进去看看都哆嗦的牌子现在我们可以随意挑选……当然，在我们的幻想中，还得戴上梵克雅宝或者百达翡丽的手表，开起兰伯基尼或者玛莎拉蒂的豪车……

"咱们吃完饭去 SKP 怎么样，听说那儿的三宅上新了。"我边换鞋边说。

她像没听见似的，一直沉默着。

我知道她心里一直在想法玛——那个不解的疑问。

二十五

虽然经历些波折，这部中泰合拍的电影到底是上线了。

没怎么赚也没赔，打了个平手，这就相当不错了。

口碑还不错，豆瓣评分七点九分。

但是真正牛的，是这部电影竟然成全了两对婚姻：

三山玉竟然和龙木走到了一起！

而郑林爱上了法玛！

郑林爱上法玛一点儿也不奇怪，哪个男人只要没毛病的都会爱上法玛，法玛能接受郑林也合情合理，干干净净一个大男孩，不但阳光俊朗，还挺幽默，关键是还懂泰语。

但是鼎鼎大名的胡玉能和龙木搞到一起就多少有点儿奇怪了，龙木确实很帅，成熟男人的那种帅，但是整体来讲比起胡玉，确实差得有点儿多。而且，龙木并非那种男仆式的丈夫，龙木当年能甩掉炙手可热的夏月，也证明他绝非等闲之辈，有可能有点儿旁门左道。

总之，一部电视剧能成就两对姻缘，没赔没扑街，口碑不错，在当下已经相当可以了。

最难受的一人当属夏月，虽然冠名总编剧，但眼巴巴看着一生最在意之人被他人抢了去，还没法说，内中滋味可想而知。

数日之后，我们接到了法玛的一封信，用中文写的：

亲爱的小冷姐姐、楚文姐姐：

我现在和郑林在芭提雅玩呢！别嫉妒，就在海滩，没去咱们玩的那些奇奇怪怪的地方。也许以后会去，如果你们感兴趣，我们一起去玩。

太开心了！我终于实现了我的梦想，不但能见到三山玉小姐，还能和她对戏，和贵国合拍的电影还能公映，而且……还有那个……意外的收获……

我知道，你们一直在猜测关于那个剧本的事，为什么一线大咖们办不到的事我办到了？告诉你们，或许你们不会相信，这个剧本并不是我写的，而是……AI 写的！你们听说了 ChatGPT 吗？对，是它写的！我把我的要求对它讲了一遍，它就写出了一个大概，然后我又详详细细地讲，要求讲得越细越好，只要有剧本的基础，有耐心，它就能完成！

小冷姐姐讲究原创，但现在不是个原创的时代，而是个 AI 的时代，复制粘贴的时代！请原谅我这么急功近利，因为我想，这是我生命中的一个罕见的机会，机不可失，时不再来，请两位姐姐原谅！

好啦！不多写啦！祝你们一切顺利！快乐！郑林问候你们！

二十六

这回，我知道小冷是痛到骨头里了。

多年来，她一直坚持原创，她读了那么多书，古今中外的，一直在积累知识，在更新知识结构，无论之前写小说还是现在写电影，她都是避免重复，既不重复别人更不重复自己，做到这个其实非常非常难。为此她度过了多少不眠之夜，特别是最近，她白头发越来越多，还大把地掉头发，每天早上枕头上的头发都令人心惊，但是她的这个原则始终没放弃。她觉得原创才是艺术家，而复制不过是匠人，她记得一个科学家曾经说过，未来 AI 或许会在很多领域使人类沦陷，但是唯独在文学艺术方面，它们无法取代那种模糊不清的指令。

可是现在，现实把她这个原则打得粉碎……

她觉得她之前的一切努力、一切心血都付之东流了，她用心坚持的，被时代变成了一个笑话。

总算把她拉出来泡泡温泉，她的脸是肿的，大眼睛变成了小眼睛，差不多肿成了一条缝，整个人没有精神，憔悴不堪，是那种绝望的憔悴。

"封笔了。不写了。没啥意思……想想真没意思……"她靠在温泉池边，闭着眼睛。

"咱们找个地方出去玩玩吧，换一下心情。法玛不是说……"

"打住！芭提雅，这辈子再不去了。想起来就是个噩梦……"

"那你说去哪儿？出去转转，总归会换个心情……"

"我最近看了个片子，《你觉得我是谁》，比诺什主演的，讲的是一个中年女人在焦虑抑郁的边缘与自己的心理医生的谈话。女人渴望性，渴望爱情，可是年轻男人做完爱就走，发泄完了还得加一句年龄歧视的话，让她倍感羞辱。为接近那个年轻男人，咱们就叫他男一吧，她在网上化身一位年轻姑娘与那个男人最要好的朋友男二网聊，把男二撩拨得近于疯狂，可是没办法见面啊，最后男二崩溃而死。但是她写给医生看的却是另一种说法：她用自己的伎俩，真的接触到了男二，两人还有一段疯狂的忘年恋，然而她发现男二心里装的依然是那个网恋的年轻姑娘，她在与男二争执中意外身亡。然而这两个结局其实都是她的虚构。实际上，是男一第一时间就从男二那儿识别出了她的声音，男二旋即把她抛弃，已经恋爱结婚。女人对心理医生说出的这段话，纯粹是为了支撑自己能活下去的一点儿虚荣心、自尊心，而且女人说了一句振聋发聩的话：与其面对老，还不如面对死！"

我良久无语。

"这样的作品，咱们这儿就不可能出来。"她起来，擦身。忽然发现，她的身体真的有变化，腰粗了，皮肤发干，胸部明显地下垂了。

"明白了。你突然想到这个电影，无非还是你一贯的那个心结：拒绝长大。"

"对呀。我不是想当'永恒少年'吗？当然，这也是个妄念。"她冷冷一笑钻出水面，迅速披上浴袍。

"但是……你不认为这个片子更说明了另一个问题吗？两性的不平等没办法解决呀！你看，女一号不过才五十五岁，就因为年龄被男人嫌弃，换作男人，五十五岁正是风华正茂，如果是个成功人士，多少女人巴不得往上扑呢。这可是法国片，这岁数都招人嫌弃，咱们这儿，咱们这年纪都是老阿姨了……"我撇撇嘴。

"这是另一个问题，这问题我现在连提都不想提。本来上帝造人的时候就是不平等的，现在热热闹闹地闹什么'米兔'，顶个屁用。咱们都是过来人，也真心想爱，想被爱，怎么样啊？有，就是爱加伤害，没有，就是枉度一生。世俗的爱和精神世界哪个更重要？对咱们……啊不，我代表不了你，对我来讲可能是后者，可是现在，机器都可以替代你的思维，你为作品冥思苦想的那种快乐和痛苦全都可以被代替，爱没了，精神世界也被代替了，你作为人，剩下的还有什么？"

她自顾自上了岸，转身离去："现在明白为什么我想做路西法了吧？我想自己待一段时间。谁也别搭理我了。你也是，别联系我，联系我也不理你。"

我靠在温泉池边，说不出地悲伤。

看着周边欢闹的人群，那些孩子，那些少男少女……"别长大啊。永远停留在你们这个快乐的年龄……"

我突然很想法玛，她正是最好的年华……

二十七

肖小冷如同人间蒸发，一直没有她的消息。

法玛为了她，专门到中国来举办婚礼，再三邀请，她没露面。

三年的时间，什么都在变化，气候似乎也在凑热闹，变化很大。北京今年的酷热吓跑了很多人。然后是暴雨。

暴雨那几天把我吓坏了，关在家里哪儿也不去。本来 SKP 那儿有一个特别重要的会，要在平时我早就去蹭了，可这会儿，我只敢躲在家里看朱一龙主演的《叛逆者》，四十多集，能把日子过得飞快。

终于有一天，看新闻上讲到涿州被淹的消息，我才腾的一下跳起来。

小冷消失之前，我俩曾商定去涿州买房，挺好的房子，价格又合适，精装修，拎包入住。我俩一人订了一套——那笔钱不用白不用嘛。万没想到飞来横祸！说是淹了五六米，好在我俩都订的十层以上，但无论怎样这房价都得降吧？

雨停之后我决定约小冷一起去涿州看房，她一直关机，根本联系不上。好在法玛从天而降，说是太想我们，特别是小冷姐姐，这么久没露面，她很担心。当然，也要借此机会去探班郑林。

法玛开着郑林新买的特斯拉拉着我风驰电掣。一路上被淹过的两侧林木都慢慢恢复了生机。我这个路盲特别需要法玛这样清醒聪明的姑娘。她一路讲着关于《芭提雅》的趣事，一边漫不经心似的告诉了我一个好消息：此片会参加本届金鸡奖展映，作为开场片。"要是能拿个奖就好了！"她笑嘻嘻地瞥我一眼，一边不忘看着路。

"谁说不是呀！你要是再能拿个最佳新人……"

"我盼小冷姐姐拿最佳编剧，编剧挂的还是小冷姐姐，她付出得最多了！"

"可问题是总编剧挂的是夏月啊！"

"那没关系，大不了她俩一起获奖，双黄蛋！"

"哈！你行啊！连双黄蛋都知道！"

"我现在想要了解贵国的一切!"

"为了郑林吗?"

"不,首先为了小冷姐姐和你,郑林排第三!哈哈……"

她快乐地转了个大弯——快到了。

二十八

坐在销售总监面前,听到这个消息,我和法玛面面相觑,都傻了。

原来,小冷早就已经来过了,她竟然把法玛打来的那笔巨款全部捐给受灾者了!

我想过……想过……

但是我绝对没想到她会如此决绝……

我算计了半天才决定捐出十万,还是咬牙忍痛——这就是我和她的差距吗?

不知为什么我想哭。

我低下头掏出手机打了两行字:"我说过你永远是'永恒少年',永远做不了路西法!"

万没想到她竟然回复了:"你说过一个人拒绝成长,成长就会杀死她!"

我回:"这不是我说的,这是荣格说的。"

她回:"所以,我已经被杀死了一半,我的另一半还活着。另外,我现在想通了,年龄算什么?年龄不过是个数字而已。"

我蓦然想起多年前我俩的那次深谈,泪水突然夺眶而出。

"你怎么了楚文姐姐?"法玛在一旁小心翼翼地问。

"没什么。"我站起身,"咱们去看房吧。"

我想回复小冷:"你的另一半,永远不会死。"

但是,我什么也没有说。

天空中蒸腾着水汽,云在天边徘徊。

原载《当代》2024 年第 4 期

黄　宁

我们的金子

一

一场夜雨过后，河水由此浑浊。水位逐渐升高，漫过了西门码头的石阶。人们行走在码头上变得格外小心，石板已经失去了峥嵘，又因为雨水变得更加湿滑。

来往码头的船只已经不多了，进出河城不再只是通过水路，城外可以连上高速公路。偶有汽轮运来乡下种的西瓜。汽轮靠岸后，老农带着他的儿子，将船上淡绿色的西瓜一个个搬上码头。搬完最后一个西瓜之后，老农的儿子摘下草帽，边扇着胸口淌下的大汗，边抽了一根烟，埋怨说，天没亮就出船了呢，刚才抱着西瓜差点摔下去，以后不要再走船了，买辆五菱车，方便啊。老农没有回应，给船东递了烟，又从裤袋里掏出塑料袋包着的钱，抽出一张给了船东，臭仔乱讲话，不要听他的。船东把烟夹在耳边，把纸钱的边角抹平，今年跑完，我也打算收手了。不跑船了？不跑了，年纪大了。再来现在雨水越来越多，上游也不好走，哪个挖得了咧。老农还想问挖什么，忽然听见儿子叫了起来，那里有个人，漂过来了，漂过来了！

老农和船东都顺着他指的方向望去，一个人形状的东西随着河流沉浮。船东低声说了一句，不知哪家又要点白烛了。老农看了船东一眼，又望向河面，那个人慢慢漂近的时候，被对岸一株斜倚的榕树拦住了。他不再前进了，只是随河水上下浮动。他的双腿像个耙子夹住了一根树枝。船东把汽轮开了过去，老农和他的儿子也跟着。老农的儿子只看了一眼，就在船头弯下腰哇地吐了起来。老农心想，原来人死在河里会变成这个模样。在乡下，他主持过不少白事，见过不少人的死。但河里的死，他还是第一次见。

　　接警后，毛伦很快赶到了河岸。这是他从警的第七个年头。此刻，太阳已经高悬在空中，雨水蒸腾，空气中弥漫着沉闷的濡湿。前一晚睡得不好，心里装着事，后来迷糊地睡着，刚做了个梦，就被手机叫醒了。有人叫他，毛队。他还没反应过来，待别人再叫了一声，他才醒悟原来叫的是自己。他刚提了中队副队长。叫他的人是新来的年轻人，警校刚毕业。他皱着眉头，表情痛苦。毛伦笑了笑，想起自己刚来刑警大队报到的样子。那一天，他第一次出现场，脚底踩到什么东西，黏糊糊的。师父告诉他，别乱动，是脑浆。接下去的一个月，他见到肉食就犯恶心。当然，这都是过去了。

　　毛伦抵近了尸体。脸部肿胀，也许刚擦到树枝或者乱石，脸上留下了几道刮痕，又因为泡了水，像是一片坏掉了的猪肺。肉眼看到的就是这个样子。隐约觉得这个人他是认识的。不确定。男性，身高约一米八，年龄在四十岁左右，初步判断是溺亡，无明显致命外伤。发现他的是一对来贩瓜的父子，还有一个船东。新来的年轻人指了指不远处，毛伦看了看，那三个男人站在榕树的树荫底下，目光有些呆滞。已经做过笔录了，年轻人又补充了一句，能确认身份吗？毛伦站起了身子，发个认领通告吧。河城不大，确认身份不难。

　　死者身份：江河，自由职业，户籍城区，已婚，育有一女。毛伦举着尸体照片，放在窗边看了又看。半个熟人啊，毛伦咂吧了下嘴，忽然觉得口干舌燥，这才想起一天都没怎么喝水。夕阳开始到来了，落日余晖洒在玻璃窗上，自己的样子成为镜像。下巴处还冒出了一颗痘，妈的，上火了。他转身从办公桌上拿起了水杯，将里面已经冷却的茶水一饮而尽。空调正对着水杯吹，连杯面都是凉意。但一墙之隔，暑气还是肆意翻滚，空调外挂机在嗡嗡作响。

　　江河的家属来认领了。她说前天就没见着人，昨天报了警，今天接到电话让她来局里一趟，她心想坏了。她看见江河，猛然号叫了一声，而后就是陷入长久的沉默。她在毛伦的办公室坐了很久，问她一句，她答一句，答完之后就不说话，发呆。直至再问她。在毛伦的印象里，江河跟着一个老板干了很久。老板在外省承包了几个矿山，江河给他打下手。据说是在贵州的凯里，和河城一样，也是山区。但根据家属的说法，今年过完年后，江河就没再出去了，一直待在河城。那平时都做些什么呢？她愣了一下，开始说不太知道，后来又摇了摇头，就是正常那样，跟朋友喝喝茶，打打麻将。毛伦又问，他闲得住？不做金矿的生意了？听到这句话，她这才抬了抬眼，眼神闪过一丝异样，金矿？发财的机会哪里轮得到他。

　　为什么会走到这一步？我也不知道。

　　毛伦告诉了她初步尸检的结果。没有外伤，也不见死者有挣扎的痕迹，像是自溺。但需要通过进一步尸检确认。这句话的潜台词，其实是想表明不排除有他杀的可能。毛伦说得委婉，不过他觉得自己脸上的表情已经说明了所有，对江河的死很遗憾，接着就想知道，他和谁有过节。以往的经验告诉他，话说到这个地步，受害者家属已经开始"指认"可能的凶手。但她并没有。

　　直到她临走前，仍然对毛伦的这句话无动于衷。她又陷入了长久的沉默。只是在起身的时候，问了一句，什么时候可以把他带走？毛伦微微有些意外，还离得远呢。难道她就以为到此为止了？真相呢？不需要知道真相吗？当然，他把这些都压在嘴边了，不会轻易就让它们蹦出来。他送她下楼，这打破了以往的惯例。因为她是江森的嫂子，确切说，是堂嫂。

　　她站在大楼门口，问毛伦，江森知道了吗？

　　还没给他打电话。

她点了点头，出门前我让婆婆给他爸打个电话。忽而，一阵夏风吹过她的秀发。交警大队的几个人经过，发现了她，有人说，晚上去你的悦秀啊。忽然他们似乎明白了些什么，有些尴尬，低下头走了。她觉得没有这个必要，这个世界最不缺的就是同情。要同情很容易，心里动一动就可以了，顶多口头上再多说几句，更甚一些，乃至掉几颗眼泪。但真没必要。尤其这种时候。她远远地回了一句，来啊，晚上还开门。话说出口，她自己心中一惊，那么干枯，像冬季里落下的叶子。走了，谢谢你。有需要配合的，你再跟我说。毛伦嗯了一声。

　　毛伦重新上楼，回到办公室，站在窗边看。她还站在县局大门口，像是在等车来。一辆丰田霸道开来，她上了车，而后消失。毛伦坐在椅子上，拿出一个黄皮封面的笔记本，在里面写上了"郭金凤"这三个字。悦秀酒楼，主打是粤菜，他去过两三次，最近一次是江森结婚，回河城摆酒席。说是最近一次，其实也是两年前了。毛伦又在纸上写上了"江森"。

　　喂，是我。在干什么？

　　刚下班，准备回家了。

　　哦，能不能回来一趟？

　　什么时候？

　　你看咯，尽早。

　　手机那头沉默了一阵，毛伦心想，他不会真以为是为了我自己的事吧？这个呆子。从高中开始，他就叫他"呆子"。果然，那头继续说话，前几天你给我打电话，我以为你想通了，没想到还没有想通，有这么严重？毛伦嘴角咧开一笑，像顽劣的幼童成功作弄别人的得意。但笑意很快消逝，毛伦说，江河出了点情况，晚上你回家就知道了。江森略微急了，到底什么事啊？你就不能把话说透了，老是这样。毛伦忽然有些烦躁了，叫你赶快回来你就回来，废话那么多。

　　毛伦又给水杯里添了水，这次是温开水。他把空调关了，很快，房间里就盛满了闷热。手机跳出一条短信，是表哥发来的。他没有看，其实也不必看，大概能知道短信要说什么。他手指点着桌子，再望向窗外，那里已经是一片夜色。

二

下班走回家，走着走着，天就断黑了。夏季的夜虽然来得晚，但该发生的总是会发生，或迟或早而已。想到这里，江森莫名地心跳加快。他想给爸打电话，但最后还是放弃了。多年以来，对于好事，他好像非常急迫地想要知道，想要掌握。但对于那些相反的，甚或只是有些不良倾向的，他都延迟去了解，即使到最后真的发生。他以为不去了解就不会发生。真是天真得可笑呢。

江森回到家，看到爸不在，于是就问妈他去哪里了。妈把刚煎好的带鱼放在桌上，他出去吃了，你爸的朋友请吃饭。他有原始股的，买了一套房子，准备到海城来养老。妈又说了，你爸这个人你还不知道，在家里哪里待得住，有人叫喝酒他马上就答应了。江森原来想说，他现在也没什么事，出去走走也好。但又想这个说法马上会遭到反驳，留在家里打扫卫生不行？喝完酒就是要打牌，他输过多少？要是不打牌，把钱拿去买原始股，我们在海城岂止一套房子？于是，江森就打算闭嘴了。

餐桌上，又是母子两个人。怎么用了"又"呢？很多年前，在河城就是这样。江森先喝了一碗汤，排骨莲藕汤，河城带来的习惯。老婆也不在，出差去了。这一个月，已经出差三次了。做业务的，就是这样，东奔西跑。她也觉得累，想换个岗，待在集团本部，但这样一来钱就少多了。她是想分开来住，再买一套小的公寓给爸妈住。他和老婆去问了中介，同个小区还有便宜的公寓。隔壁小区的房价就贵了，而且都是大户型。前几天在小区外散步，遇到了一个高中同学，女同学。她说她就住在隔壁，寥寥几句后她就走了。像白开水一般素淡。江森有些意外。高中都在一个班，后来都到了海城念大学，只是不同的大学，中间也就断了联系。多年后重遇，缺少了想象中的热气。

你是不是有个女同学，长头发的？我今天碰到她了。她说刚搬来这里了。

哦，不熟。

你和她不熟？江河都跟她认识。

什么？

一天之内，不，半天不到，已经有两个人提到江河了。江森的心又加快了跳动。他在考虑着，要不要告诉妈，毛伦给他打了电话。还没决定，爸已经打来电话了。江森接起电话，没过多久，突然叫了一声"啊"。这个声音，吓到了妈，也让自己感到惊讶。原来有的时候，声音会不由大脑控制，他并没有想叫，但"啊"却自己蹦出来了。

江森问毛伦，能不能看一眼江河？毛伦思考了一阵，暂时先不用了吧。怕我接受不了？也不是，毛伦直视着江森，你老婆不是刚怀上？江森哭笑不得，这是哪跟哪？毛伦简单地回应，怕你触霉头。江森反问，还有比这更糟糕的吗？毛伦忽然就笑了，你结婚那晚摆酒席，我托人带去红包，没去喝酒是为什么，你知道吗？那天下午，我去了 319 国道，那里发生一起车祸。交警怀疑是有人故意追撞死者。我去了现场，刚下车就看见一只眼睛在地上。嗯，你大喜的日子，我这身就不方便了。

江森表情变得复杂。毛伦把目光转向河上，天空下着雨，雨不大，雨点落在河面。如果不考虑河对岸的那株榕树，此时此刻其实算是不错的景致。毛伦撑着伞，点起了一根烟。江森说，也给我一根。你不是不抽？江森含着烟，雨把烟打湿了。

悦秀酒楼大门紧闭，上面挂着"暂停营业"的牌子。旁边开了一道小门，不过也是合上的，里面是动还是静，外人不得而知。毛伦把车停在路边，昨天和她谈到天黑，你自己上去吧。江森关上车门，欲言又止。毛伦一只手放在方向盘上，手指点着斯柯达的标志。人没了，总得有个原因。现在就是在找这个东西。找到了，我才好结案。

什么叫结案？一个人活几十年，每天吸进氧气，呼出二氧化碳，吃饭排泄，睡着醒来，原本这样日复一日，但忽然间这些就都停止了。也不是停止，是终止了。结案，合上卷宗，存档。关于一个人的一切就这样没了。每个人就这样结束了？你每天干的就是这样的事？无非就是这样。你见过杀猪的吗？哦，或者是给病人做手术的？手起刀落，缝上，然后又是下一个。怎么办？日子就是这样过来的。毛伦看着江森走进小门，那扇小门像是黑洞，要把他整个吞噬。妈的，真是个呆子。骂完之后，又觉得分外疲惫，五脏六腑像是被掏空了一般。哦，是肚子饿了。中午十二点半了。刚才应该要叫江森先吃饭的。天没亮就出发，他载着他开了四个小时车。

酒楼大堂空荡荡，江森走在里面。两年前他结婚，在海城请了一次，回河城再请一次。在哪里摆酒席？想都不用想，当然是这里。嫂子说，酒席的钱不用给了。那怎么行？钱都是要给的，不然就不在悦秀了。你放心好啦，是你哥要给你出这个钱的，他自己说矿上今年有分红的。江河静静地听，没插话，脸上带着笑容。他总是这样地微笑，话不多。摆酒席那晚，老婆化了一个浓妆，县城婚纱摄影店给弄的，说是最流行的韩式妆。嗯，该怎么形容呢？白，特别亮白，像颗珍珠一样。但嘴唇却涂了个猩红。江森想憋住笑，但不行。全程在笑，大家都在笑，连老婆也在笑。老婆的脖子上、手腕上、手指上闪着金亮，明晃晃的。江河走前走后，打招呼，给来的宾客递烟，请他们落座。嫂子在忙着收红包，小蓉儿在打下手。蓉儿是江河的女儿，江森的侄女。

总之当时的一切，都好。江森恍神了，进门的时候有些磕碰。郭金凤见到江森，起身叫他。房间里还有两三个人，她交代了几句后，他们也走了。走的时候，他们还看了江森一眼，眼神有些闪烁。江森觉得有点眼熟，但又想不起在哪里见过了。郭金凤说，蓉儿打了电话来，说你们来了，家里亲戚都在，我先来酒楼处理一下，接下去几天都要歇一歇了。江森说一到就先找了毛伦，爸和伯母在家里。

要给他泡茶，他说不用麻烦了，她说不麻烦，自己也要喝的。喝的是铁观音，一口下去微苦清冽。观音是普度众生的，慈悲的，但加个"铁"字是什么意思？铁石心肠，还是观音吗？江森想远了，郭金凤嘴里在说些什么，但他听得越来越模糊。

情况就是这样。江河没有钱，还欠了很多债。老九让他打理贵州的矿山，没说要他出钱，他觉得赚的还是辛苦钱，就跟老九说也想自己承包个矿。老九先给了他凯里的一个矿，说明了含金量不好，但他还是接手了。

那个扔钱，就像石头扔进河里，连个水花都没有。

那些是贫矿。江森忽然插了一句，郭金凤没听清楚，问，什么？江森摇了摇头，不重要，我说什么不重要。重要的是嫂子你说的话。她听到这里好像明白了什么，停下来又喝了一口茶，他跟你说的？江森点头。两个人差了十岁，他又向来不爱说话，长大了之后，兄弟俩说话就更少了，可能一年到头都见不上一面。见了又能聊什么呢？只是聊到矿山的时候，江河话会多一些，他说有富矿和贫矿，金多金少不叫"含金量"，叫作"品位"。我们都是小型矿床，品位每吨只有 1.2 克，国内一般的是 3.82 克。江森用力回想一下，而后对郭金凤说，哥那时的眼睛里是有光的。她微微扬起了下巴，哦。这么多年，他和我说话的时候都不看我。

嫂子，你的眼睛里总是有光。

郭金凤睁大了双眼，露出了诧异的表情。下楼后，江森这样向毛伦描述。毛伦原本要点烟，但听了后就放下了打火机，像看外星人一样看着他。你最后就跟她说了这句？有前因后果的，当然，这些都不重要。复述起来麻烦，我就不跟你说了。江森重新上了车。去吃饭吧，牛肉汤加拌面。

刚才酒楼里的人是来要债的，知道消息后就赶来了。是江河的一些朋友。她没跟你说具体数目吧？她说了，外债大概三百来万。她名下有三套房子，如果真需要，大不了卖掉两套，凑一凑还上也行的。但他没说，只说自己会想办法解决，不用她管。

你相信吗？

江森降下车窗，仰望天空，雨虽停了，但乌云还是拥挤在那里。太阳在哪里呢？它好像不在，但又到处都是。否则的话，伸出自己的五指，为何就能看见呢？我相信或者不信，能改变什么吗？郭金凤说的，一点问题都没有。而且，不要忘了，死的终究是她的男人，她难道想这样？

这段时间，江河有没跟你联系？有什么异常的？

毛伦开着车，目视前方。江森此刻的情绪在泛滥，但他不能由此放任。他很冷静，字句清晰地问。江森摘下眼镜，又揉了揉干涩的双眼，没什么特殊的。就是今年过年前给我打电话，问我回不回海城过年，然后……然后什么？然后问我借五万，给矿上的工人先发点，好过节。毛伦鼻腔里轻哼了一声，极细微，小到连自己都没意识到。

三

师父退休前喝了一场酒。那天突然降温，毛伦提议去悦秀，师父说就三四个人，不用那么讲究。最后去了江滨路，选了一家狗肉店。吃狗肉，补一补，天冷了好抗冻。喝的酒也简单，没有白酒，就用了河城自产的米酒。喝着喝着，师父就有些喝高了。他说了自己十八岁去当兵，在江西老表那里，当炮兵。刚去，冬天的时候抱着训练弹出操。后来复员进了公安，娶了老婆也生了孩子。孩子长大了，到北京读书就留下来了。要是有了孙子，他就去帮忙带一带。年轻的时候没怎么管过自己的孩子，老了就当"孙经理"。一辈子，就这样。

毛伦觉得其实并没喝多少酒。而且是米酒，能喝高吗？但师父走路一摇一晃，又不像没喝高。陪着他走回家，到了巷子口，师父停下了脚步。毛伦，我带的徒弟里面，有的走得很远，你看那个谁，现在都到市局了。你呢，办案有一套，但不怎么会来事，天花板一眼就看得到。你听懂师父的意思了没有？你表哥说了很久，让你帮他，也是一条路。深夜的河城，除了寂静就是黑沉，偶有几声狗吠，然后又静下来。静得让毛伦能听见自己的心跳。小地方人，原来都他妈的是穷光蛋，后来发现了金矿，挖到金子，赚到了钱，就屁股翘得比天高。你不是这块料，和你师父一样，看得到吃不着。你听明白了不？

毛伦在梦里又见到了师父。他醒过来，月光透过窗帘，透进来一丝一点。身边睡了一个女人。她睡得很沉，她的睡眠向来就很好，此刻还响起了轻微的鼾声。她要成为自己的老婆了。局里大姐介绍的相亲对象，后来就订了婚，等年底不怎么忙的时候就准备办酒席。睡觉前，她说城北的楼房要开盘了，周末去看一看。他没跟她说，表哥让他去深圳。毛伦起身，去阳台抽了一根烟。抽完之后，他打算再睡一会儿。但直到手机响了，他的眼睛还是睁开的。有人发了短信，老九回来了，住进了县医院。女人迷迷糊糊地睁了下眼，又翻过身睡去了。

去往县医院的路坑坑洼洼，不时有水泥车经过。远远望去，新建的医院大楼就快要封顶了。毛伦在县医院出生，江森也是，河城里绝大多数人都从那里脱离子宫。但多少年来县医院只是一栋旧楼，人们呼唤新楼。建新楼要花钱，光盖楼不行，还得有人，所以医院也引进了一批新医生。马良说他现在带了几个实习医生，都是从省医学院下来的。毛伦笑了，马医生现在也是导师了。马良说，也就是这两年财政宽裕些。全国人民都知道河城有金矿。又是金矿。毛伦默默听着。

小毛，我可以这样叫你吧？老九第一句话这样问毛伦。无可无不可。老九笑了笑。他已经瘦脱相了，眼窝深陷进去，两只眼睛显得异常硕大。毛伦见过头骨，完整的、残缺的，各式各样的头骨，但那些头骨都不会动，不会说话。眼前的这颗头骨能动弹，还能发出声音。为什么可以叫你小毛呢？我原来跟你爸也是认识的。我年轻那阵，刚到地质队当技术员，那时候要改善伙食，就去找你爸。你爸在副食品供应站，托他给我留些好的瘦肉。我从小就不爱吃肥肉，小的时候家里人口多，有肉吃就不错了，但我还挑三拣四，没少挨骂。

老九说到这里又笑了笑。他慢慢地说，沉浸在了过去。他稍微停了停，也许有些累了，一根鼻饲管给他提供营养液。进单人病房前，马良跟他说了情况。老九已经是胰腺癌末期，上个月又去了趟上海，复旦肿瘤医院。当地医生说算了吧，提高点生活质量，最后问他要不要留在当地，医院新开了安宁科室。老九说要回来，在这里出生，在这里走。毛伦有些奇怪，都他自己决定的？他家属呢？马良回答，去年秋确诊，到现在，来来去去都是他侄子陪着，他大哥的小儿子。

毛伦把自己掌握的情况简要说了，老九听完没有马上开口。毛伦问，对江河的死，有什么想说的吗？老九摇了摇头，没想到他走在我前面了。钱能解决的，没必要。毛伦坐直了身子，你能帮他？老九愣了一下，而后又一笑，这大概是他的命。他跟我这么多年，该给他的我一点也没少。当年出事后，我主动背锅，离开河金自己单干，没人想跟我，只有他。我们离开河城，到外省找矿，也是吃了很多苦头。江河从来也没叫过苦。今年过年，他找到我，才告诉我借了很多钱，实在没办法了。我说，到这个地步了，我怎么帮你？我的那些钱，你也知道去了哪里。

去了哪里？

小毛，这样问就不礼貌了吧。

最后问一句，你怎么认识江河的？

河城又不大。

毛伦合上自己的笔记本，看着吊架。上面挂着一大包白色的营养液，像细流缓缓伸进老九的身体里。白色的墙壁，白色的病床，最后是一张白色的被单。老九半躺着，他调整了下姿势，想让自己舒服一些。毛伦走上前，托起他的一把骨头，把枕头往上拉，垫高了一些。老九感谢了一声，声音很低，低到几乎忽略不计。毛伦想到几年前，老九向局里捐赠了两台斯柯达警用车，他坐在台下，看着老九热情洋溢地致辞。眨眼之间。老九躺好后，看着毛伦，我给你送过金颗粒，小小的，还记得吗？我说你啊，跟我家女儿差不多大呢，见了你，总想起她。我那时忙着找矿，她只好寄在乡下。你呢，躲在你爸的后面还不好意思呢。我跟你说，这是我们的金子，不是偷不是抢的，给你留个纪念。你不记得了吧？哦，也不奇怪，都过了这么久了。

老九的侄子推门走进来，手里又拿着一包营养液。他个子不高，壮壮实实的，像当年的那个老九。他抬眼看了一下众人，把营养液挂在吊架上。他抬手的时候，毛伦瞥了一眼，他隐约露出了上臂的刺青，大概是个老虎的模样。老九也许是说累了，闭上了眼睛。马良拉了拉毛伦，走吧，老九你有什么想要的再跟我说。他这时微微睁开了眼睛，马医生啊，真想再打打麻将。马良笑了笑，出院后就可以打了。毛伦想说多保重，但又觉得有些虚伪，于是就放弃了这样的念头。他走出病房，马良站在走廊另一头，透过窗户望向前方的新大楼。还要多久？大概一个来月吧，看他的意志，他倒是坚持了很久。哦，我是问新大楼什么时候盖好。马良看了眼毛伦，嘴角笑了，很快了。

江森怎么样了？医院走不开，我还没去看他。

他们都是中学同学，高中文理分班后，江森念了文科，毛伦和马良念了理科。那个呆子，唉，书读得多，事经历得少。总会经历的，时间一长，都会遇上。马良问要不要去他办公室坐一坐，毛伦说不了，还要回局里，领导说要开个会。马良又问，老九那里，怎么说？毛伦说老九是半年前知道江河的情况。江河大概也是没办法了，才向老九提。老九家里的事，你也听说了吧？他跟老婆协议离婚，原来在河金矿业的原始股都留给了老婆，他老婆说原始股交易后的钱以后都会留给女儿。他名下公司户头的现金，一半给了公司的其他股东，一半留给了他外面的女人。她给他生了一个儿子。

那就是没钱了？

据他说是这样。

操。马良脱口而出。他当时从河金公司出来，只有江河跟着他，五六年了吧，就这样对他？眼看着一个人溺水，他伸个手都不行？

他还有其他选择吗？

毛伦刻意让自己冷静。也不需要刻意，如果自己是老九呢？大概率也如此。马良却是笑了，他个子高，像个男模，那件白大褂穿在身上竟然有了难言的美感。有没有其他选择，不是你这个当警察的要去找答案？老九去年得病后，上海、河城两地跑，回来后也不时来住院。一来二去就跟他侄子熟悉了。他侄子知道我和江森是同学后，提到过江河。他对江河嘀咕过两句，言语里多少有些不满。什么原因？他没细说，我也不是爱打听的人。他的话里，提到了老九的老婆。毛伦稍微有些意外。从没听说过。河城那么小，见风就是雨，真有蛛丝马迹，河城人的谈资又丰富了。况且，毛伦忍不住说出来，老九的老婆，年纪也得有五十了吧？

马良嘿嘿笑了，狡黠地一笑。你干刑警的，什么场面没见过？我这个做医生的，看人都是动物，动物就会有本能。毛伦听到这句有些不舒服了，动物是畜生，人不是。马良淡淡地回应，我动的是刀子，只动人的器官，心肝脾肺肾；而你是警察，你要动的是人的这里。马良指了指自己的脑子。毛伦有些语塞，一时说不出话来。

四

回来已经第三天了。江森合眼的时间很短，闭上眼就是江河。他个子很高，伸出手掌，让江森跳起来碰一下。多跳几次，你就长高了。江河浅浅地笑，总是这样的微笑。河城有一种甜粽，里面包着红枣。江森觉得，他的笑有些像那样的粽子，糯糯的，不张扬。好像从他记事开始，就从未见过江河有过夸张的表情。江河十六岁没再读书，去广东打工。春节，江森去给伯父和伯母拜年，说新年好，拿到了红包。江河见了，问，怎么不给我拜年呢？江森说，哥，新年好！江河掏出了两张十元的纸币，压岁钱，好好念书。哥你怎么有钱呢？我去打工了呀，赚了钱。那你要多赚钱，给我的红包大大的。江河听了，又是一笑。

那时候自己多大呢？

他见到了蓉儿，想给她压岁钱，但马上意识到这多少有些荒唐。蓉儿都这么大了。是啊，明年就要高考了。江森忽然感到羞愧。他到海城念大学、工作，很少回河城，这几年过年都没回来，也没有给过她压岁钱。蓉儿上楼了，下午还要考试，回自己房间复习。江森看着她走上楼，她继承了江河的基因，个子已经很高了。当然，郭金凤长得也高，而且美丽。

现在，大家都坐在客厅里。伯母缩在沙发的角落里，要起身给蓉儿做午饭。郭金凤说，妈你不用做了，酒店没开门，这几天我让人来厨房帮忙。伯母还是走到厨房，我洗个菜。自来水哗哗地流着，江森只看到她的背影，连她的侧脸都看不见。江森爸想泡茶，桶装水已经见底了。郭金凤说，叔叔，打过电话让人送水来了，马上就来。江森爸于是又点了一根烟。江森觉得客厅始终弥漫着烟味。一个上午，伯母家里来了不少亲戚，一拨又一拨。有好些是他不认识的，有好几个江森爸也很久没见到了。原来都是住在西门解放路，同个江姓的，一条街上的叔伯阿姨。这些都是宗亲。后来不少人陆续都搬走了，这就包括伯父和江森爸。平时见面也不多，遇上婚丧嫁娶这样的大事，宗亲们往往还会相见。但到了江森这一辈，再往后，这样的情景就难再现了。

"臻荣和淑良友咸德"，祖上是按照这样的命名排辈分。子孙开枝散叶，伯父和江森爸的名字用了"德"，再往后，江河和江森就没再按名字排辈分了。江河现在走了，江森家这一脉的男丁，只剩下他爸，还有他自己了。江河上面有一个姐姐，早夭。蓉儿是女孩子。江森还没有孩子。

　　公安那里怎么说？江森爸抽完最后一口烟问。

　　昨天去找过他们的领导，问了下情况。郭金凤今天穿了一身的黑色，比前两天低沉了不少。没有什么特别的地方，还是说自己，像自己要走的。

　　什么叫作"像"？办案子，不是要讲证据吗？江森爸的声音不高，但变得急促。就算真是江河自己这样选，你是他老婆，天天跟他在一起，就没看出点毛病？

　　叔叔，这个话就不好听了。郭金凤脸上平静，天天在一起就能知道他心里想什么？江河这几年跑去贵州，给老九看矿，中间我多久才能见他一次？今年过完年，他倒是留在了家里，却天天跟朋友喝茶，有什么事也不和我说。问了，也是屁都不放一个。你这个侄子，你是晓得的，本来就话不多，闷葫芦一个。

　　他欠的那些钱，跟你提都不提一下？也没跟你商量怎么还？

　　钱能解决的事，都好说。人没走，命留着，总会有办法。郭金凤克制住自己的声音，上午人多，我不方便讲，现在这里没外人了，我也就不怕说了。江河就欠那个三百万吗？我没帮他吗？那个凯里一号矿，第一年就从我这里拿走了八十万，说会产金子。到现在，金子呢？

　　江森爸稍微有些愣住了，似乎还在酝酿要说些什么。楼上有动静，他抬头看了一眼，蓉儿探出了头，但很快又缩回去。伯母在厨房，低着头还在洗菜，水流声仍旧哗哗作响。江森觉得不能再说下去了，手机在此刻适时响起来。是毛伦打来的。江森拉着父亲，走到屋外。江森爸在大门口来回走着，门口种着两棵绿化树，大约有两层楼高，投下的树荫恰好将父子俩笼罩。江森握着手机，静静听着，有时他会看一眼地上的阴影，但更多的时候他只是看着前面的一堵墙，墙上是新刷的标语，"保护环境，人人有责"。直到电话那头结束了说话，他才放下自己的目光，重新看着父亲。

公安那里怎么说？

毛伦说局里掌握到了一些情况。三天前的晚上，下了一夜的大雨，有人在河上游的棉花滩水电站附近看见停了一辆车。车牌挂的是"贵H"，登记在老九公司名下，一直是江河在开。水电站到河滩有一段小路，水电站门口有摄像头，那天晚上到天亮，都没人经过，除了江河。凌晨四点左右，他打着伞，没照到正脸，但技术分析是他。在河滩的乱石堆里发现了一把雨伞。

我不相信。谁会为了钱走上绝路？

这句话就有点小孩子气了。江森听了，忍不住想笑，笑过却觉得满嘴干涩。爸，你已经过了半百又十年，见到的听到的难道会比我少？为钱什么事都可能发生。不过江森并不想跟他争论这些，他不说话，江森爸也明白自己的说法可笑，于是叹了一口气，可他家里还有人的哦，伯母那么老了，蓉儿又那么小。这不像他会干出来的事。

那么，江河究竟会干出什么事来的？毛伦反问江森。他把父亲的不解告诉了毛伦，毛伦这样反问。江森的面部表情忽然变得痛苦，好像有人狠狠扇了他一个巴掌。江森提到了小时候江河给的红包。红包是红色的，又想到了江河的血。江河被人打了，满脸都是血，吐了一口血水在地上，血水里还有一颗碎牙齿。他从广东回来了，待了两三年，打工发不了财的。他认识了一些朋友，从广州批发服装，拿回河城来卖。他开了一间叫"时尚美装"的服装店，就在市场工商所边上。因为衣服够新潮，也不贵，吸引了很多大姑娘小姐妹来买。丁家兄弟也开了一间服装店，门前就冷落了许多。丁家兄弟死了母亲，于是就把绿底黑字的讣告贴在了"时尚美装"的店门边上。江河把讣告撕下来了，丁家兄弟觉得这真是个好机会，身上穿着麻衣，冲进店里一顿打砸，又把他拖出来，在店门口打了一顿。

后来呢？

后来，找了中间人。江森缓慢地说。这件事太久远了，有些细节让他回忆了很久，又让他有些不忍回想。他第一次见那么多的血，而且是江河的血。他放学回家，背着书包，经过"时尚美装"，看见一群人围在店门口。他透过人缝往里看，江河也看见了他，江河朝他笑了笑，嘴里含着的血顺势从下巴落下。血水粘连，大概是混夹着唾液，像丝带连接着大地。江河笑过之后，仰面躺着，向上看着。但看不见天空，只有一颗颗围观的头颅。江森那个晚上睡觉一直说着胡话，也不知道在说些什么，母亲说他这是"博马"了。"博马"是河城土话，长大后他才知道，这个还有专有名词，夜惊。

不用站得太近，也能看见河水流淌着黄褐色，听见它发出的声音。毛伦挡住风，点了一根烟。他把斯柯达停在了水电站门口，远远望去，还能隐隐见到它的车尾。河滩上遍布着乱石，能够立足的地方不多。江河走过这片河滩，穿过乱石，最后走向河流。看起来，他是抱定了决心。但难道不会有一丝的犹豫？他站在河滩边上，徘徊过吗？他是否回想过去，想起了当年的那一摊血？

工商所附近，现在没有丁姓人家。毛伦平静地说。

也许是吓跑了。

江森忽然回过头，朝毛伦笑了。呆板的黑框眼镜下，嘴角露出的笑容竟然有些生动，毛伦手里夹的烟灰掉落下来，飘散无影。我也是听说的。江河后来认识了一些社会上的人，来路都不太明朗的，也没做什么正当营生。江河经常和他们泡茶喝酒，打麻将。有一年，丁家兄弟玩"六合彩"，还自己做庄家，结果欠了很多钱。想跑路，被人堵住了，家里被砸了个稀烂，人也被打了。没有报警，他们也不敢报警，"六合彩"这个能说吗？后来把房子卖了，兄弟两个离开了河城，也不知道去哪里了。有人说，当年丁家兄弟打了江河之后，到处和人说，打的就是他，细皮嫩肉专门靠女人，挣女人钱。

包括郭金凤？

江森猛然从之前的回忆中醒悟过来，刚才洋溢在脸上的某种莫名的幸福感，被毛伦的这句问话扫荡一空。你在讲什么屁话？江河靠什么女人了？郭金凤是他老婆，两个人是一家人，哪里有什么谁靠谁？

真是个呆子。毛伦默念了一句，扔了手上的烟，踩在脚底。江河是个要面子的人，对不对？郭金凤赚的钱，明面上来看，是不是比他多？我合理地猜测一下，江河当年愿意跟着老九，认为能够靠挖金子赚大钱，认为这是自己最后一次机会了。但没想到通往金矿的发财路，也是一条不归路。他不想让自己看起来是靠女人的，可结果又有些无奈。

老九的老婆。毛伦说到这里停下了，他没有说下去。还不到时候，或者是有些可怜眼前的这个呆子。

老九的老婆怎么了？江森忽然有些魔怔地咧嘴一笑，你知道吗，她的女儿是谁？是我们高中的那个女同学。妈的，为什么啊？跟个影子一样，甩也甩不掉。

毛伦看着江森，不动声色。"跟个影子一样"，这句话里少一个主语，但他觉得应该指的是"老九"。老九、江河、郭金凤、老九老婆，乃至其他。他低头看着乱石缝，有一只残破的蜘蛛网。奇怪了，刮着风，下着雨，这样的蜘蛛网竟然还在。

五

开车回城里的那段路，实际上是绕了一段。大概多花费了半个小时。下车的时候，江森醒来了。毛伦把着方向盘，回去好好睡一下。这个呆子，上车后眼皮就不受控了，车身摇晃，很快就睡着了，没有意识到多绕了路。江森走了几步，又转过身，我把五天年假都请了，回海城前应该有个结果吧。毛伦冲他温暖一笑，会有的，什么都会有的，包括牛奶和面包。江森骂了声有病，低着头往龙头巷走去。他的家在龙头巷尾。直到他完全消失在了视线里，毛伦这才叹了一口气。局里还有不少的积案，它们躺在档案室里，躺在当事人的心底，有些也许永远见不到光了。局领导是从外市调来的，要求命案必破，他说至少在他任上必须如此。局领导开会的时候，听了毛伦的汇报，还没听完就打断了。小毛，我们警力宝贵，有些案子线索清晰的，就要尽快落实，也好给当事人家属有个交代。交代什么呢？他又不是福尔摩斯，靠推理就能有结果。会后，局领导留下了他。郭金凤呢，托人找了我，说了点实情。悦秀酒楼二十几号人，张开嘴就要吃饭，停一天就少吃一天。停得久了，就都得走人，连她自己也要走。毛伦仰着脖子，这是死了人呀，况且还是她男人。局领导愣了一下，而后就笑了，小毛啊小毛。而后又说了，老九躺在医院，也托人来问这个事。他是纳税大户，当然，我托人把话带给他，刑警队的同志专门在跟，我们还是有自己的办案规定。

他们都希望尽快有结果。毛伦拿出笔记本，在上面写上了几个问号。他暂时还不能理解的是，江河的死，如果能够明确没有直接的加害者，那么他们究竟在介意什么？目前的证据，看不出有第二人要对江河的死负责，把河水当作最后的归宿，看来是他亲自选择的。但这是江河心甘情愿的？

晚饭是和她的家人一起吃的。阿姨给毛伦夹了一个鸡腿，多吃点肉，白斩鸡，乡下买来的家养鸡，好吃，多补一补，你最近都瘦了。她不乐意了，妈，我喜欢吃鸡腿的。她假意地在吃醋，实则眼睛一直看着他，眼里还含着笑意。阿姨也假意嗔骂，你天天待在办公室，一身肉了，还吃鸡腿。她说了句"偏心"，然后就忍不住笑了。跟着阿姨也笑了，叔叔也笑了，这个时候，毛伦不笑似乎就不合理了。于是他也笑了笑，喝下了一杯叔叔倒的米酒。电视里在播放本地新闻，河金矿业实行同业收购兼并以来，大力提倡"走出去"，除了国内，还远赴非洲的刚果、南非，实行金、铜开采冶炼双业务，上半年产值又创新高。叔叔闷了一杯酒，放下酒杯，没想到河金发展得这么好，当年也就是我们这里的一个小国企。那座河金山，连省里下来的地质队都说没希望，但河城的地质队却没放弃，最后竟然成了河金公司起家的宝山。

毛伦听到这里，心里有了些异样。吃过饭，他站在她家的阳台上，看见那座最高的楼，冒着尖顶，上面亮着"河金"两个招牌 LED 灯。越过河金，再往远处望，看到的就是影影绰绰的山峰。那是河金山。准确地说，老九是五年前退出了河金公司。河金刚成立，老九就在了，说退出就退出？他显然没有赶上公司如今裂变式的发展时期。自老九出来后，江河就跟着他，那么在此之前呢？他们看起来并不像是一条路上行走的。

在看什么呢？

看山。

她走到了他的背后，好奇地朝山的方向望去。河城人从小到大都看得见的山。它就在那里，千万年来都在那里，不会挪动不会消失。但山下的人会。她说，没什么稀奇的地方呀。对了，你晚到了一会儿，我妈炸的菜丸子你没吃到，我给你拿点来。这么热的天吃炸丸子？放心好了，还有绿豆汤。

毛伦想了想，从手提包里又拿出了笔记本。翻开一页，上面写着"水电站、河城"，他在两者中间画上了一条线。在直线的上方，他添上了"河金山"，画了另一条线从水电站连上河金山，而后再从那里连上河城。回来的路途，是这样的。在去往河金山的路上，他见到了几处新开挖的工地，沿着河滩。他放缓了车速，工地上立着几块牌子，只记得其中一块写着"拦沙坝提升项目"，还有几块名字太长，绕口，没有记住。他记起在河里发现江河的那天，询问那位船东，他提到现在船不好走，上游棉花滩一带在做工程，挖了不少地方。看起来，这些都是河金公司的项目。

他放下了笔记本。客厅里的电视在播放着一出电视剧，他们一家人都在厨房忙碌着，现在只剩下他一人了。如果扣除电视剧里那些红男绿女的声音，他觉得此刻是安静的，能听见自己的心跳。一起一伏。他来到了一条河流之上，一条舢板船浮沉在河中央，顺着水流的方向往前。前方开始出现了分岔，远远望去，一条支流不急不缓，有光，波纹清晰可见；另一条支流升起了薄雾，就是那么薄薄的一层，它不如黑洞那样会把人吞噬，却又有着难言的诱惑。他看见那条舢板船停步了，犹豫了，在分岔之前。它似乎预见到了什么，也许是在担忧，如果走向那条弥漫薄雾的支流，会面对什么？狂风、暴雨、暗流，或者是惊涛。又或者，最后是走向了大海，面对着深蓝与广阔呢？

没必要，真没必要，没有那么复杂。手机响了，毛伦接起手机，对着表哥就说了这句话。表哥在电话那头觉得奇怪，半天没出声，过了片刻才"喂喂"几声，唤醒了他。你怎么了？表哥问，不待毛伦回答，他接着说，你不是说手头上的案子不复杂吗？怎么这两天都没个回音？来深圳的事，从年初说到现在，你决定了没有？你来做公司总助，我放心，自己人。你看新闻了没有？美国人搞了个苹果手机，iPhone 4，触摸屏的，六月份刚发布。这块绝对是个大市场。我的新工厂就是专门生产触摸屏，深圳有很多这样的代工厂，什么人才都能找到，但就是找不到自己人。你来，我放心。

表哥说了两个"放心"。他只比毛伦大三岁，从小一起长大。他脑子好用，数学特别好。大学毕业后先到了证券公司，干了两年后就出来了，自己有了资源，胆子又大，靠做金融赚到了钱。而且是很大一笔钱。他说，以前一直做金融，现在想做实业，这是因为智能手机绝对能赚钱。想好了的事，就要"All in"。就是牌桌上要堆上全部的筹码，高风险高投入才能高收益。你在体制里，是公务员，看起来是很稳定的，但是每个月的收入也就那些，两千？三千？况且，你这个算是高风险了，干警察这么多年，经手多少命案了？时间精力投进去了多少？七年，城区中队副队长，然后呢，退休前当个副大队长？这明摆着是个低收益啊。

你来我这里，香蜜湖这里我有一套房子，给你。另外还有新厂的干股。这些股份都算是原始股，以后有机会工厂上市了，这些原始股就不得了。你看河金公司，一上市，解禁之后原始股涨了多少？有原始股的那些人半夜都要笑醒。他们靠金子赚钱，我们没这个机会，也不靠那个。那个是什么？那个是要靠天公赏饭吃，而我们是靠脑子赚钱，这才是我们的"金子"，你明白吗？

怎么又提到河金呢？毛伦的手机已经有些微微发烫了。现在，他已经来到了她的卧室，并关上了门。他们一家人以为他又在谈论什么案子。他握着手机，好像一颗迟迟未爆的炸弹，既有些担心，更多的则是烦躁。它怎么还没爆炸呢？他把手机丢在了床上，任那头在讲。讲着讲着没有回音，电话那头以为信号不好，喂喂喂，听得到吗？过了一阵，毛伦才重新拿起手机。我在听着。他是谁？他是他的表哥，是看着他长大的。他在电话那头叹了一声，缓了缓口气，伦啊，你是我弟啊。你的妈，我的小姨，前年走的时候，最放心不下你。她跟我说，看你太累了，一直没成家。她走了后，不知道谁来疼你。她还说家里没本事，你爸当年也走得早。

你爸，想多赚钱，让家里过好一点。上初中那阵吧，副食品供应站改制了，你爸买断了工龄。他认识了矿上的人，好像看到了一些希望，像朝阳要跃出地平线。于是也就跟着他们上了矿，找了几个人，专门给矿上供应伙食。有一天，河金矿的山路上有一处塌方，砸到了他开的车。

再说吧。毛伦放下手机，瞬间觉得身子像被抽空，整个人倒在床上，仰躺着。

他看着天花板，在角落里又有蜘蛛网。小小的蜘蛛网，不显眼，如果不细看并不会发现。他读公安专科学校的时候，看了一些书，有一本是卡夫卡的。他写到了一个人，变成了一只爬虫，然后出现在家人的面前。如果自己也变形，成为一只蜘蛛了呢？是不是同样也要织一张网？他爬行在网上，将遇上的每只虫子都纳入网里。他笑，他哭，他和他们在一起了。她来到了他的身边，打完电话了？办案子辛苦了吧？喝一碗绿豆汤，降降火。他一把抓住她，把她拉向自己。她忍不住惊呼了一声，趴在了他的身上。要死啦！我爸妈还在外面呢。这么馋嘴啊你。

他把手伸进了她的身子。他游走在她的身上，像徜徉在了汪洋。他说，我们结婚吧。她处在迷糊之中，浅浅地喘息。她微微睁开眼，什么？他翻过身把头枕在了她的胸前。谢谢你。这下，她睁开了双眼，摸着他湿漉漉的头发，傻瓜，周末去看新开的楼盘吗？他笑了。于是，他把表哥的那些话都告诉了她。

去啊，这么好的机会，能赚大钱呢。反正，你去哪儿我都跟着。赖上你了。

毛伦听了，又笑了。他没再说话，只是把她搂得更紧了。

六

江滨路上亮起了灯，一盏又一盏次第开放。路上有一支暴走的队伍。领头的是两个五十左右的男女。他们腰间别着小音响，高喊着：我在仰望，月亮之上，有多少梦想在自由地飞翔。在他们的身后，是统一身穿红色短袖的队伍，男女皆有。他们迈着脚步，大汗淋漓。起先，江森是在他们前面，后来，他们很快就超过了他，并把他远远地甩开了。新修建的江滨路平坦宽阔，不断向前延伸。江森有些茫然地走着，不知要去向哪里。缓下脚步，才听见身旁有人在说，走，去看灯光秀。又有人跟着说，路是河金公司修的，灯光秀也是他们搞的，为民造福啊。他望向河对岸，那里有一片灯带。这也是过去没有的。至少两年前，他结婚回来办酒席的时候，还没有这些。

毛伦载他回家后，他一靠枕头就合上了眼。睁开眼，已经天黑了。爸给他打了电话，他回过去，原本是要让他到伯母家吃饭。他说不用了，没什么想吃的。他出去走一走。这一走就到了江滨路。高考完的那天晚上，他和一群人骑着自行车，飞翔在江滨路上。那时的江滨路，沿河，天黑后人很少。毛伦在这群人里面，还有马良。他说去海城读大学，以后可能还要读研究生。毛伦说，读七年，呆子要变傻子了。他想到这一幕，忽然就笑了。毛伦说到省里读公安专科学校，三年就毕业，出来工作就有工资，省心。

有几个半大的孩子走过来。他们也是一群人。江森看见了其中的蓉儿。她也看见了他，似乎想避开目光，但无处可避。江森朝她走了过去，考完试了？蓉儿点点头。考得怎样？我不想去考的，但我妈非要我去，说考了就不会多想。蓉儿和她的那些同学挥手，这是我叔叔，读书很厉害的，现在海城当记者呢。江森忽然有些局促，他比他们年长了一轮，但先自低下了头。她让他们先走，散了后，她的脸就垮了下来。哦，还是个孩子啊。也不小了，叔叔，明年我就读大学了。江森点了点头，他印象里，她从小就个子高，微微驼着背，不爱说话，这点和她爸爸倒是像的。只是，她的话也许是分对象的。和同龄人在一起，恐怕话就多了。

叔叔，你在想什么呢？

哦，想你小时候的样子。

我都忘了自己小时候长什么样了。蓉儿穿了一双最新款的匡威鞋，用鞋尖踢起了一块小石子。叔叔，你这样真好。

我这样？如何好了？

离开河城，到外面去呀。明年我高考，念大学后我想出国。我妈说给我准备钱了。只是，有点放心不下奶奶。

不想你爸？

蓉儿看着江森。她快要和他一样高了。他都走了，什么也不说，我恨他。

你爸话少，但提起你的时候，总是说得很多。

那有什么用呢？他们总是在吵，背着我吵，以为我不知道，但我都知道。家里的高压锅都摔坏过。然后他们就是不说话。不说话，我觉得他们也都是吵架。比吵架更可怕。后来他就不常在家了，去外地，一两年也见不上几次。算了，都结束了。叔叔。她走的时候，忽然问，是不是长大以后，就不会那么难了？

嗯？江森一开始有些不明白，沉默了片刻，然后才说，都不容易，但活下去就好了。看着她离去，他有些后悔了，刚才的那句话是不是说过头了？十七岁，是雨季，是花季，要在这个季节埋下种子，然后浇灌，看花儿冒出头，最后舒长花瓣，鲜艳的，娇嫩的，阳光的。他不该那样说，可他好像也没有更好的办法。他自己是这样走来的，很多人也是这样走来的，跌跌撞撞，匆匆长大。长大后就变好了，不是生活善待你了，是你能理解生活了。他想和蓉儿解释，但她早已扎进人海。都会过去的，不轻易回头就是了。

怎么可能回头？

郭金凤这样对他说的时候，天空顿时下起一场大雨。他在家的巷子口见到了她。他是急匆匆赶回家的。他还在江滨路走着，毛伦给他打了手机，问他在干吗。他说，江滨路上现在真热闹，我们读书那阵，连个人影都没有。你又在干吗？毛伦说自己在她的家里。哪个她？我还能有谁，未婚妻。下午送你回家后，我就在她家里吃饭。嗯，有个情况你知道一下。刚才大队同事给我打电话，今天是第四个工作日，尸检结果下午已经告诉家属了。家属无异议。自杀案就要转到治安大队，他们出具死亡证明就可以火化了。谁啊？江森追问，谁可以火化啊？毛伦恼了，还能有谁？你是不是傻啊？

江森给爸打电话，爸让他回家后再说。走到巷子口，撞见了郭金凤。她好像知道他要问什么，于是很坦然地直视着他。巷子口立着的路灯，透露出浑黄的灯光，雨丝在灯光下拉扯出两个世界。嫂子，江河是我哥，是你男人，他正当年，因为欠债就要走上绝路，这个我不相信。郭金凤双手抱在胸前，公安说的话，你也不相信？没有人害他，是他自己选的这条路。江森又往前了一步，这是一条不归路，他有伯母，有蓉儿，刚才在江滨路，我还见到了她。他一走，她就没有爸爸了，他难道就不会回头看一眼？

听到这里，郭金凤忽然笑了，而后是摇头。她放下了自己的手臂。她料想到今天这样的结果吗？她十八岁认识了他，在广州天河城，她从粤西的农村来，在舅舅的店铺里卖衣服。她不知道为什么就喜欢上了他。也许是他不爱说话，不像其他的那些男人，讲一些流里流气的"咸湿话"。又也许是他不爱计较，人家多算了他点钱，拿几件衣服补给他，他也是笑一笑。他俩去越秀公园，沿着湖走，他和她走得很近，她以为他要牵她的手，她心跳得厉害，盼望着什么，但走到公园出口了，他什么也没做，只是买了一瓶"广氏"菠萝啤给她，口渴了吧？有一回，他又来进货，脸上带着还没完全褪去的淤青，她知道了事情的原委，很心疼他。她决心要跟着他，他还是笑了笑，跟我回河城吗？小地方呢。她说好。家里大人们都走了，没有其他兄弟姐妹，舅舅不同意，她说已经怀上了。她跟着他来到了河城。开过服装店，卖过茶叶烟酒，最后开了酒楼。

怎么回头呢？不该那么早跟定一个人？不该那么早就生孩子？不该那么早就撑起他这个家？家公走了以后，不客气地说，没有我这个家早垮了。我对得起他全家人，更对得起他。人走了就走了，活着的人是不是还要走下去？郭金凤掉下了眼泪，不多，身子抖了几下，而后很快又把脸上的泪抹去。我唯一后悔的，也许就是不该由着他，去找什么金子，做什么发财的白日梦。

郭金凤走了。江森看着她的背影离去，心中想，今后也许就很少见到她了。我了解哥，他不是个钻牛角尖的人，他不是撞了南墙头不回的人。挖金矿是个无底洞，到最后要把命也搭上，他究竟是为了什么？他究竟是为了什么？我觉得自己了解他。

你了解个屁！

爸很难得地动怒了。他做生意，你读书，后来又到海城上大学，工作成家，你有多少时间跟他在一起？关起门来说，这终究是他自己家的事，谁也代替不了。伯母没意见，她也说不上什么话。郭金凤说得都对，蓉儿明年考大学，还要出国，谁给她出钱？你吗？她不开酒楼，她不赚钱，家里吃什么？她上来和我商量接下去要办后事，刚才家里还来了几位宗亲。一切按照规矩办。你还要回去上班，接下来的事你就不要管了。你也管不了。

客厅里弥漫着烟味，久久不愿散去。爸又点起了一根烟，想泡茶，桶装水已经见底了。爸，记得明天买水，不要用自来水。江森没什么话说了，从茶几上拿了一包还没开封的烟。爸看了他一眼，没说什么。他换上拖鞋，往楼上走去。在自己的房间，他坐在椅子上，从烟盒里弹出一根烟，给自己点上。他看见了角落里的小霸王学习机，试着插上电视，一开机猛地蹦出那句熟悉的话，"啊哦，小霸王其乐无穷"。他嘴里含着烟，在学习机上插游戏卡，选了"魂斗罗"，居然还能玩。他握着游戏手柄，带着那个赤裸半身、胸肌健壮的游戏人物打关。

哥，你也来打两盘呗。

打什么？

魂斗罗，双打。

哥，咱们打通关啦。没想到你玩游戏这么厉害！

你要好好学习，不要像我啊。

江森放下游戏手柄，忽然觉得画面模糊起来。他的手背上湿湿的，带着咸味。他关上电视，怎么哭了呢？他想让自己停下来，但泪水越来越多，怎么也控制不住。他把游戏卡拔掉，关上电视，屏幕变成漆黑。

七

见到江森的时候，毛伦皱了皱眉头，你怎么一副肾亏的样子？眼圈那么黑。他摇了摇头，没睡好。肚子饿了，去吃早饭吧。毛伦于是就不说什么，带他到了一家老招牌的小吃店。人很多，每个人脸上都挂着汗珠，大口吞吃着牛肉汤、芋子包，或者簸箕饭。他应该是真饿了。毛伦喝了几口牛肉汤就放下了汤匙，看着江森。他埋着头，先是把牛肉汤喝光了，然后又吃了一笼芋子包，还要了一份拌粉干。毛伦起身又要了一碗牛肉汤，推到他的面前，别噎着了。

你不饿？

吃了点东西才出门。

昨晚在她家？

废话。等了一阵，毛伦问，你家里怎么说？

江森喝下一口汤，使劲地要打个嗝，胃里肿胀。使劲，用力，最终打出了一个长嗝。他想了想，而后说，早上出门，爸丢给我一句，家家有本难念的经。我又不是高僧大德，我会念什么经？我只是可怜江河。

毛伦肚子里有句话，已经到嘴边了，但还是咽了下去。你尽管说，是不是想说，可怜之人必有可恨之处？我不管，我只知道他是我哥。毛伦抽起了烟，吐出了一团浓雾，扑向江森的脸。那张脸扭曲变形了。毛伦幽幽地说，你爸说得没毛病。追问下去，揭了人家的底，大家都难看。一张袍子，看起来正常，甚至好看，掀开一看，里面估计都是臭虫。当然，这句话的出处不是我。

你是警察，你不是要真相？

两回事。这个事，其实已经有真相了。

毛伦夹起放在桌上的手包，你不要后悔。江森说不会的，永远不会。毛伦冷淡地回过头，那你跟我走吧，我们去见个人。车停在了城西的路口，望过去，不少楼房已经被拆除了。江森有些讶异，原来这一片住了不少人的，我们中学后门就接在这里，记得打完球我们就经常来这里点小炒吃。毛伦关上车门，我就记得第一次高考没考好，要复读，有天晚上你和马良陪我来这里，买了一瓶地瓜白，我一个人就干掉了大半瓶，最后怎么回家的都不知道。江森说，你不知道？你妈来找你，她借了一辆三轮车，我们抬你上去的。你在车上一路喊爸爸。毛伦愣了一下，喉咙好像被什么堵住，吐了一口痰在地上，妈的，烟抽太多了。江森没再说什么。

这一片都要拆迁，扩马路，然后连到西门码头，那里要盖一座新桥。拆迁户呢？有安置房。都是县里出钱。钱从哪里来？江森忽然发问。毛伦停下了脚步，你是不是傻？江森想了想，而后才明白。他还要再走，毛伦叫住了他，就在这里。在一栋尚未拆迁的三层小楼前，铁门紧闭。看上去像是二十世纪九十年代初建的，墙上贴着褐红色的马赛克瓷砖，在当时应该是最流行的。瓷砖脱落了好几块，露出灰沉的水泥墙面。这是老九还没发家前盖的自建楼，盖房子的钱还是借来的。过不了多久，这栋楼也要拆了。现在给他的侄子住。

你原来就认识他？

在医院，第一眼没认出来。毕竟过了七年了。后来见到他手臂上的刺青，是个虎头的样子，心里就隐约有了印象。那天从医院走了之后，我给大队打电话，让人查一下卷宗。查完之后告诉我，他就是那年"虎头帮"的带头人。一帮毛都没长齐的后生仔，有城里的，也有乡下来的。十来个人，初中毕业就没读书了，到城里搞了这个东西。他们学香港电影里的"古惑仔"，也想搞收保护费那套。他妈的，瞎扯淡。到了一家烟酒店，要收钱，这家烟酒店也不是什么善人，都是河城一帮社会闲散人员。两帮人就起冲突了。"虎头帮"这群人年纪小，十六七岁，却是不知轻重的，居然就动到刀子了。把人给捅了，看到见血了，人倒下了，"虎头帮"也吓跑了。老九的侄子是为首的，先是跑回乡下去，后来到城里自首。那是我参加工作第一年，跟着师父办了这个案子。

楼内传来了狗吠声。愚蠢的狗。两个陌生人站在门外这么久了，它才发现。明显里面有人呵斥了一声，狗于是就安静了。一下子又安静得有些过头了，毛伦走进楼内，看见它趴在地上，连眼睛也不抬一下。客厅桌上摆着几罐空的啤酒瓶，墙角是两双同样尺码的运动鞋，旁边还有一对黑色的哑铃。他对眼前这两个人的到来似乎并不意外，好像都在意料之中。你们坐，我先去刷牙洗脸。江森看了眼毛伦，他好像习以为常，找了张椅子坐下。你也坐，不急。

客厅的吊扇应该是老了，有一搭没一搭地转动着。汗水顺着江森的脸颊落下，他擦去了，又来了一波新的汗水。毛伦卷起裤管，卷到了膝盖处，露出了浓郁的汗毛。老九的侄子终于洗漱完毕，脖子上围着毛巾走了出来，时不时地擦着脸。马医生告诉你，我今天在家的吧？昨晚小叔让我回家休息，他说医院的看护能照顾过来。毛伦点了点头，马良跟他说过的，其实到这个地步也没什么好看护的，没做手术，也不能放化疗，在医院里就是耗着。反正有钱的话，就这样吧，老九住的单间是医院最好的。

他是江河的弟弟，堂弟。

我知道，听他提起过你，叫江森。他说你们江家到这一辈，就没再排辈分了，都是一个单名。

他还说过什么？江森像是要往前冲的样子，他为什么也要自己去开矿？到底投了多少钱进去？他跟了老九这么多年，老九为什么见死不救？

毛伦拉住江森的手腕，暗暗使上了劲。老九的侄子身子往后靠了靠，像是在看戏，脸上露出了笑意。他那样的笑，不深也不浅，眼睛里却扑朔迷离，还带着一丝狡黠，像是只狐狸，在弱肉强食的森林行走多年的老狐狸。他比毛伦和江森都小，小很多岁，现在却像是换了角色，他成了"主宰者"。毛警官，有烟吗？医院里不能抽烟，昨晚回家后就睡了，没买烟。当年我出事，你找我问过话。我说我要抽烟，你说不能抽烟，给我倒了一杯水。我妈来问案子，别的警察都没空理她，就你出来跟她讲了情况，还告诉了她你的名字。我后来进了少管所，我妈来看我，跟我讲了这些。我觉得欠你一个情。

你出事的时候，老九没表示？

我跑回乡下，我妈没有主意，第一个就是给他打电话，他在省外，马上就叫我去自首。他让我去城里找他老婆，我的小婶，她说不认识人。我叔是我们家最有出息的，念了大学的。我爸死得早，我从少管所出来后就去投靠了我叔，他让我不要再待在河城，安排我去了省里，跟着他的一个朋友。再后来，他从河金公司出来了，要去贵州，就把我带过去了。

你就是在那个时候认识我哥的，是不是？

老九的侄子掐灭了烟，看了看江森，但他好像并没有太多的兴趣面对着他，仍旧对着毛伦。出事的那晚，我们去那家烟酒店，我们那时候多傻啊，怎么知道里面还有个房间，有人在那里打麻将。听到我们要保护费，那群人就大笑，有个光头还摸了块麻将砸在我脸上。有个小兄弟就没忍住拔出了刀子，那群人起哄，砸我脸的就拍了拍自己的光头，说朝这里砍。我不想动刀子的，我知道那是会见血的，我们只想要钱。有个人就出来劝了，说都是小孩子，算了。光头说怎么能算了，一把掐住了我那个小兄弟的脖子。他吓蒙了，拿着刀就往光头身上扎……他跟我是一个村的，他家里两个大人都是残疾的，我说那就我认了吧。

出来劝的，是江河吧？

老九的侄子点了点头。转了一圈，又在凯里的山上见着他了。我叔叫我多跟着他。河金公司出事，我叔被拿出来顶罪，别人都躲起来，就他还跟着。他跟我说，矿山是他最后的希望了。我自己跌倒过，认了，没什么说的，就埋着头跟他跑东跑西，矿上的大小事我都跟着打理。凯里一号矿，南山矿口和北山露采，我搞得清清楚楚。江河也投了很多心血，他自己跟我说，一号矿开始就跟着我叔投的，说是投了八十万。但出来的金子，品位还是不好。慢慢地，他就变了。或者说他从来就是这样，别人讲的，他是靠女人吃饭。

你他妈的说什么鬼话。

江森要扑过去，但他很轻易地就闪到了一边，好像根本不在意这个人。他的眼神里是高高在上的，像国王看小丑一般看着江森。毛伦拉住了江森，缓缓地吐出了一句话，江河什么时候开始变的？是不是从你婶到了矿上以后？

现在，大家都安静下来了。而那条老狗，似乎这才反应过来，立起身子，冲着众人，发出了沉闷的低吼。

八

在新世纪的第一个春节，河城街心公园的一栋两层楼房热闹起来了。夜幕刚降，门口就轰鸣着摩托车声，有铃木、嘉陵、本田、钱江之类。楼房里响彻着摩擦心脏的舞曲声，它穿过纤薄的墙壁，直冲门外。这座小城的第一家迪厅，不断迎来它的客人。毛伦、江森、马良，他们相约在迪厅门口见面。江森和马良已经是大学生，这是他们去往外面的世界后回来过的第一个假期。毛伦还要再等待五个月，参加他的第二次高考，而后才能成为一名正式的大学生。他们进到迪厅，一张张混沌不清的脸庞扑面而来，舞池绝大部分地方是黑暗的，但他们不在乎，没有人会去辨别你脸上的哀伤或者喜悦，也不会有人去倾听另一个人的故事。江森跳得最投入，他其实也不会跳，只是觉得在那样的场合，必须得跳，不要拘束，拘束就是犯罪。马良个子高大，跳起来四肢有些不协调，但他可以晃动脑袋，上下左右，一起摇摆，和旁人一起摇摆。毛伦有些沉默，但嘴角始终是挂着笑意的，他手上拿着一瓶百威啤酒，嘴里含着一根烟。他看着江森和马良，看着眼前的人们。都他妈的疯了。

现在，毛伦又一次站在了那栋楼房的门口，摩托车如往常一样多，但小汽车也多了，挂着外地牌照的SUV更多，粤、赣、川、贵，最远的已经到了蒙。没有了音乐声，墙壁改成了落地玻璃，能看见里面是一阵又一阵的觥筹交错。马良站在二楼，探出头，快上来，等你开席。包厢是马良订的，江森明天就要回海城了，他才见了江森第一面，所以晚上这顿饭要他来做东。马良问，啤酒还是白酒？喝啤酒吧，明天还要开车上路。马良开了三瓶雪津啤酒，放在三个人的面前，好好珍惜还能喝啤酒的时光，再过几年，你们就不能喝了。为什么？痛风啊。

来，喝。三个人灌去一大半。江森放下酒瓶，你俩喝酒没事吧？马良说今晚不当班，连着值了三天夜班了，急诊有实习医生在。毛伦，你呢？毛伦又喝了一口酒，也许是天热口渴了。明天请了假，陪她去看新楼盘。明天本来就是周末，你请假干吗？毛伦点了根烟，我们是随时备勤，有案子就要出警。菜陆续上了，都是客家菜，大盘的肉大碗的汤。马良很少喝酒，脸开始有些红了，想不到啊，十年前这里还是迪厅，现在是餐馆了。毛伦说，这里太小了，新开的迪厅有两三家，都在新开发区里，那里地方够大，停车方便。街心公园这一片，都是老城区了，不好停车。江森说，还记得我们三个一起去迪厅吗？怎么能忘了。马良笑出了声，毛伦那时喝了酒，差点要和人打起来。后生仔的爱情啊。她叫什么名字来着？我都忘了，只记得是江森文科班的同学，他是暗恋，人家根本没表示。

我不是暗恋，表白过了。什么时候？考上大学之后的国庆节，我从省里到了海城，也没跟这个呆子说。我去了她的大学，找到了她，跟她提了想法。她说自己暂时还不想谈朋友，她说不太相信爱情。她既然那样说，我也就算了。

你真是没耐心，感情靠磨出来的嘛。你现在后悔了吧？她现在是真富婆，她可是老九的女儿啊。

马良说完这句，忽然觉得自己犯了某个错误，略微尴尬地摸了摸后脑勺。他知道有些事情发生了，就像横亘在心头的一堵墙，很难推翻。物理的墙，用推土机，再不行用铲子，一点点地总可以把墙推倒。但是心墙怎么推？谁也进不到谁的心里。他想给他俩留下一点时间，总要面对面的。喝酒的时候，他用医生的敏锐察觉到了，江森和毛伦都没有互相看对方一眼。他借口啤酒没了，再下去要一扎。你们俩先喝着。

此刻，包厢门关着，江森已经有些醉了，喝的啤酒太多，胃里开始膨胀。有那么一两次，他想吐。毛伦余光看见了，嘴角一笑，还是这样，急躁，总想开始起步就到达终点。事情显然已经是这样了。江河的死，没有意外，没有伤害。他走着走着就到了终点。老九的老婆提前办了内退，他自己离开了河金，她自然不愿也不好再多待下去。她到矿上，想散散心。她知道他长期以来做了什么，那个小男孩都要上小学了。她和江河熟悉起来了，她知道自己大他好多岁，他们都知道，这意味着什么。她也懂技术，她说二号矿、三号矿可以投，多投一点，不要怕。她还有河金的原始股，老九承诺，这些股份要给她的。但这样的事情，不用声张，自然如种子埋在地里，总会生根发芽长出枝叶。老九说，和他分手，原始股才能留给她，否则什么都没有。是人都要脸面，何况是我。这样的事，也就发生在这深山之中，僻壤之野，把这样的事烂在山谷里。二号矿、三号矿没有想象中那么顺利，迟迟不出金，她不能投钱进去，江河一个人能撑多久？一百万，两百万，三百万。他去找老九，求他救命。老九不见他，让自己的侄子告诉他，没让他埋在矿山里，已经是念旧情，看他跟着自己这么多年了，也是看在金凤的分上。要他好自为之。

来的路上，老九自己给我打了个电话，告诉我，最早是先认识了金凤。还说，那是我的金子。毛伦点了一根烟，深吸一口，而后吐出了浓重而漫长的烟雾，江河明白这一切的时候，已经太晚了。

江森沉重地叹了一口气，好像已经把全身的力气用尽。郭金凤后来肯定也知道了。如果自己是她，会怎么办呢？她是一个女人，她也是在红尘里当滚刀肉，但山间的那段，无论如何都难以面对。关于内情，老九知道了，郭金凤知道了，还有谁呢？伸出一只手，就能数尽。江河走了也就走了，就这样吧，太阳照常升起，人们照常慌张。每个人都埋有心底的秘密。

江河消失了，也许大家都舒了一口气。

听到毛伦这样说，江森忽然又有了愤怒。但这样的愤怒瞬间而起，却不能持久。他理应站起来，指着他的鼻子怒骂，可他挣扎了几下，却好似深陷在泥沼里，怎么也动弹不得。

郭金凤报警说江河不见了两天。死前一天，他一个人开着车徘徊在河金山下，最后到了水电站。再早一天，他其实是去了海城。他想见一见她，但她没有出现。她在陪着自己的女儿，或者，换个说法，她的女儿一直在陪着她。毛伦抽完最后一口烟，搀扶起了江森，我给她女儿打过电话，她告诉我的。

你的初恋哦。

我那是他妈的暗恋，单相思。老子都要结婚啦。

江森看了他一眼，跟在他身后下楼。马良结完账了，微笑地问，都谈好了？毛伦点了点头，这个呆子胖了，我都快扶不起他了。走出餐馆大门，一辆簇新的丰田霸道驶过，乳白色的车色在暗夜里显得分外扎眼。江森忽然问，马医生，他们赚大钱，你不会羡慕？马良哈哈大笑，你果真是个呆子。

马良先回去了，毛伦说，那我陪这个呆子再走一走。街心公园离江滨路不远，慢慢走着就到了那里。人们的脸上仍旧带着笑容，每个人都在笑着。看灯光秀，呼吸河畔的风，多美好。人们还在说，河金公司做了好事啊。毛伦和江森同时抬头望，"河金"的LED灯光远远地矗立着。他们欢笑着，回家之后就都喝桶装水了。你不能既要还要，对吧？

什么意思？

毛伦没有回答江森的问话，只是晃了晃脖子，得去找马医生看看了，累啊，身体有些毛病了。

江森放弃了追问，他大概明白了，就这样吧。毛伦接起了个电话，说很快回家了。江森停下了脚步，你之前问我的，要不要离开河城去深圳，现在决定了？

决定了，不走了。

她怎么说？你未婚妻，你将来的老婆。

她说跟我走。

真的？那你怎么决定不走了？

说你是呆子，真是没毛病啊。毛伦笑了笑，不是没有动心过，只是现在时机不对了，心情也不对了。他又拍了下江森的脑袋，老九说"我们的金子"，其实是他自己的金子。河金公司当年筹资认领原始股，你爸和很多人都没买，觉得这公司没前途。我爸想靠着矿上赚点辛苦费，最后也没成。都是没找到自己的金子。我们其实都有自己的金子，我的金子就是你、马良，还有许多像你们这样的"王八蛋"。

江森怔了一下，后来才明白什么意思。他终于也笑了，你少来，你最大的金子是她啊。你结婚的时候，我会回来喝喜酒。你没来喝我的喜酒，你不仁，我不会不义。

都跟你解释过了。你个呆子，原来在开我玩笑啊！

对岸传来了音乐声，一道道红的、蓝的、黄的灯光穿过河流，又刺透云霄，交织出了天上人间的想象。人群里不时发出叫好声。江森看了看毛伦，他在看着对岸，目光深邃，望不见底。江森转过头，看着天上的灯光，跟着众人一起呐喊。

原载《长江文艺》2024 年第 12 期

枪手

一

夜晚，在文友谢文光组的一个饭局上，十几个人觥筹交错，热热闹闹喝了整整三个小时。

酒足饭饱之余，有人打着饱嗝、喷着酒气对涂文贵说："文贵啊，听我说，你别再吭哧吭哧苦哈哈写什么破小说了，所谓的小说呀纯文学什么的，那都是些啥破玩意儿呀，能挣几个钱？能当饭吃、给老子买车买房吗？如果不能，我劝你还是尽早扔掉吧，千万别浪费时间、糟蹋生命了！"说这话的就是谢文光，一位影视编剧，与涂文贵曾是鲁迅文学院同班同学兼文友。他以前也是写小说的，成绩惨淡，反正远没有涂文贵风光，尽管他曾经也很努力地写小说，可成绩与涂文贵比就像乌龟追白兔，根本就无法追上。后来他索性不写，也没有信心再写，在一个三流导演的鼓动下，改行当影视编剧去了。不过，这一改，正印了那句"此路不通彼路通"的人生箴言，谢文光竟然如鱼得水，影视剧本一部接一部地写。刚开始他是与人合作，翅膀硬了就开始单干，干得风生水起，干得有滋有味，已经算得上是国内的二流编剧了，据称他自己正信心满满地朝着一流编剧挺进。之前他写的剧本，有不少已经投拍或公映，有一部还在央视一套的黄金时间播出，成了热播剧。与此相伴而来的是，谢文光这些年也挣得盆满钵满。他到底挣多少？每次饭局，他喝得面红耳赤、醉意朦胧时，大家就会起哄，想方设法套他，引诱他透露真相，却屡试屡败。即便他喝得酩酊大醉，他也自始至终守口如瓶，你休想从他口里掘出一点有关他稿酬的真实信息。不过，有一点大家都肉眼可见，每次饭局，大都是他主动张罗，主动买单，而且每次他都出手阔绰，预订的都是些一般人不敢涉足的高档餐厅，像顺峰、大董烤鸭、佛跳墙等，而这一次的聚会，他竟然选择了具有皇家特色的白家大院。

白家大院，涂文贵在北京生活了近四十年，以前听都没有听说过。刚才进大院时，一见那古色古香、赏心悦目的皇家园林，那身穿清宫特色服装的服务员，涂文贵将信将疑，怀疑自己是否走错了地方，怀疑自己是否穿越时光隧道来到了乾隆时代的清宫花园。正当他犹犹豫豫、裹足不前之时，一位花枝招展、眉清目秀的服务员迈着云一样轻盈的步履来到他的跟前，笑吟吟地说："先生请进，欢迎来到白家大院！请问是哪位先生预订的房间？"涂文贵这才如梦初醒，回答说是谢先生，同时还报了谢文光手机的后四位号码。服务员查了一下，当即回应道："哦，是燕景轩，先生请跟我来！"服务员声如银铃，那声音似玉珠掉落银盘，美妙悦耳，听得涂文贵身心摇曳。他跟着服务员穿过亭台楼榭、小桥流水及花木扶疏，来到谢文光预订的豪华雅间燕景轩，一路上他依然是身心摇曳、赏心悦目、如痴如醉。他做梦都没有想到，如今的北京竟然还有如此别具洞天的高档餐厅，此时此刻，他像极了刘姥姥进了大观园，处处都觉得新鲜，处处都觉得不可思议。更不可思议的是，进入燕景轩，他发现谢文光这次还带来了一位年轻女子，那女子明眸皓齿，眉眼透着娇媚，颇有几分姿色。谢文光见涂文贵诧异，也不避讳，若无其事地介绍说："她姓文，在我正被投拍的一部电视剧的剧组干剧务，你叫她小文好了。"

说话间，参加聚会的十来位文友都陆续到来，在谢文光的指引下一一入座。这些人涂文贵多数认识，有写诗的，写散文的，写报告文学的，还有一两个与涂文贵一样写小说，其中有一位叫高文清，但创作业绩比涂文贵稍逊，名气也不如涂文贵大，不过因为同是写小说的，涂文贵与高文清彼此都比较熟悉。那少数的几个不认识的，据谢文光介绍，有制片、剧务和副导演。记得上鲁院那阵，虽然同学之间也时常聚会，但谢文光永远是配角，每次在饭桌上，他就是个跟班的，甚至是个闷葫芦，几小时的聚会他说不上几句话，往往是有问才答。这可能是他小说创作一直裹足不前，说话缺乏底气的缘故。真是三十年河东，三十年河西，如今看看眼前的谢文光，哪里看得到当初上鲁院时的那种影子啊。你瞧他，在酒桌上一直呼风唤雨，春风得意，侃侃而谈，还不时插科打诨，制造笑点，弄得满桌总是欢声笑语，喜气洋洋，正可谓人逢喜事精神爽呀！由此也不难判断，谢文光当了影视编剧，这些年肯定不少挣。据坊间传闻，现如今全国一线的编剧，一部电影稿酬能挣个上百万，一部电视剧剧本，每集稿酬能有几十万，相比于纯文学创作，简直就是云泥之别。刚才进入白家大院被震惊之后，涂文贵悄悄用手机查了一下，发现这家餐厅人均最低消费是五百元。按照时下纯文学稿酬的标准，这五百元，小一点说，相当于一篇三四千字散文的稿费，今天这一桌按五千元计算，则相当于一部两三万字的中篇小说。对涂文贵来说，一部两三万字的中篇小说他至少也得耗费十天半月的时间。涂文贵写东西还算是快的，换做其他人，耗费个把月时间也属正常，关键是写出来还得能够发表。涂文贵眼下属于写东西不愁发表的主，要换成写得不如他涂文贵的作者，说不定发不出来，那十天半月甚至个把月的时间，岂不是就白瞎了？

要说敢花五千元请客，放在他涂文贵身上，他想都不敢想，那可是相当于他作为区文化馆创作员大半个月的工资呀！这一桌五千元的消费，还是按最低消费算的，普通消费得五六千至六七千元，可对于如今的谢文光来说，他却花得云淡风轻，个中原因，说到底还是他涂文贵囊中羞涩，挣得太少。你瞧今天这白家大院上的菜品，凉菜有妃子笑、芥末墩、白府杏仁、香椿苗拌黄花鱼、宫廷叉烧、麻辣鹿肉，凉点有豌豆黄、芸豆卷，热菜有铁板鹿肉、白府海参、宫保虾球、黄焖鱼翅、浓汁四宝、鹅肝酱鸡腿菇加宫廷小窝头、香菠古老肉、清蒸多宝鱼等，汤类有御膳宫廷黄鸡汤、木瓜雪蛤。所有这些，哪里是普通工薪族消费得起的呀，即使涂文贵时不时还有稿费入账，那也是想都不敢想。至于今天喝的酒，是谢文光自带的四瓶五十三度茅台。看着眼前这一桌之前从未尝过甚至从未见过的美味佳肴，涂文贵庆幸自己今天能有口福的同时，心潮像遭遇强台风的大海，汹涌澎湃，惊涛拍岸。席间他还注意到，那位有几分姿色的小文，坐在谢文光的左侧座位上，频频为谢文光搛菜，她对谢文光的一颦一笑，明眼人都感觉到他俩的关系非同一般。也难怪，之前涂文贵就听说过娱乐圈男女关系混乱，影视圈也是娱乐圈的一部分，怎么可能独善其身呢？古人说富贵思淫逸，说到底都是钱惹的祸。

记得上鲁院时，涂文贵与谢文光同桌，那时他就知道谢文光有一位妻子，还有一个女儿。可眼前的这个小文，来者不善，看样子是要绑定他谢文光了。而如今有了钱的谢文光，自然也求之不得，这就如穿腻了旧衣服就要换新衣服一样，何况人家小文正青春勃发，秀色可餐，你瞧她身材窈窕丰腴，肤色温润如玉，粉色短 T 恤穿在身上，胸前那对丰满鼓胀的乳房一直像兔子一样活泼好动、呼之欲出。再加上她对谢文光频频送出的秋波，让人看着都不由得心生嫉妒。

这不，有人看不下去了。那位副导演开始起哄，非要让谢文光与小文喝交杯酒。小文听罢不但没有半点羞涩，反而是面若桃花，脉脉含情，笑呵呵地用热辣辣的眼光盯着谢文光说："怎么样，咱俩喝一个!"这下屋里像炸了锅，有人尖叫，有人咣咣地敲桌，欢呼声此起彼伏。众目睽睽之下，谢文光被逼上梁山——不，应该是求之不得，他迎着小文灼热的目光，站起身来，端起酒杯，乐呵呵地与小文双双喝了交杯酒。欢呼声再次响起，但事情并未结束，意犹未尽的小文喝完酒，竟然还踮起脚尖，冷不丁凑上前去，朝谢文光胡子拉碴的脸很响亮地亲了一口，此举震惊四座，大家一时瞠目结舌。静默片刻，屋里瞬间又山呼海啸。谢文光也将计就计，投桃报李，俯下身回报小文一个响亮的吻。屋里再一次山呼海啸，欢呼声尖叫声不绝于耳。那一刻，只有涂文贵和高文清两人静若处子，静静地观察着眼前所发生的一切。上鲁院那阵，因为涂文贵与谢文光关系走得比较近，彼此的家又都在北京，周末的时候他俩曾相约带上老婆孩子，在西单那边的川渝餐厅聚了一次。此时此刻，看着别人欢呼起哄，涂文贵脑子里却不时闪现出谢文光老婆和女儿的形象，内心不由得为那母女俩感到伤心与悲哀。

沧海桑田，不，其实仅仅是过了不到十年，时间就将人重新拿捏了一把，塑造得面目全非。涂文贵忽然意识到，谢文光早已经不是先前的那个谢文光了。可那又如何，又与他涂文贵何干？人各有志，随着时间的推移与淘洗，人都是会变的。只是有的人会变得更好，有人则会变得更差或更坏。谢文光是变得更好还是更坏？涂文贵一时说不清楚，至少不是靠一两句话能说得清楚。反过来问，他涂文贵自己是变好还是变坏了呢？他自己似乎也说不清。可有一点是肯定的，在写作这条路上，他至今仍痴心未改，尤其是鲁院毕业之后，他更加勤奋，写得也更多了。他发表的中短篇小说，几乎上过全国所有的大刊、名刊，有的还被《小说选刊》《小说月报》等选刊转载。只不过这一切，似乎并未给涂文贵一家的生活状况带来根本性的改变。除了多挣了些数额有限的稿费，让他和家人平日里花钱时手头稍微宽裕了一点，其他方面依然一切如故。

涂文贵是外来户，妻子同样是外来户，只不过他俩一个来自南方，一个来自北方。他是湖南人，妻子是山西人，名叫许红梅。年轻的时候，他俩双双上了大学，双双以优异的成绩幸运地留在了北京工作。他俩是参加工作之后才认识的，因为毕业后都分配在北京同一个区的文化馆，不仅成了单位的同事，还被安排在同一个办公室，每天上班，抬头不见低头见，形影不离。因为都是未婚男女，年龄相当，久而久之，自然是日久生情，最终走到了一起，这就是人们所说的缘分吧。他俩之间，虽然是志同道合，志趣相投，但经济上无依无靠，彼此的父母都是地道的农民，提供不了经济援助，只能是白手起家，同心同德，共筑爱巢。即使他俩还算幸运，在单位赶上了福利分房的末班车，可分到的也就是一套使用面积不到五十平方米的两居室，虽然位于三环以里的繁华地段，地点就在三里屯，却是二十世纪六七十年代的旧房，还位于楼房的最顶层，没有电梯。糟糕的是若赶上雨天，主卧室屋角还有一处漏雨，这些年虽然没少报修，房管所每次也都派工人前来勘查维修，漏点却像不治之症，至今仍未能彻底根除。眼看着自己的儿子正日渐长大，涂文贵内心的紧迫感也像破土的春笋，正日复一日地顶着他，时时激励着他勤奋拼搏，不断前行。

在小说创作这条路上，涂文贵倒是蛮有信心，相信自己未来一定能写得更多，也写得更好。可经济上，他却不敢奢望有更大的改观，尤其是不敢奢望像谢文光那样，几乎是一夜之间暴富。虽然谢文光眼下比他涂文贵有钱，可在涂文贵的内心深处，谢文光的形象并未因此高大起来，至少，在文学的江湖上，涂文贵感到自己还是比他谢文光有成就，至少是名气比他谢文光要大。因此，这些年即使多次参加谢文光张罗的饭局，吃着他花钱为大家提供的美味佳肴，涂文贵并未对谢文光感恩戴德，也没半点"吃人嘴软拿人手短"的感觉，反倒像是参加作家采风团到基层采访时，接受东道主的宴请，不仅觉得理所当然，甚至还感觉是给对方赏了面子。涂文贵之所以有如此良好的自我感觉，也是上鲁院那阵形成的。因为涂文贵小说创作业绩好，隔三岔五有新作发表，时常受到老师的表扬，并且在众同学的起哄之下每回都掏稿费请客，虽然每回请客都只是在街边小店，算不上什么档次，但同学之间依然是吃得津津有味，喝得也心满意足。相比之下，那时候的谢文光却很少有机会请客，因为他很少有机会发表作品，投出去的稿子时常石沉大海，根本发不出来。天长日久，谢文光不免自惭形秽，每回涂文贵请客，他只有像小跟班一样默默地跟着前去蹭饭的份儿。天长日久，涂文贵内心的优越感便像森林里雨后的蘑菇，渐渐地长了出来。即便谢文光近些年改弦易辙，通过写剧本咸鱼翻身，多少带着显摆和报复的心理隔三岔五张罗饭局请客，也都回回不落地招呼涂文贵参加，请的也都是当初涂文贵在鲁院时望而生畏的高档店高档菜，可时至今日，涂文贵内心的优越感依然坚如磐石，没有丝毫动摇。或许正是他内心的这种笃定，那种自以为是的优越感，慢慢地让谢文光意识到了，也终于激怒了谢文光，谢文光才会说出之前那番从未说过的话，他竟然看不起涂文贵，要让涂文贵放弃写小说。

坦率地讲，谢文光刚才对涂文贵说的那番话，在涂文贵听来异常刺耳，涂文贵内心十分愤怒。可涂文贵从来就是个理性的人，他处事稳重，说话从不信口开河。虽然此刻他内心不乏愤怒，但他审时度势，立即意识到此刻是在酒桌上，虽然坊间有"酒后吐真言"之说，可酒后胡言乱语，却是更多人的共识。此时此刻，涂文贵更倾向于后者，他冷冷地看着谢文光面红耳赤、满脸醉醺醺的样子，忽然打起了哈哈，并且转守为攻："得了吧，我哪里有你那本事？我写不了剧本，恐怕天生只会写小说。"

谢文光听罢，却认真起来："扯，写小说才难呢，写剧本可比写小说容易多了，不仅容易，还比小说来钱快。你没看我先前写小说像老牛拉破车，老费劲啦，可改写剧本却轻而易举，钱还不少挣！"

涂文贵听了，依然是摇了摇头："俗话说，尺有所短，寸有所长。人与人不一样，可能你更适合写剧本，而我更合适写小说吧。"

谢文光哧的一声，撇着嘴冲涂文贵翻起了白眼，一脸不屑："你这纯粹是瞎扯！看样子，你涂文贵还是不差钱啊。既然你不差钱，今天这单就该你买了，你看如何？"说罢，他斜着双眼看他，意味深长。

这话像一记重锤，冷不丁捅到涂文贵的胸口上，同时也准确地将了他一军。他的脸唰地红了，感觉到热辣辣的，幸好他刚才也喝酒了，或多或少掩盖了他此时的窘态。他讪讪笑着，多少有些尴尬，不无自嘲说："得了吧，我哪里有你小子的本事，我天生就是个穷文人！"作为一个男人，大庭广众之下，承认自己穷是需要勇气的，尤其是当着小文这么一位有姿色的年轻女子。可此情此景，涂文贵却觉得自己只能有这样的台阶，也只能这么说。只不过说出这句话时，他内心依然淡定，丝毫没有自卑的感觉。

谢文光倒是没有乘胜追击，反倒是像解围一样对涂文贵说："既然你承认自己是穷文人，却又不屑于干编剧挣钱，有骨气，不愧是清高文人。来，我敬你一杯！"他将杯举至涂文贵面前。涂文贵赶忙举杯，但听谢文光那么说，他反而不好意思起来。双方都一饮而尽。喝完酒，涂文贵抹了抹嘴，讪讪笑着："你谢文光净瞎扯，我哪里是清高，哪里是不屑于挣钱？我是没本事挣钱呀！"

谢文光听罢，认真起来："兄弟，跟你说实话，钱真是个好东西，有了钱，要啥有啥。没有钱，其他都是瞎扯，没听人说吗，'有什么，别有病；没什么，别没钱'。哪天你要是想明白了，想挣钱，就告诉我，我教你写剧本!"

听他这么一说，涂文贵也认真起来，当然多少也带着把玩的心态问对方："好啊，你倒是说说，到底该怎样写剧本?"

谢文光说："很简单，先从枪手干起!"一般情况下，编剧是不会这么说话的，毕竟是业内秘密，但喝多了酒的谢文光此刻却口无遮拦，意图刺激一向清高、自我感觉良好的涂文贵。

涂文贵一头雾水："枪手，什么枪手? 我胆小，可打不了枪。"话音刚落，有几个人笑了起来，包括小文在内的几个人还笑得前仰后合。涂文贵感到莫名其妙，不知道他们到底笑什么。

谢文光倒是没笑，他意味深长地注视着涂文贵，像教师谆谆教导学生："我说的枪手，不是你认为的那种打枪的枪手。枪手是行话，其实就是代笔的助手。人家给你剧本思路、大纲，你按人家要求去写，写完了交稿，检查合格，人家给你钱。但你不能在剧本上署名。"

涂文贵似懂非懂，问："不署名? 为啥不署名? 那写出的剧本，署谁的名?"

谢文光哈哈大笑："这还用说吗? 谁掏钱让你写，自然就署谁的名呀!"

涂文贵像刚出水的青蛙，不停眨巴着眼睛："凭什么，那我干吗不自己写?"

谢文光又笑，这笑多少带着鄙夷成分："我问你，你知道写什么、怎么写吗? 即便写出来了，钱呢，谁投钱给你拍? 剧本拍不成影视，那不等于一堆废纸?"

涂文贵听罢，不吱声了，一会儿又喃喃自语："代笔，不署名，枪手，那……那太亏了吧，傻子才会这么干!"

谢文光哧的一声，瞪着眼冲他嚷："亏啥亏? 人家一集给你两三万、三四万，可一集剧本多少字? 才万把字啊，你觉得亏吗? 我问你，你写个中篇小说，按三万字算，吭哧吭哧至少得写个十天半月甚至更长时间吧? 即使发表了又能挣多少钱，你自己应该比我明白吧?"

涂文贵听罢，彻底不吱声了，他久久地望着谢文光，若有所思地点了点头，内心反复回味着对方刚才的那番话，也不由自主地盘算起经济账。这一算不要紧，若按相同字数衡量，写剧本的收益是写小说的好几倍甚至近十倍，如此高的收益，确实是挺诱人的。

谢文光似乎看透了他的心思，又加了一句："刚开始写剧本时，我也是从当枪手干起的。管他署名不署名，给足了钱我就干。诸位可听好了，不瞒大伙儿说，眼下请我写剧本的影视公司多了去啦，我都写不过来，不得已有一些被我推掉了。在座的各位，如果有兴趣并且愿意当枪手，就说一声，给我打电话、发短信都行。我是看在咱们彼此间多年文友的分上，不愿意看到各位一直受穷。我主张有福同享，有钱大伙儿一起挣，把各自的小日子过好。什么文学不文学的，如果各位都费劲巴拉，小日子却依然是过得捉襟见肘、穷哈哈的，这样的文学又有啥意义？"他话音刚落，有几位便迫不及待起哄，纷纷举杯给谢文光敬酒，夸他够哥们，表示只要有钱挣都愿意当枪手。

涂文贵既没有起身，也没有向谢文光敬酒，只是微笑着静静地看着他们。他发现高文清与自己一样也未起身给谢文光敬酒，抢着上前敬酒的是那几位写诗或写散文的文友。谢文光虽然礼貌地起身，一一给他们回敬着酒，却有意或无意地补了一句："其实，写小说的最适合改写剧本，因为小说和剧本都要会讲故事。可惜呀……"他故意收住话，将目光意味深长地投向涂文贵，继续道："可惜人家涂大作家还是无动于衷。也罢，也罢，人各有志嘛！"这话等于又将了涂文贵一军，涂文贵只得嘿嘿一笑，将计就计，将酒杯举向谢文光："既然谢大编剧这么说，我也敬谢大编剧一杯，哪天我缺钱了，想挣大钱，就向你学习写剧本！"

谢文光一听，这一回满意地笑了："这就对喽，我就看不惯你小子老是端着作家的臭架子，其实金钱无罪，钱多了又不咬人。你多挣些钱侍候老婆孩子，将小家庭拾掇好，将小日子过滋润，这有啥不好？"一席话，将涂文贵逗笑了，大伙儿也不由得跟着笑。只有高文清独坐一隅，默默无语。

二

饭局结束的时候，偏偏赶上下雨，还是大雨，这是涂文贵最不愿意看到的天气。因为每下一回雨，他家就将遭一次灾，主卧室的屋角处如同有位隐形的老人躲在那里滴滴答答撒尿，要命的是他还撒个没完，雨不停他也不肯收兵。所以每回下雨天，涂文贵家里必须早早备着接雨的脸盆，而且不是一个，是两个。两个脸盆才能轮流接班上岗，接满雨水的那个必须及时撤下，另一个空盆及时接上。不用说涂文贵便猜到了，家里眼下肯定又遭灾了，妻子许红梅现在肯定也正闹心。他不由得有些心急，巴不得能尽快赶回家去。

涂文贵家里没有车。平时外出，他一般是乘坐公交或地铁，今晚他来参加聚会，就是乘坐地铁。北京的地铁四通八达，乘坐地铁既准时又省钱。不到万不得已，他平时不打车，打车太费钱，虽然他也付得起打车费，但他一般舍不得。其实，涂文贵也盼望着自己有私家车。他家至今之所以没有私家车，是早年间实在买不起，后来买得起十来万的低档车了，可北京机动车却开始限购。不得已，他开始像众多的市民一样参加摇号，同时也参加了新能源车购置的排号，全家三口人天天盼星星盼月亮，那愿望却像中彩票一样遥遥无期。不过话说回来，因为每回聚会总要喝酒，即使他家里有车，今晚也不可能将车开来。要不是赶上下雨，他打算继续乘坐地铁回家，可走出燕景轩，白家院子里大雨滂沱，这下他犯难了。他没有带雨伞，来的时候天空晴朗、云淡风轻，他哪里料到老天那么不讲情面，这雨说下就下了，而且还是大雨，这可怎么办？他首先想到的是打车。他打开手机的打车软件，呼叫了出租车，可平台却迟迟不给派车，散席的其他文友也与他一样打不到车，都急得抓耳挠腮。只有谢文光若无其事，因为他有专车接送，是他正在拍摄的一部影视剧的剧组租的车。这时候，一位中年男子一只手正打着伞冒着雨，另一只手抱着几把长把雨伞送到谢文光、小文和剧组的那几个人跟前。眼看将落下涂文贵等余下的几位文友，众目睽睽之下，谢文光多少有些不好意思，便笑着扭头朝他们打招呼："各位不好意思，我们那辆车只坐得下我们几位，只好委屈你们了，我们先走一步，你们再等等啊，雨小了你们再走！"说完，他们几个人打起伞，冒雨离去。

余下的几位无奈地挤在燕景轩门口，抬头看着不停的雨发愣。有人看着消失在雨幕中的谢文光等一干人，不由嘀咕了一句："还是谢文光牛啊！"另有一位附和道："唉，有钱就是好，说到底有钱就是爷。谢文光以前不也跟咱们一样穷哈哈的，哪有现在这样风光？还不是黑狗爬上岸抖起来了——有钱！"有人插话说："嘻，只怪咱们自己没本事，说到底还是人家谢文光精明。不是有一句话吗，'变则通，不变则壅；变则兴，不变则衰；变则生，不变则亡'。咱们要是愿意跟着他一样转行干影视，没准哪天也能跟谢文光一样牛！"

听各位议论纷纷，涂文贵五味杂陈，反复琢磨着"变"与"不变"的辩证法，以及其中所隐藏的玄机，内心深处忽然冒出了两个字："枪手"。是的，枪手。谢文光说了，如果跟着他干影视，那就得先从枪手干起，这意味着写了东西，付出了劳动，除了拿酬劳，不能署名。作为一名写作者，不署名，你就永远籍籍无名，这与旧时皇帝家的太监有何区别？写作要是不能出名，那还要写作干什么？涂文贵当初可就是冲着作家能够出名，甚至名垂青史才迷上写作的，那些古今中外的经典作家，像浩瀚宇宙中熠熠生辉、永不消逝的恒星，多么令人崇敬，多么令人羡慕！如果写出作品只拿稿酬却不能署名，那么写作只能沦落为挣钱的简单工具，这一点，涂文贵内心就很抗拒，他无论如何难以接受。

雨仍不停地下，出租车仍呼叫不来。涂文贵越等越急，他掏出手机给妻子许红梅打电话，电话刚通，妻子在电话那头就冲他大声嚷嚷："你快回来，家里都遭灾啦！"可雨这么大，时钟又快指向晚上十一点钟，地铁和公交即将关停，他纵有三头六臂，也毫无办法，唯一的选择就是硬着头皮，用手机软件一遍遍呼叫出租车。直至半小时之后，他才总算呼叫到了出租车。

三

涂文贵回到家里时已接近午夜十二点。

一进家门，妻子许红梅正闷闷不乐地坐在沙发上喘气，见丈夫回来，她瞪他一眼，气不打一处来："你怎么这时候才回来？下这么大的雨，家里都遭灾了，你怎么就不管家里死活？"涂文贵自觉理亏，他讪讪笑着，一个劲向妻子赔不是，也向她解释说真没料到老天会突然下雨，还下这么大，实在是打不到车，并非自己不想早点回家。他边说边直奔主卧室察看妻子说的"灾情"，发现屋角床头柜上的一只脸盆仍接着滴滴答答的漏雨，屋顶的漏雨处，天花板的白色石灰已经被洇湿了一大片，一些石灰皮已土崩瓦解，开始剥落。再看看地板，床头柜附近的一大片还湿漉漉的。妻子跟在他的身后，比比画画，不停抱怨，说："刚才雨下得大时，我根本不敢离开半步，都得在这里严防死守，两个脸盆轮流接漏雨。这破房子真没法住了，再住下去不仅闹心，恐怕还折寿！"她脸上气哼哼的，一脸不满，一脸委屈。涂文贵只好好言相劝，不停安慰她，只是连他自己都觉得这种劝说苍白无力，甚至像不停地在打自己的脸。

这时候儿子也从自己的房间走出来，闷闷不乐地喊了涂文贵一声"爸"。涂文贵见状，关切地问："儿子，都这么晚了你咋还不睡？"儿子噘着嘴嘟囔道："家里漏雨，我妈忙得团团转，我怎么睡得着？再说我还有事找你呢！"涂文贵忙问："啥事？"妻子抢先替他答："学校组织他们到云南、贵州和西藏一带搞野外生态调查，前后大约二十天时间，儿子需要八千块钱。"涂文贵一听，要钱真不少，可在儿子面前，只要是学习上需要的费用，他从不吝啬，该给就给。自打上小学一年级起，无论在哪一级学校，儿子一直是优等生（现在流行称"学霸"），一路顺风顺水，他现在是北京大学生命科学学院二年级学生，学的是生命科学专业，前途无量。眼下儿子要钱，涂文贵没有不支持的理由，虽然八千元都快相当于自己一个月的工资，他仍然注视着儿子，爽朗一笑："就这事呀？没问题，我马上手机转账给你！"儿子一听，脸上松弛下来，还礼貌地说了声："谢谢爸爸！"涂文贵说："甭谢，都这么晚了，你赶紧回屋睡吧。"

看着儿子进自己房间，他又扭头问妻子："你洗澡了吗？"妻子摇了摇头。他说："那你快去洗吧，漏雨的事我盯着。"妻子道："我还有事说呢。"妻子收住话，欲言又止，转身进了卧室。涂文贵皱了皱眉，跟着追了进去，问妻子："啥事啊？"妻子哭丧着脸："刚才我弟来电话，说我爸突发心肌梗死住院了，让我赶快回去。呜呜……"话没说完，她低声抽泣起来。涂文贵瞪大眼睛，只感觉身上的血液呼的一声，直往上涌，脑袋像一只急剧鼓胀的热气球。他本能地一把将妻子搂进怀里，一只手轻轻地抚着她，不停安慰，一边询问她详情。

妻子仍在他怀里抽抽噎噎，待逐渐平静下来，她才说："我弟弟说，爸今年初心脏就发现异常，有时候会胸闷或胸痛，但一般吃点丹参滴丸或救心丹，挺一挺就过去了。可今天傍晚他刚刚吃完晚饭，心就绞痛得厉害，痛得面红耳赤，大汗淋漓。幸好弟弟刚好也在家，他发现情况不妙，当即打了120急救，送进了县第一人民医院。医生说爸是心肌梗死，幸好送医院比较及时，不然恐怕就没命了。但医生说爸必须住院，等待做心脏搭桥手术。我已经订了明天早上七点半的高铁票，但这次肯定不少花钱，少说几万，多则需要十几万，具体到底要花多少现在还很难说。不过你得有思想准备。"妻子说的这番话，像一块突然从天而降的大石，重重地压到涂文贵的心头上，让他感觉到极度压抑，几乎快要喘不过气。可他极力控制自己，尽可能用平静的口吻安慰妻子："红梅，爸病得这么重，那你明天就先回去吧，人命关天，该怎么花钱就怎么花钱，先别急啊，但愿咱爸能渡过难关。不过如果情况紧急，需要我也回去，你及时打电话告诉我。哦对了，这事你告诉儿子了吗？"妻子摇了摇头，说："没有。"涂文贵听罢，嗯了一声，若有所思道："也好，先别让儿子知道，以免影响他外出的心情。"说完这句，涂文贵便催促妻子赶快洗漱，洗完快上床睡觉，说明天一早还要赶火车呢。

因为家里住的是两室一厅，只有一个卫生间，涂文贵安排妻子先洗，自己则在书桌前等着。他家没有独立书房，夫妻俩仅有的一张书桌和连体书架安排在主卧室里，平时主要被他占用。其实妻子许红梅也是文人，也需要有书桌，只因为许红梅平日里主要是忙工作，参与区文化馆群众文化活动的组织以及文化馆内部的日常事务，不像涂文贵是文化馆的专职创作员，所以许红梅也不与丈夫争书桌。需要看书或写东西的时候，许红梅只好自觉地坐到客厅的餐桌上完成。等候妻子洗澡的时间，涂文贵本打算静下来看一会儿书，或者看看手机信息。可人端坐在书桌前，内心却电闪雷鸣、风起云涌，一想到今天的经历、家里所遭遇的事，他的内心无论如何无法平静下来。

涂文贵出身农村，妻子许红梅也出身农村，双方的父母都只是普通农民，收入低微并且无任何保障，老了只能靠子女。涂文贵还是家里的独子，他的一个姐姐和一个妹妹，早就嫁作他人妇了。在他们湖南农村老家，自古以来，"嫁出去的女儿，泼出去的水"，这种传统观念根深蒂固，父亲早就将防老养老的担子压到了涂文贵的身上，他甚至不忘早早教导涂文贵："老话说，多子多福。将来你结婚成家了，最好能多生几个儿子，多多益善。"涂文贵早就记住了父亲说过的这句话，但他不重男轻女，他认为只要健康聪明孝顺，生男生女都一样，他曾经希望自己能有两个孩子，最好是一儿一女。无奈他生不逢时，赶上了计划生育时代，他同妻子只生了一个儿子，这让他心存遗憾。值得庆幸的是，他这辈子端上了国家的"铁饭碗"，而且是在令人羡慕的京城，将来退休了会有退休金，不用像他父亲那样只能靠养儿防老，而他现在的独生子，只不过是他家族血脉的自然延续和自然传承。涂文贵也庆幸自己年过七旬的父母至今身体尚好，相比之下，自己的岳父就没那么幸运了。疾病降临之前，涂文贵总觉得自己的父母和岳父岳母只有七十多岁，身体尚好，没感觉到什么真正的压力。眼下岳父突发疾病住院，他瞬间感觉到了"压力山大"，生活中那些岁月静好和云淡风轻的日子，忽然间也被这种变故赶走了。岳父这次住院，即使经过手术治疗能康复出院，钱肯定是会不少花的。虽然岳父也参加了新农合，但住院报销至多恐怕只能报一半，另一半还得自费。这还仅仅是岳父一个人呢，要是自己的父母和岳母哪天也都突然生病住院，那天岂不是得塌下来？而对自己来说，防患这种灾难的最好办法，没有别的，只有钱。现在想来，"没什么，别没钱"这句话，果真是至理名言啊！可他涂文贵有钱吗？他不由扪心自问。他与妻子即便都上过大学，都在京城工作，但都像京城里千千万万的人那样，只不过是普普通通的工薪族，夫妻双方的月工资都没有过万。虽然涂文贵时不时还有额外的稿酬收入，少则几百数千，多时有两三万，但频率很低，每年稿酬的总数，都超不过自己的薪酬，还没有薪酬稳定。自己与妻子大学毕业，辛辛苦苦工作了二十来年，满打满算，家里目前的存款恐怕也只有三五十万吧？这么点钱，要想抵御全家乃至夫妻双方老人随时可能出现的生活风险，显然是杯水车薪。何况接下来，儿子还准备出国留学，那得多大的一笔费用啊？一想到这些，涂文贵的脑子又像正充气的热气球，不断膨胀，他感觉脑袋都快要爆炸了。

这天晚上，他一直晕晕乎乎，脑子里乱糟糟的，他失眠了。

四

第二天一早，涂文贵分别用手机银行给妻子和儿子转了账，儿子八千，妻子六万，他好不容易攒下的存款，像海边沙滩上堆起的沙塔遭遇海潮冲刷，瞬间又矮了下来。涂文贵感觉到了生活的无奈，忽然间也有些郁闷。妻子离开之后，他忽然间心血来潮，打通了谢文光的微信语音电话，谢文光刚一接通便笑声朗朗："哈，是文贵啊，无事不登三宝殿，你有事找我？"

涂文贵说："是啊，我缺钱，想向你学习写剧本，挣点钱花。"

谢文光说："哈哈，你小子终于想明白了，很好呀，欢迎！不过酒桌上我说过了，写剧本得从当枪手干起，你可愿意？"

涂文贵说："既然你当初也是从枪手干起的，只要有钱挣，我也没有什么不可以哈。"

谢文光说："那好，刚好我有一个新的电视连续剧的剧本提纲，四十集。你要是有兴趣，上午到我的工作室来一下，我先讲讲剧本的大致内容和写剧本的基本要求。"

涂文贵说："好的，谢谢！请告知地址，我这就动身。"

谢文光的工作室坐落在北京四季青那边，附近有西四环路和昆玉河，与涂文贵家居住的三里屯那边，一个在西，另一个在东。涂文贵出了家门，乘坐地铁，大约用了一个小时才气喘吁吁地赶到了谢文光的工作室。谢文光所谓的工作室其实是他的第二居所，一套三室一厅的商住房，小区是近年新落成的高档小区，园区里绿树成荫，鸟语花香，洁净清爽，让住惯了老旧小区的涂文贵一下子感到赏心悦目，羡慕不已。按照谢文光提供的楼号及房号，涂文贵在小区花园里穿行，来到楼下，按响门铃，很快有一个女声接听，电控门打开了。

进了工作室，涂文贵发现里面除了谢文光和昨晚酒桌上见过的小文，还有另外三位不认识的男女，他们正围坐在客厅里喝茶聊天。出于礼貌，谢文光一一作了介绍，末了说他们都是他的合作者。合作者是好听的叫法，涂文贵立即意识到，所谓的合作者大概也都是枪手吧。原本以为谢文光只找了他涂文贵一个人呢，没想到一下子来了这么多枪手，涂文贵不免纳闷。谢文光却继续介绍说：“这三位已同我合作多年，合作得也很好很愉快，你初来乍到，我看咱俩还是先单独聊会儿吧。”说完，他将涂文贵引进书房。借着进书房的间隙，涂文贵迅速打量了这套房子的格局和设置，除了客厅、书房，还有一间卧室和一间茶室兼棋牌室，每间房间都有阳台，书房里除了门和窗户，有两面墙是通顶的定制书柜，L型排开，书柜里摆满了各种书籍。他不无羡慕地问谢文光：“你这套工作室，是租的还是自己的？”谢文光说：“当然是自己的呀，租房干什么？房东随时都可能赶跑你，居无定所，那跟流浪汉有何区别？”涂文贵不由吃惊：“这么好的房子你干吗当工作室，让家里人住这儿多好呀！”谢文光撇起嘴，鼻孔挤出哼的一声，颇有几分不屑：“就这，你就觉得满意？我家里住的是上证面积二百五十平方米的跃层高端住宅，地点就在北京奥林匹克公园附近，你觉得哪里住更舒适呢？”话音刚落，涂文贵一脸惊讶，双目睁得像探照灯，他不懂什么叫上证面积，什么叫跃层，但听到面积高达二百五十平方米，瞬间便被惊着了。想想自己家里目前住的房子，他不由自惭形秽，忽然间后悔刚才问了一个自取其辱的问题。自己是缺钱才来到这里的，干吗不直奔主题呢？

涂文贵讪讪笑着，也不由得夸了一下谢文光："还是你谢文光牛，能住如此高端的豪宅。"说着他跟着谢文光在书房里落座，俩人开始聊剧本和要求。

谢文光说："文贵啊，写小说我承认不如你，你是我的老师。可写剧本嘛，你毕竟没写过，我可以当你的老师。你不介意吧？"

涂文贵笑道："介意啥？介意我就不来了，今天我就是来向你学习的。"

谢文光说："那好，那我先简单向你介绍一下写影视剧本的基本要求，以及小说与影视剧本的异同。"说着，他开始侃侃而谈。他说，小说与影视剧本，相同的地方是都要求有故事、人物、对话、场景、情节和细节，但两者的表现形式不同：小说是通过文字来叙述情节和描述人物内心世界，而影视剧本是通过对话和场景的描述来展现故事，推动情节。因此，小说可以描述、揭露人物内心最隐秘的变化，甚至通过叙述者直接对人物、事件加以评述。而影视作品只能描述可视听镜头的场面、情节，在改编时不得不删去过于抽象、哲理化的文字，等等。谢文光讲的这些基本特点，涂文贵其实早已有所了解，但为了表示自己的尊重与虔诚，他像学生听老师讲课一样专注地听着，时不时还微笑着点了点头。末了，谢文光开始讲他构思的新剧本，这个长四十集的电视连续剧，剧名暂定为《情场悲歌》，讲的是一起婚外情引发的凶杀案：某公司一位已婚高管看上了一位长相姣好的本公司未婚年轻员工，不惜成本千方百计引诱她、骚扰她，女员工从开始的回避、拒绝到最终不得已屈从并疏远了原本热恋多年的男友，备受刺激的男友获悉真相之后丧失理智，某天带着一把铁锤守候在女友所在的公司门口，等到女友跟着那位高管手挽手双双走出公司大门时尾随，乘他俩不备时用铁锤敲开了他俩的脑袋，他俩瞬间双双毙命，而行凶的男友也被抓获归案，最终被判处死刑。这么一个既流俗又毫无新意的狗血故事，竟然要注水拍成长达四十集的电视连续剧，涂文贵一听便大倒胃口，心想若是小说题材，自己根本不可能去写，也不屑于去写。虽然内心这么想，可他仍不动声色，佯装很认真地听着，听完了他问："文光，这个剧本若写出来，会有人投资拍摄吗？"谢文光反问："你觉得呢？"他故意停顿了一会儿，瞟了一眼涂文贵，有一丝不满，有几分得意，末了吊起嘴角，哼了一声，说："笑话，没人投资我干吗接活，又干吗将你们通通找来，我吃饱了撑的啊？你放心，我谢文光干这一行早不是一年两年了，没投钱开空头支票就想找我？坑别人还行，想坑我？哼，门都没有！"他说得振振有词，底气十足，一副成竹在胸的样子，末了还从书桌的抽屉里抽出一个大信封，将已经签好的那份剧本创作合同出示给涂文贵看。除了合同的具体内容和总金额被他刻意用手盖上了，合同的第一页和最后一页，包括落款处甲乙双方的签章，涂文贵都看得一清二楚，甲方是北京皇城影视文化传播有限公司。涂文贵这回完全相信了。他不由将拇指举向对方，道："厉害，还是你谢文光牛！"

谢文光不乏得意，一只手拍着涂文贵肩膀，说："跟着我好好干吧，我保你一年致富，两年发财，三年买车购房，至于能否成为富豪，那还得看你的造化。依我看，你爹给你起的这个名字，图文贵图文贵，不就是希望你靠写文章挣钱发财吗，你整天苦哈哈地写了那么多东西，却挣不来钱，过穷日子，那叫什么文贵啊，哈哈哈……"

涂文贵猛一愣，回味着谢文光刚才说的这番话。他可从来没探究过父亲给他起这个名字的真正含义，虽然自己不完全认同谢文光的这种理解，可现在让谢文光这么一说，似乎确实是有他说的那么一点意思。但不管怎么说，自己眼下有求于对方，只能嘿嘿笑着，权当默认。见涂文贵温顺得像个听话的学生，谢文光很是得意，他开始给涂文贵派活："咱们这个剧本，共四十集，包括你在内，我找了四个助手，你们每人干十集，要求两个月内拿出初稿。稿酬嘛……"他停顿了一下，探着脑袋瞧了一眼客厅那边，又注视着涂文贵，压低声音，神秘兮兮地说："看在咱俩同学和哥们的分上，剧本若达到我的要求，我每集给你三万，给他们嘛，每集我只给两万五。你看我够意思吧？"

涂文贵随口说："谢谢！"又问："每集大约要求多少字呢？"

谢文光回答："通常是一万字左右，最长不会超过一万五千字。"

涂文贵点了点头，内心却迅即盘算，若是写小说，三万元至少相当于两个三万字的中篇小说的稿酬，写剧本一万多字就能挣到三万元，对自己来说简直就是天上掉馅饼呀！如果这十集两个月内能顺利拿下来，意味着自己就将挣到三十万？这么一盘算，涂文贵那掩盖不住的喜悦像大山里喷涌而出的山泉，一下溅到了他的脸上，他瞬间喜形于色，拍着胸脯说："文光，没问题，我努力，争取按规定时间完成任务！"说这句时，他信心满满，像极了出征前向首长表决心的士兵。

谢文光满意地说："好。不过，你毕竟是初次'触电'，剧本写得怎么样我心里还没谱。这样吧，这个四十集的剧本，你负责前十集，你回去后先试着写一两集，先发给我看看，我觉得可以了，咱们正式签个协议，签了协议，我先付给你六万元的定金。"

涂文贵回答说："好。"

谢文光道："那就这么定了！"说完他向涂文贵伸出一只手，涂文贵也将一只手迎上去，双方握手为盟。

五

那天从谢文光的工作室回到家，涂文贵放下手头之前已经写了近一半的一个中篇小说，像上足了发条的时钟，争分夺秒、紧锣密鼓地开始写剧本。作为区文化馆创作员，平时他不用坐班，每年只需要完成文化馆计划中的文艺创作任务和群众文化活动的策划及演出时的串词。他也是区文化馆目前唯一的一名创作员，因为文化馆最近并没有紧要的工作，眼下他可以专心致志猫在家里写剧本。儿子昨晚收到涂文贵的八千元，今天一早也已经回校去了。而昨天紧急回山西老家看望父亲的妻子，也已经给涂文贵来过电话，告知岳父的情况还好。在县城医院，岳父的心脏搭桥手术做得还算顺利，病情已趋稳定，但医疗费已花了近十四万元，此外住院康复还需要十天至半个月，需要继续提供费用。涂文贵又一次感觉到了生活的重压，妻子的弟弟是农民，种地之余也只是在县城打临工，经济上捉襟见肘，岳父手术和住院的这些费用，除了寄希望于新农合报销一部分，另一多半最终毫无疑问会落到涂文贵夫妇的肩上。好在这种无形的压力，眼下已经逐渐地转化为涂文贵转变观念、努力挣钱的动力。

按照谢文光的内容提示与情节要求，涂文贵埋头苦干，快马加鞭，日以继夜，努力写作四十集电视连续剧的开头两集。男女主人公的名字也是谢文光事先确定了的，公司的男高管叫史太光，年轻的女员工叫温文雅，温文雅的热恋男友、最后行凶杀害史太光和温文雅的年轻男子叫段文江。从写小说转向写剧本，涂文贵开始的时候还是感到了别扭。写小说时，他习惯于开头渲染环境，把握叙事节奏，然后直接潜入人物的内心深处，展开细致的心理描写，为下文埋下伏笔、制造悬念。写剧本时，仅仅是为了第一集的开头怎么写，他就左思右想，久久地看着电脑屏幕上的空白稿纸，足足愣了三分钟，拿不准到底该如何下手。最终，他搜索枯肠，决定将第一集的第一个镜头和场景落在公司高管史太光的办公室里："繁华都市，高楼林立。镜头缓缓推进到其中一幢写字楼的一间豪华办公室。某公司高管史太光正埋头看着手里的一份资料。有人敲门，史太光瞅着房门的方向说：'请进！'一位眉清目秀、长发飘飘，身着藏青色长裙的女孩手里拿着一份资料，袅袅娜娜地走近史太光，笑吟吟地说：'史总，这是销售部新传来的报表。'女孩将报表递了上来，交给史总，转身即欲离去，一直目不转睛的史太光突然叫住她：'稍等，你叫什么名字？'女孩转回身，嫣然一笑：'温文雅'……"涂文贵对这个开头比较满意，他似乎找到了写剧本的感觉，接下来文思泉涌，双手并用，手指在电脑键盘上快速跳跃、按键如飞。

三天之后，涂文贵就写完了第一集，一万两千字，他第一时间将稿子发给了谢文光。当天下午，谢文光就给涂文贵打了电话，让他现在赶到他的工作室。涂文贵原本想问他剧本看了没有，感觉如何，可谢文光不由分说就将电话匆忙挂断，看样子似乎正忙什么。涂文贵寻思着是否将电话再打过去，想想还是放弃了，觉得人家要是正忙，而且已经明确说过让你现在去他工作室，你却又打电话催问，难免会招人烦。何况自己现在有求于他，正处于弱势，还是少说废话，赶紧动身吧。这么一想，他当即出门赶路。一路上他忐忑不安，搞不准自己写的这第一集剧本是否能让谢文光满意，此刻他的心情一如赶考的学生，内心反复猜想着见到谢文光时出现的各种可能。

谢文光见到涂文贵便笑呵呵的，还不吝夸奖道："你写的第一集我看了，比我预想得还要好。本以为你从未'触电'，可能还得折腾一阵子才能找到写剧本的感觉，不料一出手便上路了，很好。看样子能将小说写好的作家，写剧本更容易上手。不过，你的这第一集稿子，个别地方还留有明显的小说痕迹，可以一笔带过的地方你却非得多描述几句，纯属多余，需要再打磨打磨。总的来说，我觉得你写剧本没问题，完全能够胜任，你就照这个路子写下去吧。我叫你来，是让你来签协议的，签完了，我即可以将六万元定金转账给你。"谢文光的这番话，说得云淡风轻、波澜不惊，却已经在涂文贵内心掀起了激动的狂澜，这股狂澜将多日来积压在他内心的一块石头掀翻了，他不仅有一种久违的解脱感，欣喜之情也溢于言表。他对谢文光再三道谢，并表示将按要求努力赶稿，力争按质按量按时完成任务。谢文光说到做到，他将一份创作协议递给涂文贵，让他先细看其中的条款。涂文贵接过协议，仔细看了一遍，除了甲乙双方的权利与义务，他特别留意了每集的稿酬标准和支付时间，没错，正像谢文光事先许诺的那样，每集稿酬三万元，十集共三十万元，协议一经签署甲方即预付百分之二十定金，即六万元，余下的二十四万元支付时间与交稿时间同步，相当于一手交稿一手拿酬，当然稿子得由甲方验收合格。涂文贵一听喜不自禁，内心瞬间冒出两个字："痛快！"写作二十多年来，他还从未拿过如此高额的稿酬，也未如此快速及时地拿到稿酬，假若真像协议签订的这样兑现稿酬，那简直是立竿见影呀！

涂文贵尽量抑制着内心的欣喜。他看完协议，对谢文光说："文光，我看过了，挺好，我没意见。"说完，他将协议递给对方。

谢文光说："那好，咱们签协议。"说着他拿过一支签字笔，自己先在甲方签章处签下自己的名字，又将签字笔递给了涂文贵，指着协议末页乙方的位置，让涂文贵签字。

协议一式两份，甲乙双方签字后各执一份，谢文光将其中的一份递给了涂文贵。之后，他掏出手机，让涂文贵报出账号，他在手机银行上一通操作，六万元定金当即转入涂文贵账户。放下手机，他当即告诉涂文贵："六万元定金已经转给你了，你查一下，看是否到账。"涂文贵当即查看了手机，回答说："到了，刚收到银行账户到款通知信息。谢谢你！你这儿还有其他事吗？若没有其他事我这就回去了，我抓紧时间写剧本。"

谢文光说："也好，你走吧，我这儿也还有事要忙呢。"

工作室很安静。刚来的时候，涂文贵发现没其他人，离开的时候也以为屋里除了谢文光，也不会有其他人。不料此时他忽然听到卧室里面的卫生间传出马桶的冲水声，还有女声的两声咳嗽，听音质可以断定是年轻女声，涂文贵一愣，不由浮想联翩，猜想一定是小文，抑或是别的年轻女人，反正绝不是谢文光的妻子。谢文光的妻子是北京海淀区某中学的一名语文教师，叫何文秀，长得虽不像她名字那样文雅、秀美，但显得落落大方，谈吐得体，人也热情健谈，给涂文贵和许红梅夫妇留下了不错的印象。联想到眼下谢文光的所作所为，涂文贵不由得为他的妻子何文秀感到悲哀，刚才的喜悦瞬间从他的脸上消失了。

谢文光似乎并未注意到涂文贵此时情绪的异常。由于与鲁院同学、国内知名小说家涂文贵签下了剧本创作协议，谢文光心情大好。虽然之前已有几位枪手与他合作，但水平和名气都没法与涂文贵比，可以说比涂文贵起码差了一个档次。谢文光早在多年以前就动员过涂文贵，让他放弃小说改写影视，表面上是想劝说他"触电"挣钱，实际上则是想寻找高水平的枪手，自己可以更轻松地挣钱。无奈之前涂文贵刀枪不入，执着于写小说。谢文光也承认，涂文贵的小说确实写得不错，反正他自己一直是自愧不如，甘拜下风。之前看着他一篇接一篇地在全国各大名刊发表小说，而自己投出去的小说却时常碰壁，谢文光不免心生嫉妒，后来他及时改弦易辙，干起了影视，不料塞翁失马，他很快尝到了甜头。现在，涂文贵脑瓜开窍，终于同意跟着他干影视了，麾下多了一位得意的枪手，谢文光能不高兴吗？其实，他巴不得早点签下涂文贵，因为放眼全国文坛，能够写好小说的绝大多数作家，大都不屑于"触电"干影视，他们认为就文学品质而言，影视剧本档次太低，文学性不足，甚至都称不上文学，写影视剧本除了挣钱，没啥价值和意义。因而，一些优秀的小说家，即使偶尔被人拉下水写影视剧本，大都也只是偶尔为之，客串一把，见好就收，干一两单便逃之夭夭。现在，涂文贵被他谢文光拉下水，太不容易了，谢文光打算同涂文贵签下这单，接下来还得继续签，争取将他长期套牢。虽然干影视编剧远比写小说来钱，也相对轻松，但如果眼下众多影视公司纷至沓来的约稿都要自己亲力亲为，那未免太累了。干不过来，少接些活吗？扯，送到嘴边的肉，岂有打翻在地的理？傻瓜才会这么干。谢文光与某些一二线老油条编剧一样，自然首先会想到要找枪手。自从有了枪手，那就轻松多了，这就如同旧时地主雇了长工，重活脏活尽可交给长工干，自己尽可以轻轻松松当甩手掌柜，只管坐地收钱。虽然像地主给长工付酬一样，谢文光也需要给枪手付酬，那也只不过是九牛一毛，相比于自己的收益，几乎不值一提。通常情况，谢文光同影视公司签下的剧本创作收益，只要拿出其中的百分之二十或至多百分之三十打发枪手就够了，余下的收益，通通被他收入自己囊中，他何乐不为？谢文光常常津津乐道，庆幸自己这辈子迷途知返，放弃那些狗屁小说改写影视剧本，正因为这人生中的重大转折，让他从羊肠小道一下子走上了康庄大道，这几年生活上鸟枪换炮，购置了好几套房产，家里的轿车也不断更新，从最初的夏利、桑塔纳到奥迪，再到宝马和保时捷，可以说是日新月异。吃饭穿衣就更不用说了，他全家人想穿什么就穿什么，想吃什么就吃什么，山珍海味，美酒佳肴，从来不缺，可以说他享尽了世间的荣华富贵，甚至连女人也不缺。

与涂文贵一样，谢文光也出身农村，来自四川的大巴山山区，因为考上大学并且成了文青，他有幸与文学结缘，一路闯荡，才有了今天。他的妻子何文秀是他到北京工作之后，经朋友介绍才认识的。何文秀是地地道道的北京女孩，父母是北京的普通职工，即使如此，来自大巴山农村的穷小子谢文光能够找到何文秀这样的配偶，可以说是百分之百的高攀了。那时候，谢文光在北京西城区的一所重点中学当语文老师，年轻时他也是一个朴实本分，性格开朗，积极上进的男人，虽然身材并不高大，但五官长得还算周正，浓眉大眼的，一看便是个精明干练的人。婚后的谢文光对妻子也恩爱有加，视女儿也如掌上明珠。每天他除了上班，其他时间基本上都守在家里，与妻子同心协力，分工合作，分担家务，称得上是一个勤快爱家的好男人。可自从干上了影视编剧，挣到了钱，他完全是变了个人。他首先是辞去公职，专心于写作，后来购置了几套房产，有了自己的工作室，他便以创作忙为理由，日不归家，夜不归宿，长时间在外面折腾，十天半月都回不了一趟家。好在他给妻女也建了个高档舒心的安乐窝，时不时还给妻子女儿丢些钱，一丢就是三万、五万的，出手阔绰，让妻女心满意足的同时，自己也获得了足够的自由。而妻子也明白，但凡干大事、挣大钱的男人，都是不怎么归家的。而事实上，谢文光除了干大事、挣大钱，在外面也没少拈花惹草。为此，他常常自鸣得意，感觉自己眼下过的，才是神仙般的生活，自己称得上人生赢家。眼下，他又成功签下涂文贵这样一位高水平枪手，这意味着他接下来，钱会挣得更多更顺利，所以涂文贵与他分手告别时，他喜不自禁，高高兴兴地将涂文贵送出门外，甚至还亲自下楼将他一直送出小区门口。

六

与谢文光签下协议之后，涂文贵像吃下了一颗定心丸。这颗定心丸也成了他写剧本的动力，驱使着他日以继夜，一个人猫在家里专心致志地赶写剧本。

十天之后，妻子许红梅也回来了。妻子说经过医生的精心治疗，岳父已经康复出院，在家休养。妻子为父亲付清了这次所需医疗费用的自费部分，近八万元，还留下了两万元，嘱母亲和弟弟照顾好父亲，自己便回到了北京。知道岳父终于康复出院，涂文贵也放心了，他安慰妻子说："谢天谢地，咱爸总算渡过难关，你也辛苦啦，这两天你好好休息。"妻子却一脸疲态，叹着气说："唉，难关是暂时过去了，可我的钱包也被彻底掏空了。往后咱们的日子，就更难过了。"看着妻子垂头丧气的样子，涂文贵不免心疼，他将妻子搂进怀里，轻轻抚摩她的肩膀，安慰她，还将自己正在写剧本的事告诉了她。妻子一听脸现喜色，双目放亮："真的？"涂文贵说："我骗你干吗？"他索性将手机掏出来，打开手机银行，将谢文光转到他账户上的六万元定金转账记录指给妻子看，妻子喜出望外，终于惊叫起来："太好啦！"末了她紧紧地搂住丈夫，还禁不住往丈夫的脸上亲了几口。涂文贵也紧紧搂住她，回报了妻子几个吻。

有了目标和责任，涂文贵干劲更足了。与写小说相比，他觉得影视剧本更容易写。写小说时，他充满敬畏，有一种神圣感，落笔之前，他日夜思虑，反复斟酌。落笔之后，语言韵味，叙述节奏，该详还是该略，人物的言谈举止、内心活动，他都得谨慎从事，反复拿捏，他必须调动一切文学手段，最大限度地营造出氛围与气息，让小说呈现出细腻鲜活的质感。相比之下，写影视剧本就简单多了，因为是视觉艺术，编剧只要搭出故事的框架与场景，把握情节的脉络，靠人物的行为、对话和细节，一步步推动故事的走向。至于氛围感、气息、心理活动什么的，那都是导演和演员的事，与编剧无关。这么说吧，如果将小说比作中国画中细密的工笔画，那影视剧本则更像素描，粗枝大叶，简单明快。或者打个更形象直观的比方，小说如同盛夏的森林，葳蕤密实，千姿百态；影视剧本则是冬天树叶凋零之后的森林，虽然只剩下枯枝，看上去缺少生机，但树干和枯枝却依然傲寒挺拔。所以，相比于写小说，涂文贵感觉写影视剧本相对简单，更加随意轻松，写作的速度也更快，不到一个半月时间，《情场悲歌》的前十集，便被他轻轻松松完成了。

涂文贵在第一时间将已经完成的前十集的初稿发给了谢文光，谢文光不由吃惊："你这么快吗？"涂文贵嘿嘿笑着，很低调地说："你交给我的活，我不敢怠慢，紧赶慢赶地写。不过这只是初稿，是否已经达到你的要求，我心里没底，所以先发你看看。"谢文光满意地说："那好，这几天我抓紧看。"

三天之后，谢文光给涂文贵发来微信："稿子看了，不错，辛苦你啦。你很适合干编剧，可惜你醒悟太晚了，这几年少说也损失了几百万，你冤不冤呀！"这句话之后，跟着一个坏笑的表情包。

看完这则微信信息，涂文贵既高兴又五味杂陈。高兴的是他写的十集剧本得到了谢文光的肯定，他如释重负，也备受鼓舞；说五味杂陈，是谢文光后一句话给了他意外的刺激，想想那"损失"的几百万，再看看眼下自己住的这套破败旧房，再想想人家谢文光眼下过的日子，涂文贵不可能无动于衷。人活在世上，说到底还得先解决好衣食住行，满足自己和家人物质上的基本需求，否则你难以给家人创造真正的幸福，也难以给家人遮风避雨，带来真正的安全感。这么一想，他意识到自己从现在起，确实需要将挣钱作为当务之急。一想到钱，涂文贵忽然意识到与谢文光签的协议中有一手交稿一手付酬的条款，既然自己已经交稿，谢文光也已经验收满意，那余下的二十四万元稿酬，该给我了吧？他何时能转账给我呢？他不会坑我吧？他要是坑我，那我可就惨了，不仅空欢喜一场，还浪费了我一个半月时间，少写了两部中篇小说。正当他忐忑不安之时，手机响了，是谢文光打来的。涂文贵赶紧接通手机："哥们，我刚才已经将二十四万元稿费转账给你了，你查下账户信息。"涂文贵大喜，"是吗"两个字脱口而出："那你稍等，我查下！"他迅速划拉着手机屏幕，发现二十四万元到账的信息明白无误。他激动得心像快乐的小鹿，都快要蹦出胸口了。他冲电话那头大声说："收到啦，非常感谢！你真够哥们，果真说到做到。"谢文光不乏得意："那是，咱俩谁跟谁呀！不过我告诉你，别的枪手我不可能这么快就支付稿酬，起码得交稿三个月以后。所以，你这事可不能对外说，你知我知、天知地知就可以了。接下来我这儿还有活呢，你就等我招呼，接着干吧！"涂文贵千恩万谢，说："好的好的，那太谢谢你啦！"

这天恰逢周末，星期六，妻子和儿子都休息在家。涂文贵将手机银行上二十四万元的到款信息举到妻子和儿子面前，母子俩一看高兴得手舞足蹈，那久违的欢乐瞬间让这套破旧的房子蓬荜生辉，忽然间充满了喜气。涂文贵提议说："走，咱全家今晚到外面撮一顿，好好庆贺一番。你们娘俩想吃什么，尽管说！"母子俩七嘴八舌，商量了一番，最终还是选择了多年前与谢文光一家聚会时去过的西单川渝餐厅。妻子突发奇想，提议说："要不将谢文光一家三口也约上，一是对谢文光表示感谢，二是可以重温旧梦，毕竟两家人好多年都没聚过了。"涂文贵说："你的主意不错，但谢文光太忙，他整天在外面干大事挣大钱，平时都很少回家，他可不是你之前见过的那个谢文光了。"涂文贵说的这句话，细究带着刺，明显是话里有话，只是他不便展开，更不可能将谢文光在外面拈花惹草的事告诉妻子。好在妻子并不理会和深究，一家人高高兴兴地到西单川渝餐厅狠撮了一顿。涂文贵还破天荒地叫了两瓶啤酒（平时他很少喝酒，更很少主动买酒），一家人热热闹闹，边吃边喝，边喝边聊。聊得兴奋了，涂文贵打着酒嗝对妻子说："红梅，这回我总算找到挣钱的路子了，你放心，用不了几年，我一定将咱们现在住的破房子换一换。"

妻子一听就乐，深情地瞥他一眼，顺水推舟说："那太好了，我早就盼着有那么一天。咱们家眼下这破房子，我是受够了！你要真是有本事早点给我们娘俩买新房、买大房，那我这辈子也算是没白嫁给你！"说完她扮着鬼脸，冲丈夫挤了挤眼。

儿子看了看母亲，又注视着父亲，接话说："爸，那咱家要是买了新房，我……我还有没有钱出国留学啦？"

涂文贵一听，先是一愣，接着嘿嘿地冲儿子笑："儿子你放心，只要你好好学习，保证能考上美国或英国的名校，咱家就是砸锅卖铁也必须保证你上。你是咱涂家唯一的子孙，是咱们涂家一位可能光宗耀祖的后人，爷爷奶奶都天天盼着你能早日成材呢！即使暂时换不了新房，也要先保证你出国留学的费用。红梅，你说是不是？"这一回，是涂文贵扮着鬼脸，冲妻子挤眼。妻子剜他一眼："哼，你最好是既能保证儿子的出国费用，又能保证咱们家能够尽早住上新房！"她又转向儿子，笑着说："儿子，你说是不是？"儿子心领神会，眉开眼笑："是的是的。爸，你可得多多挣钱。来，我和我妈敬你一杯，拜托你啦！"

涂文贵没想到不经意间被妻子和儿子狠狠地将了一军，面对娘俩举过来的酒杯，他无路可退，索性哈哈大笑，举起杯迎了上去。只听咣的一声，三只杯响亮地碰到了一起，三个人都一饮而尽。喝下酒，涂文贵龇牙咧嘴，一边抹着嘴一边注视着妻子和儿子，道："唉，我'压力山大'呀。不过你们放心，为了实现你们娘俩的愿望，从现在起，我要努力挣钱。哪怕是豁出去，我也不让你们娘俩失望！"

心动不如行动。接下来的日子，涂文贵接二连三地接到谢文光派给他的剧本订单，他也来者不拒，接二连三地写，他已经彻底放弃先前的执念，心无旁骛地将写作作为发家致富的手段。自然，稿酬也如同他家打开的水龙头，源源不断地注入他的账户，他家的存款也如同滚雪球一样快速增长，从最初的六位数增加到七位数，八位数的目标也正朝他不断招手。他从来没有像现在这样感受到挣钱的成就感以及由此带来的快乐。

七

两年后，儿子涂志刚从北大本科毕业，如愿以偿考上美国普林斯顿大学的硕士，主攻生物基因遗传工程专业，做父母的自然是喜不自禁。涂志刚出国之前，涂文贵和许红梅带着儿子衣锦荣归，马不停蹄地先后到湖南和山西向爷爷奶奶、外公外婆报喜，如此争气的孙子和外孙，自然是给双方老人带去了巨大的荣耀，让老人喜出望外，高兴得合不拢嘴。涂文贵的父亲尤其兴奋，他紧紧地握着唯一的孙子再三叮嘱："志刚啊，到了国外你要好好读书，将来学成回来报效国家，争取早日成为国家栋梁，也为咱们涂家争光。还有啊，毕业后早点娶个漂亮贤惠的媳妇回家，早点为咱们涂家传宗接代，记住了没有？"老人的这番叮嘱，让周围的人哈哈大笑，涂志刚却很不好意思，他的脸唰地红了，机械地在爷爷面前点了点头。

儿子出国虽然是好事，但每年至少四五十万元的留学费用，让涂文贵两年间积攒的存款，瞬间也像被太阳灼热的雪球，体积随之也消减下来。涂文贵深知，唯有继续努力，不断挣钱，他才有能力支持儿子每年的留学费用，同时，继续向下一个目标——购买新房挺进。自打涂文贵当了枪手、干上了影视编剧，妻子许红梅也主动承担了更多的家务，尽可能让丈夫能有更多的时间、更专心致志地写作。毕竟，她心里明白，家里的财富增长，儿子的留学费用，未来新房子的购置，主要都得靠丈夫的笔杆子。所以，与过去相比，许红梅对丈夫更加关心、更加体贴了。丈夫埋头写作时，只要许红梅在家，她都会尽可能主动为丈夫端水倒茶，甚至将洗好的草莓、削好的苹果送到丈夫的电脑桌上。每每这个时候，涂文贵也知冷知热，说声谢谢，并回头报以妻子深情一瞥。而后，会加倍努力，嗒嗒嗒地勤奋敲打键盘，而电脑屏幕上的光标边吐出的那行字，也一如春蚕吐丝，源源不断，不断伸长，不断前移。

虽然谢文光给的订单，涂文贵一张张地接，剧本一个个地写，稿酬几十万几十万地挣，可时间一长，最初的那份兴奋劲也像大海退潮，慢慢恢复了往日的平静。他成了一部写作机器，每天只是机械地按部就班，维持着自己日复一日的写作状态。某天晚上，晚饭后的他坐在客厅里的沙发上小憩，他随手拿起电视遥控器漫无目的地揿着按键，无意间发现自己写的一部电视连续剧正在播放，编剧的名字只写着"谢文光"三个字，而这部名为《爱情游戏》的六十集电视连续剧，前三十集都是涂文贵执笔完成的。那一刻，涂文贵感受到一种莫大的侮辱，脸唰的一下红了，自尊心遭到了深深的刺痛。他气得将电视遥控器往沙发上一甩，脱口骂了声："他妈的，这也太欺侮人了吧！"他的叫骂声惊动了正在收拾餐桌的妻子，妻子睁大眼睛走过来问："怎么啦，发生了什么事？"涂文贵气哼哼地将刚才的事如实告诉了妻子。妻子愣了一下，笑着安慰他："嘻，那有啥呀，你同他的协议原本就是那么签的，光拿钱，不署名。人家谢文光也没有错，只能说人家有本事呗。其实你也不亏，这些年你几十万几十万地从他那儿挣钱，上哪儿找这么好的路子啊？不管怎么说，比你写小说那会儿挣得多多了。"涂文贵愤愤不平："可我他妈的一点成就感都没有！我都好几年没有发表小说了，辛辛苦苦写的这破电视剧又不署我的名字，我他妈还算什么作家啊？那些原本喜欢我的读者，都他妈快把我的名字忘记了！"涂文贵阴沉着脸，如丧考妣。妻子一时语塞，望着丈夫喃喃道："那……那你说怎么办？"涂文贵叹着气，他望了一眼妻子，嘟哝道："唉，反正得想办法，不能再这么不明不白地写下去了。"

之后的一段时间，涂文贵一边继续当谢文光的枪手，一边努力留意影视界的各种信息，寻找着各种可能改变现状的机会。某天，他从网上发现一则北京市委宣传部和北京市文联公开征集影视剧本的信息，获一等奖的电影剧本奖金高达五十万元，三十集以上的电视连续剧剧本高达一百万元。涂文贵双眼放光，一拍大腿高兴得从自家的电脑椅上蹦了起来，那股兴奋劲，一点儿不亚于当年哥伦布发现了美洲新大陆。按照主办方征集剧本的要求，他开始构思电影剧本，他想写的是一个北漂青年的励志故事，那个来自云南农村进京寻梦的青年，从最初捡垃圾和收购垃圾开始，克服种种困难，成立废旧回收和废品再生公司，一步步发展壮大，多年后成为京城废品再生领域屈指可数的行业领头雁，公司年利税高达八千万元，就业职工规模达到一千人。涂文贵写的这个三万字电影文学剧本，一举夺得了那个影视剧本征集活动的一等奖，那也是获得一等奖中唯一一个电影文学剧本。涂文贵因此声名大振，他不仅获得了五十万元的奖金，而且收到了多家影视公司的邀约，开始独立为影视公司创作剧本。而谢文光那边的邀约，涂文贵以忙不过来为由，婉言谢绝了，当然，他也不忘感谢谢文光这几年将他带入影视行业。

八

思路一换，海阔天空。

涂文光之前做梦都没有想到，干影视编剧，稿酬竟然高得离谱，一部电影剧本，稿酬最高他能拿到七八十万，一集电视剧剧本，他最高能拿到十七八万！知道了行业秘密，他既兴奋又后悔，兴奋的是自己终于开窍了，不然至今还蒙在鼓里，老老实实给谢文光当枪手；后悔的是他恨自己怎么不早点开窍，让这狗日的谢文光生生盘剥了这么多年，自己这些年的损失何止几百万上千万？不过，吃一堑长一智，涂文贵眼下也有了新的打算，活多的时候，他也打算雇枪手，向谢文光学习，反正眼下想挣钱的穷文人有的是。

接下来的几年，涂文贵的影视剧本创作干得风生水起，他如鱼得水，不断收到全国各地影视公司的创作邀约，他编剧的影视作品也频频在全国各地的影院或电视台播出。看着自己的名字出现在银幕或荧屏上，他的成就感和虚荣心得到了巨大的满足。不过，即便如此，与写小说相比，冥冥之中他还是感觉到有些不愉快、不满足。最大的问题是，自己创作的影视剧本，到拍成影视作品与观众见面时，观众看到的已经不是自己作品中写的那个样子，有的甚至已经被改得面目全非。为此，涂文贵曾经很不满，也曾经抗争，为某处情节或某个人物的改动与导演和制片人争论，想据理力争，却往往都败下阵来。有时候人家甚至理都不理你，甚至随意改动都不打招呼，即便涂文贵并不认为导演和制片人改后的作品比原稿好，甚至都不如原稿，可他们都一意孤行。每每这个时候，涂文贵只能是干着急、干生气，他无可奈何。没办法，人家是投资方，是导演，你虽然是人家邀请的编剧，但说到底还是个打工的，干完活拿钱而已，跟其他行业普通的打工仔没啥两样。虽然涂文贵已经写了那么多的剧本，作品也都已经公映，可自己的名字却往往只是在银幕或电视荧屏上一闪而过，作品播出之后，涂文贵从未收到过观众的反馈。即便那部在央视热播的连续剧《京城白领》，能够走进聚光灯，接受记者采访、媒体热炒的都只是导演和演员，压根就没有你这个编剧的份儿。其实，涂文贵自己想表达的东西很多，自认为也更新更深，他曾经想像写小说那样在影视剧中表达出来，可制片方和导演对他的想法却并不买账。如此一来，涂文贵不免感到有些失落，有时候甚至感觉到苦恼。俗话说雁过留声，人过留名，所谓的作家，写作是内心表达的需要，而发表与出版，不就是要留名的吗？一个作家，如果写了几百万字甚至上千万字，你自称是作家，并由此自鸣得意，自我感觉良好，可大多数读者却不知道你姓甚名谁，那不等于是自欺欺人吗？这么一想，涂文贵确实有些扫兴。不过，话又说回来，这个世界上，鱼和熊掌从来就不能兼得，现在看来，作为一位终身将以文字为生的人，到底是要钱还是要名，自己只能二选一。涂文贵权衡再三，觉得眼下还是钱更重要，毕竟儿子在美国博士还未毕业，自己和妻子双方在农村的父母已经年迈，疾病已逐渐缠身，农民出身的他们，虽然辛苦了一辈子，但不像城市退休职工那样有各种保障，只能靠自己的子女为他们遮风挡雨。这些年，涂文贵没少给自己的父母和岳父岳母钱，一两千、三五千的，那是常事，遇上老人患病，三五万、上十万的，那都得给。自己的一个姐姐、一个妹妹，虽然早都出嫁了，可现阶段她们家境也不好，他时不时还得接济一下。妻子的弟弟，更不用说了，买房娶媳妇，所需要的那一大笔钱，作为姐夫的他能袖手旁观吗？当然不能。思来想去，涂文贵的内心也慢慢趋于坦然，他终于认定，眼下的当务之急，还是要继续干影视编剧挣钱。管他有名无名，有钱便是爷。名是虚的，钱是实的，当有钱的爷多好啊，出手阔绰，一掷千金，要什么有什么，与当个穷酸的文人相比，那简直是云泥之别，不知要风光多少倍。至于写小说，留待以后挣够了钱再说吧。

自此以后，涂文贵不再纠结，他只顾一心一意挣钱。那几年，中国的影视市场红得发紫，国内外的热钱纷至沓来，眼睁睁地到处寻找着影视投资项目。众多影视公司也都急得像热锅上的蚂蚁，四处寻找剧本，编剧便也成了那个时期的香饽饽。涂文贵也不例外，三天两头有影视公司找上门来，邀请他写剧本，有的还带来了现金，厚厚一大捆人民币，往涂文贵跟前的桌子上一拍，诱惑实在是太大了，涂文贵难以抵挡，只好来者不拒。如此多的邀约，他自然是应接不暇，光靠一己之力是无法完成的。好在榜样的力量是无穷的，他效仿了谢文光的做法，雇来了几个枪手，分头给他们派活，完了给他们支付稿酬，比例也像谢文光打发枪手那样，拿出自己签约稿酬的百分之二十或三十，每集给个两万或三万，因人而异。与谢文光不一样的是，涂文贵并不当甩手掌柜，只挣钱不写稿，至多是将众枪手交来的稿子，再统一遍、修改一遍。而涂文贵分头给枪手派活的同时，他自己还要亲力亲为，执笔写其中的一部分，他通常是将开头的几集留给自己，以便给作品定下基调，后面由枪手分头完成稿子，统起来或修改起来，也更加顺风顺水。涂文贵认为，文人说到底还是要写作，如果不写作，长此以往，笔就锈了，文思也慢慢枯竭了，那对自己是有百害而无一利。所以，他不赞同谢文光当甩手掌柜的做法，他觉得那样无异于影视掮客，不是文人应有的做派。

　　随着涂文贵的不懈努力，他的财富积累也有了几何级的快速增长。两年前他就在远大路那边购买了一处一百三十平方米的三居室，总价一千二百万元，还是一次性付清的，这让天天盼着换房子的妻子着实兴奋了一番。涂文贵家原先住的那套老旧两居室福利房，屋顶漏雨的顽疾两年前也已经得到根治，他们搬进新居之后，那套旧房已经交由房屋中介出租，因为房子位于三里屯，京城的黄金地段，月租金达到八千元。他还报考了驾校，拿到了驾照，购置了一辆沃尔沃轿车。如今涂文贵外出，再不用挤公交地铁或打车了。

　　有了新房子和私家车，涂文贵便寻思着尽孝。他利用写作间隙回了一趟湖南老家看望年迈的父母，还特意将二老接到北京身边居住。早年虽然父母也来过北京，但因为房子过于逼仄，只能短暂居住数天。现在有了新房，儿子出国留学，家里只有涂文贵夫妻两人，一百三十平方米的三室一厅的房子还是足够再容纳两个老人的，即便再请个住家保姆也没问题。涂文贵这次特意将自己的父母从老家接到北京，希望二老能长久住下来，以尽孝心，毕竟自己是他们唯一的儿子。为了稳住二老，涂文贵百忙之中还隔三岔五特意开着车带二老外出兜风观光，故宫、北海、天坛、大观园、颐和园、香山植物园，这些地方都逛了个遍。他还与妻子一起陪着二老外出品尝北京美食，全聚德烤鸭、北海仿膳饭庄、顺峰粤菜馆、莫斯科餐厅等等，都让二老先后尝了个遍。夜幕降临、华灯初上之时，涂文贵还特意开车带二老外出观看北京夜景。车从自家小区出发，沿着远大路一路往东，上了北三环而后绕到东三环央视办公大楼和 CBD 楼群，又从国贸桥折返上了建外大街往西，一直开到长安街，经东单、王府井、天安门、西单，一路上车水马龙，霓虹闪烁，华灯璀璨，美轮美奂，直看得二老心花怒放、合不拢嘴。回到家，趁着二老心情正好，涂文贵问："爹，娘，感觉北京好不好？"二老不明所以，高兴地说"好""好得很"。涂文贵说："那你俩就别回老家了，从现在起跟我们一起生活吧。"末了他趁热打铁，侃侃而谈，说北京物质生活好，医疗条件好，冬天室内有暖气不挨冻等等。不料二老你看看我，我看看你，之后都低头不语。涂文贵追问道："怎么啦，你俩怎么都不吱声？是不是我和红梅对你们不好？"二老的头摇得像拨浪鼓，母亲说："北京好是好，可我们没有伴，住不惯。"父亲接话说："北京门口没有地，不能种菜，不能养鸡。"涂文贵哈哈大笑："爹，你都种了一辈子菜，养了一辈子鸡了，还种啥菜养啥鸡呀，那多累啊。再说，你们想吃啥菜吃啥鸡，咱们可以随时买啊。"他又将脸转向母亲，"娘，至于你说在北京没伴，我和红梅不是伴吗？再说我还可以请个保姆伺候你俩，你俩啥都甭干，每天只顾吃喝玩乐，过神仙一样的日子。这有啥不好？"不料二老仍无动于衷。儿媳许红梅见状，也插话说："爹，娘，文贵说得没错，你们年纪都大了，回老家身边没有子女，姐姐和妹妹也没有在你们身边，剩下你们二老单独生活，我们实在不放心，你们就留在北京养老，享受晚年生活吧。"二老仍继续摇头。

第二天，二老便闹着要回老家，涂文贵实在拗不过，不得已放下手中的写作，购买了第三天回湖南老家的高铁票，亲自将父母送回老家。回到老家，他与姐姐和妹妹商量，由他出钱给父母请了一个保姆，还在家里安装了视频监控，以便自己能远程关注父母的日常起居和安全。同时，涂文贵还嘱咐姐姐和妹妹，要她俩勤回家看望二老，好在姐姐和妹妹的家都距离不远，她们也都答应了，涂文贵这才放心启程返京。

九

儿子涂志刚博士毕业的时候，特意邀请自己的父母到美国出席他的毕业典礼和博士学位授予仪式。平生一直都未曾出国的涂文贵和许红梅夫妇，自然是欣然答应。只不过涂文贵觉得到了美国也不能久留，因为他新签约的一个剧本项目正处在紧张的创作阶段，如果他时间耽误得太多，即使他临时多雇几个枪手，也未必能完成任务。而原本，儿子是希望利用这个机会，顺便带父母在美国观光旅游的。获悉父亲时间宝贵，儿子很是遗憾，他甚至建议父亲推迟或放弃眼下的这个剧本项目，不料父亲一听便冲视频中的儿子大声嚷嚷："那怎么可以，人必须讲信用，再说那个项目都签字了，人家还提前支付了定金，根本不可能改变时间，更不能放弃。"意识到自己说话可能太过激动，涂文贵缓和口气说："只要挣到钱，以后还有的是机会，美国以后再去就是了。"许红梅也对儿子说："你爸确实没时间旅游观光，那就算了，我们去美国参加完你的毕业典礼和博士学位授予仪式，完了就直接回国。"儿子说："妈，你们好不容易来美国一趟，花了那么多的钱，光参加我的毕业典礼和博士学位授予仪式，实在是太可惜了。要不届时让我爸一个人先回，我带你在美国到处转转，开开眼界？"许红梅说："算了吧，你爸不能一起去，我一个人去转有啥意思？以后再说吧。再说我也不可能请太长时间的假。等过两年我和你爸都退休了，有大把时间，我俩再到美国去旅游观光也不迟。"话说到这个份儿上，儿子也不再劝说。

六月初，正值盛夏，天气炎热，万物争荣。

涂文贵和许红梅夫妇乘坐中国航空公司的航班飞抵美国，到了普林斯顿大学参加儿子涂志刚的毕业典礼和博士学位授予仪式。作为家里唯一的儿子，农民出身的父亲本希望涂文贵能多生几个儿子，无奈事与愿违，涂文贵眼下只有涂志刚这个独子。令他欣慰的是，这个独子最大程度地撷取了他父母最优秀的基因，一出生便让涂文贵看到了涂家血脉的新生和家族振兴的希望。他也暗自思忖，涂志刚是涂家优秀的子孙，一定要好好呵护，待他结婚成家，一定要让其多开花多结果，为涂家多生几个优秀的后代。眼下儿子已经博士毕业，涂志刚和许红梅都希望他学成回国，早成家早立业，早结婚早生子，好让爷爷奶奶早点看到涂家血脉的延续，而作父母的他们也好早日抱上孙子，共享天伦之乐。涂文贵与许红梅内心早就规划好了，按照涂文贵目前的发展趋势和家里的经济实力，明年准备购买一个三百平方米的大房子，那个高端楼盘，之前他们夫妇俩都看过了，周围环境好，房间格局好，地点也好，就在北京的奥林匹克公园那边。想想吧，如果一切顺利，儿子学成回国在北京的名校或研究所工作，然后娶妻生子，一家人生活在奥体公园旁边面积达三百平方米的高端住宅之中，三代同堂甚至四代同堂，其乐融融，那该是多么美好的家庭愿景啊！早在涂志刚去美国留学之前，涂文贵和许红梅夫妇就与儿子谈过，希望儿子将来学成之后回国就业，那时候儿子也答应了。

然而到了美国，涂文贵夫妇在与儿子谈及就业问题时，儿子却告诉他们，美国导师希望涂志刚能留在他身边工作。涂志刚的导师是国际知名的生物基因遗传工程专家，由于涂志刚攻读博士学位期间成绩优异，他希望涂志刚毕业后能留在普林斯顿大学当他的助手。能被导师看中，涂志刚感到很荣幸，如果能留下来，他觉得对自己专业的发展肯定大有帮助，他自己觉得机会难得，希望能留在美国。趁着父母来美国，涂志刚想当面做父母的工作，以取得父母的理解与支持。当涂文贵和许红梅获悉儿子的打算时，夫妇俩内心异常纠结，他俩一方面很高兴自己的儿子能得到美国导师的赏识，另一方面是不希望儿子留在美国，理由是他们只有涂志刚这么一个儿子，希望他能回到父母身边工作。为了缓解父母的焦虑，涂志刚没有完全拒绝父母的要求，而是采取了缓兵之计，说按照业界的一般惯例，如果能留在美国与导师一起工作几年，积累资本，将来再回国就业肯定更受欢迎，也能进更好的大学和研究所。做父母的也觉得不无道理，只好勉强同意了儿子的想法。

在美国参加完儿子的毕业典礼和博士学位授予仪式，涂文贵和许红梅夫妇便匆匆回国。此次没能按计划将儿子一起带回国就业，夫妻俩内心有一百个不愿意，在他们看来，儿子的事业虽然重要，但亲情同样重要，甚至比事业更重要。一个人如果不重亲情只埋头干事业，绝不会有完美的人生，也绝不会有真正的幸福。只有将事业与家庭生活完美结合的人，才会获得真正的幸福。因此，在长达九个小时的归国航班上，涂文贵与许红梅反复讨论着儿子未来的设计与发展，夫妻俩已经达成一致：最多让儿子在美国暂时工作两到三年，两三年后无论如何必须让儿子回到北京工作。为此，涂文贵准备在未来的几年里，抓紧时间继续挣钱，多多积累财富，为儿子将来回国创造更优越的条件。涂文贵还用"栽下梧桐树，引得凤凰来"这句谚语，进行自我激励。

回到家里，涂文贵又紧锣密鼓地开始了写作。因为去了趟美国，前后耽误了一周时间，涂文贵快马加鞭，埋头苦干，他要将过去一周损失的时间夺回来。他除了吃饭睡觉和上厕所，其他时间都猫在家里，"两耳不闻窗外事，一心只写影视剧"。因为影视公司的邀约太多，他的活也接得太多，他几乎成了一部写作机器，他与五六位枪手合作的创作团队组成了流水线，经由涂文贵的策划、设计、统筹、组装，一部部影视剧被源源不断地创作完成并提交给各影视公司，而影视公司的高额稿酬，也按约定如期打进涂文贵的账户，涂文贵又将占总稿酬百分之二十至三十的份额，分头支付给他的那些枪手。这时候的涂文贵，身价已经水涨船高，电影剧本每部稿酬高达八十万元，电视连续剧每集也已达到二十万元。他家存款及财富的增速，已经不亚于一家经营良好的中小型企业，形势异常喜人。为了全力照顾并支持丈夫的创作，还差两年才达到退休年龄的许红梅向单位申请提前退休，顺利得到批准，她成了全职太太，一心一意陪伴丈夫。

第二年，涂文贵如愿以偿，按计划在奥林匹克公园旁边购买了一套三百平方米的高端平层别墅，总房价近三千五百万元。这套豪宅，独占单元楼中的一层，拥有两部电梯，凸显了极致的隐私性和尊贵感。内部布局包括一个非常漂亮的玄关柜，端正的大边厅，南北通透的餐厅、吧台及沙发厅，以及一个全尺寸的空中观景阳台，站在阳台上，将奥林匹克公园青翠碧绿的园林景观尽收眼底。这套房子的北侧，还有一个宽敞的厨房、生活阳台，以及四个卧室，中部还设有一个内部花园。每间卧室都自带私密的明窗卫生间及衣物储藏空间，主卧还设有步入式衣帽间。这样的布局设计，既体现了极致的艺术品位，又确保了功能性与舒适性。

拿到房子钥匙的那一刻，涂文贵和许红梅高兴得像孩子一样在自己的新房里手舞足蹈，四下里奔跑。许红梅还在第一时间拨通了远在美国的儿子的手机视频，并用视频镜头将房子的每一处布局逐一展示，边展示边对儿子说："儿子啊，咱们家现在是万事俱备，就等你回北京工作，早点娶妻生子了。"涂文贵也夺过妻子的手机，朝视频中的儿子兴奋地说："儿子，咱们这套房子高端大气，在北京能住这样的豪宅已经是贵族式的顶级享受了，再说房子就挨着奥林匹克公园，周围的环境可好啦！设想一下，你若回北京工作，早点娶妻生子，咱们全家住在这里其乐融融，再请一两个保姆照顾咱们，那不就是贵族生活吗？中国历代的皇亲贵胄也不外如此吧？儿子，听爸妈的话，你可得尽早回来，我和你妈都盼你尽早回来，享受亲情，享受舒适生活，我们还盼着能早点抱孙子呢，哈哈哈！"涂文贵和许红梅都有些得意忘形，视频中的儿子虽然也很高兴，却一直只是憨憨地笑着，直到最后才回复了父母一句："爸，妈，我迄今连女朋友都没有呢，你俩想抱孙子我一个人也生不出来呀。"许红梅马上说："这好办，只要你答应马上回来，我立马能给你找个漂亮媳妇。我们单位的那些同事，最近还三天两头来打探你是否有女朋友呢，他们手头的未婚女孩都一大把，你尽可随便挑。告诉你，北京眼下最不缺的就是女孩，条件好的漂亮女孩有的是。你还是听我和你爸的，早点回来吧，要不然咱们家这么一套大房子，光我和你爸也住不过来呀！"做母亲的说得眉飞色舞，唾沫星子横飞，可儿子也只是静静地听着，末了竟然冷冷地来了这么一句："妈，可惜……可惜我眼下对女孩子没有什么兴趣。"当妈的仿佛冷不丁被当头泼了一盆冷水，瞪大眼睛冲儿子嚷："什么？你说你对女孩子不感兴趣？那你对什么有兴趣？"儿子说："我只对自己的专业有兴趣。"大概是意识到母亲有些不悦，儿子也将自己最近专业上的进展告诉母亲，说自己最近在国际顶级科技期刊先后发表了两篇论文，目前正忙着继续协助导师做实验搞科研，想争取更多的成绩早点评上副教授呢。一直站在妻子身边的涂文贵抢话说："儿子，你专业上能不断取得成绩，爸爸妈妈都打心眼里为你高兴。但你绝不能只埋头干专业而置自己的终身大事于不顾，你都三十出头了还不找女朋友，这说不过去啊！"儿子说："我现在这么忙，哪有时间找女朋友，以后再说吧。抱歉导师来找我了，我挂电话了啊。"说完不由分说，将电话挂断了。涂文贵和许红梅一时愣在那里，你看看我，我看看你，双双都摇头叹气。

十

既然已经拿到新房钥匙，房子又是精装修，涂文贵和许红梅决定乔迁新居。入住之前，夫妇俩走马灯似的在北京多家家居商场物色、购置了整套齐全的现代风格家具，将新居打扮得赏心悦目，富丽堂皇，温馨舒适。入宅之后，夫妇俩还分期分批告知众多亲朋好友前来温居。首批前来温居的是涂文贵在京的十来位作家朋友，其中包括谢文光等几位早年在鲁院的同学。见到涂文贵能住上如此堂皇阔绰的高端豪宅，众文友一个个无不咋舌，啧啧称赞，眼里都不无羡慕。谢文光睥睨着双眼，一副倚老卖老的样子，他拍着涂文贵的肩膀说："我说兄弟，说到底你还是得感谢我吧，想当初若非我谢文光将你带入影视这一行，还苦哈哈吭哧吭哧地写那些破小说，你涂文贵能有今天吗？"涂文贵听罢立马认尿，讪讪笑道："那是那是，我是得好好谢谢你，一会儿在酒桌上，我多敬你几杯哈。"

参观完新宅，涂文贵将文友们带到了事先预订的北京盘古七星酒店的乐满堂餐厅，餐厅位于奥林匹克公园南面不远处。这是北京一家地标式高档餐厅，这家餐厅不仅以优雅的环境和高档的西餐闻名，还为客人提供了俯瞰北京全景、观赏奥林匹克公园美景的绝佳位置。虽然餐厅最低人均三四百元的消费时常让人望而却步，但餐厅独特的装修风格和美食口味都受到了顾客的好评，尤其是奶油龙虾汤和菲力牛排，让人品尝起来满口流香、赞不绝口。

那天中午，一干文友兴高采烈，聚在一起推杯换盏，吃吃喝喝好不尽兴。涂文贵特意向谢文光多敬了几杯，感谢他的引路之恩。众文友则以羡慕之心，纷纷举杯向涂文贵和谢文光表示祝贺，希望他俩致富不忘济贫，最好也能手把手地将他们往影视编剧的路上引一引，给他们也分一杯羹。谢文光率先拍起胸脯道："没问题，各位如果真想干，那就都先当枪手，我和涂文贵随时都可以给你们派活。"众人欢呼雀跃，纷纷举杯，争先恐后地向谢文光和涂文贵敬酒。涂文贵注意到，只有写小说的高文清平静如水，只是微笑着端坐在自己的位置上，默默地看着其他人喝酒。涂文贵索性举起杯，主动走到高文清面前，向他敬酒，高文清这才笑着起身，举杯回敬。高文清当年也是涂文贵和谢文光在鲁院的同班同学，当时他的小说创作水平还不如涂文贵，但眼下小说创作业绩已经甩了涂文贵不下一条街，他的作品不仅是全国各个文学大刊名刊的常客，一经发表还经常被《小说选刊》《小说月报》等选刊转载，有一部长篇小说已被某影视公司购买了影视改编权，有一部中篇小说还入围了某届鲁迅文学奖前十名，为此他名声大振。两人喝下酒，涂文贵关切地问："文清，祝贺你入围鲁迅文学奖。不过，写小说太苦了吧，再说也挣不了几个钱。你想不想试试影视，也多挣点钱？"不料高文清一翻白眼，一脸不屑："我小说写得好好的，干吗去写影视？"涂文贵一愣，既惊讶又不解，继而笑道："哈哈，看样子你并不差钱！"高文清平静地瞟他一眼，回答道："我确实没你和谢文光有钱，但丰衣足食足矣。话说回来，人这一辈子，钱到底多少是个够？钱这东西，生不带来，死不带去，挣那么多有用吗？再说眼下我又不缺吃穿！"高文清说这话时，脸上云淡风轻，既不刻意也不造作，让涂文贵猛地一愣，若有所思。继而，他向高文清伸出大拇指，啥也不说，默默地回到了自己的座位上。实际上，在高文清心目中，那些所谓的影视剧本压根就称不上文学，但刚才出于礼貌，他没有当着涂文贵把话说满。

　　入住新居的涂文贵，享受着宽敞舒适的豪宅，欣赏着奥林匹克公园周边的美景，心情大好，干劲更足。他深知眼下自己所拥有的这一切，都是自己奋斗得来的，唯有继续努力，明天才会更美好。挣钱，已经成为他最大的人生动力。因而，像以往一样，他依然是来者不拒地接纳各影视公司的创作邀约，依然是夜以继日地猫在自己明亮宽敞的书房里写剧本。虽然奥林匹克公园近在咫尺，可为了赶进度，按协议约定时间交稿，入住新居半年，涂文贵至今都未踏足公园半步。妻子许红梅多次劝他、催他饭后一起下楼到公园里散步，涂文贵每次都固执地谢绝了，哪怕涂文贵有时候已经明显地感觉到腰累，甚至还隐隐约约感觉到腰椎有一丝丝疼痛，可每次他都对妻子说："我实在是没有时间，你自己去吧，我在阳台看看公园景色就可以了。"这让许红梅时常感到很扫兴、很无奈，她只好一个人到公园去散步。

十一

时光像悄无声息的流水，缓缓前行。岁月静好，人间平安。

忽一日，涂文贵却出事了。他先是在自己的电脑桌前连续写作三小时不曾挪窝，忽然想到要去上厕所了，却站不起来，他咬紧牙根想站起来，腰间却似有千把刀在钻刺，只感觉到锥心的钻痛。他数次挣扎，都败下阵来，尿一急，竟决口而出，尿湿了裤子。他不由大声呼叫，妻子许红梅闻声而至，试图扶丈夫站起，可刚一碰丈夫，丈夫便痛得喊爹叫娘。许红梅大惊，迅速打电话呼叫急救车，将丈夫紧急送到了积水潭医院。检查结果显示，涂文贵患了腰椎间盘突出症、腰肌劳损、腰椎管狭窄，这都是长期以来久坐不动造成的疾病，而且很严重。按照医生的意见，涂文贵需要住院治疗。

经过近两个月的住院综合治疗，涂文贵的病情得到缓解，可以出院，但算不上康复。走路的时候，涂文贵不敢用力，也不敢放松迈开大步，只能借助托举腋下的双拐，才能勉强独立走路。即便如此，他每天还得用药，每周还得两次到医院做推拿理疗。这样的情况，仅靠妻子许红梅一个人显然是不现实的。夫妻俩开始想到要请保姆，他们首先想到家政公司找保姆，可许红梅去了几次，都未能找到中意的，她忽然想起山西老家有一个表妹，是她姑妈的女儿，叫夏秋菊，今年四十五岁，数年前离异，自己带着一个女儿，不过女儿已在太原上大学，夏秋菊自己也在太原的一家餐厅做临时工。许红梅想，何不将自己的表妹夏秋菊请来？哪怕工资高一些，也比请外人可靠。涂文贵一听，觉得在理，记得以前与许红梅一起回山西岳父岳母家时，他也见过夏秋菊，长得挺顺眼的，人很勤快，性格也不错。涂文贵一同意，许红梅即给夏秋菊打了电话，将意思告诉了她，还许诺月薪八千。夏秋菊一听也很高兴，只是她有些放心不下一起在太原的女儿，她更希望自己能与女儿生活在同一个城市。涂文贵一听，说那也好办，她女儿还有一年就毕业，毕业了到北京来，他给她找份工作。许红梅当即将涂文贵的意思说与夏秋菊，对方一听满心欢喜，当即便答应第二天辞职来北京。

夏秋菊的到来大大缓解了许红梅的压力，除了买菜购物和照顾丈夫等活许红梅留给自己，洗衣、洗菜、做饭、拖地，三百平方米房间的擦灰以及各种绿植的浇水养护，夏秋菊里里外外都帮主人收拾得利利索索、清清爽爽，除此之外她还时常对主人嘘寒问暖，帮着照顾涂文贵，让涂文贵和许红梅都很是满意。主雇之间相处得亲如一家，异常和谐。

时间过得真快，转眼就到了次年夏秋菊女儿刘文丽毕业的季节，涂文贵果真不食言，帮助刘文丽在北京某影视公司找到了一份工作，虽然是合同工，但待遇尚可，月薪也达到了七千。刘文丽在北京原本需要租房，出于对母女俩的关心，许红梅与涂文贵一商量，决定暂时让刘文丽住到家里来，一来可以节省房租，二来下了班她可以与母亲在一起，三来回到家她可以帮助母亲干家务照顾主人。对于这种安排，母女俩高兴得对涂文贵和许红梅千恩万谢。母女俩也知冷知热，知恩图报，都特别勤快，每天鞍前马后，笑容可掬，主人有求必应。家中添了人气，增加了笑语欢声，主人感觉不错，主雇之间相处得热热闹闹，比以前更亲切、更和谐了。

唯一让涂文贵和许红梅耿耿于怀的是，儿子涂志刚至今既没有结婚成家也没有归国工作的迹象。每次与儿子视频联系，做父母的都不免要催问这两件事，问多了儿子也心烦，索性回避问题甚至干脆啥也不说，逼急了还会扔下一句："我眼下一个人在美国过得好好的，干吗要回国要结婚？"说完便将电话挂了。夫妻俩气得干瞪眼，他们寻思着必须亲自到美国去，将儿子捆押回来。只是眼下涂文贵走路都觉困难，如何能够同许红梅一起去美国呢？

屋漏偏遭连阴雨。正当涂文贵和许红梅夫妇为儿子的事愁肠百结之时，涂文贵半夜里又突发脑梗，惊恐中的许红梅呼叫急救车，将丈夫送到附近的安贞医院，在该院一住便是三个月。虽然经治疗与康复，病情趋于好转，无奈涂文贵先前已身患腰疾，如今又遭遇脑梗，多症并发，再也无法站立走路。他每天仍需医生治疗和专业护理，出院回家显然已不现实。经医生介绍，许文贵入住到昌平区一家康养一体的高端养老院，那里环境优美，条件优越，医生护士二十四小时值守，住在这里，后顾无忧。但无论如何，许红梅也不可能留在家了，她得到养老院陪伴照顾丈夫。于是，夫妇俩在养老院选择了一套两房一厅一卫一厨的独立房间，每人每月费用两万元，虽然价格高昂，可这已经是他俩的最佳选择。

　　那天登记入住养老院时，涂文贵意外见到小说家高文清，他是前来看望住在这里的一位文学界恩师。两人一阵寒暄，高文清获悉涂文贵近况以及入住养老院的原因，惊讶叹惜之余，也只能好言安慰。

　　来访登记名字的时候，前台一位漂亮的小姑娘见到高文清这个名字，眼睛一亮欣喜地打量着他，忽然惊叫："咦，您就是小说家高文清老师吧？"高文清注视着小姑娘，微笑着点了点头。那小姑娘立马欢呼起来，说了声："老师您等等，我这儿有您的书，请您帮我签个名哈！"说着他从柜台的抽屉里拿出了一本高文清的小说集，笑呵呵地央求高文清签名。高文清欣然应允，在他那本小说集上龙飞凤舞地签上了自己的大名。涂文贵将这一切看在眼里，也羡慕不已。轮到许红梅登记入住，在表格上填写涂文贵的名字时，那位刚才让高文清签名的漂亮小姑娘却无动于衷，根本不知道涂文贵是何方神圣。那一刻，涂文贵感到受冷落的滋味，同时也为自己愤愤不平。他禁不住问："小姑娘，你看过央视热播的电视剧《京城白领》吗？"小姑娘瞅他一眼，随口回答说看过，导演是某某，男女主角是某某和某某。她就是没有说编剧是谁。瞬间，涂文贵感觉如坠冰谷，心彻底被冻成冰坨。

　　涂文贵和许红梅夫妇不得已提前住进养老院，他那套三百平方米的高端豪宅，也不得已暂时交给夏秋菊母女代为看管和打理，毕竟居室里众多的花卉绿植需要精心养护，房间每天需要透气，门窗需要随时关闭。记得建筑专家说过，新房子如果长期没有人住，没有看护打理，很容易老旧。只是涂文贵做梦都没有想到，多年来辛辛苦苦奋斗换来的这套豪宅，从今以后自己恐怕再无福气回去享用了，自己或许只能在这座养老院里度过余生。想到这里，他五味杂陈，内心也不由泛起阵阵酸楚。他忽然意识到，如果儿子涂志刚执意不归，家里的这套豪宅恐怕只能让夏秋菊母女俩长住下去，一直由她们母女打理看护，她俩无形中也可以拥有豪宅带来的一切舒适与享受，而这种享受，恰恰是涂文贵给她们带来的，母女俩只是坐享其成。由此看来，在房子的问题上，自己何尝不是夏秋菊和刘文丽母女俩的枪手？

　　一想到这儿，涂文贵近乎失魂落魄，联想到自己此生的波波折折和人生浮沉，他懊恼至极。入住这座高端养老院的第一个夜晚，他彻底失眠了。而他身边的妻子许红梅，则满脸愁容、面如死灰，仿佛一夜之间老了许多……

原载《芙蓉》2024 年第 6 期